百年中国工人戏剧史

剧作卷Ⅱ

社会主义革命和建设时期（1949-1978）

郭富民　主编

中国工人出版社

图书在版编目（CIP）数据

百年中国工人戏剧史·剧作卷Ⅱ 社会主义革命和建设时期（1949-1978）/ 郭富民主编. -- 北京：中国工人出版社, 2024. 12. -- ISBN 978-7-5008-8535-1

Ⅰ. I230

中国国家版本馆CIP数据核字第2024CT0946号

百年中国工人戏剧史·剧作卷Ⅱ 社会主义革命和建设时期（1949-1978）

出 版 人	董 宽
责任编辑	宋 杨
责任校对	张 彦
责任印制	黄 丽
出版发行	中国工人出版社
地　　址	北京市东城区鼓楼外大街45号　邮编：100120
网　　址	http://www.wp-china.com
电　　话	（010）62005043（总编室） （010）62005039（印制管理中心） （010）62379038（社科文艺分社）
发行热线	（010）82029051　62383056
经　　销	各地书店
印　　刷	北京盛通印刷股份有限公司
开　　本	880毫米×1230毫米　1/32
印　　张	21.875
字　　数	528千字
版　　次	2025年2月第1版　2025年2月第1次印刷
定　　价	98.00元

百年中国工人戏剧史丛书
编委会

序　言

在中国戏剧史上出现工人戏剧，是近一百年的事。

在中国共产党的政治纲领和治国理念中，工人是主体，是主导力量。中国人能否生存，要看农业，而中国社会能否发展，要看工业，要看工人阶级的状况。从工人阶级的社会地位、经济状况和精神面貌可以看出一个国家的发展水平。因此，关于工人阶级的精神文化建设，历来是头等大事之一。

中国工人戏剧随时代而发展，为世人所瞩目。仅初步考察，二十世纪的工人戏剧作品就有500部以上，题材来自工业领域的各个方面，可见其规模之大，波及面之广。这里面有大量工人作者的作品，还有大量戏剧名家之作，比如曹禺、老舍、夏衍、田汉、陈白尘、丁玲、李伯钊、沙可夫等人都写过工人戏剧，其中有的还是工人戏剧的领路人和指导者。因此，中国现代工人戏剧的专业性和艺术性不可小觑。中央戏剧学院作为中国戏剧教育的最高学府、戏剧研究的权威机构，一向非常重视工人戏剧。1962年由中国工人出版社出版过一本由中华全国总工会宣传部编选的《工人戏剧选》，就是时任中央戏剧学院院长的欧阳予倩作的序，他对中国工人戏剧的成就做了充分肯定，认为工人的作品都是源于生活，有感而发，台词都比较生活化，同时也指出普遍存在的问题是对生活提炼不够，但是可以看出在不断进步。欧阳予倩对工人戏剧创作的未来抱有很大希望，可惜当年他就去世了，未能看到此后进一步的发展。在这前后，各地的工会组织也编辑出版过一些当地当时的工人戏剧作品，但是从未出版过一套比较全面、比较系统的百年中国工人戏剧集，这与中国工人的社会地位、影响力和工人戏剧的发展状况是很不相称的。

工业文明是现代社会的基础，工人阶级是现代社会的主导力量。工人在不断更新技术，技术也在不断更新工人队伍。信息时代的工人群体与蒸汽时代、电气时代的工人群体已经完全不可同日而语。从当今世界的产业发展趋势、经济发展趋势看，智能机器人正在大规模地代替人类从事程序化的劳动，替代传统的工人。而那些更多涉及精神文化层面的、机器无法替代的社会劳动，对未来的工人提出了很高的要求。在全面工业化、数字化、智能化、自动化的情况下，工人这个身份将意味着扎实的专业知识和专业技能，意味着身心健康的极佳状态。所以，党和国家现在非常重视工人阶层的精神文化建设，而精神文化建设最有效、最有活力的方式之一是——戏剧。

过去一百年，中国工人戏剧在中国戏剧史上留下了光辉的一页。工人戏剧给我们留下了不少艺术精品，这些作品记录了中国工人阶级成长的历程，也是我们当代中国工人乃至当代中国人的重要精神食粮。此外，工人戏剧作品给我们提供了丰富的创作经验；工人戏剧运动多种多样的形式给我们提供了大量可资借鉴的样板，对我们的戏剧思维有多方面启发。因此，现在出版一套“百年中国工人戏剧史丛书”，恰逢其时。

从大量现存的工人戏剧作品看，它的独特价值不可替代，它的思想内容不可替代，它的艺术价值也不可替代。

从思想内容看，在新民主主义革命时期，工人戏剧与政治运动、阶级斗争、民族解放运动、反侵略战争密切相关，它是被压迫者的呼号与反抗，它是呐喊的艺术，是反抗的艺术；它与左翼思潮密切相关，它是底层社会躁动不安的写照，是推翻旧政权、打破旧秩序的意志展示，是战争年代的杀伤性武器。

二十世纪二三十年代工农革命武装的兴起与工人运动密不可分，而工人运动的主要精神支柱之一就是工人戏剧运动，戏剧是开展革命活动的重要手段。三十年代最有影响力的工人戏剧运动组织是蓝衫剧社，蓝衫剧社旗下的戏剧活动在当时覆盖了很大一部分地区，分支机构和剧团名目繁多，非常活跃。

早期到工人中间去开展戏剧运动的人，基本上都是中共地下党组织派出的。金山在《回忆蓝衫剧社》一文中，详尽叙述过他在 1932 年至 1933 年间，接受中共上海地下党的任务，到松湖铁路机厂开展工人戏剧活动的经历。金山的经历自身就很有戏剧性。他从铁路机厂的学校入手展开工作。学校的校长对共产党的活动自然有高度的警觉，但是这校长却是个戏剧爱好者，同时又是个官迷，他希望借助戏剧把学校办得有特色，让自己在厂里有更高的地位和更大的影响，在仕途上更有竞争力。这时候，本来对戏剧一窍不通的金山，被学校的进步人士推举到校长面前，说是请来的戏剧专家，可以帮助学校搞戏剧。金山的工作就在这样的背景下展开了。此时的金山，虽然不懂戏剧，但是他本能地有个看法：演戏就是以夸张的动作在台上大喊大叫，并且作为导演，必须以身作则，一招一式都要给演员做出样子来。于是他和他的演员们的排戏就成了纯粹的体力活，一场戏排下来，所有人的嗓子全都喊哑了，并且所有人的招式和叫喊方式都跟导演金山一模一样。首场演出有田汉编剧的《一致》，一开场就是一群涂满油腻与煤烟的赤裸的奴隶，蓝光打在身上像饿鬼一样沉默，对面是按照金兀术脸谱化妆的奴隶主，手持金银怒视着奴隶们，这时一个年少的女奴被拖到奴隶主面前，奴隶主随心所欲地侮辱、蹂躏她，女奴苦苦求饶，奴隶主身边的丞相不但不帮助女奴，反而拿皮鞭抽打女奴，要她恭顺地配合奴隶主的折磨。在这过程中奴隶们渐渐躁动起来，发出低沉的呻吟，随着皮鞭的抽打，奴隶们的呻吟渐渐变成了怒吼，最终全部挣脱了锁链，扑向奴隶主和丞相，尽情地痛打。此时此刻，台上台下的喊打喊杀声混成一片，随即是雷鸣般的掌声。这部戏本来是要连演三场，但是首场之后无法为继了，因为所有演员的嗓子均已喊哑不能出声，扮演奴隶主和丞相的两位演员也都被打得遍体鳞伤，需要治疗休养几天。这次演出效果之好，远远超出预期。

金山从此走上了戏剧道路，后来成了载入中国话剧史和电影史的人物。

这是工人演剧的普遍情况：初心是要在工人群众中进行政治宣

传，演戏只是宣传的方式而已，同时也是掩护政治宣传的手段，但是在这过程中，工人群众自身的戏剧天性被激发了出来，他们在观演关系中发自内心地倾诉、表达自己的情感和意志，表情和动作渐渐纳入了戏剧表演的形式，随着后来的专业进修和专业指导、学习提高，他们这些人反倒成了对表演最有心得体会的一批人，而戏剧的种子也在工人群众当中逐渐传播开了。

在战争年代，戏剧不仅被用来做宣传鼓动，甚至直接用作对敌斗争的战术。在世界反法西斯的中国战场，一开始就形成了军事斗争和文化宣传两个战线，戏剧成了文化战线的生力军。正如张惠良在《导演工人演剧的兴趣及方法》（《抗敌周刊》）中所写："话剧跟着敌人的炮火在突飞猛进着。它从一般唯美的艺术家和享乐主义者们的手里挣脱出来，投入了大众的怀抱。舞台上固然演剧，铺板搭成的草台也演剧；没有台的街头巷尾还是演剧。有钱的看戏，没有钱的一样看戏。更进一步的是一向只有从事戏剧工作的人才演戏，而如今是连观众甚至是一般知识低落的劳苦大众也跟在一块儿演戏了。这戏不是咖啡、可可，而是一种武器！宣传民众、组织民众、教育民众的一种武器！"

二十世纪三十年代初，很多戏剧家在指导工人演剧的同时，也深为工人群众自身的戏剧天分所激动，一些工人不仅能表演，也能编剧。在一次讨论会场，很多人谈了自己的感受。戏剧家丁皑说，有一次在工厂，有个年轻女工被工头搜身，刻意地在身上乱摸，引起骚动，随后这个女工又被日本监工毒打，整个车间的工人停工抗议，日本监工受到震慑，只好赔礼道歉。工人们随即把这件事编成小戏上演，全厂工人看得群情激昂。另一次，为纪念五卅演剧，演一个工人家庭的生活，演出形式像化装演讲一样，没有剧本，只是分派了角色：谁是糊涂老太婆、谁是“好人”老头子、谁是明白的姑娘、因为什么事情发生了矛盾、后来如何全家都觉悟了。上台后大家演得有声有色，入情入理，观众都看不出舞台上是现场发挥，并没有剧本。

在参加工人演剧的活动中，内行经常需要向外行学习。崔巍谈到自己的见闻时说，“有一次到浦东高桥去演《工人之家》，演得极好，台上哭了，台下的农民倒哈哈大笑起来”。专业的戏剧工作者往往打不破与观众的隔阂，而工人自编自导自演的戏，往往大受欢迎。他甚至说，现在“女工的演技真了不起，我想有公开的机会来卖卖票的话，真会骇倒有组织有训练的演员的”，所以要向工人学习。他后来编过一个有象征色彩的哑剧，全用动作表现，必要时用简单的声音来表示，这样观演之间没有方言的障碍，效果不错。在农村演话剧，特意用旧戏的手法，打破四堵墙的拘束。工农观众一般都有观看旧戏的传统，所以更容易接受。

在新中国建设时期，戏剧又是鼓舞工人劳动热情、促进生产的重要手段。二十世纪五十年代初，戏剧家凤子曾经著文记录了北京市工人戏剧演出的盛况（《记首都十八单位工人联合演出》）：

“从十月十六日至廿一日，参加工厂有十八个单位。演出节目有歌咏、话剧、秧歌、活报剧、快板剧、腰鼓、霸王鞭、工人舞等。六个晚上，在只容几百人的小礼堂，前后观众几达五千人，而百分之九十是工人。此外文艺界戏剧专家前辈们欧阳予倩、田汉、赵树理、丁玲、王亚平等几十位，都担任了评判委员。”

上海的工人演剧历史悠久，中华人民共和国成立后更是风起云涌。解放初期，全市就迅速成立了一千三百多个工人业余剧团。二十世纪五十年代后期工人话剧团激增，戏曲组织更多。国棉十五厂、申新九厂这样的工厂，戏剧组织甚至已经按车间和生产班次建立起来了。戏剧成了工人们生产、生活的一部分。天然饭店演出过一部叫作《服务态度》的小戏，几乎是全体职工上台表演他们服务态度的变化，他们自己说：“我们每演一次这个戏，等于我们的服务态度做一次深刻检查。”演剧成了工作回顾、工作总结，在游戏中提高了工作效率和服务质量。

二十世纪五十年代上海的戏剧会演也很多。1953 年 5 月，举行了工人文艺观摩演出，包括话剧、戏曲、音乐、舞蹈、杂技等项。1954 年 12 月，又举行第二次工人文艺观摩演出，形式繁多，百花齐放。1958 年 5 月，15 个区和海员、铁路、医务三个产业工会举行话剧会演，有 300 多个单位、450 多个剧目参加，70% 以上是由工人创作的。在各区会演选拔的基础上，由上海市工会联合会从 6 月 2 日到 17 日，举行工人话剧（活报、朗诵）展览周。演出的 57 个话剧和活报中，有 52 个是由工人创作的。同年 12 月，又举行了 1958 年上海市群众文艺创作会演。有些活报剧充满着浓郁的生活气息，朴素、明朗、自然、亲切，各有其独具的风格。有些演出从真人真事的活报剧，发展到艺术加工较为完整的独幕剧，艺术上更为成熟了。工人演剧虽然都是业余行为，但是并不满足于业余水平，有的演出还能运用不同的题材，吸收民族传统，有所革新。如一〇六工厂的

《伙食房大跃进》，把相声和戏剧结合；国营第一毛纺织厂的《拷花大衣呢》，用拟人手法把呢绒形象化，吸收戏曲的传统，配合敲击乐器，展开故事情节，并且自如地用了独白、走圆场、自报家门等旧程序表现新生活。有的演出随着内容和形式的变化，时而是快板剧，时而是相声剧，时而演变成方言话剧、塑像剧、朗诵剧，有的是话剧加唱、话剧结合戏曲，各尽巧妙。工人阶级在生产劳动中的智慧，在戏剧舞台上也得到了充分发挥。

武汉的工人演剧直接、明确地提出了“工人演工人”“工人演生产的事迹”的口号，工人在戏剧舞台上也当上了主人。1950 年 5 月 2 日起至 6 日止，第一次工人献剧观摩会演上，全部已实行了“工人演”“演工人”，有 28 个工人单位参加演出，近千名工人做了演员，从 34 个节目中，有 14 个剧本是经过改编的，12 个是工人自编的。在日常生活中，各工厂间的文娱活动也蓬勃地发展起来：秧歌剧、快板剧、歌剧、话剧、京剧。在随后的几次观摩会上，演出内容越来越丰富，参加的单位也更多，自编自导自演的比重越来越大。工人们自豪地说，咱们工人在生产上做模范，在舞台上也要做个能手。

仅以以上几个城市为例，可见 1949 年后，演剧已经在工人群众中被广泛地普及，并且成了工人阶级日常生活和生产劳动的组成部分。

与此同时，行业演剧也在如火如荼地进行。中华人民共和国成立后的最初十年，就已经成立了专为各业工人服务的中华全国总工会工人话剧团、中国铁路文工团、中国煤矿文工团、中国建筑歌舞剧团和中国地质部文工团。这些剧团上山下乡，哪里有工人，他们就到哪里演出。中国铁路文工团跑遍全国各铁路线，甚至到小兴安岭的深山密林里，为修建共青团铁路的工人演出。在零下四十摄氏度的严寒里，他们经常背起服装乐器，步行十几小时，为森林工人和铁路工人跳舞演戏。建筑歌舞剧团为建筑工人演出。有一次，刚下火车他们就遇上八级大风，刮得昏天黑地，伸手不见五指，鹅毛大雪扑面飞来，气温降至零下三十摄氏度，但他们仍坚持演出；晚上就跟工人同住在窑洞里，工人把他们当作中央派来的亲人看待，纷纷给他们送大衣、被窝御寒。中华全国总工会工人话剧团在三门峡的现场上，即时把现场的新人新事编成节目登台表演，工人看了戏说："感谢文工团，献礼有两样：五百光脊梁，六十万斤汗。"中国地质部文工团长年累月到深山荒野去为勘探工人演出。在柴达木盆地一带，有些地方是苦水区，有些地方甚至是无水区，每天早上每人只能有一碗水漱口洗脸。他们有一次到镜铁山去慰问勘探队，白天在帐篷里演出，热得喘不过气来，晚上却穿上皮袄还感到冷，他们就在大雪纷飞的夜里在广场上演出。中华全国总工会工人话剧团曾上吕梁山为山上的炼钢工人演出。工人们跑出几里路迎接剧团，又放鞭炮又喊口号，锣鼓喧天。剧团白天参加劳动，晚上在庙台上演出。演出《把一切献给党》的时候，由于台子太小，演员一不留神摔下舞台，观众七手八脚把他抬到台上，继续演出。山上天气冷，下着小雨，观众一面烤着火，一面打着伞看戏，台上演出不停，台下观众不走。

北京举行的铁路职工业余文艺会演中，张家口铁路业余文工团的话剧《火焰千里》获得一致好评，后来才知道编剧之一是一个售票员。剧本虽然还不够完整，但气势磅礴，生活气息浓郁，所反映的生活和人物的精神面貌都真实、生动，很有感染力。表演上，也突破了一般的业余演出水平。虽然还是工人演工人，但他们已不完全是本人上台，依靠生活本色感人了，他们有意识地塑造不同的人物形象，有些形象已经具有一定的艺术表现色彩。

二十世纪四十年代末至五十年代初，大连船渠锻工厂工人王水亭自编自导自演的三幕三场秧歌剧《二毛立功》受到广泛欢迎，出了单行本，还被收到了劳动出版社出版的《戏剧集》里。

中华人民共和国成立的最初十余年，在政府的主导下，工人戏剧已经从零散的演剧活动发展成大规模的、大范围的、普及全国的戏剧艺术运动。中国的工人阶级已经不再是牛马一般的苦力，而是享受丰富精神生活的新型劳动者，不仅是欣赏文艺的主人，并且渐渐学会了掌握戏剧这个工具，成了舞台艺术的创造者。同时，专业戏剧工作者也在努力适应新社会的新生活，有的作品既能适应时代要求，又能在舞台上久演不衰，比如鲁煤等人创作的《红旗歌》，生活气息浓厚，人物个性鲜明，台词也很有时代特色。此剧在北京、天津、南京、重庆、兰州等城市陆续演出，受到观众，特别是工人观众的热烈欢迎，在上海居然能连续演出将近二百场，在南京的演出也突破了当地话剧演出的卖座纪录。

“文化大革命”中，虽然社会处在大动荡之中，但是工人演剧并未停顿。除了一系列《海港》这样专写码头工人的戏剧外，二十世纪七十年代的几次全国性的文艺会演，也给工人演剧提供了大量机会。这一时期，舞台演出的内容和形式都比较单一，普及程度却前所未有，戏剧的生命力，包括民众的戏剧天性和热情、戏剧适应社会环境的灵活性，都是难以磨灭的。

二十世纪七十年代后期至八十年代，随着思想解放、文化复苏的浪潮，工人演剧出现井喷式的发展，并产生了巨大的社会反响。《报春花》（1979年发表，编剧崔德志）、《灰色王国的黎明》（1980年发表，编剧中杰英）、《谁是强者》（1980年发表，编剧梁秉堃）、《我肯嫁给他》（1980年发表，编剧洪晖、杨欣）、《血，总是热的》（1981年发表，编剧宗福先、贺国甫）、《双人浪漫曲》（1983年发表，编剧王正）、《阿混新传》（1983年发表，王辉荃执笔）、《黑色的石头》（1987年发表，编剧杨利民）等作品都曾长演不衰。这些作品如“反映处于改革、调整时期工业战线沸腾生活的《血，总是热的》《谁是强者》《灰色王国的黎明》等剧，摆脱了抽象地描述方案之争、上马下马的俗套，敏锐地抓住了因社会变革所激发起来的错综复杂的现实矛盾，紧紧地把握住现实生活的各种复杂现象和内在本质的有机结合，着力去表现规模宏伟的历史进程中的各个不同侧面”。对于这样的作品，剧作家、评论家林克欢给了很高的评价。

二十世纪八十年代以后，工人戏剧与其他领域的戏剧一样，市场意识日渐浓厚，更强调主旋律，主旋律戏剧也在努力追求市场效应。与此同时，工人戏剧的民间团体也开始崭露头角，由“民工、农民工、打工人”演变而成的“新工人”，成为这种民间演剧的主力军。他们做音乐、做电影，也做戏剧。城市新工人在戏剧活动中展示自己对现实生活的观察视角，表达自己对生活的态度和对未来的憧憬，同时也以戏剧的方式解放自己的身心，焕发争取美好生活的激情。

新世纪以来，工人戏剧掀起了一股新浪潮，在社会影响面、影响力度和艺术品质方面都有了进一步的发展。2015年北京人艺作为春节贺岁档在首都剧场演出的《食堂》（苑彬编剧），受到新华社、《光明日报》《中国艺术报》等多家媒体的赞誉。此剧最大的贡献是对当代工人语言的发掘、整理与呈现，戏剧情境中人物的语言处处弥漫着生活的烟火气、工厂的油烟气，声口毕肖，粗砺而俏皮，可以说是一部替工人阶级“代言”的戏剧作品。在此之前，上海话剧艺术中心演出了《中国制造》（贾鸿源编剧，王晓鹰导演）。作品再现了中国制造业寻求转型、打造民族品牌的艰难历程，主人公刘子义痛心疾首地说“我们输给老外的地方已经太多了”，中国工业必须浴火重生。贾鸿源本是印刷厂工人，但是在长期的戏剧实践中，已经成长为一个成熟的、有相当影响力的戏剧编剧。辽宁剧作家黑纪文也是工人出身，他的《工匠世家》（2018年演出，辽宁人民艺术剧院创排，宋国峰导演）写东北重装集团两个工匠世家的故事，构思新颖，情真意切，成为叫好又叫座的工人戏剧。2018年另外一部写工匠的舞台剧《工匠的天空》也受到广泛关注。这部剧根据真人真事改编而成，劳动模范杨建业编剧并导演，北京市东城区总工会出品，隆福剧场演出。其中工艺大师神乎其技的景泰蓝艺术，技术钻研，艺术创造过程的艰辛与快乐，带给观众特别的享受。2018年还有一部写工匠的大戏，由林蔚然编剧、吴晓江导演，2018年5月在包头市金狮剧场演出的《大国工匠》。这部剧讲述了三代军工人奋斗、牺牲与创造的故事，为观众展示了中国兵器工业的现代风貌和工匠精神的代际传承。此外，由唐栋、蒲逊、甄进编剧，傅勇凡导演的《苍穹之上》，以我国第四代隐形战机自主研发历程为题材，写几代航空人的奋斗历程；阿莹编剧的《红箭 红箭》，写导弹研制的故事；孙德民编剧的《塞罕长歌》通过林业工人营造绿水青山良好生态的故事，展示当代工人精神文明的新境界。2023 年 8 月，甘肃酒泉剧院演出了由肖生科编剧、余燕妮导演的《永远的铁人》，这部剧的特别之处是由玉门油田 43 名职工出演。进京汇报演出后，此剧赴大庆油田、大庆石化、大庆炼化、辽河油田、兰州石化等单位巡演，演出数十场，吸引了百万观众线上观看，受到多家权威媒体的关注。从这部剧的创作和演出情况看，早年石油工人王进喜的“铁人”精神在新世纪依然能引起广大工人群众的共鸣。此外，中华全国总工会文工团文艺工作者持续深耕‘工’字题材，在舞台艺术中打造‘工’字品牌。2024 年上演的音乐剧《逐梦》，是其中令人瞩目的成果。《逐梦》由主体三幕及序和尾声构成，以中国高铁研发为背景，讲述了项目负责人陈雨虹带领技术团队，在事业与家庭、合作伙伴与竞争对手，以及师徒、同事、父女、夫妻、母女等重重矛盾当中，克服千难万险，坚持自主创新，最终让中国人自己的时代列车畅行无阻的故事，展现了中国铁路从蒸汽时代到高铁时代跨越式发展的辉煌历史。该剧 2024 年 5 月至 6 月在中央歌剧院首演五场，场场爆满，后来在第二十三届中国上海国际艺术节演出，受到行业内外观众的一致好评。

新世纪这些工人戏剧，尤其是工匠戏剧，紧扣时代主旋律，对现实的观察视野更为广阔，题材、主题、故事情节和人物精神面貌更强调国际背景和大国博弈的意识，从而也更具家国情怀，有更为鲜明的时代特色。

“百年中国工人戏剧史丛书”所收的戏剧作品，主要是工人题材的作品，有工人创作的，也有戏剧专业工作者创作或者编剧、工人联合创作的。一百年来，工人戏剧创作演出活动的资料浩如烟海，选目难免有遗漏，民国时期的资料由于年代久远，战乱频仍，散佚比较严重，因此搜罗不易。万事开头难，此事尤其难，但是也必须有人开这个头。这套“百年中国工人戏剧史丛书”算是抛砖引玉，希望此书的出版能被学界、戏剧界和工人群体所关注，能在资料上有新贡献，并且对当代工人戏剧运动能有借鉴和启发。

有一首传唱已久的歌叫作《咱们工人有力量》，历史早已证明了这一点，而未来还将继续证明这一点。戏剧将助力工人群体在未来社会始终处在主人翁的地位，始终是世界的主人，同时也是自己的主人。

工厂的灵魂是技术，在技术迭代日新月异的大背景下，生产方式、工厂的面貌、工人的面貌、工人群体的构成都有可能发生颠覆性的变化。比如说，未来工厂、工人的主体可能是人形机器人，机器人进化到后来必定会具有情感和意志，未来的工人戏剧中可能出现机器人工人形象，未来的戏剧情境中，机器人可能会成为不可缺少的构件，矛盾冲突也可能不止于原初的人与人冲突，可能会有机器人介入。原初工人与机器工人之间掌控与反掌控，对智能机器工人自行繁衍的限制与放任，对智能机器人行为规范的制定，机器人工会的审批，机器人合法权益的保护等，可能都会进入议事日程，这些都可能成为未来工人戏剧创造面临的基本问题。甚至，智能机器人这种“新工人”当中如果出现了“工人剧作家”，出现了“新工人”自己的剧本甚至演出，那又将是什么场景？

技术的研发与迭代已经形成千帆竞发、百舸争流的局面，“工人”这个概念正在不断被最前沿的科技所重新定义，“工人戏剧”这个概念，必将在戏剧领域成为最有科技含量、最能引领艺术超滤的概念。在未来社会，工人阶级必将真正成为，再次成为社会进步的先锋队、推动历史前进的火车头。

目录

不是蝉

魏连珍

作者简介

魏连珍，1919 年出生于河北省获鹿县。童年过着流离失所的生活，十几岁在石家庄一家玻璃店做小工，后进入石家庄铁路检车段做工人，积极参与土地改革等社会运动。1949 年 9 月初，开始创作三幕话剧《不是蝉》，作为铁路工人向新中国的献礼之作。1950 年，调入石家庄铁路分局工会，任宣传干事。1952 年，调入北京铁路文工团，任创作组组长。1955 年，在中国作家协会文学讲习所学习，后调入中国铁路文工团。主要作品有《解放》《归来》《不是蝉》等。

剧情梗概

《不是蝉》描写石家庄检车段一个调皮落后的工人马顺保，因为自大骄傲，像知了一样光会叫，被工友们戏称为“马知了”，“马知了”在工作中欺骗、装病，在生活中赌博、打人，但在模范共产党员白师傅的教育和帮助下，认清了自身的问题，提高了自己的觉悟，积极参加生产大竞赛，摆脱了“知了”的绰号，与工友们共同完成了人民铁路的建设任务。

人 物

杂役　十七岁。

王宝云　二十岁，一个顽皮的工人。

马尽义　六十岁，小烟贩，忠厚，幼年学过武术。

马大森　五十二岁，马顺保的父亲，农会主席，共产党员。

白庆田　白师傅，五十四岁，老铁匠工人，共产党员。

老杨　钻营自行车行的牙行腿子，落后的流氓。

马顺保　二十四岁，工人，调皮落后，却聪明活泼。

张志斌　二十六岁，直爽性急的工人。

刘纯　普通工人。

段长　三十六岁，工人出身。

分工会主任　四十岁，工人出身，共产党员，支部委员。

妇女子　工人家属。

妇女丑　工人家属。

老朱　与老杨同。

马氏　二十二岁，顺保的老婆，农家妇女。

李志贤　工人出身提升的小职员。

姚师傅　普通工人。

日本宪兵队长

翻译官

狗腿子

野段长　国民党伪段长。

工人甲

工人乙

工人丙

马老太　五十五岁，尽义的老婆。

第一幕

第一场

◉时 间

一九四九年五月中旬

◉地 点

石家庄市铁路检车段门前的一条大道上

◉布 景

街头的一棵大树下

◉人 物

杂役 王宝云 马尽义 马大森 白庆田 老杨 马顺保 张志斌 刘纯

〔开幕，杂役上，见树上麻知了叫，用石子砸下，在土箱上捉住，听背后有人唱，用手巾把麻知了包住，自己藏到土箱后面。王宝云上场后，吓了王宝云一跳，王宝云拿手巾擦头上的汗。

王宝云　真他妈的，你这小子，这是什么东西，叫我看看。

杂　役　麻知了呀！

王宝云　快给我看看，闹了半天就是这个叫麻知了，我们那里管这个叫知了，你们这儿叫麻知了吗？

杂　役　我听说也有人管这个叫蝉的，唉！咱们检车段不也有一只蝉呀！

王宝云　一只蝉？啊！你说咱们大家伙管马顺保叫马知了，对不对？

杂　役　对！一点都不错，他那个自大骄傲的样子，就仗着自己有点技术，什么都不肯学啦！就像个麻知了一样，光会叫，再没有别的能力啦！结果叫咱们给捉住了。

王宝云　对，你拿来给我，叫马顺保看看。

杂　役　可别，现在正在生产大竞赛的时候，你叫他看看，他要跟你打起架来，那不就耽误生产了吗？

王宝云　没关系！没关系！（齐下场）

〔后台有“冰棍、西瓜、烟卷”的叫声。

〔马尽义上场。

马尽义　卖烟卷，汽车牌的烟卷，一百块钱两盒，汽车牌的烟卷。啊！天真热啊！天真热啊！（抬头见前面有树荫地）在这儿休息休息吧。烟卷，卖烟卷。

〔马大森背粮食上场，快要昏倒在地上的样子。

马尽义　老乡，你怎么啦？老乡，你怎么啦？

〔白庆田上。

白庆田　这老乡怎么啦？

马尽义　他一定是着热啦。

白庆田　好吧，我到那边煤店给他找点水喝喝。

马尽义　对，你快去吧！

〔白庆田下。老杨上。

老　杨　（拿起烟卷来）卖烟卷的，汽车牌烟卷多少钱一盒？

马尽义　先生，五十块钱一盒。好，你自个拿吧！

老　杨　钱放这儿啦！卖烟卷的顾着什么啦？（看了看马大森，下场）

〔白庆田手拿井水上。

白庆田　快给他喝下去。（撬开马大森的嘴，用水灌下去）

马尽义　这会儿不要紧啦。

白庆田　对啦，不要紧了！天这么热，咱们快把他架到树凉下吧！

马尽义　对，（就把老乡架到树荫下，问）不要紧吧？

马大森　不要紧啦！不要紧啦！

白庆田　老乡亲好了吧？

马大森　不要紧……因为我平常就有这个病，又遇上这么热的天气，我快六十岁的人了，背着这四五十斤粮食，越走越热，脑袋一发昏，心里直乱跳，不知不觉地就昏过去了。

白庆田　现在不要紧吧？

马大森　不要紧了，多亏你们费心。

马尽义　不算什么，出门在外的都是朋友嘛。

白庆田　老乡从什么地方来呀？

马大森　从元氏县来，多年不见我的儿子，看看他们，再买点煤油回去。

马尽义　你的儿子在这儿做什么呢？

马大森　做工！

白庆田　做工？做什么工呀？

马大森　你问我儿子做什么工，我还不知道，从前国民党在这个地方，我不敢来往，也不敢打信，只晓得他住在 ×× 胡同 ×× 号。

白庆田 可不是，老人总是疼儿子的，这么大年纪又背这么些粮食，我给你送到家里去吧？

马大森 不，不！这足够麻烦你们的了。

白庆田 没有关系，我也是工人，工农联盟为基础，咱毛主席说的，谁也离不了谁。

马大森 你在哪里做工呀？

白庆田 我在铁路上做工。

马大森 （非常着急地）铁路上？我问你什么时候修复京汉路呢？

白庆田 老乡你怎么问得这么急呢？

马大森 你不知道，不但是我，千千万万的老百姓都盼着早些通车，盼得眼都红了。就拿烧煤说吧，烧煤就和烧金子一样，这条路就好比人身上的血脉，过去国民党在的时候，咱们要把他们攥死，（做手势）彻底破路，我还参加了呢！现在是咱们人民的解放区了，这条路还不通，就好比血在身上不流通，人的身子也不壮实，你们铁路工人就是给铁路治病的医生呀！你说给我，什么时候就治好了？

白庆田 老乡你说得真巧，真妙，真对！我说给你，铁道部已下了命令，在一九四九年年底要修复京汉路，不但修复京汉路，全国的铁路都要修复，这是个重大的任务。石家庄市委又号召红五月生产竞赛，工友们日夜加班，保证年底完成任务，那时你再来石家庄，就能坐上火车来了。

马尽义 对了，到那个时候，再不用背上粮食下地走了！不怕冷，不怕热的，也不会再昏倒在地上了。哈哈哈……

马大森 对对对！哈哈哈，等你们修复了路，通了车，我一定要坐头一趟火车，再来石家庄给你们贺喜。

白庆田 再看看你的儿子，哈哈哈，我回去吃完饭要上工去了，不能陪你们说话了。我看，还是送你去吧。（白背粮食，森拦住）

马大森 快去忙吧！足够你费心了！哈哈哈！

白庆田 天气很热，累了多休息会儿。好！我走了。（白下）

马大森 这个老工人真是个好工人。

马尽义 可不是嘛！工人心眼好，又忠实，又可靠。

马大森 唉！可就是我忘了问问人家姓什么叫什么啦！

马尽义 算了吧！算了吧！走远啦！走远啦！（森拿出烟袋来吸烟）老乡，你吸一支纸烟吧！

马大森 不，不，我吸不惯烟卷。哎！这个工人姓什么呀？

马尽义 你要问这个老工人姓什么，我也不知道，我每天在检车段门口摆着烟卷摊，出来进去断不了碰见他，回头我给你打听打听得了。

马大森 你贵姓呀？

马尽义 我姓马，我叫马尽义，你贵姓呀？

马大森 噢！那巧极啦！咱们还是当家子咧，我也姓马，叫马大森。

马尽义 那真闹对了，（后台："大凉败火的冰棍！"）咱俩该交个老朋友，我在新华路殷家胡同99号住家，有工夫到我那儿休息休息，喝口水。

马大森 好！我一定要去拜访你，今天要没工夫，改天我一定要去拜访你，你在这儿休息吧，我要走啦。（就去扛粮食）

马尽义 来，来，我掴给你。（森背起粮食来）

马大森 你忙着吧，我以后一定要去拜访你。（马大森下场）

马尽义 好，好，以后来了一定到家里去。走路时小心一点，到树凉地方多休息。（马大森下场）工人真好，我老头子也是有良心的人。工人要是买烟就得少赚一点，我卖一百块钱两盒，工人要是买的话，我一百块钱两盒再搭上一根。

〔马顺保上场，听到老头说一百块钱两盒零一根。

马顺保 奇怪，老头一百块钱两盒零一根，那么，我买你五十块钱的吧。

马尽义 同志，你买一百块的吧！你要是买五十块钱的，我只能给你一盒，因为你们工人同志买烟，我是一百块钱两盒零一根，你要一定买五十块钱的，我只好给你一盒啦！

马顺保 那不行呀！这是你说的一百块钱两盒零一根，你要多少钱我就给你多少钱，我买五十块钱的，你至少给我一盒零半根。

马尽义 很好的烟哪能折两截呀！你就吃半根烟的亏吧！

马顺保 那不行。（就伸手拿烟）

〔张志斌与刘纯上，张志斌瞪着眼看马顺保。

张志斌 马顺保，你这小子在段上捣乱吧，到了街上还捣乱，这要叫街上的人看见了，让咱们工人多么不体面！

马顺保 我的事就用不着你管！

张志斌 （就叉腰瞪眼）我非管不可！

马顺保 我不许你管！（张马两人打起来，马尽义、刘纯两人拉开他们）

马尽义 别打架，可不能打架，来来，我宁可赔一根烟，你们千万别打架。

刘　纯 老头，我再买你五十块钱的，把那根给他不正对账吗？

马尽义 对！还是这位同志说得对！看这位同志多么好呀！（马尽义拿烟篮下）

张志斌 “工人”这两个字都叫你给糟蹋啦！

马顺保 我这是跟老头开玩笑的，你何必起那么大火呢？

张志斌 人家那么大年纪，跟人家开什么玩笑？

刘　纯 怪不得都管你叫“马知了”，走，咱们走吧！（张、刘走，马顺保随后走，张回头见马顺保走来）

张志斌 少跟我们一块走。

马顺保 我还不愿意跟你们一块走哩。

刘　纯 好啦！我们快走吧。（张、刘下场，马站住吸烟）

〔车贩杨推着自行车上。

老　杨 老马下班啦？

马顺保 对啦。老杨，现在车子行市怎么样？

老　杨 行情涨得厉害。

马顺保 像这样的车子得多少钱？

老　杨 你把这辆车子留下吧！你瞧，完全是西洋造。你要是留的话，好办，今天到过这个大数这个零没卖，你要是要的话，来，咱们摸摸数，（二人摸起手来）你要的话，这个大数这个零，怎么样？

马顺保 这个大数我可要不起！

老　杨 得啦！你们工人还在乎这个？

马顺保 好好，咱们回家再说吧！

老　杨 对，咱们回家。（用手作推牌九样）

马顺保 对，咱们回去看看点吧。

〔齐下场。

——幕　落——

第二场

◉时 间

第二天的中午吃午饭的时候

◉地 点

石家庄检车段，铁匠房里

◉布 景

有铁匠用的烘炉、铁枕、虎钳台等

◉人 物

王宝云 张志斌 刘纯 白庆田 马顺保 段长 杂役 分工会主任 妇女子 妇女丑

〔开幕，大家都在吃午饭，王宝云吃着东西上。

王宝云 我们甲检组向你们铁工房挑战啦，保证不等你们把车梯修好，我们就能把下部车台完全干完。

张志斌 那下部的零活哩，算不算？

〔马顺保就不爱听他们挑战事，做表情。

王宝云 下部的零活不算。

张志斌 对，那我们可就应战啦，可是咱们都得利用业余的时间呀！

王宝云 那是当然啦，谁不是利用业余的时间和吃饭的时间呀！

刘 纯 你们甲检组的人都是干将，我们铁匠房就是多着这么一个马知了。（用手指马）

〔马手指刘，想打刘，被白拉住。

白庆田　不，不，马顺保也是个干将。

王宝云　对了，马知了就是怕喜鹊叫，一叫，他就跳起来啦！

马顺保　你小子少说废话。

王宝云　唰啊——唰啊——

马顺保　你唰他妈什么啦？

王宝云　我这学“马知了”叫。（说完回头就跑，马顺保想去追，大家都笑起来，马顺保不服气的样子，白走到马的身边）

白庆田　你听见了没有，他们向咱们挑战？咱们还要向他们各组挑战，保证不能因为咱们铁匠工作，耽误了在业余时间修理那十辆大破车。（回身到炉边翻馒头）

马顺保　白师傅，咱们先说清，我在哪个组干活也一样，反正在休息时间我是一概不参加，再说咱们铁路局又有这个规定，吃饭时间是一个半钟头，反正不到点我是不干活。

〔张和刘在一边都不爱听这话，生了气。

刘　纯　你要知道，这两个月是咱们全段的生产大竞赛，说什么咱们也不能落到别的组的后面呀！再说当上一个劳动英雄、劳动模范的，是多么光荣的事啊！

〔大家一齐看着马。

马顺保　我才不听那一套呢！劳动英雄，劳动英雄也当不了吃饭呀！

白庆田　老马，你要知道，别人说咱，都是为了让咱们向好道上走呀！再说，咱们吃的是老百姓的，穿的是老百姓的，要不好好地给老百姓干，怎么能对得起老百姓呀？

马顺保　我为谁，谁为我，反正是谁多干活谁多费劲，我这脑袋就是转不过这个弯来。

白庆田　因为你不肯学习，所以有很多的道理你是不知道的。咱们铁路工人最主要的任务是修复所有的铁路，尤其是京汉线更是重要，老百姓盼星星盼月亮地这样盼着。前天我在路上遇见一个老汉，从元氏县来的，背着几十斤粮食来看他的儿子，天热昏倒在地上，差一点死了，要是早一点把京汉路修好，这对老百姓有多方便，这就叫为人民服务。

马顺保 我不知道什么叫为人民服务，我是为人民币服务。

〔外面有“干呀干呀”的声音。

刘　纯 别对牛弹琴啦！你瞧人家都干起来啦！

白庆田 你好好地想想吧，咱们走吧。

刘　纯 对，咱们也去干吧！……

〔刘提大锤和白下，马口中嘟囔着。

马顺保 不到点就干活，真他妈的贱骨头。

张志斌 你他妈不干活还不说人话。（张把马推倒在地，二人打起架来，白反身上，上前拉）

白庆田 喂，别打架，老张！

〔段长上。

段　长 怎么啦？白师傅，他们怎么打起来啦？

马顺保 你为什么打人呀？

张志斌 打你是好的。

段　长 怎么让他们打起架来啦？白师傅！（马也想说，张也想说）你们别说，让白师傅说。

白庆田 段长，是这么一回事，咱们这次在生产大竞赛当中，不是要利用业余时间抢修那十辆大破车吗？我们这个组不愿落到别的组的后面，就是老马在思想上转不过这个弯来，身体也不太好，不愿参加这个工作，老张的性情有点暴躁，我一转眼没有看见，他们就打起来啦！

段　长　这点小事也值得打架呀，打架解决不了思想问题，这是旧社会的流氓作风，在工厂是犯纪律的。老张，你不愿落在别组的后面，是很好的，那就别耽误时间啦，你们去工作！

白庆田　好，咱们干活去吧，你和老马好好地谈吧！

段　长　对！白师傅，你们干活吧！天气热得很，可别忘了喝水。

白庆田　（一方面向外走，一方面回头看段长）不要紧，忘不了。

〔张向外走，吐了马一脸，马也吐张，正巧段长在中，吐了段长一脸，段长从口袋中掏出手巾擦脸。白和张下。

段　长　老马，你身体真的不好吧！你看他们才是真正的英雄呢！在生产上忘我地表现，这才是新社会的新英雄主义呢！

马顺保　我也不懂什么主义，反正天气这么热，我也不打算当什么英雄。

段　长　马顺保，当生产英雄是最光荣的，他是最受人民欢迎的。

马顺保　我不知道这个，我就知道工人是干活吃饭。

段　长　那么你愿当个好工人呀，还打算做个坏工人呢？

马顺保　我也没法做个最好的工人，可是我也不愿做个最坏的工人。

段　长　那么你看，（向外指）咱们段上的男女工友都在利用业余时间装修那十辆大破车，就咱们两个还在这儿聊天哩。

马顺保　段长，你这么一说，我算是最坏的工人啦？

段　长　不，不，我觉得你是一个最能干的人，因为我们领导上的能力不够，不能教你把技术都发挥出来。

马顺保　我也没什么技术，反正我不赞成在业余时间修理那十辆大破车。

段　长　是这么回事！现在咱们东北和华北已经全解放啦！可是南方还有些地方没有解放，国民党已经溃不成军啦，咱们解放军走到哪儿，胜利的大旗就插到哪儿。但是中国的地面又这么大，运输线又这么长，要没有大批的军队和弹药，运到南方去，解放全国的日子就推迟了，就增加了人民的痛苦，你看修复京汉路的重要性是多么大。因此铁道部就下了命令，要在一九四九年年底修复全国的铁路，石家庄也掀起了生产竞赛运动，工友们都懂得了这个道理，生产情绪高涨得很，因为咱们的车皮不够用，所以才利用业余时间修理那十辆大破车，叫它都复活起来，这么一来就可以增加咱们的运输量，就可以早一点打倒蒋介石匪帮。你说是不是?

〔杂役上。

杂　役　段长，电话。

段　长　哪来的电话?

杂　役　技术室问，C.W. 八五六二三号，在咱们这儿修还是入大厂修?

段　长　你去告诉技术室，叫他们再详细地检查一下，尽可能地在咱们段上修，不入大厂修。

〔杂役下。

段　长　你看那十辆大破车修好了和新的一样，还能搬运东西，让你看看，比从前的破骨头架子不是要好看得多吗?

〔杂役上。

杂　役　段长，机器房的师傅研究的那个压线机，试验成功啦！叫你到那里看看去。

段　长　好吧！老马咱们回头再谈。（段下场样，看见外面的干活工友，向外指着）你瞧，咱们段上的工人家属也帮助咱们擦车哩！

〔段长及杂役下。

马顺保　（向外看了看，把门关好）他们来，他们是有那个瘾，八路军的手腕我算知道，反正是累死人不偿命，把“英雄”当狗熊吧，“模范”麻烦，“劳模”妖魔，我先休息一会再说。（向桌子旁边坐一会又起来）张志斌这小子动不动就想打人，我就说你小子把我腿打伤了，明天就歇班，要是扣我的工钱叫你小子赔我的。对，就这么办，（从口袋掏出棉纱来敷在腿上，他看见桌下的胶皮鞋，拿起来）这双胶皮鞋一定是张志斌的，我非给他烧坏不可！（往火炉边走）肏他猴哥，（从炉内拿出火来放在鞋内）这回你的胶皮鞋可成了凉鞋了，八面能进水，“模范”这回叫你小子找点麻烦。（外打点声，马上装起拐来）

〔白、刘、张上。

白庆田　快快快，我看再用不了五六个吃饭的时间，这十辆大破车的任务就完成啦！

刘　纯　就照大伙这个干劲，再有几辆也能完成。

白庆田　老马，别生气啦！你瞧大伙一边干，一边笑，多有意思呀！

马顺保　白师傅，笑不笑的，反正张志斌这小子把我的腿打伤啦！

刘　纯　别装蒜了，刚才还没事呢！

张志斌　喂！凭良心说，我打着你的腿没有？

〔白看看这，看看那。

马顺保　你瞧，（扶着棍走）咱们先说清，反正明天我要歇班，要是扣我的工钱你得赔我。

张志斌　别他妈的做梦啦，有钱我还给小孩买糖吃哩。

白庆田　别胡说八道。

〔马想动手打，可是还得装痛的样子。

〔段长上。

段　长　你们这是又怎么了？

白庆田　也许他们不小心，把老马的腿给打伤了！

段　长　刚才……

马顺保　刚才还不要紧，现在就痛得我不能走道啦！

张志斌　他那是装蒜哩。

段　长　好吧，那你到医院去看看吧。

马顺保　好，段长，我明天可要歇班啦。（拿上饭盒，大家都看马走出）

段　长　好吧！

〔张吐马，马吐张，白在当中，正巧吐了白一脸，马下，白拿铁棍放在火里。

白庆田　年轻人动不动就爱打架。

〔杂役上。

杂　役　段长，电话。

〔段长及杂役下。

刘　纯　怎么把他弄到咱们这组来啦，他不是归检车组吗？

白庆田　在检车段，什么也得会干，铁匠、木匠、检车、甲、乙、丙组检车，连车电也得会干，要我说，你们年轻人好好地干吧。检车段的工作，是做到老学到老。

张志斌　（生气）不管你们怎么说，反正老马要在这里干活我就到别的组里干，无论怎么说，我也不和他在一块干活。

白庆田　（从炉内拿出锤来）来来，干。（张拿锤，刘也拿锤）

〔段长上。

段　长　我也打两锤。（叮当声）

〔杂役上。

杂　役　来了一位周同志，找你谈两句话。

〔段和杂役下，张转眼看见胶皮鞋倒着。

张志斌　谁动我的胶皮鞋了，怎么有胶皮味？（再仔细地看）好，他妈的可恶的东西，把我的胶皮鞋给烧坏了。白师傅你看看，一定是马顺保这小子干的！

〔白庆田接鞋。

白庆田 明天他来了，我给你问问他。

刘　纯 马顺保这小子，别人叫他马知了，我看该叫他不地道啦！

张志斌 我他妈非找他不可。（解下自己的腰布，拿起一只胶皮鞋，急躁地要走，白拉他）

白庆田 可不能出去呀，工作时间出去是犯纪律的。

张志斌 我生了气，什么都不怕！（拿棍向外跑，把白推倒，将白头碰破，刘扶起）

白庆田 快，快追他去！（刘急追）动不动就打架，真肏蛋。

张志斌 不行，我非找他去不行。

刘　纯 算了吧！回来吧！

白庆田 张志斌……（气喘带咳嗽，手抚头说）志斌，你怎么能跟他一样呢？一双胶皮鞋算得了什么呀？咱们的工作要紧呀！

张志斌 白师傅，我们的事你就别管。（忽见他的头破了）你头上这是怎么了？

白庆田 唉！这都是你们打架闹的，说什么你也不能找他打架呀！

张志斌 白师傅，你说什么也不行，他要是不赔我的胶皮鞋，说什么也不行。

白庆田 你不要认为是他给你烧的，也许是火星迸到里面烧的。

张志斌 哪是火星子迸到里面烧的？白师傅你看，里面还有炉灰呢！

白庆田 你又没有看见，怎么知道是他给烧的？

张志斌 我敢保证，咱们段上三四百人，除了他，就没有这样的人啦！

白庆田　别管怎么着吧，咱们的生产任务要紧，别光顾着生气，耽误了咱们的生产大事，（回头看后面，对张说）你看咱们工会主任也来啦！

〔主任上。

主　任　志斌老弟，现在咱们的生产任务这么要紧，哪还顾着生闲气呢！

白庆田　主任，不是，这双鞋给烧坏啦，他和老马抬了两句杠，他认为是老马给他烧的。

主　任　（接过鞋来看看）老马这家伙真调皮，好啦！志斌老弟，没有关系，明天他来了，我给你问问，真要是他给你烧的，我一定叫他给你买一双。

白庆田　对啦，就是他不赔你的，我们也一定赔你的。

张志斌　你们要赔我的，我还不要啦，现在买一双这种胶皮鞋是多么贵呀！这是我最心爱的东西，烧坏了真倒霉。

〔妇女子、丑二人上。

妇女子　主任，我们可给你们提意见啦！我们给你们帮忙来啦，你们可在这儿聊起闲天来啦！

〔白师傅很严肃地、紧张地同张志斌工作。

主　任　对！接受大嫂们的意见，大嫂现在就回去吗？让你们辛苦了。

妇女丑　大家的事大家办，我们辛苦，你们也不清闲啊！

主　任　对，大家都辛苦啦！现在回去吗？

妇女子　可不是嘛！家里还丢着一大群哩！

妇女丑　是鸡呀，还是鸭子呀？

妇女子　不是，是孩子们。大嫂子、二嫂子都来这里帮忙来啦，家里一群孩子还没人管呢！

妇女丑　我说哩，我们家里有一只老母鸡，孵了一窝小鸡，没有留神，猫给吃了两只，那母鸡整天喳喳乱叫。

主　任　嫂子，怎么还操这么多心呀？母鸡叫是它的习惯吗？

妇女丑　不是习惯，这是母鸡想小鸡的关系，所以整天喳喳叫。

妇女子　你这个缺德鬼想着法地骂人。

〔众笑。

主　任　嫂子们真会开玩笑，好，今天都辛苦了，你们回去歇歇吧！

妇女子　从前谁来过你们这个检车段呀？你们每天干的什么，我们都不知道，现在可都知道啦！

妇女丑　从前我光知道火车来了，你们拿小锤头敲打敲打就算啦，闹了半天你们还有这么大工厂哩。

妇女子　我也当只是光敲打敲打，不会修理，闹了半天你们什么都会干！

妇女丑　你看这里有铁匠、木匠、油匠、机器匠、检车匠、车电匠……真是什么匠都有。

妇女子　就是没有豆瓣酱呀！

〔众笑。

主　任　大嫂们真会开玩笑，不送嫂子们啦。

妇女子／妇女丑　不用送啦！明天还来哩！

主　任　对！谢谢大嫂子们，白师傅，咱们工人家属都积极起来啦！（笑）

——幕　落——

第三场

◉时 间

第三天下午

◉地 点

马顺保的家里

◉布 景

门、窗、床、被褥、桌子一张、凳子三张、柜橱一个，工具、粮食在口袋里，桌上有壶、碗、煤油瓶子，新自行车一辆，床上有一只包袱，墙上挂一件女大褂。

◉人 物

马顺保 马大森 老朱 老杨 马氏 白庆田 分工会主任 王宝云

〔开幕，马大森拿着旱烟袋，看看自己的儿子，马顺保躺在床上装病，马大森倒了一杯茶给马顺保。

马顺保 爹，我自己倒吧！

马大森 不要紧……你好好地养着吧！为工作受了伤是最光荣的，不过以后干活要小心点。

马顺保 不要紧，这是我抬东西碰了一下，两三天就会好的。

马大森 如果不要紧的话，我今天就打算回去啦！现在村里正是忙的时候。

马顺保 爹，你回去吧，回去不要对我娘说，我的病过两天就会好的。

马大森 好……我先到街上买点煤油和别的零碎东西。

马顺保 你去吧。

马大森 保子，煤油到哪个街上买呀？

马顺保 道沟街什么也有卖的。

〔马顺保装疼地翻了个身。

马大森 保子，现在还疼吗？（马顺保装疼的样子）

马顺保 现在还有点疼，你不用管啦。

马大森 为人民流血流汗，为工作受伤是最光荣的事啊！好孩子，你好好地养着吧！

〔马大森提着瓶子下，保跳下床来关上门。

马顺保 我爹一说话，真像个八路军一样，一说就是一大套，那么大年纪了，真是老不歇心，我也不光荣，我也不受那份疼，那么大岁数了还在村里当主席，脑筋怎么搞的？（指着口袋说）要说吧还是爹亲，那么大远，还给背二斗麦子来，可真巧，这半个月的开支都叫我输光了，正愁没办法呢！这回可行啦！真是“有福之人不用愁”。（看见自行车）哈哈，要说八路军不好吧！也不错，调整了工资，一开始追加，就是四五个月的，除去零花还买了这么一辆车子，要是在从前，我可买不起呀！要说讲民主吧，倒是很自由，就是一干起活来，是真够呛，再说不干吧，人家都干，咱自己一个人不干也不好看，这个……

〔外边响起啪啪的敲门声，马顺保急拿起棍来装着疼痛的样子开了门。

〔老朱、老杨二流氓上。

老　朱 别装蒜啦！

马顺保 我当是谁叫门哩，把我吓了一大跳。

老　朱　走吧！老马，还是到我那屋里去吧！

马顺保　又推牌九吗？（老朱、老杨点头）不，不来啦！今天可不能来啦。昨天光顾着在老杨屋里推牌九啦！我爹来了，我都不知道。

老　朱　哟！你还是三岁两岁的孩子，难道你父亲死了，你就不活着啦？

马顺保　嘿！你这小子说话真不受听，谁没父亲？你要是没父亲，你小子哪儿来的？

〔打架的样子，老杨给拉住。

老　朱　我可不敢和你动手，我要是和你动起手来的话，你说你那条腿也受了伤了，那我还得背着你走哩！

老　杨　别说废话，咱们抓紧时间，老马，你老婆到哪儿去了？

马顺保　上街买菜去了。

老　朱　你父亲呢？

马顺保　买煤油去了。

老　朱　趁你老婆和你父亲都不在家，这不是个好机会吗？

马顺保　最好今天还是不干。

老　朱　不干也行，那么昨天的账该算算了吧？

马顺保　昨天的账不是说下半月见吗？我的现钱都让你们赢光了。

老　朱　你的钱还多着哩，你瞧那辆自行车，且得推两把哪！

老　杨　车子不车子是另一回事，趁这工夫你还不往回捞一捞？

老　朱　你不会下大点注吗？这又不是买什么东西的，非一定的数不行。又不是打麻将非打四圈不可，多会儿有人来了，咱们就马上停止。

马顺保　咱们可得小心点，千万别让别人看见了，咱们一把是一把的，大点注，少干会儿。

〔老朱拿出牌来，推牌九。

老　朱　我的庄，谁占两门？

老　杨　我占两门！

老　朱　对！下注吧！

马顺保　我这门“五千二三”。

老　杨　我这两门都是“一万三三四”。

〔老朱打骰子分出牌去，各人看着各人的牌。朱杨搞鬼换牌。

老　杨　四跨四，小五拐，千万别来六个点。

老　朱　别叫啦！点里没钱！

马顺保　他妈的，对点不对眼。

老　杨　我这门有叫，天天，地地，红人来了唱台戏，对红八。

老　朱　老杨，你这两门够本，老马咱们不算昨天的，今天又输五千了。

马顺保　耗子，不叫耗子，老输（老鼠）。（分好了牌）这回我下两万大头，五千孤丁。

老　朱　（看了一眼马顺保的自行车）老马，先别起那么大的火，昨天你短我的可不少啦！

老　杨　要不这么办吧！咱们先把老马的车子合成钱，除了还你的账，（对老朱）剩下多少叫老朱找给你，这样，老马也把账还清了，咱们又可以来现钱的。

马顺保　你那么说，我要赢了呢？

老　杨　赢了还是你的车子呀！

马顺保　那么你看我的车子值多少钱吧。

老　杨　老朱，来，我给你俩摸一摸！（用手巾盖手）我看也不过这个大数这个零。

老　朱　可不行！别人不知道，你还不知道吗？现在什么物价都落，最多也不能超过这个大数这个零。

〔外面拍门声，马顺保急把牌藏在包袱里。朱、杨也装模作样，马顺保装拐，扶棍去开门，一看是马氏。

马　氏　（生气）我的家就不许随便有人来。

老　朱　大嫂子，干什么生这么大的气呀？你问问你们老马到过我家没有啊！

老　杨　住到一个同院里，谁都不许到谁家坐会啦！

马　氏　我不管他到谁家不到谁家，反正这是我的家，就不许你们随便到这屋里来。（说着到桌子抽屉里找牌九）

老　朱　你的家？这个院的房子可全都是我的，我要是不想往外赁的话，你们就得搬家！

马　氏　这不是你们从前当官当保长的时候了！不短你们的房钱，凭什么让我们搬家？

老　朱　不短我钱？问问你们老马，短我钱不短？

马顺保　娘们儿家，嚷什么？不怕人家笑话！

〔马氏拍打着桌子哭，朱、杨互相对立着，朱推车子往外走，马顺保很不乐意的样子，但没说出口来，朱不理，把车子推走，马氏见把车子推走了，大哭起来。

马顺保　人家也不过是借咱们的车子骑骑，你也值当的生那么大的气？

马　氏　你没有出息，没有志气，整天和他们在一块，还能干出什么好事来？他们都是好吃懒做的二流子，不让你和他们在一块儿，你偏要和他们在一块儿。我问你，人家别的工人一个月挣二三百斤小米，一家大小都过得很好，咱们总共两口人，月月还不够，你说你把钱都弄到哪儿去了？天生的不知道丢人败兴！

马顺保　有钱不花，丢了白搭，再说，人过青春没少年，该吃就得吃点，该花就得花点，这才叫想得开呢！

马　氏　你说的都是不要脸的话，有钱不花，丢了白搭，你也不能瞎花啊！人过青春没少年，你在年轻的时候都不肯干，到老了你更不肯干了！你今天花，明天花，花完了你就死了？

马顺保　唉——我这是娶老婆的，不是叫你管教我来了！

马　氏　好！我不跟你生这个气，好！我走！（拿包袱，把墙上挂的大褂包在包袱里，见包袱内有牌九更生气，拿起牌九来摔了马顺保一头）

马顺保　（马去拉马氏，又被马氏吐了一口，马想追出去，忘了拿棍子到街上装拐，回身去拿棍子，一转想）顶大你到你娘家住两天，你还有多大的本事！（坐在桌旁，想过去的事）

〔老朱、老杨上。

老　朱　老马，何必这个样子，老婆子走了，咱们玩牌九不就更方便了？

马顺保　说了半天，你说什么也不该当着她把我的车子推走啊！

老　朱　你瞧你，你越说越丢人，咱们是男子汉大丈夫，她是个娘们儿家，为什么让她管着你呀？

〔外面敲门声，马顺保急扶棍子去开门，白庆田和工会主任提点心上。

白庆田　老马，你看咱们工会主任也来看你来了。

主　任　（指老朱、老杨）这二位是……

马顺保　他们是我同院里。这位是朱先生，那位是杨先生。

主　任　先生做什么事呀？

老　朱　我们在这儿住多年了，做个小生意。

老　杨　碰劲捣鼓个车子，凑合着瞎胡混呗！

老　朱　你们坐着……（偷偷摸摸地退下，老杨也下）

白庆田　老马，你的腿好点了吗？

马顺保　（马装痛的样子）现在好点，上午痛得我浑身冒汗！

主　任　那你到医院去了没有？（白要看马伤口的样子）

马顺保　去了！……大夫说千万不要打开看！

白庆田　那么弟妹呢？

马顺保　住娘家去了。

白庆田　你的腿病成这个样子，怎么让她住娘家？

马顺保　她前四五天就走了！

〔王宝云带着笑跑上来。

王宝云　老马，你这小子真能装蒜。（说着要把老马从床上拉下来）

白庆田　王宝云，你这是怎么啦？

王宝云　刚才我在路上碰见他老婆了，他老婆抱着个大包袱，一边走一边哭。我问他老婆，我说嫂子，老马的腿好了吗？嫂子说，他腿上一点病也没有，只是缠着一块棉纱，他老婆生了气，就去住娘家去啦，我再三再四地拦也没拦住。

〔马顺保羞愧地低下头。

主　任　老马，什么洋相可都叫你给出了！

〔马大森在窗外看见。

白庆田　马顺保，你这可不对呀！

王宝云　怪不得人家都叫你马知了，你真要给谁耍麻蝉呀！

白庆田　你可不该在家里装病，让我们在段上替你着了一天急。

王宝云　这可不能算小事，明天得叫他当众坦白。

白庆田　马顺保，这样你可对不住我们呀！也对不住革命呀！

主　任　马顺保，你为什么装病？装受伤？这样欺骗组织，欺骗大家，把过去对国民党的那一套，今天拿来对付咱们工人阶级自己，你想这对吗？

马顺保 本来我的腿是受了伤嘛。

王宝云 什么？你真是属王八的，咬死嘴，咱们给他打开看看。

〔打开，掏出棉纱。

王宝云 你们看，你们看！……

主　任 马顺保，你也不必难过，这是你的思想跟不上时代前进，我们对你的教育也不够，老马！你对工会有什么意见吗？有什么意见都可向我提出来，能够解决的一定想法替你解决，现在我给你提个问题，（少顷）你想想咱们现在做工究竟是为谁？生产竞赛是为了谁？新社会的主人翁是谁？谁又是领导阶级？领导阶级应持什么样的工作态度？什么样的工作作风？对于领导上同志们又应当是什么样的关系？我希望你仔细地考虑考虑，思想思想。王宝云，好，咱们走吧！把这包点心给他留下吃了吧。

王宝云 他吃，我还吃哩！（提点心跑下）

白庆田 明天上班去吧。

〔白庆田、主任下。

〔马顺保羞愧地低着头，马大森提火柴、煤油上。

马顺保 爹，你回来啦！

马大森 我回来啦！你算把我给气死了。（把东西放在桌上，生气）

马顺保 爹，你怎么啦？

马大森 你什么也不用跟我说，我在窗外都听见了，我算把你养大了……你就忘了你脸上的疤是哪里来的啦！这不是叫人家地主老财打的？你呀！……想不到你这么不争气，就拿这次给你送粮食来说吧！天气这么热，我昏倒在地上，也是刚才那位老工友救了我，我很想叫人家在咱家吃顿饭，好好地谢谢人家，可

是叫你闹得我没有一点脸见人啦！我也不跟你丢这个人，这粮食我也不能叫你给白糟蹋了。（拿起口袋往外走，马顺保想拦住）

马顺保 爹爹，你不能走。

马大森 我不是你爹！

马顺保 爹，我对不起你了！

〔老朱、老杨上。

马大森 你对不起我倒是小事，你对不起那为人民流血流汗的解放军。

老　朱 这老头子也受传染啦！

马大森 你们说什么就算什么，反正现在我不受国民党的气了！更不受那保长王八羔子的气了！

老　朱 好啦！……路上有丢皮包的。

〔老朱把粮食递给马大森，老杨把瓶子递给马大森，马顺保要拦又被老朱拦住，马大森把老朱、老杨瞪了两眼走出。

老　朱 你真没见过东西，二斗粮食算得了什么，嘿！多起上一把天杠，什么都有了。

马顺保 （生了气）肏你妈！

老　朱 好，你骂人！（往外走）

马顺保 别走哩，你们把我的车子弄到哪儿去了？

老　朱 车子？拿出六万五千块钱推车子！

〔老朱、老杨下。

马顺保 （难受地，掏着口袋）钱也没有了，粮食也没有了，车子也没有了，爹也走了……唉！（抓着头，躺在床上）

——幕　落——

第二幕

第一场

◉地 点

在检车段的工务室里

◉时 间

一九四九年六月初的某一天上午

◉人 物

马顺保 李志贤 分工会主任 张志斌 白庆田 段长 王宝云 姚师傅 杂役 马氏

〔开幕，天下着雨，室外场地工友们不停歇地和往常一样劳动，声音效果传到舞台上来，李志贤在办公桌上办公，马顺保上。

马顺保 老李，把我调到油沙房去了。

李志贤 调你到油沙房不好吗？马知了。

马顺保 你们谁要叫我马知了，我就叫他屎壳郎变的。

李志贤 你的名字叫马顺保，听不清就是马知了呗！

马顺保 废话，昨天叫你开的领料单儿呢？

李志贤 早开好了，给你。喂！马顺保，你跟张志斌的事情，怎么办了？

马顺保 他不行还咬了谁！

李志贤 那你烧了人家的胶皮鞋就不赔啦？

马顺保 胡说！你看见我给他烧了？他的胶皮鞋坏了叫我赔，我的胶皮鞋坏了谁赔我的？

李志贤 （善意开玩笑地）得啦！得啦！怪不得人家都叫你马知了。

马顺保 什么？（制止地）丈母娘当家，你多管闲事！

〔主任和张志斌上。

主　任 （亲切而和气地）马顺保，把你调到油沙房怎么样？

马顺保 主任，把我调到油沙房，调到哪儿也一样，反正他们叫我马知了我不干！

主　任 你觉得马知了这个外号不好吗？

马顺保 ……

主　任 好，好，马顺保，你先干活去吧，晌午有工夫再谈吧！

马顺保 （意志消沉地，边走边说）反正他们再叫我马知了就不行！（由主任身边下）

主　任 （对志斌）坐下！志斌，我觉得你对马顺保的态度，也应该改变一下。（脱雨衣）

张志斌 怎么？

主　任 马顺保是落后的，可是你整天和他吵，在群众中起了什么样的作用、影响？同时对工作又有什么好处呢？

张志斌 不管怎么着，我看着他就不顺眼。

主　任 志斌哪！光争吵是不能解决问题的，就拿马顺保这回事来说吧，叫我们工友给揭发了，实在说起来，正是他自己犯了错，打击了自己，这对他是很好的教育，可是我们对他打击又有什么用处呢？你不要忘了你是青年团员，我们应该团结他，带动他呀！

张志斌 让我带动他，带动他有什么用呢？在咱们这次竞赛当中，有他没有他，咱们都能完成任务，没有他工作更能顺利完成，为他一个人费劲费工夫不合算！

主　任 志斌，你说这话就不对了。这不是他一个人的问题，这是群众问题，俗话说得好，五个指头没有一般齐的，在我们工人阶级队伍里，也是同样的，有的觉悟高，有的觉悟低，有的就不觉悟，在我们运动里，却同样有一种人叫积极分子，有一种叫落后分子，还有一种叫中间分子，如果争取不了、改造不了落后分子，中间分子就倒向了那一边，积极分子就受到了孤立，同时他们的积极性就不能巩固，我们的工作就很难开展，如果我们争取了落后分子，中间分子就必然走向我们这一边，而积极起来。积极分子也就更加积极，有这样大的群众力量，我们的一切工作都不成问题，所以我们争取马顺保，也是个群众问题。

张志斌 ……

主　任 志斌，你觉得是吗？你是个青年团员，你应该去团结他。

张志斌 不错，是有些道理，可是我以前对马顺保就没耐心，老是讨厌他。

主　任 志斌，一个人的思想落后，是有他的社会根源和历史根源的，改造起来的确不容易，只是麻烦些。志斌，你要向白师傅学习，白师傅比你对马顺保强得多呀！

张志斌 嗯……

〔白师傅上。

白庆田　主任，你们说完了吗？还得赶紧干活哩！

主　任　说完了，那么以后，志斌，你对马顺保要拿定主意，别老和他吵架。

张志斌　好！那么主任，我先走了。

主　任　对！好好地干活吧，回头有工夫再谈。

白庆田　走吧！走吧！

张志斌　白师傅，我想起来啦，有人说，昨天你给我的胶皮鞋，是你给我买的。

白庆田　别听他们胡说，昨天我不是给你说得清楚，这是马顺保给我钱叫我买的嘛。

张志斌　是真的吗？

白庆田　就是那么回事，我还骗你！

张志斌　那还差不离，要是你给我买的我可不要。

白庆田　没有的事，干活去吧！

主　任　白师傅不会骗你的！（白庆田转身欲下）

主　任　白师傅，你先少坐一会……

〔张志斌下。

白庆田　活正忙，不坐啦！有什么事说吧。

主　任　白师傅，你们的党小组会开过了吗？

白庆田　开过了。

主　任　关于马顺保……白师傅，他这两天的思想情况怎样，是不是比以前好点？

白庆田　多少好点，照常上工，不过思想上还是转不过弯来！

主　任　白师傅，你要在马顺保的身上多下点功夫呀！这是党给你的工作任务，马顺保是个聪明能干的小伙子，如果我们能把他改造过来，在群众中起的影响，在生产上都有很大的作用。

白庆田 好吧。还有什么事呀？

主 任 还有对张志斌，你也要帮助他一下，他跟马顺保整天争吵，合不来，也是不好的。

白庆田 对！再没别的事我就做活去啦。

主 任 你去吧。（白师傅下）

李志贤 主任，咱们检车段的党的建设太弱了，党员也太少啦！

主 任 是的，不单是咱们检车段是这样……（正说着，段长上，赶忙停止）

段 长 雨下得这么大，工友们干得还真是起劲！

主 任 不用说下雨啦，就是下雹子也压不住咱们工人的生产情绪呀！

李志贤 段长拿起什么来也能干一套！

〔王宝云上。

段 长 咱们还不都是工人出身吗？

王宝云 当然是，咱们工人不简单，王局长说过：咱们工人起码有四套，哪四套？拿起锤子能干一套；在群众面前能讲一套；提起笔来能写一套；站在舞台上还能演一套。可是国民党反动派那家伙也有四套，见了西服能穿一套；见了破鞋野鸡能跨一套；见了票子能搂一套；到老百姓家里还能抢一套。真他妈的不地道。

〔姚师傅上。

姚师傅 段长呀！你怎么把马顺保调到我们那组呢？要不就坐在那发愣不干活，干起活来，拿着油一点也不重视，现在一点油如同人民一滴血呀！说他吧，他一脑门官司气挺粗，就好像谁欠他二百块钱一样。

段　长　姚师傅，你还是好好地给他解释解释吧！

姚师傅　不行，不行，我们忙得很，哪有工夫跟他解释呀！

李志贤　要不叫他和甲检组换一换吧。

段　长　哎！不行，因为他在甲检组嫌太费劲，才把他调到油沙房哩。

主　任　可是油沙房的工作也不清闲呀！

段　长　可是他怕挨雨淋呀！你想雨下得这么大，他绝不到外面开油箱去。

姚师傅　外面的活，我们就不让他干，他还直怄气哩！

主　任　要不咱们叫他来谈一谈吧。姚师傅，你把马顺保叫来吧！（姚师傅下）

段　长　关于马顺保的落后，这还是咱们领导上做得不够！

主　任　是的，也是怨咱们了解工友们的情况不够深刻，不过马顺保……

段　长　马顺保这会儿比以前是不是有点转变？

主　任　当然是有些转变，不过他长时期积累下来的坏意识，旧作风，怎么能一下子排除得掉？

李志贤　刚才我叫他马知了，他差点跟我吵起架来。

主　任　不过，大家都叫他马知了也是不对，这样只能使他在情绪上和组织上对立，对我们团结改造他，也是极不利的。

李志贤　……

主　任　要不这样吧，竞赛已开始一星期多了，我觉得倒是应该做个总结，自上而下地检讨一下，同时关于马顺保的事，我们也讨论一下。

段　长　我同意你的意见，今晚上开个干部会，咱们研究一下，布置一下。

主　任　同时关于马顺保，在群众当中，我们应该重点突击他。

〔马顺保上。

马顺保　主任，姚师傅说你叫我？

主　任　是！老马，你坐下吧。

段　长　（拿出一支烟来递给马顺保，马顺保很不在乎地接过，主任看到他这个骄傲幼稚的态度，不由得一笑）马顺保，调你到油沙房怎么样啊？

马顺保　（想谈又不想谈地）没有什么，主任把我叫来，是不是又搞我的思想？

主　任　不是……不是。今天下雨，咱们在这儿谈谈，老马，你说这老天爷什么要下雨啊？

马顺保　因为咱们一开这个生产大竞赛，老天爷就生气，所以就要下雨。

主　任　你说这老天爷为什么要生气呀？

马顺保　因为他好生气！

主　任　那么你好生气不好生气呀？

马顺保　我不好生气。

主　任　那你比老天爷强得多了。

王宝云　老天爷，不讲理，人家干活他下雨，大家给他提意见，他在一边装洋蒜！

主　任　老马，你说新社会好呢，还是旧社会好呢？

马顺保　新社会好，为什么工人干一天活，还加两个钟头的学习呢？

主　任　因为不学习，一切事情都不能进步，工人只会做工，不会管理工厂，国家的一切事情，什么都不知道；旧社会是叫咱们当奴隶，所以他们就不叫咱们学习，新社会是叫咱们做主人，我们要不学习，恐怕就不会当主人。马顺保，你愿意当主人呢，还是愿意当奴隶？

马顺保　咱们段上的工人，假如都当了段长、主任，那么谁还做工呀？

段　长　马顺保真该……

主　任　段长也是照常工作呀！我希望咱们段上的工友们都像段长，都要有像工程师一样的本领，都不是一个普通工人才好哩。假使全中国的工人都成了工程师的话，那咱们中国的工业，要比世界上任何国家都强得多了。

马顺保　这么好，那么好，慢慢地都把工人给累死了。

段　长　你看现在干活挺累吧，这是因为咱们正在革命时期，一定要经过一个艰苦阶段来打下基础，你看现在苏联的工人，每天只工作六小时，因苏联已打好基础了。

马顺保　每天苏联……苏联这么好，那么好，苏联究竟什么样，我是一点也不知道。

主　任　对你说吧，你又不相信，领你去吧又太远，报纸你不看，叫你学习你又不学习，那你怎么会知道呢？

〔杂役上。

杂　役　哎，马顺保，你老婆来找你啦！

马顺保　啊？她来干什么啦？

杂　役　她说你们家丢东西啦。

马顺保　不要叫她来……

〔白师傅与马氏上。

马　氏　（对白庆田说着进来）你看什么东西都没有了，怎么办呢？

白庆田　先别着急，问问老马是怎么回事？

马顺保　你来干什么啦？

马　氏　你说，你把东西都弄到哪儿去了？

白庆田　先别着急，有话慢慢地说，老马，你把东西都弄到哪儿去了？怎么连褥子被子都没有了？

马顺保　那……那个……

马　氏　你不用装糊涂了！一定是他耍钱把东西都输给人家了。

主　任　这年月哪儿还有耍钱的呀？

马　氏　你们不知道，他一定不想过了！趁早我和他离婚。（和马顺保拉扯起来）

白庆田／主任　撒开，撒开！……

段　长　对！先别吵，先让老马说说，到底是怎么回事？

马　氏　今天早上我从娘家回来，一看家里的东西一点都没有啦！你说哪儿去了？

马顺保　……

主　任　你怎么有话不说呢？

马顺保　唉！好，我说实话吧，因为我这两天心里不痛快，就到酒馆喝酒去，闹得天也晚了，回家一看，什么东西也没有啦，门上锁也给人家拧了。

段　长　那么说，你家闹贼了？

主　任　那你为什么不早说呢？

马顺保　我觉得丢人！

马　氏　你不用说了，家里什么东西都没有了，我看你怎么办！

马顺保　别吵了，叫贼偷了嘛！我也不愿意呀！

白庆田　甭吵了！咱们想想办法吧，日子总要过的。

主　任　好！先不用着急，我去和马顺保谈谈。（拉马顺保下）

马　氏　不能让他走，我得跟他说清楚。

白庆田　别，他不好，你别跟他学，再说，他现在一定要往好道上走。

马　氏　他往好道上走，东西一定不会丢呀！

段　长　马顺保平常在家里怎么样呢？

马　氏　你不知道，他成天就跟那些二流子混在一块胡闹，不是打牌就是推牌九，还能闹出什么好事来？我要一管他，他就和我吵架。

白庆田　现在他也要往好道上走啦，我想你们同院里也不好。可是丢东西都是小事，只要你们夫妻感情好，积极搞生产，你看什么东西不是人造的，有了人，什么东西也就有了。

马　氏　……

段　长　白师傅说得对，只要马顺保能学好，今后能改变过来，我看什么都不成问题。

马　氏　你说的是一点也不错，可是他不学好，叫我有什么办法呢？

段　长　这个当然我们工厂要负责任，咱们工人家属也要负责任呀！

白庆田　弟妹，你要管教管教他呀。

马　氏　唉！我对他不知费了多少心！他始终也不改，叫我怎么办？我实在不愿跟他受这个罪了。

白庆田　你可千万不要灰心呀！废铁还能炼成钢哩。

〔主任手里拿着钱上，马顺保在后面跟上低着头站在屋旁。

主　任　弟妹，不要着急了！现在老马说得很好，一定要回心转意，这是五万块钱，你先拿回去，缺些什么就买吧。除去买一袋子面，还能买几件衣服哩！

白庆田　要是做被来不及的话，可以先到我家里拿两床。

主　任　不用，咱们工会里有被褥，要不，我给你们拿过去吧！

段　长　这回你们家里出了事，也没法子照顾你们，你回去不要再同老马吵架，免得影响他的工作情绪。

马　氏　你看，你们待我们多么好——我不能再说别的了。

段　长　有什么困难你尽管说话，咱们还可以想办法。

马　氏　他借你们这么多钱，什么时候才能还清呀？

主　任　这个没什么关系，因为工会是咱们工人的组织，工人有了什么困难，工会就要尽量设法来解决。

马　氏　叫你们跟我们费心，可惜我守着那么个不争气的男人。

白庆田　你看弟妹多明白呀！好了，先回去吧。（白庆田送马氏下）

段　长　老马，还有什么困难？

马顺保　困难倒没什么。

段　长　马顺保，你生活上的一切苦恼，就是因为你不肯学习，如果你好好地学习，肯要求进步，那么你一定能生活得很愉快。现在我跟你说个故事，这个故事的名字，就叫“蝉”。（马顺保抬头看段长）唉！可别多心，我说的可不是你，你也不是蝉，你是个人嘛！原来蝉这个东西，就叫麻知了，它的出身是在树下的泥土里面生活着，一般人叫它屎壳郎的，也有人叫它肉牛的，这东西蜕了壳以后，喝了露水，受了清风，它就爬到树上去了，因为它在泥土里生活惯了，猛然升到树上，它心里是自满自大，十分骄傲，在树上任意地高唱，结果就被那些孩子用竹竿给粘住了，从此它的声音，就永远听不见了！这就是蝉的结果。我再给你打个比方吧，就拿蜜蜂来说吧，这东西也不会唱也不会叫，每天只知道埋头苦干，它的结果就是受到群众的拥护。这两个小东西一个是光唱不干，一个是光干不唱；一个是好劳动的，一个是不好劳动的。好劳动的就受群众拥护，不好劳动的就受社会淘汰。还有，在日伪时期也好，在国民党时期也好，咱们工人当的是奴隶，过的是牛马的生活，现在我们在政治上得到了翻身，经济上得到了解放，在这个时候，你还不把咱们工人阶级的力量拿出来，为新民主主义建设而奋斗，你还等什么呢？他们叫你马知了是不对的，因为你是一个人，并不是一只蝉，只要你重新改过，我相信再没有人叫你马知了了！

〔白师傅上，段长见白庆田写甲检牌。外面铛铛的打点声。

段　长　白师傅吃过饭再干吧！

白庆田　不，干不完就不吃饭。

段　长　（向马顺保说）你看白师傅从前不也是一个字不识吗？现在能写工作票了，这不都是从学习中得来的吗？

白庆田　老弟，你就干吧，这是给咱们自己干哩，从前咱有这样自由吗？你还记得，在日伪时期我不是在顺德检车分驻所上班吗？在民国三十三年十二月二十六日由雁门关拉来了一列棉花车，经过顺德，我们检查完了，这列车便开走了，开到官庄，这列车忽然起了火，日本鬼子就把我们抓到宪兵队，一定要说这列棉花车是我们放的火，我现在一闭眼就看见那日本宪兵队。

〔暗场，换日本宪兵队场。

第二场

◉时 间

若干年前日伪时期

◉地 点

日本宪兵队

◉布 景

一间表现日本宪兵队对犯人行刑的屋子

◉人 物

日本宪兵队长 翻译官 狗腿子 白庆田

〔开幕，外面是拷打、动刑，犯人惨叫声，日本宪兵队长在暴躁地来回踱着。

日本宪兵队长 （咆哮着）阿喏呀子哇，衣哇哪衣嘎？[1]

翻译官 衣哇哪衣待司。[2]

日本宪兵队长 八嘎呀路！[3]

翻译官 哈衣。[4]

狗腿子 （推一工人上）报告翻译官，这个家伙什么也不说。

翻译官 （向日本宪兵队长）口喏呀子哇，哪妮毛衣哇哪衣待司。[5]

日本宪兵队长 八嘎呀路，死了死了的很好！

〔狗腿子将犯人推入幕后，枪声响。

日本宪兵队长 白庆田噢，哈衣来台枯来。[6]

翻译官 哈衣。（向狗腿子）把白庆田带来。

狗腿子 哈衣。（下，又推白庆田上）

1 日文译意：那家伙不说吗？

2 日文译意：不说。

3 日文译意：浑蛋。

4 日文译意：是。

5 日文译意：这家伙什么也不说。

6 日文译意：把白庆田带上来。

日本宪兵队长　气待枯来。[1]

翻译官　白庆田，你要想不受罪，就快说出棉花列车是谁放的火。

白庆田　（呻吟地挣扎着说）告诉你，是不想当亡国奴的中国人放的火。

翻译官　浑蛋！（打白庆田一鞭）你想死了？

白庆田　是不愿看着你们这些土匪强盗奸淫烧杀的中国人放的火，我说实话，你们不信，你们还吊我，打我，用水灌我，我问你，你们还有人心吗？

〔狗腿子下。

日本宪兵队长　（向翻译官）衣呜嘎？[2]

翻译官　衣哇哪衣待司。[3]

日本宪兵队长　（走近白庆田）喂！你的八路军的说话的有，死了死了的没有。

翻译官　对！只要随便说出一个你们段上工人的名字来就行。

白庆田　你们叫我胡拉人呀！你们瞎了眼，我们工人是有骨头、有良心的，决不做那绝子绝孙的事。

日本宪兵队长　八嘎呀路。（将白庆田摔倒）

狗腿子　（又推一个工人上）报告，他也是什么都不说。

日本宪兵队长　气枯孝麦，电气噢呀来！[4]

〔将工人推到电椅上，电椅上灯亮后，工人大喊一声“哎

1　日文译意：问问吧！

2　日文译意：说吗？

3　日文译意：不说。

4　日文译意：畜生，坐电椅吧！

呀！”后面也在打着人，远远地听到呼喊声。

——暗场换景——

第三场

◉时 间

若干年前国民党时期

◉地 点

检车段伪段长室

◉布 景

段长办公室

◉人 物

白庆田 野段长 杂役 伪事务主任 工人甲、乙、丙等

〔开幕白师傅持续不断地讲述着。

白庆田 我在这杀人不眨眼的日本宪兵队里，挨打，灌凉水，压杠子，受尽苦刑，一共押了我十一个月，这些野兽把我给打残废了，好不容易盼着日本鬼子投了降，可是日本投降以后，这些坑人的国民党，“遭殃军”又来了，派来了个野段长。

〔开灯。

白庆田 段长，我在厂子里工作了二十多年哩，日本鬼子在的时候，

我又学到不少的技术，按现在来说，我比事变前的技术要强多了！

野段长　日本的技术好，你跟日本走呀！这么好，那么好，和我没关系就不要。

白庆田　好不容易盼着日本投降了，闹了半天，我们工人还抬不起头来。

野段长　放屁，你要知道，你们这批工人纯粹是伪组织，再说日本人又灌过你的凉水，压过你杠子，你已是残废啦，本段长不开除你，还不是便宜了你吗？（杂役上，野段长怒）你来干什么了？

杂　役　我这是给段长倒茶来啦！

野段长　倒茶？不管干什么，只要是进段长的门，必须先报告事务主任，再说，你不敲门就私自进来，违反厂规，今天就开除你，去，把事务主任叫来。

〔杂役下。

白庆田　段长，我一家子实在是……

野段长　好好好……不要再啰唆了，你等一等吧。

〔事务主任上。

伪事务主任　段长！（三鞠躬）

野段长　你写的那个人名单怎样了？

伪事务主任　写好了。

野段长　刚才杂役田俊年进来通知你没有？

伪事务主任　没有。

野段长　没有？你怎么给我训练的？

伪事务主任　是，段长，回头我再训练训练。

野段长　不用了，把田俊年的名字也添在开除的名单上，马上把他们叫来。

伪事务主任 是！（下场）

野段长 白庆田，我对你完全是好心，我知道你家里困难，所以不开除你，因为你残废了，不能做重活，把你改成小工，这不是比工匠清闲点吗？

白庆田 段长，我本来就是工匠，这是从小工熬上来的，现在我这么大年纪了，做不了小工的活啦！再说，叫我挣小工的钱，我这一家子就更不够吃了！

〔野段长不耐烦地将身子扭向一边。

〔打斗声。

野段长 进来！

伪事务主任 报告段长，都叫来啦！（将名单交给野段长）

野段长 怎么没有杨焕民和王龙云，他俩名字呢？

伪事务主任 报告段长，杨焕民说，这个月开支给小姐买一身衣服料子；王龙云说，发了薪后给少爷买辆美式自行车，所以我就没有写，如果必要的话，我再添上。（要去拿名单）

野段长 不必添啦！

伪事务主任 是！

野段长 把那几个人叫进来！

伪事务主任 是！（回头向外）叫你们进来！

〔工人甲、乙、丙等进门。

工人甲 段长叫我们来有什么事吗？

野段长 没什么事，现在段上接收以后，工作很乱，本段长认为有改革的必要，所以我决定把本段上不识时务的人，也就是你们这一群伪工人清除出去，因此叫你们来，告诉你们，命令你们从今天起马上离开工厂。

工人甲 / 工人乙 （惊）段长！这是开除我们呀？

野段长 哼！

工人乙 为什么呀？我们没有犯错误呀？

工人丙 我们做工做得很好哇！

野段长 你们做工好坏与我有什么关系？本段长和你们这帮家伙有什么关系？你们看杨焕民、王龙云二人多好，你们能像他们那样好吗？叫你们走，你们就走，这是本段长的命令！

工人甲 可怜可怜我们吧！

工人乙 我们没有错，为什么开除我们？

野段长 浑蛋，这是命令，不听行吗？滚出去！

〔工人们无法，退下。

野段长 白庆田，你看清了吧！他们这些人哪个不比你年轻力壮，今天不开除你，还不是很大的面子吗？

白庆田 段长！

野段长 滚出去！你再敢跟着他们捣乱，我把你们一块送到警备司令部押起来！

白庆田 （抑制着无限愤慨）……哼！

〔暗转第一场景。白师傅仍滔滔不绝地讲述着他的过去，马顺保等都感动得在哭。

白庆田 我在那宪兵队里一共住了十一个月，十一个月呀，鞭子打，凉水灌，杠子压，把我身子弄坏，没有想到国民党反动派硬说我是伪组织！残废人！把我的工匠职务改成小工，他们开除了我们许多工人弟兄。我现在这不是干活，我这是报仇！弟兄们！干！加紧生产，支援我们解放战争！

——幕　落——

第三幕

第一场

◉时 间

一九四九年六月底一个星期日的中午

◉地 点

石家庄检车段的工务室里

◉布 景

与上一场同

◉人 物

马顺保 白庆田 段长 张志斌

〔开幕，在工务室内，今天休息，无人上班，只有马顺保一人在那里发呆，外面在忙着布置劳动会场，有时锣鼓声，有时歌声嘹亮，这些声音传来使马顺保更烦躁，坐立不安，充分地表现了他内心的矛盾与斗争。

白庆田 （愉快地上）唉！老马，外边这么热闹，你一个人待在这儿呀。（说着取出来做完的花）我这有点活儿快做完了，回头开会还等着用呢。老马，你看劳模们在会场多受大家恭敬呀，你不看看去？（因为始终听不见马顺保回答，奇怪地转过头问）你怎么啦？

马顺保 （懊悔地欲说又止）没……没有什么。

白庆田 （关心地）不能不能，看你皱着眉头，唉声叹气的，到底为什么？

马顺保 白师傅，你看……嗐！算啦。

白庆田 嗯？什么事说了半截又不说啦，快说！

马顺保 说又有什么用，算啦！（背过身）

白庆田 有话要说，憋在心里多难受呀！

马顺保 嗐！白师傅，这些日子我心里都在别扭，尤其是今天人家开大会，我更烦。

白庆田 哦……我看着你近来总是不爱说话，我和你谈，又谈不出什么来；可是看你干活儿这些日子里倒挺起劲，再努一把力，下回连这劳模花都能戴上喽，还有什么不痛快？

马顺保 自从下雨那天段长跟我说的那些话我越想越对，哪一句都是为了我呀。尤其是你提醒了我在日伪时期，在国民党时期，我们工人受的罪。我自己又想想，今天当工人不受罪啦，段长、主任又待我这么好，我家有困难，工会又照顾，以前我总是跟人家反着来，我……我真不够工人资格，白长了这么大，太不懂得好歹。

白庆田 你知道后悔就好，以后不要人家人家的，人家是谁呀？咱们都是工人弟兄，是一家人嘛。

马顺保 可是我从前就没闹清，我还拿段长、主任看成国民党那时候的官儿哩，所以我总跟他们拧着个劲，我真浑蛋，不够工人资格。

白庆田 那你今天是想通喽，那就拿出做主人的劲来好好地干吧。

马顺保 干！我是一定要好好干；可是我有那些臭底儿，我总是跟别人不好意思的。

白庆田 傻家伙，以前大家爱跟你闹都是因为你落后，工作不积极，你只要转变好，人家对你的看法就变了。这些日子看不出来大家对你热情得多了？那还不是因为你工作上强了！

马顺保 可是张志斌跟我……

白庆田 哎，对啦！你不说我早想问你，为什么不跟老张说话？

马顺保 我早就想跟他说话，可是他不先跟我说话，我总觉得不好意思的。

白庆田 哎哟！你们两个人实在是针尖对麦芒，他跟我也是这样说，他心里也早要跟你说话，也等着你先找他说话哩。

马顺保 是呀。

白庆田 可是你们两个人都不对，都应该主动先去团结别人。你们从前总爱打架。

马顺保 那怨我不好。

白庆田 对呀，那么你就应该先向他认个错。

马顺保 我先认错去？

白庆田 那怕什么，工人阶级就好在这一点，爽直坦白，有什么就说什么。

马顺保 白师傅，我听你的话。我保证一定做到团结群众。

白庆田 光转变了工作态度也不够，还要去跟大家团结起来。你忘了上回那个谁讲话？说“团结就是力量；大家合了心，黄土变成金”。

马顺保 对，可是大伙……

白庆田 （紧接）傻东西，大伙早就等着你回头来跟大家站在一起哩！

马顺保 白师傅要这样说，我心里……我心里就没有什么啦。你要有什么事，我帮你的忙。

白庆田 这用不着，也快完了，你去外面散散心，要不，到俱乐部里看报，甭闷在这儿啦。

马顺保 对，你要没事我去啦。

白庆田 没有事，去吧！出去散散心。（马顺保下，看马顺保出去后愉快地）这孩子真是转变好啦，没白费心。（又做花，外面歌声起）哎……对，段长还叫我在劳模大会上讲话，说些什么呢？我先学习学习：诸位首长，诸位来宾同志……

〔段长上，站在白庆田背后静听，白庆田发觉后二人同笑。

段　长 白师傅你在干什么呢？

白庆田 我这是练习演讲哩。

段　长 白师傅真是努力学习呀！对！预备好了，好好跟大伙讲讲吧。

白庆田 一定一定。劳模们都来齐了吗？

段　长 都来了，他们一面布置会场，一面唱歌，快活极了。

白庆田 会场布置得怎么样了？

段　长 布置完啦！就差贴标语了。我交给你的标语呢？

白庆田 在这儿哩。

段　长 白师傅真是拿起什么来也能干一套。

白庆田 工人，工人，（写天字）段长，你看工字在上人字在下面就是一个天字，天下的活儿工人都能干了。

段　长　对！什么也没有天大，谁也没有工人伟大。

白庆田　可是旧社会上那些官僚资本家看不起咱们工人，他们也不想，没有工人他们怎么能活着哩？

段　长　对了，这回可成了咱们劳动人民的天下了。好，我给他们送标语去。

白庆田　我也忘了刚才该叫马顺保送去。

段　长　半天没有见马顺保，他上哪儿去了？

白庆田　刚才在这儿一个人发愁哩。

段　长　又闹情绪了？

白庆田　没有，老马这些日子的确有些转变啦。

段　长　他这些日子很能埋头工作，怪话也不说啦。

白庆田　今天许是看见这大会有点刺激，刚才自己一个人在这儿闹心思了，叫我给劝走啦。

段　长　他近来在工作上表现得很好，只是对团结大家还差点儿。

白庆田　说啦，说啦，刚才他说有点回转不过来，不好意思。

段　长　这有什么，真是孩子气。

白庆田　我跟他说啦，不但工作好了，还要跟大家团结，他答应我一定做到。

段　长　最好赶快给马顺保找房子搬家，别叫他跟那些二流子混在一起。

白庆田　这我已经同主任说过了，大家帮助他找房子，找到就叫他搬。

段　长　白师傅，你们对马顺保可真是下了功夫，今天有这么一个新马顺保出现，你的功劳最大。

白庆田　不能这么说，这是党给我的任务，为了团结，为了搞好生产。（又去做花儿）

段　长　对！不过功夫你总是下喽。回头戴上大红花，我还要给你多“呱唧”（鼓掌）两下。

白庆田　大红花我心里早戴上喽，评功的时候我就说过：年轻人戴上青枝绿叶大红花分外好看，像我这个年纪已经是黑枝黄叶，大红花是不相称啦。

段　长　可不要那么说。

白庆田　我的花叫国民党的暴风给吹谢了，我的花已经开过啦。

段　长　白师傅真会说话，可是暴风雨已经过去了。你这老树开花，要开得更鲜明，更美丽了！

张志斌　（外面喊）段长……

段　长　什么事呀？

张志斌　（入）咦……白师傅也在这儿。段长，这是石家庄市红五月生产竞赛委员会送来的一面红旗，主任叫我拿来给你们看看。（三人愉快地打开旗看）

段　长　嗯！还是头等哩！（念）用集体智慧建设新中国，石家庄市生产委员会敬赠。

白庆田　这是劳动换来的光荣呀。

张志斌　我拿到会场上去吧！

段　长　不，先放到这儿，等开会时候我找个旗杆穿好，打着进会场，这样大家一定更兴奋鼓掌欢迎它。

白庆田　对，这办法好。先放这儿，先放这儿。（把旗放到黑板架子正中央）

段　长　快到开会的时间啦，我得赶快把标语给送去。白师傅，花做完了吗？

白庆田　这就完，随后我就送去，误不了。

段　长　好，那我就走了。

张志斌 等我一块儿走。

白庆田 志斌你先等等，我有话要跟你说。

段　长 对，你们说吧！（下）

张志斌 白师傅有什么事？

白庆田 志斌，我问你，你看马顺保最近怎么样呀？

张志斌 这会儿可好啦，也肯干活儿啦，也不说怪话了。

白庆田 那么你对他的看法呢？

张志斌 挺好。

白庆田 挺好就完啦？

张志斌 嗳，白师傅，你看我不是不跟他打架了吗？

白庆田 打架是要不得，但不打架还不够。

张志斌 那怎么办呢？

白庆田 你为什么总不跟他说话呢？（回头）

张志斌 说话不说话，各人干各人的活儿呗。

白庆田 不能这么说，现在马顺保已经调回咱们铁匠房，成天在一块儿干活，你不搭理他，他不搭理你，那多不好哩。再说还是这样不团结，不是妨碍生产吗？

张志斌 那怎么办呢？

白庆田 那还不好办？你们要说话，要团结，难道你忘了那个谁说过，“团结就是力量”，还有什么“大家合了心，黄土变成金”。

张志斌 这个我也知道，这些日子马顺保看见我了，总想跟我说话，我也想跟他说话……就是有点不好意思。

白庆田 这就是你的不对了嘛，你为什么不先找他说话呢？你看咱们得这么一面红旗子，光荣不光荣呀！

张志斌 当然光荣了。

白庆田 可是一面红旗子就你一个人的力量吗？

张志斌 当然是大家的力量喽。

白庆田 所以说，我们大家应该团结起来。

张志斌 对……白师傅，我听你的话，我去团结他去！

白庆田 好，现在咱们找到个机会：你知道老马从前好吃好赌拉了很多债，现在他的生活很紧，很需要人帮他的忙，这是三千块钱，等他来了你给他，你就说，你的钱借给他，看他说什么。

张志斌 我有……我就是没有带着，现在只有一百块钱，也给他添上吧！

白庆田 好！你就拿着吧，就这么办，因为他现在困难，你要给他，我想他一定会叫你老大哥哩。

〔马顺保看报纸上。

马顺保 白师傅，咱们修理那十辆大破车，报纸上登出来了。

白庆田 好！（暗示张志斌，叫张跟马顺保接近，白抱着没有做完的花隐蔽）

马顺保 白师傅，我给你念，你听着："石家庄市检车段在五六月份生产大竞赛中，除了在质量及数量上提高外，并在业余时间修好十辆破车，提前完成。这证明了工人阶级的伟大性和积极性。"白师傅怎么样？（抬头看见张志斌）……我错了……

张志斌 我也错了。给你钱，是白师傅给你的钱。

马顺保 我对不起你了。

张志斌 我也对不起你了。

马顺保 白师傅为什么给我钱呢？

张志斌 我也不知道，反正白师傅为咱们两个的事，费心也不少了。

马顺保 完全是我一个人的错，我真不该烧坏你的胶皮鞋。

张志斌 我也不该叫你赔我的胶皮鞋。

马顺保 我……可是我不该不赔你的胶皮鞋呀！

张志斌　你不是已经赔我胶皮鞋了？

马顺保　我没有赔你的胶皮鞋呀！

张志斌　咳，白师傅给我的鞋，说是你赔我的鞋。

马顺保　我没有呀，一定是白师傅自己给你买的。

张志斌　那么我更不该要了。

马顺保　我还给白师傅钱好了。

张志斌　不用了，我还给白师傅鞋好了。

马顺保　志斌哥，我真对不起你了，我心里真后悔。

张志斌　我心里更后悔，我不该和你打架。

马顺保　不……都是怨我一个人，你怎么不和别人打架呢？我要好，你肯和我打架吗？

张志斌　咱们谁也原谅谁，以后我们一定要携起手来，共同向新民主主义社会迈进。

马顺保　志斌哥，你是我的老大哥！（二人抱起，白师傅偷听大笑，把花掉在地上）

——**闭　幕**——

第二场

◉时 间

一九四九年七月中旬

◉地 点

马顺保新搬的家里

◉布 景

有里外屋，床、被褥、桌子一张、凳子两张

◉人 物

马顺保 张志斌 马氏 马老太 马尽义 白庆田 王宝云 马大森

〔开幕，马氏从屋里往外倒尘土，打扫身上的土。张志斌和马顺保抬着桌子，上面有凳子。

马顺保 放到这儿吧！（放下）

张志斌 完了吧？

马顺保 完了，完了，坐下歇一会儿吧。（拿烟给张志斌）

马 氏 让大哥费心咧。

张志斌 这算什么，这就和自己的事一样。

马 氏 想不到他还有你这么个好朋友哩。

张志斌 我们俩是多年的好朋友啦。

马 氏 他这个样谁还跟他交朋友啊！

张志斌 可别这么说，从前老弟有点……工作不大强，现在可好得多了。

马 氏 是真的吗？这几天我也非常奇怪，他下了班也不闹脾气了，说话总是规矩的，手里还拿着本书看，我说他真要变好了……

马顺保 行啦，要是从前我又该说你娘们儿家少……

马 氏 少什么呀！

马顺保 少生气……你去照照镜子吧！（马氏脸上有黑土）

马 氏 （照了镜子笑）这怕什么，搬家还挡住脸上有黑了。（马氏擦脸上的土）

张志斌 别擦，你瞧你们两口子一人脸上有一块，这不正像一个号头吗？

马顺保　你瞧，你还是大伯子哥哩，怎么和弟妹开起玩笑来了。

张志斌　哎，什么大伯子哥不大伯子哥，说说笑笑的多热闹。啊，好了，你们忙吧，我走了。

马顺保　别走，说得正热闹呢，为什么要走啊，没关系，今天是礼拜日，多坐会儿吧！

张志斌　不，我到段上看一看。

马顺保　不是因为我说了你大伯子哥吧？

张志斌　不会，因为昨天白师傅说，马顺保搬了家让我告诉他。

马顺保　好，好，你见了白师傅就说我把家搬完了，让他不用费心啦。

马　氏　真对不起大哥，我们才刚搬来，连个火炉子也没有，别说让你吃饭啦，连水都喝不上。

张志斌　不用客气，都是自己人。

〔张志斌下，马顺保送出门，有“再会”的声音。马顺保回到屋里来，心里高兴地又要和马氏动手开玩笑。

马　氏　你又犯了规矩了。

马顺保　（以立正的姿势）是！

马　氏　真像麻知了变成蜜蜂一样了。

马顺保　哎！怎么你也知道我的外号呀？！

马　氏　什么外号？我不知道呀！

马顺保　你刚才说我马知了什么的。

马　氏　我说你麻知了变成蜜蜂还不好吗？怎么是你的外号呢？

马顺保　马知了就是我的外号，在段上同志们嫌我不好好干活，就给我起了个外号叫马知了。

马　氏　原来是这么回事呀，你现在不是变成蜜蜂了吗？以后多做点蜜吧，叫大家都说你个好！

〔这时窗外同院的马老太太看见笑了。

马老太　你们搬到这儿来住了吗？

马　氏　对了，老大娘屋里来坐吧！（马老太上）大娘你就在这里住吗？

马老太　可不是嘛！你们几口人啊？

马　氏　我们两口人，父亲、母亲都在老家住啊！大娘，你们几口人啊？

马老太　我们也是两口人。

马顺保　这么大年纪了，连个儿子也没有吗？

马老太　有倒是有，就是叫国民党抓兵给抓走咧！

马　氏　这么大年纪了，真是怪可怜的！

马顺保　国民党反动派真不是东西！

马　氏　这会儿你才知道呀？

马顺保　大娘，你们在这儿做什么事呀？

马老太　我们老头在这儿卖烟卷。（窗外马尽义过去）哎，在这儿哪！

马尽义　（上，很奇怪地）怎么你也搬到这儿住来了！

马顺保　可不是嘛！你们也在这个院子里住？

马尽义　真巧，我们就在这院里西屋住。

马顺保　好极了！

马尽义　你还记得，你那回买我烟卷那时候吗？

马顺保　记得，那回我真是对不起大伯了！

马尽义　好家伙，自从那一回，吓得我再也不敢卖一百块两盒零一根咧！

马顺保　大伯，那是我错了！

马尽义　没关系，我是给你开玩笑哩，不要紧，我这儿有的是烟卷，你来随便吸吧！

马顺保 不，不，我这儿有。大伯，你吸我一根吧！（马顺保从衣袋掏出烟来给马尽义一根）以后大娘上了年纪啦，有什么做不了的针线活儿，（拍马氏）拿来叫她给你们做吧！

马尽义 住到一个院里就像一家人一样，咱们互相帮助吧。以后你要上班不能回家吃饭的话，我给你送去。

马顺保 可不敢麻烦大伯，这么大年纪了。

马尽义 没关系，我一面卖烟卷，一面就给你送去了。

马老太 这才是水帮鱼鱼帮水哩。

马尽义 谈了半天你贵姓啊？

马顺保 我忘了先问大伯贵姓了。

马尽义 我姓马。

马顺保 我也姓马。

马尽义 那更巧了。

马　氏 那么大娘、大伯真像亲的一样了！

马尽义 你们也姓马，我们也姓马，就马马虎虎瞎叫答吧！

王宝云 （在外边喊）老马在哪屋里呀？

马顺保 老弟快来吧！

王宝云 （拿着镜框用纸包着，上）老马，我听说你搬家了，也没顾得上给你来帮忙！真是抱歉得很，我特请咱们段上的油匠给你画了一张相片，请你收下吧！

马顺保 这才叫老弟费心咧！

马尽义 你们有空请到我那屋里坐会儿吧！

马顺保 好，改天吧！以后我们见面的时候多着哩。

马尽义 好了，等会儿咱们再歇着。

马　氏 没关系，大娘坐着吧！

马老太　一会儿我还来。

马　氏　还来呀！

马老太　来。

〔马尽义、马老太同下。

马顺保　老弟，真使你太费心咧。

王宝云　算不了什么，这是一点小意思，你打开看看吧！

〔马顺保打开一看，一张麻知了画。

马顺保　老弟，你怎么还跟我开玩笑呢？

王宝云　你先看上面啦，还没有看下面哪。

〔马顺保又揭开下面，看到下面画着一张工人相片，写着“咱们工人有力量”，马顺保念出来。

王宝云　（用力大声在马氏的耳旁喊了一声）嘿！咱们工人有力量。

〔马顺保也接唱“有力量”三字，猛然一举手打在马氏头上。

马　氏　哟！（起来追马顺保）

王宝云　你们两口子别闹了，我去咧。

马顺保　老弟！你这是什么意思？

王宝云　你知道，白师傅每一个礼拜日都在段上加班，今天没有加班，我听说他闹起病来咧。

马顺保　怎么？白师傅病了？

王宝云　可不是嘛！还许是你和志斌闹的呢！

马　氏　你快去看看白师傅吧！

马顺保　是啊，我就去，老弟！你先头里走，我到街上给白师傅买点点心去。

王宝云　对！那么我先走了，再见！

马顺保　咱们在白师傅家里见吧！

〔王宝云下。

马顺保 快给我拿几个钱来！

〔马氏到屋里去拿钱。

马顺保 我对不起白师傅。

马　氏 （出来问）钥匙呢？

马顺保 钥匙不是你带着了吗？

马　氏 你多会儿给我钥匙啦？

马顺保 不是自从咱们丢了东西，钥匙总是你带着吗？

马　氏 唉！（在抽屉里找了半天，马顺保又在被子里找，结果在马氏口袋里找到了）有了，在这儿呢！

马顺保 真把我吓了一头汗，我当咱们又失了盗哪！快拿来！（马氏进里屋）真是的，带钥匙也得养成习惯。

马　氏 （从内屋出）给你，两万块钱够不够？

马顺保 差不多，不够我回来拿，剩下了我还交给你。

马　氏 别说废话了，快去吧！（马顺保下。马氏笑了）老早像这样过日子多好啊，这会儿我可放了心咧。

〔外面马顺保父亲来拜访马尽义。

马大森 马掌柜！卖烟卷的马掌柜在哪屋里住啊？

〔马氏听见了。

马　氏 爹！

马大森 （进来很奇怪地）你怎么到这儿来了？

马　氏 我们今日刚搬到这住来咧。

马大森 我是来找卖烟卷的马老头来咧。

马　氏 对了，他就在这院里住，刚才还到这儿来了。爹，你先坐下，我去找他来。

马大森 不用，我去找他吧！

马　氏 这不是一样吗？（马氏站在门外喊）马大伯！马大伯！

马尽义　（在外答应声）啊！有什么事呀！

马　氏　我爹来找你来了。

马尽义　（入）哦！是你呀。

马大森　哦！是我，我是来拜访你来啦。

马尽义　这是你闺女呀？

马大森　不是，这是我儿媳妇儿。

马尽义　哎哟，我老糊涂了，说错了，你儿子搬这儿住来啦，以后见面的日子更多了。

马大森　唉，我看不见得……好，你上座吧！

马尽义　不，你上座……

马　氏　大伯坐吧。

马老太　（上）孩子他爹，这是谁呀？

马尽义　这是我的老朋友。

马老太　哦哦。

马　氏　这是我爹。

马老太　你们过去就认识？

马尽义　哦，认识。

马老太　哦，我知道了，他老人家是来看你们小两口来了。

马　氏　唉，大娘你不知道，他们爷儿俩合不来。

马老太　嗳，那么好的孩子，为什么合不来？

马大森　还好哪！我要说出来，连你们也得生气。

马老太　我们不生气，你就说吧！

马　氏　爹！你不知道，这会儿他和从前不一样啦，工友们都说他好。

马大森　我才不信哩，狗断不了吃屎！

马　氏　从前是不大好，这会儿在工厂里干得非常好，你看！这不是工厂工友给他送来的相片？他要是不好，人家谁还肯给他送这个呀？

马大森 （自言自语地）莫非他改变了？

马尽义 是学好了，从前买我的烟卷，非让我把一根烟折两截不可，今天见了我大伯长、大伯短的……一个劲地给我赔不是呢！

马老太 可别不知足了，我看那孩子是个好孩子。

〔白庆田、王宝云上。

白庆田 搬完啦？

马　氏 搬完了，白师傅你也来了！

〔白庆田看见马大森和马尽义很奇怪的，三个老头你指我我指你的都呆了。

马　氏 白师傅，我来给你们介绍介绍吧！

白庆田 我们倒是见过面，怎么他们也到这儿来了呢？

马　氏 这是我父亲，那是我们同院住的马大伯；这是检车段白师傅。

马大森 白师傅，你真是我的恩人啊！我正说要拜访你去呢！

白庆田 真巧，闹了半天你就是他爹呀？！（指马尽义）卖烟卷的掌柜的，你也在这院里住吗？

马尽义 可不是，这会儿咱们三个朋友可遇到一块了！

白庆田 （向马尽义）怎么你门口还挂着个“捏筋对骨，访师问友”的牌子啊！

马尽义 我年轻的时候学过武练过太极拳，跟着朋友学会了这种手艺，谁要跌着胳膊摔伤腿，我给他捏捏就好了；访师问友就是我学得不太够，我还打算跟着师傅朋友们学。

王宝云 老头，你还有这么一手哩，真是“八仙过海，各显其能”。

马　氏 我父亲在村里还是个农会主席哩。

王宝云 我们白师傅在工厂还是个铁匠技术老师傅呢！

马大森 真好！咱们仨人合到一块，谁也就没有困难了，我给你们种地收粮食。

白庆田 我给你打家具。

马尽义 你们谁要跌着胳膊摔伤腿，我给你们捏嗒捏嗒，闷得慌了我还有烟卷吸！

〔三人哈哈大笑。马顺保上。

马顺保 哎呀！白师傅，（突然见马大森在屋，马顺保惊喜地）爹，您怎么知道我搬到这里来了？

马大森 我是找你卖烟卷的马大伯来了。

马顺保 白师傅，我到处找你，闹了半天你在这儿呀！

白庆田 因为你们搬家了，不放心，所以来看看。

〔白庆田咳嗽起来，大家齐声问："怎么了？"

马顺保 白师傅你怎么了？

白庆田 不要紧，许是着了凉，快给我点水吧！

马尽义 我去。

〔马尽义下，马氏也下。

马大森 怎么？你身体不大好吗？

白庆田 不要紧，这儿天许是着了点凉。

〔马尽义拿水上，马顺保接过给白庆田喝。

马尽义 不要紧吧？

白庆田 不要紧。

〔张志斌跑上。

张志斌 白师傅我到段上找你去啦，听说你得病了。我赶紧到你家里看你去咧，你家里还给熬着药哩，你怎么到这儿来了？

白庆田 我听说他们搬家，心里总是放不下，所以到这儿来看看。

马顺保 白师傅，我们两个已经好了，生产的情绪你又不是不知道，为什么又闹起病来咧？

张志斌　是啊！是不是因为我们俩把你累着咧？

白庆田　可不是，可不是，千万别这么说！

张志斌　那么究竟为什么？这两天你上了班，看着你总是不高兴。

白庆田　这个你们还不知道吗？给的咱们这个任务。

马顺保　是不是让咱修这一百四十四辆低边车的任务呀？

白庆田　就是为了这个任务。

张志斌　这任务不是很光荣吗？

白庆田　光荣，完不成光荣什么？

张志斌　为什么完不成啊？

白庆田　你算算，我们为了修低边车，决不能耽误正常工作呀！那一定要在业余时间里。可是没有五分螺丝，月底车就怕完成不了，这不耽误了修路吗？

马大森　怎么？你们修路吗？

白庆田　是啊，就是要修这条京汉路。

马大森　你们赶快修吧！村里的老百姓盼修路盼得眼都红了。就拿烧煤说吧，因为没有铁路，烧煤就像烧金子一样。

白庆田　交通要是不方便，就是我们铁路工人的不光彩。

马尽义　怎么修路还要修低边车呢？

白庆田　修路不是要用石头渣子吗？修理低边车就是为了拉石头渣子，用高边车拉，装的时候也不好装，卸的时候也不好卸，实在太费工，所以要修低边车，再说别的车皮还要装货哩。

张志斌　白师傅，五分螺丝不是已经请求铁路局给咱们送来吗？

白庆田　请求是请求，远水解不了近渴。等螺丝来到就得好几天，你想这个月底还能完成任务了吗？

马顺保　（猛然地）白师傅，不用着急，螺丝还有哩。

白庆田　有了？从哪儿有啊？

马顺保　你们还记得日伪时期那五分螺丝吗？

白庆田　说了半天！日伪时期的五分螺丝早就用了。

马顺保　有，有。

白庆田　在哪儿？

马顺保　你还记得日本投降前，仓库搬家的时候让我给搬；那个时候日本鬼子刚打了我，就叫我搬家，我扛了一麻袋五分螺丝，趁日本鬼子没有看见，我就把五分螺丝倒到烂铁堆里去，一共倒了七八麻袋，我把麻袋换酒喝了，烂铁堆到那儿，正好有个大破铁门子，把螺丝都给盖住了，可是那个破铁门也让烂铁给盖住了。

白庆田　好！是真的吗？

马顺保　我还能骗你吗？

白庆田　好，你真是一个干将。明天咱们动员大家，让这一堆烂铁翻翻身，你算把我的病治好了！

王宝云　白师傅，你总算没白费心啊。

马大森　好孩子，总算没白养活你这么大。

白庆田　（指马大森）这真是你的光荣。

马大森　这是你当师傅的领导得好啊，这是白师傅的光荣啊。你看要等修好了铁路，成千上万的人都能得到方便。

马尽义　唉！我的儿子要不叫国民党给抓走，不也是一个工人吗？说不定我也跟着光荣光荣呢，我至死也忘不了国民党那些狠心的狼。

马顺保　马大伯，我们一定加紧生产，支援前线，支援解放战争，为受苦受难的弟兄们出出这口气。

张志斌　马大伯，我们要生产支前，坚决消灭蒋匪军，解放全中国受难的同胞，给无产阶级弟兄们报仇解恨。

王宝云 白师傅家里还熬着药哩，没有吃就跑到这儿来咧。

众 （齐声说）让白师傅先回去吃药吧。

白庆田 我今天这样高兴，不用吃药病就好了。

马大森 还是不要大意，以后我们见面的日子多着呢！

众 （齐声说）白师傅先吃药去吧。

白庆田 （指马大森）有工夫你到我家里去呀！我的病叫你儿子给治好了。（齐送白庆田下场）

王宝云 你们都不用去了，我送白师傅回去吧。（白庆田、王宝云同下）

张志斌 （指马顺保）老弟，你真行，有这话你为什么不早说呢？

马顺保 我早说还怕费劲哩！要不是这两个月大家教育了我，思想还搞不通哩。

马大森 要不是在这个社会里，你还不定多么捣蛋哩。

马顺保 爹，我一定给你争回这个光荣来，这叫“立功报效”。（不自在地笑了）

〔马大森一边吸烟去了，马氏收拾东西。

马顺保 （忽然地）大哥，我提个建议，不知你赞成不赞成？

张志斌 你有建议说吧！

马顺保 我想趁今天晚上大家都不在，咱们把它翻出来，叫大家来个莫名其妙。

张志斌 （奇怪而愉快地）嘿！你真好像钻到我心里看了一样。

马顺保 这叫英雄之见（张志斌、马顺保齐）大致相同。

马顺保 别忙，我再给你动员一个。

张志斌 谁呀？

马顺保 （指马氏）同志，今天晚上你也得去呀！

马　氏　别瞎说了，我去干什么？

马顺保　当一个模范家属，是多么光荣啊！

马　氏　对，我也去。

马大森　多一个人是一个人的力量，农村的妇女不是照样下地吗？

张志斌　对了。

马顺保　那么先吃饭吧！

马　氏　你就知道吃，今天又没有火炉子，先买一顿吃吧。

张志斌　检车段门口有卖老豆腐的，一个人吃两碗就得啦。

马　氏　爹，给你钥匙，（马大森接过）（马顺保、张志斌手拉手兴奋地下）等一等咱们一块走。（追下）

马大森　（大笑）这回我可放心啦。

——幕　落——

第三场

◉时 间

第二天早晨

◉地 点

检车段的铁匠房

◉布 景

与第一幕第二场同

◉人 物

张志斌 马氏 马顺保 白庆田 段长 分工会主任 王宝云 马大森 李志贤 杂役 全体工人

〔开幕，天还不亮，早晨四点多钟的样子，张志斌打铁，马氏在擦螺丝。

张志斌 白师傅说的话真对，“大家合了心，黄土变成金”这句话一点都不错，譬如咱们三个要不合到一块，哪来这些螺丝呀？

马顺保 真对，咱们全段上的工友都合成一条心的话，什么困难都能解决了。

马 氏 全中国的人民要都合了一条心，我想就没有受罪的人了。

张志斌 你说的这句话真对，咱们全中国有四万万七千五百万人口，要都面向生产的话，那还不是世界上数一数二的好国家吗。

马 氏 国家要是好了，咱们吃的穿的一定也就好了。

马顺保 你就知道吃，吃完穿完，你就死咧。

马 氏 你瞧，你刚学好了几天就又说我，要不是我来，你们这会儿也干不完呢。

马顺保 我这是跟你开开玩笑，怕你累了开开心呗。

张志斌 对，连说带笑地干着更有意思。

马 氏 可不是嘛！成天守着他呀，叫你哭不得笑不得。

〔鸡叫声。

张志斌 天也亮了，咱们的活也干完了。

马顺保 真巧，天也亮了，咱们的活也干完了，一会儿大伙一来，螺丝也现成，在点名前还能修出几辆车来哩。

张志斌 可不是嘛，每天大伙都是早一个多钟头来。呀！弟妹，你该休息休息啦。

马顺保　对，要不，你回去做饭吧！连志斌哥的也做上，叫咱爹给送来，也叫他看看咱们这个干劲。

马　氏　对，那我就回去啦。（下）

张志斌　你父亲多大岁数了？

马顺保　五十二啦。

张志斌　那我还得叫大伯呢，别看大伯岁数大，脑筋真开通，说起话来真像个干部一样。

马顺保　我父亲在村里还是一个农会主席哩！

张志斌　怪不得，真像一个老英雄。

〔白师傅提着饭盒上。

白庆田　你们来得真早呀！

张志斌　白师傅，你来得也不迟呀！

白庆田　这麻袋里是什么呀？

张志斌　药材！

白庆田　怎么？哪里来的药材呀？（打开麻袋一看）这不是螺丝吗？

张志斌　你不是说有了螺丝，你的病就好了吗？

白庆田　啊！你们把螺丝给翻出来了？

马顺保　白师傅，我们不但翻出螺丝，还发现了很多有用的机器零件。

张志斌　真太多啦，我们俩弄不动。

白庆田　（兴奋地）对，回头上了班动员大伙去搬去。

张志斌　白师傅，你不知道，昨天老马老婆也来了，要不然，光我们两个还干不完哩！

白庆田　怎么？老马，你老婆也来了？

马顺保　人民的铁路必须人民来建设，再说男女不是都有一份吗？

白庆田　好好！可是你们这么一干，我倒不放心了，别再累病了。

马顺保　不要紧，年轻的人越干越有劲。

张志斌 可是昨天晚上把老马的腿给碰伤了。

白庆田 怎么老马你的腿伤了?

马顺保 不要紧。

白庆田 快到医院去看看吧!

马顺保 还不要紧，带点伤干着更光荣。(齐笑)

张志斌 白师傅，我们怕今天来的人多，扳手不够用，还打了两把扳手。

白庆田 好，你们想得真周到。

〔段长、工会主任上。

段　长 白师傅，你不是得病了吗?

白庆田 我的病叫他们两个给治好了，因为有了螺丝，就忘了病了。

主　任 这麻袋里是什么呀?

白庆田 志斌说这是“药材”。

主　任 (摸麻袋)这不是螺丝吗?

段　长 怎么翻出来的呢?

白庆田 这是他们三个人的功劳，一夜成功的。

主　任 怎么三个人呀?谁和谁呀?

白庆田 昨天晚上老马的老婆也来了，不是三个人吗?

主　任 哈!马顺保，你可真行，这回你可当了全段的模范了。

段　长 马顺保、张志斌你们可真光荣呀，以后我们也该向你们学习了。

白庆田 段长，老马的腿受伤了。

段　长 谁打的?

张志斌 谁打的?是他干活碰伤的。(很得意地)

段　长 快到医院看看吧!

马顺保 段长，不要紧，这点伤算不了什么，咱们人民解放军在前方打仗还和敌人拼命哩，我受这么点伤，算不了什么！

段　长　对，你的话完全对，可是现在我们并不是打仗，你可以去看看嘛！

马顺保　白师傅说过，工厂就是战场，带点伤干得更痛快，再说这么点伤也不值得到医院去看，来回走一趟不是又耽误时间吗？

主　任　唉，你还是去一趟吧！再说你们俩干了一夜，也该歇会儿了。

马顺保　不，年纪轻轻的一宿不睡不算什么。

〔王宝云上。

王宝云　老马，你父亲给你送饭来了

段　长　快让他进来吧！

主　任　对，快请他进来。

白庆田　来，来，来，我来，我来。（白庆田下）

王宝云　（见麻袋）这是什么？

主　任　这就是修低边车的五分螺丝。

王宝云　（惊喜地）啊！有了这么多螺丝！我去告诉工友同志们。（连喊带跑下）

〔白庆田提着饭盒带马大森同上。

白庆田　来，我给你们介绍介绍吧！这是马顺保的父亲，农会主席，这是我们段长，这是我们工会主任。

主　任　真是个老英雄。

马大森　我是来给保子送饭来啦，也是要求你们赶快修铁路。

白庆田　修铁路是我们的责任，铁路越长，人民越方便，我们要把全中国都铺上铁路，让大家到处都能看见铁路，到处都能看见火车头。

〔全体工人上场。

李志贤　这是哪来的螺丝呀？

段　长　我来告诉大家吧！这是马顺保的老婆和张志斌、马顺保，昨天晚上在大铁堆底下翻出来的，给咱们解决了修低边车的困难，希望大家都要向他们学习！

〔大家喊："对，向他们学习！"

杂　役　我再不把马顺保大哥叫马知了了。

王宝云　我也再不学麻知了叫了。

主　任　同志们，我们要响应上级的号召——修好铁路，我们要做好工作，建设新中国，现在有我们模范共产党员白师傅和我们在一起，上级给我们的任务就一定能够完成。

〔众喊："对，一定能够完成。"

段　长　（喊）向白师傅学习！

〔众齐声喊："向白师傅学习。"接着齐唱终了曲。

——全剧完——

A調 2/4 中速 **羣衆齊唱** 小程曲

(『不是蟬』終了曲)

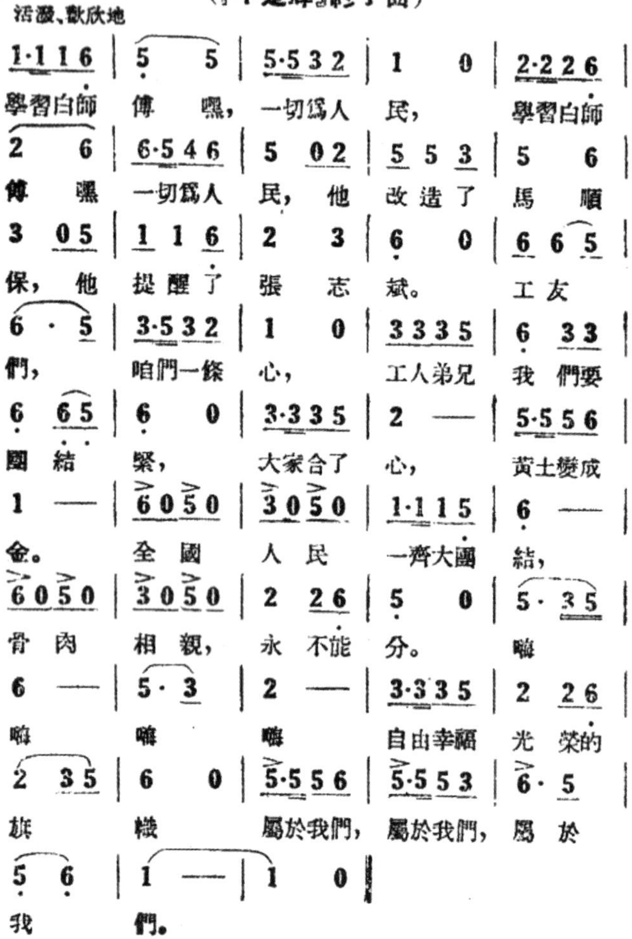

作品赏析

《不是蝉》由石家庄铁路检车段业余剧团首演，后由石家庄市文工团演出，获得专家和观众的一致好评。它是新中国第一部由工人创作、演出的大型话剧，曾在北京、青岛、济南、上海等城市巡回演出，轰动全国，并应邀至中南海怀仁堂向国家领导人演出。《不是蝉》在北京先后演出二十六场，观众达三万五千多人，著名戏剧家欧阳予倩、田汉、曹禺、洪深等人曾观看、指导，提出宝贵的修改意见。《不是蝉》在上海演出时，著名戏剧家熊佛西、陈白尘、于伶等人组织座谈会专门讨论此剧。一时，全国各大城市的文工团，纷纷演出此剧，甚至流传着“农民戏看《白毛女》，工人戏看《不是蝉》”的说法。1952年，《不是蝉》作为工人文学的代表被丁玲介绍到苏联，产生了极大的社会影响。

《不是蝉》的作者魏连珍本身便是铁路工人，他根据真实的生活，以准确的语言，生动、形象地塑造了两个典型的铁路工人形象——白师傅与马顺保。白师傅有着高贵的品质，是工人阶级中的积极分子，他曾经在日本侵略中国时被敌人拷打导致残疾、又在国民党当政期间遭受过不公正待遇，因此在新中国建设过程中，他甘愿奋斗，默默付出，因为他认为努力工作就是在向日本人和国民党报仇。白师傅不仅自己工作上进，还乐于帮助落后工人，想尽一切办法帮助马顺保。马顺保则是落后分子的典型，他有技术与能力，却只愿意为人民币服务，装伤歇工，与流氓打牌，结果导致父子关系、夫妻关系、工友关系破裂，但最终，他也意识到了生产的重要性，战胜了自己的惰性，开始学习、进步，从“马知了”变为不会唱也不会叫、每天只知道埋头苦干的“蜜蜂”，得到了亲人和工友的谅解。这部剧突出表现了工人阶级的成就，他们不仅在建设祖国的伟大事业上贡献了自己的力量，同时也在新文艺事业中占据了一席之地。

但不可否认，《不是蝉》的剧本仍存在一定的问题。首先，结构上不甚严密，三幕剧中诸多场次的选择不够经济、集中，比如劳模大会的设定对于整部剧的主题与人物的转变并未起到作用，反而显得拖沓、零碎，场面选择出现的问题则体现了编剧对生活的提炼、加工能力不足。其次，除白师傅、马顺保以外的主角形象相对单薄，没有通过情节、台词、情境塑造出更多的典型角色，段长、分工会主任等没有特殊性；此外，女性角色词句很少，形象也不够鲜明动人，这主要是编剧出于女演员文化程度与时间问题的考虑。最后，编剧的艺术技巧也存在不足。如果作品仅仅具有时效性与现实性，并不能保证它能产生穿越时代的美学价值，因而作品在20世纪50年代初期产生了巨大影响后，很快销声匿迹，成为一部“速朽”之作，这也是工人剧作、演出中的一个典型现象，值得深思。

考验

夏衍

作者简介

夏衍（1900—1995），无产阶级革命家、戏剧家、电影家、翻译家。本名沈乃熙，字端轩，号端先，浙江杭州人。1920年考入日本九州明治专门学校电机科。1927年底开始将翻译作为公开职业，并暗中从事革命活动。1929年，与郑伯奇发起成立上海艺术剧社，这是由中国共产党领导的第一个戏剧剧社，也是夏衍和戏剧结缘的开始。1932年，进入明星影片公司做"编剧顾问"，之后创作出大量电影剧本，如《狂流》《春蚕》《上海二十四小时》等。20世纪30年代的戏剧剧作有《赛金花》（1936年）、《秋瑾传》（1937年）、《上海屋檐下》（1937年），全面抗战期间的作品有《一年间》（1938年）、《心防》（1940年）、《愁城记》（1940年）、《水乡吟》（1942年）、《法西斯细菌》（1942年）、《戏剧春秋》（1942年与于伶等人合作）、《离离草》（1944年）、《芳草天涯》（1945年）。本文选取的剧目《考验》是一部五幕六场话剧，发表于1954年《人民文学》8月号（总第58期），是夏衍一生中最后的戏剧创作作品。

剧情梗概

1953年，经组织批准，丁纬就任新华电机制造厂厂长，副厂长杨仲安为老战友的到来激动不已，希冀二人能继续在制造厂并肩作战。然而上任后，丁纬却发现了很多问题，工人疲劳作业、产品质量不达标、事故频发、生产任务难以完成……与此同时，他还发现曾经的老战友杨仲安有骄傲自满情绪并且热衷于树立个人威信，甚至习惯了车间主任薛为德的阿谀奉承，对车间副主任徐达民和总工程师钱沛之想要改革设备的意见置之不理。丁纬决心解决杨仲安的思想问题，于是深入群众，跟各种各样的人谈话，了解具体情况。在此过程中，丁纬与杨仲安有了矛盾。最终，丁纬选择培养扶植新生力量，成立专门技术小组，解决了“线圈短路”的问题，使工厂的生产效率大幅提高。丁纬在会议上批评了杨仲安、薛为德犯过的错误，但仍鼓励同志们继续爱护帮助他们，发挥他们的才干。工人们备受鼓舞，工厂也逐渐步入正轨……

时　间

1953 年

地　点

某一个工业城市

人　物

丁纬——新华电机制造厂厂长。

郑裕青——丁纬的妻子。

丁淞——丁纬的女儿。

杨仲安——新华电机制造厂副厂长。

薛为德——车间主任。

徐达民——车间副主任。

钱沛之——总工程师。

俞嘉华——女秘书。

王蕙——杨仲安的妻子。

方克——工厂党委会书记。

马小宝——生产小组长。

何复清——车间副主任。

朱帆——职员。

公务员

第一幕

〔一九五三年，早春三月，一个星期日的傍晚。

〔丁纬的宿舍。两间一组的公寓式房子。舞台是作为会客室兼书房的一大间，正中后面，是一排窗子，窗前面是写字台。一张旧式沙发，右边是书架、茶几等简单的陈设。左边靠墙是一张小书桌，这是丁纬的女儿丁淞读书温课的地方。前方是小圆桌、椅子等。

〔幕启时舞台虚空，夕阳透过窗帷，斜射在书桌上。

〔丁淞清脆的歌声、脚步声：

火车在飞奔，
车轮在歌唱，
装载着木材和食粮，
运来了地下的矿藏。

〔她拿着一束盛开的桃花进来，继续唱：

多装快跑，快跑多装，
把原料送到工厂，
把机器带给农庄。

〔她把桃花插在花瓶里，丁纬跟着进来，把搭在臂上的上衣放在椅背上。

〔丁淞十五岁，白衬衫上罩着一件淡绿色毛线衣，藏青色的裙子，两条短辫子，健康爽朗。

〔丁纬四十开外，中等身材，浓眉大眼，新理过发，但是两颊的须根已现青色。

〔丁淞歌声：

烟囱像森林，
钢水在沸腾，
新纪录不断地出现，
找窍门要开动脑筋……

丁　纬　（坐下来，抽了一支烟，打断她）妈妈呢？怎么一转眼就不见了。

丁　淞　陪小弟回托儿所去了。（从带回来的小网袋中，取出用玻璃瓶子装着的昆虫，和收集来的植物标本）

〔年轻的公务员推门进来，拿来一张字条，丁淞就近接过来。

公务员　刚才李部长来过，留下一个条子。（下）

〔丁淞抢着把一个折成L字形的纸条接过来，打开。

丁　淞　我念给你听，这又不是密件。（推丁纬坐下，靠在旁边念）“丁纬同志，顺道来看你，你们全家都去逛公园了。礼拜天，难得的好天气。我来是为了告诉你一件事，你的请求，批准了，同意你去搞工厂。市委的正式通知已经发出。要是干训班结束得快，希望你下个礼拜前就来报到。”

〔丁纬抢过来看，显有兴奋之色。

丁　纬　（自语似的）搞工厂。

丁　淞　你搞工厂？

丁　纬　（望着她，想了一下）笑什么？笑我搞不来？

〔丁淞回到自己的桌子前，去整理她的标本了。

丁　纬　（自语）好快，批准啦。

丁　淞　（对父亲抱怨似的）我叫你用网套，你偏要用手，瞧，这么大的一只花蝴蝶，都让你把翅膀给弄碎了。

丁　纬　你用网子套，跑得满头大汗，一只也捉不到，我用手，一下就捉到了。（望着她）一样的蝴蝶，要这么多干吗？

丁　淞　一样？才不一样哪。这是粉蝶，后面的翅膀是圆的；这只的后翅膀有两条拖脚，叫凤蝶。（撒娇似的反问）一样？

丁　纬　哦，还有这么些道理？

丁　淞　道理多得很哪。

〔丁纬见她一心不乱地整理标本，回身坐到自己写字台前面，取出一本书来看。

〔一分钟。丁淞大约觉得饿了，跑到后面去，取了一摞饼干出来，递几块给丁纬。

丁　纬　才捉过虫子的手，不卫生。

〔丁淞憨笑，用小手巾揩手。

丁　纬　淞淞。

丁　淞　嗯。

丁　纬　把你的代数练习本儿给我看一看。

丁　淞　（笑）哈，习题做不出，对吗？

丁　纬　谁说，十二个习题，昨晚上全做了。

丁　淞　那，要我的练习本儿干什么？

丁　纬　对一下嘛。

丁　淞　骗我，二次方程式，顶容易，只要把求出来的 X 数目字代进去，对就对，不对就不对。（顽皮地）我知道，X 求不出来，对吗？好，你再试试，晚上教你。

丁　纬　（苦笑）你真坏。

丁　淞　（想起了似的）爸，你学数学干吗呀？妈在笑你，她说，“八十岁学吹打，老来忙”。

丁　纬　这，你就不知道了，数学，是学任何一门科学的钥匙。你也得好好地学，不管你自己想当一个生物学家也好，或者你妈妈想你当一个歌唱家也好，数学是一切科学技术的顶重要的助手，它帮你整理知识、整理思想。懂吗？小时候不打好基础……

丁　淞　可是，（撒娇地噘起了嘴）我学不好，这次考试……

丁　纬　（逗她）不及格，是不是？

丁　淞　谁说，我，四分。

丁　纬　下次得拿五分，用功一点。

丁　淞　好。要是……

〔楼下有人高声谈话。

丁　纬　妈回来了。

丁　淞　跟谁在讲话？（开门出去）

〔郑裕青陪着杨仲安上来。郑裕青，三十开外，中等身材，有点胖，穿灰色干部服。杨仲安，四十不到，胆汁质型，正在开始发胖，容易激动，习惯于用高嗓子讲话。

郑裕青　（推门进来）老丁，你猜是谁来了。

丁　纬　（完全出乎意料，眼睛一亮，迎上去，紧紧地握手）啊，老杨！

杨仲安　（热情地两手抓住丁纬的肩膀，看了又看）你简直没有变，可是……

丁　纬　你胖了。

杨仲安　一百四十五磅，正好。你一点也没有变，老样子，可是，裕青同志，你发福了。（对丁纬）刚才在门口碰上，要不是她先招呼我，我都不敢……

郑裕青 老了，这么多年……

丁　纬 别说她胖。她最近看了几次话剧，还打算归队，去演戏咧。

郑裕青 听他瞎说，（对丁淞）叫杨伯伯，怎么，不认识了？

杨仲安 淞淞？（抚着她的头）啊，日子真快，已经是大姑娘了，记不记得？我抱过你……哈哈……

〔丁淞有点怕羞，一时记不起来。

杨仲安 （熟脱地拉一把椅子坐下）你们一直在这儿？

丁　纬 不，南下的时候到过一下，待了一个月，后来在革大工作，整整两年半。去年才调过来，还是搞教育，在干部训练班。

杨仲安 真是“隔行如隔山”，同在一个地方，一直没有见面。

丁　纬 你，南下之后就在……

杨仲安 对，接管之后在厂里当军代表，后来是副厂长。

丁　纬 （高兴）怎么，你也在搞工厂？

杨仲安 不像吗？

丁　纬 像，像得很，老朋友又在一块了，真好。

郑裕青 你们谈谈，我去泡茶。（下）

杨仲安 知道你在这儿，昨天就想来，凑巧今天是礼拜天。老丁，你哪一天到差？

丁　纬 什么？

杨仲安 你不知道？装傻。

丁　纬 不，不，你说的是……

杨仲安 任命已经下了，你来当咱们厂的厂长，咱们又在一起。（由衷地高兴）你来了，我就放心了。

丁　纬 什么，这是真话？

〔郑裕青上，斟了茶。

杨仲安 我不像你，不爱开玩笑。（向郑裕青）他，爱开玩笑的脾气，还没有改？

郑裕青 老了，脾气难改啦。（笑）“三反”的时候，还有人提了他的意见，说在干部学校工作，态度不庄重、不严肃。在家里，跟小孩也开玩笑，装怪样子。（边说边下）

杨仲安 这不坏啊，革命的乐天派。

丁　纬 老杨，言归正传，你说的厂……

杨仲安 新华电机制造厂，造发电机、马达、变压器……

丁　纬 哦，生产情况怎么样？

杨仲安 你放心，有我。上个月就听说市委要派一个厂长来，心里嘀咕了好久。你知道我这个人的脾气，怕不了解，合不来。昨天接到通知，原来是你！哈，好极了，老战友，老同志，再好没有，厂里的事，你放心，我摸了三年，差不离了，已经有了底儿。

丁　纬 跟你在一起，当然再好没有，可是，我什么也不知道，没有精神准备，你说说，让我知道一点……

杨仲安 急什么，过一两天，我把详细情形向你报告，再叫各部门负责人来向你汇报。

丁　纬 不，现在就随便谈谈，你知道我的急性子。

杨仲安 对，不弄清楚，晚上睡不着，是不是？从哪儿谈起哪？

丁　纬 （从桌上找出刚才李部长留下的字条给他看）你瞧，就在你来的前五分钟，我才知道这个决定。正式通知还没有收到，也许送到学校去了，李部长的条子上只有三个字，搞工厂。（停一下）搞工厂，连什么厂也不知道，你说的那个厂，规模多大？

杨仲安 说大嘛，当然比不上五年计划的新建厂，说小嘛，可也有一千多个工人。不过，这是一个重点厂，市委直接在抓。

丁　纬　生产情况……

杨仲安　现在可好啦。接管下来的是一个烂厂，一塌糊涂，好容易，搞了几次大运动，“三反”、民主改革、生产改革，这才变了样。老丁，你看看，这三年，我的头发白了多少？

丁　纬　真不易！老杨，你从哪儿学会了这一套！（亲热地在杨仲安肩上重重地一拍）

杨仲安　（得意地笑）承老同志夸几句，白了头发，也甘心了。你知道，人家可不这样看，现在办事不容易，上面要检查，下面有意见，好了还要好，完成了生产任务，还要要求什么按节奏生产。工厂，可不比部队，凡事都得民主。凭良心，我这个人，不算不民主吧，可是这次党代表会议，意见就提了一大堆。老丁，你下去，得有个心理准备。（纵声大笑起来）

丁　纬　批评，提意见，这哪儿都一样，应该有……

〔郑裕青端了一盘饼干出来，又斟了茶。

郑裕青　什么东西也没有，吃一点吧。仲安同志，小王怎么样，身体好吗？

杨仲安　小王？噢，现在可不是小王了，老了，五个孩子的妈妈……

丁　纬　五个孩子？

杨仲安　三男两女，到这儿三年，添了四个。

郑裕青　三年添了四个？

杨仲安　五二年正月一个，老四，男的；同一年的十二月又一个，老五，女的。

郑裕青　她在哪儿工作？

杨仲安　就在厂里，还是老本行，在本厂的工会里当文教委员。孩子多了，事情办不好，我说算了吧，还是好好地管管孩子吧，她偏不肯。

丁　纬　三年添了四个，你真了不起！

杨仲安　（苦笑）要是厂里的生产，也像这个一样，节节高，一年增加这么百分之二百，那才好啦。

〔郑裕青下。

丁　纬　你不是说，厂里的生产很不错？完成了任务……

杨仲安　按理说，应该说不错。机器就是那些老机器，人，就是那批老人马，可是生产量，一年年在增高，要是别的厂，应该说什么问题也不会有，偏偏这是一个电机厂。

丁　纬　（什么都感到新鲜）为什么？

杨仲安　在五年计划的第一年，电气机器的生产是一个重点。（从口袋里摸出一个小本子来，边翻边说）在各种生产品中间，今年比去年要增加的比例，电机这一门顶大。发电机要增加百分之一百一十九，电动机——就是马达，要增加百分之四十一。在十八种主要生产品中间，这两项增加得顶大。

丁　纬　嗯，真不简单。

杨仲安　任务重，且不说它，困难的问题，是干部。老丁，市委派你来当厂长，表示对这个厂的重视。我算了算，三年多来，除出接管的班子以外，没有派过干部，跟我一起来的五个人，调的调了，垮的垮了。

丁　纬　垮了？

杨仲安　可不是，垮了两个，一个你也许还记得，在鲁东跟你一起工作过的小姜，“三反”的时候，整垮了。

丁　纬　嗯，我好像听人说过。（停了一下）可是，三年来不是添了一大批新的骨干？

杨仲安 （摇摇头）刚从学校出来的，不顶事。

〔天色渐暗，丁纬想起什么似的，往后间望了一眼。

丁　纬 青！（没有反应，回头来对丁淞）叫妈妈来一下。

杨仲安 嗯，还是老规矩，“青”！

丁　纬 还有什么新规矩，叫郑裕青同志，像在办公事；叫淞淞的妈，太封建；叫爱人嘛，年纪大了，叫不出口。

〔郑裕青上来，丁纬和她耳语了一下。

丁　纬 老杨，难得在一块儿，在这儿吃顿便饭吧，喝几杯叙叙旧，裕青知道你爱吃什么。晚上喝两杯的习惯，没有改吧。

杨仲安 不，不，今天可不行，我还有点事儿。

郑裕青 别客气，又没有……

杨仲安 跟你们还客气？真的，还有一个会，（看了看表）时间差不多了。

丁　纬 礼拜天也开会？

杨仲安 嘿，老丁，这一点，你也得有个精神准备，一搞工厂，就不像教书那样有什么礼拜不礼拜了。

丁　纬 老杨，我看你还是老脾气，什么事情都是一把抓，自己劳碌，也不让人家休息。不吃饭也可以，时间还早，再坐一会儿。

杨仲安 （看表）不行，时间到了，忙嘛，有什么办法。改一天，我请。

丁　纬 （站起来）真的有事，那不勉强，改天，带小王，跟你的老四老五一块儿来，好吗？说，哪一天？

杨仲安 这，可说不定，反正，来日方长，哈哈……再见。

郑裕青 不再谈谈，真是……（对丁淞）跟杨伯伯握手，说再见。

丁　淞 再见。

〔丁纬、郑裕青送杨仲安出去。

〔郑裕青从门外回来。

丁　淞　谁呀？

郑裕青　你还想不起来？

丁　淞　（摇头）

郑裕青　爸爸老讲起的杨仲安，你爸爸的顶好的朋友，皖南事变那一年，背着你爸爸突围的。

丁　淞　是他？

郑裕青　可不是。（下）

丁　淞　（很快地跑到窗口，俯望）杨伯伯，再见。

〔丁纬回来，郑裕青从后房出来。

郑裕青　淞淞，你又拿了我的鸡子儿？

丁　淞　（伸出两个手指）两个。

郑裕青　拿出来，好好的鸡子儿……

丁　淞　已经孵了两天了，在少年宫，电气孵蛋，过几天给你小鸡。（走到写字台前面，翻书，开了台灯）

〔丁纬有点激动，在室内走了一圈，望着郑裕青。

丁　纬　事情来得太快，也真巧。

郑裕青　巧？

丁　纬　我说的是我跟老杨的关系。念初中，前后同学；参加革命之后，我当报社社长，他当经理；我当指导员，他是我的副手；现在，又在一个厂里……

郑裕青　（含有深意地一笑）可是，你得当心他那火暴的性子，你们俩呀，见了面，好像亲兄弟，一抬杠，谁也不肯饶一句……

〔丁纬笑。

郑裕青　（温婉地）几年不见，大家都变了，你得把老习惯改一改，人家已经当了三年厂长，你初去。

丁　纬　（点头）你讲得对。

丁　淞　（忽然大声地）爸。（回过身来）

郑裕青　什么事呀，吓了我一跳。

丁　淞　求出来了，X 等于 1/2，你来看。

〔郑裕青下场。

〔丁纬跑过去，父女二人热心地看着课本。

〔天色渐暗。

〔幕徐徐落。

第二幕

〔距上幕一个多礼拜之后，三月下旬，清晨。

〔新华电机制造厂的厂长办公室。

〔总务科的职员朱帆，指挥着两个公务员，为即将到职的新厂长搬写字台。

〔秘书俞嘉华帮着张罗一切。

〔舞台正面后方是一排大玻璃窗，从此可以望见窗外烟囱、厂房和水塔。窗前，面对面地摆着两张大写字台，两把回转椅。左方是出口的门，再左是文件架，保险箱等；右方前面是一张小写字台，这是厂长室女秘书俞嘉华办公的地方。

〔俞嘉华，二十三岁，穿着质素的干部服，但是依旧可以看出女学生的本色。

〔远远地可以听到有人通过扩音机在做报告。

〔朱帆等把厂长的写字台和“文房四宝”之类摆好之后——

朱　帆　小俞，你看看还差什么东西，（不等回答，对两个公务员）可以了。

〔二公务员下。

〔俞嘉华看了一眼桌上的东西，又检查了一下抽斗的钥匙。

朱　帆　大小倒一样，就是这只（指新添的一只）旧了一点，买新的，也不好。（望着俞嘉华）今天就来？

俞嘉华　听杨厂长这么说。

朱　帆　（打算走了，对俞嘉华）你再检查一下，要是缺什么东西，通知我。

〔俞嘉华点头，朱帆下。

〔俞嘉华整理了一下文件，把许多要批阅的文案分门别类放在杨仲安桌上，惯例地撕了一张挂在她写字台背后墙上的大日历。这一天，是三月二十五日。

〔电话响，俞嘉华接电话。

俞嘉华　喂，是的，杨厂长不在……（紧张起来）什么？事故？又是触电，变压器车间，怎么样？伤很重，谁？一个老师傅，已经送医院了，没有性命危险。（在撕下的日历背后用铅笔记录）嗯，什么？跟昨天重电机车间的情形一样，开车的时候忘记了和管开关的工人联系。杨厂长在小会议室，和突击组长们讲话，好，你去找一找。

〔电话未完时，朱帆陪着丁纬上场。丁纬很认真地听俞嘉华在打的电话。

朱　帆　杨厂长在讲话，快完了。这儿是厂长办公室，后面还有一间小会客室。对了，这位是这里的秘书，俞嘉华同志。

俞嘉华　（挂断电话，上前一步）是——丁厂长。

丁　纬　（和她握了握手，立刻就问）刚才的电话，出了事故？

俞嘉华　嗳，变压器车间又有一位老师傅触了电。

丁　纬　情况怎么样？

俞嘉华　说很重，可是，没有性命危险。（话未完，电话又响了，立刻听）喂，是的，杨厂长不在，你是哪一位？重电机车间，什么事？嗯，等一等。（笔记）有一批线圈被检验科退回来了，嗯，这样好不好，再过……十分钟，再打来，杨厂长就回来。

朱　帆　（对丁纬）今天是二十五，快月底了，每逢月底，总得忙乱一阵，过了这几天，到月初，就松动了。您休息一下，杨厂长立刻就来。（下）

〔俞嘉华拿过丁纬桌上显然是新置的有盖茶杯和热水瓶。

俞嘉华　厂长，您喝茶，还是喝开水？

丁　纬　（笑）有茶叶？（俞嘉华点头）那喝茶吧，谢谢你。

〔一阵南风，扩音机的声音隐约可闻，丁纬一边把这间办公室观察了一下，侧耳听。声音："……这是上级交下来的任务，任务很重，但是也很光荣，为了完成和超额完成这一个光荣的任务，为了本厂的荣誉，再加一把劲吧。同志们，到三月底，只有六天了，本月和本季度的任务，一定得在这六天内完成。同志们，工厂就是战场，让我们大家努力，用主人翁的态度，坚决地完成上级交下来的任务。完了。"若干鼓掌声。

丁　纬　（在他看来，什么都很新鲜）嗯，真像战场一样。

〔何复清，三十来岁的职员，穿着油脏了的工作服，闯进来。

何复清　杨厂长，没来？

俞嘉华　就来。

何复清　那，我就在这儿等一下。（很有牢骚）这实在太不讲道理，看厂长怎么说。

俞嘉华　（轻声）什么事呀？

何复清　老问题，检验科有意找麻烦，早不说，晚不说，今天才说，离月底只有五六天了，老说什么铁耗大，温度高，不合检验规范。天晓得，这批矽钢片，本来就是次货，铁耗怎么能不大？又要马儿好，又要马儿不吃草。真是……（一口气说了一大套，这才发现了丁纬在仔细听，停住）

俞嘉华　（趁势介绍）这位是丁厂长。

何复清　（有点后悔刚才的牢骚）对不起，我是，变压器车间的何复清。

丁　纬　（和他握手）我才来，又是外行，等一下杨厂长来了……

何复清　好好，我在这儿等一等。（对俞嘉华）那个报告，杨厂长看了没有？这个问题很大，要是今天不解决，本月的生产任务，就甭想完成。

丁　纬　（想起来）你们车间，刚才出了件事故？

何复清　对，一位老师傅。这几天工作忙了一点，整天整夜地赶工，人太累了，就容易疏忽，出毛病。

〔门外杨仲安的声音："叫人去通知张师傅家里，要他们放心。"

〔杨仲安和总工程师钱沛之、轻电机车间的主任薛为德、副主任徐达民同上。

俞嘉华　杨厂长。

〔钱沛之，五十五六岁，头发已经半白，但是很健康，绝无老态。薛为德，四十开外，两鬓已有稀疏的白发，深色干部服，可是穿得干净利落。徐达民，二十八九岁，瘦长，用十分顶真的态度讲话，但眉目间还有几分稚气。

杨仲安　（看见丁纬，愉快地）啊，你来了，好极了。（热烈地握手）你看，我忙成个什么样子。来来来，我来介绍。丁厂长，丁纬同志，我的老战友，从三八年到渡江战役，我们俩一直工作在一块。（着重地加一句）好同志。这位是本厂的总工程师钱沛之同志，这位是轻电机车间的车间主任薛为德同志，这位是副主任徐达民同志。（看了一下俞嘉华）你，大概已经介绍过了。对，还有，何复清同志，变压器车间的副主任。好好，大家坐下来谈谈。

薛为德 （殷勤而又恭敬地对丁纬）丁厂长，真是久仰得很，厂里全体同志，盼得很久了。请坐。（忽然对俞嘉华）怎么的，这张写字台，没有新一点的？

〔杨仲安看了一下新添的办公桌，正要讲话。

何复清 （性急地对杨仲安）厂长，昨天向你报告的那件事，无论如何要请你做个决定。

杨仲安 （问俞嘉华）我不是已经批了？

俞嘉华 不，批了的是重电机车间的……（拣出一份文件，交给他）这一份，还没有看。

何复清 是那一批线圈规格的问题。

杨仲安 检验科的意见怎么样？

何复清 还是不肯签字，不签字，八只一千伏安的方棚就不能装配，不能如期出货，那，这个月的任务，就差了一大截。

〔这时，丁纬静静地听着，习惯性地从口袋里取出一包香烟，薛为德很快地从自己烟盒里取出一支，递给他，并给他点了火。

丁　纬 谢谢。（看了薛为德一眼）

〔薛为德的善于应付，和钱沛之的拘谨，成为鲜明的对照。

杨仲安 那么，你认为……

何复清 基本问题，是检验规范脱离实际，不符合实际施工需要，这是全厂普遍性的问题。

薛为德 （点头同意）对，我们车间也一样……

何复清 （继续下去）这个问题一定得解决，可是，为了目前紧急情况，我们车间的意见是：先解决这一批订货问题，先完成这一个月的生产计划；规格问题，留到下个月去解决。

杨仲安　（不假思索地）对，应该这么办。你，赶快把这一批变压器装配起来……

何复清　可是，检验科啃住了不肯签字。

杨仲安　他们不签，我签。

何复清　那好。（欲下）

徐达民　（禁不住站起来）厂长，这样不好吧。

杨仲安　不好？为什么？

徐达民　会出毛病。（顿了一下）“出力铭牌”上刻了字，规定了一千伏安，现在铁耗这么大！……

杨仲安　我问过薛主任，（薛为德点头）他是内行吧。我还问过钱总工程师，他也说：任何机器设计的时候，都有一定的保险；就是说，实际出力，总要比“铭牌”出力多一点，不要紧。

〔钱沛之为难地欲言又止。

徐达民　这不错，可是，这一点保险，就是安全保障，连这一点也没有，使用的时候就有危险。

杨仲安　（不理会他，用下巴对何复清示意）就这样，你去办吧。（回头对徐达民）同志，这是什么时候？三月底，第一季度的任务……

徐达民　可是，杨厂长，这样做有危险，从科学上……

杨仲安　（接上来）你们，就爱啃住了科学两个字不肯放，科学科学，好像就只有我不尊重科学。问题是这儿不是研究院，（有意说给钱沛之听，钱沛之无言）这儿是要按月按季度完成任务的工厂！变压器车间这个月计划规定了要出一万多千伏安的产品，完成不了，谁负责？

薛为德 （看见杨仲安的决心很大，连忙打顺板）对对，现在是任务第一，特别是今年的第一季度不完成任务，上面会怪我们没有尽到最大的努力。

杨仲安 钱老先生，这个问题，你有意见没有？

钱沛之 这个问题讲起来很复杂……

薛为德 （抢着）我跟沛之同志谈过，大概不会有什么问题，当然咯……（看着钱沛之，似乎要他讲一句）

钱沛之 严格一点说，问题不是没有……

杨仲安 （抢着）今天的问题，就是上面压下来的任务不容许我们太严格，对吗？（对何复清）好，就这么办。（何复清下。杨仲安松了一口气，搓着手）老丁……

〔徐达民还想讲话，俞嘉华轻轻地对他使了一个眼色，为了缓和气氛，她上前一步。

俞嘉华 杨厂长，这么安排，好吗？这儿是丁厂长，这样摆，两边的光线都好。

杨仲安 我没有意见。

薛为德 好，小俞同志，你想得周到，这边靠窗，又有过道风，夏天凉快一点。（讨人欢喜地笑着）咱们杨厂长发了福，怕热。

杨仲安 好吧，谈谈旁的问题。（到自己位子坐下，俞嘉华把一大沓文件放在他面前）怎么，又是这么多？老丁，你看，这怎么得了呀！（一件一件地翻着）请购单、报销单、请假单。每天待看待批的文件就有这么多，看也看不完。（笑着）今后，你得来当家咯。老丁，搞工厂，硬是不简单，忙呀乱呀，你看这怎么办？（对俞嘉华）你，整理过了？

俞嘉华 这些是急件，等着要批，这些，可以缓一点。（递给他一份报纸）这是今天的报纸、参考资料。

杨仲安 （随手翻了一下文件，把报纸往后面的文件架上一搁）成天批公事，看报的时间也没有。老丁，对不起，你们先谈谈，我把马上要批的文件看一下。（对俞嘉华）这一堆都得批？（俞嘉华点头）主管部门都盖了章？（俞嘉华点头）不会错吧？（俞嘉华微笑不语）他们盖了章，我就批。（拿起笔来，画“行”，写“同意”）

钱沛之 厂长，你们谈，我先走一步，还有一些事情……（杨仲安点头，丁纬和他握手，钱沛之下）

〔薛为德殷勤地和丁纬讲话。

〔电话响，俞嘉华接电话。

俞嘉华 喂，对，请等一等。杨厂长，电话。

杨仲安 （接电话）喂，什么事，我是啊。什么？零件接应不上？零件到哪里去了？上个月赶工吃空了？为什么不事先点一点？难道要我来给你们一件一件地安排好？什么？什么情况？不必来，电话里讲吧。有人讲怪话，（丁纬侧耳听）要小组长把讲怪话的人的名字记下来。什么？（大声）你不管？告诉他们，今天是二十五号，离月底只有六天，这六天，咬碎牙齿也得干，不能太民主！（挂上电话）

薛为德 （对丁纬）说实话，要不是咱们杨厂长领导正确，决心大，有魄力，这个厂的任务是很难完成的。

丁　纬 （沉思了一下）老是这个样子，这么忙？

薛为德 不，今天是二十五呀，月底嘛，总归忙一点，到月初……

丁　纬 （慢慢地走了几步，对俞嘉华）小姑娘同志，对不起，刚才介绍的时候，没听清楚……

俞嘉华 （笑着）我叫俞嘉华。

丁　纬 对，俞嘉华同志，你这里有材料吗？本厂按月的生产进度？

俞嘉华　有。（很熟练地取出一沓材料）这是今年两个月的材料，（走近他身边，念）一月上旬，完成本月生产任务的百分之九；中旬，完成百分之二十一；下旬，完成百分之六十二。（停一下）二月份……

丁　纬　等一下。九，二十一，六十二，（屈指一算）一共是百分之九十二。那就是没有完成任务。二月份……

俞嘉华　二月份，上旬，百分之四；中旬，百分之九；下旬，百分之七十七。一共，百分之九十。（解释）这个月是旧历新年，旷工多，受了影响。

丁　纬　（若有所思）嗯！

徐达民　（忍不住了）可是，这只是数量上的百分比，讲质量，那就更……

〔杨仲安匆匆把公事批好，看了徐达民一眼，站起来。

杨仲安　（慨乎言之）搞工厂就是这个样，特别是咱们这个厂。品种杂，规格多，任务重。老丁，你看看就会知道，挑这个担子，真不容易。（对薛为德）好吧，你们把急于要解决的问题，谈一下。

薛为德　情况嘛，杨厂长知道得很清楚，我的意见，昨天也已经向您报告过，没有什么补充，我完全同意您昨天的指示方针，这样办，错不了，至于工会方面的意见嘛，（迟疑了一下，对徐达民）达民同志，你反映一下。

徐达民　还是那两个问题，第一个是克服线圈短路问题的马小宝同志的合理化建议，再拖下去下面有意见；第二个是每逢月底的突击任务，工友们说，这是变相地加班加点。对于前一个问题，我也同意杨厂长的意见，放到下个月初去讨论，可是后一个问题，再不解决，不仅完成不了任务，还会出更多更大的事故……

杨仲安 （反诘）谁说是加班加点？

徐达民 领导上说是突击任务，下面却把它看作加班加点……

杨仲安 有人说，我知道，可是，必须认清，这只是少数落后分子的意见。对于这批人，要批评，要教育，要打通他们的思想，要他们想想，解放之前怎么样，现在怎么样。多出一点力，就叫苦，就说怪话，这不是落后，是什么？（无意识地显示他的干练，有点兴奋，嗓门渐高）

徐达民 那，也不见得吧。刚才厂长在喊话的时候，我亲耳听见张大妹在说，机器不要睡觉，人可是要睡觉。（征求薛为德的同意似的）张大妹，谁都知道是马小宝小组的积极分子。

〔薛为德习惯性地点头。

杨仲安 （拦住他）对啦，对啦，连积极分子都讲怪话，这证明你们车间里的政治工作做得不够好，是不是？支部、基层工会，还有，你们青年团支部，在干什么？（火辣辣地）造成这种思想混乱，你们车间的领导没有责任？

薛为德 对，对。这方面的工作，的确做得很差，我首先应该负责。（对徐达民）怎么样，今天晚上开个生产小组长和积极分子的联席会，请两位厂长去讲讲话，打一下气，好不好？

徐达民 （率直地）会开得太多，气，也打够了，只打气，不解决问题，不如让他们早一点回去休息，说实话，这几天，工友们已经累够了。

杨仲安 工友们累够了，谁不累，谁不忙？这算是群众观点，是不是？（冷哂）车间主任照顾工人健康，厂的领导不照顾，是不是？

徐达民 （压低声音）我没有这个意思。可是，工人累病了很多是事实。

杨仲安 （按捺不住了）告诉你，老弟，你把问题看得太简单，你只看一个组，一个工段，一个车间，我可不能跟你一样。要有群众观点，同时要有国家观点。工人一定得休息八小时，请问，我这个厂长每天休息几小时？我哪一天不在加班加点？老弟，我杨仲安革命革了十五六年，难道连这一点群众观点都没有？……

〔电话响。

俞嘉华 （接电话）喂，是的，（紧张）什么？又是事故？轻电机车间？在，都在。（对薛为德、徐达民）你们车间。（对电话）……什么？讲慢一点，轧伤了手，嗯，有人在闹？……

徐达民 （性急地）薛主任，快去看看。（回身急下）

俞嘉华 （对电话）薛主任就来。

杨仲安 （也感到事态严重）我去！（回头对丁纬）老丁，我去看看，你在这里顶一下。（与薛为德同下）

〔一阵救护车的警铃声。

丁　纬 （焦虑地望着窗外，回身走了几步）每天都这样？

俞嘉华 忙，是经常的。事故嘛，这礼拜特别多，三天之内，已经……四五件了。

丁　纬 不是说，已经搞过一次安全生产运动吗？

俞嘉华 嗯，那时候……（话未完，电话又响了）哪一位？哦，方书记。杨厂长刚出去。轻电机车间出了事故。对，丁厂长在。对，今天到的。

丁　纬 谁？

俞嘉华 工厂党委的方克同志。（对电话）喂喂，你来？（对丁纬）

他说就来看你。

丁　纬　不，我去吧。

俞嘉华　丁厂长说他来看你。嗯，好，等一等。（把电话交给丁纬）他要跟你讲话。

丁　纬　喂，方克同志吗？好，谢谢！对，今天才到。刚才到你办公室，你不在。不，我来吧。什么？你在轻电机车间，出了事故，我方才从电话里知道，老杨到现场去了。噢，那也好，欢迎得很。（放下电话）

俞嘉华　过去很熟？你们……

丁　纬　不，认识，可是不顶熟，开会的时候常碰到。

〔冷场一分钟，俞嘉华拿了一沓材料，走向丁纬。

俞嘉华　丁厂长，这是有关本厂基本情况的一些数目。这是三年来的工作总结，市委批准了的民改——民主改革总结，还有一些原始记录，你，要看看？

丁　纬　好得很，我正想要，你想得周到。（翻了一下，自语似的）要摸清情况，单看材料就不简单。

俞嘉华　你还可以跟方克同志谈谈，他知道得顶全面。

丁　纬　对。（坐下来，翻文件）

〔少顷。轻轻地叩门，方克进来。

〔方克，四十岁出头，身体结实而态度沉着。

方　克　（热烈地）啊，丁纬同志，你来得好极了，大家盼望很久了。（握手，久久不释）特别是这个时候来。

丁　纬　你一直在这个厂？

方　克　四九年底来的。（点了点头，坐下，然后述怀似的）五〇年，留用的那位厂长调走了，我们一直向上面喊，派一位得力的厂长来。这一下，目的达到了。丁纬同志，你来得正是时候，

（带着苦笑）碰上了顶忙乱、顶麻烦的时候，乱糟糟的情况，已经看到了吧。

丁　纬　组织上把这个任务交给我的时候，一方面很兴奋，可是说实话，另一方面也真是战战兢兢，有点胆怯。因为，这是一份我的能力所不能负担的担子。

方　克　不，我相信你一定能搞好，大家对你期望很高。

丁　纬　别这么说，别期待得太高。我懂得，今天搞工厂，单靠忠诚和决心，已经不够了。除了这些，还要有工业方面的知识，我有决心去钻，可是，钻，得有一段很长的时间。

方　克　（重重地点头）对。要钻，肯钻，就行。丁纬同志，上个月党委会开会的时候，有一位同志说，要把咱们的厂搞好，一定要有一个既能联系群众，又有业务知识的领导。（少顷）厂里的情况，我想，李部长已经跟你谈过……（不自觉地看了一眼俞嘉华。她很懂事，很自然地拿了刚才杨仲安批好的文件，出去）

丁　纬　谈了一些，我更觉得这是一副沉重的担子。

方　克　你也许已经知道……

丁　纬　你说的是，（停了一下之后）厂长和党委之间的关系？昨天李部长提到……

方　克　（点头）应该率直地说，这不是普通的所谓关系，而是思想上的距离。

〔沉默了一会儿。

方　克　初看，好像问题很多，很严重。譬如说事故多，质量坏，生产不均衡，等等。其实这些问题都可以解决，（着力地）只要领导上抓住生产改革这一个环节，有决心依靠群众，相信工人阶级，那么……

丁　纬　对于这些问题，杨仲安同志应该……

方　克　这位同志，你知道得比我清楚。三年来，他在厂里做了很多工作，应该说，在接管整顿阶段，都有很大的贡献。他对党忠心，对生活严肃，这都没有话说。一件事就可以说明，“三反”运动中，他是一个群众意见较少的军代表。当然，那时候没有着重检查一般性的官僚主义。（停了一下）可是在今天，正和你刚才所说的一样，单靠忠心，已经不够了。

丁　纬　（无言）

方　克　（有点不好意思地笑了笑）你初来，就讲这些话，也许你会……

丁　纬　不，大家都是老同志。（停一下）市委正要我向你深入地了解一下这个问题。

方　克　去年以来，可以说，斗争得相当尖锐。起先，他兼着党委书记，万事一揽子，讲明了分工负责之后，情况还是一样。我很惭愧，我的能力不够，不，应该说党性不强，在重要问题上不能坚持原则，不能帮助仲安同志改正错误……（望着丁纬）所以，我刚才说，你来得正好。你担任这个工作，再适当不过。因为第一，你刚才说过，有钻业务的决心；第二，你懂得他的长处和缺点，你是帮助他、纠正他最适当的人物。

丁　纬　（无言，站起来踱了几步）

〔外面的大喇叭又发出声音，一听就知道杨仲安在讲话。

方　克　听，又在喊话。看来，训话、做大报告，他所说的“打通思想”，已经成了他的完成任务的唯一领导方法。偏偏，解放三年多了，工人觉悟都提高了，不解决具体问题，单靠打气、“打通思想”，行不通了。况且，他的做法，太主观，群众反映说，他的政治工作是“我打你通”“我说你服”，这是工人同志的天才讽刺，不是什么“怪话”。

丁　纬　（心情沉重，沉默了一下）方克同志，杨仲安同志的个性我知道，就是主观强一点，看来，还有点自负……

方　克　（点头）对。这也难怪，在干部之间他有威信，许多人佩服他的魄力、他的决心。

丁　纬　你可以多跟他谈谈，不一定在开会的时候……

方　克　谈得不算少，有时候也争得面红耳赤，（笑了笑）可是，说出来很滑稽，有一次，当着好几个人的面，他冲口而出，说我有心打击他的威信，提高自己的。这不是……（不说下去）

丁　纬　（无言）

方　克　（站起来）丁纬同志，我希望你能够帮助他……

丁　纬　（想了一下）我接受了党交给我的任务，我一定尽我的力量，做我应当做的事情。可是，我才来，不了解情况。我得需要一段时间，才能判断。

方　克　那，当然。（停了一下）你，一定会很快地了解。（又停了一下）丁纬同志。

丁　纬　嗯？

方　克　为了便于你向大家了解情况，我不能不向你反映一件事实。

丁　纬　（望着他）

方　克　（用沉重的语调）大家热望着有一位能够解决实际问题的厂长，大家瞩望着你。可是，这几天，自从你的任命发表之后，从个别谈话中，有些人已经流露出一种不该有的顾虑。

丁　纬　（有点震动）顾虑？

方　克　对。杨仲安同志已经不止一次地说，新厂长是他的老同事、老战友、生死之交，在皖南突围的时候，他背着你逃出了危险……说你一定会支持他。

丁　纬　（很快地）他说了这些？

方　克　说了不止一次，当然，这是无意中随便说的。

丁　纬　那是事实，我一直感谢着他。（回身，用出自衷心的诚挚，对方克）可是，方克同志，今天你把这个情况告诉我，我很感谢你。（和方克握手）

方　克　我有责任把这个告诉你。你，可以向各方面去了解一下，钻之前，先得摸一摸。（停了一下）过了这个月底，打算开一次党委会，那时候，也许你可以听到更多的意见。（告辞）

丁　纬　好。（握手）

方　克　再见。

丁　纬　（想起，叫住他）差一点忘了，这是转关系的市委的介绍信。（交信）

方　克　好。（出门）

〔俞嘉华又拿了一沓信件、文件回来，与方克相撞。

俞嘉华　怎么，方书记走啦？

丁　纬　嗳，（走了几步，站住）俞嘉华同志。

俞嘉华　嗯，丁厂长。

丁　纬　你来这里多久了？

俞嘉华　快两年……

丁　纬　那么，情况应该知道得很详细了……

俞嘉华　（谦逊地）还差得很……

丁　纬　假使你同意的话，想剥削你一点工余时间。

俞嘉华　（出乎意料，望着他，不知说什么才好）这……

丁　纬　就是说，在下了班的时间，或者礼拜天，带我到厂里的各处去看看，听听，随便跟同志们谈谈。譬如说，老工人、技术人员，和刚才杨厂长叫他“老弟”的那位……

俞嘉华　徐达民同志。

丁　纬　对，还有工厂管理人员、工会负责同志。

俞嘉华　好，什么时候都可以。

丁　纬　（摇头）不，不应该“什么时候都可以”，只应该是“下班之后”，或者礼拜天……所以，我说剥削你的工余时间。（笑着）这是不应该的，特别是对年轻的女同志。

俞嘉华　（愉快地笑）

〔幕落。

第三幕

第一场

〔四月初的一个礼拜日，清晨。

〔工厂的小会议室。正面是墙，墙上有一张毛主席与斯大林在克里姆林宫前同行的彩色招贴画。右边前面是入口的门，右边墙上是油画毛主席像。正中，一张铺着白布的会议桌，不同样式的十来把椅子。左边后面，有一个小套间，靠窗一张小桌子，一部电话，桌上有热水瓶、茶具等。

〔太阳从左边的窗口斜射进来，照亮舞台前面，因之左后方的套间就比较阴暗。

〔幕启时，舞台虚空，在不很容易看到的套房书桌前面，有一个人坐在那里静静地看书。有时隐约可以听到他低声的默诵。

〔一分钟后，俞嘉华陪着丁纬从右手推门进来。这一天是礼拜日，俞嘉华穿浅蓝色衬衫，藏青色裙子。丁纬把显然已经嫌厚了的黑呢上衣搭在左臂上，用手帕揩着汗。

俞嘉华 （介绍）这儿是小会议室。平常是厂长跟各个车间的主任们开调度会的地方，有时候也开开小会。

丁　纬　（点头，把房间望了一眼，看看那幅招贴画，看到了靠墙茶几上的一个扩音机）

俞嘉华　对啦，这儿也就是扩音室，厂本部在这儿向各个车间传达指示，或者做动员报告。（指了一下扩音设备）车间都有扩音设备。

丁　纬　哦。那些大喇叭的声音，都是从这儿发出去的。（笑着）说实话，我是最怕这些大喇叭的。

〔俞嘉华对于他的爱开玩笑的习惯，似乎已经很惯常了，笑了笑，打算走了。

〔在后边套房看书的人，听到他们讲话，倾耳听了一下。

俞嘉华　（边走边讲）再去看看文化俱乐部、餐厅、托儿所……（回头）你约了小徐，（改口）徐达民同志，过一会儿就在这儿谈吧。今天礼拜天，没有人来开会。

丁　纬　好。（正要回身出去，发觉有人在后面念书，站住）

俞嘉华　（走过去，看了一下，意外地）啊！钱老先生，您在这儿……

〔丁纬走过去，钱沛之拿起放在桌上的眼镜，戴上，起来招呼。

丁　纬　好极了，我正要来拜访。今天，算是巧遇。

钱沛之　不敢当，厂长很忙。

丁　纬　怎么，礼拜天，钱工程师不休息，一大早就在这里研究什么问题？

钱沛之　不，不。（有点忸怩）这，跟在年轻人后面，学习学习。

俞嘉华　（看见他手里拿的是一本俄文读本）在学俄文，钱老先生，你……

钱沛之　谈不上，才开始，讲出来，厂长可别笑话，这是被我的大孩子激出来的，他在发电厂当见习工程师，学了两年俄文，还不会看书。有一天，我问他：俄文真是这样难吗？你猜他怎么说，他说：难和易，要看决心的大小。这一点讲得对。可是他又说，年轻人学容易，老年人学困难。这，我就不同意了。把他的两句话连起来，好像年纪大了的人，就不能下决心，这成什么话呀。（摇头）我不相信。（好像揭露一个秘密似的）我不让他知道，悄悄地学，过些时，打算给他一个冷不防，翻译一段俄文给他看看。（把书摊开来）这是俄文速成阅读法，办法挺好。

丁　纬　（愉快地笑着）好，老先生真了不起。（让座）请坐，咱们谈谈。

俞嘉华　钱老先生的劲头可大呢，什么都不服输，去年秋天本厂开运动会，老先生还参加了网球比赛。

钱沛之　那算什么，年轻的时候，在外国，我跑过一公里。

丁　纬　（自己坐了下来，悠闲地）钱工程师以前在……

钱沛之　那是很久以前的事了，在法国念书，做过工，拖过地板，也洗过碟子，那时候勇气可不小。可是回来以后，这些年来，落后了，老了。

丁　纬　不，就单凭学俄文这一点，你一点也没有老，我们年轻人得好好向你学。小俞同志，往后别再叫钱老先生，把老字去掉。（笑）钱先生，要是不妨碍你的学习时间，随便谈谈，好不好？真有好多问题，要向你请教。

钱沛之　没有关系，实在也说不上什么学习。（对俞嘉华）你别给我讲出去，我才学了一个半月，每天两小时，（指书）这办法很好，单讲看电气工程的书，（得意地）我的程度，已经跟我大孩子的差不多了。（言归正传）喔，厂长，你太客气，我……

丁　纬　要请教的事情，多得很，你知道我是一个外行，正在当“小学生”，所以对于生产上的事，等我整理出一个头绪之后，再专门来向钱先生请教，今天随便谈谈，谈谈生活，或者说，一般的感想。

钱沛之　（防御性地挡住）不，这些，我可谈不来，特别是什么感想，或者意见。我是学工程的人，不会讲话，我就是怕开会的时候有人要我讲话。去年国庆节，有一位记者先生盯住我，一定要我写一段感想，我还是一句也写不出来。

俞嘉华　（笑着）你没有写，可是你谈了，记者把你的谈话记了下来，发表了，有一段话我记得很清楚。你说：“人家说，生活在毛泽东时代的孩子是幸福的，我说，生活在毛泽东时代的老头子，也是幸福的。”对不对？

丁　纬　讲得好。

钱沛之　（态度随便起来，谈锋转变）那倒是我的真情实感。厂长，我们这批老人、旧人，或者说是留用人员，别的方面，什么都不行了，落后了，可是有一点，却看得比年轻人更清楚，更真切，就是看得多了，什么都有了个比较。满清时期我还小，不清楚。后来的袁世凯、曹锟、蒋介石、汪精卫、日本人、美国人，还有什么统什么统的，我都亲眼见过，亲身受过，到今天和那些日子一比，我们学科学的人不愿意随便恭维什么人，可也不能不得出一个事实的结论，就是：（着重）现在比从前好。当然，不同的人，可能有不同的看法，不同的感受，我也问过我的老妻……（对俞嘉华）别笑我老派，我叫不惯新名词儿，什么爱人……

丁　纬　对，这一点我有同感。

钱沛之　我问过我的妻子，她把解放前后一比，举出了两条。（举起两个手指）她说，第一是物价稳定了，第二是小孩们规矩了。（三人同笑）这是总的印象。总的好了，别的嘛，（说溜了口）就是有点缺点、偏差，也就不重要了。

丁　纬　（抓住）钱先生，你能不能把缺点和偏差讲一讲呢？

钱沛之　（不免有点世故）这个嘛，没有准备，（笑着）跟您刚才所说的一样，等我整理出一个头绪之后，再向厂长请教。

丁　纬　（不再问了）钱先生觉得，咱们这个厂……

钱沛之　（想了一想）杨厂长很干练，领导得很好。（停了一下）只是有一点，也许我看得不对，我总觉得……你们共产党办事，是不是太急了一点？

丁　纬　（以请教的口吻）你讲的，是哪一方面？

钱沛之　就说咱们这个厂吧，三年多来的变化，可太大了，真是一个了不起的改变。接管过来的时候是一个破破烂烂的厂，现在，居然造起大型的发电机、马达和三万六千伏的油开关来了，（停了一下，似乎是要等待对方的反应）可是，领导上，好像总是不满意，打气呀，突击呀……发掘潜力，总归有个 Limit……（改口）总归有个限度吧！我，有点摸不到底。

丁　纬　（想了想）这个问题，照我的理解，可以分开来看。不合实际情况的急躁冒进，当然不好，不对，应该反对；可是，合乎实际情况的加快速度，就应该，就不该反对。

钱沛之　对了，就是这个合不合实际情况的看法问题。中国要工业化，要赶快工业化，这我完全了解，中国工业上太落后，这上面的亏，吃得太大；可是，现在的速度，是不是太快了呢？厂长。

丁　纬　厂里的事，似乎还有许多问题，需要大家一起来讨论解决，可是钱先生，一般来说，中国工业化的速度，应该是相当快的，而不是相当慢的。

钱沛之 这个嘛，也许是我的保守思想，我以为，这三年，抵得上过去三十年，已经不算慢啦。

丁 纬 对，不能算慢。问题是在过去停滞得太久，太落后了，落后了就得快马加鞭，迎头赶上。

钱沛之 厂长，我补充一句，落后之外，还加上三十多年的破坏……譬如这个厂，“八一三”那一年，就打得稀烂。

丁 纬 （重重地点头）对。落后，加上内战外战的破坏。（停了一下）记得十月革命之后，苏联的情形也跟我们一样，落后，破坏，因此有人说过，反干涉战争结束的时候，年轻的苏维埃是扶着拐杖离开战场的。

钱沛之 我们中国也是一样。

丁 纬 有一样的地方，也有不一样的地方。一样的，是工农业生产的落后和战争的破坏；不一样的，是咱们中国并不是孤零零地扶着拐杖离开战场，而是被一个强有力的手扶着，支持着，离开战场的。

钱沛之 （领悟）对，这只扶着我们的手，就是苏联。

丁 纬 钱先生，这一点很重要。这一点，也就是中国工业化的速度可以比较快的因素和保障。钱先生，你在学俄文，你说是为了不服气，要给你的孩子一个冷不防；可是，我看呢，这之外，恐怕还有一个因素，就是通过俄文，学习苏联的技术经验。

钱沛之 （爽朗地笑了）好吧，讲穿了，也真有这么点意思。

丁 纬 这意思很好。

钱沛之 可是，俞秘书，你可不能传出去啊，直到此刻为止，还是一个秘密。

俞嘉华 好，一定。

〔这时，徐达民以为室内无人，推门进来，看见丁纬和钱沛之在谈话，有一点踌躇，条件反射地看了看手表。

徐达民 对不起，我来得——早了一点。

丁 纬 不，来得正好，钱总工程师也在这儿，一起谈谈。（拉开一把椅子）

钱沛之 （又不免世故起来）咱们谈得很多了，你约了徐副主任，你们谈吧。（解释似的）我还跟老婆、孩子约好了去逛街。再见。（伸出手来）您刚才的话，对我的启发很大，这样谈谈，沟通沟通，很好。说老实话，跟领导上不拘形式地聊天，这还是第一次，（丁纬有反应）丁厂长，咱们初次谈话，我提个意见好不好？

丁 纬 当然好啊。

钱沛之 我说，咱们厂里，大会小会，开得太多，而跟领导上个别交换意见，汇报情况，又似乎太少，有时候看见领导上忙、乱，也真想提个意见，出个主张。当然咯，这些意见不一定对，可能十之八九是不正确的，可是，过去就没有这种机会。

丁 纬 这一点很正确、很重要，谢谢你，今后一定要多有这种机会。再见。

〔再度握手，钱沛之下，丁纬送到门外，回来。

〔这时候之前，俞嘉华从口袋里拿出一个很小的本子，取出夹在中间的两张电影票，给了徐达民一张。

徐达民 （有点为难）糟了，也许，没有工夫。

俞嘉华 （责备似的）不是你自己要订的？（看到丁纬回来，不讲下去）

丁 纬 （对徐达民）请坐。

徐达民 （坐下，有一点僵，停了一下之后）丁厂长，那一天，我的态度不好。

丁　纬　（意外）什么事啊，哪一天？

徐达民　就是，你来厂的第一天，为了赶工突击，加班加点的问题，我对杨厂长的态度，的确不够好。

丁　纬　这……为什么要提这个问题？

徐达民　（答不上来，想了一下）我想，会给你一个很不好的印象。

丁　纬　（笑着，平静地）不，正相反，你给了我一个很好的印象。（想了一下）你以为，我今天约你，为了这个问题？要你来承认态度不好？

徐达民　（露出稚气的窘态）你初来，才见过一面，你约我谈话，我想，可能是……

丁　纬　可能怎么样？

徐达民　（只好直说）厂长找谈话，照过去的经验，不是交任务，就是挨批评，这之外……

丁　纬　不对，不对。我初来，什么人都想个别谈谈，想找你，就是为了你那天的那个态度，那个（着重）对工作负责的态度。（对俞嘉华）对了，小俞同志，你约他的时候，怎么说的？

俞嘉华　（有点窘）我，很简单呀。我说，丁厂长要找你谈谈。（想了想）对了，态度不好的话，我讲过。不过，那是这之后，团支部开会的时候，我提了他的意见。

徐达民　厂长，我脾气坏，态度不好，我可以承认。在对人态度上，我还有许多缺点，经常跟人吵架，在车间里，别人不照我的办法做，我就冒火；看见有人浪费材料，或者在工作时间开玩笑，我就看不惯；有些女工结了婚，技术学习差了，我就说“别做了，回去抱娃娃吧”，这些都不对。可是，说我提意见是为了出风头、个人英雄主义，这就，就太……

丁　纬　（向俞嘉华）有人这么说，还是你对他提的意见？

俞嘉华　大家都说，他脾气坏，我只不过把听到的向他反映了一下，他（望着徐达民，似乎有权利可以责备他似的）把两件事混起来了。

丁　纬　好，现在弄清楚了，约你来谈谈，是我的意思，批评你的态度，（指俞嘉华）是她的意思。对吗？这不能搅在一起。好啦，不谈这个，谈谈旁的。（稍停）你以前，工科出身？（看见他很紧张，补充一句）我希望咱们这次谈话能打破你过去的“经验”，厂长约人谈话，可以既不挨批评，又不交任务，好不好？随便谈，跟刚才钱工程师所说一样，“沟通沟通”。

徐达民　（松弛下来，但还是一本正经）以前在交大念过，没有毕业，解放前闹风潮，被开除了，解放以后，就进了革大。

丁　纬　（对俞嘉华）你们是革大同学？

俞嘉华　他比我早一期。

徐达民　革大毕业之后，在区委机关工作了一年多，后来，按技术人员归队的指示，派到厂里来搞民主改革。其实，我在交大两年，没有学到什么。

丁　纬　（诚挚地）可别小看了这两年，有了这一点底子，再学业务，就比我们这一批全外行强得多了。今天，当我抓上这一个工作的时候，才真正深切地感觉到小时候没有很好念书的苦处，不懂得科学技术的苦处……你是团员？

徐达民　是，超龄了，正在申请入党。（低下了头）

丁　纬　哦。（停了一下）只要继续努力，会批准的。你得好好学习，你有条件可以成为一个党在工业建设方面的专家，我们要有这样的专家，要有真正懂得技术的党内的行家。

徐达民　可是，在厂里，谈技术会挨批评的，你那天听到，杨厂长说我是单纯技术观点。

丁　纬　（很欣赏他的这种倔强和率直，可是，不直接回答他的问题）反对单纯技术观点，这讲法不明确，应该说，反对科学技术上的非政治观点。（停一下，为了使他了解，然后）其实，技术是重要的，斯大林同志说过，在社会主义改造时期，技术决定一切。

徐达民　那，厂长你看，那天我提出的，就不是单纯技术问题，而是严重的政治问题。譬如生产混乱、盲目突击，造成了许多不应有的事故，又譬如把不合规格的线圈装配出去，卖给工厂、矿山，这，这些不都是政治问题、领导上的思想问题？（心情沉重）厂长，谈到这儿，我要向你坦白，对于本厂生产混乱问题，我向党报写了反映。

丁　纬　（进一步感到厂内空气的不对，勉力使他镇静）给党报写反映，不是很好吗，为什么要用“坦白”这两个字？

徐达民　（索性一倾无余）因为领导上的看法，写反映就是告状，就是破坏本厂的名誉。

丁　纬　（严肃地）领导上不会这样看，你可以放心。

徐达民　（无言，不能释然于怀）

〔电话响，俞嘉华去接。

俞嘉华　喂，谁呀？在，你是……（笑了）噢，请等一等。（对丁纬）“请爸爸听电话”，你的小姐。

丁　纬　怎么会找到这里来？（接过电话）喂，什么事？妈妈叫我回去？小东西，别胡说，不是妈妈叫我，是你叫我！对吗？小孩可不能说假话。我知道，票子已经订了三张，对，不会错。什么？吃午饭？哪有这么早！（挂下，回来，解嘲似的）没办法，孩子吵着要看电影。（对俞嘉华）你们是哪一场？

俞嘉华 （突如其来，有点意外）什么？

丁　纬 你们，不是也买了票？

俞嘉华 噢，工会订的团体票都是第三场。

丁　纬 那很好，大家一起去。这部片子很好，对咱们的工作有帮助，应该去看看。“马克辛三部曲”里面的一部《维堡区的故事》。那时候，苏联也跟我们一样，外行人当了部长、行长、厂长……（看见徐达民心不在焉）怎么，还在为那件事情……

徐达民 （满肚子委屈，一吐为快）厂长，我实在看不惯，我要说。（停了一下，痛苦地）我没有坏心思，只是想把车间搞好，把厂搞好，得罪人也不怕。（俞嘉华想阻止他，他一心讲下去）小的扣紧，大的放松，池子里捕鱼，太湖里放生，凡事不跟大家商量，我看啊，单枪匹马，是闯不出社会主义来的。

丁　纬 谁，单枪匹马？

徐达民 （脱口而出）杨厂长。

俞嘉华 小徐，你又……

丁　纬 （以手制止了俞嘉华）无保留地讲出来，很好，可是，杨厂长……

〔薛为德推门进来，看见丁纬，恭敬地。

薛为德 啊，丁厂长，您在这儿？难得碰上月初的礼拜天，怎么不休息休息？（对徐达民）哎呀，达民同志，你可把我找苦了，什么地方都……

徐达民 有什么事吗？

薛为德 没有什么，刚才，杨厂长打电话找你，请你就去，他在宿舍等你。

〔徐达民震动，丁纬也有了预感。

徐达民 我就去。（拿起帽子，像自语，又像对人说）迟早会来找

的，为了那封给党报的信。（很快地下，忘了和丁纬告别）

〔俞嘉华有点紧张，目送他下场，回头望着丁纬。

薛为德 丁厂长，您真太辛苦啦，这些时……

丁　纬 （答非所问）薛主任，你知道，杨厂长找他，为了……

薛为德 （笑着）我也不大清楚。听说，为了徐达民同志的工作安排。（溜了俞嘉华一眼）厂长，您也许有一点知道，（对俞嘉华有一点顾虑，放小声音）达民同志的人缘不大好，在车间里很孤立，只有我一直回护他，替他讲好话……

丁　纬 为了工作安排？

薛为德 我猜想，不一定对，可能不是。不过，丁厂长，您能看到这一点，先找他谈谈，实在再好也没有了。这位同志，什么都好，工作积极，有见解，就是年纪小，愣头儿青，做事讲话顾前不顾后，容易捅娄子。（停了一下）厂长，您听说没有，那一批一千伏安的变压器，对方不肯验收，退回来了。

丁　纬 这跟徐达民同志有什么关系？

薛为德 那当然，不一定因为他讲了话，不过杨厂长说，他嘴快，到处乱讲话，怕出什么……（忽然不讲下去了，停了一下）所以啦，丁厂长，事情总是内部解决的好，闹开了，里里外外都伤和气。

丁　纬 那么，杨厂长找他……

薛为德 不一定就谈这件事吧，对达民同志，杨厂长一直是很爱护的，就怕他猛冲猛打，搞出什么事来，所以……（又停住了）

丁　纬 （追问）所以？

薛为德 恰巧，区里要办一个工人技术学校，要咱们厂里派一个文化水平较高的干部去当教员，杨厂长就想……

丁　纬 派徐达民同志去？

薛为德　（不着边际地）这，也还没有最后决定，刚才杨厂长电话里说……（窥视颜色）您看怎么样？

丁　纬　这不好。杨厂长在宿舍？

薛为德　对。要是，厂长您觉得不好，我去跟杨厂长说……

丁　纬　不，我去。（披上衣服）这样办不好，对什么人都不好。（推门出去，立刻回来，对俞嘉华）小俞同志，给我打个电话回宿舍，可能回去晚一点，别等我回去吃饭。（下）

〔薛为德哑然，欲言又止，慌忙地追上去。

〔俞嘉华起初也有点意外，很快地清醒过来，眉目间显出兴奋感佩的表情。

〔幕落。

第二场

〔时间紧接上一场。

〔在杨仲安的宿舍，单幢楼房的楼下客室。正面是一排短窗，外面是一块很小的草地，有一棵树，可以望见远远的天和短篱笆。右手转一个小弯就是大门入口，左手通寝室的门，中间是一张小圆桌，靠右手墙壁是一张旧式长沙发，几把椅子围着圆桌，靠左手后面是一扇通院子的小门，门的左边是一个白藤书架，稀稀落落的几本书。通内室的门口，随便地弃置着一个儿童木马，墙上挂着一只旧风筝。

〔整个房间有杂乱落寞之感。

〔幕启时，徐达民站在杨仲安前面，杨仲安坐在藤椅子上，手指在小圆桌上轻轻地、无目的地叩着，似乎在观察徐达民的反应。

〔场面很僵，一分钟之后。

杨仲安 坐下来谈吧，你……还有什么意见？

徐达民 （停了一下）这个工作，我不想去！

杨仲安 不去，还是不想去？

徐达民 （不语）

〔内室两个孩子争吵之声，增加了烦躁情绪。

杨仲安 （大声地）喂，把小鬼带到弄堂里去。

〔王蕙在室内的声音：“别吵别吵，爸爸骂了，去玩吧。”

〔王蕙从内室出，给孩子拿木马。她三十二三岁，身材不高，稍有憔悴之色。

王　蕙 （看见徐达民，勉强地笑了笑）小徐同志，怎么不坐啊，孩子们吵得要命。（拿了木马，匆匆地下场）

杨仲安 （催他）怎么样？主意拿定了没有？

徐达民 （沉默，显然是在作思想准备，从眉目间可以看出，回答是否定的）

杨仲安 （放低声音，说服他）这个工作很重要，很重要，为了培养工人技术干部……

徐达民 我不是没有工作在做。上个月拖下来的马小宝小组的合理化建议，这几天正有一点进展……

杨仲安 （沉不住气了）厂里懂技术的不止你一个，审核合理化建议的工作，有人管。达民同志，要你去担任这个工作，是领导上再三考虑的结果。

徐达民 领导上？……丁厂长也同意了？

杨仲安 （出乎意料，有点生气了）这，你不用管。

徐达民　丁厂长刚才跟我谈话，没有提起这个问题。

杨仲安　你，找了丁厂长？（站了起来）

徐达民　是他找我。

杨仲安　你跟他谈了什么？

徐达民　随便谈。（迟疑了一下）当然也谈了些生产上的问题。

杨仲安　（这一下就显然有点激动了）你又想告状？是不是？告诉你，你别以为领导上会有两个不同的意见，你别想钻这个空子。丁厂长跟我之间……

徐达民　我没有这个意思，（补上一句）我没有这样坏。

杨仲安　（冷哂）没有这样坏？嗯，再想想，人人说你旧习气很重，爱出风头，到处告状……

徐达民　（愤然）难道有意见不可以说？

杨仲安　（大声）可以说，可以说。（反诘）为什么不当面和我（着重）说？

徐达民　刚才不是说了，调工作我有意见，我想搞绕线圈的合理化建议。

杨仲安　（勉强镇定下来）个人有意见可以提，最后决定还是在领导。这一点应该懂吧。（稍停）你是团员？

徐达民　（无言）

杨仲安　好吧，你再去想想。

徐达民　（坚持）这个问题……

杨仲安　你，不服从调配？不服从领导？

〔门铃响。王蕙匆匆地出来，去开门。

杨仲安　小老弟，我这样安排，为的是你好，别……

王　蕙　（门口声）哎哟，丁纬同志，难得，一个人？怎么裕青同志没有来……

杨仲安 （有点意外，赶快把徐达民打发走）好，再谈吧，回去跟薛主任商量商量。再见。

徐达民 （拔脚就走，两三步后又回来，拿了忘在桌上的帽子）

〔丁纬和王蕙上。

丁　纬 （与徐达民正面相值）哦，达民同志，怎么就走了？

徐达民 （从喉咙里发出的声音）再见。（下）

丁　纬 （欲留他，又中止，回头来和杨仲安招呼）礼拜天，没有出去？

杨仲安 这边坐。（对王蕙）沏杯茶。

王　蕙 他，有什么礼拜不礼拜，（瞟了杨仲安一眼）不是打电话，就是约人来谈话，真是。

杨仲安 （好像没有听见她的话）怎么样了，老丁，情况摸得……

王　蕙 你看，又是老一套，情况呀，工作呀，这么好的天气，连院子里也不去走走。丁纬同志，他这个人，就是不懂得生活……

杨仲安 好好，你懂你懂。（注视着丁纬，等待着他的回答）

丁　纬 （坐下来）什么都是新事儿，一时还吸收不了。

杨仲安 （得意）对，本来嘛，搞工厂跟一般工作不一样，现在已经好咯，上了轨道，我初来的时候……

王　蕙 丁纬同志，打电话请裕青同志过来，一起吃了饭出去玩玩好不好？还有，小妹妹……

丁　纬 （看了一下手表）谢谢，今天不行了，改天来吧。（笑）违反你们的休息纪律，跟老杨谈几句就走。

王　蕙 干吗这么急……

杨仲安 好好，坐下谈。

〔杨仲安看了王蕙一眼，她感到空气不对，下去沏茶了。

丁　纬 （轻声）徐达民同志的事，你刚才……

杨仲安 你怎么知道？

丁 纬 刚才薛为德跟我说……

杨仲安 对，叫他来，就为了这件事，你的意见……

丁 纬 老杨，这样办不好吧。

杨仲安 （有点意外）不好，为什么？

丁 纬 （依旧用缓和的调子）把一个肯提意见的人调开，客观影响……

杨仲安 （抢着说）不是因他爱提意见，而是因他群众关系不好，这小子流氓习气很深，经常吵架，专说怪话，特别是跟车间主任薛为德合不来……

丁 纬 我也听说，他脾气不好，经常和人吵架。（停了一下）可是，我以为，我们应该了解一下，他跟人吵架，是站在哪一方面，正确的方面，还是错误的方面……

杨仲安 （笑）你真是，这还用了解，我对他最清楚……

〔王蕙端了两杯茶上来。

丁 纬 王蕙同志，据你了解，徐达民这个人……工会方面对他……

王 蕙 （想了一下）就是性子急一点，讲话太尖刻。好的一面是工作热情很高，肯动脑筋。去年车间里漏电，他冒险抢救，受过上级工会的表扬。在工人群众中间，关系是不坏的，尽管性子急一点，很多人还是喜欢他。

丁 纬 这就……

杨仲安 你别听她，工会的看法，有片面性。

王 蕙 （反驳）这是什么话。工会有片面性，你没有？

杨仲安 （抢着）一件事就可以说明，要调动他的工作，主要是车间基层的意见，一向老好的薛为德，这一次很坚决。我们能不听一下车间主任的意见？

丁　纬　可是，刚才薛为德跟我说，调开他，是你的意见。

杨仲安　（大笑起来）哈，老丁，难道我会在你面前讲谎话，可以打个电话叫他来对一对。

丁　纬　这何必。（诚恳地）老杨，我当然相信你，可是不一定能相信薛为德。这些时候我用鼻子到下面去嗅一嗅，觉得薛为德这个人……不大正派。方克同志也有这种看法。

杨仲安　（依然笑着）老丁，我在这里三年多了，薛为德，是留用技术人员里面进步得最快的一个，工作积极，人缘好，在会议上总是他带头响应领导号召，对上面交下去的任务从来没有二话。

丁　纬　老杨，我在革大和干校搞了两三年，也接触了不少旧知识分子，有这么一种典型，开会的时候发言很积极，讲话怪漂亮，可是，这种人又常常会上捧下压，两面三刀……

王　蕙　对。（正要讲下去，被杨仲安拦住了）

杨仲安　当然，对一个人，可以有各种不同的看法，不过，从政治观点来看，老薛这个人，是可靠的。

王　蕙　（好容易插进来）丁纬同志，你的意见对，要调开小徐，工会一定会反对。

杨仲安　（不满意地瞅了王蕙一眼）

丁　纬　好吧。（为了转换气氛，笑着）咱们暂时不作人物评论，关于徐达民的事，暂时先别做决定，好不好？让党委研究一下。

杨仲安　（心中不悦）你决定了，我没有话说。

丁　纬　（委婉地）不是这么说，我们之间的意见应该一致。

杨仲安　老丁，话得讲清楚，今后，意见不一致的时候，你做主。

丁　纬　不，不在于你做主或者我做主，由集体来做主，党来做主。

杨仲安　这，就未免小题大做了。好好，我同意，我同意。

丁　纬　那很好，明天，我们再找薛为德来谈谈。（站起来）杨大嫂，再见。（解释似的）淞淞催着我回去。

王　蕙　一定要走吗……（握手，陪着丁纬出去）

丁　纬　（在门口和杨仲安握手）下午不去看电影？

杨仲安　（摇头）对这些，我兴趣不大。

〔杨仲安送丁纬下。

〔杨仲安回到室中，走了几步，喝了一口茶，若有所思。

〔王蕙回来，手里拿了一张当天的报纸，本来打算翻一下就交给杨仲安的，可是一个标题把她吸住了，站定，看。

杨仲安　（发觉）什么事？

王　蕙　（念）"新华电机厂生产混乱"……

杨仲安　什么？（一下夺过来）

王　蕙　后面有编者按。

杨仲安　（看着）一定是徐达民捣的鬼！（怒火中烧）胡说，四月份事故十二件，数字就夸大。

王　蕙　（凑近来看报，一边说）我看，这问题……

杨仲安　（气烘烘地）你看什么？（迁怒似的望着她）

王　蕙　不一定是小徐一个人的意见。

杨仲安　当然有人在后面撑腰。（又看了一下，把报在桌上一掼）这简直是放冷箭。（对王蕙）就挑了这个时候，红五月竞赛开始的前夕，有意打击领导。（又禁不住把报拿起来）嗯，我的估计不会错，你看，（念）……"生产混乱的主要原因，是由于领导上的自满情绪，保守思想……"他妈的，谁自满？我不止一次批评过生产碰顶思想。（停了一下，打定主意，对王蕙）打电话叫总务处的魏秘书、薛为德，叫他们立刻来一下。一定得写稿子去说明……

王　蕙　不，你不能这么做。

杨仲安　（大怒）为什么？

王　蕙　这是党报。

杨仲安　（依旧火辣辣地）党报就不会登错？

王　蕙　你冷静一点。既然登出来了，就得让党、团、工会，大家讨论一下这篇通讯，看看哪些对，哪些不对。

杨仲安　（愣了一下，两眼瞪在报上，终于忍不住，大声地）不行，一讨论，还得了，七嘴八舌的。这，明明是方克要我丢脸，趁丁纬刚到任，就给徐达民撑腰，来这一下……（望着王蕙）

王　蕙　（劝告口吻）别扯远了。我看，趁老丁来了，检查一下工作有好处，编者按也说：“希望该厂领导上进行一次认真严肃的检查。”

杨仲安　（大声）我不是怕检查，不是怕做检讨，我就看不惯这些捣乱鬼在厂里胡闹，我不能让他们到头上来拉屎……（走了几步，忽然心血来潮）喂！

王　蕙　（一怔）什么？

杨仲安　不用厂的名义去更正，那，你写一篇通讯，去反映一下，好不好？

王　蕙　（完全出乎意料）我？

杨仲安　对。

王　蕙　（严正地）我是什么人？

杨仲安　你是我老婆，我知道，可是，徐达民不用自己的名字，你也可以不用王蕙的名字，你可以反映工会的意见。

王　蕙　（勃然变色）你昏了，想不到你会糊涂到这个程度。我是什么人，你是什么人？

杨仲安　（愣住）我？

王　蕙　别忘了，你是个共产党员。

杨仲安　我还不知道！要你讲。

王　蕙　知道，就不该说这种话，出这种主意。我看你呀，差不离了……

杨仲安　什么，你，你侮辱我？（迎上一步，气势汹汹）

王　蕙　（大喝一声）站住！你打算怎么样？我侮辱你，还是你在侮辱你自己？

杨仲安　（为之失色，喘息，不语）

王　蕙　告诉你，尽管能力差，我也是个党员，我也有选择，我不能闭着眼睛，跟着你掉下去！这些年来，我也忍受得够了。

杨仲安　（已经气馁，作负气语）你，你打算，趁这个机会，也来……

王　蕙　少说废话，好好去想一想。刚才老丁的话没有错，你，就是给薛为德这批人捧糊涂了，厂长正确，厂长英明，甜言蜜语地把你捧上了天，自以为了不起……

杨仲安　（声音低了下来）今天你怎么啦……

王　蕙　今天？这些话，早就该讲了。（也把气色和缓下来）你再去想想，这是什么时候，你站的是什么位置……

杨仲安　（无言）

〔门外两个小孩的声音："薛叔叔，薛叔叔。"

〔二人回头望门口。薛为德提了一大块猪肉、一个肘子推门进来。

薛为德　厂长，你不是要买猪蹄子，好容易给买到了，合作社今天……（察言观色，看见神色不对）王蕙同志……（把猪肉交给她）

王　蕙　多谢你。（接过猪肉，显然地强笑）

薛为德　方便，很方便。（看了一眼杨仲安，连忙告退）再见，再

见。（下）

王　蕙　（望着杨仲安，不动）

杨仲安　（颓然坐下）

〔幕落。

第四幕

〔几天之后的一个傍晚。

〔舞台与第一幕同。

〔幕启时，丁淞将许多植物标本贴在一张张的图画纸上，钉满了她书桌前的半面墙壁，在继续整理，嘴里哼着《太阳落山》的调子。

〔少顷，丁纬从工厂回来。

丁　纬　（对丁淞）吃过饭了？

〔丁淞点头，忙着，没有离开桌子，嘴里继续哼着那支曲子。

丁　纬　（看了下她钉在墙上的标本）怎么的，开展览会？还有音乐伴奏。

〔丁淞没有反应。

〔他脱下上衣，放好皮包，到后间去洗了一把脸，出来。

丁　纬　妈出去了？

丁　淞　（停了哼曲子，简单地）开会。

丁　纬　（走过去欣赏她的那些标本）这是蒲公英，我知道。这是什么？

丁　淞　苍耳。

丁　纬　这些我都知道：莱菔、豌豆、毛茛，对吗？干吗枫叶要这么多？

丁　淞　错啦，这不是枫叶，这是槭叶，槭树的叶子。你数数，枫叶是五瓣的，槭叶就有七瓣……

丁　纬　（点头）噢，还有这个分别。这是……

丁　淞　你自己看嘛，下面有说明。

〔他回到自己的座位，抽了一支烟，看了下表。然后，从抽斗里取出一本书来，静心地研读。

〔天色渐暗，丁淞整理好了标本，点点数目，开电灯。

丁　淞　老师说过，这时候看书，顶坏眼睛。

丁　纬　（一笑）这时候不看，什么时候看啊。（一分钟后，看见她已经整理完了）淞淞，来互助一下，好不好？（指着书本）这个公式，怎么来的？

丁　淞　不，你自己学。

丁　纬　你不来互助？好，过一天你问我时事测验的时候，我也说，你自己学。

丁　淞　（笑了）好好，我来看看。（依偎在他身边，撒娇地）爸，下个礼拜天……

丁　纬　知道了，又是一大串要求，上午逛公园，晚上看电影，是不是？

丁　淞　你答应了？

丁　纬　先把这个公式讲一讲。

丁　淞　这，不就是从上面那个公式化出来的？（一边用铅笔写着）就是欧姆定律，电流和电压成正比例，和电阻成反比例。

丁　纬　说得详细一点。

丁　淞　电流和电阻成反比例嘛。就是说：电阻越大，电流越小；

电阻越小，电流越大。

丁　纬　哦。（点头，自己把公式写了一遍，若有所悟）原来，电流怕电阻，拣电阻小的地方走，对吗？

丁　淞　（似懂非懂）反正，成反比例嘛。（回到自己书桌前）

〔静止一分钟。

丁　淞　（忽然想起似的）爸，刚才，小王来过了。

丁　纬　小王？谁呀？

丁　淞　我没有见过，妈让我叫她杨阿姨，可是她自己，却尽叫她小王小王，人家头发都有点白了，还叫小王……

丁　纬　（想起来了）杨阿姨，啊，对了，一定是杨厂长的太太。

丁　淞　对，她们尽讲厂里的事，后来，小王哭了。

丁　纬　（有点紧张）为什么？

丁　淞　不知道。

丁　纬　她们讲了些什么？厂里的事……

丁　淞　嗯，妈妈不许我听，只听见杨阿姨说，人家说你们两个闹意见，搞不好，不团结。

丁　纬　杨阿姨说，还是人家说？

丁　淞　杨阿姨说，她听人家说。

丁　纬　嗯。

丁　淞　（盯着他）什么“嗯”啊，（一本正经）爸，不可以，大家要团结。

丁　纬　（破颜一笑，但立刻敛起笑容）还讲了些什么？

丁　淞　过一会儿妈妈会告诉你的。（停了一下）后来，谈呀谈的，妈妈也哭了。妈妈说……不，杨阿姨说，老杨，上次来过的杨伯伯，要来看你，今天晚上。

丁　纬　他要来，今天晚上？

丁　淞　嗯，杨阿姨说，起先他不肯来，杨阿姨逼着他，才肯来。（稚气的严肃）爸，你看，人家多好啊，来看你，跟你团结。

丁　纬　（心不在焉）今晚上？那，我去看他。（看了下表）糟了，不行，还有旁的人要来。（走过去打电话）喂，请杨厂长听电话，不在？没有回来？王……

〔对方挂断了，再拨另一通电话。

丁　纬　喂，新华吗？接厂长室……什么，没有人听电话。（放下，有点心乱，合上书，在室内走着）

〔郑裕青回来，从街上买了一包水果，取出，装在盘子里。

丁　纬　刚才，王蕙来过了？

郑裕青　你怎么知道？（看了丁淞一眼）快嘴丫头，是你讲的？（对丁纬，含有深意地）急什么，慢慢地告诉你。

丁　纬　老杨自己要来？

郑裕青　小王这么说。（停了一下，望着他）你们之间，真的有意见？

丁　纬　（想了一下）有。

郑裕青　（认真地）为什么不好好地谈一谈？要……

丁　纬　方书记和我跟他谈过几次，问题不解决，前天的党委会上搞得很僵，本来今天想找他，碰巧工业部开了一天会……

〔丁淞走过来听。

郑裕青　淞淞，到后面去温课。（给她一个苹果，丁淞噘着嘴下去）你啊，也应该冷静一点。老同志、老朋友之间，有什么事讲不清楚？再说，你新去，情况不了解。

丁　纬　（感慨地）就是为了老同志、老朋友，事情不好办。

郑裕青　（不很明白他的意思）这是什么话？（停了一下）小王很痛苦。她说，老杨真的把你当作亲兄弟一样，听说派你去当厂长，有说有笑地高兴了好几天。这几天，厂里都传开了，说你们不团结。（坐下来，停了许久）你得想想过去，你危险的时候，他怎么帮助你，他，救过你的性命，而现在……

丁　纬　（沉痛地）就为了这个。（一顿）现在，他危险了，我应该救他……

郑裕青　（意外）他危险？

丁　纬　（抽着烟，深深地点头）对。本来，也想再过些时候，等我多了解一点，再把问题摊开来谈，可是，事情发展到了变相的压制批评，这就不能再慢，不能再等了，为了挽救，我有责任。王蕙没讲这些？

郑裕青　（点头）就是为了报上的那篇通讯？

〔丁纬点头。

郑裕青　（开始感到事态的严重，但还是禁不住要说）给外面讲，不好听，"一个碗不响，两个碗叮当"，来了个新厂长，领导上就不团结。王蕙说了许多老杨的不是，可是，你，别太主观，你才下去，人家好歹已经干了三年……（下面门铃响）可能他来了，（欲走又回头）我不了解，不好多说，可是，他上门来找你，你得虚心冷静一点，少开玩笑。他这个人，受不了一句重话。（下去）

〔丁淞从后房伸出半个身子，装鬼脸。

丁　纬　别胡闹，淞淞。

〔郑裕青在门外的声音："这儿的天气可真怪，一下就热得像夏天了。"她陪着杨仲安走进来。

郑裕青　他才回来。

〔丁纬迎上一步。

杨仲安　（强作镇定）今天的会，开了一整天？

丁　纬　（让座）到三点才结束，回来在厂里转了一下，你到车间去了？

杨仲安　对。（僵持了一下）晚上没有事吧？

丁　纬　没有，正好谈谈。

杨仲安　（停了一下）你这个房间很闷，怎么不开窗？（自己去开了一扇）

丁　纬　（过去）开这边吧，（笑着）把淞淞的虫虫草草吹了，又会胡闹。

杨仲安　你真是个好父亲，想得周到。

〔沉默了一下，不知从何谈起。郑裕青出去，端着一盘苹果进来。

杨仲安　嫂子还这么客气。

郑裕青　方便的，我给你削。

杨仲安　（接过来）不，我自己来，你别忙。（削着苹果，异样的沉默）

丁　纬　（一边抽烟，好一会儿）老杨，前个礼拜的事，我太性急了一点，你跟徐达民谈话，我不该撞上门来，也不该当时就否定了你的意见。要是，事先咱们商量一下，就好了。

杨仲安　过去的事，别谈了，谈谈今后的事吧。报上既然登出来了，总得有个交代，更重要的，是用什么办法克服生产无计划的问题。（削好了苹果，可是不吃）至于礼拜天的事，我也性急了一点，就怕小徐太毛躁，东告状，西喊冤，把计划搞乱。

丁　纬　（点头，停了一下，忽然想起）哎，老杨，你还记得苏中时期的那一段公案？……你写信给军长，控告那位县委书记……

杨仲安　（出乎意料，想了一下之后）当然记得，你想起这个干吗……

丁　纬　讲到告状，忽然想起这件事来。（沉浸在友情的回忆里），当时，我就欢喜你那股年轻人的傻劲。（稍停）记不记得，当你为了这件事挨整的时候，军长亲自写信鼓励了你……

杨仲安　（点头，若有所感）对。

〔片刻间的沉默。

丁　纬　你看，徐达民这位同志……

杨仲安　我？我对他可不坏啊。你也许不知道，他是市委派来参加民主改革的。搞完了就要走。我看他很能干，是我争着把他留下来的；他当车间副主任，也是我提议的。（似乎并没有体会到丁纬那一段话的意思，触动了心思，话就不自觉地转到这方面去了）整党学习的时候，要他参加，他就带头开炮，我也没有什么，这一点我有经验，哪一次群众运动，没有几个打手？可是近来，越闹越凶了，不了解实际情况，乱发表意见，在他眼里，简直没有领导，就说那一批变压器的事，人家挑剔，有话可说，自己厂里的人，难道不知道这个厂的机器设备、技术条件……（激昂起来）

丁　纬　（冷静地）他不是还提了改进设备的意见？

杨仲安　（冲口而出）你听他，谈何容易！几位工程师再加上从大学里请来的一位专家，开了几天会还解决不了的问题，一个工人马小宝能够解决？我问过薛为德，薛为德又问过钱沛之，他们是专家了吧。他说："这不行，这不过是一个'想法'，而不是一个'办法'。"

丁　纬　这个问题，我以为，倒可以研究研究。前些日子方克同志和我跟马小宝谈了一下，都觉得他的"想法"很不错，而且，也还有一些具体的"办法"——当然我是外行，不懂得，所以开会之前，我又找了钱沛之，他也说有道理，可以试一试。这样，我才初步同意了成立一个专门性的技术研究组，打算叫徐达民来负责。

杨仲安 你决定这样做?

丁　纬 还没有决定，想听听你的意见。（稍停）让他试试，不好吗？你打算把徐达民调出轻电机车间，免得他再闹。那么，就派他专门搞这个问题，不是很好。

杨仲安 老丁，你还是把这个人估计得太高了。这个人品质不好，爱捣乱，跟什么人都搞不来，加上政治上落后。

丁　纬 （笑着）老杨，我还是上次跟你谈的那个意见，脾气不好是一面，生产上积极负责是另外一面。一个人能够一贯地用饱满的情绪来革新生产，给人民创造财富，我以为如果没有相当的政治觉悟，是不可能的。

杨仲安 我不这样看。这个人，空话会说，实际不行。

丁　纬 （努力平静地）老杨，我说，应该多看看这批年轻人的优点，这是我们必须依靠的新生力量。让他们试试，不好吗？（似有感慨）咱们这一辈子，是在革命和战争的环境中生活过来、成长起来的。而现在，碰上了新环境，咱们熟悉的那一套，闲下来了，用处不大了，我们完全不熟悉的，却逼着我们去做。我们肩上的责任很重，自己去钻、去学，当然很重要，可是，更重要的，是有意识地去培养、扶植年轻的一代。

杨仲安 这，你把咱们自己看得太不中用了，我不这样想。（分明已经有一点负气）我不懂什么科学、技术，懂科学技术的是钱沛之这批人。可是三年来，这个厂是谁领导过来的？让他们领导，就不能完成上级交下来的任务，就不能使这个厂成为人民的工厂。老丁，你再考虑一下，我不赞成让徐达民另搞一个局面，这家伙……（显然动了肝火）

丁　纬　（沉默，在屋子里走了一圈，坐下来，似乎已经有了决心）老杨，咱们是老同志，十几年的老战友，什么话都可以谈，应该谈，我讲几句也许不中听的话，好不好？

杨仲安　好。

丁　纬　老杨，我觉得，在你身边，有两种不同的人，一种是像薛为德那样的人，百依百顺，没有不同的意见，你说今天的太阳带一点蓝色，他说对啊，简直蓝得像阴丹士林一样，你说今天的水里有点咸味，他说厂长真了不起，连千分之一、万分之一的盐分也辨出来了。这种人像一块丝绒，摸上去顺手，光溜溜地舒服，可是相信这些人，就会坏事，就会把厂搞垮，把你葬送。另外一种是像徐达民那样的人，戆头倔脑，不听话，凡事有意见，你说好，他说不一定，你说对，他说还有问题。这种人像一块粗麻布，摸上去刺手，不舒服，可是，这种人会提醒你，警惕你，帮助你，把我们的事业搞好。

杨仲安　（伤害了他似的，怫然）你把徐达民看得太行，把我杨仲安看得太不行了，太糊涂了！照你这样说，我是昏君，我是官僚主义，是不是？同志，你太主观了，你把结论下得太早，你把厂里的复杂情况看得太简单了。

丁　纬　（想要平静他，缓和地）别这样说，老杨，咱们……

杨仲安　（一口气说下去）你既然这样讲了，那我也把要讲的话讲一讲。你前天找钱沛之，是上他家去的？

丁　纬　是的。

杨仲安　我知道你到马小宝家里去过，谈过，这很好。可是，一个党员厂长，御驾亲征，去登门拜访一个满脑子英美技术观点的留用人员，好不好？会产生什么影响？你才来，也许不知道，不了解三年来的经过，把留用人员的气焰压下去，可不是很容易，要他们尊重领导，更难，你这样一来，这批人，尾巴又会翘起来了。

丁　纬　（想了想）记得我们在胶东的时候，一起学习过列宁的那本《共产主义运动中的“左派”幼稚病》。

杨仲安　这是什么意思？

丁　纬　最近我又找出来念了一遍。列宁跟我们说：“我们能够（而且应当）不是用幻想的人才，不是用我们所特别造就出的人才来着手建设社会主义，而是用资本主义遗留给我们的人才来建设社会主义。”列宁说：“这当然是‘困难’的事，不过除此之外，任何其他解决这种任务的办法，都是简直不值一提的轻举妄动。”（停一下）当然咯，咱们今天和当时的苏联有所不同，咱们有了苏联专家，可是老杨，技术人员还是要就地取材，就地培养，我们要有成千上万的中国专家。

杨仲安　对这批人，我用啊，我没有开除他们；用，难道不要改造？

丁　纬　对，要改造，要帮助他们进步，这一点很重要。但是，改造不单是消极的“压”的问题，而是积极的、诚恳的教育和帮助的问题。

杨仲安　同志，教育帮助之前，不压一下，冷一下是不行的。

丁　纬　可是，解放已经四年多了，应该承认技术人员这几年来的进步。老杨，我认为，对技术人员的政治工作，应该紧紧地结合实际业务，结合生产，空空洞洞地谈政治、背教条是不会起作用的。

杨仲安　（对他的话似乎根本听不进去，迫不及待地想要把要讲的话讲完）还有，对方克……你什么事都先跟他商量，我有意见。

丁　纬　（意外）他是党委书记……

杨仲安 我告诉过你，一年来，他一直跟我挑眼。

丁 纬 这件事，方克同志一直很苦闷，他也不止一次要我向你……

〔门铃又响。

丁 纬 青！去看看，有人按铃。

〔郑裕青带着郑重的表情下去开门。

杨仲安 （负气）我没有对不起他。

丁 纬 话不该这样说，老杨。

〔二人对坐沉默。

〔徐达民和马小宝兴冲冲进来。马小宝年纪已经五十岁以上，身体健康；徐达民手里拿了一卷打好的图样。一进门看见杨仲安在，徐达民有点意外，很快地冲淡了他兴奋的神色，丁纬起来和他们握手。

马小宝 （走向杨仲安，恭敬地）杨厂长，好极了，您也在。（和杨仲安握手）

丁 纬 请坐，随便吧。

徐达民 （还是很性急）马师傅，你说说。

马小宝 还是你说，我讲不清楚。

丁 纬 碰上了什么困难？

徐达民 不，没有，马师傅的建议，有把握了。

丁 纬 是线圈短路的问题？

徐达民 对。线圈短路，是轻电机车间的关键问题，这一点，马师傅早就看出来了，这一次研究小组检查了报废的十一只线圈，除了绝缘问题之外，找出了一个主要毛病，就是绕线圈的时候绕的圈数不准确。有的时候多，有的时候少。（杨仲安露不耐之色）这样，就得出了一个结论，就是要去掉这个毛病，先得改造一下绕线机。（对马小宝说）下面，你讲吧。

马小宝 绕线机有毛病，转数不准，这件事早就看出来了，怎么样才能使它走得准，这个法子一直想不出来。这一次丁厂长要我们研究，上级撑了腰，大家劲头就大了，组里提了好多个意见，试试都不行，我心里好嘀咕，对自己说，怎么的，看出了毛病，找不到药方，什么建议还不是废话。（停了一下）家里的老太婆看见我茶不思饭不想，开口问了，“怎么的，出了毛病，挨了批评？”我把事情告诉了她，嘿，想不到她听了就说，“你到我们厂去看看。”

徐达民 （说明）老马的爱人，在振兴袜厂做工。

丁　纬 （不大理解）袜厂，织袜子的？

马小宝 对。织袜子不是也要绕线圈吗？去看看也好。我们去了，我，徐主任，张大妹，真怪，看了那部机器，脑筋活动了，窍门找到了，回来之后，再动脑筋，大家凑合起来，照织袜机的构造，打了份图样。

〔徐达民打开图样，丁纬仔细地看，马小宝从旁解释，看后丁纬把图交给杨仲安，他负气地似看不看。

丁　纬 （拿起图样走到灯光下，看了一下之后，对徐达民）改装机器，费事吗？

马小宝 一点不费事，赶一赶，三五天就可以做出来。

丁　纬 （回到原来位置）花多少钱，试装一部？

徐达民 那很省，许多配件有现成的。有的本厂可以造。

马小宝 还可以到废料里去找找。

徐达民 我估计了一下，先装一部试试，大概只花——一二百元。

丁　纬 这……跟别的同志商量过没有？

徐达民 对，我忘了讲，给钱总工程师看了。

丁　纬 他怎么说？

马小宝 （笑着）老先生看了图样，用手打自己的头。（做手势）

丁　纬 为什么？

马小宝 他说，该死该死，这么点轻巧的办法，为什么我就想不出来？

丁　纬 他同意这样做？

徐达民 对，他说，“恭喜你们，窍门终于找到了”。可是后来，他补充了几点。（取出附图）这是他的补充，都很重要。

丁　纬 那很好。

徐达民 厂长同意吗？

丁　纬 我想（目视杨仲安）应该同意的。

徐达民 那，请你批一下。

丁　纬 不，这一类的事，不需要厂长批，总工程师同意，签了字，就可以办；这一点，我已经跟钱沛之同志谈过了。

徐达民 那好。（兴奋地）老马，回去就干。

马小宝 好。（站起来）

丁　纬 不再谈谈？

马小宝 不，大伙儿在等消息。

徐达民 老马，告诉他们，说批准了，你想，他们该多高兴。（想起了似的，走向杨仲安，和他握手）再见。

〔二人下。

〔门外马小宝的声音，“顶高兴的，应该是你”。

〔沉默了一阵。

丁　纬 老杨，这不就解决了一个问题？线圈不出毛病，产品的质量……

杨仲安 （冷哂）你真是太天真，把问题看得太容易了。三年来，这样的所谓发明创造，我看得多了，讲起来天花乱坠，画在纸上很好看，做出来呢，就完蛋，这样的事，不止三五次了。

丁 纬 这，我看不尽然吧。我看了你给市委作的三年总结里面，被采用而有效的合理化建议，就有六十几件。

杨仲安 （语塞）我不反对你这样做，我只是说，这些枝枝节节的改革，解决不了整个问题。

丁 纬 要解决整个问题，也要解决枝枝节节的问题。而坚决地支持革新，又是改进生产的主要环节。（停了一下）昨天除了揭发一些问题，决定了生产改革的补课之外，谈得不够具体，我正想听听你的意见，对于解决整个问题，你以为……

杨仲安 （悻悻然）我以为？我站在挨整的位置，还有什么以为？

丁 纬 老杨，平静一点好不好？对于这个，咱们之间的意见应该一致。据工厂党委的检查意见，本厂存在的问题是成品质量差，事故多，每月每季的生产不均衡。这三条，都联系到一个问题……

杨仲安 （终于爆发了）我代你说，领导不好，是不是？我杨仲安是官僚主义者，是个人主义者，是不是？好吧，我不行，你来试试，你来整，你来改……

丁 纬 （竭力用平静的调子）老杨，别这么说，对于这些新事儿，咱们都还没有经验，谁都会犯错误，检查下来没有，当然顶好，要是有，在党和人民的利益前面，有什么不可以承认，有什么不可以纠正，我们过去都犯过错误，……

杨仲安 （拦住他）要整就整，别兜圈子。我杨仲安，做事凭党性，干了三年，事实摆在面前，问心无愧，对得起良心，要检查，检查好啦。（站起来，拿了帽子，打算走了）

郑裕青 （出来，用有力的调子）老丁。

〔二人无语。

郑裕青 干吗要这样，老同志之间。（对杨仲安）仲安同志，你别跟他……

杨仲安 （气烘烘地）我跟他有什么，不是我跟他有意见，是他跟我有意见，真是，新官上任三把火。

郑裕青 老丁，你不该用这种态度对待多年的朋友……

丁 纬 不，这不是朋友不朋友的问题，不是个人之间的问题，这是一个严肃的原则问题；要是个人问题，我绝不坚持，我一定退让，我可以退十步，退一百步，退到自己没有立脚的地方。可是，这明明是一个用什么态度来对待人民财产，用什么态度来对待先进工作者的问题。这样的问题，有责任要争，我不能让，连一寸一分也不能。

杨仲安 好，争吧，我有准备。

丁 纬 （依然保持平静，缓慢地）不在这儿争，到党委会去争，让党，让群众来判断，这样的问题，是应该争出一个正确的答案来的。

杨仲安 好，到党委会去解决。再见。（连手也不握，愤然而下）

郑裕青 仲安同志。（跟着下场）

〔丁纬追了一两步，看他头也不回地走了，退回来，反背着手，慢慢地踱着。

〔郑裕青从外面回来。

郑裕青 （望着他，好容易说）对他，得耐心一点，又不是不知道他的脾气。（要说下去，看到他痛苦烦恼的神气，不讲了，入内）

〔这时，万籁俱寂，丁纬一个人踱着，拉开窗帷，窗外深蓝色的天上映出一轮皓月。在小圆桌前站住，慢慢地坐下，拿起一支烟来，搓了一下，又放下。时钟嘀嗒之声。

〔一分钟之后。

丁　纬　（站起来，打定了主意似的）青！

〔郑裕青上。

丁　纬　给我打个电话给王蕙，请她告诉老杨，我明天一早去看他。

郑裕青　（点头）好。（走向电话机）

〔幕落。

第五幕

〔“五一”节前夕的一个清晨。

〔布景与第二幕同，厂长办公室。

〔俞嘉华一人整理好文件，摊开当天报纸来看，窗外，可以看见工会文教科的工作人员搬着红布横幅，纸扎的模型，标志着生产图表的硬片等经过，横幅上可以看出“五一劳动节”字样。

〔少顷。总务科的朱帆轻轻地推开门，先伸进头来望了一下，然后进来。

朱　帆　（低声地）小俞，出了什么事啦？

俞嘉华　（意外）什么？鬼头鬼脑的。

朱　帆　你不知道？装蒜。

俞嘉华　知道什么呀？

朱　帆　喂，（发表一个秘密似的）昨晚上的会开下来，好像有了结论了。

俞嘉华　（有点不耐）你说什么呀，没头没脑的。

朱　帆　（张望一下）今天一早，杨厂长打了个电话来，我接的，气烘烘地说，要我给他把办公室里的私人东西送回去。

俞嘉华 哦！（觉着了）还说什么？

朱　帆 我问，要不要叫小俞听电话，他不理，砰的一声把电话挂上了。

俞嘉华 （平静地）那，你给他办呀，趁丁厂长没来的时候。

〔朱帆走到杨仲安的办公桌前，对乱堆在一起的东西，有点无从下手。

朱　帆 钥匙有吗？

〔俞嘉华从抽屉内取出一把钥匙给他。

朱　帆 （一边整理，一边说）小俞，看形势，这次的风浪可不小。昨晚上李部长来参加，嘿，训人的人，挨了训。会开到后来，杨仲安的嗓门儿都低了。

俞嘉华 你怎么知道的？

朱　帆 总务科嘛，会不开完怎么能先走啊，我在外面陪到了十一点半。

俞嘉华 哼，听窗户根儿，小广播，不好。

朱　帆 唷，我又没有跟别人说。

俞嘉华 我不是别人？为什么要跟我说？

朱　帆 好，不说不说。这些，等午饭之后再给他整吧。（欲下，但不能已于言）谁也怪不了，这么多人帮助他，他还是想不通。

〔俞嘉华不语。

〔朱帆下。一二分钟之后，方克推门进来。

俞嘉华 （放下报）方书记，有什么事吗？

方　克 丁厂长还没有……

俞嘉华 （笑着）还没到办公时间。

方　克 （看了一下手表）在宿舍？（拿起电话来欲打）

俞嘉华 就来的，别打扰他吧。他很会安排时间，前天在他宿舍里看到一张他的日程表，除了规定的政治学习之外，上班之前，半小时阅报，一小时数学，下班之后，一小时半的物理。

方　克　哦，这样忙，办得到吗？

俞嘉华　听郑裕青同志说，很严格，学习的时候，连他顶喜欢的孩子也不准打搅他，在这儿的时间也一样。前天，小徐就被他训了几句。

方　克　他训了徐达民！

俞嘉华　（微笑）当然，训法不同咯。徐达民跑来告诉他，新办法实行了之后，车间里换了一个样子。马小宝小组的张大妹、赵师傅，下了班还不走，饭也不吃，一直搞到七点钟。小徐这样说，以为他一定会高兴，可是他面孔一沉，严肃地说，不行，要严格执行制度，不得迟到早退，也不得早到迟退，他说，只有这样，才能把正确的生产记录固定下来。

方　克　这讲得对，下了班不走，尽管说是自愿，也还是一种加班加点。这样的记录是不能作数的。（随手指着桌上的文件）少了些？

俞嘉华　少得多了，至少少了一半。自从建立了三级负责制，实行了各科分工之后，报告简化了，鸡毛蒜皮的条子，也不拿到这儿来批了。这样，我也可以有点工夫读读书，看看报了。

方　克　那好，这样吧，他来了之后，打个电话给我，今天有许多事要办。我在党委会办公室，走不开。（欲下）

〔王蕙气急败坏地推门进来，面色憔悴，喘息不定，一进门，和正欲下场的方克迎面相撞。

王　蕙　哦，方书记。（望了一下）丁厂长不在？

俞嘉华　快来了，王蕙同志。

王　蕙　（对方克）昨晚上，（语中断，用手帕揩了揩汗）做了决定没有？

方　克　（回身站定，镇静地）做了。

王　蕙　他，他会垮？

方　克　不会，只要他能够认识错误，很好地改正……他……怎么说？

王　蕙　昨晚上回来，看样子不对，家里，两个小孩又在生病，问他，什么话也不讲……后来，他直着嗓子喊，说工厂干不了，回乡下去教书。

方　克　他太冲动了，这都是气头上的话，你得劝他平静下来。

王　蕙　对他作了处分？

方　克　嗯，作了处分。（严肃地）可是，王蕙同志，这是党对他的最大限度的爱护和挽救，不这样，对他不好。这决定，经过了支部、工厂党委和市委的反复讨论。

王　蕙　（痛苦地）这些时候，我跟他谈过不止一次，昨天开会之前，我表示过……

方　克　这些，丁纬同志都讲了。这样很好，你的这一个表示很重要，是的，这与仲安同志的前途关系很大……你能够跟大家站在一起，一起来帮助他，那是再好也没有了。

王　蕙　可是，我的话……（语中断，停了一下，突然）方书记，大家对他的意见……

方　克　那是很尖锐。（稍停）他的错误是严重的。（又稍停）王蕙同志，昨天会上，是老丁挽救了他。

王　蕙　老丁？

方　克　对。（稍停）会上肯定了他过去和这几年来的成绩，同时也严肃地批评了他骄傲自满，缺乏批评与自我批评的严重错误……

王　蕙　（性急地）他的处分是……

方　克　今天就会宣布。我可以告诉你，对小徐那件事，他不仅以粗鲁的态度对待了生产积极分子，而且轻信薛为德的意见，压制和打击了来自群众的批评，所以，（心情沉重）党内处分是当众警告并在党内刊物上通报。

〔俞嘉华有点震动。

王　蕙　行政上……

方　克　行政上处分，是降职使用，只要他能好好地改正错误……

王　蕙　（松了一口气，不禁感动）那，那不是太，太……（讲不下去，忽然口气一转）那他干吗还要……

方　克　对啊，这是爱护，很大的爱护，你先劝他平静下来，过一会，也许今天晚上，我去找他。王蕙同志，这件事，我有很大的责任，没有能够及早帮助他。

王　蕙　那不，我得跟他讲清楚，对他这样爱护，还发什么牛劲。真是，太得福不知……（转身欲下，很快地回过来，有把握地）方克同志……

〔方克望着她。

王　蕙　请你和丁纬同志放心，我负责，一定要他好好检查。（停了一下，声音平静一点）方克同志，他这个人就是脾气倔，一时转不过弯来，可是，我相信他一定会改，一定会懂得……党对他的……（感情激动）爱护和帮助。（用手帕掩住鼻子，欲言又止，转身下场）

方　克　王蕙同志……（看她走了，沉默，跟着下场）

〔窗外一群人走过，谈论着。

〔不多一刻，丁纬上。

俞嘉华　厂长，你没有碰见方克同志？

〔丁纬摇头。

俞嘉华 他才走，说，请你来了之后打个电话给他，此刻打吗？（拿电话）

丁　纬 等一等，日报表来了没有？

俞嘉华 （想起）嗯，还没来。

丁　纬 催一下。（自己泡了一杯茶，坐下，用缓慢的调子）这是制度，这是我给我自己规定了的制度。到办公室之后第一件事是看上一天的生产日报表。在这之前，什么事也不干。

俞嘉华 （笑着，接电话）喂，接统计科……我厂长室。对，日报表……刚送出，还没有收到，好。（对丁纬）送出了。

丁　纬 小姑娘同志，你笑什么，你以为我太机械，是不是？不对，对于自由散漫惯了的人和机构，先机械他一下，养成习惯，有好处。

〔有人叩门，俞嘉华去接了日报表进来，交给丁纬，他仔细地看，面露笑容，拿起红蓝铅笔在墙上的图表上画了两条线。

丁　纬 （对俞嘉华）你瞧，这就是加强了作业计划的结果。这一条线，平了，没有什么高低，这一条线，直了，没有曲折，这多好。（再看了一下，然后对俞嘉华）好，现在给方书记打电话吧。

俞嘉华 （拿起电话）喂，接党委会方克同志。

〔方克推门而入。

方　克 不用打了。（对丁纬）你早。

丁　纬 早，方才来过？

方　克 对，我性急了一点，昨晚上决定的事，今天要办，想先跟你商量一下。

丁　纬 我会后也仔细想了一下，安排了一下，你看，今后的工作……

方　克　经过这次整顿，不，应该说是改革之后，完成任务、提高质量、降低成本的一切可能条件，都具备了，只要群众真的动起来，过去不能解决的问题，一定能够得到很好的解决。所以，我想跟你谈谈今后工厂党委的工作问题。

丁　纬　对，这很重要。

方　克　我以为，即使反掉了官僚主义之后，在定额问题，在劳动纪律问题，在奖金问题……我们还是会遭遇到很多抵抗的。对于这些，党和工会一定要尽最大努力给行政以最大的帮助。

丁　纬　这儿有一个有利的因素，就是群众基础很好，对于这一点，党委、工会、青年团，——包括杨仲安同志在内，都做了很多的工作，可是今后，用大喇叭每天训话的办法，不行了，单纯的政治号召，也不能解决问题，我们要做的，是深入生产、深入群众的，紧紧地和生产相结合的政治工作、思想工作。

方　克　对，昨天晚上李部长临走的时候也跟我谈了这个问题。（稍停）他尖锐地批评了我在工厂党委的工作。

丁　纬　我同意你昨天晚上讲的话，重要的是联系群众和集体领导。（稍停一下）这方面，方克同志，我们要尽先考虑出一些切实可行的办法。

方　克　好。

丁　纬　（想起）对咯，今天，你得抽空到杨仲安那边去一下，看看……

方　克　方才王蕙同志来过。

丁　纬　（关切地）怎么样？

方　克　不出所料，说他一晚上没有睡，要改行，说工厂工作干不了。

丁　纬　（沉默了一下）这是负气的话，这个人的脾气，一时改不过来，（望着方克）王蕙同志……

方　克　她很好，很能掌握原则。从这里也可以看得到，不正确的作风，在家庭里也遇到了抵抗。

丁　纬　对。（忽然想起，对俞嘉华）啊，差一点忘了，你记得，请医务所的黄大夫到杨厂长宿舍去一下，他的老三病得很厉害，跟黄大夫说，假如有必要，给他另外约一位小儿科大夫去看看。（停了一下，继续对方克）方才谈的这个问题，你得抓紧时机，布置一下，你估计……

方　克　这倒没有问题，今天一早，工会主席把决定一宣布，大家起先不相信，后来就高兴得跳起来了。说只有共产党才能这样做。事情一摊开，经过大家讨论，看法就一致了，连一向盲目崇拜杨仲安的人，思想上都起了很大的变化。

〔有人轻轻叩门。

丁　纬　请进来。

〔钱沛之推门进来，看见丁纬和方克在谈话。

钱沛之　哦，厂长有事。那……

丁　纬　不不，进来坐，我正要找你。听说，马小宝同志改装机件的试验，成功了。

钱沛之　好得很，成绩比我们预想的还要好。

方　克　（起来告辞）那你们谈，我先走了，还有许多事要安排。（与钱沛之握手后下，到门口，站定）丁纬同志。

丁　纬　什么？

方　克　（笑着）过一会，还想打乱一下你的生活规律，侵占你一点饭后休息时间，好不好？就这么一次。

丁　纬　（也笑了）好啊，怎么会不好？你真的以为我这样机械，机械到不通情理？

方　克　那倒……（下）

钱沛之　厂长，你的办法好，把问题摊开来，跟大家讲清楚，让大伙儿一起来想办法，这样，技术上长期解决不了的问题，一个一个都解决了。除出马小宝小组的线圈问题之外，减少铁耗的问题、防止绝缘下降的问题等，都已经有了初步的解决方案，这些，慢慢地再向厂长来汇报，今天早上我跑来向你报告，是一件更重要的事情。

丁　纬　什么事情？说说。

钱沛之　这两天，职工代表会的技术组，摸了一下这个厂的家底子。厂长，说出来太不像话，当了这么多年的总工程师，原来家里有多少财产，心中完全无数。咱们的厂，不是已经经过了什么生产管理的民主检查，咳，真是自己骗自己，什么也没有摸到底。（**解释**）这次一查，证明了我们的原始记录，完全靠不住。家底子，要比知道的、入了账的多得多，好得多，譬如说……

丁　纬　这就证明了上次的“清资核对”没有搞透。

钱沛之　对啊，那一次，也开了代表会，可是杨厂长做了动员报告之后，只开了一次技术人员和老年工人的座谈会，接下来通过了改革计划，三天之后就转入劳动竞赛。

丁　纬　那么，沛之同志，这一次一定得彻底地清查一下。

钱沛之　这次可不同了，大家动了起来，要不彻底查也不行了，就拿绕线机来说，咱们用的那几部，的确旧了，超过了使用年限，可是，就在重电机车间的废品和呆料堆里，这次就找出了几套全新的，装在木箱子里，还没有装配的绕线机！

丁　纬　对，这是一个发现，把那些肮脏的废品搬走，把那些呆料整理一下，可能还会发现好东西。好吧，沛之同志，让咱们补一次课，把它彻底搞透。

钱沛之 对，厂长，因此，为了把事情彻底搞清楚，昨天的技术组会议上，要我来向你提两个要求。

丁　纬 提吧，哪两个？

钱沛之 第一，希望能够把现在的专业技术小组固定下来，不要运动一过就取消，因为现在已经发现了技术小组潜力很大，大家都认为发掘潜力是一件长期工作。

丁　纬 很好，可以，而且必要。第二呢？

钱沛之 第二，照现在的情形看，过去的定额太低，实在太保守，可以大大地提高，因此，大家主张重新讨论今年第二季度的定额。

丁　纬 这是多数人的意见？

钱沛之 多数，可以说绝对多数，有一位工程师讲话的时候，声音发抖，他说，太对不起大家，太不用脑筋，明明待在泉水旁边，却一直嚷着没有水喝。

丁　纬 那么，沛之同志，你估计……

钱沛之 厂长，我不知怎么说才好，说出来，你会笑话。过去谈定额，斤斤较量，要加这么百分之三，百分之五，会争到面红耳赤；可是现在看哪，应该加的不是什么百分之三，百分之五，而是百分之三十,百分之四十……

丁　纬 定额还可以提高，这是肯定的，可是你讲的这个数目，不会太高？有把握？

钱沛之 （笑得天真）厂长，你可以去打听一下，我钱沛之是一个出了名的保守分子。没有把握，我决不乱说，更不会冒险。因为一查之后，大家已经看得很清楚，过去的定额已经大大地落在工人实际能力的后面了。

丁　纬　有把握，就应该，但是，这儿还有一个前提，就是要这样做，必须反复地核算、查对，（着重地）和在群众中间慎重讨论，只有在取得工人和技术人员的一致同意，再经过行政上的审核批准之后，才能做决定。

钱沛之　那当然，那当然。

丁　纬　还有什么要求没有？

钱沛之　没有了。

丁　纬　那么，沛之同志，我也有一个意见，看你能不能同意？

钱沛之　（有点意外）意见？

丁　纬　对，就是，想从你们的技术组里，把徐达民同志调出来。

钱沛之　这……

丁　纬　可以同意吗？

钱沛之　厂长的意见，是调出去，还是仍旧在厂里？

丁　纬　在厂里。

钱沛之　厂长，（停了许久）我不知道该说不该说，轻电机车间很重要，任务不轻，我怕，薛主任顶不住。老薛为人不错，他的缺点是太老好，拿不定主意，技术上，也不一定有把握。这些话，要是在过去，我决不讲，现在嘛，不讲就不对了。

丁　纬　不，薛为德的缺点，不是老好，而是严重地不负责任。（钱沛之有点吃惊）你讲他技术上没有把握，这很对。有一位老工人说得很好，他说，薛为德这个人，在外行人看来是内行，在内行人看来是外行。对吗？（钱沛之笑了）对于他的问题，对于几个车间的负责人问题，我们已经有了比较全面的安排，你可以放心。

钱沛之　那就再好也没有了，就这么办。再见。

丁　纬　就这么办。（握手）对了，今天太忙，不谈了，我还有几个问题要向你请教。

钱沛之 什么问题？可以……

丁　纬 不，不，这是我个人学习上的问题，一本初级电工教本，硬是啃不下，有空的时候，到你府上请教。

钱沛之 厂长总是太客气，这些，只要……

丁　纬 可是，沛之同志，尽管啃不动，学了欧姆定律，我得了一个启发。

钱沛之 什么，欧姆定律？

丁　纬 对，不是说，电流的大小，跟线路电阻的大小成反比例，它拣电阻小的线路走，是不是？我觉得，电流这家伙，爱走电阻小的路，没有勇气，是一个胆小鬼。

钱沛之 对对。（想了一下）

丁　纬 因此，我想，咱们做事，不应该学电流的样子。

钱沛之 （谈到这些，兴致来了）你讲得很好，可是厂长，我有一个补充。

丁　纬 什么补充？

钱沛之 电流不肯走电阻大的路，这是因为在它前面还有电阻小的路可以走，假如线路只有一条，那么，按科学上说，只要有一定的电压，尽管电阻大，它不仅会走这条路，而且，还会在通过电阻的时候发出光来，发出热来，电灯（指顶上的电灯泡），就利用了这条定律。

丁　纬 好极了，沛之同志，这个补充很重要。咱们的线路上也还有电阻，让咱们通过电阻，突破电阻，发出光来，发出热来吧。

钱沛之 一定，一定这么办。（有感佩之色，下）

〔俞嘉华好像有话要讲。

丁　纬 （忽然想起）小俞同志，把这张写字台整理一下，从明天起，徐达民同志用这张桌子。

俞嘉华 （意外）什么？

丁　纬 他，已经被提升为副厂长了。

俞嘉华 （不自觉地）厂长，这，不是……（有点急）他太年轻，他不会……

丁　纬 怎么，你有意见？

〔俞嘉华讲不出话来，一阵脸红。

丁　纬 小俞同志，我记得，你们，去看过一部叫《维堡区的故事》的影片，还记得吗？这片子里，党委决定了要马克辛去当银行行长的时候，斯维尔德洛夫跟马克辛怎么说的？

俞嘉华 （低声）记不清了。

丁　纬 你听，斯维尔德洛夫说："我们还没有在专门学校里培养部长，但是，才干不是生来就有的，干吧……倾听别人的意见，学习业务，不要紧，你能够胜任的。那样，你才是马克辛。"懂吗？那样，才是徐达民同志，才是毛泽东时代的青年技术人员。

俞嘉华 （感动）对是对。不过……

丁　纬 照常规来看，是提得快了一点，很多人有这个感觉，可是，为了鼓励革新，扶植新生力量，市委批准了这个提升。

俞嘉华 可是……（说不出话来，低下了头）

丁　纬 你有点替他害怕，可是我相信，你是会高兴的。不过，今后你们在一起办公了，可不要吵嘴呀。

俞嘉华 （羞怯）厂长，你……

丁　纬 别瞒我，尽管我离懂事而聪明还很远，可是这些问题，有一点经验，不讲，也会看出来的。

〔俞嘉华又羞又高兴，去整理那张桌子。

丁　纬 哦，对了，别忙，此刻这儿没事，你先到医务所去，陪黄大夫到杨厂长宿舍去。

〔俞嘉华点头，下。

〔幕落。

——全剧终——

作品赏析

本剧是有深度的现实主义作品，以 1953 年工厂生产中所遇到的问题为切入点，展现了支持先进力量的新厂长丁纬与奉行官僚保守主义的旧厂长杨仲安之间尖锐的矛盾冲突，反映了新中国成立初期工业建设的艰难历程与存在的问题。

作者刻画了两个性格截然不同的人物：一个是骄傲自满、奉行官僚主义的杨仲安，另一个是谦逊踏实、相信群众力量的丁纬，作者将二人放置在同一环境和同一事件中，通过二人的冲突，表现出他们不同的个性与工作办法。杨仲安对待工作有着严重的个人主义倾向，不肯听取批评建议，始终以个人感觉和好恶来确定原则。当年轻的车间副主任对工厂提出意见时，杨仲安的态度是："你们，就爱啃着科学不放。"当工人对加班过多引发事故感到不满时，他不顾工人健康，极力打压；从第二幕开场描写的他杂乱的办公环境，可以看出他案牍主义的工作态度；从第三幕杨仲安之妻王蕙的描述中，也可以探到他的家庭生活："什么礼拜不礼拜，不是打电话，就是约人来谈话……这么好的天气，连院子里也不去走走……他这个人，就是不懂得生活。"可见，家庭生活中的杨仲安，也不是一位合格的父亲和丈夫。丁纬则截然不同，他风趣、懂生活。他始终秉持着一颗谦逊之心、学习之心："今天搞工厂。单靠忠诚与决心已经不够了”，“应该承认技术人员这几年来的进步……空空洞洞地谈政治、背教条是不会起作用的”；在家庭生活中，丁纬对妻子、女儿关爱有加，他平等地和女儿交流知识，闲暇时陪同妻儿看电影；在工作中没有领导的架子，诚恳听取工人的意见，解决工人的难题，始终坚持集体领导的理念。通过对比的人物塑造，杨仲安和丁纬的人物形象更加鲜活起来。

在剧本中，作者还设置了另一组对比人物：车间主任薛为德和徐达民。从二人出场就可以看出他们处世态度的天差地别。薛为德对待领导阿谀谄媚，初次出场时，就对新厂长尽力讨好，希望能为新厂长找一张新的写字台；对待杨仲安，他更是不顾实际情况地逢迎奉承，言听计从。徐达民则是具有责任感和正义感的青年代表，他敢于质疑领导的决定，为了工友的安全与权益大胆发声。一新一老的人物设置形成鲜明反差。

在这部作品中，还有一条暗线贯穿始末，即反复提到的“皖南事变”。大幕拉开时，观众就知晓了这一“前史”。在“皖南事变”中，杨仲安背着丁纬突围而出，两人无疑是患难与共的生死之交。而当杨仲安出现官僚主义、个人主义的问题时，丁纬毅然决然地说：“这不是朋友不朋友的问题……要是个人的问题，我绝不坚持，我一定退让，我可以退十步，退一百步，退到自己没有立脚的地方。”可面对人民财产和先进工作者的问题时，丁纬一分一厘的让步都不给，坚定地指出杨仲安的问题与错误。表面上看，这是二人的冲突和对峙，实际上却是一场“精神突围”，是丁纬想要带领杨仲安摆脱错误思想的决心。

《考验》以凝练的文字为读者展现了不同的人物群像，除去主要人物外，我们也看到了可爱、稚气的孩童丁淞，对先进技术和经验如饥似渴学习的工程师钱沛之，讲原则、思想先进的女性工作者王蕙……这些人物明晰地表现了主题，使当时的社会问题真实地凸显了出来。

但《考验》仍有一些遗憾，例如，丁纬、杨仲安这一对人物的主要矛盾是在第三幕才正式显露出来的；而关于矛盾的解决，仅仅在第五幕中表明了丁纬一方的态度，在第三幕正面对峙之后，也再没有丁纬和杨仲安的“交流”场面。观众在闭幕前没能看到杨仲安的态度，情感上很难得到满足。另外，对书记方克的刻画有些薄弱，人物在第一次出场的时候，就表明自己和杨仲安有着“思想上的距离”，但当杨仲安遇到思想上的难题时，我们却几乎看不到书记方克的行动，也未能看到他更多的心理活动，这是这一个人物留下的遗憾。

《考验》一剧所描写的问题是尖锐的，显示出作者反映现实深度与广度的能力，正如焦菊隐先生所说：“夏衍剧本之淡雅，简单，平凡的下面，沸腾着多么大的一个现实伟力。”

刘莲英

崔德志

作者简介

崔德志，黑龙江青冈人，话剧编剧。1948 年毕业于哈尔滨大学文学系。1978 年加入中国共产党。历任东北文化教育工作队创作员，东北人民艺术剧院创作员，东北作家协会剧作组创作员，辽宁省文联创作员，中国作家协会沈阳分会作家，辽宁省人民艺术剧院创作组一级编剧。

剧情梗概

该剧讲述了1954年夏天发生在东北某个纺织厂的故事。为争夺月末的生产红旗，甲、丙两个生产小组都在加快生产，两个小组的分差只有0.2。刘莲英和王娟是甲生产小组的骨干，在络纱长张德玉的带领下，她们干劲儿十足，小组也一直处于领先位置，如果能在月末几天坚持下来，她们就能成为第一。恰在此时，和她们竞争最激烈的丙班却因缺少生产工人，势必完不成生产，急需从甲班调一位工人过去支援，然而调谁过去成了甲生产小组面临的难题。刘莲英主张将生产骨干王娟调过去帮助丙班，张德玉却主张随便调一个人，不愿因调人影响小组争取生产红旗。二人因此爆发了激烈的冲突，原本正在升温的感情也冷却下来。在刘莲英的一再坚持下，领导同意，张德玉也只好妥协，将生产骨干王娟派去协助丙班生产，但他拒不承认刘莲英指出的他的"个人主义"问题，二人的感情也因此几近破裂。丙班班长老赵没有想到张德玉小组竟能将自己的生产骨干王娟调给他们，特来感谢张德玉，并公开了他一直保守秘密的十二台纱型的掌握方法。与此同时，厂内也表扬了张德玉组。张德玉终于明白了刘莲英的苦心，认识到了自己的错误。工人们经过此事，在思想上更加进步，行动上更加团结，也懂得了什么是真正的荣誉。

时　间

1954 年夏末。

地　点

东北地区某纺织工厂。

人　物

刘莲英——细纱女工，23 岁。

王　娟——细纱女工，18 岁。

张德玉——甲班络纱长，25 岁。

老　赵——丙班络纱长，30 岁。

富管理员——细纱甲班管理员，40 岁。

〔厂内女工宿舍里。正面有一扇通向外面的门，和一排玻璃窗，由窗户可以看见车间的房顶。门两旁摆着两张铁床，床上铺着干净的被褥。舞台左后角适当的地方有一张桌子，一把椅子，桌上放着暖水瓶、镜子和一些女工用的零碎东西。墙上有一张“我们热爱和平”的招贴画和一排衣挂，衣挂上搭着几件花衣服。

〔王娟坐在椅子上对着镜子化妆。现在是早班下了班的时候。今天是纺织业系统礼拜六了。

〔王娟是小学毕业的学生。从小学毕业后没有考上中学，因为她姐姐是厂子的老工人，也把她介绍到工厂来做工。她的思想很单纯，工作有一股愣劲，对人非常热情，一年前加入了青年团，由于年龄较小，还有些不定性。和一般女孩子一样，她好笑，也好哭，很爱打扮自己，近一年来在刘莲英的帮助下，有了很大的进步。

王　娟　（看了看表，自语地）礼拜六了，她怎么还不回来呢？（拿起桌上放着的一捆毛线）这毛线给她放到床上，让她给织吧！（放好，又走回原处，整理一下头发，从衣挂上取下一件衣服，换身上的衣服）

〔刘莲英上。她是一个漂亮姑娘，高高的鼻梁，大大的眼睛，清秀的脸上有一对酒窝，剪着短发，穿着很朴素。她是个老细纱工，家在乡下，很小的时候就死去了父亲，刚满十二岁就离开亲爱的妈妈进厂做了童工，以低微的收入扶养弟弟、妹妹，十几年独身在外。生活的磨炼使她养成了沉着、稳重和体贴入微关心别人的作风。入党以后进步很快，现在担任车间党小组长的职务，她能辨别是非，坚持真理，懂得生活的意义，有强烈的上进心。现在正努力学习，积极工作，为党的事业和崇高理想贡献着自己的青春和力量。

王　娟　（见刘莲英，询问地）莲英姐，你今儿个怎个回来这么晚呢？

刘莲英　送丙班小于去啦！

王　娟　她上哪去啦，还用送？

刘莲英　上党校学习去啦！（羡慕地）人家都有个机会学习，多好哇。（指责地）大伙都去送啦，你姐也去啦！你怎么不去送送呢？

王　娟　我姐她俩是一班的嘛，我跟她也不熟，我送她干啥。我还要去看电影呢！

刘莲英　这个小丫头，一到礼拜六你就啥也不想干啦，下了班就赶紧跑回来打扮来啦。

王　娟　你好，等你也不回来，（指床）你快看看那毛线吧！

刘莲英　（走过去，拿起来）怎么回事？这是哪来的？

王　娟　络纱长才送来的。天快冷了，他打算织件毛衣。

刘莲英　（不好意思地）那你给我干啥，你就给他织呗！

王　娟　他求的也不是我，我给他织算干啥的！怎么？你还不愿给织是咋的？

刘莲英　不是，人家长这么大也没织过男人穿的，得怎么织呀？还得买副大号钢针。（但很小心地把毛线归弄好，放在被垛上）他说一会儿还来不？

王　娟　还来，他去开评奖委员会去啦！

刘莲英　啊！这又快到月底了！

王　娟　莲英姐，你说这个月红旗还能不能是咱们的？

刘莲英　还没公布呢，我上哪儿知道去！

王　娟　猜猜嘛，我看还是差不多。这个月组里让络纱长鼓动得都像开了锅似的啦！谁也没开过花，任务比上个月超过的还多。

那还有个跑啦？（充满希望地）这个月要把红旗保住，咱们一下子就是全厂模范小组啦。

刘莲英 看你这个样。还没准的事呢！你先高兴上啦！

王 娟 我高兴？你不比我还高兴啊？这回络纱长也要变成模范组长啦！咱们组上半年那么乱套，好几个月都完不成任务，今天能整这么呱呱叫，不都是他一手搞起来的呀！他是多能干的人哪！（有意地）莲英姐！你真有眼光啊！这样的人在全厂都挑不出第二个来呀！

刘莲英 （不好意思地忙打断）行啦，你别老当我面夸他，他有什么了不起的，小组搞得好，还不是党的决议贯彻得好。

王 娟 对对！反正谁心里高兴谁个人知道。（关心地）你们今天不去看看电影啊？

刘莲英 和谁去看电影啊？

王 娟 和络纱长啊！

刘莲英 和他看什么电影，我没工夫。

王 娟 怎么？你还有会是怎么的？

刘莲英 我得把小组计划写一写……

王 娟 （不高兴地）莲英姐，我真对你有意见，你怎么老这样呢？你们都这么长时间啦，还像没事似的，平常见面，不是谈思想，就是谈工作，到礼拜六了还是那一套，多咱也不出去玩一玩，你们的关系到底到了什么程度啦？

刘莲英 什么程度，还是那个样呗！

王 娟 行啦，你别昧着良心说话啦！这两天你心够乱啦，对他，比对你自己都关心。他在班上出了点事，你晚上回来躺在床上翻来覆去地睡不着，他有顿饭不吃都和我嘀咕好几遍，急得像啥似的。你都写信告诉你妈了，这我都知道啦！

刘莲英 （不好意思地）行啦！你这个小死丫头，这么精，啥事也瞒不了你……

王　娟 本来嘛，从你由医院出来到现在，都了解了半年多了，现在人家对你也够好的啦！老帮助你计划这个计划那个，你提点意见，他赶快接受，听你叨咕大个子老往吸烟室跑耽误生产，人家烟都戒了。这又赶着找你来织毛衣，心有多诚啊！这也差不多啦，你也该表示表示啦。（又孩子气地）你要再这样我就不管啦。你再向我打听他什么事我也不告诉你啦。

刘莲英 好啦，好啦，你该干什么干什么去吧！

王　娟 （又叮问地）今儿个这电影你们到底看不看哪？

刘莲英 你买票了吗？

王　娟 我这就上小胡那去取！给你们带两张挨号的来呀？

刘莲英 不用。（不好意思地）我的也在他那儿哪，你一块给捎来吧！

王　娟 （意外地）怎么？已经买妥啦？

刘莲英 （不好意思地）我看大伙都买，我就随便订了两张。

王　娟 （明白了）好哇！闹了半天还是这么回事？把我都逗啦！

刘莲英 （嘱咐地）王娟！你嘴可严着点，这么长时间也没出去过，人家不愿意，再去不成挺不好的……

王　娟 你别那么多心，他可不是不愿意去。哪个礼拜六我都看他悄悄摸摸来了，陪着你谈一气工作，又没着没落地走啦。我保险他能去就是啦。我这就去给你们取票……（欲走）

刘莲英 （忙喊）王娟！

〔王娟转身。

刘莲英 （诚恳地）你不要光这么帮我的忙，你也给提提意见，你看看我们这样有什么不正确的地方没有？

王　娟 你做的事都小心在意的，还有什么不正确的。你们就不像小陈他们似的，跳一回舞买块表就算妥了。你这多慎重呀。明面上不表示，净在工作上、思想上互相关心。这半年多你们进步得多快啦。全车间也没有比你们关系再好的啦。我对你最大的意见就是了解了这么长时间，实在是闷得太厉害啦。

刘莲英　（严肃地）王娟，这不是什么闷得太厉害啦，我不都和你说过吗？咱们不能不这么做呀。你看咱们车间有多少女同志，就因为不了解思想好坏就结婚，结果结婚以后工作落后了，感情也不和了。你才说的小陈他们就那样，那能有什么好结果呢？咱们自己都愿意进步，就得找个工作上互相帮助的，在这上面就不能不注意呀。你将来不也得这样做吗？

王　娟　（害羞地）我，提我干啥……我得哪百年……

刘莲英　不管多咱，对这种事也应该这样啊！这是一辈子的事呀！

王　娟　那你这总算挑着好的啦！也了解这么长时间啦，就别这么老抻着啦。你岁数也不算小啦，你妈还老来信催你，我看你们也得快进行，不大离儿就结婚吧！

刘莲英　（害羞地）结啥婚，今天这不才头一回出去，根本谁也没谈过这些事，人家还不定乐不乐意呢……

王　娟　你这么漂亮个人，工作上又能帮助他，他有啥不乐意的，他还不定怎么着急呢！今天你们看完电影，你表示表示就妥啦！……

刘莲英　（不好意思地）表示啥，行啦，你快取票去吧！

王　娟　好。他一会儿就来啦。你就好好打扮打扮等着人家吧！（往外走）

刘莲英　（嘱咐地）小胡问给谁买的票，你可别乱说呀！

王　娟　啊！你放心吧！（下）

〔刘莲英由皮箱内拿出几件衣服打扮起来。

〔稍停，王娟急上。

王　娟　（小声地）哎，他来啦，络纱长来啦……

刘莲英　（一惊，但马上又镇静）那还用大惊小怪，来就来他的呗！

王　娟　行啦，别磨不开啦！这回你可千万别板着脸谈工作啦！好好唠唠吧！啊！

刘莲英　（害羞地）行啦，你快走吧！

王　娟　（欲走，想起又回来）哎！你问问他这个月咱们小组红旗到底有希望没有？

刘莲英　你尽惦记些好事。

王　娟　真的，他刚研究完这件事，能知道大概啦。你问问啊！（下）

〔刘莲英忙穿好衣服，对着镜子照了照，装着无事的样子……坐在床上。

王　娟　（内声）络纱长来啦！

〔稍停，敲门声。

刘莲英　请进来！

〔张德玉上。张德玉是个魁梧健壮的青年，厂内很能干的络纱长，工作积极，能负辛苦，但性子有些急躁，三年前加入了共产党。现在他全部精力都放在自己领导的小组上，每天早来晚归把小组的成绩看成唯一的安慰。他才由车间来，没换衣服，身上还挂着棉絮。

张德玉　（轻步地走向刘莲英）你回来了！

刘莲英　（很镇静地由床上站起来）啊！你来啦！

张德玉　这有你一封信。（递过去）

刘莲英　（接过来看了看，忙揣起）我妈来的，（指椅子）你坐吧！

张德玉　好好。（坐下）我刚才来了一趟啦。你知道吧！

刘莲英 王娟才和我说啦！我送丙班小于去啦。（指床）这毛线是你拿来的吗？

张德玉 啊！把烟戒了，省下钱买了点毛线。大伙都挺忙的，求别人也挺不好意思。你有工夫吗？

刘莲英 行倒是行。我没织过，就怕织不好。

张德玉 好坏我不在乎，能挡风就行啊！

刘莲英 听说你开评奖委员会去了，怎么样？

张德玉 （不由得高兴地）我正要告诉你，咱们组这回又妥啦，现在就咱们分多，再坚持几天，红旗又保住啦。（非常兴奋地）算这个月正好六个月啦。眼看着就是全厂模范组啦。

刘莲英 （高兴地）是吗？王娟听着还不定怎么高兴呢！……她才还让我问问，这里她出了不少力量。

张德玉 是呀！她已经成了咱们组的硬手啦。现在数她络纱快，接头好啦……（自慰地）她才来时候接不上头还站在车挡哭呢，这总算培养出来啦！

刘莲英 别的组怎么样？

张德玉 别的组没什么，防备点丙班二组就行，他们这个月撵得挺愣，总分就和咱们差零点二了。不过他们尽藏奸，交班时尽给咱们留坏纱型……

刘莲英 这真不好，都影响生产啦！可得慢慢想法扭转。

张德玉 可是他们也没有什么大伸张头，这回小于走了他们就没有好络纱的了，咱们如果能把十二台看住了不让它纺坏纱，到月底他们还是干瞪眼。

刘莲英 （若有所思地）这竞赛时可真容易出问题，可得注意呀……（觉着又谈到工作上去了，忙又把话拉回来）你……你怎么还没换衣裳？

张德玉 （低头看了看，不好意思地）下了班就开会，忙忘啦！

刘莲英 你老是这么忙，我听说有时候连饭都顾不得吃……

张德玉 不，饭是吃，从你上回给我提了意见，我对吃饭上可注意啦，哪顿也没落过。

刘莲英 反正你自己的身体，就在你自己注意……

张德玉 那是……

〔沉默了一下。

张德玉 （沉不住气了）你看我们是不是就研究研究……

刘莲英 （一时蒙住了）研究，研究什么？

张德玉 （想谈心里话，但又被问得蒙住了）还像上个礼拜似的，把这一周来小组的情况……

刘莲英 啊……小组就剩刘升的问题了，一时也决定不了，就别研究啦，这一竞赛你挺累的，你休息休息吧。

张德玉 （以为连谈话的机会都没了，急忙争取地）不，不，我不累，这都惯啦，礼拜六晚上研究工作更有意思。

刘莲英 （关心地）不行啦。好几个礼拜也没闲着啦，老这么忙，整得头昏脑涨的，谁受得了哇。

张德玉 （望着她身上的衣服，试探地）那你这换了衣裳想上哪去？

刘莲英 （也不好意思起来，口吃地）我……我，我不上哪去。

张德玉 （认为又没希望了）啊，那我就回宿舍大被一蒙睡觉去啦！（要走）

刘莲英 （忸怩地）听说今天电影挺好，你不去看吗？

张德玉 想看倒是想看，不过一个人去挺没意思的。（看了刘莲英一眼）

〔刘莲英想说什么，但却低下了头。

张德玉 那我走啦。（又要走）

刘莲英　（鼓起勇气，急喊）哎……

〔张德玉停下。

〔老赵急上。他是个老技术工人，有丰富的工作经验，在这个厂子已经干了二十来年，张德玉现在领导的这个小组的前任组长就是他。工作钻研，但缺乏朝气；技术高，但有些保守。这个月他们组竞赛成绩居第二位。他整个心，也被这竞赛牵住啦。

老　赵　（进门就喊）富管理员上这儿来了没有？

张德玉　（不太高兴地）没有。你怎么找到女宿舍来啦！

老　赵　我有点急事。到处找也没有，我寻思备不住和你一块上这儿研究工作来了呢！

刘莲英　（关心地）找他有什么要紧事吗？

老　赵　小于不是走了吗？这还没人顶呢！今晚缺个络纱的。

张德玉　怎么，还没有人呢？

刘莲英　她临走时候主任没给你安排人吗？

老　赵　没有。她走得挺急，主任告诉我这就找你们管理员给调。

张德玉　怎么这回要搁我们这班调哇？

老　赵　嗯。主任那么说的，也不知道能调个啥样的。这正竞赛的时候走了个劳动模范，要够呛啦！（往外走）我还得快去找他。（欲下）

〔富管理员上。富管理员是个留用的技术人员，工作热情，能接受意见，但过于小心谨慎，不敢反驳领导，也不愿得罪工人，力求面面俱到，想使自己的工作做得让一切人都满意。

老　赵　（见管理员进来，忙迎上去）老富来啦，我正到处找你。你看我们组缺络纱的那个事……

富管理员　（忙应诺地）好，好，主任才和我说啦，我这就来给你研究。

老　赵　你可得快点呀，我们今晚没人，任务要够呛啦。

富管理员　（表示为难地）你还不知道吗？调人这不像旁的事。难办哪！（但看了老赵一眼，马上温和地）好好，一定快点给你解决就是啦！你回去等着吧。

老　赵　那就交给你啦。我这夜班还没睡觉呢！可得快点呀！

富管理员　（连连点头）好，好。（老赵下）

富管理员　（对张德玉、刘莲英）你们都听见啦，研究研究看怎么办吧！

张德玉　你想搁哪组调哇？

刘莲英　（对张德玉）大概是找我们来啦！……

富管理员　是呀！要不上这里来干啥。这回要调你们这组的。

张德玉　怎么要从我们组里调？我们组哪有闲人！

富管理员　你们刘升不是病好了，上班了吗？现在就你们组人多啦！

张德玉　（不高兴地）这正竞赛的时候，你怎么想扣起我们来了呢？你这么整，我们不一家伙就垮下去啦！

刘莲英　要不咱们比人家多个人也不行呀，给他们一个不正好吗？

富管理员　（说服地）没法子，这是特殊情况，人家小于不是才走吗？主任指定和咱们这班要，大家就克服克服吧！

张德玉　（无奈地）克服吧，我们刚好了两天又折腾上啦，照这样整，月底准有好瞧啦。

富管理员　人家挺着急的，你看看让谁去呀！

张德玉　这刚给信怎么就能决定啊。怎么也得等我们研究研究。

刘莲英　人家走了个硬手，咱们草草地决定了不好。合计一下再告诉你吧。

富管理员 对，对，那我回车间去等着你们啦，研究完了告诉我一声吧。（往外走）

张德玉 （想起，忙喊）哎，我说我们那十二台老出坏纱那个事，到底能不能解决呀？

富管理员 那不好办，机器都检查了没毛病，得自己好好掌握，暂时还得克服一下。

张德玉 我们有了困难就让暂时克服。这都多少日子啦！现在得成天站在那儿看着它，啥也不能干啦。得多咱是个头哇！

富管理员 这是个挠头的事，你自己也想想办法。等我有了什么好招儿再告诉你。（下）

刘莲英 （对张德玉）来研究研究吧，完了好干点别的去。

张德玉 这真不是个事，早不来晚不来，正两组较劲的时候来调人。

刘莲英 人家也是不愿意呀，缺个人完不成任务啦，他们也是着急呀！

张德玉 说实在的，这么整是够咱们呛啊！这不像咱们条件好，有那么个糟心的十二台，不定多咱一眼照不到，出台坏纱那就完蛋啦。

刘莲英 还能在乎一两个人啦！（商量地）你看让谁去？

张德玉 这真不好办。（为难地）现在竞赛这么紧张，动谁都受影响，哪有合适的呀？

刘莲英 （想了一下）我给你想出个合适的，你看行不？

张德玉 谁呀？

刘莲英 调王娟去吧，她还差不多。

张德玉 （一怔）怎么，要调王娟去？

刘莲英 她络纱快，互助得好，还能勉强顶上小于呢。正好她姐姐也在那班。

张德玉 （不解地）你这是怎的啦？咱们组就是这么一个骨干，好容易培养出来了，怎么能调她去呢？

刘莲英 要不怎么办？调太软的，影响人家任务也是不行啊！

张德玉 那也不能抽她呀！这还得考虑考虑，咱们自己的任务呢？

刘莲英 咱们组老手多，总还能想出办法来。

张德玉 活这么紧，还有什么办法可想？

刘莲英 你不用愁这个，我一定能给你想出办法就是啦！

张德玉 （有了主意）不用，我已经考虑出人来啦。

刘莲英 除了她哪还有合适的啦？（忽想起）怎么，你还想像别的班那样随便推出一个去吗？那可不好哇！

张德玉 （忙岔开）不，不，不是。

刘莲英 （嘱咐地）从这一竞赛，都有影响生产的事啦！这回咱们一定得按着正道走哇！

张德玉 他们那组络纱的活多，管得还紧，她也不一定乐意去。

刘莲英 这你不用担心，她姐俩在两班挺不方便的，她也说过。等会我保证给你谈通啦！你还有别的顾虑吗？

张德玉 （口吃地）没，没有。不过这还得管理员批准。他还可能有意见。

刘莲英 咱们自个都认可啦，他还能说什么。（决然地）我看这样啦，决定让王娟去啦。

张德玉 不！等我和老富研究研究再说吧！

刘莲英 你告诉他一声就妥啦。（提醒地）今儿个礼拜六，快研究决定了，还有旁的事呢……

〔王娟上。

刘莲英 哎，正好，她来啦。

〔张德玉想了一下，往外走去。

刘莲英 你……告诉完了，可回来一趟啊……

张德玉 好。（下）

王 娟 他这么忙上哪去？咱们小组这个月能得红旗不？你问了没有？

刘莲英 （忙岔开）啊，我问了。现在他还不知道呢。

王 娟 反正这一两天的事。（又关心地）怎么样？你们谈什么啦？

刘莲英 没谈什么，研究工作啦。

王 娟 （俏皮地）呸！我不信！

刘莲英 真的。临时又出个问题，我正要找你合计合计。

王 娟 又出什么事啦？

刘莲英 小于走了，丙班二组还没有络纱的呢。管理员要搁咱们组调个人。

王 娟 （直爽地）那还合计什么，刘升那样好歇工的，调给他们就得了呗。

刘莲英 （制止地）你怎么说这种话呢！人家也是给国家生产，到了难处啦，咱们不该伸手拉人家一把吗？

王 娟 （不好意思了）我寻思这正竞赛的时候，他们都快撵上咱们啦！

刘莲英 多咱也不能有这种坏思想。（温和地）这回想让你过去，你看行不？

王 娟 （意外地）怎么？让我去？

刘莲英 你是个团员，技术也高，你去可以起点作用。你自己也叨咕过，你姐姐搁那班，老这么抻着也挺不方便。这回就能一块做活啦！

王 娟 （不愿意地）我姐姐将来可以调到咱们这班来嘛，咱们这小组刚搞得挺带劲的，上那班去干啥！

刘莲英　这不是光照顾你个人，主要是人家那边没人，要完不成任务啦，这是工作需要。

王　娟　那我也不去……（有些眼泪汪汪地）咱姐俩搁这屋住一年多了，处得这么好，我舍不得离开你。

刘莲英　这怕什么，这也不是远走，也没出一个车间，咱们天天还可以见面嘛！

王　娟　那也不如这么黑夜白日地在一块好哇。你比亲姐姐待我都好，这一年多你给我多少帮助哇。

刘莲英　工作需要，就不能顾虑咱们个人啦。再说以后我还过团的生活，咱俩也能在一个支部里，有什么问题还可以互相帮助。这时候咱们得多从工作上想一想啦。

王　娟　（冷静些了）怎么？组织已经决定了是怎的？

刘莲英　啊！张德玉和管理员说去啦，大概没什么问题啦！

王　娟　要是已经决定好调我啦，那我就没什么说的啦！

刘莲英　你看还有什么困难没有？

王　娟　我就是想你，只要你不忘了我就行啦！

刘莲英　不要说孩子话啦，怎么能那样呢？

王　娟　对。反正我也不往远处搬，我想你了，下了班就上这屋来看你。

刘莲英　好，那就这样吧！他一会儿告诉你，你就去吧！

王　娟　好吧！（又恢复了原来的高兴劲，掏出票）给你，电影票取来啦。

〔刘莲英接过来电影票，默默不语。

王　娟　还有一个多钟头啦，一会他来了你们就去吧！

刘莲英　去什么，不一定能去啦。

王　娟　（关心地）怎么？刚才你没和他约好吗？

刘莲英　没有。这事挺不好说的。

王　娟　（马上着急地）你看你，真是个玩意儿！票都买了你还害上臊啦！

刘莲英　他自己也不提，好像不愿意去。

王　娟　行啦！他才还问我你有没有事呢！一到礼拜六你就和人家谈工作，整得人家还敢提啦！（一望）哎！他来啦！这回我给你说。

刘莲英　（不好意思地忙制止）别别！王娟，我自己说。

〔张德玉上。

刘莲英　（关心地急问）怎么样？

张德玉　妥了。都和管理员说好啦。

刘莲英　你不是说让王娟去吗？

张德玉　（含混地）啊，情况都和他讲啦！他自己爱怎么调，就怎么调吧！

刘莲英　（高兴地）那就没什么问题啦。（对王娟）那你就准备吧！

王　娟　得多咱去呀？

张德玉　这都得管理员最后决定，详细情况我也不知道。

刘莲英　反正也出不去这一两天啦……

张德玉　（看了看表）唉，耽误这么半天，礼拜六来调人。

刘莲英　这也是赶巧啦！

王　娟　（口快地对张德玉）哎，你愿不愿意看电影？莲英姐要请客，你去不去？

张德玉　（高兴地忙应）是吗？

王　娟　（指刘莲英）你看，这不都打扮好了等着呢？

刘莲英　（害羞地）去你的！（对张德玉）他们都说今儿个片子好。我买了两张票，你不是没有什么事了吗？

张德玉 （紧忙地）没有，没有。我才也想和你说，寻思你不想去。（拿出电影票来）你看我也买了两张。

王　娟 （圆场地）这都有心，何苦憋着呢？（玩笑地）就剩一个来钟头啦。快走吧，慢慢走着，慢慢唠着，到那儿就差不多啦！

刘莲英 （不好意思地）你这个小死丫头。

张德玉 （看了看身上）你看！下了班就忙，还没换衣裳呢！我这就跑回宿舍换件衣裳。

刘莲英 不要着急。我先上厂子门外拐角上去等你。

张德玉 好，我马上就去。

〔刘莲英、张德玉高兴地往外走。

〔富管理员匆匆地上。

富管理员 （急拦住张德玉）老张，你才说的这个人不行啊！

张德玉 （不快地）你先回去吧，那事完了再谈。

富管理员 不行啊。主任告诉马上解决，来，再研究研究吧！

张德玉 真是，怎么这么麻烦呢！

刘莲英 （疑问地）还有什么事呀？

富管理员 调人那个事呗。（对张德玉）他不行啊！人家全车间都知道他络纱慢、断头又多，还病恹恹地直劲歇工，你说这怎么能行呢？

张德玉 你别夸大，他没像你说的那样坏。

刘莲英 （奇怪地）你说的是谁呀？

富管理员 谁？刘升呗！（对张德玉）主任告诉再重新研究研究。人家要完不成任务了，这回让调个好点的。

王　娟 怎么？又调刘升去啦？

刘莲英 （意外地，对张德玉）你这是怎么搞的？

富管理员 （忙问）你说什么？

刘莲英 没没，没什么。（忍住。对富管理员）你们谈吧。

富管理员 （对张德玉）你看换个别人吧！小于一走，他们都剩些次手啦。主任说这么整影响人家任务哩！

张德玉 （决然地）除了他没有闲人啦！我再调不出别人来啦！

富管理员 怎么调不出！你们这么大个模范组，闭着眼睛摸一个也比他强啊，让他去也太不像话啦！

张德玉 你算扣上我们啦！别人不愿去，我能强迫吗？憋憋屈屈整一个去，到那儿不好好干，闹情绪怎么办哪？

〔王娟正要说话，刘莲英已经先说了。

刘莲英 你等等！

富管理员 你给打通打通思想。要不怎么办？（鼓起勇气）不要有本位主义啊！

张德玉 （极其不快地）什么本位主义？（赌气地）好啦！我调不动啦！组里那几个人都搁你心里呢！看谁好你自己随便挑吧！反正到月底完不成任务我不管。

富管理员 （忙缓和地）别火别火，这是主任说的。我是这班管理员，你们各组都整硬点我还不高兴吗？有好的我也是不愿意往外推。这是主任不答应，我说调不出来啦他不信！

张德玉 你不好好和他说说，现在任务都挺紧的，他也知道，他能不顾生产吗？

富管理员 他真不信。都直劲扣我。（为难地）咳，真叫我为难！管理员这个差使真是受夹板气。

张德玉 月底就剩这么几天了。小组好坏也有你的份，你自己酌量着办吧！

富管理员 （无奈地）好啦好啦！我再和主任说说看吧！（下）

刘莲英 （实在耐不住了）你这是怎么回事？怎么不让王娟去啦？

张德玉 我……我考虑了半天她不合适……

刘莲英 你没听管理员说吗，调刘升那样的不行。

张德玉 怎么不行？他不准太差。比他们那几个养成工还强呢！

刘莲英 强什么！你今儿个没看他晃晃悠悠的？络完纱就开花啦。看车的都直劲反映。人家任务也和咱们一样，都挺紧的，把他整去还得搭上个人帮助他，这不是给人家添麻烦吗？

张德玉 除了他也调不出别人来啦！……

刘莲英 怎么调不出别人，才不都说好了吗？咱们自己可以克服点。把王娟调出去！

张德玉 王娟她自己也不能愿意去！

刘莲英 我都给你谈好了，她根本没什么问题。

王　娟 莲英姐才和我说了，组织要调我，我可以去。

张德玉 她去对咱们任务有影响！

刘莲英 我才不都和你说了吗？这我都可以想办法解决。

张德玉 王娟走了就完了，根本就没有什么办法。

刘莲英 怎么没有办法？可以叫孙淑芝下来顶王娟络纱，让刘升去看车。

张德玉 刘升看车也看不好，他不行。

刘莲英 让他跟着我，由我来负责帮助他。这样是有点困难，可是咱们组人手硬，想法克服克服很快就会好的。总比他们好办一些。

张德玉 （决然地）不行！王娟那样的不能去！

刘莲英 （不快地）你，你这是怎么的啦？

张德玉 （停了一下，严肃地）我跟你说实话吧！这回我不能接受你的意见，他们和咱们总分就差零点二啦，不能再把王娟这样的硬手调走。

刘莲英　（意外地）你……这不对，你怎么有了这种坏思想？

张德玉　这不比平时，现在竞赛正搞到劲头上，咱们一定得考虑考虑这些。

刘莲英　我才都嘱咐你啦。竞赛的时候更得注意这些事。现在车间都有了这种坏现象啦，咱们无论如何也不能让生产受损失。

张德玉　这不光我自己，好孩子没有往庙上舍的。哪个领导往外调人心里都有这小算盘！

刘莲英　支书讲过，这是错误！咱们是党员，不能跟着群众跑，你应当带头做个样子，把这坏规矩扭过来。

张德玉　那等以后再说吧！咱们小组破破烂烂地刚搞起来，这回就得这样啦！

刘莲英　错的事咱们一回也不能干。你去和管理员说：你又决定调王娟去啦。

张德玉　我不能去说，有她这样的，才能搞好小组，我不能把骨干调走。

刘莲英　你去不去？

张德玉　我，我不能去。

刘莲英　（忍不住了）你要不去，我就替你去。（往外走）

张德玉　（不快地）你这不是要把咱们这么好的小组整翻个儿吗？这对你有什么好处呢？

刘莲英　我要帮助你改正错误，我不能瞪眼看着你把事做错啦！

张德玉　我不需要你这么帮助。你这么整就是把我坑啦！

刘莲英　以后你就能明白。……（往外走）

张德玉　（大声喝止）莲英！

刘莲英　不行。（仍往外走）

张德玉　（冒火地）好，你这是成心整我啦，豁出这个小组长垮了，你去搞我吧。

刘莲英 （急忙停下）你……你这是说的什么话？

张德玉 （威胁地）你是党小组长，什么也不用说啦，我明白你啦！

刘莲英 （生气地）你……你怎么这样？

张德玉 行啦，个人有个人心思，你要这样就算啦！

〔刘莲英停在门口不动。

〔富管理员急上。

富管理员 （对张德玉）主任找你去谈话。

张德玉 什么事？

富管理员 调人那个事要马上决定，他要亲自和你谈。

张德玉 好。（走到门口，对刘莲英）现在就决定啦！咱们小组好坏都攥到你手心啦，但凡有点心思你自己就考虑考虑办吧！我的话已经说绝啦！

〔张德玉和富管理员同下。

王　娟 （不安地）你看，都把他整急啦。

刘莲英 咳！他也有了这种坏思想。

王　娟 这也难怪呀，他为了小组顾不得吃顾不得睡的，整天连上便所都带小跑，好容易搞成这个样子啦，他是怕再垮了，怎么能一下子就扭过来呀。

刘莲英 垮不垮，就在我们大家了。让它垮，它就得垮，不让它垮，就不能垮。他也这样做，那怎么能行呀，这不是影响生产吗？

王　娟 这也不光他一个人，别人比他还厉害！丙班一组上回因为调人都和管理员直蹦高，他那种牛脾气你也知道，上来那个劲一条道跑到黑。你们这刚要出去玩玩，为这个事再闹翻了，多不好哇。

刘莲英 那咱们能亲眼看着把刘升推出去，耽误人家任务吗？

王　娟　也不见得能耽误他们，他也不准比咱们班那几个人次多少。

刘莲英　怎么，他不比他们组人次吗？真能行吗？

王　娟　我看能差不多，还能在乎这一个人啦。我不光舍不得你，也不愿意离开他，他把我从一个养成工培养到今天这样，走了也挺想他的，在他跟前还能提高技术，我也不去啦。等将来有机会把我姐姐调过来就完了。

〔刘莲英沉思不语。

〔老赵上。

老　赵　（焦急地）富管理员走啦？

王　娟　（带理不理地）嗯。

老　赵　你知道人给调出来没有？

王　娟　别问啦，搁我们组调啦！

老　赵　（一怔）怎么？搁你们组调啦？

王　娟　你老一个劲地来催什么呢？

老　赵　（失望地）咳！这真是天火烧冰窖——那么就好坏给对付一个吧。（无奈地）咳，小于怎么偏这个时候走呢？

刘莲英　（急问）你们人是不是不行？

老　赵　行还说啥啦，她这一走小组都顶少了半面子，除了几个养成工，剩下没几个人啦。（叹气地）咳，现在说啥也不赶趟了。

刘莲英　（决然地）你等着！（站起来，昂然地朝门口走去）

王　娟　（急问）你还上哪去？

刘莲英　上主任那，重新研究这个问题。

王　娟　别，你怎么还惹这份麻烦呢？

刘莲英　不管怎的也不能这么看着人家的困难不管。（大步向外走去）

王　娟　（忙喊）莲英姐，莲英姐！不行！不行！

〔刘莲英下。

老　赵　（不解地）她去研究什么？

王　娟　（不快地）研究什么？给你们调人去啦。

老　赵　你别瞎扯啦，党小组长她还管行政事？

王　娟　不管能行吗？又没人啦，又着急啦，紧着发牢骚。

老　赵　什么发牢骚？咱们两组就差零点二了，调到你们名下啦。不明摆着完了吗？

王　娟　什么明摆着，暗摆着的，胡猜什么？

老　赵　怎么胡猜？这不是明理吗？战场不让父嘛，竞赛的时候谁能顾谁？（询问地）你们组到底给调谁去呀？

王　娟　（赌气地）我，我去……

老　赵　你别逗我啦，我们高攀不上。

王　娟　行啦，缺人时候来找我们来了，一交班时就抢纱底。

老　赵　你别乱说呀！我们多咱都是按着钟点络纱，全车间就数我们纱型留得好……

王　娟　（不耐烦地）行啦，你别磨叽啦，该干啥干啥去吧！

老　赵　（不解地）这怎么还撵上啦，搁你们这班调人还不兴来问问吗？

王　娟　（发泄地）你一点眼力见儿没有？咋单这时候来问呢？

老　赵　你看，你也没事先告诉我一定多咱来呀。

王　娟　（着急地）咳，这怎么整！一会儿还不得闹翻了哇！

老　赵　（越弄越糊涂）你说的这是什么呀？

王　娟　别问啦，你快上主任那儿去谈吧。

老　赵　他让搁你们班调，我还上他那去干啥？你们不给我人，我哪儿也不去。（索性坐下）

王　娟　（往外一望，焦急地）哎呀，络纱长来啦。糟啦，这怎么办哪！

〔稍停。张德玉怒气冲冲地急上。

张德玉 （不是好声地对王娟）王娟，你准备上丙班吧！

王　娟 （不安地）你……你看见她了是怎么的？

张德玉 （愤愤地）还问什么！你们都是一条线上的。

老　赵 （急问）我们组调人那个事……

张德玉 妥了，这回给你们调个呱呱叫的。

老　赵 （不相信地）你别扯啦，我们不敢奢望。

张德玉 （不耐烦地）行啦！这回你们把红旗整到手啦，快走吧！

老　赵 好，好，那我去问问主任。（下）

王　娟 她到那儿怎么说的？

张德玉 行啦，（愤然地）这一下子整得苦呀，真是一点情面都不留哇，自己还觉着挺好，平常拼命接受意见，到这褃节上可真看出人情厚薄来啦！

王　娟 （不安地）你别这么说，我……我已经不想去啦。

张德玉 行啦，你翅膀长硬啦，技术也会啦，组织调你，你就去吧！

王　娟 你……你这是什么话，我怎么惹着你啦？

张德玉 你们都没惹着我，小组是我个人的，是我惹着你们啦！（望着车间方向）你真是个好样的。为了你自己的工作就不管别人啦！（叹气地）咳！我不吃饭不饿，不睡觉不困，多少心血，多少汗，辛辛苦苦整起来啦，一下子就给我折腾啦。明天十二台再出一台坏纱，什么都利索啦。我这个组长还有个什么干头哇！（由兜内拿出票来）我还花这冤枉钱干啥。（一把撕碎）

王　娟 （忙去拦）你……你这是干什么？一会儿还得看。

张德玉 这么整我，还看什么？我不挨这份逗啦。（懊悔地）傻呵呵地整了半年多呀，自己老觉着不错，寻思这回可找到一个能互相了解、互相帮助的人。谁了解你呀！谁帮助你呀！真是拿心都换不出心来呀！

王　娟　（受不了啦）你……你别这样冤枉她！她不是那样人。我不去就是啦。

张德玉　你去吧！别让人家整到大会上扣我思想啦！以后落完纱上吸烟室去抽根烟，能完成任务就行啦！啥也不扯啦，去他的吧。（拿起毛线）你告诉她，我已经求着人织啦！

王　娟　（忙上去抢）你别，她就要给你织啦。

张德玉　我求的不是这种人，没有刘莲英我冻不死。你和她说我姓张的在别处还有人缘，能找着人织。（往外走）

王　娟　（上去拦）你来，我给你们解释解释。

张德玉　（一甩袖子）去！以后我再也不上这儿扯这个来啦！（急下）

王　娟　（跑到门口）络纱长，络纱长！

〔没有应声。

王　娟　（焦急地走回来）这……这是怎么回事呀！主任剋他啦是怎的？莲英姐也是，明知他对小组那么大劲，一下子扭不过来，还偏找这份麻烦。（没有主张地埋怨起来）这……这都怨我，都是搁我身上引起来的，偏这时候调我干啥？怎么想起调我来呢！（又望见地下撕的票）张罗了这么老半天，电影也没看成。这么长时间的关系怎么闹成这个样子了？（非常不安地）莲英姐这上哪去了？她回来我咋和她说呀？她该多伤心啦？（越想越没主张，难过地趴在桌子上哭起来）

〔稍静。刘莲英拿一副钢针上。

刘莲英　（见王娟，走过去。充满友爱地抚摸着）你怎么啦？

王　娟　（抬起头来，拿手绢擦着泪）没……没怎的。你怎么才回

来？（更觉得委屈，放声大哭起来）

刘莲英 真是小孩子脾气，（给王娟擦眼泪）好了，别哭了。

王　娟 你怎么回来这么晚？

刘莲英 （缓和地）问题处理完了，我上门口合作社买了副钢针。你知道了吧，这回调你去啦。

王　娟 你和主任怎么说的？

刘莲英 我没说什么，看我刚一进屋，络纱长自己就主动提出来，他没来和你说吗？

王　娟 说呢？他都火了，脸气得都不是色啦。

刘莲英 那大概是才争论那个劲还没过去，一会儿就会好啦。

王　娟 还好啥，他把毛线都拿走啦。

刘莲英 （意外地）怎么，毛线拿走啦？

王　娟 （指地下）你看，他买的电影票也撕啦。

刘莲英 这……这是真的？（突然的刺激，使她呆住了）他怎么能这样做呢？（拖着沉重的步子慢慢地向床走去，随手把钢针放下）

王　娟 （忙安慰）莲英姐，你别难过。

刘莲英 （气愤地）我……我不难过，想不到他是这么一种人哪！（恨怨地）咳！

王　娟 你不去就好了。这都怨我，这都怨我不应该同意去！

刘莲英 （马上清醒过来，严肃地）不，你应该去，他做的是影响生产的事，咱们没有错。（启发地）竞赛一定要互相帮助，团里没有贯彻过吗？

王　娟 贯彻是贯彻啦，可是这是他……你们俩……

刘莲英 那不是没有什么是非黑白了吗？党告诉的话，不管有什么困难都应该做。（深情地）王娟，咱们是在组织的人哪！

王　娟 （猛然地）莲英姐，我懂了。（忙擦干泪）你做得对，我真是个毛孩子。这一年多，我在你身上明白的东西太多了，我真愿意永远和你在一块。

刘莲英 （把空气和缓下来）那你就好好地准备上丙班去吧！

王　娟 （决然地）好，我这就去找他们络纱长，今天晚上就上夜班。

刘莲英 不，用不着那样急。刚下了早班也太累啦，连班不行。

王　娟 你都能这样做，我这算什么啦？

刘莲英 （关心地）你不想去看电影吗？你都换了衣裳啦，你去看电影吧！去看吧！

王　娟 （又想起）可是你们呢？你们俩张罗了半天也没看成，到底怎么办呢？

刘莲英 （刚强地）我没什么，我这都惯了。（忙拿出票来）给你，你到别的屋看看，还有没上街的没有，把票给她们，你们搭个伴一块去看吧！

王　娟 那你们这关系这么完了也不行啊！

刘莲英 他这么不得人心，不愿意人家帮助他就算了，那有什么办法！

王　娟 那都处了这么长时间了，一下子断了多揪心哪！

刘莲英 （刚强地）没什么。人一辈子总能碰到些揪心事的。过过就好了。

王　娟 不，这么没头没尾完了哪行，他也不能老这么想不开，他气性大，认错也快，也许都寻思过味来啦。（想了一下）再不我上男宿舍给你找找去吧？

刘莲英 （赌气地）不用，我没有什么对不起他的地方，他这样做是不想保持这种正确关系了，那就拉倒吧！

王　娟 不，我这么看着心里实在难受，我一定给你们说说，现在不去说，明天也得去说。

刘莲英 （急于结束）对，以后看看情形再说吧，你快去看电影去吧。

王　娟 我也不去看啦，我上丙班去看看。（往外走，但走到门口又转回来，关心地）莲英姐，你可不许难过啊！等会儿我就回来，完了我领你上我表姐家去玩玩。

刘莲英 好。你走吧！

〔王娟下。

刘莲英 （坐在床上，拿起钢针，出神半晌）咳，为了这么点事，就闹出这么个结果来。真叫人寒心哪！（感慨地）要不有人结了婚对爱人就不能坚持原则了，真是有些道理呀！咳！算了，算了吧！（放下钢针，朝窗前走去。一眼望见地上电影票，拾起来沉思，稍停）不，不能就这么随随便便完了，我去和他谈谈……（朝外走去，但走了两步，想了想又停住）咳！和他谈什么哪！我，我没有错……（又慢慢走回来坐在椅子上。稍停，痛苦地）咳，做点工作吧，把小组计划写一写吧！（走到桌前，拿出纸笔，努力控制着，写起来，但凌乱的心情无法平静。稍停，咳了一声，伏在桌子上）

〔敲门声。

刘莲英 （忙直起身来，理了理头发）请进来！

〔门开。张德玉挟着个用上衣包成的包，出现在门口。

刘莲英 （一怔）是你！

〔张德玉停在门口，往屋里巡视。

刘莲英 （见手中包，高兴地）你怎么拿回来了？

张德玉 我……我是来找王娟……

刘莲英 （忙上去接）行啦，想通了就行啦！你看人家把钢针都买来了。

张德玉 我……我求不起。

刘莲英 怎么，这么半天了你还没有消气吗？

张德玉 我消什么气！

刘莲英 （把包放在床上，严肃地）你说说，到底我有什么不对的地方惹得你这样呢？

张德玉 这，你，你自己知道。

刘莲英 我知道，就是为了调人那个事，这不是你自己和主任说的吗？

张德玉 有你，我敢不说吗？

刘莲英 那就是你自己觉得有不对的地方，我让你这么做难道还有什么不对吗？

张德玉 对对！你对还不行吗？

刘莲英 你应该想想我这是为了什么。我也知道我们小组完全有希望得模范组。王娟不光是我们组的骨干，还是我这些年来最亲的姊妹，她走了对我个人只有坏处没有好处，我是那样地舍不得她，可是人家急着用人我们怎么办呢？你不是常常说一个党员什么事都得先从工作上考虑吗？

张德玉 行啦！你不要再拿这话敲打我啦！

刘莲英 你好好想一想是能明白的。咱们也是在调人上吃过亏的人，五二年原棉不好，正难纺的时候，丙班一连给咱们调来两个养成工，整得我们三个月没有完成任务。我记得你当时也气得直劲骂。咱们吃过这苦啦，就不该再给人家啦！现在这一竞赛已经有许多络纱长为了得红旗不管别人，做出些不团结的事啦！你能在这方面带头做个样子，该多好哇？这不是帮助你吗？

张德玉 这不是帮助，我不需要这种帮助。

刘莲英 那你需要什么呢？难道你愿意看谁办错了事也不管吗？这对咱们有什么好处呢？

张德玉 我告诉你，我没有办错什么事，你不要老这么一个劲地整我。

刘莲英 （一怔）你说什么？

张德玉 你要老讲这些道理，永远也谈不通，你应该实际想一想，我这到底是怎么回事？

刘莲英 （气愤地）你还有什么事？这么半天啦，你还没认识你自己的错误。

张德玉 这不是什么错误，是你硬要这么说，咱们小组原先什么样？现在什么样你都看见了，费了多少心血，流了多少汗把它搞起来，应该让它在全车间说得上数得着，不能让它再垮了，这不是见不得人的事……（又愤恨地）可是你，你就硬逼着整散花啦，你……

刘莲英 （忙打断）行啦，你不要再说你那些理由……我还寻思你一时想不通，蒙住了。想不到你思想已经这么成问题，你完全变样啦！……

张德玉 我思想没有问题，我原先什么样现在还是什么样……

刘莲英 你和原先不一样啦！竞赛一开始的时候党告诉的那些话你都忘了。现在车间的这些坏现象你看不见吗？为了抢个好纱底让下一班关了车子络纱，交接班为了点皮辊花吵得脸红脖子粗，班和班不团结，组跟组有意见，生产受了多大影响啊！今年和往年也不一样啦！总路线都学过啦，现在生产为什么，你不是不知道，这一碰到实际问题，动真相啦，你就变成这样啦！

张德玉 你不要拿这话扣我，对待国家我问心无愧，会吃饭我就自己找东西吃，橡子面掺豆饼把我喂大的。我懂得社会主义对我有什么好处，干活的时候，我没藏过一点奸，没叫过一声苦。为了找个窍门给国家多出一件纱，多少个晚上我睡不着觉。为了社会主义，到必要的时候，可以牺牲我自己……

刘莲英 可是这件事情上你已经不是这样啦，调走一个人就觉得这么委屈，翻来覆去闹腾。你不想想咱们车间里有多少小组，人家都完不成任务，你的小组还有什么用！支书一再说，全厂就像架机器一样，有一个地方不动也不行，大家都完成任务，才算我们真正地完成了任务，才有社会主义。现在你已经是不管不顾的，求你个人的好处啦！

张德玉 我这不是为我个人，小组生产的纱不是我自己扛家去，小组搞好了对国家也有好处，这也是为了国家！……

刘莲英 你这么不管别人的困难这么闹，已经不是什么为国家啦！我告诉你，你这纯粹是为了你个人，支书讲过，这就是个人主义……

张德玉 （一怔）什么？

刘莲英 到这时候啦，再不指出来就把你坑啦！你这表面上是一心一意为小组，实际上是想把红旗整到手，你个人当个模范组长。开会往前边一坐，走到哪里都有人夸你，能达到目的你就可以骄傲，达不到目的你就这么又作又闹的啦。

张德玉 （又气又羞）你，你不要给我扣帽子，我没有这种思想……

刘莲英 不要怕不好听了，这就是你的真实思想，这种思想支使得你什么好话都听不进去啦！你不再想想在生产上那么能干，有多少人要向你学习，现在你完全辜负了党对你的希望，钻到个人小圈子里，成了个自私自利的人啦！……

张德玉 （无话可说地）你，你就整吧！我明白你的居心……

刘莲英 你明白什么，你根本就不认识真假人！（充满感情地）去年我生病住院的时候，你上医院去看我，那时我情绪不好，正想家。由于你一天一趟往那儿跑，耐心地帮助我，我很快出了院，高高兴兴地上了班，不久就转党了。从那时起，我懂得了能帮助思想进步的人，才是最亲近的人……从那以后，（一停）以后我对你怎么样你不是不知道。我一心希望，这种关系能保持一辈子，以后你哪回给我提意见，我都高高兴兴地接受，很快地改正，同时也这样批评你，关心你。听说你工作遇到困难，我躺在被窝里半宿半宿睡不着，恨不得一下子想出个高招来帮助你解决了。我一心想着咱们能共同进步都成为最能完成党的任务的人。这半年多我觉得我们的思想都提高了。虽然谁也没有说，实际上我们的感情是比以前更深了。特别当我看到那些互相不了解的同志结了婚，天天抱抱孩子，研究研究吃喝，谁对谁的思想也不关心，慢慢都落后了，两人也不和了，我更觉得自己这条路是走对啦。我还想得那么好，想得那么多，我还写信告诉给妈，她才还来信。（又止住）我寻思这种关系什么也打不破了，谁想到今天帮助帮助你，叫你能始终当个好组长，你就闹得天翻地覆，把我当成了仇人。你就这么不得人心，完全不像个样子啦！闹得我自己都信不着我自己啦。

张德玉　我，我相信你这是真心话……可是你今天整得我实在憋屈，这件事情上我不能明白你……

刘莲英　到这个时候了，也不指望对我有什么明白。我个人好坏，你可以随便猜疑。可是这件事情你的确是错了。现在你要马上承认你自己的错误，老老实实地向党去检讨。

张德玉　我……我不用检讨……我没像你说得那么坏……

刘莲英　（气愤地）你怎么这么顽固？你还想不想认识你自己的错误啦！

张德玉 不，不是不想认识，咱们还有那么个糟心的十二台，条件实在是不好……这真是不得已……

刘莲英 （严正地）不管怎的，党也不允许你有这种错误思想。

张德玉 （理亏地）这又不光是我自己，你看别人……

刘莲英 （大声地打断他的话）你，你还是不是一个党员啦？

张德玉 （无话可说地）你，真是，咳！

刘莲英 你要这样，那好，那就没什么可谈的啦！（一下把钢针折弯了）你，你爱怎么，就怎么的吧！

张德玉 （一惊）你，怎么？

刘莲英 我刘莲英要做一个好党员，不能和你这种人在一起迁就。

〔张德玉呆呆地停在那里。

〔老赵上。

老　赵 （走向张德玉，激动地）老张！我！我真想不到……

张德玉 （不解地）什么？

老　赵 我不能做的事情，你做了。你把王娟调给我们，给我们那么好的人……

〔张德玉不语。

老　赵 你给大家做了个榜样，党号召过让我们团结，我们都应该这样做，你真是走到我前边啦，（拿出一张纸来）给你，这是掌握十二台纱型的方法。

张德玉 （意外地）怎么？十二台纱型？

老　赵 这台机器毛病在哪，全车间就我知道。可是以前我没想告诉你。（非常诚恳地）我吃棉花瓤子比你多吃几年，这是我在工作中摸出这么点经验。你按着这上写的方法，倒纱板、牙子，你就不用老站那看着啦！以后永远也不能出坏纱了。

〔张德玉难过地接过来。

老　赵　（又掏出一封信来）这是我们丙班二组才写的挑战信，我们保证以后学习你们这种先进思想，互相帮助，互相团结，把竞赛正确地搞起来。

〔张德玉慢慢接过来递给刘莲英。

〔刘莲英把信放在桌子上。

〔王娟兴奋地跑上。

王　娟　（边跑边喊）莲英姐！莲英姐！（见张德玉）怎么你又回来啦！你快去看看吧！咱们组受表扬啦！

张德玉　（不解地）表扬什么？

王　娟　黑板报上用这么些字写着："甲班二组在竞赛期间发挥集体主义精神，调优秀络纱工，支援兄弟班。"（指窗外）车间门口围那么一大帮人搁那儿看呢……

张德玉　咳！（低下了头）

王　娟　（对张德玉）你自己好好想想吧！（转对刘莲英）莲英姐！你能给咱们组争来这种光荣……（激动地）我，我永远要记着你。

刘莲英　咱们这是按着党的话，做了一点事情。以后大家多听党的话就是啦。

老　赵　老张！你接我们的纱底也有问题。往后你就看着吧！

〔张德玉转过脸去，用手绢擦了擦眼睛。

王　娟　（对老赵）我看今天晚上我还是上班得啦！

老　赵　不用。你刚下了早班，太累了，今天我们想法克服一下，礼拜一再说吧！（对张德玉）那我走啦！（又紧紧与张德玉握了一下手。下）

王　娟　（对刘莲英，关心地）你们方才……

刘莲英　（摇摇头）没什么……

王　娟　（想了一下）啊！那我上丙班去看看。（忙喊）老赵，老赵！等我一会儿。（跑下）

〔刘莲英脱下准备上街的衣服，换了件工作服向外走去。

张德玉　（忙跟上，温和地）你上哪儿去？

刘莲英　上党支部……

张德玉　是不是谈我的问题？不用你去，我自己会去检讨。

刘莲英　谈你干什么，我研究怎么帮助刘升……

张德玉　那咱俩一块去……

刘莲英　（闪开）你先去吧！我后天再去。

张德玉　（懊悔地）莲英同志！是我要掉到泥坑的时候你拉了我一把。我现在完全明白啦。

刘莲英　明白了好，以后就不要再犯啦！

张德玉　我已经真正了解你啦！我愿意永远接受你这种帮助。

刘莲英　如果以后需要我，我当然要帮助。

张德玉　你费了半年多心血帮助我，就不能再保持这种关系了吗？

刘莲英　（赌气地）现在不要再提这个啦！这是你自己闹的，我没有什么办法啦。

张德玉　（难过地“咳”了一声，拿起毛线真诚地）刘莲英同志，我张德玉还是个共产党员，我知道怎样来对待自己的错误。你只要不出这个厂子，总还能看见。（最后望了刘莲英一眼，向外大步走下）

刘莲英　（望着他的背影，出神半晌）我……我不应该再这样对待他。他是认识了错误，就坚决改正的人……（拾起地上的钢针）这已经弯了，（一停）那就再想法直过来吧！（急向外跑去，刚到门口）

〔王娟推张德玉上。

王　娟　走什么！看完电影再去检讨！

刘莲英　你拿来，我再给你织！（接过毛线，无限深情地）

——幕　落——

作品赏析

该剧本将写作视角放置在某纺织厂的一场红旗竞赛中，巧妙地将一场劳动竞赛与刘莲英、张德玉二人的爱情纠葛交织在一起。刻画出一位无私奉献、具有崇高思想和集体主义精神的女工形象——刘莲英。

尽管才刚刚二十三岁，刘莲英已是一位老细纱工人。她出生在乡下，很小的时候父亲就去世了，十二岁时，她离开母亲进厂做童工，以低微的收入扶养弟弟妹妹，十几年独身在外的生活磨炼，使她养成了沉着、稳重和体贴他人的性格。在生活上她是成熟的，可在情感上，她却有着少女的青涩。

剧本以刘莲英和张德玉的感情线和一场生产竞赛贯穿始终，二人的关系经历了感情升温——几近破裂——再度和解的过程。剧本开场时，他们的爱情是隐晦的，刘莲英的好姐妹王娟是这场爱情的推动者，她希望二人的关系能尽快发展。可刘莲英对待爱情的态度不同于其他青年的热情澎湃，她的性格也不像女学生出身的王娟一样开朗活泼。对于她和张德玉的关系，她是经过慎重考虑的，张德玉在她眼里是十分美好的恋爱对象，她不断了解发现他身上的优点，就连朝夕相处的同事王娟都认为："我对你最大的意见就是了解了这么长时间，实在是闷得太厉害啦。"王娟希望能充当他们的

“助燃剂”，让他们的火苗迅速燃烧。接下来刘莲英给张德玉“织毛衣”，以及二人相约“看电影”的一系列“动作”，令二人的感情快速升温，也是刘莲英对这一段关系继续发展的一种默许。可就在此时，“调人”事件发生，他们的关系急剧变化。“调人”事件对于两个小组来说都是一个难题，是认真研究调去一个骨干，还是随随便便推一个人过去补位置，刘莲英和张德玉存在巨大的分歧。张德玉作为生产能手，在工作中兢兢业业；作为领导，他带领小组取得过不错的成绩，他希望保住自己小组的成绩，至于整体生产，在他心中是排在第二位的，这是他严重的“本位思想”。相反，刘莲英在这个问题上，坚持“集体主义”的原则，二人的“思想冲突”一触即发，感情也几乎破裂。刘莲英在生产过程中所展现出的果断，和她之前在爱情中“少女一般羞涩”的性格形成强烈反差。在生活中，她是内敛的、温情的，待人如家人一般和善，可一旦涉及原则问题，她又几乎是“绝情”的，哪怕是面对自己最心爱的人，在原则面前，也不容许妥协。正如她所说的那样：“我刘莲英要做一个好党员，不能和你这种人在一起迁就。”刘莲英在“调人”事件上的态度，表现了她对党性的坚持，树立起了她光辉的党员形象。正是由于刘莲英的铁面无私，才让张德玉有了改正错误的机会和可能，让他能面对自己的错误并深刻忏悔：“莲英同志！是我要掉到泥坑的时候你拉了我一把。我现在完全明白啦。”刘莲英看到他悔过，相信他的品质还是好的，是认识到错误就坚决改正的人，二人再度和解，刘莲英的形象也更加立体。

值得一提的是，在该剧作中，作者很好地运用了“毛衣”“钢针”“电影票”这些表现情感发展与变化的道具。二人感情开始升温时，张德玉委托刘莲英织毛衣，刘莲英偷偷买电影票；到后来发生摩擦，张德玉取走“毛线”，撕碎“电影票”；之后冲突到达顶峰时，刘莲英直接折弯“毛衣钢针”；最后张德玉认识到错误后，二人关系缓和，刘莲英再次捡起掰弯的“钢针”，接过毛线，继续织毛衣，全剧也以二人和好、一起看电影作结。几处情节波澜起伏的地方，都有重要道具出现，这也是该作品的巧妙之处。

整体来看，该作品将爱情和劳动两条线相互交织，在一些重要场面中展现了人物的细腻内心，塑造出了真实、可爱的人物。但由于篇幅所限，对一些人物的刻画仍需深入挖掘，比如兄弟班组的代表老赵，作者的描写较少，仍存在可以提升的空间。

红色风暴

中国青年艺术剧院集体创作
金山 执笔

作者简介

金山（1911 年 8 月 9 日—1982 年 7 月 7 日），原名赵默，出生于江苏省苏州市，祖籍湖南省怀化市沅陵县，中国著名戏剧与电影演员、导演，戏剧教育家，社会活动家。1932 年加入中国共产党，同年冬，调入中国左翼戏剧家联盟，组织并领导蓝衣剧社等进步团体，后来与章泯、王莹等人创办上海业余剧人协会，演出《娜拉》《钦差大臣》等话剧。1937 年，金山任上海救亡演剧第二队副队长。后组织中国救亡演剧队赴东南亚演出，1941 年后回国。1942 年，在重庆演出《屈原》，获得巨大成功。新中国成立后，担任中国青年艺术剧院副院长、总导演，先后参演《保尔·柯察金》《万尼亚舅舅》，编导演出《红色风暴》等剧目。1978 年起，担任中央戏剧学院第二任院长，提出以教学为中心，与科研、演出相结合的办学主张，培养了一大批戏剧、影视艺术人才。

剧情梗概

1922年，京汉铁路工人在军阀的统治下过着悲惨的生活。在共产党员项德龙（即项英）、施洋和林祥谦等人的带领下，铁路工人决定成立京汉铁路总工会。而与此同时，军阀的爪牙也在工人间活动，他们利用湖北工人和福建工人之间的帮派之争，挑拨事端，威逼利诱，企图成立“传习所”以对抗总工会。湖北工人黄得发和江有才在给警务处长魏学清父亲开车时，遇到一辆军车，魏父不肯让行，还下车谩骂，军车刹车不及，导致魏父与江有才被碾轧致死，侥幸逃脱的黄得发被误认为是杀害魏父的凶手，被判处枪决。大律师施洋替黄得发和江有才申冤，也帮助消弭了湖北工人和福建工人之间的矛盾。

1923年，京汉铁路总工会准备成立，军阀派遣心腹收买施洋未果，另一工会成员梁成武却被策反，成为潜藏在工会里的叛徒。京汉铁路总工会成立之时，军阀求助于美、英总领事，三方合作镇压了工人运动，并搜捕工运领袖。2月7日，由于叛徒出卖，林祥谦英勇就义。他的牺牲激励了工人们，在《国际歌》的歌声中，工人们团结起来，在共产党的领导下继续参加工人运动。

人物

林祥谦——工人，共产党员，三十多岁。

施洋——律师，共产党员，三十多岁。

林祥谦之父——老工人，六十多岁。（简称林父）

陈桂贞——林祥谦之妻，二十七八岁。

黄得发——工人，三十岁左右。

黄得发之妻——二十五六岁。（简称黄妻）

江有才——工人，二十七八岁。

江有才之妻——二十多岁。（简称江妻）

孙玉亮——工人，二十七八岁。

吴伯林——工人，二十多岁。

司机甲——火车司机，二十七八岁。

司机乙——火车司机，三十多岁。

福建工人——若干人。

湖北工人——若干人。

工人及各界代表——若干人。

梁成武——武汉水电工会主席，三十多岁。

白坚武——两湖巡阅使署的政务科长，是吴佩孚的心腹，人们都把他当作吴佩孚的政治顾问，都以白顾问相称。三十多岁。

赵继贤——京汉铁路总局局长，三十多岁。

魏学清——京汉铁路总局警务处长，四十多岁。

胡大头——工头，警务处密探，四十多岁。

齐副官——白坚武的侍从，四十多岁。

副官——赵继贤的侍从，三十多岁。

班长——老兵，五十岁左右。

警察甲——老警察，四十多岁。

士兵——若干人。

警察——若干人。

马弁——若干人。

营长——四十多岁。

斯鸠特——美国驻汉口总领事，三十多岁。

顾弗——英国驻汉口总领事，五十多岁。

海伦——英国驻汉口总领事秘书，二十多岁。

女护士——英国驻汉口总领事的特别护士，三十多岁。

第一幕

第一场

〔一九二一年至一九二二年，京汉铁路的工人，在残酷的军阀统治下，过着奴隶般的生活；随着中国共产党的诞生，工人们得到了正确的指引，对统治阶级的复仇火焰，渐渐从自在形成自为。这一时期，军阀吴佩孚、张作霖之间，正由于权势地盘之争兴师动武，进行着剧烈的军事内讧，京汉铁路上军运频繁，沿路哀鸣遍野，民不聊生；铁路工人们，在经济与政治的重重压迫下随着中国共产党的引导，开始吹响了反抗的号角。

〔地点：汉口江岸车站附近，林祥谦、黄得发、江有才合住的民房院内。

〔时间：一九二二年五月初。

〔布景：木屋，低湿、破烂，三家屋门相呼应，但均紧闭，中间林家门面较整洁。院内泥土高矮不平，凹处有水坑，院后低处是铁道，一盏电杆上的路灯歪斜地伸展在空中。

〔远处见江堤，倾斜而下。火车从屋后驶过时，煤烟立即弥漫全院，屋檐均被震动。

〔黄昏时，江岸附近的工人区，军运火车不时经过，院屋震动摇晃。湖北人江有才的妻子正在这残破凄凉的院中烧纸钱遥拜，怀抱干号着的病婴，口中念念有词。

〔邻屋湖北人黄得发的妻子出屋见状，趋前慰问。

黄　妻　小狗的娘，你又烧纸钱了。回头有才回家又要生气，人已死了三年，烧纸有什么用啊！

江　妻　我是求我死了的爹保佑他外孙小狗呀，我真怕他活不了，有才挣这几个工钱，连喝稀饭都不够，哪来钱抓药！近来他又老在外喝酒，家里人死活他都不管……

〔福建人陈桂贞出屋，见状想去安慰，遭江妻、黄妻的白眼。

黄　妻　（冷语）谁叫咱们是湖北人，咱们要是福建人，不就有福建老板当靠山了？

〔陈桂贞欲言又止，叹息进屋。

〔江有才醉归，见妻烧纸钱。

江有才　又烧纸钱……你爹生前跟我一样，也是把穷骨头，死后还会变财神爷？死得那样惨，掉进锅炉里，连他那把穷骨头都烧成灰了，你还想他能显灵！

〔江妻流泪。

江有才　你哭什么？老子有办法……

〔江有才进屋取出破棉絮要去典当，江妻死揪住不放。

江　妻　你疯啦！晚上不要盖了？

江有才　放手！要不我就揍你！

江　妻　不放不放！（向黄妻）你来求求吧！小狗在发烧，晚上要冻死的呀！

黄　妻　你放手，你放手！要不我叫得发去！

江有才 去你的吧，娘们儿少管闲事。

黄　妻 （急）你……你，我找得发去。（急奔下）

〔江有才摆脱其妻，挟棉絮奔下。陈桂贞在门前见此情况，同样落泪。江妻绝望地抱着病婴瘫在门前。陈桂贞不顾帮派之嫌，趋前安慰，江妻虽欲诉苦，但因丈夫与林家有帮派之恨，只得低头不语，强自压制自己的悲痛。

〔陈桂贞暗中拿出仅有的一块银圆，置于江妻身旁，退至屋中。江妻发现地上的银圆，本能地急将银圆拾起。有顷，觉得银圆必是陈桂贞所赠（或陈桂贞所遗），决心放下银圆，感到求助无门，望着病婴啜泣。陈桂贞在门内见状，忍不住又走了出来。

陈桂贞 小狗的娘，别难过了，钱是我的，你收下吧。快替小狗抓药，剩下的钱把棉絮赎回来，咱们都是穷人，有什么放不开的，有才不明白，对祥谦有疙瘩，你别告诉他这钱是我借给你的不就得了！

江　妻 （收钱）谢谢你……可你们也不富裕啊！

陈桂贞 唉，祥谦常说：穷人要帮穷人。往后你有了钱再还我吧。

〔江妻伏在陈桂贞身上，感激涕零。

〔江有才哼着京戏归来，江妻闻声急请陈桂贞离去。陈桂贞回屋。

〔江有才提着半瓶酒进院，一边喝，一边叨叨，不知说些什么。

江　妻 （气极）棉絮呢？

江有才 在当铺里。

江　妻 当多少？

江有才 （伸出三指）三角。

江　妻　钱呢？

江有才　（指着酒瓶）在这里边！

江　妻　把当票给我。我去赎。晚上不要盖了？孩子发着高烧，你怕他死得不快？

江有才　（喝酒）死吧！死吧！死了免得受罪！谁叫他生在我们工人家里啊！

江　妻　快把当票给我！

江有才　我知道你没钱赎，当票卖了，卖了一角，哈！哈哈……

江　妻　你这没良心的对头冤家呀！

〔江妻顿足，一块银圆从她的破衣袋中滚落地上。江有才惊奇，拾起银圆。

江有才　一块大洋！哪儿来的？

〔江妻不语。

江有才　问你，哪来的？

江　妻　……

江有才　啊！原来你身上藏着一块大洋……哪来的？说，说呀！偷来的？拾来的？卖身来的？（一把揪住妻子）

〔陈桂贞激动地从门内冲出。

陈桂贞　别打她，是我借给她的。

江有才　啊！原来是这样……我江有才穷是穷，可不会用你们福建帮的钱，拿回去吧！（掷银圆于地上。对妻）你这不害臊的婆娘，你丢我们湖北人的脸！你……

〔江有才将妻子拖进屋中痛打。陈桂贞进屋阻拦。江妻挣脱出屋，江有才追出。陈桂贞奋不顾身地冲过来护卫江妻。

〔林祥谦的父亲放工归来，见状惊异，喝止江有才。

林　父　（向陈桂贞）这又是怎么回事？

江　妻　林大爷，林大嫂借给我一块大洋，叫给小狗抓药，被他看到了，他就……这日子叫我怎么过下去呀？

陈桂贞　小狗娘，别伤心，林大爷给你做主。

江有才　（对陈桂贞）你……

〔林父怒视江有才，江有才畏缩不言。

林　父　江有才，你穷昏了还是怎的？成天喝醉酒打老婆，真有出息……

江有才　我的事不用你们福建人管。

林　父　嗯！又是福建人、湖北人，你这人哪，是根木头还是块石头哪？我不跟你说过，咱们全都一样是穷工人，别分什么湖北人福建人……

江有才　就得分，就不一样，你们福建人有靠山，我们湖北人啊，是穷到底了！我江有才决不用你们福建人的肮脏钱。

林　父　你真他妈的傻狗不识臭，桂贞，你……你……你告诉他，告诉他……

陈桂贞　我才不跟他说呢，他没理好讲。

林　父　好，那么我来讲，你知道这一块钱怎么来的？这是昨天桂贞把我们全家的箱子底全都掏空了才当得了这么一块钱，打算明儿买粮食的！你明白了吗？……

〔江有才闻言愕然。

林　父　你别发愣，小伙子。不见外，我叫你声大侄子。我告诉你，不是大爷跟你卖老，我当了一辈子工人，什么世面没见过？财主佬、资本家，有一个好东西吗？咱们工人翻身全靠着自己！嘿，大伙儿要都像你这样，成天喝酒打老婆，那八辈子也翻不了身。祥谦没说过吗：咱们工人要拉得近，团得紧，你呀，白长着这么大个脑袋，得好好寻思寻思。（向桂贞）桂贞，进屋去，让他一个人好好想想。（向江有才）还有，你得给我记住：往后不许你打狗子他娘！（向江有才挥拳头）要不咱爷儿俩就先较量较量。（拿起银圆给江有才）拿着！先给孩子抓药，拿着！

〔江有才接过银圆，林父及桂贞进屋。江有才被林父的话所感，望了望门边站着的妻子，不禁掩面而泣。

江　妻　（挨近江有才）小狗子的爹，别难过了，往后别喝酒了，把身子骨儿糟践完了！

江有才　没办法啊！我的苦林大爷也不明白，你，就更不懂了。

江　妻　林大爷的话说得多在理呀，赶明儿多跟他老人家谈谈……

江有才　你懂得什么呀，厂里明儿要开除我了！

江　妻　（大惊）啊！那……那不是死路一条了吗？

江有才　嘿，还有一条路。

江　妻　什么路？什么路？

江有才　（忽然神经质地叫起来）我不愿去，我不愿走啊！我……

〔屋中病婴哭声，江妻进屋。

〔江有才在门边不安地徘徊着……

江有才　（突然自语）我操他祖奶奶，真要逼死我啦！

〔黄妻拉着黄得发急忙归来，准备替江妻解围。见江有才一人在院中。

黄得发　怎么回事？

黄　妻　（问江有才）小狗子他娘呢？

江有才　（指屋内）没事啦，在屋里。

〔黄妻进江屋。

黄得发　有才，你不害臊吗？堂堂男子汉，躲在家里打老婆。有种把拳头对准他们福建佬去。（指林祥谦家。江有才有半晌不语）棉絮呢？

江有才　当啦。

黄得发　把当票给我，我想法去赎。

江有才　当票卖了。

黄得发　你有没有良心？眼看把发着高烧的孩子冻死！

江有才　我的事你别管。

黄得发　我不管谁管？咱俩是从小一块儿捡煤渣长大的，你的事我能不管吗？我不管谁管啊？难道让他们福建佬来管吗？让财主佬来管？难道……

〔江有才欲言又止，忽然蹬足抓脑，有苦说不出。

黄得发　有才，你怎么啦？告诉我，到底是怎么回事？这几天我看你不大对劲，下了班就喝酒，上班前也喝酒，到底有什么心事啊？

江有才　（仍不语，半晌，喃喃地）过两天怕上不了班了。

黄得发　怎么？……是不是胡大头来找过你？

江有才　你怎么知道？

黄得发　（停了一会儿）嘿，那小子也来找过我……

江有才　怎么，他们也要开除你？

黄得发　……嗯。

江有才　他也要你加入他们的传习所？

黄得发　唔，不错。

江有才　你怎么想？

黄得发　你怎么想？

江有才　我想靠不住，没有那么好的事，加入他们的传习所，免费学技术，每月还有津贴三块大洋……

黄得发　得了，别说了，让人家听见了没脸。……这两天胡大头逼得我好紧，一会儿软，一会儿硬的，你别瞅他是咱们同乡，他呀，只听财主佬的。嗯，咱们湖北人啊，这辈子算完了，上面财主佬，下面福建佬，两头挤；他们两家是一个鼻孔出气，没个好的。

〔黄妻从屋内出，指着林屋轻声把林妻赠金事告诉黄得发。

黄得发 （勃然起立，对江有才）什么？……你用了他们福建佬的钱？有才，你……（江有才不语）你真没出息啊！你……

〔胡大头边喊边上：“有才、有才！”见黄得发，诧异。

胡大头 咦？黄得发，你怎么回来啦？你不是说在烟馆门口等我吗？

黄得发 我老婆把我找回来的，说有才跟他家里的打吵子，拉我来劝架。

胡大头 哦，该不是讲什么别的？

黄得发 讲什么？

胡大头 好吧，黄弟妹你忙你的吧。

黄得发 （对妻）进屋去。

胡大头 （等黄妻进屋后）既然你们俩在一块儿，我就一块儿说吧，现在有两件好事，一件坏事，可是……那两件好事办好了，那件坏事，呶，就能变成好事。

黄得发 什么好事坏事的？

胡大头 别忙，（指林屋）林祥谦那个福建佬在家吗？

江有才 不在家。

胡大头 这样的好事可不能让他们听见。第一件好事就是我前天跟你们俩说的，参加传习所的事，怎么样？主意都拿定了？

黄得发 胡大头，说真格的，传习所到底是怎么回事，咱们还不明白，得看看再说。

胡大头 可这件好事跟那件坏事有关啊。

黄得发 哪件坏事?

胡大头 你忘了?厂里要开除一批工人。

江有才 干吗无缘无故开除人?

胡大头 这是法国厂长的主意，我不知道，我又不懂法国话，反正是上面的命令。可有一点，只要参加传习所，传习所是官办的就有保障，传习所就有办法请求厂方……

江有才 我得好好想想，世上有这么好的事?免费?又学技术……

胡大头 每月还有津贴三块现大洋。

黄得发 嘿……

胡大头 信不信由你，反正我劝你们，独木桥走不得，要参加什么工会，往后苦头有你们吃的啦。你们要知道，工会是由那些福建帮把持的，咱们湖北人可千万别上钩。我的话说到这儿，点到为止，三天我来听你们的回信。你们俩好好商量商量，反正开除工人的名单，三天以后就公布，到那时候后悔可就来不及啦。好吧，咱们现在来说说另一件好事吧。

黄得发 哪件好事?

胡大头 魏师长的老太爷今晚要进城去看髦儿戏。

江有才 哪儿来的魏师长?

胡大头 就是咱们路局的警务处长——从前是师长，我的老上司，叫惯了。魏老太爷晚上要进城看髦儿戏，要两个跟车的，侍候得好，回来少不了赏这个数，(手势)两块现大洋;这是魏老太爷的老脾气，他老人家心善啊，一见了你们黑不溜秋的工人，就动善心，一赏就是两块;可有一宗，你们得伺候好了，得称他老人家的心意，两块现大洋啊，这可比在机厂里一天干十来个钟头活儿轻快得多了吧!

黄得发 没什么别的外加条件?

胡大头 好兄弟，这差事谁瞧着不眼红？开压道车的熟手不止你们俩吧，可为什么我偏偏找你们俩？说穿了，老哥哥我就想显示显示我这份心。一句话，他们福建佬要搞什么工会，咱们湖北人也得起来搞一下子，唉！一个人总得有个依靠不是？劝你们参加传习所也就是这个意思。你们是知道的，魏师长相信我，往后有什么好差使，咱湖北人就给它包下来，他们福建佬就别想沾手。呸，他妈的，福建佬没个好的，我呀，过了这大半辈子了，吃他们福建佬的苦呀，就甭提了。真他妈的一言难尽。唉，算了，别提了。好吧，快到点了，走吧，咱们得先到站上去等着他老人家，把压道车拾掇拾掇，车上用的弹簧垫什么的都早早准备好，去吧。

〔黄得发、江有才相顾，迟疑。

黄得发 胡大头，再问你一句，这回我们俩去跟车，没什么别的条件？

胡大头 不是都说得清清楚楚了吗？没有。

黄得发 两块现大洋靠得住？

胡大头 好兄弟，只要你们侍候得好，两块现大洋包在我身上。哎，别忘了琢磨琢磨参加传习所的事啊。

黄得发 （坚决地对江有才）走！

胡大头 好，你们快去，我在车站等着你们。（下）

黄得发 有才，把林家那块大洋还啰。（黄得发、江有才各自进屋作准备）

〔空场片刻。

〔林祥谦从院外上。他是瘦长身材，高额削颊，短发、大耳，目光炯而不露。他转身向远处望着胡大头的背影。

〔黄得发、江有才、黄妻、江妻从屋内出，见了林祥谦都有些不自在。林祥谦想跟他们招呼，他们闪避不理。

黄　妻　早点回来。

黄得发　这由不得我，总要让人家魏老太爷听完了戏，才能回来。你给我好好在家待着，别乱串门子。（下）

江　妻　（同时低声对江有才）你别这样吧。

江有才　你懂什么，我给你带两块现大洋回来。

〔林祥谦见状不解，这时林妻、林父均闻声出屋。

陈桂贞　你回来了。

〔黄妻赶忙进屋。江有才略有迟疑，至林祥谦的门前将一块大洋放在窗沿。

江有才　（外强中干地，很不自在地对陈桂贞）谢谢你，我有钱了。今儿去跟魏老太爷摇压道车，有赏钱。（转身急下）

〔江妻呆立自己门前。

林祥谦　怎么回事？

陈桂贞　（走近江妻再把钱塞给她）给小狗子抓药要紧，晚上有才拿到了钱再还我。

〔江妻怀中婴啼。

陈桂贞　快抓药去吧，救孩子要紧，误不得了。

〔江妻感激地收下钱，擦着泪，下。

林　父　这两个小子，一对愣头儿青，一脑门子福建人湖北人的，好像我们福建人跟他们有杀父的冤仇似的。难啊，祥谦……你成天忙活，想把工人拉在一起，可大伙儿不一定都明白你的心。

林祥谦　总有一天会明白的。这一阵路局知道我们要成立总工会，就拼命挖我们的墙脚，要搞什么传习所，还打算拿开除工人来吓唬咱们。我看胡大头到这儿来，准跟这事有关。（想了想对陈桂贞）家里还有米不？一会儿项德龙跟施洋先生要来吃饭。

陈桂贞 啊，项德龙跟施洋先生要来吃饭，那怎么办呢？家里只剩下点红薯叶子跟小米了！那……

林祥谦 行，红薯叶子稀饭他们俩吃得来，多预备了他们又不高兴了。家里还有什么？

陈桂贞 还有什么，昨天不全掏空了吗？

〔林祥谦稍加考虑，脱下自己白色单上衣递给陈桂贞，身上只剩下一件破夏布背心。

林祥谦 拿去。

陈桂贞 你干吗？

林祥谦 送当铺存一下，搞它几毛钱买点米，马上送到孙大爷家去。

陈桂贞 这为什么？……明天我们自己也一粒米都没有了。

林祥谦 我们是明天没有，人家是现在没有。孙大娘又病得厉害，老两口没个亲人，够呛的！我们能见死不救吗？快去快回吧，赶回来给项德龙、施洋煮稀饭。

陈桂贞 这……

林祥谦 （安慰）这种日子挺一挺就过去了！有朝一日咱们工人翻了身，就不受这个洋罪了。

〔陈桂贞毅然替林祥谦披上白短衫。

陈桂贞 你就穿这破背心上工去啊？

〔陈桂贞急步进屋，林祥谦跟至门口。

林祥谦 （向屋内）桂贞，你这是干什么……你……这怎么行……

陈桂贞 （在屋内）我又不上工，待在家里怕什么？

林祥谦 爹，你看她……

〔林父至门口往里看了看，转身叹了口气。

林　父 唉，由她去吧！这日子也亏了她啊，没有她在家张罗，我们爷儿俩真不知怎么过哩。祥谦，你啊算是把你老子的短处，都学到家了，你也是个不会操家务事的人。唉，由她去吧，她的性子你还不知道，还不跟你一样，说怎么就怎么。等有钱就给她赎出来了，项德龙他们什么时候来？

林祥谦 说话就到。

林　父 祥谦哪，项德龙是跟咱们成天滚在一块儿的，施洋先生可轻易不来吃顿饭，上次他来吃红薯叶子粥，我的心里别扭好几天，他不同，他是个读书人，大律师，怎么能跟咱们工人比。

林祥谦 （笑了笑）告诉你吧，爹，施洋先生跟项德龙一样，也不是外人，他白天黑夜地也尽在替工人干活，再说他们今天也不是专为吃饭来的，是为了总工会的事。

〔陈桂贞出屋，已将自己的外衣脱掉，换了一件破烂不堪但补丁整齐的短衫，她挟了刚脱下的衣服，提了一个空米袋，急步向院外走。

陈桂贞 爹，我去啦！

林　父 早点回来吧。祥谦，你到这儿来。

〔林祥谦父子进屋。施洋上。他体态修长，精神饱满，斯文而不缓慢，和蔼而不欠庄严；一件鼻烟色的长袍虽已褪色，但整洁耐看；黄色翻皮的薄底皮鞋上，打着三个精致的小补丁；手指细长，与他的脸形很合分寸；浓乌的一字眉下，是一双渗透了观察与思考的眸子；黑髭跨越人中，衬托着一片宽厚的下唇。他在院子口遇陈桂贞。

陈桂贞 啊！施洋先生来了！

施　洋 祥谦在家？

陈桂贞 在在，等着你哩。祥谦，祥谦……

林祥谦 （出屋）啊，你来啦。

施　洋 嗯，（对陈桂贞）不要紧张，不要紧张，你忙你的吧。

陈桂贞　我去去就来，你在这儿吃饭，（笑了一下）还是红薯叶子稀饭……

施　洋　好得很，红的就好。

〔陈桂贞匆匆下，林父闻声出迎。

施　洋　林大爷，你好！

林　父　好，活得还挺带劲哩！怎么快两个礼拜都没有见着你？

施　洋　忙啊，忙啊！祥谦知道，我们俩跟项德龙倒是天天见面。

林祥谦　项德龙没来？

施　洋　他临时有急事到汉阳兵工厂去了，今天来不了，叫我们先商量一下。怎么样？今天的情况？

林祥谦　不好，晌午搞到了一张黑名单，你看。

施　洋　全在开除之列，有湖北的，也有福建的，怎么没有你的名字？

林祥谦　他们还不摸底哩，你我跟项德龙的活动，他们也睁眼看不见。

施　洋　还是不要太大意，你看这名单里的人，全都会参加传习所吗？

林祥谦　这还说不准，反正他们搞传习所跟我们工会唱对台戏，挖我们的墙脚，拉我们的人。有些人很动摇，你看，（指黑名单）他，他，他，他……还有这两个，听说也在动摇。

施　洋　这两个也在内，（看黄得发、江有才屋）他们都回来了？

林祥谦　回来了又走了，胡大头把他们叫去替魏老太爷开压道车了。我看这件事没那么简单。

施　洋　当然，他们俩是湖北人，一向对福建人有隔阂……可又列在这张开除的名单之内，其中有文章啊。刚才项德龙还提醒我，成立总工会的事要快，不能拖。我想，我们要争取合法公开地进行，不要给路局以任何口舌。

林祥谦　……不过有些工人弟兄的确让他们唬住了，对参加工会放不开胆子。我还听到一个消息，是吴伯林从胡大头那儿听来的，说是警务处要搞军警来工会镇压。

施　洋　（想了想）不会，目前还不会。你不看见这一阵铁路上军运很紧吗？直奉之战正在最紧张的时候……他们打仗就得运兵，运兵就得靠铁路工人，这时候吴佩孚需要利用工人，他的“保护劳工”的幌子一时放不下，放下对他不利。可是派些工贼来侦察我们是很可能的。刚才项德龙还让我告诉你，非到必要的时候，你不要轻易出面，不要让他们轻易摸到我们的底。来，我们进屋去谈。

〔施洋、林祥谦进屋，林祥谦在门口转回身。

林祥谦　爹，你在门口留点神，有生人来就打个招呼。

林　父　去吧，有我呢。

〔江妻抱着婴儿进院，提着药包，神情较前略现爽朗。她燃火煎药，一边望着婴儿喃喃自语。

江　妻　这个就好了，宝贝，姥爷保佑他外孙子吃了这剂药就好了……将来长大了不喝酒，不抽烟，做个道道地地的老实人……

〔林父走至江妻身旁，江妻未发觉，林父俯身摸她怀中婴儿。

林　父　你这不走运的小子，往后，就好了，就该你走运了，喝了这剂药就好了……小狗娘，这药是哪抓的？

江　妻　在前街那家老药铺抓的。

林　父　好，好，我就相信老药铺，药材地道。

江　妻　（感激流泪）林大爷，我一辈子忘不了你的大恩。有才脾气不好，你就饶了他，他不是坏人，他心里烦心里苦，我明白。

他打我，我也不怪他，这都是我们工人命苦。

林　父　别这么想，祥谦常说，天下工人是一家，我们都是穷人，有什么说不开的？明儿我再劝劝他，要他打起精神来好好干，咱们都得有个指望。

〔江妻感激不已。附近火车汽笛求救声。

林　父　又不知道出什么事了。

江　妻　这一阵铁路上尽运大兵。

林　父　听说这几天吴佩孚跟张作霖正打得热闹着哩。

江　妻　林大爷，这日子真不好过呀，我自小跟着我爹从河南逃荒到这儿，后来跟了有才，头尾七八年，就没有一年不打仗，唉！什么时候太平了就好了。

〔林祥谦出屋喊林父。

林祥谦　爹，你来。有个事施洋先生要问问你。

林　父　什么事啊？

施　洋　（伸出半个身子来）得请教请教老工人啦。

〔三人均进屋。

〔黄得发狂奔而入，额前有伤痕。

黄得发　小狗的娘，小狗子的娘！

江　妻　什么……

黄得发　（喘息不停）完了，完了……有才让火车轧死了！

江　妻　啊！（大惊，药罐落地）在，在，在哪儿？

黄得发　离江岸车站不远。

江　妻　（大叫一声）天啊！（抱婴孩奔下）

〔黄妻及林祥谦、施洋等均闻声出。

黄　妻　得发，你怎么啦？尽是血，受伤了？

黄得发　给我碗水，出人命啦！

林祥谦 怎么回事？别急，告诉我……

黄得发 （厉声）告诉你……都是你们福建人搞的。

施　洋 兄弟，出了什么事？

黄得发 用不着你们管，（对妻）有才死得好惨啊！！怎么办？怎么办？……

施　洋 老弟快说，怎么回事？

黄得发 用不着你们福建人关心，（敌视地）你是谁？

施　洋 我……

林祥谦 他就是专替咱们工人打官司的施洋先生。

黄得发 （意外）你就是施洋大律师？

施　洋 你叫黄得发不是？快说吧，出了什么事？

黄得发 施洋先生，唉，有才真冤！有才真冤呀！

〔陈桂贞跑上。

陈桂贞 得发兄弟，你还站着干吗？还不快逃啊！

黄得发 干吗逃？我还要告他们呢！

陈桂贞 他们都说你轧死了魏老太爷，他们是什么人家，你还不快找个地方躲一躲……

林祥谦 桂贞，等一等，（对黄得发）得发快说，咱们大伙拿主意。

黄得发 施洋大律师啊，是这么回事……

〔胡大头领着路警突然拥进院。

胡大头 黄得发！你真的逃回家来啦！

黄得发 我干吗逃？

胡大头 你轧死魏老太爷，闯下了滔天大祸，可来个脚底抹油——溜了！

黄得发 你把事情弄清楚，到底是谁轧死谁的！

胡大头 你！

黄得发 你们讲理不讲理？

胡大头 好啊，你还畏罪潜逃。带走！

〔胡大头等捆绑黄得发，黄妻拉扯叫喊。

〔林祥谦欲上前阻止，被施洋拉住。黄得发大叫冤枉，被胡大头等一拥而去。

黄　妻 救人呀！救人呀！（歇斯底里地狂叫追出）救人呀！

〔林祥谦欲追下，被施洋唤阻。

施　洋 祥谦！

林祥谦 怎么办？

施　洋 马上去找项德龙请示，然后到工会召开紧急会议。

林祥谦 你呢？

施　洋 当然一同去，这是我们说话的时候了。

——幕急落——

第二场

〔地点：江岸车站。

〔时间：距第一场数小时后。

〔布景：江岸车站一角，两边稍现矮木栏杆——是车站特有的装备。中间石阶处，一支孤独的电杆直冲高空，上有一盏路灯，在昏暗中发射出一丝丝光芒。远处乌黑的天空里，微现倾斜的江堤，堤后闪光处，正是滚滚不歇的东流水。

〔附近人群骚动声，一列兵车急驶而过。警士口令声。

〔魏学清跟赵继贤匆匆上，胡大头、马弁、警察随侍在侧，警卫森严。

赵继贤 想不到令尊遭此横祸，尸骨不全，实在令人痛心！

魏学清 （擦泪）家严遭此横劫，卑职不报此仇誓不为人，还望局座做主。

赵继贤 学清，你要节哀。

〔魏学清顿足作哀号状。

赵继贤 学清，小不忍则乱大谋，我们万不可莽撞。

魏学清 可是局座啊……

赵继贤 凶手现在哪里？

魏学清 绑在候车室里。

赵继贤 凶手是哪里人？

魏学清 湖北人。

赵继贤 （沉思）嗯，现在看热闹的工人都是湖北人吗？

胡大头 回禀局长，福建工人来得多，都在这边，湖北工人来得少，都在那一边。

赵继贤 哦？都在车站外面吗？

胡大头 是，都在车站外面，小的派警察拦住他们，怕他们进来闯祸。

赵继贤 那倒不必。

魏学清 （向胡大头）不必。

胡大头 是……

赵继贤 慢着。

胡大头 是。

赵继贤 让他们暂在那儿待一会儿也好。

胡大头 是。

赵继贤 （沉思片刻）叫他们暂时退下。

魏学清 退下。

〔胡大头率众退下。

赵继贤 学清，你过来。

魏学清 （擦泪走近赵继贤）局座……

赵继贤 凶手必须严惩，但是处理也必须慎重，京汉铁路是吴大帅的命脉，军需大半出在这条路上，这个你不是不明白。况且丰台之战，迫在眉睫，这是最后的一场大决战，这也是吴大帅能否一统中国的关键！我们军需孔亟，必须确保京汉铁路的运输。最近工人们搞工会，动不动就提出罢工要挟，所以对他们杀一儆百，是迟早的事，不过，在我们下手之前必须严防。万一他们来个罢工，使吴大帅在军事上功败垂成，那你我都吃罪不起呀！

魏学清 局座的意旨，卑职是无不遵从的，只是家严尸骨未寒，如果不杀黄得发何以慰先灵于九泉？（哭泣）唉，卑职实在是枉为人子了！

赵继贤 学清！

魏学清 有！

赵继贤 你跟我多年，我从来不叫你吃亏，听我的话不会错。

魏学清 卑职愿遵台命，（泣不成声）只是……卑职是忠孝不能两全了！

赵继贤 可以两全，但是要做得快，做得干净。外面等着看热闹的工人，不都是你的“贵同乡”吗？要利用他们帮派之嫌，要利用他们对湖北人隔岸观火幸灾乐祸的心理，以迅雷不及掩耳的办法把凶手处决，日后把责任往“贵同乡”身上一推，搞得他们闽、鄂之间相互猜忌，分崩离析，然后再请大帅一道命令，把那羽毛未全的工会，彻底摧毁，除去京汉路上的隐患。你明白了吗？

魏学清　明白，局座实在英明。

赵继贤　但有一样，擒贼擒王，目前最好要在他们福建帮里抓住一个脑袋。

魏学清　林祥谦！

赵继贤　你对他了解得够了吗？

魏学清　自从局座指示以后，卑职已经作过多方面调查，这个人性情斯文，待人接物居然彬彬有礼，同其他的工人似乎有别。

赵继贤　他跟施洋的关系查清楚了没有？

魏学清　经多方调查，他从不与施洋有直接来往。

赵继贤　是吗？

魏学清　确实的。

赵继贤　好，我也听说这个工人，虽然出身卑贱，但攻读过几天四书，笔下居然也顺理成章，平时还广结人缘，看来他无非是想找机会往上爬几阶，将来想做个治人的劳心者而已。这次的事情，你如果能抓住他，那就比较好办了。懂吗？

魏学清　是，懂了，懂了。

赵继贤　学清啊，眼前你的责任很大，既要替大帅除害，又要为令尊报仇，做得好，鹏程万里，做不好，丢官罢职，你好自为之吧。我不便再在这里久留了，事情办完了，马上到我公馆去。

魏学清　是。谢局座栽培。卑职没齿难忘。

赵继贤　不要说废话了，快办正事。

魏学清　是。

〔赵继贤下，口令声由近而远。

〔魏学清一人在徘徊苦思。

〔一列军车疾驶而过，火车汽笛由远而近、由近而远。

魏学清 来人啊！

胡大头 （应声上）有。

魏学清 警卫呢？

胡大头 都在栏杆前面呢。

魏学清 你过来。

胡大头 （走近）处长有什么吩咐？

魏学清 我平时待你怎么样？

胡大头 报告处长，处长待小的同生身父母一样。

魏学清 你是湖北人？

胡大头 是，这个处长放心，小的生来是个犟脾气，管他湖北人也好，福建人也好，小的都不买账，小的只知道替处长卖命，只要处长一句话，小的可以跳油锅。

魏学清 是吗？

胡大头 （着急）这个处长还不明白？小的跟着处长这么多年，哪件事给处长办砸了？

魏学清 好，我将来不会亏待你。

胡大头 谢处长。

魏学清 （顿足切齿）老太爷遭此横祸，死不瞑目。

胡大头 小的一定得替老太爷报仇雪恨！

魏学清 怎么报法？

胡大头 砍掉凶手黄得发的脑袋，挖出他的心肝五脏给老太爷祭灵！

魏学清 办得到？

胡大头 处长是京汉铁路总局的警务处长，手下带了好几团人，砍掉个把工人，像捏死一只蚂蚁一样。

魏学清 你懂什么！

胡大头　是，小的实在咽不下这口气。

魏学清　忍着点儿。

胡大头　是，处长。

魏学清　你到栏杆外面去看看福建工人里面有没有林祥谦。

胡大头　是，可是处长，您找林祥谦干什么？

魏学清　这还不明白吗？他也是福建人，懂吗？

胡大头　（恍然）是，懂了。要不要警戒？

魏学清　（点头）快去。

〔魏学清点头，胡大头向左右扬手，警卫复上。

〔突然外面人声骚动。

魏学清　去看看，闹些什么。

胡大头　是。（下）

〔魏学清急步徘徊，胡大头上。

胡大头　报告处长，外面闹的正是林祥谦，他说要来见您，警卫没让。

魏学清　正好，快请他来。快请，快请。

胡大头　是，（向外）处长有请林祥谦师傅。

〔林祥谦及林父上。魏学清上前迎接，拉住林祥谦手，流泪。

魏学清　祥谦，你来得正好，我正要找你啊。林老师傅也来了。好啊。你们林家父子是我们福建人里面最讲公道的好工人。我的老太爷，我的老太爷……遇害了。（喉头阻塞，说不下去，擦泪）

林祥谦　我听说魏老太爷的压道车被火车撞了，赶来看看有什么事要我们工人帮处长办一办。

魏学清　谢谢你，祥谦，你真讲义气。（对林父）我的老太爷遭此横死，叫我做儿子的怎么能不伤心……

林　父　（有话要说，但未说出口）唉！

林祥谦　人已经死了，活不回来。我去找几个弟兄帮忙把尸体抬一抬。这事得要求赵局长下个通报，往后谁都得照规矩办事，决不能再让铁路上发生这么大的人身事故。

魏学清　祥谦，难道叫我的老太爷白死不成？

林祥谦　那怎么能呢，处长，我们一定得让全路职工多加小心，往后谁都得照规矩办事，不能再这样玩忽人命。

魏学清　（愣了一下，突然向胡大头）你给我滚下去。

胡大头　是。（下）

魏学清　（亲切诚恳地）祥谦，林老师傅，我们都是同乡，这件事你们总得主持公道。据报，那个湖北佬黄得发为人性情粗暴，从来就跟我们福建人作对。他谋杀我老太爷，也是蓄意已久的事了。杀人偿命，本是天经地义的道理，我本可以马上把他枪决，可是我们为民父母的人，必须公正无私，我决不愿意光凭我的地位来处决一个杀人犯，我要把这个凶犯的阴谋昭白于天下，所以我准备这里邀请在场的工人来，把这个事情向大家说个清楚明白，然后按国法行事。祥谦！林老师傅！在公在私你们一定要帮我这个忙，只要你说一句话，只要你证明凶犯黄得发确实性情粗暴，那就一言九鼎了。怎么样？祥谦兄弟！（擦泪）

林祥谦　我讲。

魏学清　那好极了。（忘了“悲伤”）祥谦，过去我们太少接近了，以后我们多多接近，我决不会因你是工人而轻视你，我以后要多帮你的忙。你们做了一辈子工人，成天跟油腻机器打交道，你们的精神虽属可钦可佩，但你们的生活必须加以改善。你也是个有德行的知书达理的人，你可以脱掉这身破工装，到我处里去坐坐写字台了。林老师傅也是年事高了，也应该退休养老了，这个事由我负责。总之，你们父子俩将来的前途是远大的，只要有我处长在，总会有你们父子俩的好处。

林祥谦　处长，你还要我做些什么呢？

林　父　处长，你有话就明说吧。

魏学清　这还不明白吗？杀人凶犯黄得发的死罪是铁定了，一会儿我马上召集我们的同乡工人来，当众宣布黄得发的罪状，然后……

林　父　枪毙！

魏学清　对了，林老师傅，你真是个明白人。

林　父　处长，这个事……

林祥谦　你是要马上召集工人到这儿来吗？

魏学清　是的，马上！马上！（忍不住）我魏某不杀黄得发誓不为人。祥谦，你一定要主持公道。

林祥谦　你放心，我能主持公道。

魏学清　我必有重赏。

林祥谦　谢谢你。

林　父　……

〔林父欲语，林祥谦制止林父说话。

魏学清　不用谢。（向外）来人啊！

胡大头　（急上）处长有什么吩咐？

魏学清　把福建工人们都放进来，把凶手也押上来。

胡大头　是。（下）

魏学清　祥谦，只要你帮我出了这口气，尽了我这份孝道，我一定有重赏。

林祥谦　谢谢你。

魏学清　不用谢。

林　父　祥谦……

林祥谦　爹，我们该为死人讲公道话。（对父使眼色）

魏学清　你真有远见，祥谦，你不愧是我的同乡……

〔外面群众骚动声，警卫呼幺喝六声。福建工人群集于车站东头。黄得发五花大绑由车站西边被押上，一小批湖北工人跟在后面，被阻于栏杆外。黄妻在人群中吓得发抖，哭不出声来。警卫森严，杀气腾腾。魏学清见了群众，分外悲痛，身体做摇摆状，胡大头马上搬来太师椅，扶魏学清坐下。

〔在乌黑的站台上，只有电杆上一盏路灯和警卫们手中提着的几盏马灯。林祥谦与林父站在魏学清的附近，沉默无言，黄得发见状不禁咬牙切齿，顿足长叹。

黄得发　唉，我早知道了！我早知道了！

魏学清　（突然）住口！

黄得发　（咬牙）……

〔静场。湖北工人们上。

魏学清　（俯身哀痛有顷）同乡们，同乡们，这么晚了，我不应该惊动你们，我实在过意不去，可是我的老太爷被谋杀了，我又怎么能不惊动大家呢？！（哀痛状）同乡们，你们都看清楚了没有？这个杀人犯，（对黄得发）他是个湖北佬，名叫黄得发，他一直跟我们福建同乡作对，我们福建人从上到下从男到女没有一个人没被他骂过的，别人不说，就连林祥谦这样有人缘的老师傅都被他骂得狗血喷头……（对黄得发）你这个忘恩负义的东西，要不是我们福建人来帮外国人办工厂、管铁路，哪有你们这些湖北人的饭碗，你们这些……

〔人群中湖北工人孙玉亮不平。

孙玉亮　魏处长，我们没有谋杀你老太爷，为什么连我们也骂在里面……

魏学清　你不要误会，我不是责备你们。

孙玉亮　你把话说清楚了。

〔湖北工人群众附和。

黄得发　我就骂你们福建人怎么样？我跟你们拼啦！

魏学清　住口！

〔胡大头等堵住黄得发的嘴。

魏学清　你们看，你们看，这个湖北佬，到现在还骂我们福建人。同乡们，我的同乡们，大家想一想，天下哪有这样恩将仇报的事啊，我好心好意出了两块现大洋雇了他替我老太爷开压道车，没想到他竟故意将我的老太爷推到火车轮下，我老太爷粉身碎骨死于非命！同乡们，杀人偿命，天经地义，我相信你们是会主持正义，主持公道的。

黄得发　你们还讲什么公道，我冤枉呀，我冤枉呀！（挣扎）

魏学清　住口！（胡大头等堵住黄得发口）你死到临头还不知死！你这个万恶的湖北佬！

孙玉亮　处长，你不要开口湖北佬，闭口湖北佬！难道我们湖北人都该死吗？

魏学清　你，（问胡大头）他叫什么名字？

胡大头　他叫孙玉亮，也是大厂里的旋床工。

魏学清　孙玉亮，你不要自找没趣，这儿没你说话的余地。

孙玉亮　只准你们福建人说话，不许我们湖北人开口吗？

黄得发　弟兄们，他们福建人上上下下里里外外地欺侮我们，现在还要杀我，我不服，我不服呀！弟兄们！

吴伯林　（从福建工人群里钻出来）黄得发，你不服你就说嘛，不要老嚷嚷，我们福建人怎的？我们也是工人，不是老板！

〔湖北工人都说："黄得发，你说，你说……"

黄得发 我说，我要说……

魏学清 住口，你这杀人凶犯，还有什么说话的余地？林祥谦师傅，你来说说吧，那个湖北佬是怎么样蛮不讲理的。

黄得发 弟兄们，林祥谦跟姓魏的是同乡，他们是一个鼻孔出气的，他说不出好话来。

吴伯林 黄得发，你真是瞎了眼呀！你……

黄得发 我是瞎了眼，我跟林祥谦住在一个院儿里好几个月，都没看透他，老天爷，我冤枉，冤枉！

〔群众骚动。

〔魏学清拔手枪朝天放了一响，众震慑。

林　父 黄得发，你有理就说，你要说不出就让祥谦来说。

魏学清 林老师傅，这里没有凶手说话的余地。林祥谦，你说吧，快把这段公案了结了！

林祥谦 （向工人）弟兄们，我们别管谁是福建人，谁是湖北人，我们只管把道理讲清楚了。

黄得发 你还有道理讲！

魏学清 住口。林祥谦，你讲，你讲。

林祥谦 黄得发跟我同院住了好几个月，他的性子是急……

黄得发 （对湖北工人）你们看，这还不是一个鼻孔出气啊！

林　父 你听祥谦说嘛！

黄得发 我不听，我不听……

魏学清 混账，你不听也得听。祥谦，说，说。

林祥谦 弟兄们，刚才魏处长跟我说了，他说他要讲道理。要讲道理嘛，就得说真话，那我就说真话了！依我看黄得发的性子是急，可我们怎么也不能说他是个杀人犯。

〔魏学清被震慑住，众哑然。

林祥谦 魏老太爷是自个儿不肯下压道车，才被火车撞的，怎么能怪黄得发呢？

〔众人哗然。

魏学清 林祥谦，你为什么也胡说八道？

林祥谦 怎么是我胡说八道呢？是有人在出事的地方看见的。

魏学清 谁？谁看见的？谁看见的？……

吴伯林 我。我看见的。我亲眼看见的！

魏学清 住口！工人们，他，（指吴伯林）他一定也是个湖北佬，他帮着凶手扯谎！

吴伯林 我是福建人，我亲眼看见了，我就得讲公道话。

魏学清 啊！你们这些穷工人合起伙来说谎话！

林祥谦 魏处长，我们工人穷虽穷，可说话一是一，二是二，我们不会扯谎。你要是真讲道理，那就放了他吧。

魏学清 混账！林祥谦，你，你，你……

林祥谦 你这样做，对你自个儿，对铁路上，都有好处。

魏学清 什么话，岂有此理！我魏某真瞎了眼，我刚才对牛弹了半天琴。别以为我魏某是好欺侮的。（横心）来人，抓下去，把这凶手毙了。

〔群众骚动。

林祥谦 站住！魏处长，你不能欺负我们工人。我们不答应。（向内招手）唉，请您过来吧！

〔施洋从人丛中走了出来。

魏学清 （诧异）这人是谁？

胡大头 （瞠目不能答）报告处长，不知道。

林祥谦 这是专讲道理的施洋大律师。

魏学清 啊?

〔静场片刻。

魏学清 施洋先生，久闻大名，失敬失敬。

施　洋 不用客气。

魏学清 施洋先生，今天我们铁路上发生一桩不幸的事情，不过这是我们内部问题，请你不必过问。

施　洋 对不起，我是受人委托，来这里尽我做律师的责任。

魏学清 你受谁的委托?

林祥谦 受我们工会的委托。我们工会委托施洋律师来这儿讲道理。

魏学清 啊，林祥谦原来你……

施　洋 魏处长，我还受了一位死难家属的委托，来这里讲道理。（回头向栏杆外招手）来吧！请过来吧！

魏学清 这是谁?

胡大头 这是江有才的老婆。

〔陈桂贞扶着怀抱婴儿的江妻悲痛地走上。

施　洋 不要怕，你不要害怕，工人弟兄们都会支持你，你说吧，大胆地说吧。

陈桂贞 小狗的娘，说吧，说吧。

江　妻 （倒在陈桂贞怀中抽泣，婴儿也在干号，全场凄然）……有才死得冤……有才死得冤……（喉头阻塞，什么也说不出来）

施　洋 工人弟兄们，这位妇女就是江岸铁路机厂旋床工江有才的妻子，她怀里抱着的是未满周岁的生着重病的江有才的儿子。江有才死了，江有才怎么死的？江有才是被魏处长的父亲害死的。

魏学清 啊！

施　洋 本律师今天接受死难家属和江岸铁路工会的委托，来把这场人命官司的原委向大家简单陈说一下。

魏学清 施洋先生，我与你往日无冤近日无仇，你为什么要这样……

施　洋 对不起，我的职务是律师，我既受人委托，就不得不来这里跟你讲一讲道理。

群　众 施洋先生，快讲，快讲！

施　洋 今天下午六时左右，江岸铁路机厂的工头胡大头——就是他！（指胡大头）跑到工人黄得发、江有才家里，用威逼利诱的办法，叫黄、江二人去车站替魏处长的父亲开压道车。魏处长的父亲因急于要去新市场看女伶风骚泼旦“夜明珠”的上场，一路上就迫令黄、江二人加紧摇车，这时，迎面开来了一列军车，按铁路行车规章的惯例，压道车必须让火车，所以黄、江二人准备下车让路，但是魏处长的父亲因急于看“夜明珠”的上场，迫令黄、江二人继续往前开车。黄、江二人向魏处长的父亲委曲陈词，还扶他老人家下车，但是这个老人蛮不讲理，破口大骂，说什么“我的儿子魏学清，乃是京汉铁路总局的警务处长，手里捏着好几团人，任何车辆见了我魏老太爷一律得让路……”他一面谩骂，一面用手杖猛击黄、江二人，这时眼看军车已经开近了压道车，黄得发不得已跃车逃命，江有才却被魏处长的父亲一把揪住了死缠不放，军车刹不住，江有才就被魏处长的父亲拖住了一齐碾死在火车轮下。这就是全案的经过。这难道还不明白吗？真正的杀人凶犯是谁呢？难道是黄得发吗？当然不是！真正的杀人犯正是那位已经死去了的魏处长的父亲！工人兄弟们，哪个父亲不爱儿子？哪个儿子不爱父亲？父亲被谋杀了，做儿子的能俯首帖耳地不表示抗议吗？不能！但是江有才的儿子还未满周岁，他不会说话，他生在穷苦的工人家里，吃不饱穿不暖，他现在病在他母亲的怀抱里，他除了干号之外，做不出任何表示。工人弟兄们，工人弟兄们！哪一个妻子没有丈夫，哪一个丈夫没有妻子？她（指江妻）没有了丈夫。她的丈夫江有才被魏处长的父亲谋杀了，她难道甘心俯首帖耳地不表示抗议吗？不能！但是她毕竟不敢有所表示，她从小受尽了有钱有势人的压迫，她从小就过着牛马不如的生活，她体弱，她胆怯，她现在除了悲痛啼哭之外，作不出任何表示。这难道是公道的吗？我们难道不该为死者申冤吗？我们难道不应该要求魏处长父亲的儿子魏处长负责赔偿死难家属的一切损失吗？还有，工人黄得发因为遭受魏处长的父亲的纠缠，不得已跳车受伤，（指黄得发）请看，他现在左额的鲜血未干，右腿和右肘都有伤痕。这难道也要他自己来负责吗？这难道不应该由魏处长的父亲的儿子魏处长——你，负责赔偿工人黄得发的一切损失吗？

〔群众吼应："应该赔偿一切损失！"

〔魏学清向天空放了两枪，静场。

魏学清 （着急）难道你们要造反吗？

林祥谦 你不要老拿枪来吓唬人嘛，这些年，你们老打仗，我们已经听惯了枪声了。

魏学清 （指施洋）这个人显然鼓动工人，捣乱治安。来人啊，把他抓起来！

〔警卫持枪来捕施洋，两旁栏杆外的工人一拥而上，将施洋团团围住。

施　洋 （镇静地）大家不要慌，魏学清先生，你是京汉铁路总局的警务处长，你是在替吴大帅办差，如果吴大帅的"保护劳工"的口号，在今天还不打算公开宣布作废的话，那就请你考虑考虑这件事情的后果吧。

林祥谦　魏处长，我们工人从来就讲道理，你要一定逼我们，那么我们只好去报告吴大帅说我们不敢再在京汉路上干活了。

魏学清　……林祥谦，施洋，我认识你们，我认识你们！我认识你们！我认识你们！（向警卫们）立正！向右转！持枪跑步走！

〔众警依令下。魏学清急下。马弁及胡大头等狼狈随下。工人们去为黄得发解绑。数名妇女前来慰问江妻。林祥谦走上电杆下的石阶，看着魏学清狼狈而遁。

〔工人们将施洋拥到林祥谦旁。

群　众　施洋先生！你真是我们的律师！

〔黄得发至林祥谦前，紧握林祥谦双手。

黄得发　林大哥，我错了，我错了！

孙玉亮　林大哥，我们往后再不抬杠了。

林祥谦　好兄弟们，咱们都是工人，咱们都是穷工人，工人都得帮工人，天下工人是一家呀！

施　洋　对，对，祥谦说得对，天下工人是一家！团结就是力量！团结就是力量！从今以后，我们必须团结，我们都要依靠工人自己的组织——工会，现在京汉铁路已经有十六个工会了，我们要进一步团结起来组织一个总工会，首先争取改变我们工人的牛马生活！弟兄们，弟兄们，大家要牢牢记住，不管你是湖北人也好，你是福建人也好，你们都是世界上最团结、最公正、最刚强的人，因为你们的名字叫“工人”！工人兄弟们，工人兄弟们，你们听说过吗，在我们中国的北方，有一个国家，那儿的工人弟兄们，过去的生活和我们现在的生活一样！但是，在五年前，他们的工人弟兄们团结起来，推翻了他们的大官僚、大资本家，建立了一个崭新的国家，使自己做了国家真正的主人，那个国家的名字就是苏维埃俄罗斯！

〔大家好像窒息了似的，霎时间热血涌上了脑门，一个个眼球都发红了，大家不约而同地一言不发地围住了、盯住了施洋，像一座铜铸塑像。

——幕　落——

第二幕

第一场

〔直奉之战，早已暂告结束，张作霖于年前五月丰台决战中一蹶不振，逃出山海关。吴佩孚趁胜劫踞北京政权，赶跑徐世昌，借口“恢复民国法统”捧出黎元洪来做缓冲，以备造时机，把直系元老曹锟送上总统宝座，这样，吴佩孚便可以彻底掌握北京政权，从而实现他武力统一中国的迷梦。这时吴佩孚最主要的靠山是英美帝国主义者，它们暗中与吴接触频繁，许以金钱与军火，幻想通过吴在经济上政治上进一步地侵略中国。与此同时，京汉、粤汉一带的铁路工人及其他产业工人，都在中国共产党领导下，掀起了此起彼伏的工潮。京汉铁路总工会筹备处要求二月一日正式成立总工会，呈请京汉铁路总局批准。以上这些劳工运动，成为吴佩孚的心腹之患。

〔地点：汉口，吴佩孚的政治顾问白坚武公馆。

〔时间：一九二三年一月上旬。距第一幕七个多月。

〔布景：一间黝黯古老的客厅，四周都是深垂的褐色帷幕，只有一两根庭柱显示了这所公馆的气派。正中有一个清式的精致硬木小屏风，虽在白天，屏风后仍现出灯光，一缕缕浓烟不断地从屏风后上升，那里有人在吸大烟。……屏风外有一把西式太师椅，是舶来品，这是主人独坐深思之处。另外，清式精致硬木圆凳及茶几各一只，是客人起坐之处。

〔幕启：空室无人，只见屏风后浓烟缭绕上升。有顷，白坚武在屏风后叫："齐副官"，齐副官应声上，向屏风后立正。

齐副官 有。（行脱帽礼）

白　声 怎么样？回话了没有？

齐副官 赵局长已经离开公馆十分钟了，大概马上就到。

白　声 那个律师呢？

齐副官 小的派了三个人到武昌、汉阳到他这边的律师事务所去过，都还没找到人。

白　声 一定要找到。

齐副官 是。

白　声 找到之后，就说我奉大帅的命令，专程来汉口找他有事请教。

齐副官 是了。

白　声 注意，要有礼貌。

齐副官 是了。

白　声 有生人来，一概不见。

齐副官 是了。

白　声 下去吧。

齐副官 是。（下）

〔静场。白坚武捧着小茶壶从屏风后踱出，长袍背心，尖头平底漆皮鞋，翡翠表链，左手戴一个五克拉金刚钻戒指，青白冷面，修饰洁净。他来回踱步沉思，至沙发旁取食蜜饯，偶尔看一看怀表。

齐副官 报告白顾问，赵局长来了。

白坚武 请。

〔赵继贤匆匆上。

赵继贤 啊呀，坚公今天到汉口，我一点也不知道，为什么事先不打个电话，叫路局挂辆专车。

白坚武 我是搭美国总领事斯鸠特先生的军用机来的。

赵继贤 哦？斯鸠特又到洛阳见大帅了？

白坚武 这是第三次了！

赵继贤 美国供给我们军火和借款的问题具体化了？

白坚武 不仅美国，还有英国哩！

赵继贤 哦？内容如何？

白坚武 美元三百万、步枪一万支、子弹两千万发、机关枪二百五十挺，此外，由美国人帮我们建立飞机机械厂，训练飞机队。

赵继贤 那么英国呢？

白坚武 借款一百五十万英镑。

赵继贤 （兴奋已极）美！美！全都成交了？

白坚武 全都没有。哪有那么轻易啊！还要继续磋商。斯鸠特虽然支持但他提出了几点希望，其中之一，就与你有关。

赵继贤 哦？

白坚武 坐下吧。他希望大帅确保京汉路的交通运输。很显然，这就是将来供给军火以及借款的先决条件之一。斯鸠特甚至含蓄而有深意地对大帅说，“像去年秋天长辛店工人的所谓全路总同盟罢工，虽然为时短暂，但对贵大帅的威望不无影响”。这种有骨头的话，使大帅非常难堪。昨晚大帅接到你的呈文，心里很不安，工人们居然要求正式成立总工会，如果答应他们，恐怕后患无穷。

赵继贤 这……坚公，我当时不能不批准他们的请求，他们搬出了大帅“保护劳工”的口号，还有那个捣蛋鬼施洋又以法律顾问的身份亲自出马，引用大帅在公开演讲中所说的“维护约法”“劳动立法”等话，讲得头头是道，理直气壮。我转给大帅的那篇呈文，正出自施洋之手，全文引经据典，洋洋洒洒，煞有介事。跟施洋同来的又是在江岸车站跟魏学清翻脸的林祥谦，另外还有十几个暴徒模样的机器工人，气势汹汹，要订城下之盟。当时我若不予敷衍，很可能酿成另一次工潮。

白坚武 可是你为什么批准他们到郑州去开会呢？

赵继贤 郑州是他们总工会筹备处的所在地呀。

白坚武 （正色）难道你忘了郑州是军事冲道吗？难道你忘了大帅将在三月举行洛阳军事会议，而郑洛之间需要进行军事部署吗？

赵继贤 坚公，是不是大帅责怪了？

白坚武 还没有，他只微微说了句，他说：“希文一向机智，这次未免欠思。”

赵继贤 那么我给大帅的献策如何呢？

白坚武 大帅说：“此计尚好，但须见机而行。”大帅绝不肯轻易下道命令禁止工人开会，送个把柄给人家制造舆论。所以大帅准备在必要时候，把你的呈文告诉工人，按照你对大帅的请求，禁止工人开会。

赵继贤 这个……

白坚武 这个红脸一定得你唱啰。为了大帅事业，我估计你会乐于从命的。

赵继贤 这个当然。

白坚武 好，一言为定，这是我今天来汉口跟你商量的第一件事。

赵继贤 还有呢？

白坚武 还有就是你刚才称为捣蛋鬼的施洋问题。嗯，这个诨名对施洋来说，倒很恰当。你调查清楚了吗？施洋究竟是个什么人？

赵继贤 律师啊。

白坚武 这不用你说，我问的是他的背景。

赵继贤 这个……

白坚武 他是个过激分子？

赵继贤 这可以肯定。

白坚武 他难道不是个赤化分子吗？

赵继贤 这个……目前还没有查清楚，不过从他那些公开的过激的言论来看，从他那些维护劳工的行动看来，都颇有几分倾向于苏俄，可是他又从未公开为苏俄宣传，相反，从他的公开言论当中，几乎常常提到孙中山的“民国约法”和吴大帅的“劳动立法”，看来他似乎赞成大帅和孙大炮的主张。总之，这是个不可捉摸的人，是个危险的人物。

白坚武 嗯，你这最后一句话倒很恰当。从去年夏天魏学清那个草包在江岸搞出了什么压道车事件之后，工潮就接二连三，毫无休止。你算算：去年八月长辛店总同盟罢工，九月粤汉湘鄂全路同盟罢工，接着就是什么杨子厂、水电厂、香烟厂、棉花厂、武汉蛋厂、大冶钢铁厂、汉冶萍铁矿……大大小小几十个厂矿的工潮，此起彼伏、此伏彼起，闹得如火如荼；到了去年冬天，又要求成立了什么湖北全省工团联合会，几千人结队游行，高呼口号，甚至纠合了大批人力车夫同法国巡捕格斗两三个小时之久；而最近，你贵局长所苦心经营的传习所里的铁路工人，竟然几乎全数投到他们工会的怀抱里去了。这一系列的文武场好戏，难道都与施洋毫无瓜葛吗？

赵继贤 有，有，有之至！以上大部分的工会，都请了施洋做法律顾问。

白坚武 这不就很清楚了吗？

赵继贤 不然，坚公，施洋的一切言行，都采取公开合法的姿态出现，直到今天，我们还没曾抓到他任何违法的确凿证据。

白坚武 这一点，大帅就很不以为然。

赵继贤 哦？大帅的意思？

白坚武 希文兄，你要知道，施洋是个场面上的人物，上至大帅都与他有过交往，下至工商学界竟以他为篙师，这样的人，我们如不巧用心计，下点功夫，是绝不可能抓到他的什么“确凿证据”的。但是，按种种迹象来看，我敢断定施洋不除，工潮难平。不知道你的意思如何？

赵继贤 这个……恐怕问题还不仅只施洋一人吧……

白坚武 当然，像江岸工会的林祥谦等人，也都是狡猾的乱民，不过他要比起施洋来，就等而下之了，我们只要击垮施洋，林祥谦之流就随手可擒。

赵继贤 坚公的意思？

白坚武 大帅的意思是必须尽快收服施洋。这就是我今天要来解决的第二个问题。也是我们眼前最重要的大事情。你不要忘了，时不我待，转眼就到夏季，驱逐黎元洪，选举曹仲珊为总统的一切部署，很快就要着手，那时候如工潮依然，混乱如昔的话，大帅统一中国的壮举将会遭到莫大的挫折。因此，大帅下了决心叫我代表他老人家来汉口，找施洋做一次彻底的谈判。我呢，

“荣幸”得很，年轻的时候跟施洋同过学，现在不妨拉拉旧关系，谈得好给他加官晋爵，谈不好就老实不客气把他绑到洛阳软禁起来，然后假借他的名义从洛阳发出一个申斥工人的通电来，瓦解那班乱民的人心。

赵继贤 这能办得到吗？

白坚武 只要人在我们手里，戏法就由我们来变了。

赵继贤 什么时候去找施洋呢？

白坚武 已经派人去请了，注意这个“请”字啊，哈哈，（切齿自语）这个祸首，非除掉他不可。

赵继贤 好，那么我得赶快打电话催一催魏学清。（要进去打电话）

白坚武 这为什么？

赵继贤 刚才还没有来得及向你报告，今天早晨魏学清抓到了一个人，经过两小时巧妙的审问，已经招出了一些端倪。

白坚武 什么端倪？

赵继贤 此人与施洋有一些关系。

白坚武 什么叫作“一些关系”？

赵继贤 因为他只招出了一半，没有全招。

白坚武 哦，这是什么人？

赵继贤 此人姓梁名成武，日本留学生，据查他的曾祖父还是直隶的一个望族哩，可是他现在却当汉口水电工会的主席，做起工人运动来了。

白坚武 望族？工人运动？……妙……妙！怎么抓到的？凭什么证据抓他？

赵继贤 此人以水电工会主席的身份参加了湖北省工团联合会，又以工团联合会委员身份，常与施洋和京汉路江岸工会主席林祥谦有来往，我叫魏学清派便衣跟踪了他两个多礼拜，今天清晨趁他出门的时候，不客气就把他拉上了汽车，一直开到我的秘密审讯室，起初他还表现强硬，经过了一下大刑，就软化了，原来是个软骨头。

白坚武 残废了？

赵继贤 没有。

白坚武 招了什么？

赵继贤 他说工人非常坚决，京汉铁路总工会的成立，势在必行。

白坚武 还有呢？

赵继贤 林祥谦确是江岸工会的灵魂。

白坚武 还有呢？

赵继贤 施洋对京汉铁路工会的事不遗余力。

白坚武 你以为这些口供都可贵吗？毫无价值。

赵继贤 还有就比较有点意思了。

白坚武 哦？

赵继贤 他要求让他休息一下，喘口气，考虑考虑再说。

白坚武 “考虑考虑”？

赵继贤 无非是考虑他个人的利害得失，这就有机可乘。我答应了他的要求，叫魏学清把他押了下去，准备过一小时再问。我刚回到家就接到齐副官来电话，我又马上打电话叫魏学清把犯人解到你这儿来。老实说呀，坚公，我从来还没有做过这样冒险的事啊，刚才你问我证据，凭良心说，没有。这件事等于押宝呀！

白坚武 是啊，如果押不中你就替大帅闹出大乱子来了。可是恭喜你，我看这个宝可以押中，这对我们收服施洋，可能大大有用。好吧，打电话催一催吧。

〔赵继贤去屏风后打电话，白坚武在徘徊等待。

白坚武 望族？……妙，妙，妙！

〔齐副官上，赵继贤自屏风后出。

齐副官 报告白顾问，施洋律师找到了。

白坚武 人呢？

齐副官 在人力车夫工会。

白坚武 不是叫你把他请来吗？

齐副官 这个人很别扭，再三请他不动，他说，“忙得很，来不了，很抱歉”。

白坚武 你没说是我请他吗？

齐副官 说了，他说跟您素无来往，不能来，很抱歉。

白坚武 什么？……（自语）同学都不认啦。

齐副官 我还把大帅提出来，说您是带大帅之命来请他商量事情。

白坚武 他怎么说？

齐副官 他说……

白坚武 怎么说？

齐副官 他说，“那么请你们白顾问用书面跟我谈吧，我很忙，不能去，很抱歉”。说完了就让一堆人力车夫拉拉扯扯地扯不见了。

白坚武 岂有此理！嘿，等着瞧吧！（思考）你先下去。

齐副官 是。（下）

赵继贤 我早知道，此人诡计多端，不好对付。

白坚武 要抓他还不容易，只是时机未到。先问了那个梁成武再说。

〔全副武装的魏学清疾步上，向白坚武、赵继贤敬礼。

赵继贤 人带来了？

魏学清 在外面。

白坚武 魏学清。

魏学清 有。

白坚武　你立了一功，恭喜你。

魏学清　全仗白顾问、赵局长栽培。

白坚武　把人带上来吧。

魏学清　是。

白坚武　做点儿戏吧。

魏学清　懂了。

〔魏学清下，白坚武、赵继贤二人严肃地相视一笑。

白坚武　照你刚才说的情况，此人道行确实不深。

赵继贤　浅得很。

白坚武　你先到后面躺一躺，抽两口如何？不过你得在后面留神听着，把他的口供记录一下。

赵继贤　好。（进入屏风后）

魏学清　报告。

白坚武　进来。

〔魏学清带一蒙眼人上，魏将他按在圆凳上，然后除去他的蒙布。此人就是梁成武，他有一双饥饿的眼睛，眉宇间有清秀气，但流露出懦弱和忧愁。

魏学清　这是吴大帅的白顾问。

〔梁成武望着白坚武发愣。

魏学清　（大声）起立！

〔梁成武吓了一跳。

白坚武　不用，不用。（对魏学清）你下去。

魏学清　是。（对梁成武）你得痛快点儿啊！

白坚武　（不悦状）这里不是你的警务处，少说吧，请你下去。

魏学清　是。（下）

〔静场片刻。

白坚武 我知道晚了一步，赵局长跟魏处长没有及时向我报告，梁先生，委屈你了。

〔梁成武不语。

白坚武 我们坦诚相见吧，梁先生，为了你的事我刚才特意打长途电话到洛阳向吴大帅请示，吴大帅叫我好好款待你，问你有什么困难，大帅愿意帮助你，大帅希望你尊重自己的前途。你知道这是怎么回事吗？恐怕连你自己也不明白吧？原来大帅的曾老太爷跟令曾祖有过同窗之谊，不仅如此，大帅的曾老太爷在十年寒窗的时候，还得到过令曾祖的资助。这件事，恐怕你万万没有想到吧？堪称奇缘啊！

〔梁成武不语。

白坚武 齐副官。

齐副官 （应声）有。

〔齐副官上。

白坚武 怎么不上茶？

齐副官 是。（下）

白坚武 不要沉默，梁先生，有话可以直说，这里没有外人。

梁成武 他们无缘无故把我绑了去，进行秘密审问，灌我凉水，上我的老虎凳，逼我的口供，这究竟为什么？

白坚武 这还不清楚吗？为了施洋。为了林祥谦。绝不是为你本人。

梁成武 关于施洋和林祥谦的情况，我已经对他说过了。

白坚武 太少啦，太少啦，成武兄，你要知道，你既已说了一句，那么同说十句没什么差别，彻底谈清楚吧，大帅很需要你的帮助。按照你和大帅的关系，你也应该对大帅有所帮助啊，不是吗？

〔梁成武不语。齐副官送茶上。

齐副官 白顾问还有什么吩咐？

白坚武 没有，下去。

〔齐副官下。

白坚武 成武兄，你想一想，你跟施洋、林祥谦等人，有什么了不起的瓜葛呢？没有。我知道，没有。施洋出身贫寒，林祥谦根本就是个工人。你呢，官宦世家！我不明白，你为什么要铤而走险，出此下策。

梁成武 你既然这样问，我直说了吧。

白坚武 好得很，喝口茶。

梁成武 （喝茶）我从日本回国以后，看到政治腐败，战乱不息，列强都想来蚕食，我很痛心，所以我……

白坚武 说下去，很好，不要顾忌。

梁成武 所以我要搞工人运动。

白坚武 很好，成武兄，你的确是个有抱负的人，不过你救国的方法错了。

梁成武 ……不见得。

白坚武 错了，的确错了。你既然留学日本，那么我们就谈谈日本吧，日本自一八六七年明治维新以来，定宪法、立国会、修内政、废幕府，短短五十年来，现在成了世界上的五强之一，这倒是我们中国应该学习的榜样。不过中国还得首先加上一条，就是首先要求得武力统一，这就是吴大帅的神圣使命，为了完成这样的使命，吴大帅愿意网罗天下志士，共图伟业。当然，我这么说，并不等于直接同日本合作，这是吴大帅坚决反对的，因为日本一直在帮助张作霖在关外造反，其目的无非想从中渔利，所以大帅说过：日本是我们的仇敌，这是肯定的。哦，话又扯远了，成武兄你既然有志于救国，为什么不走一条真正的救国之道，却去跟那批工人混在一起？这难道不辱没了你的家世吗？再说，“工运”，嘿，全京汉铁路也不过三万人，而吴大帅几十万精兵，连张作霖的关东师都被打得弃甲曳兵而遁，那区区手无寸铁的三万工人，何足道哉呢？

〔梁成武不语。

白坚武 成武兄，人生在世，短短数十年耳，救国救民固是首要的使命，然而我们也应该多少想到一点自己，你天天与工人为伍，生活在死亡线上，对自己又所为何来呢？

梁成武 我……并没有想到自己。

白坚武 哈哈哈！这不是你的由衷之言呀！成武兄，俗话说“人不为己，天诛地灭”，你的真实的心情我是了然的，了然的！因为在这种问题上，我是过来人啊！不谈，不谈啰，从现在起我再也不谈了。今天认识你，我很高兴，很高兴。我马上放你出去，一切由你自决，绝不勉强。如果你愿意的话，请随时与赵局长取得联系，不必再同魏学清打交道，那是个庸才，不必理会他。我今天就要回洛阳去向大帅报告你的情况，我真诚希望你能同大帅合作，你们是世交，比起我和大帅来，你反是后来居上了！

梁成武 不过，白顾问……

白坚武 （阻止）不，不，不，不谈了，不谈了，我绝不勉强你。怎么样，腿不要紧吧？

梁成武 还好。

白坚武 魏处长。

魏学清 （应声上）有。

白坚武 马上陪梁先生出去，先找两个按摩的人替梁先生好好地按摩一下，洗个澡，小心送梁先生回家，不要给外人看见，叫梁先生为难。

魏学清 是。

白坚武 以后不准再去麻烦梁先生。

魏学清 是。

白坚武 成武兄，就这样吧。

梁成武 我回去想一想。

白坚武 好。（对魏学清）小心陪着。

魏学清 是。（对梁成武）你请吧。

〔白坚武与梁成武热诚地握手。

白坚武 保重！

〔魏学清、梁成武下。赵继贤从屏风后出，向白坚武拱手。

赵继贤 坚公坚公，你真是了不起！

白坚武 听清楚了吗？

赵继贤 全记下来了。

白坚武 你看这个人，是不是现在已经过来了呢？

赵继贤 肯定，肯定。

白坚武 还别忙那么快肯定，希文兄，还得继续地追！你马上准备……（咬一咬牙）一万元，趁他洗澡的工夫偷偷塞在他口袋里，明天再找他。

赵继贤 什么时候下施洋的手呢？

白坚武 （思考）嗯……对于施洋现在反倒不必着急了。我想这事我们干得还应该彻底，一方面通过梁成武了解总工会筹备处的部署，准备应付他们在郑州成立总工会的活动；另一方面通过梁成武彻底搜索他们的内部，查清楚除施洋之外，究竟还有没有其他更重要的赤化分子，找机会连同施洋、林祥谦之流一网打尽，永除后患。对梁成武要刚柔并济，一方面尽量满足他的物质要求，另一方面捏住他所有的口供记录，使他无法追悔。总之，动之以利，说之以利害，然后明确指使他，叫他用一切办法取得施洋、林祥谦之流的绝对信任，这就叫作挖心之术。

赵继贤 啊，坚公，赛过诸葛亮！

白坚武 你那个凉水跟老虎凳也起了重要的作用。

〔白坚武、赵继贤相视而笑。

白坚武 你跟我挂辆专车，今天马上回洛阳见大帅。

赵继贤 好。

——**幕落**——

第二场

〔京汉铁路总局批准京汉铁路总工会于一九二三年二月一日在郑州开成立大会，总工会筹备处遂在事先发通告，送请柬，邀请各界派代表参加总工会成立大会，同年一月三十一日各地应邀到郑州与会团体三十多个，各厂矿工会代表一百三十余人，各地男女学生及新闻界代表三十余人，各铁路代表六十余人，共计三百余人。军阀吴佩孚巧用心计，突然发出禁令，不准工人开会，与会代表都因当局欺骗工人，纷纷责难，群情激愤。二月一日清晨，京汉铁路总工会筹备处负责的工人们，在地下党的领导下，在各地各界的支持下，不顾军警威胁，集队向预定会场普乐戏园进发。

〔地点：郑州普乐戏园门前。

〔时间：一九二三年二月一日晨。

〔布景：正面一大片土红色墙，横贯左右，高不见沿。墙中央两扇木头大门紧闭。门框的上面，有“普乐戏园”四字，因墙灰剥蚀，字迹略显模糊；墙前左方满布铁丝网，层层向左侧排列，纵深不见尽头；右方一个掩护体，沙袋如土丘，作马蹄形；沙袋后一挺机关枪，直指左方铁丝网的外边，俨然作战景象；墙前中央方寸地，平坦无物。

〔左边警察持枪跑至铁丝网旁，目标向着铁丝网的左方（即警察视线的正前方）；右边沙袋后，警察（实际上是士兵伪装的警察）守着机枪阵地，目标与警察同；正中，一警察封住普乐戏园大门，白坚武、赵继贤、魏学清停立门前视察。

〔突然，铁丝网旁的警察提枪做瞄准状。

警察甲　口令！

〔胡大头声：自己人，自己人！报告处长，我回来了！

魏学清　把他放进来。

〔警察甲起立移动障碍物。穿着工人服装的胡大头上。脱去工装。

胡大头　处长，他们马上就出发，这是他给我的。

〔胡大头递一字条给魏学清，魏学清传递给赵继贤，赵继贤凑白坚武念字条。

赵继贤　“林祥谦总领队，施洋带乐队，黄得发、孙玉亮带纠察队，吴伯林带宣传队，马上出发，立刻就到，他们坚决得很”。

白坚武　这个字条你是怎么拿到的？

胡大头　报告白顾问，小的事先跟那天到您公馆去的梁成武约好，在五洲大旅馆后边空场的厕所里见面，他偷偷交给我的。

白坚武　看样子箭在弦上，不得不发了……不过还要忍，不到万不得已，决不开枪。

赵继贤 （向魏学清）你听明白了吗？

魏学清 听明白了。

白坚武 （看了看魏学清）唔，这边（指机枪阵地）的军队也临时归你指挥，我已经向张参谋长谈妥了，目前军队还不便出面，懂了吗？

魏学清 是，白顾问放心。

赵继贤 他（指魏学清）是带兵出身，可以胜任。

白坚武 我知道。

赵继贤 现在我们是否先避一避？

白坚武 要避，（对魏学清）必要时马上来报告，注意，千万不准随便开枪，先开枪我们被动，明白吗？

魏学清 是，白顾问放心。

〔白坚武通过机枪阵地下。

赵继贤 （欲随下，临行对魏学清）这儿交给你了。

魏学清 局座放心。

〔赵继贤下。魏学清巡查左右防哨，对左边警察。

魏学清 把精神提起来，敌人就要到了，这是你们报国的时候。（向右穿警察服装的士兵）你们也要注意，目标：正前方，一千咪达，洋灰大楼。

班　长 是。

魏学清 你叫什么名字？

班　长 报告，蒋奎官。

魏学清 蒋奎官。

班　长 有！

魏学清 好好干，打响了，我请示你们参谋长，放你们三天，让你们发一笔……

班　长　是。听见了吗，伙计？

魏学清　我到第二散兵线看看，（对胡大头）你注意了，一有动静，马上报告。

胡大头　是，处长放心。

〔魏学清通过机枪阵地下。胡大头学魏学清模样，巡查左右防哨，对左边警察发令。

胡大头　把精神提起来！听到没有？啊？

警察甲　这不提着口气了吗？

胡大头　把背挺直啰。

警察甲　我生来就罗锅儿腰，天又冷，您穿着皮袄，我们还是单制服……

胡大头　别废话，拿出尚武精神来！

警察甲　这不拿着了吗？

胡大头　窝囊废！

〔警察甲敢怒而不敢言，向其他警察做鬼脸。胡大头晃到右边。

胡大头　蒋奎官。

班　长　干啥？

胡大头　这回好好干，别丢我们处长的脸啊！

班　长　你得了吧，伙计，咱俩差不离。

胡大头　什么？立正！

班　长　你叫谁立正啊？老子当兵的时候，你还是个精虫儿呢！

胡大头　（学魏学清的口吻）混账！

班　长　什么？

胡大头　你现在穿的是我们路警服，你就得听我的！

班　长　我听你个娘！老子当了三十年的兵，啥大人物没见过，可没见过你这个尿样儿！

胡大头 你骂人？

班　长 骂你怎么样？老子不穿你们这种叫花装，脱了！（向其他士兵）脱了，脱了！

〔士兵纷纷脱去警察服，现出里面的军装。

士兵们 脱了，脱了！

班　长 你们这些破叫花子！

警察甲 喂，你们凭什么骂我们警察，我们警察是破叫花子，你们大兵就是财神爷？别威武了，伙计，你们跟我们也差不离！

班　长 你们懂个啥，你们打过仗吗？你们上过前线？你们见过机关枪吗？老子给你个厉害瞧！（向士兵发令）卧倒，预备……

〔班长立刻伏在机枪阵地上，士兵们也都伏在沙袋后，一起向胡大头及警察们瞄准预备放，胡大头惊慌。

胡大头 别开机关枪！别开，别开！自己人，自己人！

班　长 去你奶奶的，预备……

〔胡大头及警察们大乱，想拉开铁丝网向外逃，突然从铁丝网外面的远处传来一阵人群吼声及乐队吹打声，胡大头定神望远处。

胡大头 来了，来了！敌人来了！（向士兵及警察）大家别闹了，敌人来了，那些开会的工人来了！蒋班长，我服了，我求求你，对付敌人要紧，我报告处长去。

〔胡大头越过机枪阵地下。

班　长 好，咱待会儿再算账。卧倒！目标，正前方，一千咪达，洋灰大楼！（向铁丝网后的警察）喂，叫花班，快卧倒，要不就射你们的狗脑袋瓜子了！

〔警察们唯命是听地纷纷卧倒，向铁丝网外作预备射击状。

〔乐队声人声越来越近。胡大头跟着魏学清上，越过机枪阵地，站立墙边紧张地望着前方。

〔乐声及人群声逼近。

魏学清 不准走近！不准走近！走近就开枪了！

人群声 你们为什么开枪？

魏学清 吴大帅命令，不准你们开会！

林祥谦声 你们赵局长早批准我们来郑州开会，你们说话得算数，兄弟们，前进吧。

〔群众怒吼声。群众互语，骚动声，

魏学清 这事我做不了主，我请赵局长来跟你们讲话。

梁成武声 什么赵局长冯局长的，不听他这一套，冲进去！

林祥谦声 慢着，就让他找赵局长出来。

魏学清 好，马上来，马上来。

〔魏学清轻声命令胡大头，胡大头急下。一片群众互语声，声虽不高，但魏学清感到压力很大。赵继贤上，胡大头随上。

梁成武声 那姓赵的来了……

赵继贤 （向铁丝网外拱手）各位，各位，兄弟实在非常为难，希望各位原谅，吴大帅的命令突如其来，不让各位在郑州开会，兄弟实在无能为力。

林祥谦声 那你为什么批准我们的呈文呢？

赵继贤 兄弟事先不知道吴大帅的意旨，所以……

梁成武声 胡说八道，我们冲进去！

赵继贤 各位，各位，你们千万不要盲动，万一放起枪来，对各位十分不利！

梁成武声 你不要用枪吓唬人，我们冲呀！

赵继贤 各位，各位，千万不要冲，万事都好商量，请派两个代表来从长计议。

梁成武声 什么计议不计议，不听他这一套，冲呀！

林祥谦声 大家静一静，他要我们派代表，我们就派代表，跟他们讲道理。你把铁丝网拉开吧。

〔赵继贤命胡大头拉开铁丝网，让出一条路来，林祥谦、梁成武、孙玉亮鱼贯而上。

赵继贤 林祥谦，彼此都是铁路上的人，何必搞得这样面红耳赤。

林祥谦 赵局长，你早就批准我们成立总工会，我们也登了报，发了请帖，现在各地代表到了三百多人，大伙儿高高兴兴来开会，你又不让我们开，这道理讲得通吗？你自己说说！

赵继贤 林祥谦，不是兄弟不让开，是吴大帅的命令突如其来，兄弟实在无能为力呀。

林祥谦 吴大帅的命令早不来晚不来，单等我们各地代表都到齐了才来，这是什么把戏啊？你们拿我们工人要着玩吗？跟你说实话，赵局长，我们的成立大会是开定了的。你看看（指铁丝网外）来了这么多人，大伙儿能答应不开吗？往后你跟大伙儿总得见面，你总还得做局长吧？干吗把自己画成个三花脸呢？快把路让开吧，让我们进场开会。

赵继贤 这是万万不能，我绝没有让你们开会之权，现在只有两个办法：一个办法是请吴大帅再下道开禁命令，另一个办法是请各位都暂时退回五洲大旅馆，从长考虑开会问题。

梁成武 岂有此理，他这明明要手腕，我们别上当，冲进去！

赵继贤 喂，喂，喂，这位工人先生，你不要动怒，冲不是办法，你们结队游行，阻塞交通，影响治安，又不服从大帅的命令，万一流血，这场官司打起来对你们是很不利的呀！

〔施洋从铁丝网的豁口走出来，边走边说，吴伯林跟在一旁。

施　洋　啊！有理走遍天下，无理寸步难行，说起打官司，本律师不能不出来重申正义，再讲公道了。

赵继贤　哎呀，施洋先生来了，欢迎欢迎！你们一齐商量。

〔魏学清见施洋，急下。

施　洋　你既说“欢迎”，我就建议你把这些障碍扫除干净，让这三百多位代表，进会场开会去吧。

赵继贤　兄弟是心有余力不足。京汉铁路总工会成立，本是好事，所以我在月前就批准了工人的呈文，可是大帅的命令突如其来，兄弟身为京汉铁路总局长，怎么能不服从大帅的命令呢？

施　洋　你既是京汉铁路总局的局长，又怎么能够失信于京汉铁路的工人呢？

〔机枪阵地后，士兵喊立正声，魏学清随白坚武上。

白坚武　赵局长，你搞得如此严重干什么？各位代表……哎呀！这不是施洋兄吗？久违久违！（向赵继贤）施洋先生是我的老同学啊！（向施洋）施洋兄，月前我到汉口专程拜访，没曾得见，想不到今天却在这里相遇了！

施　洋　抱歉得很，今天在这里见面不比在你公馆见面有意思得多吗？

白坚武　这真是……这真是历史性的会见啰！哈哈！这位是？

林祥谦　我叫林祥谦。

赵继贤　江岸工会的。

白坚武　啊，久仰得很！这位是？

梁成武　梁成武。

赵继贤　你也是江岸工会的？

梁成武　不，我是水电工会代表。

白坚武　怎么？你们水电工会也来开会？

梁成武　是的，我代表水电工会，还代表湖北省工团联合会来参加京汉铁路总工会成立大会，可是来了三天，你们百般阻挠，我要代表大家向你们提出严重抗议！

白坚武　哦，梁先生真是侠义之士，您不要着急，我们好商量。

梁成武　有什么好商量的，你们……

林祥谦　让他说下去。

白坚武　这位是？

孙玉亮　我叫孙玉亮，工人。

林祥谦　是我们的纠察大队副。

白坚武　那位是？

吴伯林　吴伯林，工人，管宣传的。

白坚武　哦，好极了，好极了。今天真是群英会啰，我叫白坚武……

赵继贤　吴大帅的顾问。

白坚武　顾问不敢，遵照大帅的意旨，替劳工尽点微力而已。

施　洋　好得很，那就让代表们进场开会吧。

白坚武　这个，施洋兄……

施　洋　白顾问，从一月二十八日到现在，三百多位代表在郑州等了七十多小时了，国际“哀的美敦书”的限期也不过四十八小时啊，你既说替劳工出力，那我就建议吴大帅立刻开禁，让三百多位代表进会场开会吧。

白坚武　是的，施洋兄，林祥谦先生，梁先生，孙先生，各位代表，我今天刚从洛阳赶到，代表吴大帅同各位进行和平面谈，希望求得各位的谅解。

施　洋　既说和平，为什么又武装布防？而且把枪口对准了代表呢？

白坚武 是啊，赵局长，搞这些警察来干什么？没有意思嘛。叫他们退远一些行吗？

林祥谦 不只警察，还有军队哩！

白坚武 啊？哪里有军队？

施　洋 白顾问，请看，还守着机关枪哩！

白坚武 啊？

〔白坚武、赵继贤等回头看见脱去警服的士兵，又愤又窘。

白坚武 （向赵继贤）这是哪来的啊？（向士兵）谁叫你们来的？

班　长 报告，长官……

白坚武 后退，后退，后退！

魏学清 （向机枪兵喊口令）起立！向后转！持枪！跑步走！一二一，一二一，一二一，立定！向后转！跪下！注意目标。

〔机枪兵们已在魏学清的口令下退场。

〔施洋洞察敌情，走近吴伯林耳语，吴伯林向铁丝网外招手，黄得发出现在铁丝网外，吴伯林低声转达施洋指示，黄得发转身急下。

白坚武 唉，你们在搞些什么？叫警察也后退。

魏学清 （对铁丝网旁的警察）你们都到这边来。

〔未经训练，毫无纪律，精神不振的警察们，走到沙袋前站住。

魏学清 卧倒，你们不要命啦！后面还是机枪，明白吗？

〔警察们回头向沙袋后面的远处一看，不禁胆战，立即卧倒在沙袋前，目标仍是铁丝网的外面。

白坚武 不能再退啦？

魏学清 报告白顾问，不能再退了，这是参谋长……

白坚武 唉，你们这些武人，真是戒之在斗啊！施洋兄，各位代表，今天处在这种僵持局面中，兄弟不得不把真情奉告，希望各位原谅。赵局长，今天这次的事件，你不能辞其咎，你既然批准了工人的请求，为什么又呈请大帅下令禁止他们开会呢？各位代表，大帅不明详情，根据赵局长的请求下令禁止开会，此其一。其二，郑州确是军事重地，集队开会，很不相宜，目前国家还在混乱不安之秋，万一出了意外，于国于民都有不利啊，希望各位顾全大局，谅察大帅的苦心。

林祥谦　照你说，我们还是不能开会。

白坚武　郑州是军事要地，大帅碍难照准。

梁成武　赵继贤，你要手腕，欺骗我们工人，我们非跟你算清这笔账不可！

赵继贤　兄弟实在有苦说不出。

林祥谦　赵局长，你别装样了，你刚才还说是吴大帅不让开会，不是你的意思，现在他（指白坚武）不是说了吗，是你和吴大帅下的禁令！

赵继贤　唉，这事我……

白坚武　赵局长，这事你确有责任，希望你以后向代表们陈述清楚……

梁成武　不行，要他马上向大家说清楚。

施　洋　慢，依我看，赵局长的事情是和吴大帅之间的内部问题，工人代表一时还无暇过问，也不必要问，因为他们之间有很多事情我们工人是不清楚的。目前要解决的问题，是马上要在普乐戏园开总工会成立大会，希望白顾问不要阻拦。

白坚武　施洋兄，您未免过分！再说，您并不是工人，何必如此激愤！

林祥谦　施洋先生是我们总工会的法律顾问，我们委托他代表我们讲话。

施　洋　工人们为了成立自己的工会，四处奔走，筹备了半年之久，一切经过，事事有法律根据，件件有文字为凭。京汉铁路总局批准成立工会在前，禁止成立工会在后，出尔反尔，怎能自圆其说？目前全国工矿，成立的工会已有好几百所，为什么一向以“保护劳工”自居的吴大帅，反而不准成立工会呢？吴大帅身为两湖巡阅使，“高官一品”，但是玩忽法纪，愚弄人民，剥夺工人应得的集会结社的自由权利，他难道不怕受到全国舆论的唾弃吗？

〔铁丝网外的群众吼应。

白坚武　各位代表，希望你们不要误会，吴大帅所下的禁令，并不意味着永远不准你们成立工会，而是希望你们不在郑州成立，因为郑州是军事要地，大帅的意见是希望你们改期成立，改地成立；大帅还表示，成立工会是工人的大喜事，应该找个大酒馆大摆宴席，通宵庆贺；这一切费用全由大帅承担，此外，吴大帅还准备聘请工会委员为大帅的副官，月薪二百四十港洋，将来由委员兼副官的工人先生沟通巡署与工会之间的意见，成为一座劳资之间的黄金桥梁。如此，可以上下通心，官民一致，共同为中华民国谋福利。目前大帅唯一的希望，就是请各位不要在郑州开会。各位代表，也得替大帅想想，他身为统帅，中外驰名，军令如山，焉能出尔反尔呢？

林祥谦　白顾问，成立工会是我们工人自己的事，用不着大帅出钱。我们工人开会怎么会影响大帅的军事呢？去年大帅同张作霖打仗，他运兵的火车，还不是我们工人开的吗？副官我们是做不来的，二百四十块港洋我们也不要，我们就是要开会。

白坚武　抱歉得很，其他都可以照办，就是开会办不到。

林祥谦 一定要办到！

〔铁丝网外群众吼叫。

群众声 我们要开会！

〔群众吼声不绝，淹没场内一切人的说话声。白坚武与赵继贤讲话，二人匆匆越过机枪阵地下。同时，黄得发奔至铁丝网前，与孙玉亮递消息，孙玉亮即转告施洋，施洋转告林祥谦。同时，魏学清指挥警察卧倒，预备射击，机枪兵重现在沙袋的阵地上，作预备射击姿态。

林祥谦 （向铁丝网外扬手）兄弟们，代表们，我们暂时退一退。

〔林祥谦、施洋等急速越过铁丝网，下场。露在铁丝网上的大旗也都隐没。群众骚动声渐远。场上突然寂静，士兵警察们都很奇怪。魏学清、胡大头停立远望，不知所以。

〔白坚武、赵继贤又上。

白坚武 怎么回事？

赵继贤 全退了？

魏学清 报告白顾问，工人看到我们军队真要放机关枪，全吓跑了。

白坚武 不，不简单，快派人调查。

魏学清 （对胡大头）你快去。

胡大头 是。（急下）

白坚武 希文兄，你不怨大帅吗？

赵继贤 从何说起，坚公，这台戏不能不这样唱，否则他们焉能撤退？……可……他们这个撤退有些奇怪！

白坚武 是的，还有文章，施洋的锋芒毕露，共产党无疑。

赵继贤 梁成武还不坏。

白坚武 凉水、老虎凳，加一万元！

〔胡大头奔上。

胡大头　报告白顾问，不好了，林祥谦带着工人不声不响绕过那边一条小巷，转到普乐戏园的后门去了！

白坚武　啊？后门没有军队？

魏学清　这个……

白坚武　快，快调队伍去！

胡大头　他们又来了。

〔乐队及人声突然在普乐戏园门内大作。孙玉亮、黄得发把大门打开，群众又从门外冲入。

赵继贤　他们已经进去了！

魏学清　机枪阵地快挪过来！

〔士兵及警察都转移到中央，面向普乐戏园卧倒。

魏学清　目标，正前方，普乐戏园大门……

〔黄得发、孙玉亮各执一面斧头镰刀大红旗冲出门口，插在两旁，呈交叉形。门内中央，背立着的林祥谦领导门内工人代表喊口号：

"京汉铁路总工会万岁"！

"打倒军阀！"

"劳动阶级革命万岁！"

魏学清　机关枪预备！

〔士兵及警察纷纷上子弹。施洋从门内大叫一声冲出门口，站在石阶上。吴伯林执一短木棍随护施洋之侧。林祥谦转身跨出门外，开会的代表拥在林祥谦、施洋的身后，听着林祥谦、施洋激动的声音。

施　洋　不要开枪！

林祥谦　别开枪，弟兄们！我们都是穷人啊！穷人不打穷人啊！你们因为没饭吃，才出来当兵当警察，工人们也是因为没饭吃，才出来卖苦力。你们跟工人们一样，也都是受压迫的穷人，天下穷人是一家。你们为什么把枪口对准了你们自己的穷朋友、穷兄弟呢？

施　洋　对！对！这位林祥谦代表说得对呀，士兵们！警察们！你们中间不是有许多从北方逃荒来的人吗？两年前北方五省大旱灾，饥民两千多万人，饿死几百万人，这里面难道没有你们自己的亲骨肉吗？你们大家想一想，那时候你们的处长，你们的局长，你们的顾问管过你们了吗？他们出过一文钱帮助过你们吗？没有！但是工人弟兄们都在工厂里募捐送到灾区帮助你们，这个事情难道你们都忘掉了吗？士兵们，警察们，这位林祥谦代表说得对呀！我们都是穷人，穷人不打穷人，天下穷人是一家！你们清醒过来吧，赶快回到穷人自己的队伍里来！穷人团结起来，劳动阶级胜利万岁！

〔群众吼声震耳。

〔白坚武、赵继贤、魏学清、胡大头在施洋及群众的怒吼声中退缩在台口二道幕外的墙根前。

〔二道幕在施洋、林祥谦及群众怒吼声中急落。

〔二道幕前的白坚武、赵继贤、魏学清、胡大头四人赶到台中央。

白坚武　（余悸犹存地）真是一群大暴徒！快，立刻派独立营去捣毁他们的会场，命令全市大小商店、饭店、旅店一律断绝这批暴徒的任何供应：饿死他们，冻死他们，逼他们马上离开郑州。我立刻回洛阳向大帅请示下一步的对策。

赵继贤／魏学清／胡大头　是！

白坚武　唉！太狼狈！太狼狈了！你们还待在这里干什么？立刻行动！

赵继贤／魏学清／胡大头 是！

——**幕急落**——

第三场

〔京汉铁路总工会于二月一日在郑州宣告成立。郑州军警当局立即以武力捣毁总工会会所，驱散各地工会代表。总工会被迫迁往汉口江岸，事态严重，全国舆论哗然。总工会为了争自由，争人权，议决于二月四日宣布京汉铁路全路总同盟大罢工，向军阀吴佩孚提出五项要求，吴佩孚派其心腹爪牙求计于美英帝国主义者。

〔地点：汉口，英国总领事馆。

〔时间：一九二三年二月五日夜晚。

〔布景：英国总领事吸烟室一隅。丝绒装饰的墙壁呈三角形，中央一门通甬道，门框被丝绒帷幕所掩，门的上端有一枚英国国徽，门外甬道处是一片淡灰色墙。室内中右处，一座柚木高背单人沙发，近旁一柚木几，几上有烟具，几侧一柚木小摇椅，沙发前铺一张虎皮，虎尾冲沙发。空中悬蜡烛式吊灯。

〔室内暗淡，无人，甬道上有光亮。

〔海伦引斯鸠特上，海伦按电开关，蜡烛吊灯明亮。

海　伦 请。

斯鸠特 （边走边说）怎么一个人也没有，老人呢？

海　伦 （耸肩）还没好。

斯鸠特 他不知道我来了?

海　伦 知道了，可是他不能走。

斯鸠特 那我到他的卧室去。

海　伦 不用，护士就会送他出来的，他的左腿还伸不直，腰也还没好，你们上礼拜那场马球打得太激烈啦。

斯鸠特 激烈?哈，难道比中国工人的罢工更激烈吗?

海　伦 那得问你们总领事先生们啰。

斯鸠特 难道您没有感觉吗?亲爱的。

海　伦 有，我感到憎恨，那些野蛮的中国工人居然跑到我们租界的大英帝国总领事馆门前喊口号，简直是英皇陛下的耻辱!

斯鸠特 不要着急，亲爱的海伦小姐，我们很快就会把中国的工潮平息下来!

〔顾弗在内咳嗽。

海　伦 顾弗先生来了!

顾　弗 Good evening![1]

斯鸠特 Good evening!

顾　弗 等久了吧，老弟。

斯鸠特 还好，有海伦小姐替您陪客。

顾　弗 (向海伦)谢谢你，My dear Helen。[2]

〔护士将车安置在恰当的位置，下。

斯鸠特 怎么样?你的腿和腰?

顾　弗 主要是我的脉搏。

1 晚上好!

2 我亲爱的海伦。

斯鸠特 以后我们再不玩马球啦。

顾　弗 不不不，不是马球的缘故，是工人。中国工人的缘故。他们使我的脉搏增加速度，使我的心脏感到不正常。

〔护士推一白色的药几上，安置在顾弗身旁，并与顾弗按脉。

顾　弗 真是一群猪，一群野猪！嘿，总同盟大罢工！（向海伦）怎么说？怎么说的？他们提出的那五个条件？

海　伦 请原谅，等一等。（翻开手中的速记本，准备念）

斯鸠特 不用了，尊敬的海伦小姐，我记得。第一，要撤销京汉铁路总局长赵继贤、分局长冯沄的职务，要查办警察局长；第二，要赔偿他们召开成立大会的损失费六千元；第三，送还工人代表赠给总工会的一切礼物，要道歉；第四，每星期休息，照发工资；第五，中国年放假一星期，也要照发工资。完了，（问海伦）对吗？

海　伦 非常准确，先生。

〔护士给顾弗用药。

顾　弗 您以为吴佩孚能答应工人的条件吗？老弟。

斯鸠特 您以为吴佩孚答应了工人的条件，问题就能解决吗？

顾　弗 您以为不能解决吗？

斯鸠特 尊敬的顾弗先生，世界上的新大陆只有一个，而且只有美国的祖先才能发现。如果吴佩孚答应了工人的条件，工潮就能平息的话，那就等于在地球上又发现了一片新大陆。

顾　弗 好得很，亲爱的，我今天晚上请您来，就是想等吴佩孚的代表来到之前，我们先商得一致的步骤。您觉得问题的症结在哪里？

斯鸠特 您有底牌吗？

顾　弗 有。

斯鸠特 确实?

顾　弗 确实，只是想先听听您的。

斯鸠特 好，我以为问题的症结在他们工人的内部。

顾　弗 可靠?

斯鸠特 我有准确的情报。

顾　弗 好得很，您真是外交界的后起之秀，老弟!

斯鸠特 （不示弱，幽默地）哼，哼，您上次不还责怪我“后来居上”了吗?

顾　弗 （也幽默地）好在这个山上的可猎之物很多，我们不会为了抢一只野猪而争吵的。说吧，老弟，是不是因为他们工人中间有个林祥谦?

斯鸠特 不仅仅是林。

顾　弗 还有……施洋?

斯鸠特 不仅仅是施。

顾　弗 还有……项德龙?

斯鸠特 Absolutely right.[1]

顾　弗 亲爱的老弟，我们的材料完全相符。（兴奋）这是一场可怕的战斗，老弟，应该更准确地说：问题的症结不仅仅在他们工人内部，而在俄国，布尔什维克的俄国!（切齿仇恨）那些无用的白俄将军们——高尔察克、邓尼金，都是没出息的家伙，害得我们过去四年来在俄国战场上损失了难以计数的金钱和军火。现在我们决不能把中国这块猪排拱手让给别人，我们必须

1　完全正确。

战斗！

斯鸠特 是的，即使在这个世界上没有俄国，我们也要战斗，因为我们对吴佩孚的投资不能白送。

顾　弗 老弟，你不要光计较买卖呀！

斯鸠特 难道你的使命与买卖无关吗？您就心甘情愿做一笔赔本生意吗？曾记得清朝末年，贵国跟我国同那些拖辫子的家伙做了六百多万镑的借款，可是一闹辛亥革命，差点赔光，难道您认为这类事情很有趣吗？

顾　弗 当然有趣，因为袁世凯是不会不认账的，老弟，不管他们怎么变，总逃不出我们的手心，正如同在大英帝国的领土上，The sun never sets。[1] 这是规律！

斯鸠特 布尔什维克也在您的规律之内吗？

顾　弗 那是一颗越轨的恒星，老弟，我的意思是说，您不要仅仅在钱上打算盘，因为在政治的算盘里面已经包括了经济因素。

斯鸠特 （不悦）谢谢您的教导，我在大学的时候学的正是政治经济。

顾　弗 亲爱的老弟，您不要生我的气，真诚地说，我们对中国的借款，决不会让她白花，况且说到钱，老弟，英镑不比美金的价值更高一些吗？

斯鸠特 是的，但是您大概不会忘记，对中国贷款的新四国银行团的首席代表是美国的 Lamont[2] 先生啊！

顾　弗 确实，这正是我今天请您来共同合作的缘故。

1　太阳永不会降落。

2　雷蒙特。

〔外面电铃声。

顾　弗　大概是那个黄色小白脸来了。亲爱的，请您去把他带进来，不要让下人进这屋。

海　伦　Yes，sir！[1]

顾　弗　等一等亲爱的，请不要忘了，像上次那样，要把那个黄色小白脸的谈话完全记录下来。

海　伦　一定。（下）

顾　弗　亲爱的老弟，请允许我借您一只耳朵。

〔斯鸠特把耳朵凑近顾弗。

顾　弗　（低声而坚决地）……

斯鸠特　对，必须镇压。

〔护士第二次请顾弗用药。

〔海伦上。

海　伦　请进。

〔已经脱去了斗篷的白坚武，不卑不亢地小步走上。

白坚武　（与迎向他的斯鸠特握手）Good evening！

斯鸠特　Good evening！

白坚武　（与顾弗握手）Good evening！

顾　弗　Good evening！

白坚武　（向护士）Good evening！

护　士　Good evening！

白坚武　顾弗先生您欠安了？

1　是，先生！

顾　弗　不要紧……（**幽默地**）贵国的工人使我的心脏扩大。

白坚武　我代表吴大帅向您致深切的歉意。

顾　弗　吴大帅身体健康？

白坚武　托福，吴大帅命我向二位总领事先生问候。

顾　弗　谢谢。

斯鸠特　谢谢。

顾　弗　请坐。

〔**白坚武被指请坐在摇椅上，斯鸠特敬雪茄烟，海伦站在顾弗后面开始笔记。**

白坚武　斯鸠特先生，谢谢您派的军用飞机，否则我无法从洛阳到汉口，您二位都知道（**自作幽默地**）我国的铁路目前得了恶性传染病。

斯鸠特　不要紧，我们想办法医治它，吴大帅的事就是我国舒尔曼公使的事。

顾　弗　对，也就是我国麻克类公使的事情。

白坚武　感谢两位抬爱。

顾　弗　白坚武先生，由于医生的嘱咐，我本当谢绝一切宾客，但是因为您，吴大帅，我必须同您见面，请允许我少说几句话，并请允许我要求斯鸠特先生代我说几句。很显然，大英帝国同美利坚都是吴大帅的热诚的支持者，我们同吴大帅的利益是完全一致的。

白坚武　好得很。

斯鸠特　那么请您指教吧。

白坚武　不敢当，一言以蔽之，吴大帅目前遇到了困难，希望两位帮助。

斯鸠特　什么样的困难？怎么样的帮助？如果可以的话，再请您说明确些。

白坚武　我们不是外人，我可以更明确地说。

顾　弗　Please![1]

白坚武　从昨天中午，京汉铁路总工会宣布总同盟大罢工以来，全路已经瘫痪三十多小时了，其间的损失很难计算，特别是您贵国以及其他各友邦国家的损失，都十分巨大。为了减少各友邦继续受到损失，吴大帅有意忍痛暂时接受工人的条件，不知二位意下如何?

顾　弗　啊哈……吴大帅这种舍己为人的基督徒精神，很值得钦佩，不过……

斯鸠特　是的，不过我们也首先应当替吴大帅着想。

顾　弗　Really.[2]

斯鸠特　我想，我们的损失，将来吴大帅当然是会负责的，不过眼前由于罢工，使吴大帅失去重要的经济来源，这倒是非常实际的问题。接受工人的条件，当然很好，况且这是贵国的内政，敝国和大英帝国是绝不愿干预的，不过有一点，请注意，最近四年来，敝国对京汉路上有关器材方面的借款，美金和银圆各占两百万以上，当然这个数字比起敝国和大英帝国在其他方面对贵国人力物力上的友谊协助来，是微乎其微的，但无论如何，我们总可以作为一个忠实的朋友来关心来询问：吴大帅接受了工人们的条件之后，是否有把握使工人驯从呢?

白坚武　坦白地说，没有把握。

1　请。

2　对。

斯鸠特 那又为了什么“接受”呢？

白坚武 因为吴大帅一向是保护劳工的。

斯鸠特 哈哈哈哈！白先生，您这种外交辞令未免太见外了！准确地说，如果敝国和大英帝国不把吴大帅当作可尊敬的朋友的话！那么我决不会三次飞往洛阳与吴大帅商谈借款和军火等问题，虽然这笔借款和军火等问题还没有达成协议，但我和顾弗先生都很愿促成这件事情。可惜的是白先生您，今天对我们缺少真诚，凭上帝起誓，我对与白先生今天的谈话表示遗憾。

顾　弗 （向护士）给我药，给我药！

〔护士进药。

白坚武 二位不要误会，我刚才只说了上句，还没有说下句。

顾　弗 （喝着药对斯鸠特）亲爱的斯鸠特先生，您太性急了！

斯鸠特 那么请原谅，那下句呢？

白坚武 这是吴大帅从未说出口的肺腑之言，我愿意奉告二位知己。保护劳工是为了舆论，吴大帅必须得到有利的舆论。

顾　弗 有利以后又怎样呢？

白坚武 有利以后才便于用枪！

斯鸠特 先用枪与后用枪的利弊在哪里呢？

白坚武 先用枪，不利于今年六月以后对曹仲珊巡帅的大选，后用枪，则反之。

顾　弗 我以为曹锟先生今年大选的事情没有问题，不要说是我跟敝国的麻克类公使会支持，就是敝国的波那劳首相也会支持。

斯鸠特 我敢打赌，敝国哈定总统也会赞成。现在吴大帅遭遇了困难，我和顾弗先生怎能袖手旁观呢？

白坚武 正因为如此，我才代表吴大帅来就教于二位。

斯鸠特 那么，敬爱的白先生，我想请问您。

白坚武 请！

斯鸠特 您觉得这次京汉铁路大罢工内容是很简单的吗？

白坚武 不，决不。

斯鸠特 当真？

白坚武 当真。

斯鸠特 那么好，我还想冒昧地进一步请问您，有线索吗？

白坚武 不但有线索，而且我有确切的情报，正因为如此，吴大帅才迟迟不肯下手。

斯鸠特 正因为如此，我以为才应该下手，马上下手！

顾　弗 我也想冒昧请问一声：您的情报可靠吗？

白坚武 我派了忠实的人，打进工人中去了。

顾　弗 可否再冒昧问一句：您有名单吗？

白坚武 有。可靠的名单。准确的名单。而且是重要人物的名单。

顾　弗 好，好，好，白先生，我要恳切地请求您，您千万不要把名单向我们公开，因为这是贵国的内政，我没有兴趣去过问，我现在仅仅再想请问您一个问题。

白坚武 请。

顾　弗 您的名单是不是关于布尔什维克的？

白坚武 完全正确。

顾　弗 给我药，给我药。（**护士进药**）好了，我们的谈话似乎可以结束了，不过在结束前的一分钟，请允许我奉告吴大帅三点意见：第一，根据大英帝国的历史经验，对付布尔什维克最好是捏死它，当它还在摇篮中的时候；第二，您所说的对于你们忠实的人，永远不要忘了金钱和压力；第三，我深信吴大帅的大选计划一定成功，如果吴大帅他能更坚决、更迅速铲除我们的公敌布尔什维克的话。（**向护士**）给我药，给我药。（**护士进药**）

我该休息了。我需要安静。亲爱的贵宾，请允许我向你道晚安。Good night！

白坚武　晚安！Good night！保重！

〔护士立即推车下。

斯鸠特　白先生，愿您好运气，我跟顾弗先生都支持吴大帅。

白坚武　我估计您和顾弗先生的高见都将成为事实，因为共产党绝不是吴大帅的朋友。

斯鸠特　是的，消灭这种可怕的敌人，一定要快，我以吴大帅战友的资格，也向吴大帅提出一点希望。

白坚武　请说。

斯鸠特　希望他能在四十八小时之内把京汉铁路大罢工的问题彻底解决。

白坚武　（自作幽默地）亲爱的斯鸠特先生，您这不算是"哀的美敦书"吧？！

斯鸠特　不，敬爱的白先生，这是一种精神支援。

白坚武　您当然比我更明白，仅仅是"精神支援"，对于吴大帅统一中国的圣举是无济于事的。

斯鸠特　我完全明白，上次所谈的军火、训练飞机队、飞机修理厂和经济的具体支援，必将成为事实，因为我和顾弗先生都深信吴大帅是我们的朋友。

白坚武　谢谢您。一言为定。（二人握手）

——**幕　落**——

第三幕

第一场

〔这是京汉铁路总罢工的第四天，总工会已被军警监视，江岸分工会周围亦已暗探密布。分工会执行委员长林祥谦会同施洋律师奉地下党指示，将分工会秘密迁入民房，继续指挥战斗。

〔地点：与林祥谦毗邻的江有才家，现在是京汉铁路江岸分工会的秘密会所（后来实际上成为总工会秘密会址）。

〔时间：一九二三年二月七日傍晚。

〔布景：低矮零乱的破木屋，满屋尘埃，色泽暗淡，屋内有破桌等物。门外可见通大道的僻静小巷，但夜间看不清楚。间壁是林祥谦家，只一板之隔。

〔陈桂贞与江妻正在急速地打扫尘埃，江妻用一幅破蓝布将婴儿背扎在背上。

〔她二人一言不发，埋头打扫。

江　妻　瞧我这个狗窝，脏得不像样，有才死了我更没心拾掇了，唉！这地方这么小哪儿成，哪有分会好，多来俩人就挤不下。

陈桂贞　不要紧。

江　妻　我看回头跟林大哥说说，还是在分会那儿好干活。

陈桂贞　你林大哥不能去分会，今天局长、处长什么的老派人找他，那个胡大头成天在分会门口转悠，他们要打你林大哥的主意。林大哥嘱咐了，这儿不让外人知道。

江　妻　唉，这些天杀星的，总饶不过我们穷人。

〔外面有人群经过及骚动声。

陈桂贞　去看看，闹些什么，留神，别慌，要装作没事的样子。

江　妻　明白。

〔江妻出屋，陈桂贞一边注意外面人声，一边继续打扫，人声渐远，江妻急奔入。

江　妻　胡大头跟十来个大兵押着我们两个司机往车站去了，说要他们开火车去。

陈桂贞　胡大头看见你了没有？

江　妻　没有，我等他们走过了巷子口才敢回来的。

陈桂贞　那俩司机都是谁？

江　妻　没看清。

陈桂贞　他们都说什么？

江　妻　他们大伙儿七嘴八舌地一块儿嚷嚷，听不太真，就听司机说，他们没工会的命令不开车，胡大头就用鞭子抽他们，说不开也得开。还问司机要命不要。大嫂，我们这次大罢工，能把这些天杀星制服吗？

陈桂贞　你林大哥说，能制服。

〔陈桂贞心中不安，至门口遥望。

陈桂贞　怎么你林大哥还不来……

江　妻　要我去找他不？

陈桂贞 不用了，你找他不到，他不在分会了。我们快把屋子收拾干净吧。

〔二人继续打扫，江妻站在凳子上用帚子扫墙灰。

江 妻 （自语）这个天杀星的怎么还不死呀。

〔江妻体弱，感到眩晕，帚子落地，身体摇晃欲倒，陈桂贞急去扶抱。

陈桂贞 小狗娘，你怎么啦？

〔陈桂贞扶江妻坐凳上。

江 妻 一阵头晕，眼发黑……

陈桂贞 你坐着别动，我来吧，你的身体……

江 妻 不，我是想着胡大头那个天杀星的，气晕了。（流泪）

陈桂贞 别这样，不要气，只要记。施洋先生不跟你说过了吗？往后有我们穷人笑的日子！好啦，擦擦泪，别哭了。

江 妻 我不哭，（擦泪）我不哭。（强笑）唉，你瞧我这人多不顶用啊，（不禁又流下泪来，赶忙擦泪）唉，我真是个不顶用的。（背后的婴儿作呢语声，江妻急解带准备哺乳）

陈桂贞 看你这样，活像个广东堂客，我小时候在福建老家，可见了不少这样背孩子的广东妈妈。

江 妻 这还不是你替我出的主意吗？这主意倒好，又管了孩子又能干活。（哺婴儿）你瞅他一双小眼睛，活像他爹。（望着婴儿又流泪）唉，谁知道你长大了会怎么样啊！

陈桂贞 你林大哥说了，孩子们往后能过好日子。

江 妻 但愿这样。

〔门外脚步声，陈桂贞、江妻警惕。

陈桂贞 谁来啦？

〔林祥谦挟着一堆宣传品和一些写了字的红旗，与黄得发、吴

〔伯林上。

陈桂贞 可来啦。

林祥谦 （看了看四周）收拾好了？

陈桂贞 好了。

〔孙玉亮上。

孙玉亮 大哥，司机的事知道了吗？

林祥谦 我知道了。玉亮，你马上带纠察队、敢死队，到车站上把人拖回来。

孙玉亮 好！（下）

吴伯林 我也去。

林祥谦 不用，伯林兄弟，咱们还有别的事。（对江妻）借你这儿干两天活，不能让外人知道……

江　妻 我明白，大嫂跟我说啦。

林祥谦 身子骨儿怎么样啦？能挺得住吗？

江　妻 能啊，林大哥，你别操心。

林祥谦 （对陈桂贞）还是让她少动弹，肺病不比别的病。

陈桂贞 她抢着要干吗！

江　妻 我行啊，我能干！

林祥谦 那好，小狗娘，到门口坐着，望望风，有人来就报个信。

江　妻 好，我去。

陈桂贞 有人来了，你就在门外咳嗽。

江　妻 是啦。（江妻端小凳出）

林祥谦 伯林兄弟，你把这个罢工日刊送到我爹那儿去，叫他马上到各小组分发，要他们发得广，让看的人越多越好，罢工的实情，工会的指示，全在上面。小心，别露相。我爹还在分会对面小杂货铺门口蹲着呢。

吴伯林　行。

林祥谦　你送完了这，马上赶到湖北省工团联合会去找施洋先生，告诉他临时会所布置好了，请他到这儿来开会。

吴伯林　项德龙那儿还要不要去？

林祥谦　不用了，项德龙待会就来。

吴伯林　他知道这儿吗？

林祥谦　知道，这个临时会所，就是他决定的，快去吧。

〔吴伯林挟了报纸急下。

林祥谦　院子口有人守着？

黄得发　我叫我老婆守着呢，见了生人她会大声嚷嚷，跟咱们这儿递信儿。

林祥谦　（交红旗给陈桂贞）桂贞，你快把这儿面旗子缝个边，明天清早要用，明天我们又要大游行，项德龙还准备在美国、英国领事馆门口演讲哩。（陈桂贞接红旗缝纫。林祥谦从口袋里取出一沓票子）这是施洋先生转来工团联合会的五千捐款，这是学生联合会送的一千，一共六千。怎么办？马上发？

黄得发　得留一留，防着有急用。

林祥谦　眼前不就是急用吗？弟兄们家里有的都开不了锅了，肚子憋不住了。

黄得发　会里不能一个钱不留。

林祥谦　施洋先生还在设法，一会儿项德龙也会送捐款来的。这点钱还是先发给大家的好，你去召集纠察队小队长，要他们仔细调查，按人不按户，平均每人一元。要把钱的来源跟大家说清楚，要大家耐心等待，听工会的命令。

黄得发　这点钱哪够发？

林祥谦　先发工人，后发家属。

黄得发 那也不经发呀！

林祥谦 一会儿施洋跟项德龙捐的款来了，我马上派人给你送去。

黄得发 （接钱，抽出二元交林祥谦）这给你，你们两个工人，一个家属，先发工人两块。

林祥谦 不用，我们家还有……

黄得发 有什么？

陈桂贞 有，有，是有……

黄得发 别人家要吃饭，你们家就不吃了？晌午到现在你还一点没吃哩，拿着吧。

林祥谦 没吃饭是忙了顾不上。这钱你带走，听我的。

黄得发 这我不能听你的，你得听我的。

陈桂贞 （突自语）倒把我搞糊涂了。（取饭盒打开，内有几个白薯）瞧，这不是？快吃吧，还热着呢。

林祥谦 得发你等等，吃了再走。

黄得发 我不饿。（欲走）

林祥谦 得发，回来回来。

陈桂贞 你大哥吃不了，这够两人吃的。

黄得发 林大爷回来不吃了？……我不饿……

林祥谦 （生气）得发！

黄得发 我赶着办急事去。

林祥谦 你等一等，（撕了一张报纸，把大半个白薯倒在报纸上交给黄得发）一边走一边吃吧，快去，别抬杠了。

〔黄得发犹豫了一下，接过来。临行时偷偷将二元放在窗沿上。下。

黄得发 （在门外）小心门缝上有东西。

〔林祥谦、陈桂贞见窗沿的二元纸币。

林祥谦 得发！得发……唉，这家伙……

〔屋里已黑暗，陈桂贞燃洋灯，林祥谦站在门口，看黄得发远去，回屋，把钱放在桌上。

陈桂贞 快吃吧。

林祥谦 （吃白薯）你看黄得发变了另外一个人了，孙玉亮也全变了，真是好样儿的。你吃了吧？

陈桂贞 吃了。（替林祥谦倒碗白开水）

〔陈桂贞继续缝纫，林祥谦在沉思中进餐，屋子里突然一片寂静。

陈桂贞 祥谦，快吃吧，喝口热水。

林祥谦 桂贞，你说怪不怪，早先大军阀大资本家，骑在我们工人的背上不把我们当人，现在我们翻过来要卡他们的脖子了，四天不开车就吓得他们像疯狗似的……可是……

〔林祥谦脸色很沉重，想得很深，陈桂贞放下针线走近林祥谦，望着林祥谦。

陈桂贞 祥谦，半年多了，你白天黑夜地干，不累吗？

〔林祥谦在沉思中，没有理会陈桂贞。

陈桂贞 祥谦，祥谦！

林祥谦 嗯？

陈桂贞 你在想什么呀？

林祥谦 想罢工的事，不简单啊……

〔林祥谦不安，至门口遥望。

陈桂贞 快吃吧！看什么？

林祥谦 （回至桌前，坐下，沉思）项德龙跟施洋怎么还不来？……

陈桂贞 那我找他们去？

林祥谦 不用，再等一等。

陈桂贞　项德龙、施洋先生他们俩这一阵儿也都累瘦了。

林祥谦　（半自语地）不瘦才怪呢。

陈桂贞　施洋先生真热心真能干，演讲起来，像刮大风似的一阵阵的，我真乐意听他讲话。

林祥谦　他本是个读书人，可一点读书人的架子也没有，他的心思全跟咱们工人一样。

陈桂贞　（忽然想起）对了，今天我去找项德龙的时候，简直认不出来了，我差点儿把他当成职员哩，他换了身衣裳，戴了个小瓜皮帽，样子全变了。

林祥谦　坏蛋们要抓他，他不能不换衣裳，唉，世上的人要全像他们俩那样多好，那咱们工人就有好日子过啦。（突然发现）怎么，桂贞，你流泪了！

陈桂贞　没有……我怕你累病了。

林祥谦　我病不了，桂贞，你真吃了吗？可别骗我，你带着身子，不吃可不行！

陈桂贞　是吃了。

林祥谦　这些年你跟着我没过一天好日子，苦了你！可光咱们一家过好日子有什么意思，咱们得望着大伙儿，嗯？

陈桂贞　我懂，祥谦。

林祥谦　将来咱们的孩子再不受这种苦了。

陈桂贞　我也这么盼着！

〔远处突有人群骚动声，江妻咳嗽声，林祥谦、陈桂贞倾听，江妻慌张地伸进头来。

江　妻　大嫂，有人打巷子口进来了，不少人哩！

林祥谦　小狗娘，你还是在门口待着，不要作声。

江　妻　嗯！（下）

〔院内人声，像是军警来捕人，林祥谦灭灯细听。

黄妻声　你们找谁啊？

胡大头声　找林祥谦，我们局长、处长请他去谈谈。

黄妻声　林师傅他不在家。

胡大头声　哪儿去啦？

黄妻声　他不是一直在工会吗？

胡大头声　去找了，没有。

黄妻声　那我就不知道了。

〔开林家房门声。

胡大头声　林祥谦他家里呢？

黄妻声　她去找林师傅去了。

〔林室关门声。

胡大头声　好，走吧，等祥谦回家，你们就告他说局长、处长有请，没什么，不要怕，局长说了，要跟大家讲和，讲和了大家都好。

黄妻声　等林师傅回来我就告诉他。

胡大头声　再到分会去找。

〔人声远去，林祥谦燃灯，江妻探身进来。

江　妻　（愤怒未息）天杀星的走了，真把我憋死了！

〔陈桂贞走近安慰她。

林祥谦　小狗娘，忍着点，我们一定得报仇。

陈桂贞　再去门口坐着吧，不要气，只要记。啊。

〔江妻下。

陈桂贞　那坏蛋来了两次，我看他还得来！

林祥谦　赵继贤派人到工会找了我三趟，要我们工会开名单派五个代表去讲条件，我们知道这些坏蛋没好心，就给他们开了个假名单。过了不到一天，他们就来点名要人，我也在里面。项德龙嘱咐了，不理他们，看他们耍什么花招。

陈桂贞 你吃呀！

林祥谦 留给爹回来吃吧。

〔江妻咳嗽，又探身进来。

江　妻 巷子口有几个人往这儿来了。

陈桂贞 胡大头许是又来了！祥谦你快躲起来吧！

林祥谦 干吗，躲有什么用，真要来到跟前，就对付对付吧。你先到门外看看是谁。

〔陈桂贞与江妻出屋，林祥谦在屋内思索，陈桂贞又进屋。

陈桂贞 是孙玉亮带着两个司机来了。

林祥谦 哦。（迎至门口）

〔孙玉亮和二司机进屋，司机乙左腿受伤。

孙玉亮 林大哥，把他们俩抢回来了。

林祥谦 坐吧，坐吧，挨了一顿？

〔陈桂贞忙着递水，又支使江妻继续到门外看哨。

司机乙 要不是他带人去，我们俩怕回不来哩。

司机甲 他们寻思，拿着枪比画两下子，我们就被吓住了。他们瞅着硬的不行就玩儿软的，说什么开了车有重赏。我说，你们重赏也罢，轻赏也罢，反正没工会的命令我们就不开车，这是我们工会的规矩。胡大头一听这话又拿起鞭子抽，他（指司机乙）忍不住回敬了胡大头一拳，事情可闹大发了，胡大头放开了我，跟几个大兵把他按在地上拿木棍狠命地打，我过去抢木棍，又把我冲在水龙头旁边，正打算扒我们衣裳，孙玉亮带着人冲进来把我们劫了。

〔林祥谦俯身看司机乙的伤。

孙玉亮 机务段门前，全让军队占领了，可我们敢死队加上纠察队有几千人呢，大兵见了我们就上刺刀，还是老花样，等我带着人往前一冲，他们都垮了。我们一进机务段，胡大头正在逞凶呢，他那点力气，再来仨也不是我对手，啪的一下子就把他手里的木棍子打飞了。我拉起他们俩就往外跑，外面的大兵一个个像癞皮狗似的不吭声。这年头我们决不能再让了。依着我看，来一个揍一个，揍得他们叫饶。

林祥谦 揍不是办法，兄弟，他们不讲理，咱们偏要讲理。咱们不怕他们，咱们有理有人，全路三万多呢，咱们还有施洋大律师，这场官司走遍天下打不输。（对司机乙）只是眼前的亏算是吃定了，怎么样，能忍吗？

司机乙 没什么，回家躺两天就好了。

林祥谦 好兄弟，为了大伙，暂时忍着点儿，把这笔账记在心上。

司机乙 没什么，男子汉大丈夫，要没这点挨劲，就不罢工了。你放心吧。

林祥谦 说得对。你们家粮食怎么样？

司机甲 开车的家都没粮食，他（指司机乙）家人特多，俩老的都在生病，全家围着他闹，日子不好过。

林祥谦 刚才工联会跟学联会送了两笔钱来，黄得发去发了，先工人，后家属，每人一块，按人口发，可是……你全家只靠你一个人，怎么行呢？

司机乙 没有关系，忍着点儿，回家再说，一块钱能喝几天红薯叶子粥。（欲下）走吧！

林祥谦 等等。（把桌上的钱交司机乙）这你带着，先替老人抓药。

司机乙 黄得发不是去发钱了吗？

林祥谦 他发的是粮食钱，这是抓药钱。

司机乙 谁的？

林祥谦　我的。

司机乙　不行。

林祥谦　（正色）怎么？我的钱你就用不得？你的老人病了，我就不能管？拿着，快回去，躺两天，咱们还有好多事要干哩！

陈桂贞　你拿着吧。

孙玉亮　拿着吧，别让他着急了。

司机甲　拿着，拿着，干脆。

〔司机乙接钱，二人欲下。

林祥谦　哎，这儿是秘密的，别让生人知道，出去的时候留点神。

司机甲乙　明白。放心！

〔司机甲扶司机乙下。

孙玉亮　大哥，看样子吴佩孚是吃不住了，再不开车他们受不了，要不就三番五次逼咱们派代表去谈判。嘿，要是答应了咱们的五个要求，那赵继贤这批王八蛋都得滚了。

林祥谦　玉亮，你别想得那么轻巧，吴佩孚肯把赵继贤撤了？赵继贤是吴佩孚管账的，吴佩孚能没有他？别信他们那一套，这些人，没句真话。回头项德龙跟施洋先生都到这儿来开会，你去调纠察队来，在巷子口布上哨。

孙玉亮　我这就去。

林祥谦　让大伙儿分散着来，远近都放上哨。我们开会的时候，一有动静，你马上带人往里冲，只管保护项德龙、施洋，别的你什么也不用管。

〔门外江妻咳嗽声，探进身子。林父及吴伯林急步上，神色紧张，喘息不停。

林祥谦　爹，出了什么事？罢工日刊都发完了？

林　父　发完了。（对吴伯林）你说吧，快说。

吴伯林 罢工日刊发得挺顺当，该发的都发了。

林祥谦 那就好，见到施洋先生了吗？

吴伯林 没有，工联会已经被军警包围了，走不进去，可我在门口碰见咱们的纠察队员，他说施洋先生已经安全离开了。大哥，看样儿他们要动手。

〔林祥谦不语。

林　父 对岸开来了一营军队，还架着机关枪，把咱们分工会团团围住，只准人进不准人出，有的兵手里拿着绳子，不知什么意思。

吴伯林 他们先到总工会找委员长，找不到，又上分会来找你，说非要见到你不可。接着就在咱们分会门口贴了张大布告，我跟林大爷挤进去看，斗大几个字，叫工人上工，限两小时答复，再不然叫你出去见局长，要是办不到，就武力镇压！

林祥谦 嘿，项德龙早料到了，可没想到这么快……

林　父 最气人的是魏学清那个王八蛋，在那儿对工人嚷嚷，说现在你们的委员长不管你们了，你们还是马上上工……有的工人你看我我看你的，好像沉不住气了。

吴伯林 还有一伙人围成小圈儿，在那儿叽叽咕咕的，像是有二心似的……

林祥谦 我看看去。

陈桂贞 祥谦……

林　父 你干吗？送上门去？施洋先生跟项德龙马上要来开会，你不管啦？（林祥谦犹豫）依我看啊，他们出布告，咱们也出布告，给他个有来有往。

林祥谦 （想了想，对陈桂贞）拿张纸给我。（陈桂贞取纸）

林　父 （接纸）让我比一比，（用手量纸大小）就这么大。嘿，他们的布告这么大，咱们的也来这么大。

〔林祥谦提笔在纸上写，林父、孙玉亮、陈桂贞齐声一字一字地念："我们罢工是你们逼出来的，我们罢工是为了争自由争人权，只要你们答应五个要求，我们就复工。京汉铁路江岸分工会启。"

林祥谦 行吗？

众　人 行！

林祥谦 把它贴在他们的布告旁边，怎么样？

林　父 交给我。

孙玉亮 我去。

吴伯林 不，你跟林大爷都不能去。

林　父 为什么？我去才好，我是个老头儿，不惹人注意。

吴伯林 胡大头就认识你。

林　父 他就不认识你啦？

吴伯林 我年轻，跑得快，我一到工会，趁他们没看清楚的时候就把布告贴上，一溜烟往工会里面钻。

林祥谦 你怎么出来？工会不是都让他们包围了？

吴伯林 我会爬墙上梁，我能从屋顶跑出来。

孙玉亮 你算了吧，交给我，我一人能对付他十个八个的。

吴伯林 你怎么能离开这儿？黄得发不在？你是纠察大队副，一会儿项德龙跟施洋先生来开会，你得留神保护着他们。

林　父 还是交给我老头吧。

吴伯林 （着急）你们别麻烦了！我是纠察队员，还兼着个敢死队队长，我不去谁去！

林祥谦 好，伯林兄弟去！"敢死""敢死"，不是为了死，反是为了活，兄弟，你得活着回来。

吴伯林 没错。（抢着布告往外奔下）

〔外面远处有鸣锣声，有人在嘶叫："工人们听着，局长命令大家去上工，要不就用武力了！工人们听着，局长命令大家去上工，头十个上工的每人赏十块现大洋！不肯上工的就枪毙！工人们……"

孙玉亮 （愤怒）他妈的！

林　父 他们没辙了！

林祥谦 你出去看看有什么动静，别发火，千万别发火。

〔孙玉亮刚出门，江妻在外咳嗽，随即探身进来。

江　妻 巷子口又有一个人奔来了。

孙玉亮声 喂，你找谁？

声 我找林大哥。

黄妻声 他没在，没在。

孙玉亮声 喂，你找他有什么事？

声 我是水电工会的，有一笔捐款要交给林大哥，还有急事要找他……

孙玉亮声 你……哦！是你呀！梁成武！哎呀，怎么一天没见你，你今儿没上工联会去？

声 兄弟，一言难尽，我要马上找林大哥，事情太急了，林大哥有危险……

孙玉亮声 来吧，来吧……

〔孙玉亮带梁成武上。

梁成武 啊呀，林大哥，你在这儿哩，真把我急坏了！赵继贤派了魏学清那个坏蛋到处找你，还有肖耀南的参谋长张厚生那强盗也派了军队找你，你可千万不能露面啊！

林祥谦 我知道，我们也不怕。（对林父及陈桂贞）这是水电工会的主席梁成武，这是我爹，我家里。你们那儿怎么样了？

梁成武 我们水电工会决定举行同情罢工，支援你们。我带来了一笔捐款，三千元。还有一百块大头，是我打别处设法弄来的。

〔林祥谦接受捐款。

林祥谦 我代表京汉铁路工人兄弟谢谢你们。

梁成武 谢什么，咱们是一家人，我正在发动工人继续捐款，这次我们非跟赵继贤干到底不可。还有，我们那儿马上要发个支援你们的通电，要找施洋先生商量一下，可是找不到。

林祥谦 他一会儿就来，你等一等吧。

梁成武 那太好了……（作犹豫状）唉，还有件事，不知我该不该说。

林祥谦 说吧，没关系。

梁成武 （毅然）反正你不是外人，我说了吧，我还得找项德龙。

林祥谦 项德龙？

梁成武 你别嘀咕，林大哥，我们虽然不在一个工会，可是我们那儿事也归项德龙领导……我……我（看看大家）在这儿说这话方便吗？

林祥谦 说吧。

梁成武 项德龙的安全要是发生了问题，那整个武汉三镇的工人运动就都完了！项德龙是中国劳动组合书记部派到武汉来的代表啊！你难道不知道吗？

林祥谦 （正色）我不知道。

梁成武 （着急）咳！目前形势又这么紧急，我们水电工会的同情罢工马上就要实行，几千工人等着项德龙的指示。这怎么办呢？

林祥谦 （思考）老梁，我们不见外，我要怪你，不管项德龙是个什么人，你总不兴随便这么乱说，这事不是闹着玩的。

梁成武 可是这是关系着整个京汉铁路三万工人的命运，也关系着整个武汉三镇工人的命运，我怎么能不着急呢？

林祥谦 （思考，对陈桂贞）你到今天去过的地方找项德龙，把这事告诉他，说水电工会的梁成武要见他。快去。

林　父 我陪你去。

林祥谦 不要，让她一个人去，她是个妇道，外人不注意。

梁成武 我陪去吧。

林祥谦 不，你在这儿等吧。

〔陈桂贞急下。

梁成武 要等很久吗？

林祥谦 不，你不要着急，老梁，现在着急的该是大军阀，大资本家们，不是咱们工人。项德龙说了，咱们还都多忍受些日子，可咱们能胜利！不过他还说，这几天的日子最难熬，要大伙儿小心，提防大军阀要阴谋。

梁成武 阴谋我们不怕，我倒怕他们被逼上梁山，来个蛮不讲理。

林祥谦 他们早就不讲理啦！给逼上梁山的是我们，不是他们。

梁成武 唉！这些坏蛋真是阴险毒辣呀！

林祥谦 这次咱们可把他们看透了，赵继贤玩儿两面手腕，一面应承咱们开会，一面报告吴大军阀派兵来镇压，这笔血债要跟他算清。你看从郑州开成立大会到现在，只不过七天，全路的样儿都变了。整个京汉铁路像个死尸那样躺着不动了。你们大军阀狠吧，拗不过咱们工人。施洋先生常说，团结就是力量，这话一点也不错。

梁成武 我们水电工会也这么想，所以这次为你们募捐，大家很踊跃。

林祥谦 （偶尔想到）怎么这次你们能募这么多钱？你们那儿的兄弟

比我们这儿的不是还穷吗？

梁成武 穷是穷，这点钱还凑得上。

林祥谦 老梁，这事不兴勉强呀，你琢磨一下，是不是拿回去，就说我们谢谢大家的好心，水电工会要罢工，这就帮了我们很大的忙。这点钱让他们自己花吧，我看我们也派个代表跟你一齐去，把这钱送还你们吧。玉亮你说呢？

林　父 （插嘴）我也这么想来着，水电工会的兄弟们比我们还苦，怎么能用他们这么多钱！我看还是让他带回去，我们得替人家想想。

梁成武 钱已经捐出来了，大家怎么还肯收回，祥谦哥，你放心，我有办法，我还能去募款，反正不能让我们的工人饿死。我是那里的主席，我能负起这个责任来。

林祥谦 不见外的，我又要说了，老梁，这个担子不轻呀！

〔陈桂贞极度紧张地奔上，以字条交林祥谦，林祥谦看了一愣，但竭力镇静，不动声色。

林祥谦 （对陈桂贞）你快去把这事告诉施洋先生，爹，你也一同去，快！

林　父 怎么回事？

林祥谦 你跟她去了就明白，快，别多说了！

陈桂贞 那你……祥谦……你……

林祥谦 快，别管我！快！（发火）快！

〔陈桂贞与林父急下，林祥谦以字条给孙玉亮看。

梁成武 怎么回事，项德龙不来吗？出了什么事啦？

〔孙玉亮见字条咬牙切齿。

林祥谦 是的，出了事了，我们工人里面出了叛徒！

梁成武 啊！

林祥谦　你为什么出卖我们？

梁成武　不不不，这是误会，这是误会！

林祥谦　你这条丧尽天良的毒蛇！

梁成武　不不不！

〔林祥谦、孙玉亮均逼向梁成武，梁成武突然拔出手枪向林祥谦射击，中左臂。孙玉亮扑向梁成武，梁成武闪开，射中孙玉亮胸膛，孙玉亮不倒，继续逼梁成武，梁成武又连射二枪，续中孙玉亮胸膛，孙玉亮仍不倒，一把揪住梁成武，举凳击梁成武，梁成武倒地。林祥谦急扶孙玉亮，时江妻及黄妻已闻声赶到门口，见状大惊。

林祥谦　怎么样，兄弟？

孙玉亮　我的亲大哥，快跑，快跑，外面一定有埋伏，我……我……我没完成任务……快，快跑！（含恨而倒）

林祥谦　兄弟！兄弟！

〔江妻及黄妻进屋扶孙玉亮尸体，均热泪夺眶而出。

〔门外人群疾步声，胡大头带军警冲入。

胡大头　好啊！林祥谦，找遍了，走吧等久了，请吧！赵局长、魏处长有请！

〔江妻扑向林祥谦，以身护林祥谦。

江　妻　不行！不行！你们不许抓我的林大哥！他不能去！不能去！

黄　妻　胡大头，你这强盗，我跟你拼了！

〔黄妻一头闯向胡大头，与胡大头拼命，胡大头揪住黄妻猛击，林祥谦大吼一声。

林祥谦　住手！不准打女人！（胡大头缩手，林祥谦向江妻及黄妻）你们不要怕，我不犯法，我们工人走遍天下都有理。

胡大头 （胆怯、狠毒地）那就请吧，不要不识相。

林祥谦 （对江妻、黄妻）你们不要怕，等你大嫂回来，叫她也不用怕，跟着大伙儿没错儿。

胡大头 （大声向军警）带走！

〔林祥谦被拥下，江妻、黄妻忍不住，追下。凄厉的妇女喊叫声随着军警的步声渐远。

〔突然枪声大作，人群呼命声，大有鬼哭狼嚎之势，江岸大屠杀开始。屋内一灯如豆，门外吹来阴风惨惨。

〔梁成武在蠕动，没有死，他摸着流血的脑袋起立，面如死灰，两眼露凶光，他急至桌前收起他方才交出的纸币与银圆，然后急促地在屋内搜索寻找，想找到些秘密文件，活现出一副万恶叛徒的贪婪与毒辣相。

〔远处枪声，叫喊声仍在继续。

〔施洋急急忙忙奔上，见梁成武。

施　洋 咦！梁成武！你怎么啦？……林祥谦呢？

梁成武 （立刻做戏）林祥谦被捕了，我是到这儿来找你的，我正在跟林祥谦商量问题，哪知道赵继贤派人来抓我们了，我和孙玉亮跟他们拼命，我们都被打倒了，他们还以为我死了呢，就把林祥谦抓去了。施洋先生，这儿太危险了，快跟我一块儿逃吧，快！

施　洋 你的伤怎么样，能走吗？

梁成武 能走，快，一同走吧。项德龙怎么样了？安全吗？

施　洋 你认识他？

梁成武 他是我的领导，他现在哪儿？

施　洋 他……（犹豫）不知道……

梁成武 刚才林祥谦说，项德龙要来开会，他不能来，危险。我们去，我们去找他……

施　洋　（考虑）你知道他在哪儿吗？

梁成武　我不知道，你知道吗？

施　洋　（警惕）我也不知道。

梁成武　那怎么办？我们先走吧，回头再商量。

施　洋　林祥谦的家里呢？

梁成武　我被军警打昏了，不知道，快，快走吧！

〔施洋正在犹疑，林父与陈桂贞奔入，见状大惊。

陈桂贞　啊！他是个坏蛋！

施　洋　啊！

林　父　大叛徒！

梁成武　误……误会……

〔林父冲过去卡住梁成武的脖子，梁成武气绝，林父将他摔至门外，仇恨不消，捡起一根短木棍奔至门外，将梁成武痛击一下。

林　父　叛徒！

〔林父丢木棍于地，踉跄进屋。

林　父　施洋先生，祥谦完了！祥谦完了！

〔黄得发、吴伯林同时闯入。

黄得发　施洋先生你还在这儿？林大哥呢？

陈桂贞　（竭力忍住泪）祥谦给抓去了！抓去了！

黄得发/吴伯林　啊？

施　洋　我们这儿出了叛徒。

黄得发　在哪儿？

林　父　（指门外）被我宰了！

〔外面江妻、黄妻疯狂奔入。一头倒在陈桂贞怀里。

江　妻　大嫂，大哥给他们抓到车站去了呀！

〔三个妇女竭力忍痛，但忍不住，相拥抽泣。黄得发发现孙玉亮尸体，把他抱在怀中，吴伯林、陈桂贞等围拢。

黄得发　玉亮！玉亮！

〔突然警惕地忍住了剧痛。

黄得发　施洋先生，这儿不能待，你得快走，外面乱得很，军警在路上乱杀乱绑。伯林兄弟，你先带施洋先生从小巷子穿出去，快！

施　洋　（以手示意）不要慌，不要慌，看样子敌人不会马上来。目前总工会的负责人被迫逃亡，江岸分会林祥谦被捕，工会的力量分散了，我们要马上把大家聚集起来。（向林父、黄得发、吴伯林）你们三个都是分会委员，今后你们不仅要负起分会的责任，而且要负起总会的责任。这是工联会第二批捐款两万元，你拿着（交款给吴伯林），过了明天，你就要做善后工作，把钱分给每一个被难家属。林大爷，你马上去打听祥谦确切的下落，我看敌人不会放过他，他过不了明天，（陈桂贞忍不住啜泣）要镇静，大家要镇静，林弟妹你是林祥谦的妻子，你必须坚强起来。（对黄妻、江妻）你们两个要好好帮着林大嫂。（向林父及陈桂贞）林大爷，你打听到消息之后，就到下游江边去等候黄得发。（向黄得发）你现在立刻设法偷渡过江到汉阳兵工厂去，那里有我们的人，你去募集敢死队，越多越好，最迟要在明天清晨设法偷渡过来，跟林大爷会齐，一同去抢救祥谦。我马上去找项德龙，我跟项德龙连夜动员汉口各方面的人力，也在明早带人去抢救祥谦。

江　妻　（颤抖地）啊呀！这太悬了，要是那些天杀星的把你们也都抓了去，怎么办呢？这太悬了！太悬了！

施　洋　江弟妹，是的，这是冒险，可是我们如果不动不反抗，那就更危险，那就是等死！你的江有才不就是这样的吗？（江妻哭了）不要难过，要坚强起来。

林　父　施洋先生，依我看，你跟项德龙现在万万不能出头露面了，军阀资本家最要抓的就是你们俩，你们要有三长两短，谁来领着我们干。

施　洋　林大爷，要抓我们的不仅是军阀资本家，还有帝国主义，这些大军阀都把帝国主义做靠山，靠他们给军火来屠杀我们中国劳苦的工人，但是我们不要怕，因为在我们的后面，有一股巨大的不可抗拒的力量，那就是中国共产党！我们的党领导我们，打倒军阀，打倒资本家，打倒军阀的靠山帝国主义！虽然我们要流出我们的鲜血，但是总有一天我们会得到最后的胜利！

——幕　落——

第二场

〔地点：江岸车站。

〔时间：同日午夜。

〔布景：同第一幕第二场，铁丝网增多，天色乌黑，乌黑中飘着白雪。

〔周围军警密布，赵继贤坐太师椅上，魏学清站立一旁，二人私议。

赵继贤　……再作一次最后的尝试，尽一切可能利用他，这样，舆论才对吴大帅有利。杀人本是易如反掌的事，但是重要的是社会舆论……白顾问从参谋长那儿又调来一营人都到了？

魏学清 全在外面。

赵继贤 好，白顾问说了，这一营人暂时也归你指挥。

魏学清 是，什么时候去请白顾问？

赵继贤 不忙，此刻先让他在站长室休息一下，必要时我亲自去请他。

魏学清 是。

赵继贤 就这么办。

魏学清 带林祥谦。

胡大头 是。（下）

〔林祥谦双手反绑，被胡大头推上。

胡大头 走！

赵继贤 （走近林祥谦）林祥谦？

〔林祥谦伫立在电杆前闭口无言。

赵继贤 事情已经闹成这样，解铃还须系铃人，你还是下个复工命令吧，这样大家都好。至于死去工人的善后问题，我可以负责派专人安排，务必做到合情合理。

〔林祥谦屹然不语。

魏学清 局长问你的话，为什么不回答？啊？

赵继贤 （阻止魏学清）不要性急，让他慢慢说吧，他会说的。

林祥谦 我早已说过了，我没权下复工命令，我得听总工会的命令。

赵继贤 你们总工会的委员长已经逃命去了，不管你们了，现在你们的总工会已经瓦解了，一个人也没有了！

林祥谦 我们总工会有三万人布满在京汉铁路上。

赵继贤 林祥谦，你不要再这样固执，你会吃亏的，好汉不吃眼前亏，人生在世为什么要这样自找苦吃呢?

林祥谦 赵继贤，你以为我们都是傻子吗? 你跟我们玩儿两面手腕，批准我们开会的是你，跟吴佩孚合计着杀我们的也是你，我不会再上这个当。

魏学清 住口！别跟他说废话了！剥了！

胡大头 是。

〔林祥谦的外衣被撕去，剩下一件白色的单衫——就是第一幕所穿的那件——站在雪地中。

魏学清 老实告诉你，没有赵局长在这儿我早把你的皮剥了。

林祥谦 我等着呢，只不过我们工人不该是牛马，工人的皮不是随便剥得掉的。

魏学清 你这个臭工人，死到临头还不知道。

林祥谦 你不要侮辱我们，死是吓不倒我们的。

魏学清 拖下去宰了！

胡大头 是。

赵继贤 慢着，魏处长，你不用生气，任何事情都好商量。

林祥谦 没什么商量的，我没权下复工命令，你们要杀就杀吧。

赵继贤 林祥谦，我劝你不要执迷不悟，你要知道，工人闹罢工，就是破坏路政，捣乱治安，吴大帅为了执行国法，不得已而下令镇压的。

林祥谦 什么“国法”? 是你们吴家的“法”，赵家的“法”，这对我们工人全用不上。

赵继贤 只要你能循规蹈矩，国法还是能够保护你的。现在对你来说，虽然犯了国法，但是只要你能悬崖勒马，还有挽救的余地。你身为江岸分工会的委员长，你纵然不为你自己着想，也该为全分会的工人着想，他们现在流离失所，伤亡狼藉，这种情况你还忍心使它继续下去吗？唉！我代表工人要求你下复工命令，让大家各归旧业，各安生计，这样马上就使京汉路上化干戈为玉帛，你也可以将功赎罪，变叛逆为功臣。

林祥谦 呸，你真能说，可我不明白，你的身上哪点儿像代表我们工人的？你不害臊吗？

赵继贤 （气极）唉，实在不可理喻！不可理喻！魏处长，我无能为力了。（拂袖而下）

魏学清 把他衬衣剥下来，绑在杆儿上。

〔胡大头等将林祥谦的衬衣剥去，推林祥谦上石阶，绑在电杆上。

魏学清 （大声）执行兵预备！

〔一班士兵执枪齐步绕至林祥谦对面远处站住。

魏学清 （大声）预备！上子弹！（士兵上子弹）

〔场内士兵喊立正声，白坚武疾步上。

白坚武 干什么？干什么？

魏学清 报告顾问，处决暴徒林祥谦。

白坚武 啊，林祥谦！慢着。

魏学清 （向士兵）枪放下。

白坚武 这样天寒地冻的，你把人家衣服都脱了干什么？

魏学清 报告顾问，林祥谦态度蛮横，所以给予惩戒。

白坚武 什么叫惩戒？士可杀不可辱。他如犯法就依法办理，我们中华民国的法律没有剥掉犯人衣服这一条，快松绑，把衣服给他穿上。这种天气要你自己脱了大衣试试。

魏学清 是。（向胡大头）松绑穿衣裳。

胡大头 是。

〔胡大头给林祥谦松绑，穿衣服。林祥谦仍立在石阶上，俯视着白坚武。

白坚武 林祥谦先生，今天又见到你了。我方才接到吴大帅从洛阳打来的长途电话，命令我来看你。大帅听说工人在江岸闹事，非常痛心，大帅的意旨是绝不愿伤害工人，只要你们能接受调停，改变态度，那么大帅可以立刻通令全路恢复你们的一切职务，并且追抚死去的工人，医治所有的伤员，全部费用由巡署负责资助。我特来转达大帅的指示，希望你不要错失良机，贻害众生。

魏学清 你有什么话，说吧。这是吴大帅的白顾问，现在他老亲自来了。

林祥谦 我早认识你了，京汉铁路三万工人全都认识你，你也是屠杀工人的刽子手！

魏学清 妈的皮，什么话！

白坚武 不必和他计较。林祥谦先生，你既然是罢工委员会的委员长，你就该有委员长的风度，就该讲礼，不该出口伤人。

林祥谦 我是个工人，不懂得你们那套礼貌。

白坚武 林祥谦先生，你不要误会，我白坚武从来赞助劳工运动，我跟你们的律师施洋先生有同窗之谊，我从小也是个苦学生，一向尊敬劳工，几年来我为你们工人的事情奔走出入于巡署之门，都为的是替你们争取劳工的利益。直到今天，直到现在，我还想营救你，你万不该一误再误啊！

林祥谦 你口口声声为我们劳工的利益，嘿，我们工人都知道，这条京汉铁路是吴佩孚跟曹锟家的私产，你跟赵继贤都是专替吴家刮钱的人，你怎么又会替我们工人打算了呢？

魏学清 混账。

林祥谦 这京汉铁路是一笔混账。

魏学清 再把他剥了绑上！

〔魏学清、胡大头同时动手撕林祥谦衣服，将林祥谦绑在电杆上。

魏学清 报告顾问，这种野蛮人只有让他见阎王。

林祥谦 你们才是丧尽天良的野兽，我们工人拿出血汗钱来养活你们，你们不爱国，不爱老百姓，反倒一个劲儿杀害我们这些手无寸铁的工人！

魏学清 放屁！

白坚武 林祥谦，你很善辞令，你的这套话大概都是误听了那位施洋大律师的宣传吧。我诚恳地告诉你，施洋是个煽动工潮、捣乱治安的赤化分子，我是他的同学，我很为他的违法言行而痛心啊，你千万不要再学他了。

林祥谦 你不用往自己脸上贴金，施洋先生是我们工人的律师。你是我们工人的对头。施洋先生的话句句是真理，我们工人全都相信他，你要杀害我们工人，施洋先生会替我们主持公道申冤报仇的。

白坚武 哈哈哈，晚了，晚了，你不必存什么幻想了，你的施洋已经被我们抓起来了，现在已经解到军法处去啦，你再也见不到你的施洋大律师了，再也听不到他的声音了！

〔林祥谦受到沉重打击，但立即振奋。

林祥谦 不！他的声音永远响遍全中国全世界！你们要是杀了他，可你们永远杀不掉他的声音！

〔人声骚动。陈桂贞的叫声："不能杀他！不能杀他……"

白坚武 谁？

马　弁 （奔上）报告，林祥谦的老婆闹着要进来。

魏学清 轰她出去！

白坚武　何必，让她进来吧。

马　弁　是。（下）

白坚武　唉！林祥谦，我实在爱莫能助，有负吴大帅的委托，现在只好让你们夫妻告别吧。

〔陈桂贞披头散发奔上，突然老了十岁的样子。

陈桂贞　祥谦……

〔马弁抓住陈桂贞，不准接近林祥谦。

林祥谦　你来干吗？

陈桂贞　你们不能杀他！你们不能杀他……

白坚武　不是我们要杀你的丈夫，是你的丈夫自己要找死。我劝他下一道复工命令，不但可以立刻放你的丈夫，而且可以马上把你们的施洋律师也放出来。

陈桂贞　啊！施洋先生……（哭）

白坚武　这是最后的机会了，你劝劝你丈夫吧。很简单，只要下一道复工命令就行了。

林祥谦　（悲愤）别哭，你给我回去，到爹那儿去。

陈桂贞　（止哭切齿）你们这帮狼心狗肺的强盗……林祥谦是不会向你们低头的！

魏学清　（向执行兵）预备！瞄准！

〔士兵们瞄准。

白坚武　千钧一发了，林祥谦你下不下复工命令？

林祥谦　我不下。

魏学清　再问你一声，你下不下复工命令？

林祥谦　杀了我也不下！我们好好的中国就断送在你们这帮军阀资本家的手里呀！京汉铁路上三万工人不会罢休！全中国工人阶级要跟你们算账！

〔士兵们不忍放枪，魏学清大怒。

魏学清 怎么？怎么？你们也要造反吗？！……

〔士兵们啜泣。一军官狂奔而上，时远处隐约有群众吼声。

军　官 报告顾问，报告处长，项德龙带领一千多名工人，突然从对岸偷渡过来，正向这儿前进。就要到车站来了！

白坚武 啊？

〔远处吼声渐近。白坚武面色苍白，哆嗦不止。

魏学清 （问士兵）你们还愣着干吗？快！预备！——放！

〔士兵仍不射击，魏学清拔出盒子枪向士兵击数枪，士兵应声倒地。军官与胡大头也跟着向士兵射击。

林祥谦 你们军阀的末日到了！

〔魏学清向林祥谦射一枪，林祥谦中弹。

林祥谦 （高呼）

打倒军阀！打倒帝国主义！

劳工万岁！无产阶级万岁！

〔魏学清、胡大头、军官一齐向林祥谦连射数枪。林祥谦气绝，陈桂贞挣脱马弁，奔至林祥谦前，抱住林祥谦腿。

陈桂贞 祥谦！

〔远处吼声更近。

白坚武 大家还待在这儿干吗？

赵继贤 （狼狈地上）白坚公，白坚公，还不快走！

魏学清 快走！

〔魏学清一手拉白坚武，一手拉赵继贤狼狈逃下。众星散。吼声四起，枪声大作。

〔急暗转。

〔半秒钟，舞台复明，光景全易。反绑在电杆上的林祥谦，上身向前微倾，头下垂。陈桂贞伏倒在林祥谦脚下，双手抱着林祥谦的直立着的右腿。电杆上的路灯发射出无数条光芒，笼罩着林祥谦和桂贞这座英雄的塑像。

〔天空中稠密的细雪花纷纷下降。

〔对江鱼白。江水在翻滚。倾斜的江堤徐徐下落，显得江水在上涨。

〔这时，从远处发出了一个熟悉、洪亮的声音：

“工人弟兄们：共产党领导着我们，打倒资本家，打倒万恶的军阀，打倒军阀的靠山帝国主义。虽然我们要流出我们的鲜血，但是总有一天我们会得到最后的胜利！”——这是英勇的施洋烈士的洪亮的呼唤声。

〔《国际歌》歌声大作。

〔与此同时，林祥谦和陈桂贞这座英雄的塑像徐徐转动，随着转动的节奏，陈桂贞抬头望着林祥谦，并叫道“祥谦！”林祥谦的低垂的脑袋也似已徐徐上升。这时，这座英雄的塑像转向舞台的中左方，另一道光芒从远处射来，使得林祥谦的脸栩栩如生，陈桂贞也青春再现。江堤已经全部降没，满台红色的江水大翻滚。

〔只见英雄的塑像矗立！

〔只见骇浪滔天，赤水奔流！

〔只听得《国际歌》歌声响彻云霄！

——幕徐徐落·全剧终——

1958年“2·7”前一日于北京

作品赏析

《红色风暴》是中国青年艺术剧院为纪念“二七大罢工”三十五周年排演的一部戏剧作品。“二七大罢工”，又称京汉铁路工人大罢工，是中国共产党领导的第一次工人运动高潮的顶点，罢工以失败告终，赤手空拳的工人纠察队前后牺牲52人，但它进一步显示了中国工人阶级的力量，唤醒了中国人民。

中国青年艺术剧院将排演任务交给金山，虽然金山并非职业编剧，但大量翔实的党史、中国工人运动史和“二七大罢工”的资料让他有了切实的感受，很短的时间内便完成了剧本。剧本虽然是以宏大的历史为描摹对象，但是金山很巧妙地选择了“以小见大”的手法，开篇便描写了与林祥谦居住在同一院落里的黄得发、江有才一家的悲惨生活，同时借此介绍了湖北工人和福建工人之间的矛盾，颇有《上海屋檐下》的味道。反对力量正想以利益诱使黄得发和江有才加入他们的阵营中，破坏工人运动的基础力量。但突发的警务处长父亲丧命一事，不仅使江有才失去了性命，黄得发也遭到追捕，即将被枪毙，在此时刻，因为施洋等人坚决为工人辩护，才解救了黄得发的性命，为江有才昭雪。如此一来，工人的困境、军阀的压迫便让读者和观众有了实感。

同时，金山还擅长组织重点戏剧场面，比如剧中施洋为黄得发辩护的一场，在警务处长等人的紧逼之下，黄得发几乎难逃一死，但施洋能够借助工人们对真相的追寻之心，还原事实，并且以极富感染力的语言——“工人弟兄们！哪一个妻子没有丈夫，哪一个丈夫没有妻子？”——唤起工人们的同情之心，扭转局势。又如最后一场，林祥谦就义，在天空中的细雪之中，在江水翻滚上涨之时，远处工人们被团结起来，《国际歌》的歌声响彻云霄，已经就义的林祥谦缓慢地抬起了头，如雕塑一般矗立，形成了最后的定格，将全剧的气氛推至高潮。另外，金山在剧中成功塑造了大量反派角色，如阴鸷心狠的军阀顾问白坚武，留学日本、软弱可欺的梁成武等，角色鲜明生动，有极强的可信度，这与金山在演剧生活中接触过大量三教九流的社会人士密不可分。

《红色风暴》因其全面地展现了中国共产党领导的第一次工人运动，受到极高关注，金山扮演的施洋一角也成为金山话剧表演生涯的又一座高峰。很快，上海人民艺术剧院、前线话剧团、浙江话剧团等国内数十家剧院纷纷搬演此剧，据不完全统计，观看过此剧的观众高达百万人之多。剧作还被北京电影制片厂改编为电影《风暴》，被上海京剧院改编为戏曲《红色风暴》等。1960 年，《红色风暴》被德意志民主共和国莱比锡市立剧院排演，成为第一个在德意志民主共和国演出的中国话剧，产生了国际影响。

年青的一代

陈　耘

作者简介

陈耘，原名陈文钦，笔名耕耘。1923 年出生于福建省永春县。1938 年，在永春中学求学期间开始对戏剧产生兴趣，参加了校内剧社。1943 年，在永春县西安镇中心小学任教员，组织学生演戏。1945 年，参加抗建剧团。1947 年，考入上海市立实验戏剧学校话剧科。1950 年，分配至上海市人民政府文化局文艺处戏剧室，后被调入上海剧专（即上海戏剧学院）表演系任教。1960 年，随上海戏剧学院赴福建前线慰问团慰问，途中创作话剧《英雄小八路》。1963 年，完成《年青的一代》，引起全国轰动，获得文化部颁发的“1963 年以来全国优秀话剧创作奖与演出奖”。

剧情梗概

地质工作者萧继业和林育生是很要好的朋友，二人从上海毕业后一同在青海参加工作。但林育生无法忍受青海的工作环境，以患关节炎为名，蒙骗单位和组织返回上海，并以治病为由长期留在都市，请求母亲帮助调动工作，甚至劝说女友夏倩如不要去艰苦的地区工作。此时，萧继业从青海回沪治病，经医院诊断，所患腿疾是骨瘤，可能要截肢。对于地质工作者来说，没有了腿意味着什么，不言自明。萧继业痛苦，但更使他痛苦的是，他发现同学林育生因害怕艰苦的生活，托病不肯回青海，还伪造疾病证明书寄回勘察队。萧继业严肃批评、帮助了林育生。林育生的养父林坚也拿出他生母在敌人监狱中写下的遗书教育他。最终，林育生在革命先烈的遗言中，在萧继业行为的感化下，提高了觉悟，认识了错误。萧继业的腿病治好后，萧继业、林育生、夏倩如等人一起奔赴祖国最需要的地方和岗位。

人物

萧继业　男，二十七岁，地质学院毕业生，勘探队员。

萧奶奶　七十岁左右，退休的老女工，萧继业的祖母。

林育生　男，二十四岁，地质学院毕业生。

林坚　男，五十多岁，林育生的养父。

夏淑娟　女，四十多岁，林坚的妻子，林育生的养母。

林岚　女，十八岁，高中应届毕业生，林坚的亲生女儿。

夏倩如　女，二十三岁，夏淑娟的侄女，地质学院应届毕业生。

李荣生　男，十六岁，社会青年。

姚向明　女，二十三岁，夏倩如同班同学。

周婕　女，二十五岁，夏倩如同班同学。

群众数人

第一幕

〔夏天，正是中学毕业生升学或参加劳动、大学毕业生即将走向生活的时候，也是青年们充满希望、烦恼、激情和不安的时候。

〔一个星期六的下午。

〔上海近郊，林坚家里的小客厅。有楼梯通往楼上，有窗，通过窗口可以望见上海近郊景色和远处的工厂。有一大门通外，一门通厨房，一门通林岚和夏倩如的房间。室内有沙发、餐桌等物。整个环境给人一种朴素整洁的感觉。

〔萧继业背着背包上。

萧继业　林育生！林育生！

〔夏淑娟下楼。

夏淑娟　谁呀？

萧继业　伯母！

夏淑娟　萧继业！你怎么回来了？出差来的？

萧继业　是啊，伯母。育生呢？

夏淑娟　出去了。

萧继业　他好吗？

夏淑娟　他回来都快一年了，关节炎还是常常疼。坐吧，年青人，听说你们干得很出色，找的那种矿，有苗头吗？

萧继业　（笑）有希望，伯母。

夏淑娟　那就好啊，真巴望你们能做出成绩来，早一点做出成绩来。你林伯伯这次回来还问起你。

萧继业　林伯伯回来了。

夏淑娟　到上海来开会的。咱们中国人是得争口气，不能老让人家这么欺负我们。你们真是好样的。（倒水）

萧继业　我不喝了，伯母。

夏淑娟　哦，你还没有回家吧？快回去吧，萧奶奶看到你还不知道有多高兴呢！

萧继业　育生什么时候回来？

夏淑娟　大概快回来了。

萧继业　一会儿我还有事找他哪。（下）

夏淑娟　（随萧继业一起下）萧奶奶，萧奶奶你看谁回来了！

〔少顷，林育生推自行车上，车上挂着网兜等物，解下东西。

林育生　（向门外）再见，再见。（叫）倩如，倩如。

〔夏淑娟上。

夏淑娟　还没回来哪。

林育生　妈，下班了？

夏淑娟　提早下班的。

林育生　又不舒服了。妈，我跟你说别急着上班，身体是本钱，搞坏了怎么办？

夏淑娟　工作没做好，心里不安啊！这是什么？

林育生　两瓶酒和一些糖果。今天不是约了几个同学来给倩如过生日吗？

夏淑娟 看你这一头汗，腿还没好利索就成天出去乱跑。育生，还没吃中饭吧？

林育生 吃过了，跟小吴一起吃的。

夏淑娟 （打开盒子）连衣裙？

林育生 送给倩如的。

夏淑娟 倩如毕业分配有消息没有？

林育生 还没有，我已经给学院党委写了封信，希望把倩如留在上海。

夏淑娟 学院会同意吗？

林育生 照顾爱人关系，我想他们会同意的。

夏淑娟 我跟倩如讲过，首先要服从分配。当然，我也只有这么一个侄女儿，这么多年又一直在我身边。能照顾留在上海，这很好，不过，育生呀，你还是思想上做好准备。噢，忘了告诉你，萧继业回来了。

林育生 萧继业回来了？

夏淑娟 刚才来过了，说是有事找你。

林育生 （一怔）哦！

夏淑娟 晒得又红又黑，长得更结实了。待会儿请他一起来吃晚饭，你们是同班同学，又在一个勘探队里工作过。

林育生 （勉强地）好吧。

夏淑娟 药吃了没有？

林育生 我就吃。（吃药）

夏淑娟 你的身体要是像继业一样，那就好了。

林育生 对，妈妈。岚岚上哪儿去了？

夏淑娟 考电影学院去了，午饭都没回来吃。

林育生 刚才我碰到电影学院的杨老师，她说岚岚根本没去考。

夏淑娟　（意外地）没去考？不会吧！

林育生　很可能。她一直不肯去报名，还是我硬陪着她去的。

夏淑娟　这孩子！

林育生　杨老师说了，争取能再给她考一次，她说要跟学院领导商量一下。（进房间）

夏淑娟　唉！谁知道她打的什么主意。饿了吧，我给你弄点吃的去。

林育生　（室内）我不要。（哼歌）

夏淑娟　又是不要。（进厨房）

〔萧继业上，听见歌声，走向林育生房间。

萧继业　（兴奋地）林育生！

〔林育生上。

林育生　萧继业！

萧继业　你好！嚯！胖多了。

林育生　为什么回来的？

萧继业　为205地区的详查报告回来的。

林育生　结论怎么样？有矿？

萧继业　有，大有苗头。

林育生　（意外地）噢！是吗？

萧继业　没想到吧。你的腿怎么样了？好点儿没有？

林育生　还是老样子，好好坏坏，看来有的麻烦了。

萧继业　噢？

林育生　同志们都好吗？

萧继业　都好。大家要我回来狠狠骂你一通……

林育生　骂我？

萧继业　你这个家伙，快一年了，一封信也不写，也不回信，你说该骂不该骂？

林育生 生病嘛，不是休息就是吃药，有什么好写的？对了，小杨胡琴学得怎么样？还是吱嘎吱嘎的，成天杀鸡吗？

萧继业 现在拉得可好了，跟老乡联欢的时候少不了要他来一段。

林育生 看来你们干得挺带劲儿的。你怎么样？还常写诗吗？

萧继业 那儿的生活就是诗啊！高山、密林、沙漠、河流，到处是战斗，到处是诗！我们的工作越深入，就越觉得地下的宝藏实在太多了，可惜人手不够用。现在省里决定开办一个地质训练班，培养一批人才。领导上叫我告诉你，让你回去当教员。

林育生 （一震）我？！我不是腿有风湿性关节炎才回来的吗？

萧继业 知道，不是要你回勘探队去，是让你去当教员。这是队长给你的信。对了，我把你的工资也带来了。

林育生 这……这也不行，那里气候不合适，到那儿我的腿病要复发了。

萧继业 医生说的？

林育生 是啊，就是我跟你说过的那个外科主任，我申请回家休养的医生证明就是他开的。

萧继业 哦。（失望地）你看，本来领导上以为这工作对你倒是挺合适的。

林育生 我这条腿啊，真要命！

萧继业 （想了想）好吧，我们等会儿再商量商量，要是真的不行，那也只好再说了。

林育生 （放心了）看来只好这样了。

萧继业 一会儿再谈吧，我得上医院去了。

林育生 怎么，病了？

萧继业 没什么，不小心，跌伤了腿，去检查一下。今天不去又得等到下星期一了。

林育生　对了，今天是倩如生日，约了几个老同学来聚一聚，一会儿你也来。

萧继业　我一定来，待会儿还要告诉她一个好消息哪。（下）

〔夏淑娟上。

夏淑娟　是萧继业吗？怎么走了？

林育生　回头还来呢。

夏淑娟　他找你有事吗？

林育生　没什么。

〔传来林岚愉快的歌声。

夏淑娟　岚岚回来了。

〔林岚上。

夏淑娟　你上哪儿去了？

林　岚　义务劳动去了。

夏淑娟　电影学院没去考？

林　岚　嗳。

林育生　倒干脆。

林　岚　怎么了？

夏淑娟　你为什么不去考？

林　岚　我本来就不想去。

林育生　那你就不想念大学了？

林　岚　谁说的，我想念农学院。

夏淑娟　念农学院我是赞成的，你能保险考得取？考电影学院不是多个机会吗？杨老师说过：你表演挺有希望的。

林　岚　现在国家正在大办农业，许多知识青年都响应党的号召，支援农业战线，我也……

〔林育生想和林岚争辩。

夏淑娟 好，等你爸爸回来，让他决定吧。

林育生 妈，爸爸今天回来吗？

夏淑娟 大概要回来吧，今天下午不开会，总会回来的。

林育生 那待会儿同学来了，就在我房里吃吧。

〔林岚在搞她的农业试验。林育生烦躁地走到门口等夏倩如。

夏淑娟 倩如怎么还不回来？

林育生 我已经给她打过电话了。

林　岚 你又给她打电话了，没事就把她往家里拉，多没意思。

林育生 到时候你就明白了。

林　岚 明白什么，精神空虚。

林育生 （反击）你最充实，小教条。

林　岚 连毕业考试你也给她打电话，要是考砸了，毕不了业，看你怎么办？

林育生 这你用不着操心，她是我们学院的高才生，去年实习的时候，还给508矿区领导上提了个合理化建议，现在那边领导上正在考虑采用她这个建议。她毕不了业，笑话！

林　岚 她要是跟你这样下去，毕业了也干不了大事。

夏淑娟 （制止）岚岚，你少说两句吧。（对林育生）岚岚说得也对，你可不能妨碍倩如的学习。

林育生 妈，我给倩如买的连衣裙呢？

夏淑娟 （取出纸盒）在这儿。干吗尽买这种洋里洋气的东西？

林育生 这有什么，这是出口货，还是小吴帮我买的哪。

林　岚 哥哥，叫你别跟小吴好嘛，干吗尽跟这种人交朋友？

林育生 怎么啦？

林　岚 不服从统一分配，靠着家里有钱，摆阔，吃闲饭，寄生虫！

林育生 别教条了，政治上落后的人，我们不去帮助他，谁去帮助他？

林 岚 还帮助他呢，再跟他这么泡下去，你都快跟他一样了！

夏淑娟 岚岚，对哥哥怎么这种态度呢？有意见不能好好提吗？

林育生 她看谁都不顺眼，就她自己好。其实小吴也有长处啊。

林 岚 反正谁捧他，他就说谁好。人家只要讲几句好听的，就不知道自己是谁了。

林育生 你怎么搞的啦！

〔电话铃响，林育生接电话。

林育生 岚岚，杨老师来电话，学院同意你补考了。

林 岚 我不去。

夏淑娟 看你这孩子。

林育生 别傻了，错过这个机会你哭也来不及。

林 岚 （坚决地）我不去。

林育生 跟你谈不通，我告诉杨老师，你明天上午去。（拿起话筒）喂，杨老师，她……

林 岚 你干吗？（抢过话筒，挂上）

林育生 妈，你看。

夏淑娟 岚岚，你这倔脾气要好好地改一改。

林 岚 我说过了，我不去。

〔汽车声。

林育生 爸爸回来了。

林 岚 爸爸回来了！（下）

〔林岚和林坚同上。

林育生 爸爸，岚岚太不像话了，叫考电影学院，她不去。人家杨老师来电话叫她去补考，她把电话给挂了。

林　坚　岚岚，你为什么不去？

林　岚　我不是早就给你写信了吗？我要考农学院。

林　坚　哦，闹家庭矛盾了？

林　岚　爸爸，学演员当然好，可是党和毛主席号召我们支援农业第一线，我是共青团员，应该响应号召，我想考农学院，我想学习更多的农业知识，掌握更多的农业技术，为祖国的农业现代化出把力。

夏淑娟　想得倒好，考不取怎么办？

林　岚　考不取上农村。

〔电话铃又响。

夏淑娟　（接电话）喂……哦，杨老师，对不起，让您又来电话……哦，好好！请您等一等。（对林坚）老林，电影学院同意岚岚去补考了。你看怎么办？

林　坚　岚岚，你自己接吧。

林　岚　我怎么说？

林　坚　这是你自己的事，你觉得应该怎么做，就怎么说。

夏淑娟　老林！你……

林　坚　淑娟啊，在这种问题上，我们只能当参谋。

林　岚　好，我接。（兴奋地拿起话筒）喂，杨老师，谢谢你的关心，我不准备考了……对了，我准备考农学院，再见。（挂上话筒）谢谢爸爸，这下我可以安安心心地温课了。

林　坚　对，好好地温课。准备投身社会主义建设的第一线去，学习、锻炼、改造！是不是这么回事？（对林育生和夏淑娟）岚岚她的志愿是在农业上，她能把个人志愿和祖国需要结合起来，做得对。有些青年人，你要他搞农业他还不肯呢！她想搞农业，这很好嘛。我们应该鼓励她才对。（和夏淑娟边谈边上楼）

夏淑娟 （回头对林育生、林岚）爸爸回来了，楼下收拾收拾。（上楼）

〔林岚、林育生整理书桌。

林　岚 哥哥，把你的书拿走。

〔林育生拿书下。

〔林岚从壁橱取出一个大砚石，边擦边看墙上的画。

林　岚 哥哥，你的那些画挂到自己的房间里去吧。

〔林岚把大砚石放在桌上，取出林坚“四战友”照片。林育生出来把墙上的画取下，把照片挂上，下。林岚卷竹帘，见院中农作物，向楼上喊。

林　岚 爸爸，我在园子里种了好多南瓜、西红柿，还有新品种，长得可大了。你要不要去看看？

林　坚 （在楼上）好，我就来。

〔林坚和夏淑娟边谈边下楼。

夏淑娟 萧继业回来了。

林　坚 噢，请他晚上来聊聊。

林　岚 爸爸，走吧，去看看大南瓜。

林　坚 好啊，我能帮你一些忙吗？

林　岚 浇水，好吗？

林　坚 行。

夏淑娟 就让你爸爸歇一歇吧。

林　坚 劳动劳动，这比怎么休息都强。（对岚岚）就走吗？

林　岚 好。哎呀，我们家的木桶坏了，我到萧奶奶家借去。（下）

林　坚 育生。

〔林育生出来。

林　坚 怎么样，腿好些了吗？

林育生　现在还好，一变天就不舒服。

林　坚　在家都干些什么？

林育生　看看技术书，研究研究业务方面的问题，怕搁久将来荒疏了。

林　坚　我看你还得多读读毛主席的著作，武装武装头脑……听说你在上海找工作了？

林育生　是啊。

林　坚　找到了？

林育生　前几天听说勘探系缺一个行政干事，我正想找颜主任谈谈去。

林　坚　哦，你怎么想的？

林育生　我想最好找个专业工作，所以还在考虑。爸爸，您能不能在地质研究所给我找个工作？您不是认识刘所长吗？

林　坚　找工作应该按照组织手续，你的关系不是还在青海吗？你当初跟萧继业一起报考地质学院的雄心壮志很好。你不是还说过："海阔凭鱼跃，天高任鸟飞"，这个话说得也很好。领导上把你分配在青海，这正是你们勘探队员大显身手的地方，怎么舍得轻易又离开呢？

林育生　我自己也不愿意离开，可是医生说：我的腿在那儿工作不合适。

夏淑娟　他的腿是不大好。

林　坚　腿不好就调养嘛，养好了还是回青海去。有志气的青年应该到外面去闯一闯，天下大得很，干什么都想挤在上海？我不是常给你提起少白伯伯他们的事吗？他们像你这么大，大半个中国都跑遍了。干革命嘛，成天窝在家里还行……

〔电话铃响。

林　坚　（接电话）喂，我是林坚……那就不一定等到下星期一，我就来。

夏淑娟　怎么，又要走了？

林　坚　有要紧事。（对林育生）育生，到楼上把公文包给我拿来。

〔林育生下。林坚穿衣。

夏淑娟　老林，育生这孩子我为他着急，回来快一年了，这样下去怎么得了，他的工作问题，你是不是关心关心？

林　坚　不能迁就他。我看这孩子思想不对头，对他要严格，要不然就对不起他亲生父母，我正在想，我们是不是……

〔林育生上，把公文包交给林坚。

〔林岚上。

林　岚　爸爸，又要走了？

林　坚　是啊！不能帮你的忙了。（对夏淑娟）今天我大概不会回来了。刚才谈的那件事……以后再说。育生，好好养病，病好了还是回青海去！

林育生　嗯！

林　坚　淑娟，我走了。（下）

夏淑娟　不回来，打个电话来。

〔阿香声："岚岚，你来帮帮我。"

林　岚　哎。哥哥，哥哥，你去帮一帮阿姨吧，她一个人忙不过来。

林育生　我能帮什么忙？

林　岚　洗洗菜，淘淘米，总可以吧。

夏淑娟　算了，你哥哥身体不好，让他歇一歇，你去吧。

林　岚　我还有好些事呢，他什么事也没有。

夏淑娟　好了，好了，你忙你的，我去。

林　岚　妈，你别去。我就看不惯那副大少爷派头。

夏淑娟　瞧，又来了。（欲下）

林　岚　哥哥，今天是你请客。

林育生　妈，你歇一歇，我去。

夏淑娟　还是我去，你呀，越帮越忙。（下）

〔林育生下。

〔李荣生推自行车出现在门口。

李荣生　岚岚。

林　岚　你怎么没去？

李荣生　什么？

林　岚　义务劳动啊。

李荣生　你去啦？

林　岚　我当然去了。早上等了你半天。

李荣生　我不高兴。

林　岚　你什么都不高兴，快考试了，还整天在外边逛。

李荣生　反正没希望，去年都考不上，今年高中招生要求更高了，还能考得上？

林　岚　像你这样逛来逛去就考上了。让你做的代数题做好了吗？

李荣生　没有。不知怎么搞的，心总是定不下来。你爸爸回来没有？

林　岚　回来了，又出去了。

李荣生　又走了，你怎么不叫我一声，我们搬到工人新村好几个月了，可是我一次也没有看见过你爸爸。

林　岚　爸爸常年不在家。这次是回来开会的。

李荣生　听说他从前是解放军，打起仗来又猛又狠。嗨！真想看看他是什么样子，有胡子吗？

林　岚　干吗要有胡子？

李荣生 个儿一定挺高的。

林　岚 也不怎么高。喏！（指照片）就那第一个。

李荣生 （看林坚年青时代参加工人运动时期的照片）那么年轻？

林　岚 这是三十多年前的。

李荣生 他们是谁？

林　岚 爸爸的老战友。

李荣生 咳，真想见到他。反正他回来你叫我一声。

林　岚 没问题。

李荣生 说定了。（欲走）

林　岚 哎，哎……

李荣生 什么？

林　岚 代数题，（回身时，李荣生溜走）小李，小李……

李荣生 再见。

林　岚 给我站住……（追出）

〔林育生上。少顷，夏倩如上。

林育生 （迎上去）回来了，学院有没有找你谈话？我给他们写了信。

夏倩如 上午找我谈话了。

林育生 怎么说？

夏倩如 不行。

林育生 （凉了半截儿）不行？

夏倩如 （烦躁地）我早就说过了，叫你别给党委写信，可是你……

林育生 领导上怎么说的？

夏倩如 他们叫我告诉你，像我们这种情况不能照顾。

林育生 为什么？

夏倩如 我想大概是因为你在上海没有工作，将来你可以调到我那儿去。

林育生 你没有跟他们说，我的腿……

夏倩如 我怎么好意思说呢，这样已经够难为情的了。

〔稍停。

林育生 （做出决定）好吧，本来当不当行政干事的事，我还在犹豫，现在既然这样，我就决定争取了。

夏倩如 决定？为了我……

林育生 也不光是为你，我也得有个工作啊。成天待在家里没事干，这种滋味实在受不了。

夏倩如 你不是说叫姑父到地质研究所给你找工作吗？

林育生 他不肯，还说……算了，就暂时当行政干事吧。我这就到学院找颜主任去。（欲下）

夏倩如 不，育生，我们还是再考虑考虑吧。

林育生 有什么好考虑的？再考虑，分配名单一决定就来不及了。

夏倩如 可是，这不是要放弃自己的业务了吗？

林育生 这没什么，我可以一边搞行政，一边抽空钻业务，只要能拿出几篇有分量的科学报告，将来申请调我去搞教学工作，我看是没有问题的。

〔夏倩如沉默。

林育生 干吗愁眉苦脸的？对了，我给你买了一样礼物。（拿出纸盒）你猜，是什么？

夏倩如 衬衫？

林育生 不对。

夏倩如 围巾？

林育生 不对。（打开纸盒）看，喜欢吗？

夏倩如 哟。（笑）

林育生　怎么了？

夏倩如　我要是穿上这条连衣裙，再背上个地质包，那才好看哪。

林育生　这衣服不是让你背地质包穿的，而是为了让你坐在研究室里，或者坐在我们未来的小房间里穿的。

夏倩如　得了，别尽做梦了。我还不知道会分到哪儿去呢。

林育生　没问题，只要我争取当上行政干事，我想领导上总该照顾了吧。想想看，要是真的把你留在上海，那该有多好啊。白天我们一起去上班，晚上回来就听听音乐，看看小说，读读诗，看看电影，星期天上公园，或者找几个朋友聊聊天……当然，工作是一定要做好的，一定要在业务上好好干出一些成绩来。咳，这种生活我在青海就梦想过，现在眼看就要实现了。好，我这就到学院去。你把衣服穿起来吧。

夏倩如　我穿不出去，太花哨了。

林育生　这有什么，小吴说这是最新的式样。

夏倩如　又是小吴，我不是叫你别老是跟小吴他们这些人在一起吗？你……

林育生　他又不是什么坏人。

夏倩如　我总看他不大顺眼！

林育生　这都是成见，其实小吴人倒是挺痛快的。（走到门口）对了，我借了几张你最喜欢的唱片，有《茶花女》《卡门》，还有几张莱米谢夫的独唱曲，今天吃完晚饭，咱们开一个唱片欣赏会。对了，萧继业也来参加。

夏倩如　萧继业回来了？

〔萧继业上。

林育生　萧继业，倩如回来了。

夏倩如　萧继业！（上前握手）你好。

林育生 好，你们谈谈吧。

萧继业 你上哪儿去？

林育生 我……有点事儿去。（下）

萧继业 嗳，你……他怎么走了呢？我正要告诉你们一个好消息呢。

夏倩如 来，这儿坐。

萧继业 （兴奋地）知道吗？你给508矿区提的那个合理化建议，他们已经决定采用了。

夏倩如 （惊喜地）真的？你怎么知道的？

萧继业 我在北京碰到他们矿区的领导同志，他们告诉我的。

夏倩如 （激动地）真的吗？什么时候开始钻探？

萧继业 马上就要开始了。

夏倩如 （高兴得跳了起来）嗨！要能亲眼去看一看该有多好啊。

萧继业 他们正准备要求学院把你分配到他们那儿去。正好今年他们那儿分配到一些名额。

夏倩如 哦？

萧继业 （热情地）没想到吧？记得你在那儿实习的时候，给我来信说，毕业以后你一定争取到那儿去。现在好了，眼看你的理想就要实现了。真为你高兴！他们还让我告诉你，要是学院征求你的意见，希望你也表示一下自己的态度。

夏倩如 哦？可是……

萧继业 怎么了？

夏倩如 这事来得太突然了。

萧继业 你不是早就有这个想法了吗？

夏倩如 去年是这样想过。

萧继业 现在呢？

夏倩如 现在……你想，育生在上海，我要是被分配到别的地方去……

萧继业 育生是回来休养的，他在这儿又没有工作。

夏倩如 就要有了。

萧继业 就要有了？

夏倩如 他打算在学院里当行政干事了。

萧继业 这是什么时候决定的？

夏倩如 刚才。

萧继业 刚才？学院里会答应吗？

夏倩如 大概没问题，育生找颜主任去了。

萧继业 哦！

〔电话铃响。

夏倩如 （接电话）喂，找谁？嗯，你等一等。（对萧继业）你奶奶的电话。（到门口，叫）萧奶奶，厂里给你来电话了。

〔夏淑娟的声音："倩如，你来帮帮我。"

夏倩如 就来。（对萧继业）我去一下。（下）

〔萧奶奶上。

萧继业 奶奶。

萧奶奶 你在这儿？腿看过了？（接电话）老刘吗？是啊……知道了。不像话，太不像话了。昨天我一听说这事，气得我一夜没睡好。老刘啊，我想亲自找他们几个谈谈，问问他们，他们这种做法像不像个工人阶级……什么？休息？嗨！人能退休，心也能退休？……我看就这样，你叫他们明天在厂里等我，我一早就来。嗳，这就对了。好，明天见。（放下话筒）

萧奶奶 医生怎么说？

萧继业 医生说一时查不出来，叫我星期一去拍片子。奶奶，厂里出什么事了？

萧奶奶 咳，真把我气坏了。厂里有几个青年工人，不好好劳动，干活拖拖拉拉，要福利倒走在前头，没做几天工就忙着找对象，急着要房子。厂党委的同志对我说：你就在家里写写回忆录，好好休息休息……可我怎么休息得下去？这些年轻人，你不跟他们谈谈，他们还以为今天的好日子是从天上掉下来的哪。（发现萧继业没注意听，敏锐地）继业，你在想什么？

萧继业 奶奶，我正在想，林育生是怎么回来的？

萧奶奶 不是说有病，回来休养的吗？

萧继业 是啊，还寄了一张医生证明。可是刚才我去看病，正好碰到那个给育生看过病的外科主任，我就问他：育生的腿是不是妨碍他回青海教书。他说：林育生的关节炎并不严重，不妨碍他在勘探队里工作。而且说是没给他开过什么证明。

萧奶奶 那证明是怎么回事呢？难道是假的？

萧继业 从育生在青海后期的表现看来，这有可能。

萧奶奶 （沉重地）哦！怎么会变成这样？……

萧继业 我们刚到青海的时候，他表现还好，就是吃不起苦，工作越来越不安心。奶奶，我准备写信给队里，叫队里把证明寄来查对一下，你说好吗？

萧奶奶 对，是该弄个水落石出。唉！我是又怕听到这种事，又想听到这种事。怕的是看到年青人不学好，可心想听到了也好，好及时去拉他们一把。育生他人呢？

萧继业 上学院找颜主任去了。他想在学院里当行政干事。

萧奶奶 是吗？学院会答应他吗？

萧继业 我想没有得到青海的同意，学院是不会给他工作的。

萧奶奶 不过，你还是应该向学院汇报一下。育生回来你要找他好好谈谈，我也找找老林。你是个党员，支部要你动员他回去，

你可得好好完成任务啊。（两人边谈边下）

〔姚向明的声音："倩如！我们来了。"

〔周婕、姚向明上。夏倩如从厨房中出来。

姚向明 你怎么搞的，一听完报告就跑了。

夏倩如 家里有事。还有人呢？

姚向明 他们在讨论呢。

周　婕 大概不能来了。

夏倩如 告诉你们，萧继业回来了！

姚向明 萧继业，就是六〇年毕业的学生会主席。

周　婕 他不就住在这儿吗？

夏倩如 是啊！他刚才还在这儿哪。

姚向明 （大叫）萧继业！

〔萧继业上。

萧继业 姚向明！（握手）你好。

周　婕 你好！回来休假的？

萧继业 不，是为205地区的事回来的。

夏倩如 详查报告写成了？

萧继业 写成了。

姚向明 勘探设计呢？一起完成了？

萧继业 也完成了。

周　婕 结论是……

萧继业 有矿！

周婕/姚向明 （同时）就是……那种矿！

萧继业 对！据我们估计蕴藏量可能很多，品位可能很高。

〔众喜，唱歌。

夏倩如 那个外国专家还说是那儿没有矿呢。

〔众笑。

周　婕　要是真的有矿，你们的功劳可不小啊。给咱们中国人扬眉吐气，让人家看看，这种矿我们中国不是没有，而是很多。

夏倩如　部里批准了吗？

萧继业　还没哪。这次不是在上海召开我们这个矿种的专业会议吗？地质部指定会上成立一个专门小组来审批我们的报告，我这才回来的。

夏倩如　要是能批准，那可是一件了不起的大事。

姚向明　好，辛苦了，怪不得你晒得又黑又红，敢情是在忘我劳动啊！

萧继业　你还是老样子。

周　婕　不，比以前更活泼了，越长越天真了。

姚向明　那是因为我们越来越临近走向生活了，一想到不久就要飞，心里就有一股说不出的滋味儿。

萧继业　争取飞到哪儿去？

姚向明　你猜。

萧继业　你吗？西藏。

姚向明　（惊叫）哎呀！你怎么知道？一定有人告诉你的。

周　婕　算了，你还用得着别人告诉？一进学院就到处嚷嚷，谁还不知道。

萧继业　家里同意了吗？

姚向明　没问题，妈妈说：你就放心去吧，不用管我们了。爸爸说：要去就得下决心干一辈子，要是中途打退堂鼓，你就别想进我的家门。

周　婕　好厉害啊！

萧继业　要是不分配你到西藏呢？

姚向明 你考验我。喏，这是我的决心书，还没来得及交上去呢！

萧继业 （念）地区：祖国最需要的地方。志愿：革命。我只有一个要求：把最艰苦的工作交给我们。

姚向明 怎么样？够水平吧？

萧继业 国际水平。争取到我们青海去吧，我们那儿不仅地下尽是宝，地上也尽是宝。有一次我在密林里发现了一片苹果林，那儿的苹果生了又落，落了又生，就是没人去摘！你不是喜欢吃虾吗？在昆仑山脚下我看见过一个虾子湖，里面的虾子都已经生满了，用手一抓就是一大把。你去吧，包你吃个够。

姚向明 我不。要是可以让我自己选择的话，我还是老主意，到西藏。站在喜马拉雅山顶峰，展望全世界！

〔夏倩如慢慢地走开，似乎她不是即将毕业的大学生。

萧继业 你呢，周婕？

周　婕 我？组织上分配我到哪儿，我就到哪儿去。

萧继业 你妈妈同意了吗？我记得你是个独生女啊。

周　婕 把我的嘴皮都说破了。现在好了，妈妈总算答应了。不管领导上分配我到什么地方，我背起行李就走。当然，开始是会有很多困难的，也许很艰苦，但是刚才贺书记说得好：我们这一代人生来就不是为了安逸的，要是没有困难，还要我们干什么呢？

萧继业 是啊，在我们勘探队员前进的道路上是摆着困难的，在野外工作对我们久住城市的人来说，是要有一个习惯的过程，但是当我们战胜困难、奋勇前进的时候，我们就感到无比的幸福。这次我回来，顺路去看了看 508 矿区。三年前我们班在那儿实习过。那儿原来是一片渺无人烟的荒原，现在已经变成一座现代化的工业城市了。我就在想：既然我们的劳动会给人们带来这么多的好处，那么，我们苦一点又算得了什么！毛主席在《娄山关》那首词里写道：“雄关漫道真如铁，而今迈步从头越。”我们就要有这样的气概。

周　婕　对，是这样，正因为这样，所以我才爱上了我们这个专业。

姚向明　地质工作者是建设时期的游击队员，这一句话把什么都说明了：艰苦，但是光荣！

萧继业　对！有些人只知道我们勘探队员生活艰苦的一面，其实就是在最艰苦的日子里我们也还是快活的。因为我们没有吝惜过自己的力量，我们没有辜负党和人民对我们的期望。昆仑山上的风雪知道我们是懦夫还是好汉，戈壁滩上的烈日了解我们是泥土还是黄金。就是这种勘探队员的自豪感，给我们带来了无穷无尽的快乐和力量，因为我们是为了千百万人的幸福在战斗啊！

夏倩如　姚向明，把你的决心书给我。

姚向明　干什么？

夏倩如　我看看。

姚向明　好啊。（给决心书）

〔周婕、萧继业注意夏倩如的行动。

〔林岚上。

林　岚　（惊喜地）你们都来了。继业哥哥，你怎么回来了？

萧继业　林岚！你好。嘿，一手的泥巴，还在搞农业方面的试验？

〔林岚笑了笑。

萧继业　准备考哪个专业，农学院？

林　岚　对了。

萧继业　好啊，支援农业第一线。嘿，两年不见，都长成大姑娘了。

林　岚　这是大自然的规律，以后还要长成个老太婆哪。

〔众笑。

萧继业 记得吗？我离开上海那时候，你才这么高，成天要我跟你讲故事呢！现在……

林　岚 怎么不记得，你还跟我讲过：你当童工的时候怎样给塌鼻子工头吃苦头，快解放的时候给护厂队传递消息。还把传单贴在国民党警察的岗亭上呢！对吗？

姚向明 好啊，原来我们的老学生会主席还有这么一大段历史，选你当学生会主席的时候你可是没坦白过。

萧继业 你没调查清楚就乱投票哇。

周　婕 （这才想起）哎，怎么不见育生？

夏倩如 他……他出去了。

姚向明 主人不回来，客人肚子可有点饿了。

周　婕 瞧你！

夏倩如 我们开始吧。

周　婕 等一等育生吧。

夏倩如 别等了，他马上就回来。岚岚，你带大伙儿去端菜……

林　岚 跟我来。

〔除夏倩如外，其余的人都跟林岚下，厨房立刻传来了《勘探队之歌》的歌声。夏倩如铺好桌子，拿出决心书，思想在斗争着。

〔林育生上。

夏倩如 怎么啦？

林育生 没什么。

夏倩如 学院的事情怎样了？

〔林育生不语。

夏倩如 到底出了什么事？说话呀！

林育生 不成。

夏倩如 为什么？

林育生 刚才我找了颜主任，他说：院方的意见是，没有得到青海的同意，他们不能给我安排工作……刚才萧继业对你说了些什么？

夏倩如 怎么啦？

林育生 他刚还跟我说，希望我回青海呢。

〔静场。

夏倩如 这样也好，我正准备跟你商量，我想不请求照顾了。

林育生 （意外地）为什么？

夏倩如 萧继业说，我提的那个合理化建议，508矿区领导上已经决定采用了。他们让我争取到那儿去。

林育生 要你去？你呢？

夏倩如 我想，我应该去，那儿需要我。

林育生 原来是这样。

夏倩如 不，育生，这些日子我心里乱得很，我觉得自己好像比别人矮了半截儿……同学们都在写决心书、打报告，可我……我就像是做了什么亏心事一样。

林育生 是不是萧继业说了你什么？

夏倩如 不，是我自己在责备我自己。你看，这是姚向明的决心书。我也是青年，为什么我不……我也想写一份。

林育生 （接过决心书）你瞎想些什么，你不要听萧继业他们那一套……

〔大伙儿端杯、瓶、食物上。

姚向明 嗬，育生回来了，正等着你哪。

林育生 谢谢。

周　婕　干吗买这么多东西？早知道这样破费，我们就不敢来了。

夏倩如　难得大家聚一聚。大家请坐。

萧继业　（走近林育生）育生，待会儿我跟你谈谈。

〔夏淑娟上。

林育生　谈什么？

夏倩如　萧继业，育生，坐吧。

周　婕　伯母，你请吧。

夏淑娟　你们先吃吧。岚岚你来。（两人下）

周　婕　岚岚，你别忙了。

〔林岚声："我就来。"

姚向明　今天是倩如生日，我们应该祝贺他们一下才对。（对周婕）来，说两句。

周　婕　对，萧继业，你是远方来的，你代表吧。

萧继业　好，来。我代表大伙儿，祝你们……

林育生　慢些，你是贵客，你的酒可不能这样随便喝了，为了记住我们的过去，倩如，请你把萧继业送给我的那两只牛角杯拿来。

〔夏倩如下。

林育生　在代表大伙儿之前，我们两人先单独干一杯，怎么样？

萧继业　好啊！

林育生　怎么说呢？

萧继业　为了我们的友谊。

林育生　那我就请你为了我们的友谊答应我一件事。

萧继业　只要我能做到，我一定答应。

林育生　做得到的，我跟倩如的关系你是知道的。

萧继业　知道。

林育生　我的腿有病，这你也是知道的。

萧继业　这……也知道。

〔林岚上。

林育生　那么，我以友谊的名义，请你考虑一下我的实际情况，在这些问题上希望你不要有意跟我们为难。

萧继业　我不懂你的意思。

林育生　在我的工作问题上，在倩如的分配问题上，希望你能够实事求是一些。我这个要求不算过分吧。

萧继业　（放下杯子）这杯酒我不能喝。

〔夏倩如拿牛角杯上。

林育生　怎么，你刚才不是在大谈友谊吗？既然是好朋友，就应该真诚相待。

萧继业　你这是什么意思？

林育生　我想你自己心里明白。（愤愤地放下杯子，下）

夏倩如　育生……

林　岚　哥哥！

姚向明　这家伙怎么啦？

〔林岚下厨房，旋即和夏淑娟从大门下。

夏倩如　萧继业，你别理他，你知道他的脾气，别跟他……

萧继业　（笑了笑）不要紧，这没什么。

夏倩如　来，我们先吃吧。

〔短暂的停顿。

〔萧继业拿起夏倩如放在桌上的那两只牛角杯，沉思。

——幕　落——

第二幕

〔一星期以后的一个上午。

〔林坚家门前，有树、瓜架，架上枝蔓丛生，人们可在这里乘凉，在这里工作，在这里休息。右边是林坚家屋子的一角，左边通萧奶奶家。树下有石凳等物。微风吹拂着树梢，不知疲倦的蝉在“知了知了”地叫着。附近学校里传来广播操的音乐声。

〔萧继业在锻炼自己的腿，实在支持不住了，这才艰难地走向石凳，坐下，揉搓着腿部。

〔萧奶奶上。给萧继业一小包东西。

萧继业 五香豆。

萧奶奶 怎么，孩子？

萧继业 （掩饰）没什么，奶奶。

萧奶奶 怎么，这么些天还没查出个道道儿来？

萧继业 医生说，不仅仅是外伤，还发现别的病症，要我住院。

萧奶奶 （一怔）住院？

萧继业 （安慰她）没什么，只是检查检查。

萧奶奶 （觉得问题不简单）哦！下午我就去找医生谈谈。你也该歇一歇了，瞧你这一头大汗，说是回来治病的，可是回来这么些天，你哪天在家里好好待过？

萧继业 奶奶，好容易回来一次，有些平时解决不了的问题，得趁这个机会跟老师们请教请教，地质报告还没批准哪……

萧奶奶 总工程师怎么说？

萧继业 刚才我又去找他，他不在，待会儿还得再去一趟。

萧奶奶 （疼爱地）从小就是这脾气，做起事来命都不要了。噢，有青海寄给你的一封信。（给信）育生还是不肯回青海？

萧继业 （看信）队里把育生的医生证明寄回来了。

萧奶奶 我看下午你就到医院里去查对一下，一有消息马上告诉我。我原想找老林谈谈，就是碰不着他。走吧，今天我给你包饺子吃。

萧继业 包饺子？！奶奶！还像小时候那样，包饺子，饺子香，我帮奶奶擀皮儿忙，奶奶给我把故事讲……

萧奶奶 一边包，一边讲，奶奶的故事六箩筐。

萧继业 打鬼子，打老蒋，三天三夜讲不光。（两人齐下）

〔周婕同夏倩如从大门上。边讲着话过场。

周　婕 那么你今天下午来。

夏倩如 好。

周　婕 依我看，你就搬到学校里住。

夏倩如 看情况吧。回去告诉同学们，我很感谢他们。（两人同下）

〔林育生从大门上。夏倩如复上。

林育生 周婕走了？

夏倩如 嗯。

林育生 又是来给你做工作的？

〔夏倩如不语。

夏倩如 育生，在这种时候你要帮助我，给我力量，让我安心地走上工作岗位才对呀！可你……

林育生 我这几天的话都白说了，我真不明白，留在上海有什么不对呢？就拿国家需要来说，你也应该主动争取留在上海。你是我们学院的高才生，你有条件，也有义务在地质科学上做出比别人更多的贡献。上海不光有大量的资料文献，而且随时都能得到专家们的指导，在边疆能有这些吗？

夏倩如 这些我都知道，现在的问题是边疆更需要人，只要我们自己努力创造条件，在任何地方都可以做出成绩。育生，我们是共青团员，我能光想自己，不想到国家的需要吗？

林育生 当然，应该想到，可是也不能不考虑实际情况啊。你想，你要是真的被分配到边疆去，以后就别想再回来，将来还说不定把我也调了去，生活艰苦我倒不在乎，可是，我的关节炎复发了怎么办？

夏倩如 那你说该怎么办？

林育生 争取留在上海。其实在哪儿不一样为人民服务？个人利益和整体利益可以统一的时候，为什么一定要人为地把它对立起来？我们这种情况，要求照顾，于情于理都没什么说不过去的。

夏倩如 要是可以照顾，领导上会安排的，用不着我们自己去争取。

林育生 今年全院毕业生就有一千多人，领导上一个个都能考虑得那么周到？就拿我来说吧，在勘探队的时候，要不是我回来探亲，从上海医院里打了个证明回去，他们会让我回上海？碰到这种情况你自己不提意见，不主动争取，严格说起来这也是对国家不负责任。

夏倩如 全院一千多人都去争取，那不乱啦。这关系到国家的统一分配啊。再说，领导上已经说过了，我们这种情况不能照顾。

林育生　这好办，只要你不主动争取到边疆去，其他的事情我来想办法。

夏倩如　有什么办法，我总不能不服从国家分配呀！

林育生　我们明天就结婚。结了婚学院总该考虑照顾了吧。

夏倩如　这像话吗！为了要留在上海就突击结婚？亏你想得出来！

林育生　只要动机不坏，我看用什么方法达到目的都一样。

夏倩如　这简直是不择手段了！怎么能说是动机不坏呢？刚刚毕业，事业还没影子，就忙着……我不同意。

林育生　好，就不结婚，你这样前怕狼后怕虎的，我看你什么事也干不成。这样吧，我让妈妈去找贺书记，告诉他我在青海工作不合适，你看怎么样……说话呀。

夏倩如　让我想想吧。（下）

林育生　唉！

〔夏淑娟从大路上。

夏淑娟　怎么了，唉声叹气的？为倩如分配的事？

林育生　妈，你能不能找贺书记去谈谈，过两年我再去青海，请他答应我在学院里工作，那倩如也就可以留下来了。

夏淑娟　托人情？

林育生　怎么是托人情？家长给学院提个意见，这不是常有的事吗？

夏淑娟　怎么能提这样的意见？

林育生　这有什么关系呢？

夏淑娟　这样做不好。

林育生　那怎么办？真急死人！明天分配名单就要公布了……到边疆去我倒也不在乎。可是关节炎要是复发，这腿就完了。（做痛苦状）

夏淑娟　（沉思）今天药吃了没有？

林育生　还有心思吃药，急都急死了。

夏淑娟　（沉思）青海会同意你调到上海吗？

林育生　我的身体不是明摆着的吗？我已经给他们去信了。

夏淑娟　（究竟是母亲，想了想）这样吧，我去把情况反映反映。能不能给你工作，倩如该不该留下来，就让组织上决定吧。

林育生　妈，那你马上就去吧！

夏淑娟　好，这就去。（进屋）

林育生　妈，你快点吧。

〔稍停，夏倩如从屋里上。

夏倩如　育生，你怎么叫姑妈去找贺书记呢？也不跟我商量一下？

林育生　再商量就来不及了。

夏倩如　我总觉得这样做不大好。

〔林岚上。

林育生　有什么不好的？这样既可以解决我的工作问题，又可以解决你留在上海的问题。要不，你说该怎么办？

〔夏倩如不语。

林育生　放心，不该去，妈妈也不会同意去的。

夏倩如　姑妈怎么说的？

林育生　反映一下情况，让领导上考虑。放心好了，我再去催她一下。（下）

林　岚　表姐。

夏倩如　（回头）农学院考过了？考得好吗？

林　岚　姐，你真的同意哥哥的意见，叫妈妈到学院去？

夏倩如　去反映一下情况，没什么关系吧。

林　岚　唉，你呀！（走）

夏倩如 干吗？

林　岚 我想找个地方好好想想：我这一辈子到底找不找爱人？

夏倩如 怎么了？

林　岚 怕找了爱人，丢了事业啊。

夏倩如 小鬼，你的嘴怎么越来越厉害了！

林　岚 （走近夏倩如）表姐，我真替你难过，从前你可不是这样，那时候有理想，肯钻研，你说要在地质方面做出一些成绩。可是现在……我想想就替你发急，让哥哥拉着一起往下坡路走，他要你怎样，你就怎样。

夏倩如 我也矛盾得很哪。可是……唉！你不明白。

林　岚 我是不明白，为什么你对他总是百依百顺的？

夏倩如 等你爱上一个人，你就明白了。

林　岚 如果爱情就是这样的，那我一辈子都不要爱人，真的，不要！（向萧家方向下）

〔稍停，萧继业上。

萧继业 听岚岚说，你还是打算留在上海？

夏倩如 不是我想留在上海，是育生他……

萧继业 你自己的意见呢？

夏倩如 （想了想）我愿意服从分配。可实际上要是有困难，留在上海，我一定好好工作。

萧继业 育生要你留下来，真是为了工作？

夏倩如 这是什么意思？

萧继业 也许我的话使你不愉快，可是我还是要说。

夏倩如 哦，你以为我是为了追求安逸舒适的生活吧？其实你错了。我对于留在上海，对于我们目前的生活方式，并不怎么热衷，只是因为育生他……

萧继业　他要你这样，你也这样下去？

夏倩如　我也不愿意这样下去，眼看学习成绩一天天坏下去，自己的理想不能实现。有时我……我苦恼得很啊。

萧继业　那你为什么不摆脱呢？坦率地说：在育生的思想里，的确有些不健康的东西。作为最亲近的同志，你应该帮助他。无原则的迁就，对你对他都不会有什么好处。（着重地）跟错误思想是不能和平共处的！现在你还会觉得苦恼，再这样下去，就怕你连这最后一点苦恼也没有了，慢慢地习惯了，麻木了。

夏倩如　我也斗争了，可是……

萧继业　可是最后总以妥协作结束。牺牲原则换来的爱情是不会带来幸福的。（沉默）我常常在想：生活的确是复杂的，怎么才能选择正确的道路，而不走入歧途呢？

夏倩如　（淡淡一笑）你说呢？

萧继业　辨别正确的方向，这在我们社会里并不困难，党已经把路给我们指明，同志们也会及时地给我们提醒。重要的是自己要有走正路的决心。在革命的路上还有许多障碍和困难，要走这条路，并不是每个人都有足够的勇气和意志的啊！

〔沉默。

夏倩如　你是对的。不过有些实际问题我不能不考虑。

萧继业　我们没有权利只考虑自己。再说，哪一个毕业生没有实际问题呢？譬如说，有的有家庭问题，有的有爱人问题，有的身体不好，有的怕冷，有的怕热，多着呢。要是每个人都强调自己的困难，你想，情况怎么样？

〔夏倩如不语。

萧继业　再说育生将来也不会在上海，我不是正动员他回青海吗？

夏倩如　他的腿不好，这你又不是不知道。

萧继业 没那么严重，这都是……（突然停住）

夏倩如 （注意地）怎么，你是说……

萧继业 我是说他的腿会好起来的。你应该趁这个机会把他从个人的小天地中拉出来，再这样下去不仅会毁了他，也得毁了你。

〔林育生上。

夏倩如 育生，叫姑妈不要到学院去了。

林育生 怎么了？

夏倩如 我想了想，这样做不大好。

林育生 这又是谁的主意？

夏倩如 不，是我自己的意见。

林育生 不是你自己的意见……

夏倩如 是我自己的意见，刚才我已经跟你说半天了。

林育生 （烦躁起来）那怎么办？好不容易把妈妈说通了，你这一来，我可怎么跟妈妈再说呢？

夏倩如 我自己跟她说去！（进屋）

林育生 倩如，唉！（回头注视着萧继业）

〔萧继业走向前去。

〔夏淑娟上。

夏淑娟 育生，倩如又叫我别去了，这是怎么回事？

林育生 妈，你还是照样去，别管她了。

萧继业 伯母。

夏淑娟 啊，继业呀！听说你的腿也不大好。怎么样啊？

萧继业 不要紧，伯母。

夏淑娟 要好好注意呀，孩子！腿不好……

林育生 妈，你快点啊。

夏淑娟 （想了想）哦……（对林育生）和继业谈谈吧，你们两个从小就是好朋友。继业，育生有话对你讲。

萧继业 好的。

〔夏淑娟下。

萧继业 育生，你还是想请伯母去要求照顾？

林育生 怎么样？

萧继业 你想了没有，这样做好不好？

林育生 家长给学院反映情况，实事求是，有什么不好的？

萧继业 你自己也知道，这对伯父伯母的影响都不好。

林育生 这关我爸爸妈妈什么事？有问题我自己负责。

萧继业 育生……刚才我接到队里的信，希望你病养好了，早些回青海去……

林育生 我的事，你少来操心。（下）

萧继业 育生……（激动地看着他的背影）

〔萧奶奶上。

萧奶奶 继业，总工程师来了。

萧继业 怎么，总工程师他亲自来啦。（对林育生的事放心不下）

萧奶奶 怎么啦？

萧继业 育生居然要伯母去找贺书记，要求照顾。

萧奶奶 那他妈妈呢？

萧继业 伯母同意去了，您看这事……

萧奶奶 总工程师在家里等着你呢，你先去吧。

〔萧继业下。萧奶奶心里激动，想去找夏淑娟。

〔林坚上。

林　坚 萧奶奶。

萧奶奶 老林，哎呀，你真是个忙人，听说你回来了，可总没碰上你。

林　坚　萧奶奶，你老人家身体好啊？

萧奶奶　我好啊。老林，你有空吗？想给你说件事。我这个人哪，一遇到这种事就着急……

林　坚　（敏感地）哦，是育生这孩子一年来表现不好？是不是你老人家听到些什么？

萧奶奶　育生这孩子是叫人担忧。他是怎么回来的，你知道不？

林　坚　前几天听说继业回来了，我就想找他谈谈，了解了解育生在青海的情况……

萧奶奶　育生说是回来休养的，可他成天骑着车子乱逛，还交上了不三不四的朋友。

林　坚　他妈妈没管他？

萧奶奶　提起淑娟，我也搞不懂。我看她对岚岚要求得挺严格，可为什么对育生一味迁就？当然，育生身体不好，淑娟疼他，这我知道，可总得有个疼法，像这样还行啊！刚才，听说为了育生留在上海工作的事，淑娟答应去找贺书记了。

林　坚　这简直是……唉，这些事我都了解不够啊。

萧奶奶　你常年不在家，老林啊，淑娟的担子不轻啊！我看教育孩子这个问题，你得替她分点心。

林　坚　你老人家说得对，的确是这么回事。“生于忧患，死于安乐”，在和平的环境里，年轻人特别需要锻炼。怎么培养接班人，是个重大问题，应该提到我们的生活日程上来了。

〔夏淑娟上。

夏淑娟　（意外地）回来了？

林　坚　回来拿个文件。

夏淑娟　萧奶奶也在这儿？

萧奶奶　我在跟老林说你哪。

夏淑娟　（笑着）说我什么？

萧奶奶　说你儿子管教得不好，生我的气吗？

夏淑娟　你说哪儿话。

萧奶奶　不生气就好。好，你们谈吧。我家还有客人呢！（下）

林　坚　怎么，到学院去？

夏淑娟　是这样，育生的身体……

林　坚　你知道这影响有多坏！

夏淑娟　我只是想去跟学院谈谈，告诉他们育生身体不好，到边疆工作有困难……

林　坚　够了，这就够了！困难又怎么样？你不是也在学校里工作过，国家培养一个大学生得花多少人力、物力，不要我说你比我清楚。劳动人民省吃俭用培养他们读书，究竟是为了什么？怎么回事啊，事情一跟自己有关，就连原则都不要了？

夏淑娟　谁不要原则了？坚持原则也得看具体情况，他的腿有病，组织上就是给他一点照顾，我看也没什么说不过去的。

林　坚　腿是有病，但并不严重，更不能拿它当作借口，我看他是不愿离开上海。还看不出来啊，回来没几天，我就看出点苗头来了。这孩子的精神状态不对头，人家外头社会主义建设搞得热火朝天……可他呢？成天躲在自己的小窝里，眼睛只看见自己鼻子底下的一点好处，天下大事不闻不问，成天悠悠晃晃，也不知道他在想些什么！对党对人民一点责任感都没有。胸无大志，胸无大志啊！我们像他这个年龄，已经把人民解放事业的担子挑在自己的肩上了。他可倒好，唉！

夏淑娟　你也说得太严重了。育生的腿是有病，想留在上海也是暂时的，你自己不也说过吗？等他病好了，再回青海。

林　坚　对，我说过，可是不要糊涂哇！

〔夏淑娟不语。

林　坚　刚才听萧奶奶说，育生越来越不像话了，还交上坏朋友。你可一直都没告诉我。

夏淑娟　都大学毕业了，我还能成天守着他？

林　坚　依你说就该不闻不问，随他去？同志，子女教育得好不好，这是有关革命前途的大问题，麻痹不得！

夏淑娟　这我知道，可是少白和毓芬是为革命牺牲的，每当这孩子有点病痛，我真是心都碎了，二十四年前，毓芬在监牢里把孩子交给我的情景就出现在我的眼前。这孩子要是有什么三长两短，我们怎么对得起他的亲生父母？

林　坚　正因为他的亲生父母是为革命死的，对他就更放松不得。你这种感情我懂得，可是真正爱他，就应该在思想上严格要求他，使他能够继承父母的遗志。可你呢，从小就对他娇生惯养，思想上要求不严，生活上又给得太宽，已经把他宠坏了。看看他现在：吃不起苦，经不起磨炼。再这样下去，这孩子很快就会变成资产阶级思想的俘虏了。想想看，这孩子要是不长进，咱们怎么对得起他的亲生父母？淑娟，你看这样好不好，趁我这次回来，就把他亲生父母的事告诉他，讲讲清楚，让他知道自己是谁，让他知道自己肩膀上的担子有多重。

夏淑娟　告诉他这个干什么。这么多年，都没有让他知道我们不是他的亲生父母。

林　坚　那就这样算了，永远不告诉他了？

夏淑娟　不，等他入了党再告诉他，那时候他就会正确对待这个问题了。

林　坚　那还是现在告诉他的好，促进促进。凭他现在这个样子，他哪年也入不了党！你考虑考虑吧。（进屋）

〔稍停，林坚复上。

林　坚　学院里你就别去了，晚上叫育生在家等着我。明天咱们全家开个会，大家议论议论……育生、倩如，叫他们也谈谈自己的看法。我走了。（下）

〔林育生推自行车上。

林育生　妈妈，你怎么还没走？

夏淑娟　我不去了。你爸爸说得对，你的工作问题应该服从组织决定。

林育生　爸爸回来了？他怎么知道的？

夏淑娟　知道了不更好吗？你爸爸叫你晚上在家等着他。（下）

〔林育生想了想，看着萧继业的房子。

〔李荣生上，无聊地寻找消遣，见林育生的自行车，上前揿铃。

林育生　（烦躁地）你别吵了，好不好？（推车下）

李荣生　（莫名其妙）见鬼了。

〔林岚上。

林　岚　干吗？

李荣生　没什么。唉！无聊啊！

林　岚　怎么不上街逛去啦？

李荣生　车子撞坏了。

林　岚　给谁撞的？

李荣生　汽车。

林　岚　汽车？！

李荣生　不，是我把汽车给撞了。差点没被抓到公安局去。喏，（掏出车照）挂了个名。

林　岚　还得意哪！高中考得怎么样？

李荣生 没希望。

林　岚 这样吧，你跟我一起到江西井冈山农场去。

李荣生 你不是要考农学院吗?

林　岚 （怅然地）考不取了。

李荣生 骗人，平时你的功课不是挺好的吗?

林　岚 可我碰上了一件事。

李荣生 碰到什么事?

林　岚 没什么，反正已经考不取了。

李荣生 吞吞吐吐的，把我都搞糊涂了。

林　岚 有什么好糊涂，考不上，就这么回事。

李荣生 那你真的要到江西去?

林　岚 这有什么奇怪的?多少人都去了。只要是一颗强有力的种子，在什么地方都能发芽，越接近实际，根就扎得越深。我一定要在那儿干一辈子，红在井冈山，专在井冈山。你去不去?

李荣生 我不去。

林　岚 就这样闲逛下去?

李荣生 我在家里自修两年，考电影学院当演员去。

林　岚 你怎么看上电影学院了?

李荣生 你说我能考什么?一见数理化我就头疼。这你不是不知道。

林　岚 电影学院不学数理化，又轻松又好玩，是吗?

李荣生 至少没那么多头疼事。碰碰看，要是真碰上了，那可就美了，当电影演员!

林　岚 要不要我先教你一点，未来的大演员!

李荣生 你会?

林　岚 你忘了，我是青年宫话剧队队员，电影学院老师可在我们那儿辅导过。

李荣生　那就试试看吧。

林　岚　先给你来点基本训练。

李荣生　那是什么？

林　岚　你受得了吗？

李荣生　得了，有什么了不起的。

林　岚　不叫苦？

李荣生　别吓唬人。

林　岚　那好，你过来！第一样——搁腿。

〔林岚把李荣生领到栏杆跟前。

林　岚　把腿搁上去。

〔李荣生把腿放在栏杆上。

林　岚　太低了。（从地上找来几块砖）加一块。（在李荣生左腿和栏杆之间塞一块砖，看了看）还不够。（又加了一块）怎么样？

李荣生　没……没什么。你就加吧！

林　岚　（发了狠）全加上，把腿抬起来。

李荣生　抬不上来了。

林　岚　我来帮你。（用手把李荣生左腿往上抬，又塞了两块砖。李荣生把腿屈弯了。林岚用手在他的腿上一按）伸直啊！

李荣生　哎哟！哎哟！

林　岚　这就叫了，人家还要把整个身体往下压哪。

李荣生　（硬撑着）不要紧……

林　岚　好，就这样搁着。

李荣生　（满头大汗，嗫嚅地）岚岚，还要多久？

林　岚　二十分钟。

李荣生　二十分钟？（只好求饶了）岚岚，差不多了吧……我看差不多了。

林　岚　当演员还容易吗？

李荣生　不容易。

林　岚　（帮李荣生放下腿来）你以为考电影学院真那么简单！

李荣生　（抱着腿直揉）我的妈呀，又酸又疼，进电影学院得干这个？

林　岚　要干的多着呢。来，第二样……

李荣生　（摇头）不干了。

林　岚　你就是想找一条轻便的路，可是当演员，一样得付出艰巨的劳动。懂吗？

李荣生　（重重地叹了口气）唉！

林　岚　跟我一起上江西去。

李荣生　我不去。

林　岚　那你准备干什么？

李荣生　我不知道，反正在家待着，也许会等到什么好机会。

林　岚　你要等到什么时候去？

李荣生　急什么，我今年才十六岁！

〔屋里电话铃响。

林　岚　你有几个十六岁？……

李荣生　（打断她）你家电话。

林　岚　你这是在浪费青春！……

李荣生　电话！

林　岚　虚度年华……

〔李荣生不语。

林　岚　在这里好好想想。（下）

李荣生　唉！要能找到一个又称心又惬意的工作就好了。

〔林岚复上，手里拿着书、报。

林　岚　萧奶奶。

〔萧奶奶内应："什么事？"

林　岚　医院里给您来电话了。

〔萧奶奶内应："好。"

林　岚　喏，你不是无聊吗？这是《创业史》，这是《红岩》，都给你。

〔萧奶奶上。

李荣生　奶奶，电话。

萧奶奶　噢。（进林家）

林　岚　还有刚到的《中国青年报》，我还没看呢，你先看吧。

李荣生　这么厚，怎么看得完？

林　岚　多看看好，脑子都生锈了。（进屋）

李荣生　（翻了翻书）唉！艰巨的任务。（懒懒地站起来，下）

〔萧奶奶上，心情沉重。林岚跟上。

林　岚　（急切地）萧奶奶，怎么了！继业哥哥的腿真的要锯掉？

萧奶奶　他的腿上长了一种骨瘤，很可能是恶性的。

林　岚　一定是吗？

萧奶奶　医生是这么说的。

〔萧继业兴奋地上。

萧继业　（兴奋地）奶奶，刚才总工程师说，我们的地质报告，审批小组反复研究了好几次，根据各种资料来看，我们做的结论是有科学根据的。看来是真的有矿！奶奶，就是我说过的那种矿。

萧奶奶　我懂，我懂……

萧继业　据估计，蕴藏量还可能很多。岚岚，你明白吗？有矿了！有矿了！哎！为了找到205地区的确有矿的根据，我们小组付出了多少劳动啊！每天早晨当我们背起背包迎着太阳走去的时候，我总是这样对自己说：今天一定要有新的发现。带着这个希望，我们翻山越岭，渴了喝泉水，饿了吃干粮，冬天冒着刺骨的寒风，夏天顶着火热的太阳。生活是艰苦啊，可又是那样的有趣，那样的吸引人。因为有一个愿望在鼓舞着我们：“一定要找到矿，一定能找到矿！”我甚至感觉到地下有一种声音在喊：让我出来吧，让我为社会主义发一发热，发一发光。我甚至感觉到它们是怎样在呼吸、在运动。现在这个愿望眼看就要实现啦！奶奶，下午要召开最后一次审批会议，要我去进行答辩。只要他们一批准，我就马上背起背包回勘探队去。然后，我要亲眼看到矿芯怎样从地底下取出来，我要所有的人都知道我们有矿了！（喊）嘿嘿！奶奶，我们有自己的矿了！

萧奶奶 （几次想打断他）看你高兴的……（努力掩饰内心的痛苦，下）

萧继业 （疑惑地）奶奶怎么了？（回头看林岚，林岚把目光移开去）岚岚，怎么了？

林　岚 没什么呀。

萧继业 不，不像没什么，出了什么事了？

林　岚 没有呀，什么事也没出。

萧继业 不，你们一定有什么事情瞒着我。

林　岚 （急）没有，真的没有……

萧继业 （突然紧张起来）刚才电话是医院来的吗？是吗？

林　岚 不，不是！

萧继业 你明明是这样喊的。你为什么躲着我？

〔林岚欲下，被萧继业拉住。

〔萧奶奶悄悄上。

萧继业 岚岚，是不是我的腿……

〔林岚摇头。

萧继业　岚岚，你放心，我受得了的。我的腿很严重？是吗？

〔林岚不语。

萧继业　到底是不是啊？

萧奶奶　是的，孩子！

萧继业　医生怎么说的？

萧奶奶　（冷静地）可能要锯掉。

〔萧继业心情沉重地坐下。沉默。

林　岚　（走近萧继业）继业哥哥你别难过，这还没一定，再跟医生谈谈，说不定还有希望哪。就是真的没有希望了，那也不要紧，真的，不要紧。我们学校里有位老师，在大火中抢救国家物资，烧坏了手，我们反而更敬重他，热爱他。我爸爸有个老战友，在抗美援朝的时候受了伤，锯掉了一条腿，可是他对国家照样做出了很多很多贡献。你也会像他们那样的。你别难过，真的，用不着难过。我……（想不出应该为他做点什么）我给你端碗水去。（下）

〔萧奶奶静静地坐在萧继业身旁，用手抚摸着他的肩膀。沉默。

萧继业　（突然抬起头来，激动地）奶奶，你一生碰到过很多困难，在最困难的时候你是怎么度过的？

萧奶奶　（想了想）我一生经历的困难，真是数也数不清。最困难的，要算是一九三六年，我们的地下组织遭到严重的破坏，我离开了工厂，就在这最困难的时候，你的爸爸在国民党监狱里被杀害了。他是我最后一个儿子。全家只剩下你我两个人，你才一岁……找不到党，找不到工作，亲戚朋友又不敢收留……难啊，实在是难啊！可我又一想，我是为什么才遭这个罪的？

是为了革命！在监牢里，多少好同志为革命牺牲了生命，我遭点罪又算得了什么？这样，咬咬牙我就熬过来了。孩子，搞建设，这也是革命啊！

〔林岚端水上。

萧继业 （自语）革命！（抚摸着自己的腿）我是个勘探队员，我不能没有腿啊！（突然站了起来）

萧奶奶 你上哪儿去？

萧继业 我找医生去。（大步走下）

林　岚 你别那样跑！别那样跑……（回身）萧奶奶，你干吗要告诉他？

萧奶奶 让他知道真情，总比蒙在鼓里好些……二十六年了，整整二十六年，这二十六年里，我带着他闯过多少难关啊！不管什么时候，只要他有一点小小的长进，我就会打心眼里感到高兴。可要是他犯了什么差错，我就会整夜整夜地睡不着。不容易啊！好不容易才把他培养成人，刚刚会飞，可翅膀就要折断了……

林　岚 奶奶！

〔李荣生拿报纸上。

李荣生 岚岚，你知道吗？原来萧继业是全国社会主义建设积极分子。

林　岚 真的？

李荣生 这次是在北京刚开完了会回来的。你看他一声不响，连提也没提起。

林　岚 你怎么知道的？

李荣生 《中国青年报》上有一篇关于他的报道。你知道他的腿是怎么搞伤的？原来是为了救一位同志被压伤的。喏，这里有一段，我念给你听听：（念）“有一次他和小组的同志们到三米深的探槽里收集资料，那时刚刚下过雨，地面上泥土不结实。突然间，萧继业发现前面几块大石头已经摇摇欲坠，眼看在石头下面工作的一位同志就有被压死的危险。萧继业立刻奋不顾身地抢上前去，他救了同志的生命，自己的腿却被压伤了……但他仍然带伤坚持完成了任务。就在这个探槽里获得了宝贵的资料，为证实该地区确实有矿找到了重要根据。”

林　岚　奶奶！

萧奶奶　（抚摸着她的头发）别难过，孩子！俗话说，百炼成钢。百炼才成钢，人不经磨炼就成不了好汉。做人就像走路一样，摔跟头，遭挫折总是难免的。（有力地）可只要你们能听党的话，做个革命者，就是天大的难关，你们也能闯过去。

〔林岚慢慢抬起头来，坚定地看着前方。

〔李荣生惊异地看着这一切。

——幕徐落——

第三幕

〔紧接上一幕。景同第一幕。一个闷热的下午，太阳无情地烤着大地，连“知了”的叫声也显得疲乏而沉闷。

〔从林坚家客厅的窗口，可以看见深蓝色的天边，已浮动着几朵黑色的云彩，隐约可以听见远处低沉的雷声。一场暴风雨正在孕育着。

〔林岚在小客厅里修理木桶，对萧继业的关切使她不安起来，不时到屋外向路上探望。林育生坐在沙发上看着画报。夏倩如上。

夏倩如　姑妈，我到学院里去了。（下）

〔林育生回房间时电话铃响。林育生接电话。

林育生　喂！嗨！是我。……游泳？还有心思游泳，我不去……告诉你，事情糟透了，我倒是把妈妈说通了，可是爸爸知道了……是啊……我简直是一点办法也没有了……什么？给学院写封信，盖上爸爸的图章？不，这不行……不，反正不能这样做……我自己上学院？……对，反正提个意见又不犯法。好，我就去试试看……再见。（挂上电话）

〔林育生推自行车欲下。

林　岚　哥哥，谁来的电话？……又是小吴。你上哪儿去？

林育生　有事。（下）

林　岚　爸爸回来还要找你。（叫着追下）

〔林坚上，看见坏了的木桶，动手修理。

〔李荣生上。

李荣生　岚岚，岚岚！不在。（看见林坚）正好，修桶的，我们家也有个木桶坏了，待会儿你上我们家修一修，给你工钱。

林　坚　（看看他，笑了笑）好啊，你是哪一家的？

李荣生　工人新村 2 号，待会儿我领你去。正好碰上你，要不我又得挨骂了。

林　坚　怎么？

李荣生　爸爸回来又要说："你一天到晚什么事也不干，叫你把木桶修一修也不肯，就知道张嘴吃。"

林　坚　怎么？你不上学？

李荣生　去年没考上高中，在家里闲着。

林　坚　干吗不找点事做？

李荣生　有什么事好做啊，去年居民委员会介绍我去当店员，我不干。现在他们又劝我到农村去，我不去。

林　坚　为什么不去，我还想去呢。

李荣生　你要去还有话说，你本来就是个体力劳动者，可我是个知识分子。

林　坚　（笑）嚯！好一个大知识分子啊！

李荣生　本来嘛，读了九年书，要我去种地，还说是你们生长在社会主义，幸福，得了吧！

林　坚　为什么不幸福？去建设社会主义新农村，用自己的两只手创造美好的生活，这还不幸福？

李荣生 一天到晚跟泥巴打交道，搞了一身臭汗，这算什么幸福呢？

林 坚 那你看干哪一行才算幸福？

李荣生 多着呢。喏，譬如林岚的爸爸，当首长，那才神气，才有意思哪。

林 坚 不，当首长也不轻松！

李荣生 得了吧，当首长有什么苦的？

林 坚 当年打游击反“围剿”不去说它，就拿现在来说，当个厂长吧，要参加劳动，要学习新的业务，又要多快好省地完成工作，操心的事多着呢。有空还得干点别的，譬如修修桶什么的。

李荣生 去你的，首长还修桶？

林 坚 为什么不？首长也是普通人嘛。

李荣生 这么说当首长也不怎么惬意。

林 坚 照你的看法，我看干哪一行也不惬意。

李荣生 哟，你好像还挺有一套的。怎么，你也念过书？

林 坚 我念过什么书？从小当学徒，这点文化是后来自己瞎摸出来的，比不上你们知识分子。我们从前……

李荣生 你也来了，一开口就是：“我们从前……”跟我爸爸一样。现在又不是从前，一听就腻烦。

林 坚 不知道从前的苦，就不知道今天的甜。不跟你们多谈谈过去，你们还以为今天的好日子是从天上掉下来的哪。

李荣生 看你还挺能说会道的。你干吗不找个别的工作？修桶！

林 坚 都不干修桶的那你就得自己修了，不修又得挨爸爸的骂，是吗？

李荣生 那叫别人干好了。你现在不是有些文化了吗？干这一行挺可惜的。

林　坚　是吗？那你看我干哪一行合适？

李荣生　我想想。（认真地想）对了，当店员。

林　坚　你自己不是也不愿意干吗？

李荣生　我读了九年书，可你才……

林　坚　我才有了点文化，对吗？

李荣生　（得意地）哎！

〔林岚上。

林　岚　爸爸，你回来了？

李荣生　（惊讶地）爸爸？就是你那个当首长的爸爸？

林　岚　我只有一个爸爸呀。你跑什么！来，来，爸爸，这就是小李。

林　坚　已经认识了。

李荣生　你就是那个老打胜仗的……那一个……首长？

林　坚　首长还修桶，是吗？

李荣生　（对林岚）你爸爸要到农村去，是真的？

林　坚　为什么不真，可惜上级没批准。

〔李荣生睁大眼睛看着林坚。

林　坚　（对林岚）你怎么样，农学院考得好吗？

林　岚　爸爸，我没去考！

李荣生　（惊异地）没去考？

林　坚　（意外地）哦？怎么，你又……

林　岚　（急解释）不，爸爸，我碰到一件意外的事。

林　坚　出事了？

林　岚　对了。今天早晨，我想顺路邀王秀一道去考试，可是她已经先走了。一到她家正好碰上她姑心脏病突然犯了，怎么办？她们家又没有别人，不抢救就晚了，我只好赶快把她送到医院，经过医生抢救，总算脱离了危险，等她进了病房我才离开那儿，可人家都考完了。

林　坚　是这样！

林　岚　刚才王秀跟我说：她要去给招生委员会说明理由，要求他们给我补考，我没有同意。爸爸，本来我是不想告诉你的，可我怕你心里难过，这才……

林　坚　你做得很对！你这样为了帮助别人，放弃自己升学的机会，这种精神很好。可是，以后你准备怎么办？

林　岚　我想到江西井冈山农场去。

林　坚　好啊，在实际工作中也可以学习，不管思想上还是农业科学上都可以学到东西。可是到了那儿会碰到许多困难，你考虑过吗？

林　岚　考虑过了。我想，现在困难再大，总比不上你们当初搞革命的时候吧？（好像对自己说）既然我们的父辈都是硬汉子，我们也不该是胆小鬼！

林　坚　说得对。

林　岚　妈妈不会答应的。

林　坚　妈妈在家吗？

林　岚　大概上楼去了。

林　坚　你妈妈会答应的，会答应的。

林　岚　（愉快地）小李，我们一块儿去吧！

李荣生　（嗫嚅地）我……我不去。

林　坚　怎么，当农民就不幸福了是不是？

〔李荣生不语。

林　坚　是啊，是啊，年轻人总喜欢谈论什么幸福。事情一顺心就说：我太幸福了。一不顺心，就说我一点儿也不幸福。可是什么是幸福，连他自己也没有搞清楚。

林　岚　爸爸，你说什么是幸福？

林　坚　幸福，这是一个吸引人的字眼。（对李荣生）来，小李坐下。不同的人，不同的阶级，对它有不同的理解。有人觉得：不劳动，光吃喝玩乐，这是幸福；也有人觉得：有名气、有地位是幸福……这些看法，都是错误的，不是无产阶级的幸福观。我们说，对于一个革命者，幸福和斗争是分不开的。在解放以前，无数的革命者，为推翻反动制度而英勇斗争，在他们看来，这是莫大的幸福。今天，解放了，不受压迫、不受剥削了，可是，斗争并没有停止。一个青年，能够参加今天的阶级斗争和生产斗争，为党为人民的事业贡献出自己的一分力量，这才是莫大的幸福！（有所指地）那种不付出艰巨劳动的人是得不到幸福的。对吗？知识分子！

〔李荣生不语。

林　坚　不小了，得多动动脑筋，总是这样稀里糊涂下去那还了得！

〔李荣生低头不语。

林　岚　（对李荣生）怎么样？还是跟我一起上井冈山去吧。

李荣生　我……我考虑考虑。

林　坚　对，是得考虑考虑。没事常到我们这儿来玩，有空咱们聊聊，怎么样？

〔李荣生点点头。

林　坚　小鬼。

李荣生　（对林岚）我走了。这是你的《中国青年报》。（向林坚鞠躬）再见！（下）

林　坚　（欲下，回身对林岚）你哥哥呢？

林　岚　哥为表姐的事到学院去了。

林　坚　（严厉地）什么，他自己去了？

林　岚　嗯。刚才，那个小吴又来电话了，他接了电话就走了。

〔沉默。

林　坚　回来你叫他上楼来找我。（下）

〔少顷，萧继业迈着艰难的步子上。

林　岚　继业哥哥，可回来了。

萧继业　你哥哥呢？

林　岚　腿怎么样？

萧继业　他不在吗？

林　岚　医生怎么说的？

萧继业　要我马上住院……做活体组织检查。

林　岚　有希望的，是不是？

〔萧继业不语。

萧继业　（少顷）育生上哪儿去了？

林　岚　到学院去了。

萧继业　他自己去了？

林　岚　哥哥呀，自己想在上海，还拉着表姐……你们怎么会同意他回来的？他的病真那么严重吗？医院也真是的，还给他开了个证明。

萧继业　我就是为这事来找他的。

林　岚　找他做什么？是……？

萧继业　我要问问他……问他是不是能早点回青海。

林　岚　对啊，早点让他回去就好了。

〔稍停，林育生从大门上。

林　岚　萧继业，哥哥回来了。

林育生　噢，你在这儿。我正想找你哪。

萧继业　我也正想找你哪。（对林岚）我想跟你哥哥单独谈谈。

〔林岚下。

林育生　那好啊，我希望你能解释一下。

萧继业　解释什么？

林育生　为什么你要在我跟倩如中间制造矛盾？一再动员她离开上海？为什么？

萧继业　因为工作需要你们离开这儿，作为老同学我也不能眼看着你们这样下去不管。

林育生　谢谢你的关心。

萧继业　（恳切地）育生，我们是多年的同学，说重了你也别生气，我们分别快一年了，真没想到你会变成这样。

林育生　请问，我变得怎么样了？

萧继业　想想看，一年来你都做了些什么呀？成天钻在个人的小天地里，满足于平庸琐碎的生活，贪恋眼前一点小小的安逸。

林育生　既然你对我的生活这么关心，那我就坦白跟你讲吧。我们是想把生活安排得更好，更舒服，使日子过得更丰富，更多彩。大家辛辛苦苦地劳动是为了什么？不就是为了使生活变得更好，更幸福吗？

萧继业　使谁的生活变得更幸福？是仅仅使你个人的生活变得更幸福，还是使千百万人因为你和大家的劳动而变得更幸福？你要使日子过得更丰富多彩。对的，我们今天的生活是有史以来最丰富，最多彩的了，但绝不是在你的小房间里，而是在广大人民群众的火热斗争里！

林育生　这些大道理你不要跟我讲了。我问你，你是不是还承认有个人幸福？

萧继业 在社会主义社会里，每一个劳动者，不受压迫、不受剥削，能够在集体劳动中，充分地发挥自己的聪明才智，创造更美好的未来，这还不是最大的个人幸福？育生，问题的关键就在于，你所追求的是什么样的幸福。如果全国没有解放，像你我这样的工人的儿子，别说大学毕业了，连命都难保，哪里谈得上你想的那一套个人幸福？我们今天在想到幸福的时候，千万不能只追求个人享受，忘记了我们青年人对党对人民应负的责任，忘记了投身轰轰烈烈的社会主义建设……

林育生 我没忘，也不可能忘！即使我们对自己的幸福感兴趣，那又怎么样呢？我们也跟别人一样工作，一样劳动，既没有去偷去抢，也没有去剥削，去妨碍别人，我们按照自己的愿望、自己的理想过生活。请问，这有什么不合法的呢？

萧继业 又是自己，自己！开口自己，闭口合法，你究竟把国家和集体的利益放到哪儿去了呢？我们的国家是一个按计划办事的国家，你把个人利益放在集体利益之上、国家计划之外，这怎么能不影响不妨碍别人！你这样不服从国家需要，不服从组织分配，难道是“合法”吗？！又为什么不该指责！

林育生 难道只有到边疆去才算符合国家利益！每个人都有自己的条件，你总不至于要大家都去过山沟里的日子吧？

萧继业 你说这话我都替你难过。山沟里？！没有革命前辈在山沟里斗争，就没有中国革命的胜利；没有全国广大的山沟和农村的支援，我们的大城市、大工业就失去了生命线；没有艰苦的建设，哪儿来的社会主义成就，全国人民的幸福。更何况，我们地质工作者的战斗岗位，就在山沟里嘛。育生，当初我们毕业分配的时候，你那番雄心壮志跑到哪儿去了？你走上了多么危险的道路啊！

林育生　（冷笑）危险的道路？危险在哪儿？

萧继业　危险在于你已经不再想革命了！危险还在于个人主义思想会不知不觉地腐蚀你的心灵，毁灭你的理想，消磨你的斗志，使你越来越深地陷到资产阶级的泥坑里去。

林育生　（不屑地）别吓唬人，我可不是出生在资产阶级家庭里。

萧继业　我们都是革命的后代。我们更应当警惕。要是我们自己不警惕，再好的家庭出身，资产阶级思想也会钻到我们脑子里来。（着重地）路是靠自己走的，行为得由自己来负责。

林育生　（反击）那么你呢？你似乎也没有干出什么惊天动地的事业来？！

萧继业　是的，惊天动地的事业是人民群众做出来的，不是哪一个人干出来的。我记得毛主席说过这样的话：一个人的能力有大小，只要没有自私自利之心，他就是一个高尚的人，一个纯粹的人，一个有道德的人，一个脱离了低级趣味的人，一个有利于人民的人。我的才能很有限，但我愿意根据党的需要，尽最大的努力来工作，踏踏实实地做个螺丝钉。

林育生　多么崇高的理想啊！

萧继业　不！这只不过是毛泽东时代青年起码的生活准则，我们每个人都应该做到。育生，不能再这样下去了！回青海去吧！

林育生　我的腿有病，这你不知道吗？

萧继业　病得那么严重吗？

林育生　（外强中干地）你这是什么意思？医生给我开了证明，你又不是没看见过。

萧继业　看到过，这张证明现在还在我的口袋里哪。

林育生　什么？

萧继业　不过，医生又在上面加了几个字。

林育生 你……

萧继业 你自己看吧。（将证明单递给林育生）

〔林育生看见证明单，脸色瞬间变得惨白。他伸手拿证明单，手颤抖着，看完证明单上医院的批语，无力地坐下。雷声响。

〔林岚上，发现桌上的证明单。

林　岚 （念）本院没有开过此证明，这是伪造的……

〔林育生急下场。

林　岚 原来是这样。（欲上楼）

萧继业 （急阻止）岚岚！这事先别告诉你爸爸，我们要拉你哥哥一把。

〔夏倩如从大门上。萧继业拿过林岚手里的证明单藏起来。

林　岚 表姐……（被萧继业阻止）

夏倩如 （觉察出气氛不对）怎么啦？

萧继业 没什么。

夏倩如 （对萧继业）你拿的是什么？

林　岚 是……

萧继业 （紧接）一封信。

夏倩如 不，你们好像有什么事瞒着我。萧继业，给我看看。

萧继业 不能给你看。

夏倩如 为什么？

萧继业 跟你无关。

〔夏倩如怀疑地看着他们，突然紧张起来。

〔林育生悄悄上。

夏倩如 是不是他犯了错误？你为什么不说话呀？萧继业！把信给我吧。

〔众不语。

夏倩如 哎呀！你们别再折磨我了！……

林育生 （对萧继业）把证明给我。（接过证明单，毅然把它交给夏倩如）倩如，我做了一件见不得人的事。

〔夏倩如紧张地看着证明单，然后无力地走向窗口。暴雨倾盆而下。

夏倩如 （低声地）好大的雨啊……！（久久地背向观众站着不动）

〔李荣生躲雨上，惊奇地看着这一切。

〔难堪的沉默。

林育生 你们说吧，我该怎么办？

萧继业 回勘探队去。在什么地方跌倒，就在什么地方爬起来。

林育生 不行，我的腿不好，尽管我把病情夸大了，可是我的腿有病是真的。

林　岚 你的病不是在腿上，而是在脑子里。

萧继业 （恳切地）育生，你想想看，为了革命到底，多少人都在日夜不停地战斗着。你父亲三十年来一直为革命出生入死，现在仍然站在建设的最前线。我奶奶七十多岁了，可是，你看她哪天停止过为革命工作！要是老一辈到今天都还站在第一线，我们年轻人有什么理由躲在个人的小角落里？

林育生 讲讲挺容易，要是你的腿也像我一样，那你……

林　岚 哥哥！

萧继业 那我也会从勘探队里溜掉？不，绝不会。

林育生 说说当然容易，要是真的……

林　岚 （激烈地）哥哥！你知道吗，继业哥哥的腿就要被锯掉了！

萧继业 （欲阻止）岚岚！

林育生 （同时）什么！

〔大家为这突然的消息怔住了。

夏倩如　是真的吗？萧继业？

〔沉默。

萧继业　没什么，就是真的要锯掉，我也要拄着拐棍回队去。高山不能爬，我就在平地；野外不能去，我就在帐篷里。不管怎么样，我也要在勘探队干一辈子！……（看表）我得开会去了。我们的地质报告今天就要审批了。大家在等着我呢！

〔林岚拿雨具。

林育生　我陪你去。

萧继业　（诚挚地握住他的手）不，你在家好好想想吧。

李荣生　（接过林手中的雨具）我陪他去吧。

萧继业　好，就让小李陪我去吧。（对林育生）回头我们再谈谈。

〔萧继业、李荣生下，林岚跟下。台上剩下林育生、夏倩如。

〔难堪的沉默。

林育生　你为什么不说话？责备我吧，你有权利这样做！

夏倩如　不，我没有权利责备你，我在你身上看到了自己的将来。只有在发生了这一切之后，我才看清楚这一年来我到底做了些什么……可是你，我怎么也没有想到……

〔林岚上，旋即上楼。

林育生　你以为我就不想好好干一番事业吗？开始的时候，我也下狠心工作过，可是后来……生活上的艰苦，工作上的困难，我的腿偏偏又……我只好……

夏倩如　你就只好逃回来了？还写了张假证明！

林育生　我不那样能行吗？我的家你是知道的，要是我像别人那样回来，大家能饶得了我吗？后来小吴给我出了这个主意。

夏倩如　又是小吴，难道你自己就没有责任了吗？

林育生　当然，我并不想隐瞒自己的看法。当时我想既然我的身体不好，回上海工作不也一样吗？反正在那儿干不出什么名堂来。

夏倩如 你这是在骗自己！为什么萧继业就能在那儿干出成绩？没想到你会变成这样！（痛苦地）我真为你害臊。（回身欲下）

林育生 倩如，你……

〔林坚上。夏淑娟、林岚跟上。

夏倩如 姑父。

林　坚 别走。大家都坐下。

〔沉默。

林　坚 那张证明呢？

〔林育生拿出证明单。

林　坚 把它贴到墙上去。

林育生 （恳求地）爸爸。

林　坚 贴起来，让大家常常看着它，这对你，对我们全家都是一份教材：为什么我们家里会出现你这样不争气的子弟？

〔林育生犹豫地看着母亲。

林　坚 （坚决地）贴起来！自己把它贴起来！

夏淑娟 叫你贴，你就贴！

〔林育生无可奈何地走向墙壁。

林　坚 怕给我们家丢脸是不是？你已经把工人阶级的脸丢尽了。（痛心地）做出这种事，当逃兵！你对不起党的培养，对不起老师们对你的教导，更对不起……对不起你死去了的亲生父母！

〔众惊。

林　坚 淑娟啊，是告诉他的时候了。（回身上楼）

林育生 我死去的亲生父母？妈，你……

夏淑娟 （沉痛地）不，我们不是你的亲生父母，你的亲生父母二十四年前已经在国民党的监狱里牺牲了。

林育生 真的?

夏淑娟 你的亲生父母跟你爸爸在一个工厂做工，又一起参加工人运动，他们是老战友。在一次斗争中，他们被捕了，关在一个监狱里。敌人把你的亲生父母判处了死刑。在你生下来的第三天，他们被杀害了。

〔林坚拿一盒子上。

林　坚 （从盒子里取出遗书）这是你亲生母亲临死前写给你的遗书……

林育生 遗书!（接过遗书）

林　坚 （沉痛地）念一念吧，看看你父母是怎样希望你的。

林育生 （念）“我亲爱的孩子:

剑子手已经举起了杀人的刀枪，同志们都在慷慨高歌，我们马上就要走上刑场。从此你就再也见不到你的亲生父母了。孩子，我给你写下这封信，是为了让你记住：你的父母都是工人，为了无产阶级的革命事业，我们献出了自己的生命。你可以忘记你的父亲，可以忘记你的母亲，可是你永远不能忘了这世界上还有阶级敌人！你要为崇高的共产主义理想而斗争！我的孩子，把红旗高高地举起，永远前进，永远革命，永远忠于党，永远为人民。

时间到了，牢门响了！剑子手来了！永别了，亲爱的孩子，我们去了，你可不要忘本，不要忘本……”

（对着遗书）妈妈，我的亲妈妈!（扑倒在桌子上，哭泣）

林　坚 是啊，是啊，不要忘本！不要忘记你是工人的儿子，更不要忘记在全世界还有广大的……我的老战友啊！你们为革命献出了自己的一切，我们的今天是你们用鲜血和头颅换来的。可是，我说什么好啊！……我对不起你们，我没有把他培养成你们所希望的那种人。（痛心地）可我，我万万没有想到他会……嗨！（以拳击桌，在一个激动的停顿之后，语重心长地）育生！无产阶级掌权的日子得来不容易啊！帝国主义和反动派，正梦想从你们这一代人身上找到他们反革命复辟的希望，我的孩子，你们要警惕啊！

林育生 别说了，爸爸，你别说了。（痛哭着跑下）

夏淑娟 育生！

林　坚 不要紧，让他到风里雨里去跑一跑。（对夏淑娟）看见了？放松不得啊！

〔夏淑娟不语。

林　坚 当然，我有责任，这些年来我在教育子女这个问题上，我是有些麻痹啊。我总以为在我们的社会里，年轻人还能坏到哪儿去？（有力地）不，资产阶级影响还严重得很，不是每一个年轻人都能正确地选择自己的道路啊。

〔夏倩如突然站起来，走向门口。

林　岚 你上哪儿去？

夏倩如 我找贺书记去。（下）

林　坚 应该去的。

〔沉默。林岚静静地看着爸爸。

林　坚 我们这代人千辛万苦夺取了政权，建立了无产阶级的家业，毛主席一再告诫我们：这只不过是万里长征才走了第一步！我们走的是一条艰难却是通往胜利的道路！我们的下一代呢？他们全都会沿着我们的道路走到底吗？

林　岚 （坚定地）会的！爸爸。你放心吧，我们会沿着你们的道路走到底的！

林　坚 （激动地望着女儿）对！要坚决听党的话！永远走革命的道

路!（严峻地）让我们的下一代蜕化变质……不可能！也决不允许!

——幕　落——

第四幕

〔十天后的一个上午。景同第二幕。

〔“知了”不停地叫着，附近有卡车驶过，传来了毕业生走向生活的歌声。

〔林岚和萧继业正在交谈。

林　岚　……看样子，他思想斗争挺激烈。

萧继业　这对他是有好处的。哎，倩如怎么还不来？

林　岚　她也该回来了，大家约好今天在这儿集合一起走的。萧继业，你回医院去吧，那么多医生都在研究你的病情，说不定要找你呢。

萧继业　他们在讨论前，已经到病房来诊断过了，要不我还能请假出来？

林　岚　要是研究有了结果，那……

萧继业　奶奶会回来告诉我的。你快收拾行李去吧。

林　岚　好，时间来不及了。

〔夏倩如上。

林　岚　表姐。

夏倩如　萧继业！

萧继业 回来了?

林 岚 我给你们找哥哥去。(进屋)

萧继业 今天就走?

夏倩如 嗯。待会儿大家到这儿来集合一起走。听说今天会诊,有结论了吗?

萧继业 现在正给我宣判呢!

夏倩如 哦……找我回来有要紧事吗?

萧继业 听说你搬到学院里就不回来了,你把育生的问题交给谁啊?

夏倩如 我也不知道该怎么办。搬到学院以前我就跟他谈过了,他不肯回去。

萧继业 有些思想问题不是靠几次谈话就能解决的。林伯伯对他做了很多工作,可是我怎么也插不上手,医院里他不肯来,我回来找他,他又避开我,没办法,这才把你请回来,让你帮助帮助他。临走以前再跟他谈谈,只要大家耐心帮助他,他是会振作起来的。

夏倩如 我跟他谈了,他不听我的。难道我还能像从前那样顺着他?

萧继业 顺着他倒不必,耐心却是需要的。事情发展到现在这样,难道我们就没责任?

夏倩如 我不想推卸自己的责任,过去我无原则地迁就他,现在我再也不能像从前那样了。既然两个人在一起对谁都没有好处,所以我想,还是暂时分开。

萧继业 哦,怪不得他对你有意见。在这种时候你这样做,只会引起他一些不必要的想法,加重他的思想负担。我了解他,他就是没有脸回去见同志们。我们应该相信他,他毕竟受过革命的教育，他不是那种没有志气的人。

夏倩如 好，我再找他谈谈去……

〔林岚拉着林育生上。

林　岚 表姐，哥哥来了。

萧继业 育生！

林育生 回来了？你的腿怎么样了？

萧继业 一会儿就有消息了。

林育生 哦……（一时找不出别的话）

萧继业 倩如今天要走了。

林育生 我知道了。

萧继业 那你们谈谈吧。（欲下）

林育生 不，你……

林　岚 我得收拾行李去了。（进屋）

萧继业 （对夏倩如低声说）好好跟他解释一下。（下）

夏倩如 育生。

林育生 回来了。

夏倩如 嗯。（稍停）

林育生 今天就走吗？

夏倩如 对了。好些天没回来，你好吗？

林育生 没什么。

夏倩如 育生，你到底打算怎么样？

林育生 离开这儿，走，走得远远的……

夏倩如 那你为什么不回队去？

林育生 我什么地方都能去，就是不能回队去。我怕……

夏倩如 其实这是你的过虑。只要你愿意回去，同志们会欢迎你的。萧继业说得好：在我们的社会里，一个人跌倒了，周围就会有很多同志向你伸出手来扶持你。

〔沉默。

夏倩如 看来你好像对我有些意见，对吗？

林育生 我没有什么意见，我只能怪我自己。

夏倩如 不，你以为我是为了自己，因为你犯了错误我就离开你吗？

林育生 我不这样想。我摔倒了，也爬得起来。

夏倩如 真希望你能这样。这些日子，我反复地检查自己：这一年来，我就像是跌进了一个又稠又厚的泥坑，一边挣扎，一边往下沉，眼看就要没顶了……同志们把我从这个肮脏的泥坑里拉出来了，我得把身上的污泥彻底地洗一洗。我想既然我们俩在一起，对谁都没帮助，不如暂时分开一下，这样大家可以冷静下来考虑一些问题。没想到反而引起你的误会。

〔沉默。

夏倩如 （诚挚地）回去吧，育生，是该下决心的时候了！

林育生 我要把过去全部忘掉，重新开始生活。我已给队里写信了，要求领导上调我到最艰苦的地区去工作。

夏倩如 思想问题不解决，调到哪儿都一样啊。

林育生 （激动地）这些天爸爸跟我谈了很多，慢慢地看清楚了，这一年来我走的是一条什么道路，多危险的道路啊！起初我还用清高和合法来欺骗自己，其实资产阶级思想已经把我引到错误的路上去了。前几天爸爸带我去看我亲生父母的坟墓，回来以后，我整夜整夜地睡不着，一闭起眼睛就仿佛看到我的亲生父母……想到这些，我就恨不得马上投入工作，用实际行动来补偿我的过错。可是也就因为这样，我更觉得没脸再回去见队里的同志们。处分，我不怕，就是没脸见人啊。

夏倩如　（感情地）为什么要这样想？不要这样想，你能认识自己的错误，这太好了。既然下决心改正错误，那就应该敢于面对现实。这些天我有这样一个体会：一个人走错了路，往回走总是要有更大的决心，更大的毅力！有时候这种代价甚至很大，是不是经得起这种考验，这是能不能改造自己的关键。

〔林育生不语。

夏倩如　育生，回队去吧！要是连面对现实的勇气都没有，那还谈得上什么改造自己，重新开始生活？

〔李荣生声："岚岚。"

〔林育生向河边小路走去，夏倩如跟下。

〔李荣生拿着行李上。林岚上。

李荣生　岚岚，岚岚！咱们什么时候走？

林　岚　你真打算走了？！

李荣生　当然！

林　岚　你最后再考虑一次，那儿比上海艰苦多了，要去就得下决心，别到了那儿又当逃兵溜回来。

李荣生　什么话，你别把人看扁了。那一天听了你爸爸的话，又看见萧继业和你哥哥那两件事，回家以后我想了好几天。我想通了：我再也不能像从前那样糊涂下去了，我一定要做一个像萧继业那样的人，可不能像你哥哥那样。你说，我想得对头不对头？

林　岚　这次你算想对了。你爸爸、妈妈同意了吗？

李荣生　早同意了，下了班他们还到车站送我呢！

林　岚　你倒好，可我……

李荣生　怎么，你还没告诉你妈妈？

林　岚　你想表姐今天就要走了，眼看哥哥也不会留在上海，我又马上走，妈妈她……

李荣生 那你说怎么办？

林　岚 我早想好了，趁我妈妈不在，我们先把行李运到车站去，待会儿就说给倩如姐姐她们送行，一到车站……

李荣生 我们就溜。你赶快拿行李去。

〔林岚下。李荣生打开箱子，检查箱子里的东西。

李荣生 毛衣，有了；棉衣棉裤，有了；牙膏，有了……

〔林岚提行李上。

林　岚 怎么，买这么多牙膏？

李荣生 不算多，一打牙膏，半打牙刷，我准备三年不下山。

林　岚 还带钉鞋干什么？

李荣生 爬山啊。那儿坡陡，有了它就不滑了。

林　岚 你可想得真周到。

李荣生 你就带这么点东西？

林　岚 够了。去劳动，又不是去享福的。好，现在我们先把行李运到车站去，一到晚上，那就再见了上海，再见了我的家。然后就走，上井冈山去。（向往地）在毛主席居住过的地方，在先烈们洒过鲜血的土地上，我们去进行另一场革命，要荒山献宝，向土地要粮。

李荣生 我现在才发现你原来是个诗人。

林　岚 可惜，你发现得晚了些。走。

〔他们背起行李准备下。

李荣生 不好了，你妈妈回来了。

林　岚 快，把行李藏起来。

〔慌乱中李荣生的箱子掉在地上，东西撒了一地。

林　岚 嗨！快捡起来。

李荣生　帮帮忙。

〔他们正忙着捡东西，夏淑娟上。林岚赶快把自己的行李藏起来。

夏淑娟　你们在干什么？

李荣生　伯母，你好！

林　岚　妈妈，小李在……晒东西。

夏淑娟　到我们这儿来晒东西？我们家院子大？

李荣生　是啊，大……大多了。（慌乱中把东西拿出来晒）

夏淑娟　牙刷也得晒？

李荣生　（发觉不对了）哦，哦，这个……我怕它发霉了。

夏淑娟　牙膏呢，也怕它霉了？

李荣生　（语塞）顺便晒晒又没有什么坏处，反正太阳又不要钱。

夏淑娟　（有意地寻找，找到了林岚的背包）这不是我们家的背包吗？

〔林岚无语。

夏淑娟　我看你们是想瞒着我跑到什么地方去，对吗？

林　岚　唉，妈，全给你说了……

李荣生　（急抢先说）不，没有的事，我们干吗要跑到什么地方去呢？在家里多好啊，又温暖，又舒服，比江西好多了，听说那儿尽是大山……

〔林岚急阻止李荣生。

夏淑娟　你们要到江西去？

李荣生　不，没有的事，我们是打个比方。我们才不到江西去呢！

夏淑娟　这么说你们不想到江西去？

李荣生　是啊，去那儿干什么。（对林岚）对吗？

夏淑娟　真不去？

李荣生 当然不去。

夏淑娟 唉，我这趟街算是白跑了。

林　岚 怎么?

夏淑娟 本来我想你要到井冈山农场去，就上街给你买点东西。

林　岚 什么?

夏淑娟 可不是，你看。

林　岚 妈妈!

李荣生 （看）毛衣、球鞋、笔记本……

林　岚 是真的? 妈妈!

夏淑娟 是啊，现在你又不去了，东西也就……

林　岚 不，妈妈。既然你给我买了这么些东西，我不去就不好意思了。为了不让你白跑一趟，我只好到江西去了。

夏淑娟 （笑）岚岚，还瞒着我。

林　岚 （扑在夏淑娟身上）妈! 本来爸爸叫我今天自己跟你说的，可我怕你……

夏淑娟 怕我拉你后腿，是吗?

林　岚 不，我怕你心里难过。

夏淑娟 唉，你哥哥这件事可给了我一个大教训。我年轻的时候跟你爸爸一起干革命，从来没叫过一声苦。解放了，我心想，说什么也得让你们过得好些，特别是你哥哥，没想到这样反而害了他。你爸爸说得对：真正爱儿女，就应该在思想上严格要求他，督促他，培养他成为一个有利于国家、有利于人民的人。

林　岚 （感情地）妈妈!

〔沉默。

夏淑娟 （开朗地）好了，不早了。我给你们做点东西，让你们吃了好上车。小李子，太阳落山了，不用晒了。（进屋）

林　岚　（高兴地）嗨！我怎么就没想到！

李荣生　意外的收获！

林　岚　走，吃东西去。

李荣生　那行李……

林　岚　现在还怕什么，大大方方地开步走。（拉李荣生下）

〔姚向明上，声音比人先到。

姚向明　倩如，我们来了。

〔周婕和几个大学生上，大家喧闹着，台上立刻变得活泼而有生气。

〔夏倩如上。

夏倩如　都来了？（对姚向明）几里路外就听见你的声音。

姚向明　那好啊，我可成了广播喇叭了。

学生甲　林伯伯在家吗？

夏倩如　不在。

学生乙　不是约好给我们讲话的吗？

夏倩如　他一会儿就回来。时间还早，大家就在这儿歇会儿吧。

姚向明　好凉快啊。这里是我们五年来常到的地方，现在就要跟它告别了。

周　婕　是啊，五年了，我们生活在一起，学习在一起，劳动在一起……

姚向明　还有争论在一起，吵架在一起。

夏倩如　不，战斗在一起。

姚向明　吵架在一起。可是一会儿上了车站，你们上你们的新疆，我到我的西藏，她去她的青海。要吵架只好另找对手了。不久，我们就要站在喜马拉雅山的顶峰……

学生甲　（紧接）展望全世界。

〔几辆满载支援边疆建设的青年的卡车队从附近驶过，传来了阵阵的歌声。台上青年热情地向他们挥手。

学生乙 对！唱起我们的歌吧。（唱《勘探队员之歌》）

〔萧继业上。林岚和李荣生上。

萧继业 你们来了。

周　婕 萧继业，你的腿怎么样了？

萧继业 专家们正在讨论，等奶奶回来就知道了。

学生甲 贺书记不是也去参加了吗？

萧继业 是啊。上海地质局的同志也很关心，来上海的地质部负责同志还找了医院党委，要求他们想办法把我的腿保留下来……

周　婕 看来有希望？

萧继业 谁知道呢，不过我已经做好思想准备了。（走向夏倩如）大家都要走了，你跟育生谈得怎么样了？

夏倩如 认识到自己的错误，就是不好意思回队去。

姚向明 怎么还下不了决心？

林　岚 看，萧奶奶回来了。

〔萧继业克制自己的不安，走到石凳上坐下。

〔歌声止。

〔林岚向大路方向跑去，所有的人都注视着萧奶奶上场处。

〔沉默。

〔林育生上。

〔萧奶奶上，林岚跟在后面。

林　岚 （急切地）萧奶奶，到底怎样？你快说呀！

〔萧奶奶走向萧继业。

萧继业 （控制着激动的心情）怎么样？奶奶。

萧奶奶 孩子，我告诉你，你可别太激动了。

萧继业 不，奶奶！我已经准备好接受最坏的消息了。

萧奶奶 不，孩子……专家们研究以后，说是你的腿用不着锯掉了！

萧继业 什么？是真的！奶奶，是真的！

萧奶奶 是真的，我的孩子！

萧继业 （激动地）我简直不敢相信。

萧奶奶 还有一桩事，勘探队来信了。（把信交给萧继业）

林　岚 可以保留，可以保留了！

〔众人围住萧奶奶。

萧奶奶 医生说：全国人民都在前进，我们医务工作者也要前进……

萧继业 （看完信）同学们！205地区第一台钻机已经见矿了！

众　人 什么？见矿了！

〔萧继业把信交给周婕。

〔几个未来的勘探队员兴奋地围过来看信。

〔林育生在一旁犹豫着。

萧继业 育生，队长来信说：你要求调工作的信他已经收到了，组织上觉得没有必要。全队同志热烈欢迎你回去。这是队长和同志们给你的信。

林育生 （意外地）是吗？（看信）

〔夏倩如注视着林育生。

林育生 什么，你向队里建议让我回去接你的工作？

萧继业 队里也同意了。

〔林育生激动得不知说什么好。

萧继业 育生，这是组织上对你的信任和希望啊。

周　婕 萧继业！（和萧继业握手道贺）

姚向明　这太好了。

〔同学们向萧继业道贺。

周　婕　（兴奋地）真没想到，临走前还听到这么多好消息。现在我们该走了。

姚向明　林伯伯不是说要给我们送行吗？

林　岚　爸爸事儿多，怕是又赶不回来了。

周　婕　时间不早了，我们还是走吧。

林　岚　妈妈，我们要走了。

〔夏淑娟上。

夏淑娟　怎么？就要走了？

〔夏淑娟急忙帮助林拿行李，大伙儿作出发的准备。

〔夏倩如走向林育生，林育生思想斗争激烈。

姚向明　倩如，走吧！

〔夏倩如回身拿行李。

林育生　（突然）你们等一等。（急下）

夏淑娟　怎么了？

〔夏倩如跟下。

〔人们议论着。

〔夏倩如在内叫："姑姑，来一下。"

〔夏淑娟下。

〔林育生提行李上。夏倩如、夏淑娟跟上。

林育生　我跟你们一道走！

林　岚　（惊喜）哥哥！

萧继业　育生！

林育生　（走向萧继业，紧握他的手）我说什么好呢，一句话：我……我太糊涂了。我对不起党这些年对我的培养，对不起老

师们对我的教导，也对不起我牺牲了的亲生父母……这几天一直想找你谈谈，可是……我没脸见你啊！（低头）

萧继业 别这样，别这样。

林育生 （激动地）我们的社会真是一个温暖的大家庭，一个人跌倒了，周围就会有无数只同志的手伸出来。现在同志们已经向我伸出手来了，我要……嗨！不说了，你们看我的行动好了。

夏倩如 （激动地）姑妈！（偎依着夏淑娟）

夏淑娟 （搂紧夏倩如）孩子，我们总算没有白疼他。

〔远处传来了毕业生走向生活的歌声。

萧继业 育生，告诉同志们，我很快就会回来。

林育生 我们等着你早点回来。队上见！

萧继业 队上见！

林育生 （走向萧奶奶）萧奶奶，我要走了。

萧奶奶 能改正错误就是好孩子。

林育生 妈妈，我走了。

夏淑娟 你做得对，孩子，好好干吧。

〔林育生走向夏倩如。

夏倩如 （千言万语一时说不出来，激动地）同学们，我们走吧！

〔众人欲下。

萧继业 同学们，林伯伯回来了！

〔林坚匆匆上。

众　人 林伯伯。

林　坚 年青人！就要走了吗？我总算赶上了。（注视着提着箱子的儿子）

林育生 （走近林坚）爸爸，我也要走了！

林　坚 上哪儿去？

林育生 回队去。

林　坚 好啊！我早就等你说这句话呢。可是你要记住，别人是不会敲锣打鼓来欢迎你的。新的考验在等待着你，要有坚持到底的韧性，要有足够的准备，要下定决心在那儿干一辈子，不然你将来还会栽跟头。

林育生 我已经准备好接受任何考验，下决心在那儿干一辈子了。

林　坚 那就好。你父母给你的遗书呢？

林育生 藏好了。

林　坚 要深深地藏在心里！

林育生 （坚定地）爸爸，放心吧，我不会忘记亲生父母，更不会忘记今天还存在阶级敌人，我会把它永远记在心上的。永远，永远……

林　岚 爸爸，医院里说继业哥哥的腿可以保留了。

林　坚 真的？祝贺你，继业。

萧继业 谢谢您，林伯伯。

林　坚 萧奶奶，这些日子你可操了不少的心啊。

萧奶奶 怎么能不为他们操心啊，老林，咱们都上岁数了，咱们的希望全寄托在他们身上了。我们这一辈子没有白活，也希望他们比我们活得更好哇！

林　坚 孩子们！听见了吧，萧奶奶她说出了我们老一辈人的心情，要记住萧奶奶的话。

李荣生 是，首长。

林　坚 （拿出一本书交给李荣生）给你。

李荣生 （念）《上海工人革命回忆录》，送给我的？

林　坚 （幽默地）是啊，我的大知识分子！

李荣生 不，我马上就是体力劳动者了。首长同志！

林　坚　你们要走了，看到你们这种情景，我就回想起我们从前到解放区的时候，大风大雪里一个人偷偷走着，冒着路上的风险！看，你们现在就不同了，唱着歌，成群结队地走。可是孩子们，革命的道路是漫长的，摆在你们面前的是一项更艰巨、更光荣的任务，那就是：要把革命事业继承下去，发扬光大。为了全国人民，也为了全世界人民，我们一定要把无产阶级革命进行到底！孩子们，投身这个伟大的革命洪流中去锻炼吧！

众　人　我们记住了！

林　坚　那就再见了！

〔一辆又一辆的卡车载着走向生活的青年人从附近驶过，传来了一阵又一阵热情洋溢的歌声。

〔人们热情地相互告别。

林　岚　（带着最大的热情）爸爸，妈妈，再见了！萧奶奶，继业哥哥，再见了！（走向台前，向观众）再见了，老师们！同学们！同志们！我们走了，马上就要离开你们，到各个不同的岗位上去，像种子撒在大地上一样，我们要在那儿生根、发芽、开花、结果。再见吧！亲爱的同志们，我们走了，带着你们的期望和祝福，去创造美好的未来！

〔青年们向观众挥手告别；卡车继续从附近驶过，歌声飞扬；远处有列车驶向远方。

——幕徐落·剧终——

作品赏析

《年青的一代》于1963年创作完成，一经问世，便立刻引起全国戏剧界的关注，截至1964年3月，全国范围内已经有58个戏剧团体在27个城市演出过此剧，日本剧团“稻之会”还在东京公演了日语版，产生了巨大影响。《年青的一代》能够得到全国范围内的广泛关注，是因为作品关注的问题富有时代意义——中国的青年人应该走什么样的路？什么样的人生才是有意义的？

剧中最为典型的两个人物是萧继业和林育生。萧继业在上海读书、长大，毕业后便投身青海，在矿区发现了高山、密林、沙漠、河流里的诗意，找寻到了生命的意义。曾经的林育生如萧继业一般热情似火，但在艰苦的环境中他畏惧了，他更喜欢上海的都市生活，希望能够留在大学里工作，和女友一同听听音乐、看看小说、读读诗、看看电影、逛逛公园、享受生活。他们的生活目标不同，选择的道路也不同，这构成了整部剧的戏剧冲突。陈耘将萧继业和林育生两个人物塑造得极为真实可信，丝毫没有匠气。这与他积累的大量真实素材息息相关，他见到了太多林育生这样的年轻人，据陈耘自述，班里有女学生怕调到外地，在毕业前突击结婚；有同学毕业分配前积极要去西藏，真到了西藏却又闹着要自杀……想留在大城市工作的林育生，这不仅是那个年代一部分青年人的写照，在今天仍然称得上是典型人物。

多年后，有评论者对《年青的一代》这类塑造社会主义新人形象的作品产生抵触，认为不过是理想化的剧作，是以符号化的人物和教条式的宣讲来教育人民，完全否定了《年青的一代》等作品的美学意义。评论的转向是由社会和历史语境变化而产生的，政治与革命，个人与理想，似乎成了不可调和的矛盾体。但历史上真的有那么一个年代，个人的理想抱负是与国家民族的需要紧密联系的，人们是怀着热切的愿望投身伟大的革命洪流之中。在陈耘的《年青的一代》里，我们看到了萧继业，他对待生活和工作的热情，让我们想起了保尔·柯察金，想起了苏联剧作家阿尔布卓夫笔下的青年。我们希望像萧继业这样的青年人越来越多，他们从北京、上海出发，走向新疆、西藏、青海，正如剧中人所说："站在喜马拉雅山的顶峰，展望全世界。"

千万不要忘记

丛深

作者简介

从深，1928年出生于黑龙江一个贫农家庭。1946年，在哈尔滨一中读高中时加入中国共产党。1947年，高中毕业后留校教书。1948年，调入哈尔滨市委宣传部，同时深入工厂开展工人业余文艺活动。1949年，调入哈尔滨市文联筹备委员会文学戏剧科。1950年，任哈尔滨工人文工团创作组组长。1951年至1953年，在东北鲁迅文艺学院剧作干部研究班学习，毕业后回文联工作。1958年，调至哈尔滨电影制片厂。1960年，调至哈尔滨话剧院。主要剧本创作有独幕话剧《百年大计》，曾获1956年第一届全国话剧会演剧本二等奖；多幕剧《千万不要忘记》（又名《还要住在一起》《祝你健康》《鸭子和钥匙》），是其影响最大的一部作品，后来与谢铁骊合作改编为电影文学剧本，拍成彩色故事片。

剧情梗概

电机厂青年下线工人丁少纯出生在一个革命家庭，是戴着红领巾长大的共青团员，他曾经是一个朝气蓬勃、热爱劳动、勇于创造的好工人，做过车间的先进生产者；然而，尽管他在红色环境成长，却没有经历过旧社会的苦，在开鲜货铺的岳母的影响下，逐渐受到侵蚀，开始享乐生活。由于岳母和妻子的怂恿，他借款买了一套毛料衣服，为了归还欠款，又打野鸭子还债，耽误了工厂生产进度，还不小心将钥匙掉入电机，险些造成国家财产的重大损失。丁少纯在工作上的屡次失误，引起了父亲丁海宽、好友季友良等人的关注。季友良等人努力找到了丁少纯遗失的钥匙，避免了事故的发生。在亲朋好友的多次劝说下，丁少纯也终于认识到了自身的错误，与思想落后的岳母划清了界限。

人　物

丁少纯——二十三岁，电机厂下线工。

丁海宽——五十岁左右，电机厂水轮发电机车间主任，丁少纯的父亲。

丁　母——四十七八岁，丁少纯的母亲。

丁爷爷——七十九岁，农民，丁少纯的祖父。

丁少真——二十岁，电机厂吊车工，丁少纯的妹妹。

姚玉娟——二十一岁，电机厂保健站的护士，丁少纯的妻子。

姚　母——五十五六岁，丁少纯的岳母。

季友良——二十四岁，电机厂下线组组长，丁少纯的朋友。

邵永斌——三十二岁，水电部工程师，丁少纯的连襟。

大　刘——二十多岁，车间工会工作人员，丁少纯的猎友。

女工甲——十八九岁，下线工。

男女青年工人若干人。

第一幕

◉**时 间**

一九六二年春末，一个星期六的下午五点多钟。

◉**地 点**

丁少纯家里。

〔幕启：工厂家属宿舍二楼角上的一个房间。左墙有二门，前通走廊，后通里屋和厨房。右墙有一窗。正面的墙左半部向外凸，右半部向里凹，各有一窗。两窗中间的凸凹相接处斜开一门，通右窗外的阳台，等于把房间的右角辟为阳台。

〔这是一个新组成不久的家庭。双人床、五屉柜和桌椅等家具都是新的。墙上挂一面刻有恭贺新婚词句的穿衣镜和一张车间先进生产者的奖状。两处墙角分别悬挂两张放大的照片：一张是丁少纯和姚玉娟的结婚合影，一张是姚玉娟摆着漂亮姿势的彩色头像。

〔从正面门窗可以望见远处高地上的工厂区，一座座淡黄色的办公大楼和暗红色的高大厂房，耸立在新绿蒙蒙的树丛中。

〔场上无人，通走廊的门是锁着的。少顷，有人从外面打开门上的弹簧锁，门开了，姚母走进来，她左胳膊挎着沉甸甸的草篮，右手提着鼓鼓囊囊的布提兜，用长绳拴在裤带上的一把门钥匙忘记收起来，垂在腿边悠荡着。按照从前的说法，她是一个相貌“富态”的老太太。所谓“富态”不外有两大特征：面色白里透红，体态胖里透虚。穿一身“老箱底”的丝料袄裤，耳垂上嵌有两枚金耳环。她把东西放在桌子上，回手从里面锁死门，然后匆忙地从草篮里端出一个带盖儿的大玻璃罐子来，罐子里下半截装的是卫生球，上半截散堆着一些大大小小的纸币。她从罐子里往外掏钱，归拢在一起查数，正在这时外面有人拉门、敲门。

姚　母　（慌忙地把钱揣入怀里，掉在地上两张毛票，她没发现）谁呀？……等一会儿！（把玻璃罐子重新放进草篮里藏到床底下去。开门）

〔丁少纯上。他是一个精力旺盛的小伙子，细长的身材，粗手大脚，俊俏的脸上经常流露着孩子般的快活；剪一头一面倒的、可以永远不用梳子的“学生式”短发，这更加强调出他那大人身材和孩子面孔的有趣搭配。他上身穿一件皮夹克，敞着怀，露出里面印着“电机厂十车间，先进生产者”字样的紫色秋衣，下身是裤脚扫地的灰布工裤，上面油渍斑斑。

丁少纯　妈，大白天的你锁门干啥？

姚　母　（装作扣纽扣）我换件衣裳。才下班？

丁少纯　（严肃地）妈，我问你一件事。

姚　母　啥事？

丁少纯　是你卖过卫生球吗？

姚　母　谁说的？

丁少纯　我爸爸听我们车间一个女工说的。

姚　母　怎么说的？

丁少纯　那个女工说，她在一个胡同里看见一个老太太抱着玻璃罐卖卫生球，长得像你。

姚　母　别听她瞎说！

丁少纯　没有的事吧？

姚　母　没有的事！

丁少纯　我就说不能嘛！我说我就根本没看见过我们家有卫生球。

姚　母　（从布提兜里掏出几盒纸烟来）她准是认错人了。

丁少纯　（从地上拾起两张纸币）这是谁掉的钱？

姚　母　噢，是我刚才换衣裳掉的。

丁少纯　（把两张纸币摊平，忽然嗅到有什么异味）哪儿来的一股味儿？（嗅纸币）咦？钱上怎么一股……（又嗅）好像一股卫生球味？

姚　母　（急忙接过钱来）哪儿来的卫生球味！（故意嗅一嗅）好像是"万金油"味！（揣起钱）

丁少纯　（不介意地）噢，可能，反正是樟脑一类的味。

姚　母　少纯，你这是穿谁的皮夹克？

丁少纯　演剧借的。

姚　母　可真是七分衣裳三分人，你穿上这个显得精神多了！

丁少纯　是吗？

姚　母　像个技术员！

丁少纯　（照镜子）是挺帅，啊？

姚　母　（从三个烟盒里取出三支纸烟）这是我刚买来的三种新牌子烟，价钱差不多，咱们娘儿俩品一品，看哪样好抽。

丁少纯　你自己品吧，我从今天正午十二点开始，宣布戒烟了！

姚　母　好模样儿地戒烟干啥？（点着一支烟）

丁少纯　友良逼着我戒。

姚　母　你算拣了个"好朋友"，啥都听他的！（又点着一支烟）

丁少纯　我爸爸也不让，一见我抽烟就说我。

姚　母　你那个爸爸管得也真宽！（又点着一支烟）

丁少纯　抽烟对身体不好。

姚　母　没见谁抽烟抽死！（深深地吸入一口烟，慢慢地吐出）

丁少纯　戒了烟也省钱。

姚　母　没见谁抽烟抽穷了，戒烟戒富了。（又深深地吸一口烟）

丁少纯　（笑）嘻嘻，可也是。（眼盯着姚母品烟的陶醉神态，他有点馋了）

姚　母　我抽这一种好一点，你尝尝。

丁少纯　（犹豫地接烟）妈，你可别对友良说呀。（吸烟）这个挺好。（吸第二支）这个也不错。（吸第三支）这个也挺好。（听见门外有脚步声，急忙把烟背在身后）

〔姚玉娟上。在工厂的女职工当中她是属于爱打扮的那种人，虽然她的打扮不得不受到经济条件和工厂职工中普遍的朴素风气的限制，但她的身上总是时常出现一些与众不同的地方，例如她现在箍在短烫发上的塑料卡子，在工厂里就还是一种"新事物"。但是在同志们的印象当中，姚玉娟并不是个轻浮的人，她给大家的主要印象是：群众关系好，服务态度好，待人和气，有礼貌。她手提塑料提兜和一个包袱。

丁少纯　原来是你！（又拿出烟来）

姚玉娟　（兴致勃勃地）少纯，你试试这套料子服。

丁少纯　谁的？

姚玉娟　（解开包袱）我们保健站徐大夫刚买的，我借来给你试试，看看合身不合身。

丁少纯　哈！这颜色可真漂亮，多新鲜哪！

姚玉娟　来，你穿上看看。（给丁少纯穿上毛料上衣）妈！你看他穿着多合身呀！

姚　母　可真的，像给他定做的一样。

丁少纯　哈！还是三开领的！真高级呀！

姚　母　少纯的身材长得就是适称，多好的衣裳穿到他身上也不走样儿。

丁少纯　（美滋滋地照镜子周身环顾）是漂亮，啊？

姚　母　像个大工程师。

丁少纯　哈哈！又给我提了一级！

姚　母　（摸衣料，从衣料上抽下一根线来用烟火点燃，嗅味）娟，这一套多少钱？

姚玉娟　一百四十八。

姚　母　哟，便宜呀！

丁少纯　我的妈！还便宜？

姚　母　可是便宜呗！你看这成色多好，纯毛的，你闻闻。

丁少纯　好是好，可惜咱们现在还买不起。

姚玉娟　（正蹲在地上给丁少纯比量裤子，仰脸跟他商量）你不好跟爸爸说说，让他给你买一套？

丁少纯　我才不去自找卷刃呢！

姚　母　你爸爸那人可真够小气的，就你这么一个儿子，结婚的时候都没给做身毛料衣裳！他一个月挣一百四十多块，你妹妹还能挣钱，他们三口人舍不得吃舍不得穿的，留钱干啥？还想买房子置地？

丁少纯　你们不了解情况，他没有多少富余钱。

姚　母　我才不信呢！钱都哪儿去了？

丁少纯　都在我妈的小柜里锁着呢！两千多元。

姚　母　看看，我说少不了嘛！

丁少纯　公债券！前几年发行公债，他每次都认购几百元。

姚　母　是吗？你看这人多隔路！存点啥不好，偏存公债！

姚玉娟　妈，你看你，说得多难听！

姚　母　（感叹）哎！你们结婚也是没赶上好时候噢！要是玉娟她爸爸活着那咱，老姑娘出阁，咋也得给你们一人做一套毛料衣裳。

姚玉娟　（厌烦地）算了吧妈！你又来这一套了！

丁少纯　（看见姚母的钥匙，忽然想起）可是呢，妈，你看见我那把门钥匙没有？

姚　母　没有，你又丢了？

丁少纯　我记得揣在这个皮夹克小兜里了，可我方才找了半天也没有。

姚玉娟　再好好找找。（从皮夹克小兜里掏出一堆乱七八糟的东西，一件件检查）

丁少纯　我翻了好几遍了，没有。

姚玉娟　（一抖小笔记本，"当啷"一声，一把铜钥匙掉在桌上）这是啥？

丁少纯　（摸摸脑袋）咦？它怎么钻到本子里了？

姚玉娟　你呀！总是大大咧咧的！

姚　母　你不好也像我这样把钥匙拴在裤腰带上？

丁少纯　好，以后学习你的先进经验。

姚　母　少纯，你今天晚上不是要去打猎吗？快吃饭吧，别误了火车。

丁少纯　饭做好了？（从墙上摘下猎枪擦枪）

姚　母　今天我没做饭，买的现成的，（从布提兜里拿出一个多层饭盒，打开）三鲜馅锅烙。我吃完了，你们俩快端厨房里吃去吧，还热着呢。（打个饱嗝）

姚玉娟　妈，你看前天吃的饺子，今天你又买锅烙，这样花钱，这个月的工资能接上下个月吗？

姚　母　傻样子！你吃就是了！

丁少纯　你就别操心了，反正妈心里有数。（捏起一个锅烙要吃，被姚玉娟一把打掉）

姚玉娟　先洗手去！

丁少纯　看起来，不能跟护士结婚。

姚玉娟　（掏出一封信）妈，我二姐夫来信了，他最近要出差到这儿来。

姚　母　是吗？那正好来看看你们，你们俩还都没见过他的面呢。

丁少纯　（刚要进里屋，闻声止步）你二姐夫？（拿起摆在柜上的相片夹镜）就是穿西服的这个？

姚玉娟　就是。我真不愿意让他看见咱们！

姚　母　怕啥？让他看看！别看少纯不是工程师，可咱们这日子也混得挺好！也让他看看你们对我有多孝顺！

丁少纯　（端详照片）他是怎么样个人儿？有架子吗？

姚　母　我也就见过他一面，看不透他的性情。五八年我搬到他们那儿去住的时候，正赶上他要出国。我头天晚上到北京，他第二天早上就坐飞机走了。六〇年我离开他们家的时候，他还在外国没回来呢。

姚玉娟　人家那儿比我们阔气得多吧？

姚　母　那倒不假。人家那做饭烧煤气儿，划根火儿一点，“噗！”——着了，又干净又便利！要不是你那个没良心的二姐老惹我生气，我真不愿意离开他们！你二姐夫那穿戴可真有个大工程师的派头儿！那天早上我们送他上飞机场，他穿着一身二百多块钱的西服！外面还套一件毛料子风衣！连那皮鞋都是出口货！

姚玉娟　（对丁少纯）你看你！连一套像样的衣服都没有！见了面怎么好意思跟人家站在一起！

丁少纯 我那套藏青色的哔叽服穿上不是也挺带劲吗？

姚玉娟 你算了吧！人家一看就知道那不是纯毛的，连一条像样的裤线都压不出来！再说那颜色和样子有多老哇！还是吊兜，穿上像个小老头儿！

丁少纯 那有啥法？咱有的你不喜欢，你喜欢的咱又没有。

姚　母 其实你们要是心眼活动点，手脚勤快点，想吃啥有啥，想穿啥有啥。

姚玉娟 怎么活动？

丁少纯 怎么勤快？

姚　母 挣钱的道儿有的是！比方说，少纯打的野鸭子就能卖钱。

丁少纯 野鸭子卖钱？

姚　母 你前些日子不是给"野味斋"饭店修理过鼓风机吗？他们那儿就收买野鸭子，七角五一斤，一只大蹼鸭能卖两三块钱。

姚玉娟 野鸭子还能这样值钱？

姚　母 野味嘛，有些人就是专门得意这一口儿。（对姚玉娟）正好你三姨父在"野味斋"当副主任，少纯又那么能打猎，这不就是挺好的一条来钱的道儿？

姚玉娟 （望着丁少纯）这好吗？

丁少纯 不好！

姚　母 有啥不好？野鸭子是自个儿打的，又不是投机倒把，明来正去。

丁少纯 咱们是工人阶级，卖野鸭子那成了啥了？

姚　母 工人阶级也得过日子不是？过日子也得花钱不是？缺钱花也得受瘪不是？

丁少纯 有工资嘛。

姚　母 就必得死啃那几个工资？有点外进项不是更富裕一点儿？

俗话说得好：好汉不挣有数的钱。

丁少纯　怎么说？

姚　母　好汉不挣有数的钱。你不是稀罕这套料子服吗？多出去打几回野鸭子就能换来一身。

姚玉娟　（动了心，望着丁少纯）我看妈说的也有点道理。

丁少纯　啥？

姚玉娟　反正野鸭子是自己打的嘛。

姚　母　那可真，劳动所得。

姚玉娟　打来的野鸭子咱们吃了不也是吃了？咱们省下吃的换点穿的、用的，我看也合理，你说呢？

丁少纯　（眨巴着大眼睛）……可也是！……不过，这种事情要是让爸爸妈妈知道了可了不得。

姚玉娟　是呀，让同志们知道了也不好。

姚　母　（笑）咱要不说谁能知道？我卖过一百多只野鸭子了，你们知道吗？

姚玉娟　你已经卖过了？

丁少纯　那我每回打来的野鸭子，咱们没都吃了？

姚　母　（笑）你们这两个小傻子呀！咱们能吃得了那么多？我怕你们顾面子，才一直瞒着你们。

丁少纯　（和姚玉娟相视）你看，咱们一点都不知道！

姚　母　你们记着我这话吧：什么时候也是心眼活的人吃香！你三姨父那人心眼就活，合营以前他不过是个小馄饨馆的掌柜的，合营以后人家倒当上大掌柜的了："野味斋"饭店的副主任！人家表面上也挺会"积极"的，可人家"积极"不耽误挣钱，哪个月都能弄几十元外进项！谁像你们这样傻"积极"！

丁少纯　（笑对姚玉娟）你听，净是新名词，积极还分"会积极"

和“傻积极”！（姚玉娟笑）走，玉娟，吃锅烙去。（端饭盒进里屋）

姚玉娟 （刚要进屋，又转回，小声地）妈！你卖了那么多野鸭子还不够给少纯买一套料子服的？

姚　母 你忙的啥！等他再打几十只野鸭子换了钱再买。

姚玉娟 （急躁地）过几天我二姐夫就要来了！

姚　母 不是一百四十八吗？我给你拿四十八，叫你婆婆再给凑一百。

姚玉娟 瞧你！咱们有钱何必去跟他们要呢！

姚　母 那我这一共才攒下一百块钱，都给你也不够哇。

姚玉娟 你先给我，完了再想别的办法。我怕这种颜色的卖没了。

姚　母 （从怀里掏出一包钱来，点了数，递给姚玉娟）给你，整一百。

姚玉娟 再没有了？

姚　母 没有了。这一百也不光是卖野鸭子的钱，还有别的钱也在里呢。

姚玉娟 别的啥钱？

姚　母 别问了，好几样呢。

姚玉娟 都有啥？你告诉我！

姚　母 （低声）上次少纯给你三姨父他们饭店修理的那台鼓风机，人家给了二十块钱。

姚玉娟 咳！少纯不是再三说不许收钱吗？你怎么背地里收人家的钱呢？

姚　母 都是公家的钱，不要白不要，谁还能领你情？

姚玉娟 三姨父他们付出这笔钱来能合制度吗？

姚　母 反正你三姨父有办法。

姚玉娟　还有啥钱？

姚　母　我告诉你，你可别对少纯说。

姚玉娟　啥呀？

姚　母　（低声）这里还有我卖卫生球的钱。

姚玉娟　卖卫生球？

姚　母　别吵吵！（得意扬扬地）是你三姨给我出的主意。去年开春的时候市场上卫生球脱销，你三姨存了几十斤，挣了一笔好钱。上个月我看市面上卫生球又不多，我就把手里卖野鸭子下来的二十块钱全买了卫生球了，前后存下四十多斤，正好，现在卫生球又脱销了，天头一暖和，谁家皮的毛的衣裳装箱子都得用卫生球，这两天我拿出去论粒卖，五角二一斤的成本，能卖两块钱一斤！

姚玉娟　（目瞪口呆）妈！你怎么啥事都敢干呢？这是投机倒把呀！

姚　母　你还想去检举我？告诉你吧：就是犯了事也没啥大不了的，顶多按市价追卖到头了。

姚玉娟　你把卫生球放哪儿了？

姚　母　我怕你们看见了跟我捣乱，都放在你三姨家了。

姚玉娟　妈！我告诉你，你可不能再去卖了！咳！真糟糕！卖野鸭子还马马虎虎，怎么能投机倒把呢！（指手里的一百元钱）这里有多少是卖卫生球的钱？

姚　母　不多，就有四五块钱。

姚玉娟　（从中抽出十元钱还给姚母）好！我不要你这卖卫生球的钱！（又拿出二十元还给姚母）还有这二十元修理鼓风机的钱我也不要！你还给人家去！

姚　母　不要拉倒！（揣起三十元钱）

〔丁少纯口里嚼着东西走出。

丁少纯 玉娟，你还不快去吃？我吃完了。

姚　母 好吃吧？

丁少纯 嗯，真香。

姚　母 你们要是听我话，天天吃香的、喝辣的。昨天我上老袁家去串门，袁庭阁听说少纯是电机厂的下线工，他说：你姑爷有这个技术，你们可不愁缺钱花。

姚玉娟 哪个袁庭阁？

姚　母 咱们家的老邻居嘛，合记电料行的袁掌柜的，你忘了？你小时候他还抱过你呢。

姚玉娟 不记得了。

姚　母 他现在在利民旧货商店里当营业员。他说他们店里有不少残旧的电扇，花个十块八块的买一台，回来修一修，修好了拿回去就能卖个二十三十的，比打野鸭子来头还大。

丁少纯 得，你别再给我出主意了！要那样干法，我这个团员也快当到头了！

姚玉娟 妈！以后你少跟那些什么“圆”掌柜的、“扁”掌柜的来往！

姚　母 你这孩子！六亲不认！

〔走廊上丁母喊：“亲家母哇！亲家母！”

丁少纯 我妈叫你。

姚　母 （向门外应声）哎！

姚玉娟 （向丁少纯）方才我看见妈又到锅炉房的灰堆上去捡煤核了，还带着咱们楼上的一大帮孩子，你跟妈说说，别让她捡了，又不是买不起煤烧。

〔丁母端着一铁撮子煤核进来。她衣着朴素，干净利落，动作敏捷，快人快语。

姚玉娟　（急忙起身相迎）妈！

丁　母　亲家母，我给你送来一撮子煤核，你烧烧试试。

姚　母　呀，我可烧不好那玩意儿！

丁　母　可好烧呢。我教给你怎样架火，等你烧服了，闲着没事也跟我们去捡吧。

〔姚玉娟接过来撮子。

丁少纯　妈！你老捡这个干啥呢？再别捡了！

丁　母　怎的？

丁少纯　你要想想，我爸爸是车间主任！

丁　母　车间主任吃生米呀？

姚　母　（玩笑地）大主任的太太扒灰堆，你也不怕人笑话！

丁　母　啊！我儿子这是怕人笑话呀？（向丁少纯）我给你丢脸了？

丁少纯　你考虑考虑吧！

丁　母　我考虑啥？主任还没说啥呢，主任的儿子倒发了话了！

丁少纯　（向姚玉娟耸耸肩）一点也不虚心！

丁　母　虚啥心？我偷人家抢人家了？纯粹是吃饱饭把你撑的一身毛病！我五岁的时候就跟着我爷爷奶奶去捡煤核，我过了门以后你爸爸还时常去捡呢，到了你这儿嫌我们给你丢脸了？我告诉你吧，咱们老丁家的家谱上就没有你得意的“光彩”事儿！你爷爷的外号叫“丁麻袋片”，他给地主扛了三十六年大活，年轻的时候穿不上裤子，无冬历夏腰里围着一块破麻袋片！你爸爸小时候给地主放牛，没穿过鞋……

姚玉娟　（向丁母）妈！您别生他的气。

丁　母　（向丁少纯）你还不如玉娟懂事呢！

〔姚玉娟抿着嘴笑，端着煤核进里屋去。

姚　母　（一直坐在一旁咯咯地笑）我说亲家母，你真是个装钱的匣子！稀烂贱的煤，省那几个小钱犯得上吗？

丁　母　咳，我不是图省那几个煤钱，那些煤核做饭一样烧，白扔了我看着心疼。

姚　母　（拉丁母看料子服）亲家母，你看这衣裳多好。

丁　母　谁的？

姚　母　别人的。给你儿子买一套穿吧，你儿子打扮上可漂亮呢！少纯，穿上给你妈看看。

丁少纯　我不穿，穿上还得脱下来。

姚　母　我们这儿有了一百块钱了，你再给凑五十就能买一身。

丁　母　钱倒有，可是他这样小小的年纪就穿这么贵的料子？他爸爸可不能同意。

丁少纯　（对丁母）妈，我可没说要买呀，你别对爸爸汇报我两句，我可吃不消。

丁　母　嘴里没说，我看你心里可直痒痒，看谁有件好衣裳就眼馋，那还有个头儿？

〔季友良上。他一手提着炒菜用的大马勺，另一手端着一个桌子抽屉，里面装着焊锡锭和一些乱七八糟的铁器。他的相貌比丁少纯稍显老成，眉毛浓重，两鬓下面有些络腮胡子的痕迹，一双炯炯有神的眼睛，显得热情、精明和有主见。穿一身洗得发白了的蓝布制服。

丁　母　（指着刚一进门的季友良）你看人家友良，当上厂劳模都没说做件新衣裳；你这里外三新的好几套，还不知足，又惦着皮啦毛啦的！（下）

姚　母　这老婆子！

丁少纯　友良，你还要试验哪？今天是星期六！

季友良　（鼓动地）保证你过个最愉快的星期六！（从抽屉里一件件

往外拿东西）你看！我弄来这么大一块焊锡，又白又胖！抱着！（把锡锭放到丁少纯胳膊上）我又做了这么多并头套的模型，够咱俩试验一阵子的！这还有工艺科给找的参考资料……

姚　母　季友良，今天少纯可不能跟你摆弄焊锡，他还要去打野鸭子呢。

季友良　姚大娘，少纯要是少打几只野鸭子，就能换来很多的钱！

姚　母　少打野鸭子怎么能换钱？

季友良　你听我说呀：我们研究的这种并头套挂锡的方法要是成功了，能大大提高发电机的质量，减少停电修理的次数，一台七万二千五百瓦的发电机，少停一天电，就等于多发出十万多块钱的电，两天就是二十万！

姚　母　能劈给你几万？

季友良　（笑）不用劈，都是我的。也都是你的。

丁少纯　咱们组的新任务定下来没有？

季友良　定了，这一台七万二千五百瓦的大型发电机交给咱们组下线！

丁少纯　（振奋）真的？！

季友良　方才你爸爸正式通知我的。

丁少纯　（欢欣雀跃）嘿——这可太抖神了！七万二千五百瓦！多过瘾哪！

季友良　可我心里怦怦直跳，咱们组没干过这样大的……

丁少纯　跳啥？咱们准能打响这一炮！（对姚母）我爸爸老说我们组是“娃娃组”，这回露两手给他看看！（对季友良）我说，要能把咱俩焊接并头套的这个新理想在这台大电机上实现了，那该多妙哇！啊？

季友良　可惜你的理想是天上飞的！

丁少纯 让它飞去吧，我不打了！（端起马勺）妈，你把炉子给我们点着。

姚　母 你这人！二心不定的！火车票都买了，怎么能不去呢？

丁少纯 （望季友良）可也是，火车票都买了……

季友良 咳！一张火车票算个啥？

丁少纯 （望姚母）可也是，一张车票才几毛钱……

姚　母 天天试验！天天试验！大礼拜六的谁不玩玩？

丁少纯 （望季友良）可也是，出去舒展舒展脑筋回来再干，也许效率更高……

季友良 “可也是”！“可也是”！你就会说“可也是”！

丁少纯 （笑）可也是，我得做个决定！来，友良，我要单，你要双，你赢了我就不去打猎。

季友良 来吧，一——二——三！（得个双数）姚大娘你看，这可不怪我，他输了。

姚　母 我说季友良，你也该陪着少真出去玩玩，看看电影啦，蹓蹓江沿啦，多好！

丁少纯 可也是，友良，你最近老也没陪少真出去玩玩，我看她对你都有情绪了。

季友良 她知道我最近时间紧。

丁少纯 你这家伙，对女孩子的心理一窍不通！

季友良 别摆老资格，我就不信你那一套！

丁少纯 一点也不虚心。

〔丁少真上。花夹袄，蓝工裤，家做的布鞋。为了工作方便，两条辫子折成两个抓髻。她是那种心里有啥脸上也有啥的姑娘，爱哭也爱笑。

丁少真 （看季友良一眼，却对丁少纯说话）哥哥，我这有两张青年宫的晚会票，你去不去？

姚　母　少真，正好友良要找你去玩呢，你们俩快去吧。

〔丁少真疑惑地望着季友良。

季友良　（被动地）少真，你跟你嫂子先去参加晚会好不好？我跟你哥哥还想……（抱歉地指指抽屉等物）

丁少真　（伤了自尊心）我的活动用不着你来费心安排！（转身急下）

季友良　少真！少真！

丁少纯　哈哈哈哈！碰钉子了吧？叫你不虚心！

季友良　唉！姚大娘，你可真坑人！

〔大刘上。

大　刘　少真怎么噘着个嘴，生谁的气了？

丁少纯　（指季友良）你问他。

季友良　（指丁少纯）别听他瞎说。（往外走）

大　刘　（拉住季友良）别走哇，我找你有事！

季友良　啥事？

大　刘　好事！（打开账簿）在这上面盖个戳。（拿出一沓钱）给你五十元钱的困难补助费。

季友良　我没请求补助。

大　刘　在车间工会委员会会议上，大家一致认为你家生活困难，应该给以补助。小丁，收拾好了没有？一块上车站啊。（向季友良）快点盖戳呀！

季友良　大刘，我不领这笔钱，我家生活没啥特殊的困难。

姚　母　哟，啧啧！你家困难谁不知道，逞啥强呢？你一个人挣钱要养活四口人，我们这三口人，他们俩挣的钱比你挣的多一半，还觉得不够花呢。

季友良　姚大娘，我妈给我讲过这样一个故事：从前有个财主，铺着十层软缎褥子睡觉，还觉得硌得慌，点上灯一看，原来是褥子上有一根头发丝儿。

大　刘　小季，工会主席派我来把补助费送给你，我就要完成任务，快掏手戳吧。

丁少纯　（抽冷子从季友良兜里掏出手戳递给大刘）给你手戳，快盖！

季友良　（抢回手戳）大刘，你对工会主席说，我很感激组织上的关怀，可是这笔钱，留着补助别的同志吧！

姚　母　这人！给他钱倒像要他命！

丁少纯　（有点激动）不是你一个人的问题嘛！你还有弟弟妹妹，还有母亲！

季友良　可我们全家都还没觉得有什么东西硌得睡不着觉。

丁少纯　我才不管你呢！

季友良　你不管我，我管你。（把抽屉拿给丁少纯端着，自己提起马勺）输了就得跟我走。（拉丁少纯下）

大　刘　小季！

姚　母　少纯！

大　刘　（晃着那一沓钱）看样子我是完不成这个任务了。

姚　母　哎，大刘，车间的补助费不是也归你管吗？

大　刘　啊。

姚　母　我们借几个补助费使使行不？

大　刘　怎么不行，我正愁着补助费利用率不高呢。借多少？

姚　母　就借你手里这五十吧。

大　刘　这是补助费，一码是一码。

姚　母　你先给垫一步，我们有急用，你回去再用补助费给补上还不一样？

大　刘　行啊，有急用可以照顾，你们开个借条吧。

姚　母　（朝里屋喊）娟哪！娟！

〔姚玉娟上。

姚　母　你给大刘写个字据，咱们借了五十元补助费。

姚玉娟　（迟疑）借补助费？

姚　母　你快写吧，人家大刘还忙着呢！

〔姚玉娟写借据。

姚　母　（在一旁跟大刘搭讪）你看我老想到你们家去串个门，看看大人孩子，可老也没空。

大　刘　我住单身宿舍，我家在外县，离这儿八百多里地呢。

姚　母　是吗？那你每回打来的野鸭子都送哪儿去了？

大　刘　都送给有家的同志做着吃了。

姚　母　野鸭子那玩意儿要是做不好吃着有腥味，你要不嫌弃，以后打来野鸭子拿这儿来，大娘给你做着吃。

大　刘　其实，野鸭子肉做得多好我也不愿意吃。

姚　母　不吃你打它干啥？

大　刘　我就是喜欢打猎玩，有意思，能锻炼身体，还能练习射击本领。

姚　母　大刘哇，你跑腿子在外也不容易，以后使个针用个线啥的，你尽管到家来。真的，你别见外，少纯你们俩处得挺好，他的家不就跟你自个儿的家一样？

大　刘　好，谢谢你姚大娘。

〔姚玉娟把盖好章的借据交给大刘，大刘看借据。

姚　母　我听你们车间的人常夸奖你，说你会办事。

大　刘　哪里，办不好，常挨批评。

姚　母　哟！一天到晚那么忙还挨批评？啧啧！如今这干个工作也

真不容易！

姚玉娟 （再也忍不住了）你就少说两句吧，妈！

大　刘 （收起借据，把钱递给姚母）大娘，从今天算起，一个月的期限。

姚　母 没错，到期准还上。（熟练地点钱，点完一遍又把钱倒过来点第二遍，点完了弹个响）五十，一点不错，谢谢你呀，大刘！

大　刘 为群众服务，谈不上谢。（往外走）

姚　母 （边点钱边送客）你走哇大刘？闲了来玩！

〔大刘下。

姚　母 （掏出方才揣起来的三十元钱放在一起递给姚玉娟）给你，这一共是八十，加上你兜里那七十正好一百五，去给你女婿买一身来吧。

姚玉娟 （迟疑地接钱）借这五十元钱到期能还上吗？

姚　母 他出去打两回猎就还上了。

姚玉娟 （挑出三十元还给姚母）我不要你这三十。

姚　母 真不要？那你拿一百二人家能卖给你？

姚玉娟 我兜里还有九元钱，再找别人去借二十，反正今天我准能给他买来。（一转念）可是这事应该跟少纯商量商量才是，他会不会不同意呀？

姚　母 给他买衣裳他还能不同意？

姚玉娟 我是怕他不愿意去打野鸭子还账……

姚　母 你放心吧，好衣裳一穿到身上，我敢保他往后打猎更起劲儿，人不说吗：吃惯了嘴儿，跑惯了腿儿。

姚玉娟 妈，那你把这套料子服还给三楼徐大夫去吧。

〔姚母应声包起料子服下。姚玉娟照镜子整理头发，准备出门，刚要走，丁海宽上。他个子不高，身体壮实，花白的短分发，神采奕奕，看样子年轻的时候是个调皮人物。旧布制服，经常戴着套袖，纽扣上拴着怀表链子，家做的布鞋。有一副向全车间五六百名职工讲话不用扩音器的嗓子。

姚玉娟 爸爸！您下班了？

丁海宽 哎。少纯呢？

姚玉娟 您有事？我去找他。

丁海宽 不用了。玉娟，你坐下，我跟你说句话。

姚玉娟 哎。（心神不宁地坐下，偷偷看看手表）

丁海宽 你母亲呢？

姚玉娟 她刚出去。

丁海宽 怎么样？你母亲对咱们这儿的生活不大习惯吧？

姚玉娟 没什么，我妈到这来挺满意的。

丁海宽 你母亲和你不同，你出了学校门就进工厂了，她过去没接触过工厂的人。

姚玉娟 是这样。（又偷着看看手表）

丁海宽 你们结婚有半年了吧？

姚玉娟 啊，半年了。

丁海宽 我当初本来希望你们晚几年结婚，可是你们都那么着急。现在有的年轻人，还不到“婚姻法”年龄，就万事俱备，只等“东风”了，刚一够年龄马上就要去登记，好像晚一年就吃亏了似的。

姚玉娟 爸爸，我们当初没听您话，是不对。

丁海宽 事情已经过去了。我现在主要是希望你们俩不要为生活上的事分了心。

姚玉娟 是。

丁海宽 你最近学习怎么样？

姚玉娟　（走了神）是。

丁海宽　你有事吧，玉娟？

姚玉娟　啊？啊，没事，您谈吧，爸爸，我听着呢。

丁海宽　你是个聪明孩子，把精神头儿应该多往学习上用用。

姚玉娟　爸爸，我学习还可以。

丁海宽　我听说今天上午你们保健站考时事，就你一个人不及格，是吗？

姚玉娟　（脸唰地红了）嗯。

丁海宽　班上有报纸，咱家里也有报纸，要常看看报！

姚玉娟　我也常看，就是记不住！

丁海宽　记性这东西也有个习惯性，你关心啥就容易记住啥。（见姚玉娟又看表）你有事就忙去吧。

姚玉娟　好。

〔丁母上。

姚玉娟　妈，您坐着，我出去一下。（匆匆下）

丁　母　海宽，你到底是捡着一张什么呀？

丁海宽　啊，（从衣兜里掏出一张纸）刚才我翻旧报纸找学习材料，里面夹着这么一张没头没尾的纸片子，是少纯的笔迹，我还以为是他从前看报随手记下来的什么材料呢，我从头看到尾才闹明白，原来是他在结婚以前给玉娟写信打的一段草稿。

丁　母　孩子们的体己话你别给人家看！

丁海宽　看看受教育！从这里看得出来少纯这孩子思想很不健康，很成问题！

丁　母　啥问题呀？

丁海宽　我念几句你听听。嗯，这儿，听着啊——“每当和你分手以后，我心里总是感到无限的空虚和……”和什么？这两个带竖心的字咱没见过面儿。（看看丁母）你听明白没有？（丁母摇头）你没念过中学嘛，人家这是“转文”呢！

丁　母　啥意思呀？

丁海宽　就是说，一见不着玉娟，他心里就……就……（手在胸前直画圈儿也说不清）反正就是没活路了！

丁　母　那么邪乎？

丁海宽　你看吧，整天见面一分开还“空虚”，要是工作需要调他出去个一年半载的，那他还能工作吗？不光剩下“空虚”了吗？年轻人要是都像他这么“空虚”起来，那不糟了吗？（越想越气）“空虚”就够呛了，他还来个“无限”！

丁　母　你小点声！

丁海宽　你再听这儿——“你总说你的家庭出身不好，而我却根本不计较这个”——你听他多大方！——“我认为你和我都是一样的人，你的家和我的家虽然职业不同，但那只不过是社会分工的不同罢了……”（拍得信纸啪啪地响）听听！你听听！这叫什么话？开鲜货铺子的和工人阶级就差个“职业不同”！就差个什么“社会分工不同”！这么说，地主和农民，资本家和工人不都成了“社会分工不同”了吗？简直是混账！

丁　母　小点声！

〔丁少纯上。

丁少纯　爸爸，你看啥呢？

丁海宽　（叠起信纸）重要文件！

丁少纯　爸爸，这一台七万二千五是要交给我们组下线吗？

丁海宽　是啊。怎么？你心里又觉得“空虚”了？

丁少纯　空虚？才不呢！我们很有信心！

丁海宽　问你两个字：竖心加个长短的长字，还有渔网的网去了乱绞丝换个竖心，都念啥？

丁少纯 怅惘。

丁海宽 怎么讲？

丁少纯 嗯——我也不大会讲，大概就是心里没着没落的意思吧。

丁海宽 啊！明白了！你心里也时常没着没落的吧？

丁少纯 我？才不呢。

丁海宽 少纯，你说这人为啥还要划阶级成分呢？

丁少纯 因为经济地位不同呗。

丁海宽 不同又能怎么样呢？

丁少纯 地主、资本家压迫人、剥削人呗。

丁海宽 怎么压迫？怎么剥削？

丁少纯 （对丁母笑笑）考我呢。爸爸，这你比我知道得多，旧社会不是到处都有压迫剥削吗？

丁海宽 那现在呢？

丁少纯 现在当然没有了。

丁海宽 那还划阶级成分干啥？不是多余吗？

丁少纯 填履历表不都得有那么一格吗？

丁海宽 要那么一格干啥呢？

丁少纯 记个出身历史呗。

丁海宽 记那个有啥用？

丁少纯 必是有用呗。

丁海宽 有啥用？

丁少纯 （语塞）那一定是……可能是……（一笑）我也说不上来。（忽又高兴地）啊！我想起来了，出身可能和思想有关系。是吧，爸爸？

丁海宽 不准吧？就拿你岳母来说吧，她虽然从前跟她老头一块开过鲜货铺子，是个小商人出身，可她的思想跟你妈有啥不同呢？

丁少纯 （想了想）可也是，在她身上是不大明显。

丁海宽 是嘛！什么阶级成分？其实不过是“社会分工不同”罢了！

丁　母 （着急地制止丁海宽）咳！你！……

丁少纯 （怔了半天）……爸爸，你这是……

丁海宽 你跟你岳母处得怎么样啊？

丁少纯 还好，她那人挺好处的，这半年多我们从来也没红过脸儿。

丁海宽 多好哇！

丁少纯 （发觉父亲的口气有点不对）她也有些缺点。

丁海宽 她还有缺点？怪事！

丁少纯 上了年纪的人，免不了有点旧脑筋。

丁海宽 混账话！上了年纪的人就得有旧脑筋？！

丁少纯 我的意思是……我是说这……可能……跟她的出身有点关系……

丁海宽 “可能”，哼！

丁　母 你爸爸不是早就嘱咐过你，叫你多帮助玉娟，多帮助你丈母娘……

丁少纯 我一定帮助她们克服缺点！

丁海宽 等着人家帮助你克服优点吧！把你那点优点克服净了，就省得你心里“无限的空虚”了！

丁少纯 “无限的空虚”？这是……哪儿的话？

丁海宽 忘了？（把信掷给丁少纯）看看“文件”吧！

丁少纯 （看信，羞得跺脚）妈！你瞧爸爸啥都给人看！

丁　母 谁叫你丢三落四的呢！

丁海宽　人家都乐呵呵地建设社会主义，你呢？“空虚”！还有什么？啊，“怅惘”！

丁少纯　（委屈地撅着嘴）谁那样了？人家是看见小说里有这么写的，才照样写上……

丁海宽　啊！要看见一条反动标语你也照样写上？

丁少纯　（憨笑）嘿嘿，那可不能！

丁海宽　卖卫生球的事你问过你岳母了吗？

丁少纯　问过了，她说根本没有那么回事。

丁　母　那人家怎么说卖卫生球的那个人像你丈母娘呢？

丁少纯　认错人了呗。

丁海宽　你先别作结论，好好了解了解再说！依我看她这种人能办出这种事情来。少纯，我可告诉你，你岳母要是有投机倒把行为，不管你知不知道，你可都要负责任，因为她现在是你的家属！

丁少纯　没问题，我负责。

〔丁少真猛地推开门。

丁少真　（回过头对门外）爷爷！他们都在这儿，到这屋吧！（对丁海宽和丁母）爷爷来了！

〔丁海宽和丁母急忙起身迎接，丁爷爷走进来。他戴一顶赭石色的毡帽头，大概走热了，穿着夹袄，夹着棉袄，扎着裤脚，实纳帮的布鞋，腰上别着小烟袋。白须白发，眼睛总爱笑眯眯的，眼角的鱼尾纹非常鲜明。

丁海宽 / 丁母　爹来了，刚到？

丁爷爷　刚下火车。

丁少纯　爷爷！

丁爷爷　这小子！娶了媳妇爷爷都没喝着酒。海宽，听说柱子媳妇是个穿白大布衫的？

丁海宽 对，在工厂保健站当护士。

丁少真 爷爷，我找嫂子去。

丁爷爷 去吧，丫蛋儿。

丁少真 （一怔）啊？……（羞笑着跑下）

丁　母 爹，你怎么老也没进城来？

丁爷爷 （打量着房间）没有事来回跑啥，花些个盘川。这回要不是队上有点事，我还不想来。（看见姚玉娟的大照片）这就是柱子媳妇？

丁　母 是。

丁海宽 给队上办啥事？

丁爷爷 屯子里不是有个小发电站吗？发电机坏了，你大哥想打发别人带来修理，我说我去吧，省得让队上花店钱饭钱，捎带着看看你们。（看照片）这比真人脑袋还大！照这么大的干啥？

丁　母 你孙子媳妇就是爱照个相。

丁爷爷 这么一张得好几块吧？

丁少纯 嗯。十二块钱。

丁爷爷 （吃惊）多少？十二元？（生气地）真敢花钱！（向丁海宽）年轻轻的，住这么体面的屋子，这比早先孙大奸头住的那大瓦房还排场！

丁海宽 敢情！

丁少纯 孙大奸头是谁呀？

丁海宽 大地主，你爷爷给他扛过活。听见没有？别老是身在福中不知福，你现在住的屋子比大地主的还阔气哪，要对得起国家分配给你的好房子！

丁爷爷 对了，这话实在。（丁母给点烟袋）柱子，你活计干得咋样啊？

丁　母　（指墙上的奖状）他头年选上车间的先进者了。

丁海宽　（对丁母）你别帮他吹了！还不是靠那点小聪明！

丁少纯　（咕哝着）爸爸！你老是对人家的优点估计不足！

丁海宽　是吗？那你自个儿是怎么估计的？你说说我听听。

丁少纯　（憨笑）自己怎么好说呢！

丁爷爷　这么说，柱子干得还不赖？

丁　母　爹，发电机在哪儿呢？

丁爷爷　在这儿，（从毡帽头里掏出托运单）起的“托运”。海宽，你问问车站到了没有；顺便告诉周县委一声，就说我求他来了。

丁海宽　好。（接过托运单，下）

丁少纯　爷爷，周县委是谁呀？

丁　母　就是咱们厂子的周书记。

丁少纯　爷爷，你认识我们厂党委的周书记？

丁爷爷　老交情了！四六年土改那会儿，他在咱们县当县委书记，时常住在咱家，我们爷俩躺在炕上半宿半宿地唠。那人好啊，老八路！

〔门还没开，就听见外面姚母又说又笑的声音：“哟！我快看看老爷子！”随即姚母和姚玉娟上场。姚玉娟夹着布包。

姚　母　（响快地）呀！大叔！你老好啊？

丁爷爷　啊，好！这是——

丁　母　少纯的丈母娘。玉娟，快来见你爷爷。

姚玉娟　（行礼）爷爷！

丁爷爷　（眉开眼笑地）哎！这回总算看见你们了！

姚　母　（递纸烟）大叔，你老抽这个。

丁爷爷　不行，我抽那个呛得慌。（扬扬烟袋）惯了。

〔姚玉娟悄悄地把布包放在背人的地方，随即给丁爷爷倒水。

姚　母　你老今年高寿了？

丁爷爷　七十九了。

姚　母　呀，身板可真好。听说你老在屯子里还参加劳动？

丁爷爷　多少干点。

姚　母　那么大年纪也该享享福了，大儿子当队长，二儿子当主任，多有条件哪。

丁爷爷　人到了岁数不干点活这血脉串通得就慢了，慢慢就抽干了。你们家也是贫雇农吗？

姚　母　不是，我们一直住在城里。

丁爷爷　那是工人？

姚　母　玉娟她爸爸早年开个小鲜货铺子，卖个瓜果梨桃、烟酒汽水啥的。康德六年就归了合营了。

姚玉娟　一九五六年！

姚　母　对，是一九五六年，我这嘴。

丁爷爷　噢。还雇着伙计劳金吗？

姚　母　就有一个小伙计。

丁爷爷　（思忖着）嗯！那合着富裕中农的数儿？比富裕中农还大点？

丁少纯　不种地哪儿来的"农"？

丁爷爷　我这是比语儿。

姚　母　都说我们有点剥削，其实谁剥削谁呀？当伙计的比掌柜的还省心。

丁爷爷　这话……

丁　母　爹，我给你收拾饭去。

丁爷爷　（话不投机半句多）好，我也过去。（**磕烟袋起身**）

姚　母　过会儿我们去看你老人家。

丁爷爷 哎，好。（往外走，又转回身来）柱子，（丁少纯装作没听见）柱子！

丁少纯 爷爷！这是楼房，没有柱子！

丁爷爷 （看看姚玉娟）噢！叫小名磨不开了？往后我叫你大号。少纯哪！

丁少纯 （脆快地）哎！

丁爷爷 发电机要运到了，你借辆手推车去给我推回来。

丁少纯 行。

丁爷爷 （走出门口又转回来）别雇车！

丁少纯 知道了。

〔丁爷爷同丁母下。

姚　母 这老爷子！

姚玉娟 （逗丁少纯）小柱子！哈哈哈哈……

姚　母 娟！快拿给少纯看看！（对丁少纯）她把料子服给你买来了！

姚玉娟 （从布包里拿出来一套新料子服）看！

丁少纯 （惊喜）买来了？哪儿来的？这么多钱？

姚玉娟 这里有妈卖野鸭子攒下的七十元钱，又跟大刘借了五十元补助金，还跟保健站小李子借了二十元钱……

丁少纯 怎么借钱买衣裳？那拿啥还人家呀？

姚　母 你打上三十只野鸭子就还上了。

姚玉娟 借的钱月底就得还上。火车快开了，你快点收拾走吧，啊？

丁少纯 卖野鸭子这事我还得好好想想，工人，团员，卖野鸭子？我总觉得这事不大对劲呢，成问题吧？

姚　母 什么问题不问题的，有了钱啥都不成问题，没有钱啥都成问题。（把已经装好的背包放在丁少纯跟前）娟，去把少纯的胶

皮靴子拿来。（又把猎枪递给丁少纯）

〔姚玉娟进里屋。

丁少纯　（犹豫）友良还在他家等着我呢！

姚　母　一会儿我告诉他。再出去两趟就落下这么一身漂亮衣裳穿，能穿半辈子，多好哇！（从她的布提兜里拿出一盒罐头和一小瓶酒）我给你买了一盒肉罐头，你带上，这一小瓶酒你也带上。

丁少纯　带酒干啥？

姚　母　晚上在野外天冷，喝点酒保暖身子。

丁少纯　我不会喝。

姚　母　有啥会不会的，练习着喝呗。（把酒瓶和罐头装进背包，又帮助丁少纯背上背包）噢，水壶还没装呢，我给你取去。（进里屋）

〔丁少纯背上猎枪，面向墙壁往腰间系子弹带。少顷，季友良走进来，丁少纯没发觉。

季友良　（踮起脚尖走到丁少纯背后，突然用手抵住丁少纯后背）举起手来！（掠下丁少纯肩上的猎枪）你被缴械了！（架起丁少纯往外走）

丁少纯　别闹！友良！你听我说……

〔季友良不容分说，架丁少纯下。姚母和姚玉娟分别拿着水壶和胶皮靴上。

姚　母　少纯哪！少纯！（看看屋里猎具全不在）他上火车站了，你看这人性子多急！

——幕　落——

第二幕

第一场

◉时 间

前幕后七天，第二个星期六的下午五点多钟。

◉地 点

电机厂院内一角落。

〔幕启：舞台中部有一道修饰整齐的矮榆墙，墙后面是由一丛丛丁香树布成的小花园，深紫色的、淡紫色的和白色的丁香花开得正盛，团团锦簇，竞相争艳。墙前面是一条柏油通道，左方通向工厂大门和别的地方，右方紧连着观众看不见的水轮发电机车间的大门。紧贴着矮榆墙的路边上有一条长椅。长椅的左侧有一架停放着三五辆自行车的存车架；长椅的右侧，靠近车间门口的地方是露在台上一大半的光荣榜，标有“十车间光荣榜”几个大字，上面排列着几十张照片。透过丁香花丛，可以望见远处的栉比林立的大厂房。

〔夕阳斜射，已经是下班以后了，各个厂房里喧闹的机器声已经停息，四周一片幽静，只有偶尔从院内深处隐隐传来几声火车鸣笛的声音。

〔姚玉娟穿一身白护士服从右侧走上，焦急地向她走来的方向顾盼。少顷，丁少纯从右侧上。他身穿套头秋衣和工裤，拿一团棉纱擦两手的油垢。

姚玉娟 （急切地）你怎么到现在还没下班？

丁少纯 咳，别提了！今天我们组出了点事故，得晚下班半小时。

姚玉娟 （着急）呀！那你还能赶上火车吗？

丁少纯 抓紧点，还许能赶上。

姚玉娟 上星期六你没去成，这个星期六要再去不成，到时候拿什么还借款呢？

丁少纯 我今天一定争取赶上火车。

姚玉娟 出了什么事故？

丁少纯 最后一批线圈装进加热炉里加热，过了半小时一看温度计，温度一点也没上升，打开炉子一摸线圈，冰凉……

姚玉娟 是电炉坏了？

丁少纯 不是，是忘了开电门了。

姚玉娟 今天是谁管加热炉？

丁少纯 你不认识。

姚玉娟 这个人也真浑！

丁少纯 你怎么骂人呢？

姚玉娟 他一个人耽误了全组下班，还不该骂？

丁少纯 该骂，他爱人也该骂，老催他出去打猎，把他催得思想溜号了。

姚玉娟 原来是你？

丁少纯 除了我还有谁！

姚玉娟 和打猎有啥关系？

丁少纯 刚装完加热炉，正好大刘到我们组去办事，我忙着跟他商量买火车票的事，才忘了开电门。结果弄得全组的人都开我玩笑！

姚玉娟 你也真够马虎了。（拿出三张二寸照片）看！你的照片洗出来了。

丁少纯 （看照片，吃惊）呀！怎么这个德行？

姚玉娟 多“帅”呀！笔挺的料子服，溜光的头发……

丁少纯 这怎么还斜着身子？

姚玉娟 人家就是要斜着洗的嘛！

丁少纯 （斜过照片让人像垂直来端详）不对，这脖子也歪呀！

姚玉娟 那不是我故意给你摆的姿势嘛！

丁少纯 这像啥了！

姚玉娟 是不有点像电影明星？

丁少纯 去你的吧！我为什么要像那个呢？

姚玉娟 你呀，不会审美。这是你的照片里最漂亮的一张。

丁少纯 这要让爸爸看见了又是个麻烦事儿。

姚玉娟 不会不叫他看，（把照片心爱地夹到小本子里）专留着给爱看的人看。

〔丁少真陪丁爷爷从车间那边走上。

丁爷爷 （笑容满面）好哇！这么大的工厂，爷爷算开了眼了！

姚玉娟 爷爷来了！您是怎么进来的？

丁爷爷 （指一指插在帽檐上的一张纸片）周县委亲笔给我开的路条！

丁少真 是入厂证，还路条呢！

丁爷爷　丫蛋儿，你开老吊上那么高不害怕吗？

丁少真　（娇嗔地）爷爷！

丁爷爷　啊？

丁少真　人家都长大了！

丁少纯　爷爷，鸭蛋长大了，应该叫她鹅蛋才对。

丁少真　（打丁少纯）坏！

丁爷爷　你的大号叫啥来？

丁少真　少真！

丁爷爷　少真，好绕嘴。（见丁少真生气）好，少真就少真。（看光荣榜）这上有你们三个没有？

姚玉娟　有少纯。（指光荣榜的左下角）爷爷你看，他在这儿！

丁爷爷　（满心喜悦）哈哈！这傻小子还上了金榜了！少纯媳妇，有相片往这上挂才是正地方，小点也行，对不对？

姚玉娟　爷爷，您说得对，我一定争取。

丁少真　（指榜上靠中间的一张照片）爷爷，这还有季友良！

丁爷爷　（看中间的大照片）啊，小良子！（指照片位置问丁少纯）人家在当间儿，你怎么在旁边？

丁少纯　友良一直比我强。

丁少真　爷爷，在小学的时候，友良就是三道杠儿，大队委员！

丁少纯　所以少真才……

丁少真　（威胁丁少纯）你敢说！

丁爷爷　不说我也看出来了。俩人相好倒行，可就是别急着成亲，你才二十，还早呢。

丁少真　爷爷，你放心，我五年之内绝不结婚！

丁爷爷　少纯，领我到你干活的地方去看看。

丁少纯　走吧，爷爷。

〔丁爷爷从帽檐上取下入厂证庄严地拿在手里，跟随丁少纯向右侧走下。

丁少真 嫂子，你怎么还不回家？

姚玉娟 我今天值夜班。

丁少真 （悄声）嫂子！你说可怎么办呢？

姚玉娟 啥事？

丁少真 我约友良五点半去看篮球赛，五点在这儿集合去食堂吃饭，可是现在都五点二十了，他还没来！

姚玉娟 你们什么时候约定的？

丁少真 你不是教我提前两天约他吗？我是前天约的他。

姚玉娟 对，这样可以考验考验他，看看他能不能忘，要忘了那就说明你在他心里不占重要位置。

丁少真 他昨天是夜班，也许在家睡觉睡过点了，要不我现在回家去找他？

姚玉娟 瞧你！那还叫什么考验了？

丁少真 我有点经不住考验了……

姚玉娟 （笑）别那么沉不住气！你哥哥从前约会我的时候，我总要比他晚到十分钟，这样才能看出他是不是真心。

丁少真 我是怕友良睡觉没醒……

姚玉娟 他心里要真有你，三天三夜不睡觉也要等着。

丁少真 （望左侧，忽然高兴地）嫂子！他来了！

姚玉娟 （向左侧瞥了一眼）可要端着点儿呀，这关系到你一生的幸福问题！（向右侧下）

〔丁少真装作若无其事地看光荣榜。季友良用衣襟兜着一堆云母带兴冲冲地上场。

季友良 （满脸不可抑制的兴奋，滔滔不绝地）少真！告诉你个好消息：这些挑出来的云母带完全能用啊！中央实验室刚给鉴定的……啊，你还不知道，这是我从废品库的废云母带里挑出来的。废云母带有好几吨呢，供应科想当作垃圾处理掉，今天早上我一听说，下了夜班就跑去挑选。你猜怎么样？里面能挑出来百分之三能用的！你干吗那样看我？百分之三也不少啊，你算算，一吨里就能挑出三十公斤，够咱们做多少台电机呀！

〔丁少纯从右侧上。

季友良 少纯！好消息：能用！

丁少纯 （高兴地）真的呀？

季友良 多好啊！咱们用业余时间去挑选，让这台七万二千五全用这个……

丁少纯 妙！妙！咱们创造个低成本的最高纪录！

季友良 丁主任在车间没？我马上去找他汇报！

〔被遗忘在一旁的丁少真这时再也受不住了，把脸一掩悄悄走下。

丁少纯 （拉季友良坐下）友良，我今天在班上犯了个错误……

季友良 我听说了！你怎么搞的？

丁少纯 大意了。

季友良 加热不开电门！真是瓜子里嗑出个臭虫来——啥仁（人）儿都有！

丁少纯 嘿嘿，喂，这事你可别对我爸爸说呀！我要有点缺点他能记一辈子，有点优点他可好忘！

季友良 （忽然发现）咦？少真呢？

丁少纯 她走了。我看她好像有点不高兴？

季友良 是吗？（想了想，忽然忆起）哎呀！大事不好！

丁少纯 “何事惊慌”？

季友良　她约我今天去看篮球赛，你看，让我给忘了！（后悔不迭地）唉！这扯不扯！

丁少纯　真是“瓜子里嗑出个臭虫来——啥仁（人）儿都有”！

季友良　（掏出记事本）你看我还特意记在这本子上了，可是我今天没顾得上看本子，真糟糕！她这个气包子又得气得鼓鼓儿的。

丁少纯　快道歉去吧。

季友良　她这人也真绝，我忘了就提醒我一句呗，还不吱声。

丁少纯　人家这是考验你，玉娟就对我考验过不少次。

季友良　这么说我这是没经住考验？真复杂！（一挤眼）我得去赔个不是。（转身欲走）

〔丁海宽推着手推车从左侧上，车上放着一台小型发电机。

季友良　丁师傅，鉴定合格了！（递过一张纸）这是中央实验室的鉴定书。

丁海宽　（看鉴定书）我估计就能用。我给你发动来好几十名家属，由少纯他妈带队，一会儿就上废品库去挑云母带。

季友良　这太好了！

丁少纯　正好我们快要开始包绝缘了。

季友良　丁师傅，你看见少真没有？

丁海宽　她回家吃饭去了，我告诉她一会儿领着家属们来。

季友良　她说能来？

丁海宽　来。

季友良　（放下心。指车上小电机）这不是丁爷爷带来的那台小电机吗？

丁海宽　是。周书记叫我交给你们组修理。

丁少纯　这小玩意儿，太简单了，跟修理玩具一样。

丁海宽　（对季友良指丁少纯）别让他修理！玩具！人家一百多户

人家指着它点电灯、听广播、推碾子、拉磨、铡草呢！玩具！周书记说这是直接支援农业的工作，要特别重视，他还叫你们想一切办法降低修理成本，他说农民卖一斤粮才毛八分钱，不容易。

季友良 对，云母带用这个（指椅子上的废云母带）就能省不少钱，我们再从别处想法省些钱。

丁海宽 少纯，你们组怎么没按时下班？

丁少纯 加热炉……耽误了一会儿……

丁海宽 加热炉怎么了？

季友良 出了点小故障。

丁海宽 （对丁少纯）你这带班的事先不把炉子检查好？

丁少纯 （支吾）已经修好了。

丁海宽 你们对新制度执行得怎么样？

丁少纯 什么制度？

丁海宽 不是规定下线时间每人身上都不带金属物品吗？

季友良 每次下线之前我们都互相检查身上。

丁海宽 （对丁少纯）来，我检查检查你。

丁少纯 我这最标准，（拍拍套头秋衣）上身没有兜。

丁海宽 裤兜里呢？

丁少纯 （掏出一条手绢）这是非金属物品，（抖了抖）里边没埋伏，（把两个裤兜全拉出来）零比零。（抬起鞋底）胶底鞋，一个鞋钉子都没有。

丁海宽 （对季友良）光在下线前检查一次还不够，下线中间也要抽查几次，让大家都养成不乱揣东西的习惯就好了。钥匙啦，硬币啦，别针啦，鞋钉子啦，小钢尺啦……这些小金属件，都容易掉到定子槽里。特别是揣在这上衣小兜里，蹲在定子上弯着腰下线圈，最容易滑出来掉进槽里，糟子又窄又深，掉下去也看不见，线圈一压上，就算埋里个定时炸弹。

丁少纯　其实我们干过那么多台电机，也还没出过一次这种事故。

丁海宽　你又麻痹大意！我不是跟你们讲过，你们俩进厂之前，你们组出过这种事故吗？不知是谁的一分钱掉在一台四万四电机的槽子里了，厂内又根本没办法检查出来，到了电站，电机安装好了，发了两天电，那一分钱在里面产生了涡流，烧坏了好几个线圈，修理了半个月！一台四万四一天能发一百多万度电，停电半个月就少发一千五百多万度电，一度电按八分钱算，就是一百二十多万元！看！你们下线工里有个人丢了一分钱，国家就得陪着他丢掉一百二十万元！怎么得了哇孩子！

季友良　真不得了！（对丁少纯）咱们可得特别注意呀！

丁少纯　没问题。（指推车）爸爸，我把这个送车间去吧？

丁海宽　送去吧。

〔丁少纯推手推车下。

丁海宽　友良，你眼睛怎么有点发红？

季友良　（不敢正眼看对方）没什么，可能是风吹的。

丁海宽　你以为我不知道？你是不是下了夜班就弄这个（指云母带）去了？一天没睡觉吧？

季友良　睡了。

丁海宽　撒谎！你妈刚才告你状了。

季友良　攒到今天晚上一块睡更香。

丁海宽　睡觉不带储蓄的，每天都要保证八小时！

季友良　（笑）得了吧丁师傅！你就没有以身作则。我听少真说，你每天都看书到半夜，天不亮就起来到车间转几圈儿……

丁海宽　岁数大一点的人觉少，你不能跟我比！（拿出五十元钱）这五十元钱给你，你们全家都该换换衣裳了。

季友良 丁师傅，我不要！

丁海宽 你不要补助费我不能干涉，可是我给你的钱你得要！（严厉地）拿着！

〔季友良无可奈何地接过钱。女工甲从右侧上。

女工甲 季师傅，这就是从废云母带里挑出来的？我拿去给组里同志们看看。

季友良 好。桂兰，你可别忘了做记录哇。

丁海宽 什么记录？

女工甲 季师傅叫我们把每一号定子槽是谁下的线圈都随时记下来。

丁海宽 （赞赏地）对！这样有啥问题也好查对。桂兰，你们今天加热炉咋的了？

女工甲 （连说带笑）小丁师傅可真滑稽，（季友良从丁海宽背后直向她摆手示意不要说，但她未看见）他把线圈装进加热炉里忘了开电门，过了半小时才发现。

丁海宽 （回头看季友良）好啊！少纯瞒着我，你也包庇他！还说炉子“出了点故障”！

〔女工甲有些失悔，偷着向季友良吐吐舌头，抱起云母带跑下。

丁海宽 我问你：一个团支委应该帮助团员隐瞒错误吗？

〔大刘拿一沓照片上，从光荣榜上摘旧照片，换新照片。

丁海宽 啊！因为你们俩是从小一块长大的好朋友！可是我告诉你：互相包庇缺点那不叫朋友！朋友处长了不能天天都是甜哥哥蜜姐姐地扳着脖子搂着腰！不能老是晴天就好，必要的时候也得有阴天，也得打雷，下雨！（向大刘）我说的对不对呀，秀才？

大　刘 丁主任，你这话很有诗意。

丁海宽　什么诗意？

大　刘　就是说：友谊之花，不能只在晴天里生长，它需要阳光的哺育，也要有雨露的滋养。

丁海宽　嗬，出口成章！（对季友良）不过，我这意思他倒没给说走样。你父亲活着的时候，我们俩可不像你跟少纯这样，在原则问题上，我们是谁对谁也不客气。

〔丁少纯上。

丁海宽　（刚要走，见了丁少纯又停步，故意向大刘）大刘，你换光荣榜可别忘了贴少纯的相片呀！

丁少纯　（不好意思地笑）我知道这回没有我，这一季度我没啥突出的成绩……

丁海宽　还不突出？加热线圈不开电门，又省事又省电！多新鲜的创造！

丁少纯　（看看季友良）……

丁海宽　我说少纯，你干活的时候心跑哪儿去了？大刘！你给他编段快板，广播广播！（对季友良）我建议你们团组织开个会，帮助帮助他！你马上回家睡觉去，我领着家属去挑云母带。（向左侧下）

丁少纯　（见季友良在笑，气势汹汹地向他发泄）你得意了？哈？

季友良　（边打哈欠边说）你别拿我撒气。——哎呀，好困！（倒在长椅上）

丁少纯　别装迷糊！

季友良　别搅我，我眯一会儿，还有任务呢。

丁少纯　我最反对两面派！

季友良　你走开吧，小主观！

丁少纯　当我面装好人，背后汇报我，我最瞧不起这种人！

季友良　（火了，忽地坐起）你做错了事还有理了？汇报是应该的！不汇报是我的错误！

大　刘　唉！友谊之花也需要阴天，这不打起雷来了，可别干打雷不下雨呀。（对丁少纯）你可抓紧点，别误了火车。（拿起换下来的照片下场）

丁少纯　你正确！你好！我落后！

季友良　你以为你还没落后啊？你从结婚以后，就是不如从前了！

丁少纯　我什么地方不如从前了？你指出来！

季友良　很多地方！从前你工作就没这样马虎过！

丁少纯　你胡说！这跟结婚没关系！你不要生拉硬扯地往一块联系！

季友良　恐怕事实上就有联系！你知道小组里的同志怎样议论你？有人说你现在请了个“家庭教师”！

丁少纯　谁是“家庭教师”？

季友良　当然是指你岳母！

丁少纯　这是污蔑！我不承认！

季友良　我可认为符合实际情况！

丁少纯　好！从今以后你别跟我这个落后分子在一起，我也没必要巴结你这个先进朋友，一刀两断！谁也别理谁！（气呼呼地从后屁股的裤兜里掏出一支烟来，叼在颤抖的嘴唇上）

季友良　（一把从他嘴里掠下纸烟，狠狠地撕碎扔掉）我偏要理你！偏要理你！（向左侧下）

〔丁少纯气呼呼地立了片刻，坐下来，脸上逐渐浮现出痛苦、失悔和茫然若失的神色。少顷，姚玉娟从右侧上。

姚玉娟　少纯！你还得多少分钟下班？

〔丁少纯不语。

姚玉娟 你怎么了？

丁少纯 没什么。

姚玉娟 你下了班还得回家去吃饭、取猎枪，能来得及吗？

丁少纯 现在几点了？（拉过姚玉娟手腕看表，惊讶）呀！怕是不赶趟了！

姚玉娟 （着急）那怎么办？我看你现在先回家去把猎枪和背包取来，在这儿干完了直接就上车站。

丁少纯 （犹豫地）工作时间离开不大好……

姚玉娟 反正你们现在等加热炉，没事嘛。

丁少纯 可也是。不行，线圈出炉以前我怕赶不回来。

姚玉娟 （指自行车）你借一辆车子。

丁少纯 对！（看存车架上的自行车）正好，张淑芳的这辆车子没锁。

姚玉娟 赵师傅今天晚上要出差到四川去，他方才找我来要皮夹克，你顺便把皮夹克还给人家吧。

丁少纯 好。（跨上一辆坤车向左侧飞下）

〔丁少真从左侧上。

丁少真 （回头问）哥哥，你上哪儿去？

姚玉娟 他去办点事。少真，你们怎么没去看……

丁少真 别提了！他是来找爸爸的，根本就没想找我！

姚玉娟 那他见了你……

丁少真 见了我就哇啦哇啦地谈云母带，完了就干脆把我撂在一边，跟哥哥哇啦开了，好像我根本就不存在！（捂着发烧的脸）哎呀！真讪死我了！（擦泪）

姚玉娟 这么说，他心里的确没有你。

丁少真 谁知道呢？嫂子，对人的心理我真是一点也不会分析，比解一道最复杂的方程式还难哪！……我希望是他忙忘了——他的确忙；可是也许他根本看不起我，不愿意和我在一起，才故意谈云母带来躲避我……

〔女工甲上。

女工甲 玉娟，小丁师傅呢？

姚玉娟 他就回来。有事吗？

女工甲 线圈出炉了，他回来你告诉他快来下线，我们先干了。

姚玉娟 好。

〔女工甲下。

丁少真 可是他从前又对我那么好……在小学的时候……

姚玉娟 咳！孩子时期的事靠不住。

丁少真 我入厂以后，他也特别关心我呀。为了帮助我学技术，他看了很多关于吊车的书……

姚玉娟 可人家现在是厂劳模了，是下线组长了，是团支委了。

丁少真 也许是他思想变了？

姚玉娟 （气不平地）算了！有什么了不起的！

丁少真 可是嫂子，我心里觉得他……的确了不起！

姚玉娟 那天我妈说：少真长得那么水灵，爸爸又是领导干部；季友良要啥没啥，一大家子人，可真不般配。

丁少真 我最不爱听这种话！旧思想！

姚玉娟 可不是呗。

丁少真 （希冀地）……也许他现在想起我来了，正在往这儿跑，来找我道歉……

姚玉娟 他现在在哪儿？

丁少真 在废品库，带着妈她们挑云母带呢。方才我真想留在那儿跟他们一块挑——（忽然兴奋地）嫂子！有百分之三能用的呢！

他多能挖潜力呀！——可是我想起你嘱咐的话，怕他以为我死乞白赖地跟着他，就咬着牙跑这儿来了。

〔女工甲上。

女工甲 小丁师傅还没回来？

姚玉娟 就回来了。

〔女工甲下。

丁少真 哥哥怎么能放下工作走开呢？

姚玉娟 他回家去拿点东西。

丁少真 ……也许他根本没听见……

姚玉娟 没听见什么？

丁少真 从废品库出来的时候，我故意大声对妈说我到车间来办点事……

〔丁少纯飞车跑上，车上带着大背包，上身套上了一件三个兜的黑布上衣，脚上换了长筒胶靴，肩上挎着猎枪。

姚玉娟 你快点吧，人家都开始下线了！

丁少纯 （正嚼着一嘴干粮，呼哧带喘地说不清话）是吗？（匆忙地把猎枪和背包藏到榆树墙后面）

丁少真 哥哥你真不像话，工作时间溜号！

丁少纯 （呜噜呜噜地）这是下班以后了，没关系。

姚玉娟 你把皮夹克还给赵师傅了？

丁少纯 （点点头）嗯。

〔大刘背着猎枪和背包从右侧上。

大　刘 你还没完事？那你今天别去了，不赶趟了。

丁少纯 （拉姚玉娟手腕看看表，然后对大刘呜噜呜噜地大声说）你先走，到车站给我买好票……

大　刘 你说啥？

丁少纯 （依然说不清，打着手势）你先到车站去买——（伸两个手指）

大　刘 啥呀？呜啦呜啦的！

丁少纯 我是说——（咽下嘴里的东西）哎呀妈，噎死我了！——我说你先到车站去买好咱俩的车票，我随后就到。

大　刘 那你可得快点！（向左侧下）

丁少纯 （向大刘背影）不见不散啊！（匆匆忙忙地向右侧跑下）

丁少真 （忽然喜出望外地）嫂子！他来了！

〔姚玉娟向左侧看看，手指点了点丁少真，笑着向右侧下。季友良跑上。

季友良 少真！生我气了？你看我把那个事……

丁少真 （眼里闪着喜泪花，连忙拉住季友良的胳膊）别说了！走，挑云母带去！（挽着季友良跑下）

〔丁爷爷从右侧上，路过光荣榜，又笑眯眯地去左下角找丁少纯的相片，但已换了别人，满处找也不见影。

丁爷爷 （纳闷地）嗯——？

〔丁海宽从左侧上。

丁海宽 爹，你还没回去？

丁爷爷 （指着光荣榜）柱子呢？

丁海宽 换下去了，这回没有他！

丁爷爷 （沉下脸来）……他咋了？

丁海宽 （轻轻叹息一声）唉！等回家我跟你详细说吧。爹，你们那台电机送车间来了。

丁爷爷 听说要交给柱子他们修理？他们组净是些小姑娘小小子，那能给修好吗？

丁海宽 爹，你那一台才够一百户人家点电灯，可是他们现在干的那一台，能供五百万人口的城市点电灯，不也是这帮小姑娘小小子干的吗？

丁爷爷 （深深地点点头）嗯！如今这年轻人可也倒是能耐，培养得好啊！——可咱们的柱子倒是怎么回事啊？

丁海宽 咱爷儿俩走着唠吧。

〔丁海宽同丁爷爷并肩向左侧下。十来个下线组的男女青年工人说说笑笑地从右侧陆续过场，有的去推自行车。姚玉娟跑上来。

姚玉娟 你们干完了？

青年们 完了。

姚玉娟 咦？少纯没出来？

女工甲 小丁师傅在复查呢，就来了。

〔青年们陆续向左侧走下。姚玉娟从榆树墙后提出猎枪和背包放在长椅上，直看手表。丁少纯上。

姚玉娟 快点吧！再有二十分钟火车就开了！（帮丁少纯往腰上系子弹带）把门钥匙给我留下，省得我半夜回家叫门。

丁少纯 （顺手摸上衣兜）钥匙在我这儿吗？

姚玉娟 我今天中午给你的嘛。

丁少纯 （又摸裤兜）没有哇！（忽然发觉自己穿着上衣）咦？我什么时候穿上的这件上衣？

姚玉娟 瞧你！你方才从家里回来就穿着嘛！

丁少纯 （手不停地反复掏兜）糟糕！我怎么穿着上衣下线呢！（惊慌起来）呀！不是我把钥匙揣在这个小兜里，下线的时候掉到定子槽里边了？！

姚玉娟 你揣了吗？

丁少纯 （想了想）不记得了！玉娟，你快到我方才干活的地方去找找，我看看在没在背包里！

〔姚玉娟下。

〔丁少纯打开背包，一件一件往外掏东西寻找。

丁少纯 （边找边自语）……真糟！我怎么不记得放在哪儿了呢？……

〔姚玉娟跑上。

姚玉娟 没有！你不是掉在家了？

丁少纯 （出了汗）也可能！我得马上回家去找找，家要没有，就有可能是掉在定子槽里了，那得赶紧找几个人来拆下线圈找！

姚玉娟 来不及了！你回来再找不行吗？

丁少纯 不行！现在刚下完底层线圈，拆下来很容易，等上层线圈下完再拆，那返工就大了！

姚玉娟 你们组明天不是全都歇班吗？

丁少纯 是呀。

姚玉娟 那你明天晚上回来再找还不是一样？

丁少纯 可也是，反正明天不干下道工序……

姚玉娟 是呀，你明天回来以后，家里要没有，再来拆开底层线圈找……

丁少纯 行，反正在后天上班以前，啥时候找都一样。

姚玉娟 那你快收拾走吧！瞧你，怎么都翻出来了？（帮助丁少纯往背包里装东西。拿起酒瓶子）这是啥？

丁少纯 酒。（把酒瓶装进背包）

姚玉娟 你带酒干啥？

丁少纯 妈说喝酒能保暖身体。

姚玉娟 你又不会喝，别带了！（从背包里抢出酒瓶）

丁少纯 （又夺下酒瓶装进背包）这玩意儿有啥会不会的，练习着喝呗。

姚玉娟 （一看手表）呀，还有一刻钟了！那你快走吧！还有一刻钟了！

丁少纯 是吗?（提起背包就跑）

姚玉娟 （拿起猎枪喊他）枪!（追下）

——幕　落——

第二场

◉时 间

前场两天后，星期一的晚上。

◉地 点

电机厂家属宿舍院内一角。

〔幕启：舞台右侧露出一幢三层楼房下面两层的一角。一楼是丁海宽的家，二楼是丁少纯的家。上下楼角凹成两个长方形的洞，洞里是上下一式的阳台。阳台的后面各有一窗，右侧面各有一通房间的门。楼下阳台的左侧面开有豁口，可直通院子。舞台左侧有一棵大树，围绕树干用木板条钉成六角座椅。舞台深处是一道与楼房平行的木板栅栏，左端开有出入口，通向栅栏外面的大街。栅栏的上端露出一排杨树和一盏路灯。舞台左前方通向工厂，右后方通向楼背面的楼门。

〔夜里八点多钟，月光、街灯光和上下楼窗里的灯光把院子照得很明亮。二楼的窗户上垂着扣网窗帘，一楼窗户上挂着半截花条布窗帘，上下阳台通房间的门都敞开着。

〔姚玉娟立在舞台左后方栅栏入口处，焦急地向大街张望。丁母坐在一楼的阳台里纳鞋底，时而向姚玉娟站立的方向望望。姚母坐在二楼的阳台里抽烟，两眼一直盯着姚玉娟那边。丁爷爷坐在树下的椅子上闷头抽烟袋。开幕后相当长的时间里谁也没说话，台上静得有些紧张。街上偶尔有一辆汽车驶过的声音。

姚　母　（向姚玉娟）还没有影儿？

〔姚玉娟摇了摇头，没转身也没说话。

丁爷爷　（狠狠地“吧嗒”着烟袋，生气地啐了一口）呸！

丁　母　（焦虑地轻声叹息）唉！

〔又是一阵沉默。丁海宽推着手推车从左前方上场，车里装一些废云母带。大刘跟在他身旁边走边说明情况。

大　刘　（后悔不迭地）……唉！这事完全怪我！昨天临回来的时候我好好找找他就对了……

丁　母　大刘，打猎的时候你们俩不是在一块吗？

大　刘　先是在一起，后来就分开了，我离他有一千多米远，中间隔一个大水泡子。我往回走的时候天已经黑了，喊了他几声也没听见回答，我寻思他是先上火车站了，我就急忙往车站跑。到了车站，火车已经进站了，我又以为他是先上车了。等我上了车从头找到尾，才知道他没上车，可是车已经开了。

丁海宽　你喊他以前没听见他放枪吗？

大　刘　太阳要落的时候，我听见他那边枪紧响，天一黑下来就没听见他放枪。

丁　母　（提心吊胆）你说那儿有个大水泡子？

姚玉娟　（神色紧张）水深吗？

丁海宽　不用担这个心！他就是掉进大江里，像个活鱼似的也淹不死。他这是打野鸭子打疯了！

丁　母　就算昨天误了火车，今天这时候不是也该到家了吗？

大　刘　是呀，该到了。我挂电话问问车站是不是火车晚点了。（走进丁海宽屋去）

丁海宽　越来越"出息"了！工作这么紧张，他竟敢旷工！

丁爷爷　呸！（把烟袋往椅子腿上磕得"叭叭"地响）

丁　母　他这是怎么了？可从来没旷过工啊……

丁海宽　这不就开了头了？往下坡出溜快着呢！

姚　母　耽误一天两天工，谁也兴许有的。

丁海宽　不能这么说，亲家母！少纯不是个卖掏耳勺的，他是个工人！

姚　母　工人就不许有点私事？少干一天活少领一天工钱到头了呗。

丁　母　你寻思这像你早先开鲜货铺子呢，开板关板随自个儿的便？住厂子的人一卯顶一榫儿，不能由着自个儿的性儿。

丁海宽　亲家母！少纯是制造大电机的，大电机是关系到国富民强的东西。他人虽平常，可占了个不平常的地位。咱们在场的这几个人都得明白这个，因为咱们都是他的亲人！

姚　母　明不明白可也没谁拖他后腿！

姚玉娟　（对姚母）妈！

丁　母　他这一阵子这么贪恋打猎，咱们都该劝劝他。有时有晌地出去玩玩倒没啥，把打猎当成营生就不好了。

丁海宽　玉娟，少纯最近工作紧张你该知道，可是我听说前天晚上你还催着他去打猎。你们是夫妻呀！夫妻生活的内容不能光是吃、穿、玩，最要紧的是要互相督促进步，要互相负责任！

姚玉娟 爸爸，我以后一定注意。

丁海宽 我方才听大刘说，你们借了五十元补助金？干啥用了？

姚玉娟 （不知如何回答，慌乱地望向楼上的姚母）啊，那是……

姚 母 给你儿子买了一套毛料子衣裳。

丁海宽 毛料子衣裳？花多少钱？

姚 母 一百四十八。

丁爷爷 一百四十八？一套衣裳？……买那么贵的干啥？

姚 母 你孙子稀罕，穿着好看，体面！

丁海宽 （向姚玉娟）借钱指着啥还？

姚 母 （急忙代答）他俩还有七十多块钱的定期存款，再有半个月到了期就能取出来了。（进二楼屋里去）

〔大刘从丁海宽家出来。

大 刘 火车半小时以前就到站了，可是他怎么还没回来呢？我去迎迎他。（下）

姚玉娟 （见势不好，企图躲避）爸爸！我也去迎迎少纯？

丁海宽 玉娟！少纯不是有一套料子服了吗？怎么还买？

姚玉娟 （怯生生地）他原来的那一套是混合毛的……

丁爷爷 她说啥？

丁海宽 混合毛的！不如纯毛的好！

丁爷爷 我看你们浑身都是娇毛！

姚玉娟 爸爸，我去吧？

丁海宽 去吧！（姚玉娟急走开）玉娟！（姚玉娟止步）明天把你们的存款取出来，还上借款！补助金不是借给买料子服用的！

姚玉娟 （紧张）爸爸！存款还不到期！

丁海宽 开介绍信可以提前取。

姚玉娟 （怔了一下）……啊！（向大街走下）

丁爷爷　黄嘴丫子还没蜕的小崽子，就要穿一百四十八的毛料子！还借钱买！

丁　母　（指指楼上，低声地）都是这老婆子把孩子给拐带浮华了！

丁爷爷　那你们俩呢？你们这当爹当妈的是管干啥的？

丁　母　爹！我们不知道他们借钱买衣裳的事。

丁爷爷　买衣裳不知道，娶媳妇你们也不知道？这娶的是个什么媳妇？照那么大的相片！能过日子吗？你看看她那个妈，是个正经人家的人吗？

丁　母　儿女婚姻自主嘛，人家相中了，背着我们就订妥了，我们有啥法儿？

丁爷爷　你看你大哥跟前那两个少的，仓子在队伍上立过一等功，屯子年年是五好社员，新近入的党，那老实厚道劲儿一个赛着一个！看你们把柱子惯的！

丁　母　其实我们俩还真没惯过他。

丁爷爷　当初我说把柱子先送屯下去放两年猪再上学，你们不乐意，怕误了他念书，念完了高小念初中，念完了初中又念技工学校，你看这念成个什么玩意儿了？

丁海宽　爹！不在那个，念书念不坏人。

丁爷爷　要先放两年猪他就不能这样！

丁海宽　咳！你光认放猪，工厂里也一样锻炼人嘛！

丁爷爷　工厂里倒是能锻炼，可你叫他跟鲜货铺的女掌柜的在一块，也能锻炼？

丁海宽　那还能把他装在保险箱里？

丁爷爷　我就看你的！（往屋里走，在阳台柱子上用力磕磕烟袋）等你把柱子给我糟践了，咱俩有账算！（进屋）

丁　母　他们结婚的时候，我一听说玉娟她妈要来跟他们一起过，就觉得这事不大好，可是你总说“不要紧”“不要紧”！

丁海宽　（陷入沉思）……是呀！我原来想的是太简单了！我想，少纯是在红色环境里长大的，解放的时候他才七岁，吃的是新社会的饭，念的是新社会的书，看的是新社会的电影，听的是新社会的广播……我以为像他这样的年轻人，对旧东西是绝缘的，就像这云母带隔电一样。前天在党委会上讨论教育青年工人的问题，同志们的发言给我很大启发，我仔细一想，事情不是那么简单哪！在孩子们的脖子上系着红领巾的时候，就有人总想偷偷摸摸地给他们系上一条“黑领巾”！我们对他们讲劳动模范怎样光荣，可是也有人对他们说：“模范也不顶饭吃！”我们教育他们不要计较劳动报酬，可是有人一见了他们的面不出三句话就问：“你挣多少钱？”

丁　母　可真的，思想不牢靠的孩子，叫人问上这么几回心里就犯嘀咕了。

丁海宽　加上咱们教育孩子不太得法，常常不能把好思想像刻戳子那样刻在他们心上，倒像往黑板上写粉笔字，咱们费了不少的劲写上一黑板，可是那些旧思想就像一些破抹布，三下两下就能给你擦得模模糊糊……真是不能小瞧那些破抹布哇，它还有势力！

〔丁少真从左前方上场。

丁少真　爸爸！哥哥也太不像话了，到现在还不回来！你看友良今天替他上的白班，现在又接着上了夜班。

丁海宽　连轴转怎么行呢！我去替友良上夜班。少真，帮你妈把这些废云母带给各家分一分，家属们坐在家里就挑了，挑完这些再去取。

丁少真　哎。

〔丁海宽向左前方下。丁少真推起车子。

丁　母　（朝楼上喊）亲家母哇！亲家母！

〔姚母出现在二楼阳台上。

姚　母　啊？

丁　母　给你分一点云母带吧，闲着没事就挑了。

姚　母　呀，我可不要！挑一斤才给八分钱，还不够买一盒烟卷呢。

丁　母　（指点她）你这个老婆子呀，脑袋里都长了钱锈了！

〔丁少真和丁母推着车子向楼房的后面走去。姚玉娟和丁少纯从栅栏口走进来。丁少纯穿着雨衣，背着沉甸甸的大背包，脚上的胶靴上糊满了泥浆，神色惶恐、沮丧而又疲惫。姚玉娟替他提着猎枪。

姚　母　（欣喜地）呀！可回来了！

〔姚玉娟急忙摇手不让姚母声张，走到楼下窗前向屋里窥伺。

姚　母　他们都走了。打了多少？（没人回答，她急忙进屋去）

丁少纯　（疲惫地坐在树下椅子上）哎呀我的妈！

姚玉娟　（埋怨地）你昨天怎么能误了火车呢？

丁少纯　唉！别提了！——快帮我把背包拽下来！（姚玉娟帮他往下拽背包，他一边吃力地从背包挎带里往外拽胳膊，一边解释）倒霉透了！昨天傍黑前我一连气打下来六只——使劲拽！都让雨浇透了！

〔姚母从楼后跑上。

丁少纯　……傍黑前我一连气打下来六只野鸭子，可是掉到草窠里一个也找不见了，我就找啊，找啊，一边找我心里还一边念叨着：可别误了火车呀，找到一只我就走。可是找到一只又惦着再找一个，心里想：这回再找到一只说啥也得走了。第二只挺顺利，不大工夫就找到了。这一顺利不要紧，我又想再多找一只。当时也不知道是怎么股劲儿，心里明白腿打摽儿！……就这样，好歹算找到了四只，这才把心一横，坚决不再找了。可是跑到火车站，火车已经开走半小时了！

姚　母　那你没就手回去把那两个也找着？

丁少纯　我窝火还窝不完呢，还找！

姚玉娟　（后悔地）你把我手表带上也就好了！

姚　母　（摸丁少纯的后腰）一共打了多少？

〔丁少纯脱下雨衣，露出挂在腰上的四只鸭子，解下来扔在姚母脚下。

姚　母　就这四只？

姚玉娟　（不耐烦地指背包）咳！这里还有呢！

姚　母　（一摸背包，喜出望外地）呀！这么些！

姚玉娟　爸爸跟爷爷都火了。

丁少纯　（后悔不迭地）唉！我真是混球儿！

姚　母　后悔啥，少上一天班呗，小事一段。（乐颠颠地抱起背包和地上的四只鸭子向楼后走下）

丁少纯　（大声地）这叫小事？！这么忙的时候我旷工！（捶脑袋）我真……（忽然想起）可是呢！那把钥匙是落在家里了吧？

姚玉娟　我正想告诉你：我跟妈把家里都翻遍了，没有！

丁少纯　（大惊）啊？没有？！

姚玉娟　没有。

丁少纯　那你没告诉友良他们拆开线圈找？

姚玉娟　你没回来，我也不知道你是不是掉在别处了，我怎么好冒冒失失地去告诉人家返工呢？

丁少纯　那瓣定子今天又继续干了？！

姚玉娟　今天已经把上层线圈全下完了，槽楔都打完了。

丁少纯　哎呀真糟！我怎么不赶紧回来找钥匙，还找的什么野鸭子呀！我真太浑了！现在再拆开找返工就大了呀！

姚玉娟　你能肯定钥匙是掉在槽里了吗？

丁少纯　谁知道呢，反正有可能！我得去报告，不拆开找找，要是真在里面，到了电站损失就大了！（要走）

姚玉娟　（拉住丁少纯）你先别急，再好好想想。

丁少纯　不行！等下道工序再干上，那返工就更麻烦了！

姚玉娟　下道工序不是锡焊吗？我听友良说要等着另外的三瓣定子全下完线才能一起开始锡焊，还有好几天的时间呢。

丁少纯　啊！可也是，我还来得及好好想想……

姚玉娟　你要冒冒失失地去报告，拆开电机一找，里边没有钥匙，那不白白造成返工的浪费吗？那你非挨处分不可！

丁少纯　对，我得好好想想！（想）……哎！我怎么就想不起来那把钥匙是不是揣在这个上衣兜里了呢？

姚玉娟　（拉丁少纯坐下）你冷静下来，从头开始想。

丁少纯　……前天中午你给了我钥匙，我当时揣在兜里了吧？

姚玉娟　好像是……

〔姚母拿着一只野鸭子出现在二楼阳台上。

姚　母　（悄声地）娟！你猜他打了多少？十二只呢！嘻嘻，他可真能耐！

姚玉娟　妈！我们正在想钥匙的事呢！

姚　母　对，好好想想。（又悄声地）你们对别人可别实说这个数，就说一共打了四只。一会儿给楼下送两只去。

姚玉娟　（忽然想起）咦！我想起来了！你当时穿的是赵师傅那件皮夹克，你是把钥匙揣在皮夹克的小兜里了！

丁少纯　（也想起）对呀！是揣在皮夹克兜里了！中午回到家来，门开着，我没掏钥匙，就把皮夹克放在家里了，下午回车间光穿着秋衣……

姚　母　娟！你看这野鸭子多胖，肉滚儿似的！

姚玉娟　妈！你别打岔了！（转向丁少纯）前天晚上你回来还赵师傅皮夹克的时候掏没掏兜？

丁少纯　……我记得好像是掏过……

姚玉娟　你好好想想，是掏过吗？不是让赵师傅把钥匙给带走了？

丁少纯　妈！我去还皮夹克以前掏过皮夹克兜没有？

姚　母　我没理会。

姚玉娟　（对丁少纯）你这人！掏没掏还不记得吗？

丁少纯　当时我着急忙慌的，又忙着吃饭，又忙着收拾行装，又忙着去还皮夹克，都忙糊涂了！（回忆着）……好像是掏过？要是掏出来那就糟了，我准是一顺手把钥匙揣在这件黑上衣小兜里了，那就准是掉在定子槽里了……再不是没掏？要是没掏那可就太好了，准是让赵师傅把钥匙给我带到四川去了。

姚　母　我可没见你掏过，八成是让人家给带走了。（进屋）

姚玉娟　为了有把握，我看先给赵师傅发个电报问问，他要回电说没有钥匙，你再报告领导拆电机找也不迟。

丁少纯　对！

姚玉娟　我去打听赵师傅的通信处，马上给他发电报。

丁少纯　对！越快越好！要特快的！航空的！

姚玉娟　电报哪儿来的航空？是加急。

丁少纯　对！加急！叫他回电也加急！

姚玉娟　这事没证实以前，咱们可得保密呀，不然一场虚惊，爸爸又得剋你！（下）

〔姚母挎着沉甸甸的大包袱从楼后走上。

姚　母　你放心吧，没事！哪能那么巧就掉在电机里。

丁少纯　可也是，倒霉的事哪能都让我摊上！（满怀希望地）但愿赵师傅明后天回一封电报，上面写着："钥匙在我这！"那我可就大解放了！

姚　母　我没锁门，你快上去吧。

丁少纯　你干啥去？

姚　母　（悄声）我现在就给"野味斋"送去，要不搁一宿该掉秤了。

〔姚母刚要走，季友良从左前方上。丁少纯一碰上季友良的目光，本想坚持着同他对视，但是几秒钟内丁少纯就坚持不住了，把眼光移向地面，外表的倔强掩饰不住内心的羞愧和对尖锐批评的等待。

姚　母　少纯！还不上楼睡觉去？病别再大发了！（对季友良解释）他病在半道上了，闹肚子，要不哪能耽误一天工。

丁少纯　（口气强硬地对季友良）我没病！你批评吧！骂吧！

姚　母　（生气地）你呀！（向大街走下）

季友良　（又看了丁少纯一会儿，坐下来，声音平和而又关切地）……你累了，早点睡吧，明天好上班。

丁少纯　（季友良的态度完全出乎他意料，怔了半晌，竟禁不住眼里闪出泪花，哽咽地）……友良！……告诉我，我用什么行动……才能弥补……这次旷工的错误？（用手背擦擦泪，急切地）是你替我顶的白班吧？我现在替你去上夜班！（要走）

季友良　丁师傅在替我上夜班。

丁少纯　爸爸在那儿？那我……我现在不敢见他！

季友良　来，坐一会儿。今天咱们组进度挺快，第一瓣定子下完线了，第二瓣定子也快完了。（丁少纯坐下，季友良摸摸丁少纯的衣服）你身上精湿，换换衣服吧。你的腿怎么变成泥猴了？

丁少纯 我陷到泥坑里了。

季友良 陷进去能拔出来就好，好好洗一洗，反倒更干净。

〔沉默。从工厂深处传来火车鸣笛和开走的声音。

季友良 少纯，你记不记得，咱俩在电机厂子弟小学念书的时候，每天放了学路过工厂大门口，咱俩都要站住看热闹……

丁少纯 （引起了幸福的记忆）挎个小书包，那时候真有趣……

季友良 看见那些大人夹着饭盒，走到门口一掏入厂证就大摇大摆地往里走，咱们真真羡慕死了……

丁少纯 是呀！里边那么多神秘的大厂房，可就是不让咱们进去看看……

季友良 你总是跟人家门卫笑嘻嘻地穷蘑菇："叔叔，让我进去看看呗！就看一眼还不行吗？行吧？"

丁少纯 那个大个子门卫老是绷着脸撵咱们："去去，一边玩去！"

季友良 那时候咱俩总盼着快点长大，好弄到一张入厂证，每天也夹着饭盒子，走到工厂大门口，也那么把入厂证一亮，大摇大摆地往里走……

丁少纯 可不！那时候连做梦都梦见过入厂证，那么个红皮的小本儿几乎就成了咱俩的全部理想。

季友良 （掏出自己的红皮入厂证，抚摸着）……现在咱俩的这个理想总算都实现了！……咱们刚领到这个的时候多高兴啊！我翻开一看：姓名——季友良，职别——下线工，相片上卡着大钢印……你记得吧？那天晚上咱俩偷着跑出去喝了一杯啤酒，碰杯的时候，你对我说："从今天起，社会上承认咱俩是个工人了！"……

丁少纯 你说："咱俩永远要对得起'下线工'这三个大字！"……

季友良　是呀！咱们应该时常回想回想那些心愿，那些理想，那些抱负……

〔沉默。

丁少纯　（霍地立起，激动地）走！到你家去！

季友良　干啥？

丁少纯　试验挂锡！干他一夜！（季友良没动）你困吗？

季友良　不行，我怕你累了。

丁少纯　（猛力摇摇两臂）你看你看！浑身都是劲！好友良，我求求你……

〔丁爷爷披着上衣从楼下屋里走出。

丁少纯　（悄声）不好！我爷爷来了！快走！（拉起季友良便走）

丁爷爷　柱子！（丁少纯躲在季友良身后不声不响地往楼后走）那不是柱子吗？

〔丁少纯拉着季友良急忙向楼后跑下。

丁爷爷　（站在院心里朝楼后面大声地嚷）小兔崽子！你往哪儿跑？你跑了和尚还能跑了庙？（挥着烟袋）我住在这儿不走了！叫你躲我！

——幕　落——

第三幕

◉**时 间**

前场的次日，星期二的晚上。

◉**地 点**

丁少纯的家里。

〔幕启：景同第一幕，但今天布置得比以前更漂亮些。屋里显眼的地方添了一架新买的三层格书架，上面稀疏地摆着半架旧书。桌子上添了一只插着紫丁香花的花瓶。

〔天已经黑了，窗外远处的工厂区灯火辉煌。

〔姚母正在忙着收拾屋子，地当央放着一只水桶，里面竖着一把地板拖布。大刘坐在床沿看书。

姚 母 （拿笤帚扫床，一直扫到大刘身边，大刘也不动）借借光！（大刘坐到桌边去）大刘，等玉娟回来我告诉她还不行吗？

大 刘 （自顾看书）我等她一会儿。

姚 母 （擦桌子，换新桌布，大刘坐在桌边又碍她的事）借借光！（大刘走到桌子另一面去靠桌子站着看书，她正好把桌布铺到大刘那面）还得借光！

大 刘 （才意识到自己碍事，站远些，打量着房间）姚大娘，你们今天要来个什么客人哪？

姚 母 我的二姑爷，中央的工程师。

大 刘 中央？

姚 母 讲的是一个月还，这还不到半个月就催，真不讲理！

大　刘　姚大娘，丁主任都把我批评了！（把书放回书架）

姚　母　他这是怕我们还不起呀，哼！

大　刘　那倒不是，主要是因为我往外借款不合制度。

〔姚玉娟抱一堆薄本的旧书从外面进来。

大　刘　小姚，介绍信我给你开了，（递过一张介绍信）明天你快去取了款把互助金还上吧，不然我还得挨批评。

姚玉娟　（为难地接过信）……怕是我……最近没有空……

大　刘　你们要是实在没时间，把存折交给我，我去替你取。（看姚玉娟抱来的书）咦？你拿这些小学课本干啥？

姚玉娟　从楼下找出来的，都是少纯从前读过的书。

大　刘　噢！我明白了，这是专为摆样子给客人看的。

姚玉娟　别那么挖苦人！就你爱看书？

大　刘　一言为定了！可别让我再坐蜡！（下）

姚　母　你公公这老东西真够缺德了！

姚玉娟　妈，你那儿攒下多少了？

姚　母　就剩八块钱了。越凑不上你越乱花，还买书架！

姚玉娟　我寻思屋里没个书架，二姐夫该见笑了。（发愁）妈，你原来那三十块钱呢？

姚　母　你是说修理鼓风机和卖卫生球的那笔钱？前几天都花了，谁叫你当时不要呢！也真倒霉！偏赶上卫生球也卖不出去了！

姚玉娟　你还想卖卫生球？我不是跟你说过不许再卖了吗？！

姚　母　想卖也没人买了！也不知道是怎么回事，这几天市面上一下子冒出来那么多卫生球，大小百货店都卖，还降价了呢，一斤才四毛八，要多少有多少，你说坑人不坑人！

姚玉娟　（解气地）该！谁叫你想钻空子呢！

姚　母　该就该！反正赔了挣了都是你们的钱！我能活几年？我图

个啥？（一想到卫生球又心疼地拍着腿）咳！四十多斤卫生球哇，这才卖了三斤半，你说多叫人心疼啊！

姚玉娟 你光知道心疼几个钱，可是你知道你办的这种事给我带来多少麻烦？少纯他爸爸今天还问过我这件事，我撒了谎！

〔停顿。

姚　母 我说娟哪，赵师傅要是回来电报说他那没有钥匙，你们打算怎么办？

姚玉娟 那就糟了，只有报告领导，拆开电机找呗！

姚　母 就不能是丢到别处了？

姚玉娟 根据少纯这两天的回忆，如果钥匙不在皮夹克兜里，那就肯定是他在还皮夹克之前，把钥匙掏出来揣在黑上衣兜里了。他穿上那黑上衣从家里直接跑到车间去下线，没往别处去，没掉在家里，那就肯定是掉在电机里了。

姚　母 那你也不能让少纯去自首！他要为这事受了处罚，得埋怨你一辈子！不是你催着他去打猎，他才忙三火四地出了错？不是你叫他打猎回来再找钥匙？……连我也得落埋怨！再说，也别想指望他再去打野鸭子还账了。他还能有心思去打猎？

姚玉娟 （叹息）唉！那也没法，谁叫摊上这种事呢！

姚　母 咱们瞒下不说，不是厂子里谁也检查不出来吗？

姚玉娟 （生气地）可是掉进了电站，发电机就要烧坏了呀！

姚　母 我听说烧坏的时候，里面的东西也就烧化了，查不出来是谁掉里的。

姚玉娟 那就欺骗国家？昧着良心让国家受损失？

姚　母 就你那么忠心保国！这么大的国家还在乎那么一点损失！

姚玉娟 （更加生气）哎呀！你怎么这样落后！

姚　母 我就落后！我一不工作，二不当干部，谁还能治我个罪？！

姚玉娟　我们可不能陪着你落后！

姚　母　（气呼呼地）你们嫌我，我就走！让你们——

〔正在这时丁少纯和季友良从外面走进来，他俩都戴着白线手套。

姚　母　（随机应变地）——让你们自个儿收拾！

丁少纯　怎么了？

姚　母　你看，我这刚铺块桌布又不遂她心了！（走到阳台上去）

丁少纯　（走到姚玉娟身旁小声问）电报来了没有？

姚玉娟　（摇摇头，低声）没有！（转大声）你们俩昨天夜里试验的挂锡送去鉴定了没有？

丁少纯　（窝火地）唉！别提了！

姚玉娟　怎么？还是不成？

丁少纯　（指季友良）你问他吧！

季友良　后半夜挂的那几个并头套割开一看——你猜怎么样？

姚玉娟　还有蜂窝？

季友良　（兴奋地）连针鼻儿大的空隙都没有！镜子面一样！接触得严密极了！

姚玉娟　（意外地高兴）那不成功了吗？

季友良　当然，成功了！

姚玉娟　太好了！祝贺你们！你们俩总算没白熬夜，没白费坏这四只手！（推推丁少纯）那你干吗还垂头丧气的？装相哪？

丁少纯　用不到生产上还不是空欢喜一场？吊车工不配合我们！

姚玉娟　怎么？

季友良　我们最后试验成功的这种挂锡方法，必须把下好线的定子翻几次身才行，可是开一百五十吨吊车的三个女吊车工都不敢干，怕翻身次数多碰坏了定子。

丁少纯 一个个芝麻大的胆儿，还开吊车呢，摇纺线车都不够格！

季友良 你不能这样说，人家的顾虑也有道理嘛。

丁少纯 啥道理？下完线的定子就不能吊了？最后不总得吊起来装火车吗？

季友良 那只不过吊一次，可咱们这要求吊很多次。

丁少纯 你方才不是也对少真说过吗：能保证吊一次碰不坏，就可以想法儿保证吊十次也碰不坏！

季友良 问题是人家还没有接受咱们这种看法，还需要对她们进一步宣传、鼓动、说服。

姚玉娟 少真也不敢干？

丁少纯 还有谁！我们俩说得满嘴冒沫了，可人家孩子吧嗒吧嗒地掉开眼泪了！

季友良 咱俩方才也太性急了，有几句话刺伤了她。

姚玉娟 （对季友良）你又把少真给得罪了吧？

丁少纯 （对季友良）你以后干脆别理她，这种小姐一点都不可爱！

姚玉娟 （责怪丁少纯）还有你这样当哥哥的！

丁少纯 咱没经验，当不好！——哎哟……

姚玉娟 手疼了吧？

丁少纯 今天一天也没觉着疼，可是三位吊车小姐一摇头，我立刻就觉着手疼了！（轻轻摘下一只手套，看着露出来的缠着绷带的手掌）哎哟……

季友良 （也看看自己的手）你别哎哟了——哎哟我也疼了！

姚玉娟 （心疼地）你们俩也真够呛，那么热的焊锡溅到手上！

丁少纯 （指季友良）都怪他，端着焊锡盒子打盹儿，我往里一蘸他一哆嗦，就溅出来了。

季友良　玉娟，你可一定要替我们保密到底呀！

丁少纯　（玩笑地）走漏一点风声咱俩就离婚！

姚玉娟　（一撇嘴）嗬！那么严重！

丁少纯　爸爸要知道了，挨批评事还小，非让我们俩歇班不可。

季友良　下面的工序都缺不了我们俩。

丁少纯　你看我们俩不起眼，可在我们组里还是“主要演员”呢！

姚玉娟　要信不着我你们就别找我给上药。

丁少纯　正因为需要你上药，才不得不向你泄密呢。

〔姚母从阳台上走进来。

季友良　（小声嘱咐姚玉娟）对你妈也别说！

姚　母　什么事你们嘀嘀咕咕的？

丁少纯　（偷着戴好手套，向姚母）你在阳台上站着干啥？

姚　母　没干啥。

季友良　我去找少真再单独谈谈，也许能有个新局面。

丁少纯　好吧，看你有多大本事！

〔季友良下。

姚　母　告诉你们，赵师傅已经打回来电报了。

姚玉娟　多咱来的？你怎么不早说？

姚　母　现在也不晚哪。

丁少纯　（提着个心，急切地）快给我看！（从姚母手里夺过电报，看一眼脸上立刻变色，手微微发颤）……完了！

姚玉娟　（念电报）“没有钥匙”！

丁少纯　（痛心疾首地）唉！打野鸭子！打野鸭子！打出这么大的事故来！我！我还算个什么团员哪！（转身便走）

姚　母　少纯！你干啥去？

丁少纯　我去报告！

姚　母　我说你再好好想想，能说一准是掉在电机里了吗？

丁少纯　肯定是掉在定子里了！

姚　母　还兴许是你从家往厂子去的时候掉在半路上了呢？

丁少纯　不可能！在路上我没弯过腰。

姚　母　也还兴许是掉在家里。

丁少纯　家里不是都找遍了吗？你们不是连当天的垃圾桶都翻过了吗？

姚　母　家里犄角旮旯的这么多地方，也备不住有翻不到的地方。你再挨排儿想想，那天你在家里都到过哪儿，都干过啥？

丁少纯　我哪儿也没去，就在这屋忙活了。

姚　母　（回忆着）……可是你还到厨房里去取过干粮呢……

丁少纯　厨房里不都找过了吗？

姚玉娟　找过了。

姚　母　（回忆着）……你一边吃干粮一边收拾东西……咦？我记着你收拾完东西，把吃掉在地上的一些干粮渣儿捡起来送到阳台上去了？

丁少纯　（忽然忆起）……啊！对，我是扔到鸡笼子里喂鸡了……

姚　母　玉娟，鸡笼子里你找过没有？

姚玉娟　没找过！

丁少纯　我去看看！手电筒呢？

〔姚玉娟急忙拿起手电筒同丁少纯两人跑到阳台上去，姚母站在门里向外望。阳台上传来鸡被惊扰的叫声，接着就传来丁少纯和姚玉娟的惊喜的呼声。

丁少纯　在这儿！

姚玉娟　哎呀！

〔丁少纯手里捏着钥匙跳进来，姚玉娟随即跟进。

丁少纯 （狂喜地）嘿——找到了！找到了！

姚　母 （责怪地）你看！

姚玉娟 （摸着胸窝）天哪！

丁少纯 钥匙呀我的钥匙！你怎么钻到鸡笼子里去了？你这个坏蛋，这么找你你也不答应一声！嘻嘻！

姚玉娟 还笑呢！

姚　母 钥匙先放我这儿吧，省得你老丢，吓人道怪的！（揣起钥匙）快收拾吧，你二姐夫快到了。

姚玉娟 （看表）呀！就要到了！少纯，你快去换上新料子服！

丁少纯 我不敢穿，爸爸正在火头上，他再看见我穿上新料子服，那更火上浇油了！

姚玉娟 爸爸方才陪爷爷到周书记家吃饭去了，妈说很晚才能回来呢。

丁少纯 是吗？那我今天晚上又可以躲过去了！今天白天我躲了他一天。快下班的时候，离老远我看见爸爸往下线组这边走来了，我连忙弯下腰藏到加热炉后头去，等他走了我才出来。

姚　母 啧啧！他还能吃了你？

丁少纯 反正危险。

姚玉娟 我看你还是趁早主动找爸爸认个错的好。

丁少纯 不，还是过两天好，等他消消火，才好说话。

姚玉娟 你快去换衣服吧。（推丁少纯往里屋走）

丁少纯 （往后挺着身子）他要万一回来得早呢？

姚玉娟 不能！（把丁少纯推进里屋去，朝里屋喊）梳梳头！（丁少纯应声）擦点油！（丁少纯应声）妈，你拿抹布把书架擦擦。（打量一下书架，书全放上了，可是没摆满，看着很不顺眼，于是，她把书集中摆在上面两格上，找出一块花布来钉在书架下面，挡住了下面空荡荡的那一格。她忽然看见姚母手里的抹布，抢过来看，惊讶）呀！你这是从哪儿拿的？

姚　母　从箱子里找出来的，咋的？

姚玉娟　（着急地）唉！这是少纯小时候系的红领巾！你怎么给当了抹布了？

姚　母　都那么大了，还留这玩意儿有啥用？

姚玉娟　人家这是留着作纪念的嘛！

姚　母　啧啧！

姚玉娟　少纯看见非生气不可，快藏起来，明天给他洗洗吧！

〔姚母把红领巾扔到床底下，姚玉娟又急忙从床底下把红领巾掏出来塞在褥子底下。丁少纯穿着新料子服走出来。

丁少纯　（美滋滋地）玉娟，看！

〔姚母拿笤帚为丁少纯扫身，姚玉娟为丁少纯整理衣服。

姚玉娟　穿这样衣服得精神点儿！（挺挺胸，做个示范动作）嗯！

丁少纯　一夜没睡觉，哪儿来的精神。（坐在椅子上）

姚玉娟　（惊叫）哎哎！椅子不擦你就坐！

丁少纯　那我还得罚站？

姚玉娟　（一时找不到抹布）坐床上去。穿这衣服不能得哪儿坐哪儿。

丁少纯　（坐在床上叹息一声）唉！（把一条腿搭在另一条腿上）

姚玉娟　（一回头看见丁少纯的姿势，又连忙跑去纠正）哎！不能搭着腿，这样把裤线该压没了！

丁少纯　（忍耐不住）得了！管我的人够多了！还让衣服也管着我？（要脱衣服）我受不了这罪！

姚玉娟　（按住他的手）你吵吵啥？不懂好赖话！

〔敲门声，丁少纯一听连忙往阳台上跑。

姚　母　进来！

〔邵永斌走进来。他穿一身普通的蓝布制服，挽起裤脚，戴一顶布帽子，斜挎一只草绿色的帆布挎包，上面系着一条湿毛巾，胳膊上搭着雨衣，风尘仆仆，很像一个常出门的采购员。

姚　母　（打量一下来人）你找谁？

邵永斌　您不认识我了？

姚　母　（仔细端详）哎哟！永斌！我真有点不敢认你了！玉娟！这就是你二姐夫！

姚玉娟　二姐夫！（同邵永斌握手，又回头叫）少纯！（丁少纯从阳台走进）介绍一下：这是二姐夫，这是少纯。

〔邵永斌热情地同丁少纯握手。

姚　母　（上下打量邵永斌）你这是……怎么……

邵永斌　怎么？

姚　母　（拿过照片夹镜）你看，你跟这相片上的简直成了两个人了！

邵永斌　（看照片，笑）噢，这还是我在国外照的呢。穿戴不一样，人还是一个人，您仔细看看，这鼻子、眼睛不都像我吗？

姚　母　我给你收拾饭去。娟，给你二姐夫倒水擦脸。

〔姚母和姚玉娟进里屋。

邵永斌　少纯，你是下线工吗？

丁少纯　（一直很不自然）是下线工。

邵永斌　这一台七万二千五，你参加了没有？

丁少纯　就是我们组下线。

邵永斌　啊！那太好了，我可以先通过你这条内线了解一些情况了！

丁少纯　你这次来是——

邵永斌 水电部派我来了解一下这台电机质量方面的情况。

〔姚玉娟端洗脸水出来。

邵永斌 玉娟，你很有眼力呀，选了一个重要人物。

姚玉娟 别拿我开心了二姐夫！他算什么重要人物，普通工人。

邵永斌 嗳，我们搞电站的可是非常景仰下线工，他们对电力事业有着举足轻重的作用呢！（解下挎包上的毛巾准备擦脸）

〔姚母从里屋探出头来。

姚　母 少纯，你去买两瓶啤酒。

邵永斌 别买，我不能喝酒。

姚　母 少喝点。（缩回头去）

〔丁少纯偷着对姚玉娟打手势，意思是他穿着料子服出去怕人看见，姚玉娟拿过雨衣给他披上，遮住了。

邵永斌 （擦着脸，向里屋那边努努嘴）怎么样？老人家的思想还像以前那样吗？

姚玉娟 （笑笑）我妈年纪大了，有些旧意识。

邵永斌 （笑）前几年我在国外，老人家住在我们那里，听说和你二姐经常吵嘴。

〔丁少纯走到门口又站住听。

姚玉娟 到现在我妈还生二姐的气呢，究竟为什么？

邵永斌 多半都是因为孩子。我们那个小生生原来是个很讨人喜欢的小家伙，可是跟姥姥在一起刚住了半年就变坏了。整天跟大人要钱买零食吃，不给就躺地下打着滚儿哭，你二姐不给，可是姥姥偷着给。有一次小家伙还对你二姐说出这样的话：“妈妈！你不给我钱花，等我长大了不养活你！”

姚玉娟 一个孩子怎么会说这样的话？

邵永斌 这还用问吗？当然是姥姥教的。有时候大人问他：“生生，你长大了干什么呀？”一般两三岁的男孩多半都喜欢说这一类的吧：开汽车呀，开飞机呀，当解放军哪……可是你猜我们那个怎么说？“我长大了当大官！”你问他为什么要当大官，他说：“当大官能管人，还能多挣钱。”你们听听！还不足一米高的小东西就这样坏，多气人！

姚玉娟 唉！我妈也真不像话，啥话都教给孩子！

邵永斌 就为这一类的事母女俩总是合不来。

姚玉娟 现在孩子怎么样了？

邵永斌 自从姥姥住到大姐家去以后，你二姐配合幼儿园费了很多功夫才算把小家伙改造过来了。你们以后有了孩子，和姥姥住在一起可是要注意这个问题哟！小孩子就像一张白纸，染上个什么色就是个什么色。

丁少纯 （感到惭愧，慨叹一声）唉！……（发现邵永斌用诧异的眼神看他，更不好意思了，急忙走出去）

〔姚母从里屋出来。

姚　母 永斌，这几年你没摊上啥事呀？

邵永斌 您是指的什么？

姚　母 不是常有犯错误的啦，下放的啦？

邵永斌 （哈哈大笑）下放过，可是还没犯过错误。

姚　母 还在中央？

邵永斌 在水电部。

姚　母 还当工程师？

邵永斌 副工程师。

姚　母 （这才放心）啊，这就好！你怎么不顺便把生生带来住几天？我昨晚上还梦见生生伸着小手朝我要蛋糕吃！（擦泪）

邵永斌 生生上幼儿园了，带出来要耽误学习。

姚　母　送幼儿园里去了？那孩子身子骨弱，你们不能让他跟别人的孩子一样吃大锅饭！

邵永斌　您放心吧！现在生生吃得可胖呢！

姚　母　你们哪，都不知道疼孩子，生生跟着你们算享不着福！

邵永斌　（为难地笑）唉！真是不容易跟您说清楚啊！

〔丁海宽和丁母上。

丁　母　客人到了？

姚　母　到了！永斌，这是玉娟的公公、婆婆。

丁海宽　你就是水电部来的邵工程师吧？刚才厂长告诉我说你要找我谈谈七万二千五的情况，原来咱们还是亲戚！

邵永斌　（怔了半晌，惊喜地叫起来）……原来是丁师傅！您不认识我了？

丁海宽　（仔细看邵永斌，不敢认）……咱们见过面？

邵永斌　您不记得了？在“大连电气”，我是季师傅的徒弟，“小榔头”！

丁海宽　（这才想起来）啊——呀！是“小榔头”！你那咱还够不着虎钳子哪，站在木箱子上打扁铲……

邵永斌　对呀！对呀！我还跟您学过打扁铲呢！有一次我把手打破了，我掉眼泪，您说，“榔头碰榔头，你疼它也疼，别哭了！”把我又给逗笑了！

丁海宽　你后来不是——

邵永斌　四七年领导送我上了工农速成中学，上学以前，季师傅还领着我到您家里去吃过饭呢。（对丁母）师娘！您给炖的黄花鱼，我吃了六大碗米饭，您忘了？

丁　母　（乐得一拍手）咳！我也想起来了！

邵永斌　（对丁海宽）那一天您嘱咐我说：“以后不论念多少书，不论做啥工作，不论走到哪儿，都别忘了你是个‘小榔头’！”

丁海宽　看样子你还没忘！

姚　母　多巧哇！咱们这是亲上加亲了！

邵永斌　听说我师傅去世了？

丁海宽　是呀！你师娘就在前楼住。他们有个好儿子，你还记着小良子吧？现在是下线组长。

邵永斌　一会儿我去看望他们！

丁海宽　你还没到过我们的工厂吧？（指窗外的灯光）看！这一大片，原来都是荒地，主厂房那边，解放前是个赌钱的赛马场，才十年光景，咱就把它变成这样啦！

〔丁少纯提两瓶啤酒闯进来，一见父亲在屋，回身就走，可是邵永斌看见了他。

邵永斌　少纯！

〔丁少纯进退不得，只好站住。

邵永斌　（亲热地）少纯！原来你就是脖子后留着一撮毛的那个小家伙呀！是他吧丁师傅？拿个小弹弓打家雀……

丁海宽　人家早就不拿弹弓打家雀了，现在是双筒猎枪打野鸭子，打得可欢呢，昨天都忘了上班！

姚　母　我说亲家！你就少说两句吧！

丁海宽　（对邵永斌）对，这方面的情况你岳母比我清楚，让她对你说吧。

邵永斌　（笑着小声问丁少纯）怎么了少纯？丁师傅生你气了？打猎耽误工作了？（丁少纯悄悄点了点头）外边下雨了吗？（看看窗外，奇怪地）晴天嘛，你披着雨衣干什么？脱了吧，瞧你都出汗了。（好心好意地替丁少纯揭下来披着的雨衣，露出来笔挺的料子服）

〔丁海宽坐在一旁默默地看着丁少纯，丁少纯觉得浑身不自在，不时地溜父亲一眼。邵永斌望望这个，望望那个，莫名其妙。

邵永斌 （想解除丁少纯的窘态）少纯，这边坐吧。

丁少纯 行，我站一会儿。

丁海宽 永斌，你出门怎么不穿料子服哇？

邵永斌 穿戴随便一点下车间方便。

丁海宽 可是你知道吗？我们这儿有的人专门注重外表，穿戴不好人家会笑话你！

邵永斌 （笑）是吗？哈哈！

丁海宽 永斌，你的料子服也是借钱买的吗？

邵永斌 借钱买的？不是呀，怎么？

丁海宽 你不知道，我们这儿有一种特别爱打扮的人，自己的钱不够就借钱打扮。你们该吃饭了，回头再唠。

姚　母 走，咱们吃饭去。

邵永斌 一起来吃吧。

丁海宽 不，我们刚吃完。（推邵永斌）快去吧。

〔邵永斌进里屋。

姚　母 （接过丁少纯手里的啤酒）走，陪客去！

丁少纯 你先去吧！

〔姚母和姚玉娟无可奈何地进里屋。场上的父亲、母亲和儿子开始沉默起来。丁海宽坐在椅子上，顺手拿过一本书来看，丁少纯低头站在原地，一只手无目的地摆弄着纽扣，丁母一会儿望望儿子，一会儿又望望丈夫，寻找着打破僵局的话语。

丁　母 海宽，少纯打今天早上就想找你认个错儿。（沉默）少纯，该说啥你倒快说呀！傻站着！

丁少纯　……

丁　母　（走近丁少纯，小声地）你哑巴了？

丁少纯　（嗫嚅地）……爸爸！你……别生气了，我，我错了！

丁　母　（观察着丈夫的反应，但见他只顾看书，就又故意说儿子给丈夫听）听你那嘤嘤嘤嘤的小声，像个蚊子！八成你爸爸都没听见。（本来希望儿子再大声说几句，遗憾的是丁少纯又继续摸他的纽扣。她只好自己对丈夫说）少纯说，你别生气了，他做错事了，以后改……

丁海宽　（对丁母）添枝加叶的！你改呀？

丁少纯　（声音大了些）爸爸！我一定改！

〔丁爷爷和丁少真进来。

丁爷爷　（一眼看见丁少纯）啊哈！这回我看你还往哪儿跑！你小子打野鸭子不上班，还跟你爷爷藏猫玩儿！（注意衣服）啊！这就是那一百四十八呀？你真敢花钱哪！你还借钱摆阔气！……海宽！你给我揍他个一百四十八的！

〔姚玉娟悄悄走出来听声。

丁　母　少真，让你爷爷坐下。

〔丁少真搬过椅子，让丁爷爷坐下。

丁爷爷　怪不得把你相片从金榜上取下来了，你这心里长了草了，还能好好干活吗？

丁海宽　人家相片又挂起来了，比原来的那个大得多！

丁　母　挂在哪儿了？

丁海宽　你快到大街上看看去吧，挂在照相馆门口了，二尺多长！

丁爷爷　啊！换了地方了？你真出息呀柱子！放着金榜你不待，你去给照相馆当幌子！

丁海宽　不但地方换了，模样儿也换了：头发抿得贼亮，还有好儿道弯儿！还斜扭着身子！还，还歪着个脖儿！

丁爷爷 你把脖子给他直过来！

丁海宽 还咧着个嘴儿！还戴着个眼镜框儿！

〔姚母和邵永斌闻声走出。

姚　母 哟！亲家，这还完不了啦？年轻人穿得漂亮点怕啥呀？

丁海宽 穿得漂亮倒没啥，我怕的是衣裳里头的这个人越来越不漂亮了，就像你们从前卖的那种唬人的鲜货包一样，光在包装上下功夫，里面装的净是有虫眼的烂梨！

邵永斌 （恳切地）是呀少纯！丁师傅说得很有道理！如果一个人在吃喝穿戴上用的心思过多，就容易影响革命的事业心，容易变得眼光短浅。

姚　母 说这话我可不赞成！讲的不是新社会幸福生活吗？

丁爷爷 （生气地）那么你说现在这是啥生活？我孙子刚一娶媳妇就住上这大楼！有吃有穿，有单有棉！你说这叫啥生活？！我像他这么大正披着麻袋片！别说住大楼，连见都没见过！你说这叫啥生活？！

丁海宽 亲家母！你心里的"幸福生活"不过就是穿一套毛料子，吃几块鸭子肉，我们求的可比这个大得多呀！

姚　母 （希望得到邵永斌的同情）哟！我这不过是随便说说，你看这倒好像我怎么样了似的！

邵永斌 （爽朗地笑）您随便说说，别人也是随便说说嘛！

姚　母 那我说的有啥不对呀？本来嘛，幸福生活就是吃点喝点呗！

邵永斌 （打趣地扶着姚母）那您还是进里屋去吃点喝点吧，他们丁家的事您就少操点心！

姚　母 （边往里屋走边说）我这还没说啥，我要说了啥倒也行……

〔邵永斌回过头来向场上的人们会意地笑笑，那意思好像是说："瞧这老太太多难办！"他扶着姚母进里屋去了。

姚玉娟 爸爸！我妈思想很落后，您别跟她一般见识。

丁海宽 我倒不会跟她一般见识，我是怕你和少纯的见识慢慢变得跟你母亲差不多了！告诉我：你们是有存款吗？

姚玉娟 （和丁少纯相视一下）是有，爸爸！

丁海宽 那为什么今天没还人家呢？

姚玉娟 今天……没抽出时间来……

丁海宽 要是没有存款，就对我说实话。

丁爷爷 （对丁海宽）怎么？你想替他们还？不行！有没有也让他们自个儿还！我可告诉你海宽：你要给还了咱俩就没完！

丁海宽 爹，咱们走吧，他们该吃饭了。

丁　母 玉娟，少纯，快吃饭去吧。

〔丁海宽和丁母送丁爷爷往外走。

丁爷爷 （经过丁少纯身边时，指指丁少纯油光的头发）看你那脑袋，像牛犊子舐的！

〔丁海宽、丁母和丁爷爷下。

丁少真 （笑着逗丁少纯）嘻嘻！哥哥，你这个神枪手今天怎么"贴壳"了？

丁少纯 去你的！幸灾乐祸！

丁少真 （得意扬扬地唱起《红色娘子军》插曲，甩动着胳膊从丁少纯眼前走过）向前进，向前进，战士的责任重，妇女的冤仇深……（下）

丁少纯 （脱料子服，冲着姚玉娟发火）我说不穿你偏叫穿！我说不照你偏叫照！（把脱下的料子上衣摔在椅子上）

姚玉娟 这个照相馆也真成问题！没经本人许可他有什么权利随便

给往外挂？

丁少纯　去向照相馆提抗议！严重抗议！

〔丁海宽转回。

丁海宽　你这是发什么邪火？向照相馆提抗议？还得向卖料子服的商店提抗议？还得向野鸭子提抗议？真是小孩子摔跟头怪地板！应该向你们自己的思想提提抗议！问题不在于你们穿什么，照什么，问题在于你们想什么，追求什么，你们的奋斗目标是什么！（顺手拾起椅子上的料子上衣）毛料子是好东西，从前的劳动人民连想都不敢想它，现在你们不但敢想它，还有很多人能够穿上它，这是革命和建设带来的成果，是好事情！（把料子上衣随手挂在椅子靠背上）我们总有一天，能让全中国和全世界的劳动人民，都穿上最好的衣裳！可是现在，孩子！世界上还有成千上万的人连最坏的衣裳都穿不上！要是你们光想着自己的料子服，光惦着多打几只野鸭子，光追求个人的物质享受，那你们就会忘记开电门，忘记上班，忘记我们正在奋发图强的国家，忘记世界革命！

——**幕　落**——

第四幕

◉**时 间**

前幕四天后，第三个星期六的早晨。

◉**地 点**

丁海宽的家。

〔幕启，屋子的格局和丁少纯的屋子一样。正面的门通阳台，从阳台出去就是院子。但是屋里的陈设和丁少纯的屋子大不相同，显得简单、适用、朴素。两张木床并在一起像一铺小炕，两只木箱叠在一起，上面摆着座钟、茶杯之类的实用物品，有一张三屉办公桌，上面有收音机、电话和一些书，墙上挂着报纸夹子。

〔清晨，太阳刚冒红。窗外树上的麻雀喳喳地叫。

〔丁母腰间系着围裙，在打电话。

丁　母　（打电话）……喂，十车间吗？我问一下？老丁他们什么时候能回来吃早饭呢？……噢，就要回来了？

〔丁少真乐颠颠地从院子跑进来。

丁　母　（没看见丁少真，继续打电话）那挂锡挂得怎么样啊？……啊？

丁少真　（夺下母亲手里的传话器放在电话机上）失败了！

丁　母　（焦急地）失败了？

丁少真　（憋不住笑）嘻嘻嘻嘻……

丁　母　不能！要是失败你早就抹眼泪了。（关切地）到底怎么样？

丁少真　（又蹦又跳地）哈哈！告诉你吧，妈！完全成功啦！总工艺师说，这是一项很有价值的工艺革新，能大大延长电机的寿命！嘻嘻……厂长说，用这种挂锡方法焊接并头套，多、快、好、省四个字占全了！嘻嘻……

丁　母　看你这一顿嘻嘻！

丁少真　别说我呀，就连我爸爸都乐得合不上嘴了！嘻嘻嘻……

丁　母　是你给开的吊车？

丁少真　当然是我！友良在下面指挥，我紧张得都不敢喘气，两只眼睛就这样瞪着往底下看……都不敢眨一下！

丁　母　那你前两天还不敢干！（掏出五分钱放在盛电话费的小木箱里）友良说你几句你还跟人家要小脸子！

丁少真　（来了气）可是他那话说得多伤人哪！他说："你还是个共青团员呢，好好想想吧！"你听，多叫人受不了哇！

丁　母　那你就好几天不理人家？

丁少真　他瞧不起我，我就不理他！

〔季友良和丁少纯谈着话从阳台的门走进来。

丁少纯　（笑嘻嘻地）……可不，我拿手电筒往鸡笼子里一照，嘿！差点儿没把我乐死！

季友良　（生气地）找到了你也该打，多马虎哇！

丁　母　友良，一会儿在我们这儿吃早饭，我擀的面条，给你们庆庆功！

季友良　嘿嘿！主要是少真的功劳。

丁少真　别讽刺人吧！（绷着脸从阳台门走出去）

丁　母　（对季友良指点着丁少真的背影）看这个小脸子！你别跟她一般见识。

季友良　（笑着）没关系，我脸儿大。

〔丁母走进里屋。

丁少纯　真是，我犯了一连串儿的错误。

季友良　（严肃地）第一，你工作时间就不该惦着打野鸭子，不该跑家来取猎枪、换衣服！第二，下线的时候你还忘了检查衣兜，这多危险哪！第三，发现钥匙丢了你怎么能够不当时找？第四，结果你打猎还回来晚了，这更严重！第五，回来以后你还不把真实情况向领导报告！

丁少纯　（憨笑）嘿嘿，分析起来是挺严重！

季友良　（越想越气）你这个家伙，我真应该狠狠地揍你一顿！太不像话了！

丁少纯　是该打！（送过脊背）请吧！

季友良　没那么简单的！下次你得在共青团组织生活会上进行检查！

丁少纯　行！检查检查也好，你帮助我准备准备。不过，现在你总该祝贺我呀：第一，我找到了钥匙；第二，咱们的挂锡成功了！

〔丁少真笑着跑进来。

丁少真　站好！爷爷要给咱们发奖！

〔丁爷爷从阳台门走进。

丁少真　立正！（季友良、丁少纯、丁少真排成一行）敬礼！

〔丁少真举手过头，致少先队礼，季友良和丁少纯也嬉笑着学丁少真举手过头。

丁爷爷　（满脸堆笑）呵呵！（亮出来手里拿的三串糖葫芦）一人一串儿！（把糖葫芦分给三个青年）

〔季友良拉丁少真到一旁笑着小声说什么，丁少真开始仍想矜持，但是没说几句话，她终于憋不住笑了。

丁少纯　（吃着糖葫芦，笑嘻嘻地）爷爷，你不骂我了？

丁爷爷 （喜爱地）这小子！周县委说你们这个发明挺值钱，嘿嘿！我寻思你光会照那歪脖子相片呢，还真有两下子，嘿嘿！

丁少纯 （装作生气）爷爷！人家那相片都摘下来了，你还说！

丁爷爷 好，不说了。

丁少纯 爷爷，你知道不？我们给你修理的那台电机一共才花七块四毛钱！

丁爷爷 （更高兴）是吗？才七块四？哎呀！那我明天还得赏给你们一人一串糖葫芦！

〔正当屋里的老少四人哈哈大笑之际，大刘出现在门口，闪光灯一亮，他给拍了照。

季友良／丁少纯／丁少真 你干啥，大刘？

大　刘 （得意地）抢了一个精彩镜头！（掏出本子和钢笔，坐下）来吧，三位革新能手，谈谈你们的创造经过、先进思想和感想，今天的黑板报和广播都等着我这篇报道呢！

季友良／丁少纯／丁少真 （互相交换了眼神，然后纷纷说）再见吧，大刘！

〔季友良拉着丁少真向院子跑下，丁少纯跑进里屋去。

大　刘 （着急地）喂喂！你们别跑哇！小季！小丁！（推里屋门推不开）小丁，你开开！你听我说……

丁少纯 （在里屋喊）你快走吧！

大　刘 小丁！这你可不严肃了啊！我这是受厂部和工会两方面的委托！小丁！（推不开门，回过头来向丁爷爷求援）丁爷爷，您帮我说说他。

丁爷爷 （笑）我不管你们的事。（向院里走下）

〔姚母和姚玉娟从通走廊的门进来。

大　刘 （奔向姚玉娟）小姚，我正好也要找你，你怎么还不把互助金还上呢？丁主任天天催我。

姚　母　（不高兴地拉长音）你放心，明后天准还你！你怎么老是信不着人呢？

大　刘　（有点不好意思了）不是，你看这件事弄得我……好吧，明后天，可别再拖了！我得去追小季他们。（向院子走下）

姚玉娟　（着急地）妈！怎么办呢？再过五天才能发工资，我看你还是先跟我三姨父去借借。

姚　母　还借呢，你三姨父为咱们的事都沾包了！

姚玉娟　怎么了？

姚　母　少纯给“野味斋”修理鼓风机，你三姨父不是支给我二十块钱吗？这回他们上边查账给查出来了，说是找私人修理不能报账，还怀疑你三姨父在这里头有私弊，听说正在调查呢！

姚玉娟　（生气地）都怪你！都怪你！谁叫你要人钱来？我告诉你还给人家你又不还！

姚　母　谁知道有这么多的麻烦事呢！咱们得赶紧张罗钱堵上这个窟窿，不能叫你三姨父替咱们赔上啊！

姚玉娟　互助金这笔债还没着落呢，哪有那么多的钱哪？

姚　母　没别的办法，就得指望少纯去打野鸭子了！正好他今天和明天歇两天班，让他出去好好打两天，打好了这些亏空都能补上。

姚玉娟　可是他对我说过，从今以后绝对不许再卖野鸭子了。

姚　母　我有法劝他……

〔丁少纯从里屋探出头来，见大刘已走，他出来。

姚　母　少纯，刚才大刘又催着要钱，你趁着今天和明天歇班，快去再打两天吧，啊？

丁少纯　不行！卖野鸭子这事我越想越不对！不像话！

姚　母　可是借人家的钱总得还吧？

丁少纯 开了工资再还。

姚　母 人家不等你开了工资就要！再说拿你们俩的工资补上这笔亏空，下个月咱们拿啥过日子呀？

丁少纯 （矛盾地）实在没法，我就得把实情对我爸爸说了，再生气他也能替咱们还上！

姚玉娟 （惊慌）少纯！无论如何也不能对爸爸说！借钱买衣服的事他还那样大发雷霆呢，要再知道咱们卖过野鸭子，那，那还了得吗？

丁少纯 要不把那套料子服送寄卖店卖了去？

姚　母 那得赔钱卖，咱可不干！

丁少纯 要不就把猎枪卖了！

姚　母 呀！傻孩子！那是老本呀，全靠着那两个枪眼往外冒钱呢！杀了母鸡指着啥吃鸡蛋哪？

姚玉娟 （不耐烦地制止姚母）哎呀！你别说这些了！（对丁少纯）问题是卖啥也不会马上就卖掉，远水不解近渴呀！

丁少纯 （苦思良久）……唉！实在没办法，那我就只好再干一次了！

姚　母 咳！什么一次两次的，快走吧！

〔丁少纯、姚母、姚玉娟三人从通走廊的门出去。少顷，丁海宽、季友良和邵永斌从通阳台的门走进。

季友良 （边走边说）少纯本来不想说的，可是他今天心里一高兴就憋不住了。

邵永斌 咳！你看少纯这个人有多马虎！幸亏是掉在鸡笼子里了，要不然……

丁海宽 （一直在紧张地思索着）友良！你看见他找到的那把钥匙了没有？

季友良 我看见了，他现在也把钥匙拴在裤腰带上了。

丁海宽 永斌！我怎么觉得这事有点可疑呀？

邵永斌 （一惊）噢？

季友良 怎么？

〔丁少真从通阳台的门走进。

丁海宽 少真！到楼上去叫你哥哥马上下来，说我找他有要紧事！

〔丁少真应声走下。

邵永斌 （迫不及待地）丁师傅！您想到什么了？

丁海宽 咱们来分析分析看：他扔干粮渣儿喂鸡又不用大弯腰，钥匙怎么能从衣兜里掉出来呢？

邵永斌 哦！

丁海宽 再说，就算真的掉进鸡笼子里，玉娟她妈天天喂鸡能看不见吗？怎么会在三天以后才发现呢？

季友良 是呀！（又一转念）可是，钥匙是少纯亲手从鸡笼子里找到的……

丁海宽 你没问问他找到钥匙以后，见没见过他岳母身上带的那把钥匙？

季友良 我没问……

邵永斌 （紧张地）噢？他们有两把钥匙？那可要查清楚！

季友良 你们是怕姚大娘在这里面……不会吧？她为啥要闹这个鬼呢？

丁海宽 友良！自私心理能叫人办出各种坏事来！

邵永斌 （紧张地思索着）对呀丁师傅！您的怀疑很有根据！这个问题关系重大，我得马上去找老太太问清楚！（欲走）

丁海宽 （拉住邵永斌）你先别急，有问题你岳母也不会实说，等先问问少纯再说。

〔丁母从里屋出来。

丁　母　你们都回来了，吃饭吧？

丁海宽　等一等。

〔丁少真上。

丁少真　（神色紧张地）爸爸！他们锁着门，我一敲，姚大娘出来了，她迎着我面顺手带上了门，没让我进去，说我哥哥到一个工友家串门去了，可是我听见屋里有摆弄猎枪的声音！

丁　母　啊？那少纯是在屋？

邵永斌　这个老太太！她又在要什么花样啊？

丁海宽　少纯可能又要去打猎！少真！你望着点楼梯，看他下不下来！

〔丁少真把通走廊的门开一条缝儿，站在门里向外看。

丁　母　他一宿没睡觉，不能出去打猎吧？

丁海宽　我怀疑他们是打野鸭子卖钱！

众　人　（同吃一惊）啊？卖野鸭子？

丁　母　你怎么想到这上了？

丁海宽　这两天我就有点疑心，方才楼上的杨技术员跟我说了个情况，我就更觉得可疑了。

丁　母　杨技术员说啥？

丁海宽　他说：星期一的晚上他到"野味斋"饭店去吃饭，看见老姚太太挎着一个沉甸甸的大包袱进"野味斋"后屋去了，出来的时候，手里就光拿着个包袱皮。

丁　母　呀！可不正是星期一的晚上少纯打猎回来的！

季友良　对！那天晚上少纯回来以后，我亲眼看见她挎个大包袱往外走。

丁海宽　还有几个可疑的地方：一个是，按照他们那种大手大脚的花钱法，我估计他们每个月的工资攒不下，哪儿来的钱买料子服？就算她卖卫生球也卖不了几个钱吧？

邵永斌 怎么？她还卖卫生球？

丁海宽 也是别人反映的情况，她自己不承认。

丁 母 说是还有七十元存款，我也觉着纳闷儿！

丁海宽 有存款为什么玉娟老是拖延着不还借款？这也是一个可疑的地方。我看很可能是原指望打野鸭子卖下钱来还借款，现在让我催得他们措手不及了！

丁 母 （向邵永斌）卖野鸭子这种事你丈母娘倒是能干得出来！

邵永斌 咳！这个老太太真成问题！可是少纯和玉娟怎么能够允许她干这种事呢？

丁 母 我看，准是你丈母娘背着他们干的，起码少纯不能知道！

丁海宽 看吧，少纯今天要是连觉都不睡就出去打猎，那就证明他知道！是因为着急还借款！

丁 母 不能！

丁海宽 他要真是打野鸭子卖钱，这可不是小事呀！一个工人，通过邪门歪道去弄钱，那就是一种堕落！

邵永斌 是呀！不靠工资过生活那还叫什么工人哪！

丁 母 我说他今天不能出去打猎。

丁少真 （一直从门缝往外看，突然惊恐地宣布）哥哥下楼来了！背着猎枪！

丁 母 （震惊）啊？！（急奔向通走廊的门，猛力敞开门，痛心地）……少纯！……

〔屋里的五个人一齐把目光射向大敞开的门外，长时间的哑场。丁母和丁少真站在门旁，丁海宽坐在右窗前和门口遥遥相对的椅子上，邵永斌和季友良站在他身边，谁也没有动。

僵持了一阵之后，手提着猎枪、全副猎装的丁少纯缓步走进门来，垂下了头。

丁　母　（痛心地）……少纯！你们真的卖野鸭子？

丁少纯　……

丁　母　你，你不知道吧？

丁少纯　（低着头，声音微弱）我知道！

丁少真　（气愤地）真可耻！

丁海宽　（表情激动得良久说不出话来）……孩子啊，我的孩子！（愈说愈激烈，说到后面竟禁不住猛烈地一掌击在桌子上）难道你真的忘了你是个什么人吗？！（控制一下激烈的态度，转为深沉有力的声音）……你的祖父，是个老雇农，你的父亲，是个老工人，是个共产党员！你，是系着红领巾、戴着共青团团徽长大的！你是工人阶级的一个成员啊！

丁少纯　（掩面哭泣，猎枪倒地）爸爸！……

丁　母　你怎么这样傻？就那么听你丈母娘的话？

丁少纯　我原来也觉得卖野鸭子不大好，可是我经不住生活上的引诱，为了那套料子服我就动摇了。她们说卖野鸭子不算投机倒把，我也就用这个来安慰自己了！

丁海宽　难道你仅仅能够做一个不犯法的人吗？！为了一套料子服，你就去卖野鸭子，要再发展下去，为了一件皮大衣，你就会用另外的话来安慰自己，你就可能去投机倒把！卖野鸭子，你卖来卖去就会把工人阶级的思想感情统统卖掉！

丁少纯　（痛哭失声，扑在父亲的怀里）爸爸！我太糊涂了！

邵永斌　少纯！你从鸡笼子里找到的那一把钥匙现在带着没有？

丁少纯　（不解地）带着。

丁海宽　给我看看。

〔丁少纯掏出拴在裤带上的钥匙，丁海宽和邵永斌看了看。

丁海宽 你岳母现在还有钥匙吗？

丁少纯 她还有一把。

邵永斌 你找到这把钥匙之后，看见过她那儿还有钥匙？

丁少纯 （想了想）这几天我没看见……

丁海宽 你马上想法儿看看她那把钥匙还有没有！

邵永斌 我喊她下来！（急忙走上阳台，向楼上喊）玉娟！玉娟！（姚玉娟在楼上应声）你叫妈妈下来一趟，有点事！（转回屋里来）

丁少纯 （惊讶）爸爸！你们不相信我？

丁海宽 不！我们是对你岳母不大放心！我们怕这一把就是你岳母的那一把！

丁少纯 （睁大眼睛想）不！她怎么能那样坏？不可能！

邵永斌 （急切地）少纯！你不要像小生生那样天真嘛！万一可能呢？这关系到这一台大电机的安全问题呀！

丁海宽 你一定要想法儿看一看！

丁少真 （从门缝里往外看）她来了！

丁海宽 （嘱咐丁少纯）你不要慌张，和和气气地跟她说清要看钥匙的理由。

〔姚母和姚玉娟从通走廊的门走进来，她们一看屋里的局面怔住了。

姚　母 （强作笑容地）少纯哪，你怎么到这儿来了？

丁少纯 我忽然想起一件事来：这把钥匙会不会是你喂鸡的时候掉进鸡笼子里的呀？

姚　母 瞎扯！我的一直拴在裤腰带上，怎么能掉呢？

丁少纯 我看看你的。

姚　母　看啥！（支吾）你不是要去打猎吗？快走吧！（回身欲走）

丁少纯　（起疑）不！我要看看！

姚　母　（拉出钥匙绳来一晃）这不是在这儿！你快走吧！

丁少纯　（一把拉住姚母刚要揣起的钥匙，一看，大惊失色）啊？！你这是后配的！

姚　母　（用力往回挣钥匙绳）什么后配的？还是原来那一把！

丁少纯　你胡说！（用力一挣，把钥匙绳从中间挣断，拿着两把钥匙给大家看）原来的钥匙上面有压的字，她这一把是光板儿！（怒不可遏地指着姚母）你！你怎么能干出这样缺德的事情？！

姚　母　（理屈词不穷）啊？！你敢骂我！

丁少纯　（捶胸顿足地）爸爸！我受骗了！快拆开电机找吧！

丁海宽　友良！给车间挂电话，马上拆开找！

〔季友良挂电话。

邵永斌　（愤愤地对姚母）您哪！您哪！

姚玉娟　（哇的一声哭出来）妈呀！你怎么能这样啊！

姚　母　（奔走在人们中间，急切地大声剖白）你说我一个老婆子明白个啥呀？我寻思钥匙丢了就配一把呗！谁知道……

丁少真　（因姚母的吵嚷妨碍季友良打电话，大声喝止）静一静！

季友良　（打电话）……桂兰！你马上查一查下线记录，上星期六那天下的最末的一批线圈，少纯下的都是第几号槽，把那几个槽的线圈拆下来找一找，看看有没有一把铜钥匙！你们马上动手，我就去！

丁少纯　（遇见意外的救星）怎么，还有记录？！（从通阳台的门飞奔出去）

姚　母　（奔向丁海宽剖白）亲家！你说我一个老婆子明白个啥呀？啊？……

〔丁海宽顾不得理她，同季友良、丁少真纷纷奔下。

姚　母　（奔向邵永斌争取同情）永斌你说，他骂我缺德。

邵永斌　唉！我对您说什么好呢？说句老实话，您办的这种事情实在是……不好啊！回头再谈吧，我也要到车间去看看。（奔下）

姚　母　（又奔向丁母）亲家母！你说我配一把钥匙缺啥德呀？

姚玉娟　（气极）你还有啥可说的？！

姚　母　好哇！你们都搁不了我！我走！我走！（欲哭无泪地从通走廊的门奔出去）

〔场上只剩下婆媳二人。

丁　母　玉娟哪玉娟！你们这是办了些啥事呀？！

姚玉娟　（扑在丁母的怀里痛哭）妈！我错了！……

丁　母　你们真糊涂啊！

姚玉娟　（呜咽）少纯是个……好青年，都怪我……影响了他！

丁　母　你就是太信你妈的话了！你没想想，你是个有工作的，怎么能跟你妈没个界限呢？不瞒你说，当初我不大赞成你们的婚事，觉着你有点浮，不踏实。可是你爸爸说，你也是新社会里长大的，人也聪明懂事，年轻人，有点毛病好改。

姚玉娟　（哭声更恸）我对不起爸爸！辜负了爸爸对我的信任！

丁　母　谁也备不住有个错处，知过必改就好了。

姚玉娟　少纯不能原谅我！他……不会再爱我了！

丁　母　（爱抚地）孩子，别这样想！

〔姚母挎着一个包袱，从通走廊的门走进。

丁　母　亲家母！你这是要干啥？

姚　母　下屯！回我大姑娘家去！

丁　母　你不是过不惯屯下的生活吗？

姚　母　过不惯也得过！谁叫我命苦来！（擦泪）

姚玉娟　我们给你气受了？

姚　母　还想给我啥气受？为这么点的小事你们就对我鼻子不是鼻子脸不是脸的！你女婿还骂我缺德！我缺什么德了？

姚玉娟　你就不想想你的不是？这叫小事？

姚　母　（横不说理）我配把钥匙犯法呀？钥匙丢了不许我配一把？

姚玉娟　你怎么这样不讲理？！……好！你愿意走就走吧！（哭）

丁　母　玉娟！

姚　母　哼！我早就知道你们不愿意养活我！

丁　母　亲家母！

姚　母　我走可是走，我可不能白养活你这么大，你得按月给我邮养老钱！

姚玉娟　给你！

丁　母　（拉姚母）亲家母！咱俩到里屋好好唠唠。

姚　母　（指着姚玉娟）你等着！电机里要没有钥匙咱们再算账！

〔丁母拉姚母进里屋。丁少真从通阳台的门跑上。

姚玉娟　（提心吊胆地）少真！怎么样？

丁少真　钥匙找到了！非常顺利！拆开两个槽子就找到了！

姚玉娟　损失不大？

丁少真　不大！告诉你：幸亏友良事先叫人做了记录，要不也许得把一百多个线圈全拆下来，那损失就大了！（俯在姚玉娟耳朵上小声说）嫂子，友良真好！（羞涩地笑着跑开）妈！（跑进里屋）

〔丁少纯从通阳台的门走进。

姚玉娟　少纯！

丁少纯　……

姚玉娟　（含泪）我对不起你！原谅我吧！

丁少纯　（沉重地）可是我永远也不能原谅我自己！

姚玉娟　咱们重新生活吧！我妈就要走了！

〔季友良和邵永斌从通阳台的门走进。

丁少纯　（拉住季友良的手）友良！你救了我！要不是你细心，做了下线记录……

季友良　还说呢，咱俩都是傻瓜！要不是丁师傅警惕性高，咱们都成了不可饶恕的罪人！

邵永斌　是呀！如果不是丁师傅敏锐地发现了疑点，我就要把一台埋着“定时炸弹”的电机运到电站上去了！（看着手里的一把铜钥匙）这颗小小的“定时炸弹”总算取出来了，它现在又是一把钥匙了！少纯！玉娟！生活的钥匙可永远也不能丢啊！

丁少纯　（接过钥匙）是啊！我们要把它拴在心上，拴一辈子！

〔丁海宽和丁爷爷从通阳台的门走进。

丁爷爷　（着急地对丁海宽）我不明白什么线圈不线圈的，你就告诉我到底糟践了多少钱？

丁海宽　还没详细核算，估计也就是一百来块钱的样子。

丁爷爷　一百来块钱？那还算少哇？（气呼呼地对丁少纯）你这个败家子儿！平白无故地你就给国家糟践了一百来块钱！海宽！让他赔！扣他工钱！

丁少纯　（痛楚地）爷爷！我的错误不是赔几个钱能抵消的！

丁爷爷　（看见孙子难过的样子，有点心软了）唉！你呀柱子！你得对得起你这个小名！要站得住！（要进里屋，见丁少真从里屋走出，他又停下来，手指着丁少真和所有在场的青年们）你们这些年轻人都是咱国家的柱子！加小心，可不能让虫子嗑坏了！（进里屋）

丁少真　嫂子，姚大娘要马上就走。

姚玉娟　让她走吧，我去送她！（欲进里屋）

丁海宽　等一等！（姚玉娟止步）你母亲要到哪儿去呀？

姚玉娟　她要到我大姐家去住，我和少纯同意她走。

丁海宽　你们这算是什么呀？原来住在一起好得不分彼此，她在头前领道你们就跟着走，她卖野鸭子的钱你们也就花，现在这出来问题就搁不了人家啦？

姚玉娟　爸爸！我妈……还有别的问题……

丁海宽　还有什么问题？

姚玉娟　她卖过卫生球！您问我的时候我知道，可是我……

丁少纯　（震惊）她真的投机倒把？你怎么连我也瞒着？

丁海宽　她一共卖过多少？

姚玉娟　她存了四十多斤，卖了三斤半就没人买了。还有，少纯帮助"野味斋"饭店修理过鼓风机，我妈背着我们收了我三姨父付给的二十块钱，因为报账不合制度，那边现在正追查我三姨父的问题呢！

丁海宽　看看！你们花了一些什么钱哪！

丁少纯　（痛苦地）爸爸！我太麻痹了！这太可怕了！

姚玉娟　爸爸！无论如何，我们也不能再和我妈住在一起了！

丁海宽　你以为把你母亲送走你们就保险了？不！你们想得太简单了！（坐下来，和青年们恳切地谈心）这不是你母亲一个人的问题，这是一种旧社会的顽固势力，像你母亲这样的母亲，这样的岳母，这样的大姑、二姨、三叔、四舅，这样的老亲、故友、街坊、邻居，不是到处都有吗？他们那些有毒的旧思想，就像散布在空气里的病菌一样，无孔不入，常常在你不知不觉之间损害你的思想健康。党要把你们培养成无产阶级的接班人，可是他们，有意无意地总要把你们培养成资产阶级的接班人。这是一种阶级斗争啊！这种阶级斗争，没有枪声，没有炮声，常常在说说笑笑之间就进行。这是一种不容易看得清楚的阶级斗争，可是我们必须学会看清它！这是一种容易被人忘记的阶级斗争，可是我们千万不要忘记！

〔挎着大包袱的姚母和丁母从里屋出来。

丁　母　海宽，你看亲家母非要走不可。

丁海宽　别走了亲家母！走到哪儿还不都是新社会呢？就住在这儿吧！

姚　母　（酸溜溜地）得了！我把你们都给得罪了，把你的儿子和儿媳妇也都给拐带坏了！

丁海宽　拐带坏了怪他们自个儿软弱，没有缝的鸡蛋不能生蛆。

丁　母　（接过姚母的大包袱）走吧，回楼上去歇着吧！

姚　母　（感激，难为情）唉！亲家！要是细一想啊，我办的那些事，倒也是……不大相当啊！

邵永斌　您是应该仔细想想啦！我说句不怕您生气的话：在我们那儿，您“好心好意”地把亲外孙给教育坏了，在这儿，您又影响了女儿和女婿，您这样不仅害了亲人，也害了国家，不是“不大相当”，是很不相当啊！

姚　母　（边往外走边伤心地唉声叹气）唉！往后啊，我算不操这些心了！

〔丁母送姚母从通走廊的门走出去。

丁海宽　（望着姚母的去向，意味深长地）是啊，这是一种容易被人忘记的阶级斗争，我们千万不要忘记！

——**幕落·剧终**——

作品赏析

《千万不要忘记》是20世纪60年代在全国范围内产生过巨大影响的戏剧作品，它不仅被改编成电影，还被改编成京剧、沪剧、越剧、绍剧等不同剧种上演。《千万不要忘记》能够风靡一时，并创造出“148块钱的毛料衣服”“打野鸭子”等一系列具有时代特征的流行语，自有其缘故。

《千万不要忘记》关注到了一个重要题材和热点话题，即两代人生活方式的冲突。老一辈革命者经历过战火烽烟，体会过资本家和地主的压迫，自然希望通过自己的奋斗，改变落后中国的现状，他们也希望下一辈不要忘记斗争，思想继续绷紧。而以丁少纯为代表的一批青年人，从小羡慕老一辈工人热火朝天参加战斗，等他们长大成人后，却爱上了打扮和照相，在物质不够富足的年代，想要追求更高的生活品质，那就只能在工作之余“想尽办法”了，而这势必会造成两代人的观念冲突。追求更好的生活本没有错，但像丁少纯一样，离开工作岗位去打野鸭子，差点儿给工厂造成巨大损失，这样的行为必须予以纠正。

此剧还有着匠心独运的剧作技巧，剧中关键道具如“钥匙”的使用，便足以看出编剧的高超技术。丁少纯丢失了自己的钥匙，钥匙很有可能掉进了电机，但为了赶上打野鸭子的火车，他无暇寻找，回来后才打电报问询他人。在没有得到确定回答之前，丁少纯的岳母为了使他安心，谎称自己的钥匙就是他的钥匙。然而细心的丁海宽和邵永斌察觉到其中的异样，最终，确定是丁少纯的岳母欺骗了大家。由此，“钥匙事件”成了丁少纯转变的重要原因。

从剧名就可以看出，《千万不要忘记》带有非常明显的时代痕迹，“千万不要忘记阶级斗争”不仅是这部剧作剧名的来源，更是这部剧的主题。因此它盛极一时，却又如流星般一闪而过。关于如何评价这部作品，学界的视角——从“社会主义教育剧的典范”到“从生活政治和文化领导权的再解读”——在数十年里发生了巨大的偏移。《千万不要忘记》在今天仍能得到持续的关注，并不是因为它本身经久不衰的魅力，而是因为它承载着多元的历史现场信息，这也是许多中国话剧作品的不幸与幸运所在。

初升的太阳

孙维世

作者简介

孙维世，戏剧导演，剧作家。1921年出生于四川省南溪县，革命烈士孙炳文之女，周恩来总理养女。1937年到延安，先后在抗大、中央党校、中央马列学院学习。1938年加入中国共产党。1939年选派至苏联留学，毕业于莫斯科东方大学和莫斯科国立戏剧学院。1950年任中国青年艺术剧院导演，先后执导话剧作品《保尔·柯察金》《钦差大臣》《万尼亚舅舅》等。1954年至1956年，兼任中央戏剧学院导演干部训练班主任，翻译哥尔多尼名剧《女店主》《一仆二主》，以及大量苏联戏剧理论教材。1956年与欧阳予倩合作组建中央实验话剧院，任副院长兼总导演，是新中国最优秀的话剧导演之一。

剧情梗概

《初升的太阳》讲述了在毛泽东思想和铁人精神的指引下，大庆职工家属破除封建观念，自觉参加集体生产劳动，走上革命道路的光辉历史；通过一系列矛盾冲突，展现了大庆职工家属的斗争生活。

职工家属辛玉红和林彩英千里迢迢来到大庆，辛玉红本就积极参加劳动和建设，一开始就自发自主加入大庆的生产劳动之中，林彩英本想来大城市享福，经历了激烈的思想斗争后，也逐渐发生转变，投身矿区干打垒的生产建设。众职工家属在钻井家属生产队指导员郭德英的带领下，如火如荼地开展创业行动，创家属闹革命的大业，创人人劳动、人人学习、人人工作、人人革命的大业，创消灭三个差别的大业，成长为能顶半边天的建设社会主义的伟大力量。

人　物

罗书记——钻井大队总支书记，四十多岁。

郭德英——钻井家属生产队指导员，三十多岁。

王主任——郭德英的丈夫，钻井大队家属管理委员会主任，四十多岁。

辛玉红——从农村来的家属，二十多岁。

李师傅——钻井工人，辛玉红的爱人，三十岁。

林彩英——从城市来的家属，二十多岁。

赵师傅——钻井工人，林彩英的爱人，三十多岁。

铁蛋妈——家属。

小刘、小张等家属若干人。

小芬、小黄、小陈——石油学院学生。

列车员、老太太、小牛。

时　间

一九六四年初春到同年十月。

主题歌

大庆家属闹革命，
毛主席的教导记在心。
立下愚公移山志，
艰苦奋斗为人民。

大庆家属闹革命，
毛主席的教导记在心。
初升的太阳红似火，
人民公社万年青。

大庆家属闹革命，

毛主席的教导记在心。

五洲四海风雷激，

共产主义早来临！

第一场

〔春寒季节。火车在行进。车窗上结着冰花。车厢一角，有两个年轻妇女、一个老太太、三个大学生和一个穿着棉工服的工人。

〔汽笛声中幕启：车窗外隐约掠过树木的影子。

〔广播声："各位旅客请注意啦，各位旅客请注意啦，前面就是大庆车站，前面就是大庆车站。大庆是我国盛产石油的特大油田。这个油田从勘探、开发，到建设和管理的全部工作，都是依靠我们自己的力量进行的。大庆油田是以毛泽东思想办企业的光辉榜样。大庆油田是坚持总路线、学习解放军的典范。大庆油田是我国工业战线上一面鲜艳的红旗！现在离大庆车站还有三十公里。下车的旅客请准备啦。"

〔工人模样的罗书记打扫着车厢。

小　芬　大庆，大庆，这下可盼到了！

小　陈　三十公里……还有三十分钟就到了！

小　黄　一九六四年三月一日我们来到了大庆，我要永远记住这一天。

〔小陈从罗书记手中抢过扫帚扫地。列车员提水壶上。

列车员 同志，让我来扫吧。

小　陈 我们乘客闲着没事，帮着打扫打扫是应该的。

小　黄 列车员同志，别客气了，你忙你的去吧。

列车员 谢谢你们啦。（下）

〔罗书记在看书。

小　芬 同学们都羡慕我们有机会到大庆去实习。到了大庆就可以看到全国闻名的英雄王铁人了！同志们，请想想吧，我们离英雄只有三十公里了！

小　黄 “铁人”这个名字真有意思。我想他一定是个大个儿，要不怎么叫“铁人”呢！

小　陈 为什么英雄非得是大个儿呢？

罗书记 （放下书）同志，你们说的啥，什么大个儿小个儿的？

小　芬 你知道我们说的是谁吗？

罗书记 反正是个大活人，不会是神仙吧。

小　芬 我们说的是王铁人！

罗书记 王铁人。

小　芬 是啊，你知道他吗？

罗书记 知道。全中国的人都知道他。

小　芬 对啊，他是石油战线上的一面红旗！他是工人阶级的光辉形象！

小　黄 （无限敬仰地）在王铁人这样的英雄面前，根本就不存在任何困难。

小　陈 什么？根本不存在任何困难？那不可能吧！

小　黄 我看可能。

小　芬 （问罗书记）你说说，在英雄面前还能有困难吗？

罗书记 我也说不好。干革命嘛，还能没有困难？问题是咋样对待困难。

小陈／小芬／小黄 你说怎么对待？

罗书记 我看对困难这玩意儿就像对付敌人一样，在战略上要藐视它，在战术上要重视它。

小陈／小芬／小黄 说得好！

罗书记 不管是啥样的英雄。要是没有党的领导，群众的支持，啥也干不好。

小　黄 全国都在学大庆，咱们对大庆油田上的英雄可要尊重啊。

罗书记 大庆还不是照毛主席指示办事，坚持总路线，学习解放军，这……咱全国都办得到。

小　黄 办得到！你们那儿办到了吗？

罗书记 我们那儿……（温和地）我们那儿正找差距哩，要好好地向解放军学习。

小　黄 对啰，好好学学吧。

罗书记 是啊。（继续看书）

〔火车过桥声。

小　芬 过桥了！

小　黄 快到了吧？

〔学生们看窗外。

林彩英 天气怎么越来越冷了。

老太太 看这孩子长得多俊，是闺女吧？

林彩英 丫头。

老太太 上她爸爸那儿去吧？她爸爸在哪儿工作？

林彩英 他呀，今天在这儿，明天又在那儿，从来没有个准地方。这回我可再不让他乱跑了。

老太太 今天在这儿，明天在那儿……她爸爸准是在火车上做事吧？

林彩英 不是，他是个石油工人。

〔罗书记注意地听。

老太太 做油的工人，那他这儿那儿地跑个啥？哦，去卖油啊？

林彩英 （笑）不是卖油的，是钻井的。哪儿地下有油，他就到哪儿去钻井。他本来是解放军，转业就当了钻井工人，从玉门跑到四川，还到过新疆克拉玛依，现在又跑到大庆去了。

辛玉红 你也是上大庆去的呀？

林彩英 不去还行？一年也见不上一个月的面。我早就要来，他总不让人来，我对他说，再不让我来咱俩就离啰，这才让来了。（笑）

老太太 （严肃地）年轻人说的啥呀？两口子都有孩子了，怎么一开口就离呀离的！（哄孩子）啊，小宝贝儿，你妈妈说着玩呢！（看着孩子的模样，乐了起来）瞧她小嘴一咧笑得多心疼人。（抱孩子）

辛玉红 我也是上大庆去的，正愁没个伴儿呢。

林彩英 你也是去大庆？是去找对象吗？

辛玉红 （腼腆地一笑）找啥对象啊，我去年就结婚了。

林彩英 你爱人在大庆做啥？

辛玉红 他呀，也是个钻井工人！

老太太 钻井工人，这井是咋样钻法呀？

辛玉红 你说我这个人多有意思，我光知道他是个钻井的，可井是咋样钻法我也不清楚。他去年回农村来，我们结了婚不到一个月他就走了。这回到了大庆，就能看见这井是咋样钻法了。

林彩英 这钻井有啥好看的，男人是个钻井工人，一年到头人都见不着，还有心思去看钻井呢。你是来叫他回去的？

辛玉红 不。他妈倒是劝过他，要他回家种地去，省得一家人老见不着面。可是他说，“咱们国家需要石油”，就没肯回来。你说说，他工作那么重要，哪能走得开呀。

林彩英 你好好劝劝他呀。

辛玉红 （笑）我有啥好劝的呀。

林彩英 说的也是，回农村去也没啥好，农村生活哪能比得上城市。就说大庆吧，是个大工业区，那准是个大城市：办公是办公大楼，住的是福利大楼，买东西有百货大楼，到处是高楼大厦，电灯电话，窗帘沙发，要啥有啥。街道上是柏油马路，街心花园，文化宫，剧场，电影院……爱人上完班，遛马路，看电影，爱干啥就干啥，那可比农村强得多！听说大庆人住的房子叫“干打垒”，比大楼还好啊！

老太太 干打垒？

林彩英 唔！

辛玉红 干打垒？

林彩英 是呀，“干打垒”。

老太太 “干打垒”是土房子，是用土打墙垒起来的房子呀。

林彩英 那哪能呢，我爱人来信说过，他们住的房子叫“干打垒”，冬暖夏凉，甭提多好了，比大楼还好。他们的领导跟工人都住“干打垒”哩，大庆的“干打垒”可漂亮啦！你看，（从包袱里掏出窗帘布）我买了这个绿窗帘，到大庆“干打垒”里挂起来不寒碜吧！

辛玉红 我在农村劳动惯了，到城里还不习惯呢。

老太太 姑娘，你到油田去想干啥？

辛玉红 我爱人来信说，今年大庆要贯彻什么矿区建设方针，我也说不好，反正是劳动呗。

林彩英 你爱人说了在那里可以给你找工作吗?

辛玉红 他一个劲儿地写信催我去，说到那儿去参加什么矿区建设，要干啥劳动都行。要不我还不来呢。

林彩英 噢，对了，我们那位也说什么矿区建设啊，什么劳动啊，谁管他那一套！那是油田，搞石油不是油泵油罐，就是铁管钢管，家属有什么可做的?家属家属，还不都是在家闲着。

辛玉红 年纪轻轻，在家里闲着还行?那种日子我可过不惯，我是一天也闲不住的。

林彩英 闲不住?慢慢也就闲住了。从农村到城市来的家属，先都住不惯，后来就住惯了。

小　陈 (问罗书记)大庆是个大城市呀?

罗书记 为啥是大城市?

小　陈 那儿不是大工业区吗?

罗书记 要是大工业区就搞大城市，就搞大的、洋的，就盖高楼大厦，那要花国家多少钱哪?光盖大楼，光搞地面建设，三五年也完不成啊！那大庆到现在也出不了石油，咱们石油落后的帽子到现在也摘不掉，这不是我们要走的道。

小　芬 您……就是大庆人吗?

罗书记 ……我在那儿工作。

小　陈 您在大庆做什么工作?

罗书记 搞石油啊。

小　黄 哎呀，您是大庆人！我刚才讲的话真是太对不起了。请您原谅。

罗书记 那有啥。

众学生 您一定见过大庆的英雄啦?

小　黄 王铁人这个英雄是个什么样的?是个大个儿吧。

罗书记 （笑）也不怎么大，普普通通。

小　芬 您说说，王铁人是怎么克服一个又一个困难的？

罗书记 你们到了那儿不就知道了吗？

林彩英 这位同志，你是大庆人，我跟你打听一个人。

罗书记 谁呀？

林彩英 赵英杰。

罗书记 他是你什么人？

林彩英 （指着孩子）是小妞她爸爸。

罗书记 他不是钻井二大队的司钻吗？

林彩英 （从怀里掏出信封边看边说）“钻井二大队”，是呀，是呀，你认识他？

罗书记 认识，我们是一块儿的。

辛玉红 我也跟你打听一个人。

罗书记 要是钻井的，我兴许认识。

辛玉红 就是钻井的，他叫李永福。

罗书记 是你的爱人吧？

辛玉红 （笑）嗯。

林彩英 哎呀，今天真巧了。

辛玉红 他工作干得好不好？

罗书记 嗯，小伙子聪明能干，有股子钻劲。

小　陈 同志，您贵姓？

罗书记 我姓罗。

辛玉红 罗同志，反正到了那儿，能参加农业生产，是吧？

罗书记 还不光是农业哪，大庆的家属还参加工业、服务行业，还有缝补厂，修路，开拖拉机，可能耐哩！

林彩英 我就不信，家属嘛，还干那些活呀？

罗书记 一个人不劳动能行吗？

林彩英 这又不是我说的，你到处打听打听，各行各业的工人家属，参加劳动的有几个？

罗书记 那可不少，就说大庆吧，家属闹革命闹得可红火哩。我给你们讲一个五把铁锹闹革命的故事。

辛玉红 五把铁锹闹革命？

罗书记 哎。六〇年我们到大庆参加石油大会战的时候呀，碰到的困难可不少。帝国主义、现代修正主义卡我们的脖子，我们就来他个"自力更生，艰苦奋斗"。到了六一年，家属们陆陆续续地来了。在这大荒原上，吃的、住的都成问题，怎么办呢？领导号召我们大搞农业。这时候有五个家属，积极响应号召，拿着五把铁锹，到荒原开荒去了。带头的那个家属姓郭，叫郭德英。

众　人 郭德英。

罗书记 她们五个人到了荒原，搭帐篷，开荒地，先用铁锹一锹一锹地挖地，三天工夫就挖了五亩地。后来，她们看到油田的领导跟职工们用人拉犁，她们也学着用人拉犁，累得趴在地上站也站不起来，郭德英的衣服都湿透了，可还是笑呵呵地挺起腰杆去拉那根最长的绳子，这时候趴在地上的家属都站起来抢她手里的绳子，一个劲儿地往前拉！那可不简单呀，经过春播夏锄到了雨季，帐篷里到处漏雨，连鞋都漂走了。这五个家属不灰心，不泄气，坚持斗争到底，硬是把地种好了。她们的事情传遍了整个油田，油田的家属都轰轰烈烈地闹起革命来了。五把铁锹闹革命的带头人郭德英，后来大伙儿都管她叫"过得硬"！

众　人 过得硬！

〔广播声："各位旅客请注意，列车已经到达全国闻名的大庆油田。列车已经到达全国闻名的大庆油田。下车的旅客请准备下车。"

〔旅客们拾掇行李准备下车。

辛玉红　（擦玻璃，看窗外）这地方可真好，我们家乡哪有这么多地啊！

林彩英　地多又怎的？

辛玉红　这么多的地能多打多少粮食呀！

林彩英　（擦玻璃，看窗外）哎哟，这儿不是大城市呀！怎么一座大楼也没有啊！要没人接咱怎么办？

小　陈　总部教育处离这儿远不远？

罗书记　不远，大家都别急，跟我走吧。

〔停车声，音乐声。二道幕落。

〔主题歌声起。郭德英与小刘、小张等一队家属扛着工具，扛着"大庆家属生产队"的红旗，从二道幕前走过。

〔罗书记、辛玉红、林彩英上。

罗书记　指导员，指导员！

郭德英　老罗，你回来了。

罗书记　你们队又来了两个家属。（对辛玉红、林彩英）这是你们的指导员，就是我刚才告诉你们的五把铁锹闹革命的"过得硬"。

辛玉红　您就是"过得硬"啊？

郭德英　我们这儿天气可冷哩，没冻着吧！

罗书记　人可交给你了。

郭德英　错不了。

罗书记　我先到指挥部，一会儿就来。你告诉老王，我有事找他。（下）

郭德英　走，到我家去。

林彩英　他是谁?

小　刘　他是我们井队的总支书记。

林彩英　（望望罗书记的背影）总支书记呀!

〔郭德英与众家属帮辛玉红、林彩英拿着行李下。

第二场

〔郭德英的家。干打垒的墙上贴着毛主席像、模范工人和模范家属的奖状。屋子里收拾得干净整齐。

〔二道幕启：几个家属吵吵嚷嚷地拥着王主任上。

众　人　王主任，你给评评理吧！

家属甲　你凭什么打人家孩子？

铁蛋妈　谁叫他乱打人啦？你们不管还不许别人管？

家属乙　小孩儿在一块还少得了打打闹闹的？你这个大人也夹在里边打小孩儿，这就不对了。

铁蛋妈　他打了我的孩子，我就打他。王主任，你是管委会的主任，小牛打人你管不管？

王主任　小牛，你打人了吗？

小　牛　打了。

王主任　你为什么打人？

小　牛　他说他爸爸赚钱多，他妈不捡臭大粪，我才打他。后来铁蛋也打我了，铁蛋妈还打了我。

王主任　以后不许打架了。

小　牛　他不革命我才打他的。

王主任 他不革命你跟他讲道理嘛。谁也不许打架了，听见吗？好啦，你们都回去吧，不要在这儿吵了。

铁蛋妈 哼，革命，谁愿意革命就自己捡臭大粪。

王主任 你这说的是什么话？

铁蛋妈 你喊什么？你当干部就吓唬人哪？别当我是好欺负的。（坐下）你凭什么欺负人，当干部就"熊"人呀？！

家属甲 自己不劳动，把孩子都教育坏了，你还有理呢？

铁蛋妈 什么有理没理的……

〔小刘扛着行李上。

小　刘 你们别吵了，指导员又接来两个家属，给她们看见多寒碜。

铁蛋妈 什么寒碜不寒碜，你管得着吗？

〔郭德英抱着孩子和辛玉红、林彩英同上。

郭德英 这么多人都在这儿哪。咱们队又来了两个家属。这是李师傅的爱人，这是赵师傅的爱人。这是记工员小刘，这是铁蛋妈，这是小张，这是我们那口子……

小　刘 这是咱们管委会的王主任，专门管农副业生产的。

王主任 你们坐吧。（欲下）

郭德英 你上哪儿去？告诉你，罗书记回来啦！

王主任 啊，罗书记回来啦？我找他去。

郭德英 别着急，他到指挥部汇报去了，一会儿来找你，你在家等着吧。

众　人 罗书记回来了！

王主任 我去打个电话，让赵师傅、李师傅来接他们的爱人。（下）

铁蛋妈 指导员，小牛打了我们孩子，大家还跟我吵，这气我可受不了。

郭德英 怎么啦，有话慢慢说嘛。

小　张　谁给她气受了，她自己不劳动，还说我们是捡臭大粪的。

郭德英　小张，你生啥气？咱们是捡臭大粪的。没有大粪臭，哪来的粮食香呀，你们说是不？铁蛋妈，你先回家，一会儿我去找你。

〔众人下。

郭德英　（对辛玉红和林彩英）你们刚来，一定不习惯，日子长了就好了，快靠火墙坐吧，这边暖和。我给你们下面，一会儿就得。

辛玉红　别忙了，我们不饿。

郭德英　看你说的，坐了这么久火车，还能不饿。（对林彩英）把孩子放在床上，尿了没关系。

〔郭德英下。辛玉红看墙上奖状，非常高兴。

辛玉红　他们是模范家属、模范工人呀！

〔林彩英不满地环顾室内。郭德英端面上。

郭德英　快趁热吃吧，别把你们饿坏了。

辛玉红　这多不好意思呀。

郭德英　有啥不好意思的？往后一起劳动，一块学习，就是一家人了。（对林彩英）把孩子给我，快吃吧。（见林彩英摇头）不对胃口吗？

辛玉红　做得真香呀。你来吃吧。

林彩英　我不饿。

〔李师傅匆匆上。王主任笑嘻嘻地跟在后面。

李师傅　王主任，王主任呢？

郭德英　你找王主任干什么？

李师傅　他们说王主任有急事，要我马上来。

王主任　谁告诉你的？

李师傅　噢，你在这儿哩。他们通知我说你有急事找我。什么急事啊？

郭德英 哦，不是什么急事，是叫你来吃碗面。

李师傅 这么忙还叫人吃面。好，拿来吧……（见辛玉红）玉红！（见辛玉红推开面碗站了起来，十分喜悦）你真的来了！（许多话不知从何说起）

辛玉红 嗯。

郭德英 李师傅，你还以为这是假的？

王主任 今天的井打得怎么样？

李师傅 啊，打得真带劲儿，老罗说我们这是在打革命志气仗！我们下决心要跟美帝、老修较量较量。我们一定要创造世界先进水平。这一阵油田党委的领导跟指挥部的领导天天都上井，可热闹哩。明天还要召集三结合会，让大伙都出点子。你这儿怎么样？

王主任 我？我这儿也够热闹的。

辛玉红 什么时候我能去看看你们打井？

李师傅 这有啥好看的，你好好歇着吧。

辛玉红 你说的啥，我还没干活就歇着啦。

郭德英 今天没什么事，也不在这儿开会，你们好好谈谈吧。（对林彩英）你稍等，赵师傅就来。（对王主任）走，我们腾房子去。

王主任 （低声地）这房子到哪儿去腾呀？

郭德英 （低声地）想想办法。

〔郭德英和王主任同下。

李师傅 爹妈身体都好吧？

辛玉红 好。

李师傅 你长得壮实多了。

辛玉红 这一年地里的活儿差不多全拿下来了。

李师傅　你一个中学毕业生，肯在农村劳动，真不简单啊。

辛玉红　有啥不简单，我们家乡的中学生多着哩。

李师傅　写了那么多次信给你，要你来，你为啥老不来？

辛玉红　（笑）这不是来了吗。你信上说，到这儿干啥劳动都行，我到这儿干啥工作呀？

李师傅　你瞧你，光冲着我你就不来了，是不是？

辛玉红　咱中学毕了业，回乡刚劳动了一年，就这么走了，心里真过意不去。不走吧，你又老来信催我，我把你的信给老支书看了，老支书说，大庆是工业战线上的一面红旗，家属们劳动生产又搞得好，那儿要建设一个新型的矿区，这是件新鲜事，是件大好事，我们得拥护，你还是去吧，快去吧。动身的时候，我还掉了眼泪，队长、支书直鼓励我，我真是舍不得离开咱们的家乡。

李师傅　到这儿来你还掉眼泪呀！

辛玉红　咱们家乡这几年可真不错哩。我们把西山后边荒山坡开了，满山都长的是绿油油的庄稼，老支书带领我们把河水也引上山了。我们回乡的中学生都下了决心，在农村干一辈子。正干得起劲的时候，就这么走了，就这么离开了自己的家乡。你说，我心里能好受吗？

李师傅　你怎么一个劲儿地家乡家乡的，这么大个人啦，连家都离不开还行？

辛玉红　谁离不开，我不是已经来了，全国都在学大庆，赶大庆，我能到这儿来参加生产劳动，心里比什么都高兴。到这儿来又能跟你在一块，说真的，你以后可得多帮助我，我才从乡下来，什么也不懂。

李师傅　咱们大庆也不是个大城市呀。

辛玉红 是呀，我听说了，大庆是大工业区，可不搞集中的大城市。你说说我到这儿能参加啥劳动呀？

李师傅 你忙什么，看你这个急性子……

〔郭德英上。

郭德英 李师傅，给你们腾出了一间房子。

李师傅 指导员，谢谢你了。（对林彩英）你再坐会儿。玉红，走吧。

辛玉红 呃。（对林彩英）彩英呀，我们先走了。

〔李师傅接过辛玉红手中的东西，二人高高兴兴地下。

郭德英 孩子睡觉了？赵师傅马上就来，你再等一会儿。

〔郭德英下。林彩英哄着孩子。

林彩英 噢……宝宝睡觉，不哭，妈妈还带宝宝回老家，爸爸也跟咱们回家去，不在这儿受这份罪啰。噢……宝贝，爸爸的心不在咱们身上，他当了石油工人就不要家了，他不想咱们宝贝啰……噢……

〔赵师傅奔上。他满脸通红，喘息不停。

赵师傅 彩英，你来了。

〔孩子"哇"的一声又哭了起来。

林彩英 看你，别把孩子吓着。（又哄孩子）宝贝，别哭，宝贝别害怕，这不是狼，这是狠心的爸爸……

赵师傅 小妞长得这么好。来，让我抱抱。（接过孩子）这小家伙真有意思。

林彩英 （擦眼泪）一年年地在外边，心这么野，心里连个家的影儿也没有，小妞就像没爹的孩子一样。

赵师傅 我不是在这儿吗。（笑）工作需要嘛。我们石油工人老惦记着家还行？

林彩英　你自己还没个着落，就把我们叫到这倒霉的地方来干什么？

赵师傅　哪儿是我叫你们来的，你每次来信都说非来不可，指导员看了你的信，跟队长一合计，就把你接来了。

林彩英　哪个指导员？就是接我们的那个妇女啊？

赵师傅　不是，我说的是我们井队的指导员，接你们的是家属生产队的指导员。

林彩英　你怎么把我写的信给人家看，你这是怎么啦？

赵师傅　那怕啥，队长、指导员又不是外人，他们想得可周到哩，你到了这儿就能参加工农村的建设。

林彩英　什么，工农村？

赵师傅　你不是老讲，钻井工人今儿个在这儿，明儿个在那儿，老也没个着落吗？工农村就是给咱们钻井工人建设的长期安家的地方。不管咱们打井打到哪儿，都回到这儿来。家属在这儿参加集体生产劳动，孩子在这儿上学，老人在这儿养老。平常生活也很方便，有家属食堂，有新盖的托儿所，有医院、商店、邮局……一句话，什么都有。对了，你这次来，我还给你准备了三件礼物呢。

林彩英　三件礼物？

赵师傅　三件好礼物，一会儿你就知道了。

林彩英　（有些兴奋）这儿这么好，你来信怎么不说清楚？

赵师傅　我说的是以后的事，现在条件还差，房子也不够，一切要靠我们自己用双手去建设。

林彩英　（失望）你疯啦！

赵师傅　什么？

林彩英　你不养活我，我走，什么工农村工农村的，亏你想得出来。

〔赵师傅看了林彩英一眼，默默不语。

林彩英 我到这儿是来劳动的？

赵师傅 人人都要劳动，这有什么不好，我不也在劳动吗？

林彩英 你是男人，你该养活我，嫁汉嫁汉，穿衣吃饭。你想让我来劳动，想让我来受罪呀！

赵师傅 你……你来得太晚了，这是我不对，早就该让你来了。

林彩英 要知道是这么个鬼地方，我才不来呢。这不是大油田吗？这不是大工业区吗？怎么连个大楼都盖不起，怎么尽住这小土房？你不是说"干打垒"比大楼还好吗？"干打垒"就是这破样呀！

赵师傅 这是大油田，大工业区。我们这儿生产上是高标准，生活上可提倡艰苦朴素。

林彩英 你胡说什么，别当我是外行就唬我。生产上要好呀，你们不早就住高楼大厦了？看看你们这破土房子，破板凳，我受不了这份罪……（边说边摔打桌椅）

〔王主任和郭德英上。

赵师傅 你看你，这是怎么搞的……

郭德英 赵师傅，房子给你们腾好了。

赵师傅 王主任，指导员，真够麻烦你们的。

郭德英 说不上什么麻烦。

赵师傅 （抱着孩子）彩英，走吧。

〔林彩英不理睬。

郭德英 怎么见面就生气啦？有话慢慢说嘛。（对林彩英）快把孩子包上，小心着凉。

〔郭德英陪着赵师傅、林彩英下。

王主任 （自言自语）咳！这些家属呀，你不管吧，她们闹翻了天；

你管吧，可又管不了。我的头都被她们搅昏了。（边讲边掏出笔记本记事。发现桌上有碗面，狼吞虎咽地吃了起来）

〔郭德英上，收拾碗筷。

王主任 过去咱们打井的专管打井，那多带劲。……要不是受了工伤，摔了一家伙，领导也不会叫我来搞这婆婆妈妈的事。其实我的伤早好了，我照样能干重活。

郭德英 你累了，歇歇吧。衣服又挂破了，脱下来，我给你缝两针。

王主任 （脱下棉工服）今儿个可好，又来了这么两位，这就更热闹啦。咳，这些家属呀，就说开个会吧，十个大人，二十多个娃娃，唧唧哇哇地闹个不停，她们能干个啥。

郭德英 （笑）家属嘛，少不了有个娃娃啥的。

王主任 我跟你说句心里话，娘儿们就是头发长见识短，她们把娃娃带好，不吵嘴闹架，我就谢天谢地了。没这些家属，我们还不照样把矿区建设好。

郭德英 哎，你这话就不对了，咱们矿区家属组织起来参加生产劳动的可不少，这两年，地种得也不差呀。要是把家属都换上职工，得用工业上多少人啊。

王主任 矿区建设就只种地呀？事情多着哩。就说建设工农村吧，你们家属能行吗？

郭德英 为啥不行？

王主任 那不是撒肥、丢子，那是盖房子！要上夹板，打土墙，上大梁，安门窗……你们家属有谁干过？

郭德英 没干过，学呀。

王主任 说得容易。你们家属在一起，还没干活儿就叽叽喳喳地闹起来了。少给我添麻烦吧。

郭德英 咱做工作还能怕麻烦？

王主任 嘿，你这个指导员，把政治工作做到咱家里来了！好，我问你一个问题。

郭德英 啥问题？

王主任 你说说指导员到底是干啥的？

郭德英 做政治思想工作的。

王主任 你咋做呀？

郭德英 我也说不上来。反正靠的是党的领导，有事跟群众商量，群众有啥困难，咱去帮助解决。你是领导，咱做的有啥不对，你给说说。

王主任 我也说不上来。我总觉得你一天到晚真够忙的——给这个洗洗衣服，给那个缝缝被子。早上背干粮，半夜请大夫，送汤做饭，打火墙，修炉子，帮人家带孩子，洗尿片……你都快变成个勤务员啦。

郭德英 毛主席不是说过，要咱们做人民的勤务员吗？

王主任 你也不能忘了，你是指导员啊！

郭德英 指导员不也是勤务员吗？

王主任 反正你这个指导员，比不上我们井队的指导员。

郭德英 我哪能跟井队的指导员比呀，人家是职工，政治觉悟高，有文化。

王主任 最重要的是有魄力。

郭德英 啥叫魄力？

王主任 就是要有个脾气！人活一口气，没有个脾气不行。

郭德英 对谁发脾气？

王主任 对谁都一样，工作要雷厉风行。

郭德英 （笑）人还能没口气。对自己的阶级姐妹，哪能发脾气呀。

王主任 咳，给你讲了你还是不懂。我是说干工作要有个猛劲，就像井上打大钳喊里咔嚓，多带劲。我们井队的指导员劲头可不小，他专门跟你们落后的家属拔河。

郭德英　什么？

王主任　拔河，懂吗？是这样：职工们站在当中间，井队指导员站在这边，家属们站在那边，两头拉着那么一根绳子，井队的指导员要是拉赢了，就把职工拉过来了，职工就进步了；落后家属要是拉赢了，就把职工拉过去了，职工就退步了。

郭德英　干吗要拔河呢？

王主任　我这是打比方。要不拔河，职工上班刮东风，下班刮西风，不都给落后的家属拉走了！哼，我们井队的指导员为了跟你们这些家属拔河，费了不少劲儿呢！

郭德英　（笑）那可不，你们指导员就一个人，家属那么多，他怎么拔得过家属啊。

王主任　我这是打比方。简单说吧，这就是我们井队指导员的政治思想工作的一部分。

郭德英　要是家属都革命了，都参加社会主义建设了，那不是上班刮东风，下班也刮东风，你们指导员还用得着拔河吗？

王主任　去去去，你别不懂装懂啦。

〔罗书记上。

罗书记　你们两口子说啥哩。

王主任　老罗，你回来了。

郭德英　老罗，你到解放军那儿取了经，啥时候给我们传达？

罗书记　待会儿咱们开个会说说。那两个家属怎么安排的？

郭德英　给他们腾了两间房子，李师傅、赵师傅把她们接走了。

罗书记　（问郭德英）你看你这两个新队员怎么样？

王主任　够呛，一来就摔桌子打板凳的，说我们住的是破干打垒。

罗书记 两个人都那样吗？

郭德英 李师傅的爱人从农村来，是个劳动妇女。赵师傅的爱人刚从城市来，哪能一下就习惯咱们这儿的生活呢。

罗书记 对，得慢慢做工作。思想工作可是个细活呀，这可不比在井上打大钳，喊里咔嚓一锤子买卖。老王，你说是不？妇女闹革命比咱们困难。几千年留下的习惯势力，就是看不起妇女，总觉着妇女在家把娃娃带好，把家务管好就差不多了。

王主任 你这是不是在说我？

罗书记 你要有这种思想，我就是说你。咱们这些人，大小也是个领导，领导要有看不起家属的思想，家属革命的困难就更大了。

王主任 咳，我哪儿是看不起她们呀！她们成天吵吵闹闹、婆婆妈妈地没个完。

罗书记 家属工作能不能搞好，要看我们的问题能不能解决。改造别人，也改造自己。别把自己看得一点儿缺点也没有。刚才我在指挥部听传达油田党委的指示：一九六四年这一年，要大找差距，要两分法前进。老王呀，咱们比解放军还差得远哩。

王主任 老罗，你放心，有啥任务交给咱，保证完成。

罗书记 好。油田党委指示，今年要全面贯彻矿区建设方针，各个指挥部都在组织家属建设工农村，咱们油田又要出现新气象了。

王主任 建设工农村没问题，再给些职工就行，我保证把房子盖好，让新来的家属都住上新房子，行不行？

罗书记 （问郭德英）你说呢？

郭德英 我们哪能光享现成的？

罗书记 对。老王，六〇年咱们到这儿来参加大会战的时候谁也没带家属吧。到了六一年家属就一批一批地来了。那时候我还说：咱们这个队，一直保持英雄队的荣誉，谁也不准带家属。你不是还支持我来着？

王主任　可不是。那时候我不让她来，她非要来嘛。

罗书记　她来得对啊。有一次，打完一口井，我们已经搬到新的井位。我不放心那口井的质量，到井场去转了转。看见一个地窨子冒烟，走出一个抱孩子的妇女，后边还跟个小子。这事可怪啦，我们井队没来家属，这是哪儿来的妇女？走近一看，原来是她呀。她一见我就把我数落了一大顿。（对郭德英）你还记得你说了啥了？

郭德英　（笑）还提那个干啥。

罗书记　要提。你批评得对呀。那时候我的脑瓜就是没开窍。办企业就得有工人，有工人就得有家属，哪能老不让家属来呢。她把我批评得没话可说了，我就说：不是不让你们来，眼下有困难嘛。你猜她怎么说："有困难我们克服嘛，还能让困难吓倒啰，越困难越要革命嘛！"你看，我们的见识比不上妇女啊。

郭德英　妇女有妇女的短处：有娃娃，有家务事，想革命也不像男人那么利索。

罗书记　那不是短处，是难处。咱们就是要解决她们的具体困难。告诉你们个好消息：油田党委指示，今年在矿区建设方面，要打好三个歼灭战。

郭德英　什么？三个歼灭战？

罗书记　油田党委指示：要办好托儿所，办好食堂，办好缝补组。要把家属从繁重的家务事当中解放出来，让她们全心全意地"闹革命"。

郭德英　这太好了，谁来办？

罗书记　你们自己办行不行？你们自己解放自己嘛，怎么样？

王主任　（犹豫地）这事可不那么简单。

郭德英 是啊，要男职工替我们办这些事：看娃娃，做饭，缝衣裳，那是不行啊，看来还是要靠自己。（坚决地）行！

罗书记 你看，还是妇女比男人痛快，不怕挑重担子。

郭德英 有领导撑腰，有群众壮胆，咱有啥怕的。

罗书记 好，你们准备一下。先把家属骨干集中到指挥部去学习。咱们要照周总理指示的“工农结合，城乡结合，有利生产，方便生活”的方针去做，准没错。咱们要把领导精神吃透，好好贯彻下去。

郭德英 （点头）哎。

〔二道幕落。四个家属在主题歌的音乐声中上，敲着竹板，宣传大庆油田矿区建设方针。

小　刘 来，咱们来练习练习。

小　张 哎哟，怪不好意思的，当着那么多人，人家不笑话呀。

小　刘 笑话啥，咱们是宣传家属闹革命嘛，人越多越好，不要怕，来，打起竹板来吧。（打竹板）姊妹们啊，你们说说，矿区建设方针是什么？工农结合，城乡结合，有利生产，方便生活。家属参加集体劳动，消费者变成生产者。咱中国人口六亿五千万人，妇女就占了一半多，都要组织起来“闹革命”，这个力量可了不得。帝国主义心发颤，修正主义打哆嗦。世界妇女都“闹革命”，美帝老修都不能活，不能活。

〔幕后喊声：“开会了，小刘，小张快来呀！”

小　刘 唉，来了。走吧，别怕。

〔四人奔下。

第三场

〔破旧的干打垒里，苇帘糊泥，把屋子隔成两间，各有板门通屋外。这是辛玉红和林彩英两家的临时住所。

〔二道幕启：辛玉红从屋外收回刚洗好的衣服，折叠整理。林彩英半躺在床上编织毛衣。经过二十天对矿区建设方针的学习，她们都准备参加工农村的建设，可是心情大不相同，一个是心情舒畅，一个是没精打采。

〔林彩英织着毛衣到辛玉红家串门，靠在门口。

林彩英 玉红，你忙啥呢？

辛玉红 咱们不是要参加劳动去吗，我把老李的衣服、被子拆洗拆洗，哎呀，可脏哩。你都拾掇好了？

林彩英 我有啥拾掇的。

辛玉红 不给你们赵师傅准备准备？

林彩英 我才不管他呢，我没来他怎么过的。

辛玉红 （笑）你嘴里这么说，心里也这么想吗？早拾掇好了吧？！彩英，你决定参加劳动了，我真高兴。刚学习那阵儿，你老是一个人坐在墙犄角，不哼不哈的，真把我急死了。

林彩英 大会小会开了那么多次，老赵也说，指导员跟大伙这么帮助，要没这点觉悟能行吗？

辛玉红 彩英啊，这阵儿学习，你的进步真不小呀。哎，你那儿还有什么事没做完，我帮帮你。

林彩英 差不离了，没什么了。（欲走）

辛玉红 坐会儿嘛。

林彩英 你忙吧。

〔林彩英回到家里，心里很烦躁。

〔铁蛋妈到辛玉红家串门。

铁蛋妈 玉红，你这是准备去劳动啊？

辛玉红 是啊。铁蛋妈，你准备好了吗？

铁蛋妈 （充老资格地）我比你们早来一个月哩，只要上边一号召，心里就有数，早就准备好了。你这在给李师傅做被子哪，做了也白搭，过三天又脏了。你忙着吧。（跨出辛玉红家，串入林彩英家）

铁蛋妈 彩英，怎么你还没准备呀，都要开大会了。

林彩英 我有啥准备的。

铁蛋妈 你在会上不也表了态，说要参加工农村的建设吗？今天就要开大会，戴大红花啦，还不快准备准备。

林彩英 表态还不就是表态，那有啥准备的。

铁蛋妈 咳，说真的，大家都表态，咱能不表吗？

林彩英 大会小会开了七八次，指导员到我家来了十来回，又送米又送面，又盘炉子又修火墙的，没烧的帮助烧的，孩子有病帮助请大夫，还帮助给孩子洗尿片子。

铁蛋妈 那你们赵师傅对这事是咋想的？

林彩英 甭提他了，开口闭口就是别忘本，别忘本。我忘了啥了？他倒是把我们娘儿俩忘光了。

铁蛋妈　他到底让不让你参加劳动呀？

林彩英　他是个工农村迷，老说建设工农村怎么好怎么好。你看这就是他送给我的三件好礼物——一条扁担，一把铁锹，一个粪筐。就凭咱们这些妇女，能建设好工农村，我就不信。

铁蛋妈　我的那位也是个工农村迷，他们职工都是这样。我那位还成天跟我吵，老说我落后，不肯劳动，忘本。我跟你说心里话，我这回报名参加劳动，就是跟他憋口气，要不我还不去呢。

林彩英　真没想到这个地方是这样，我原来以为是大城市呢。

铁蛋妈　可不，我没来的时候也是这么想。我刚来的那阵儿比现在还冷呢，差点儿把我冻成冰棍！有一次我还听见狼嚎呢，（学狼嚎）真把我吓坏了。你的孩子小，可要当心啊，得照顾好啰！

林彩英　真的？

铁蛋妈　我骗你干啥。

林彩英　指导员怎么没跟我讲过这些？

铁蛋妈　她说了怎么动员你去劳动呀？

林彩英　她去不去？

铁蛋妈　人家是指导员，是干部，还能总参加劳动。

林彩英　什么？她不劳动？

铁蛋妈　她跟咱没亲没故的，干吗又送米又送面的？再说，咱们也没做啥，干吗大会小会地表扬咱呀？这事我怎么也想不通，后来我才想通了：她表扬咱，还不是想感动咱，想把咱表扬去；咱要去了，她就完成任务了；她要完成了任务，上边就表扬她了。

林彩英　哼，真没想到，她是这种人！呃，我能不能不去？

铁蛋妈　不去也没什么了不起，我刚来的时候，也躺了好多天呢，我说我头疼，里边疼外边也不热，他们也拿我没办法。（看手表）哟，时候到了，我准备开会去。

〔铁蛋妈下。林彩英在屋里越想越气，把被子一拉，倒床便睡。

〔李师傅匆匆上。

辛玉红 你怎么回来了？

李师傅 有事。（寻找东西）

辛玉红 找什么？你到底找什么？

李师傅 说了你也不懂。（着急地）我那天在家画的那张图呢？

辛玉红 一张图呀，看你急得那样。（从床边取出图纸递给李师傅）是不是这个？

李师傅 （接图）这可是我们钻井队搞科学实验、搞大名堂的关键啊！你就等着喜讯吧，我去啦。（发现家里收拾得干净整洁，满意地）啊，屋子也收拾干净了，被子也洗了，老婆在跟前就是好。我保证在井上打个大胜仗。

辛玉红 我也保证好好劳动，好好建设咱们的工农村。

李师傅 什么？你还是不愿意待在家里呀？

辛玉红 待在家里像话吗？今天就要开建设工农村的动员大会了，还要给我们戴大红花，老罗还要来讲话哩。

李师傅 我这些天跟你说的话都白说了？

辛玉红 我这些天跟你说的话也白说了？

李师傅 玉红，咱们都不是小孩子，干啥事都得好好考虑考虑。

辛玉红 我考虑好了，你考虑好了没有？

李师傅 我也考虑好了，我还是觉得你不能去。

辛玉红 为什么？你给我写信不是说得好好的，让我到这儿来参加劳动。怎么现在又不同意了？

李师傅 你别以为出去劳动才是闹革命。你在家里劳动把家务料理好，让我安心搞生产，难道就不是革命了？你这么闹，弄得我生产不安心，科学实验搞不成功，创不出世界水平，这还影响革命呢！

辛玉红 我要不来，你就不革命啦？我什么都给你准备好了，衣服洗了，被子也缝了，这不都是为了让你安心生产，好好闹革命嘛。

李师傅 来了还不到一个月，也没好好谈谈，就要劳动去了。

辛玉红 你上班了，我劳动去，你回家休息，我不也回来了。还能让我一个人老待在家里？！

李师傅 你在家待着又怎么啦，我养活不了你？

辛玉红 什么？我不要人家养活！我们家属要组织起来，参加集体生产劳动，我们指导员五把铁锹还闹革命呢。

李师傅 你哪能跟你们指导员比呀。

辛玉红 就是嘛，人家是两个孩子的妈妈了，还响应党的号召，我年轻轻的在家待着像话吗？我就是要跟她学，学定了！

李师傅 我就是不让你去。

辛玉红 我就是要去。

〔郭德英喊声：“玉红啊！”

辛玉红 哎！（对李师傅）指导员来了。

〔郭德英上。

郭德英 你准备好了吗？

辛玉红 准备好了。

郭德英 一会儿就要开大会了。

辛玉红 哎。

郭德英 （见李师傅）啊，李师傅，你在家呢。

〔李师傅不理睬，转身吸烟。

郭德英 （观察）怎么啦，跟谁生气呢？

李师傅 （对辛玉红）我现在是管不了你了，你爱干吗就干吗。

辛玉红 你，你这是跟谁发火呢？

李师傅 跟谁发火谁心里明白。

辛玉红 你怎么不讲理！别说了好不好。

李师傅 我就是要说。

辛玉红 我不许你说。

郭德英 玉红，不要这样。李师傅心里有话就让他说嘛。

辛玉红 你不知道，他尽胡说八道。

李师傅 什么，我胡说八道？……

郭德英 不管什么话都得让人说出来，咱都得好好听着，好好商量，要不怎么能解决问题呀。李师傅，你有话慢慢讲，别生这么大的气。

李师傅 （半自语地）管我生气不生气呢，要没人来搅和，我们家还成不了这样子呢。

辛玉红 （着急地）你，你……你怎么这么没大没小的。

郭德英 （制止辛玉红，对李师傅）李师傅，我问你，你们职工到大庆来，到底是为了个啥？

李师傅 我们是来干革命，是来建设社会主义的。

郭德英 是呀，这几年你们职工闹革命闹得可红火啦。刚来大庆的时候，你们天当被子地当床，不怕苦不怕累，一心一意闹革命，才闹出这么个大油田呀。我们家属就是要向你们职工学，我们也要闹革命呀！李师傅，你在生产上是个好样的，可不能在家属闹革命的事上，让人家看笑话呀。

李师傅 谁不让她革命了？

辛玉红 就是你，你刚才还说，让我在家待着，不让我去劳动！

〔李师傅不吱声，尴尬地扯着破衣袋。

郭德英　玉红，给李师傅缝缝。

李师傅　我得上井队去。

辛玉红　给你换一件。

〔李师傅换衣服。

郭德英　李师傅，你年纪轻，你是苦水里生甜水里长啊！可不能忘记过去的苦呀！要不是解放，哪有咱们建设工农村的份儿呀。你们职工觉悟高，要多支持我们哪。

李师傅　（半自语地）井队上还等着我呢。（匆匆下）

辛玉红　指导员，你耐心多大呀！我可气炸了。

郭德英　做工作没有耐性还成？领导不是常讲要政治挂帅吗？依我看，夫妻俩在一块也得讲点政治。哦，我把这衣服给彩英送去，你得准备开会去了。呃，彩英怎么样？

辛玉红　她准备去。

郭德英　嗯。

〔郭德英进林彩英家。

郭德英　彩英，你怎么啦，大白天睡起觉来了？一会儿就要开会了，起来吧。

林彩英　我病了。

郭德英　怎么，哪儿不舒坦呀？

林彩英　我头疼。

〔郭德英摸林彩英的额头。

林彩英　摸什么，这里边疼外边也不热。

郭德英　什么时候病的？

林彩英　昨天晚上。

郭德英　哎呀，昨天晚上就病了，我们都不知道。是不是受凉了？……我把衣服送晚了。这是公家给南方来的家属补助的绒衣、绒裤，你快穿上吧。哎哟，你还没吃饭吧？

林彩英 吃过了。

郭德英 （拿着空暖瓶摇了摇）我给你灌开水去。（出门）

林彩英 （朝着郭德英的背影）哼，又想感动我。

〔郭德英到辛玉红家灌开水。

郭德英 玉红，彩英病了，你怎么不看看她？

辛玉红 病了，什么时候？

郭德英 昨天晚上就病了！

辛玉红 昨天晚上？刚才还到我这儿唠嗑来着。这就怪了，我去看看去。

郭德英 你等等，她来说了些啥？

辛玉红 她说她要响应党的号召，她也有觉悟了。

郭德英 后来呢？

辛玉红 后来……后来她就回去了。……哦，对了，铁蛋妈还到她家去过。

郭德英 她俩说了些啥？

辛玉红 她俩聊得可起劲儿哩。也不知说了些啥，铁蛋妈还嗷嗷直叫唤呢。

郭德英 （思索）……这里边有问题。玉红，你打个电话，让赵师傅快回来一趟。

辛玉红 这……

郭德英 去，去吧，有话回来再说。

〔辛玉红下。郭德英到林彩英家，给林彩英倒水。

郭德英 彩英，要不要请个大夫来看看？

林彩英 不，不，不要，我好些了，就是下不了床。

〔孩子哭，郭德英给孩子换尿片子。

郭德英 彩英，这二十多天来，你进步很大，在会上表示要参加工农村的建设，大伙儿可高兴哩。

林彩英 进步，进步还不是你指导员的功劳。

郭德英 （换好尿片子，哄孩子）啊，啊，小妞妈妈去劳动，你上托儿所，有阿姨来带你，再也不穿湿裤子了，比妈妈带你还好，啊，啊……

林彩英 死了倒省心。

郭德英 哎呀，你咋说这话？！

林彩英 头疼死了。

郭德英 告诉你，领导说，咱们这儿要建立门诊部了，往后要有个头疼脑热的，就更没问题了。彩英啊，早上去劳动的时候，衣服要多带点儿，现在咱们这儿条件是差点，等把工农村建设好就好了。

林彩英 （不耐烦地）不知是哪辈子的事呢，谁爱去谁去。

郭德英 （想了想）彩英，参加工农村建设都是自愿报名的，不勉强。你身子不舒坦，就好好在家歇着吧。我让玉红打电话给赵师傅了，让他回来看你。待会儿玉红来了，先帮你照料照料。我有事先走了。

〔郭德英走出林彩英家，遇见辛玉红，二人同进辛玉红屋。

郭德英 电话打了？

辛玉红 打了。赵师傅说一会儿就回来。怎么，还病着呢！

郭德英 嗯。

辛玉红 有啥事说明白嘛，干吗装病。我去问问她。

郭德英 （制止）别着急，耐心一点。一个人有一个人的思想。我们不是常说，帮人要帮心，帮心要知心，知心要诚心吗？你要好

好跟她谈谈，看她到底想些啥。千万不要性急呀。一会儿就要开大会了，我先到会场去看看。（下）

〔辛玉红思考郭德英的嘱咐。提了一桶水到林彩英家。

辛玉红 彩英，身体不舒服了，我给你打了桶水来。

林彩英 老麻烦你。

辛玉红 这有啥麻烦的。你现在觉得怎么样？

林彩英 没什么，好些了。

辛玉红 一会儿开会，你还能去吗？

林彩英 我不想去了。

辛玉红 早上你不还说有觉悟了吗？怎么一会儿又不去开会了呢？彩英，你有什么心事，跟我说说。

林彩英 反正……反正我是不想去劳动了。

辛玉红 为什么？

林彩英 天这么冷，我们南方人受得了吗？听说会把人冻成冰棍的！

辛玉红 你这是听谁说的？

林彩英 人家比我们来得早，总比咱们知道得清楚。听说还有狼呢，要把我孩子叼去了怎么办？

辛玉红 怪不得我听铁蛋妈嗷嗷直叫，原来是学狼嚎呀。她一叫就把你吓住啦？人家说有老虎，还不把你吓回老家去了！

林彩英 你说，就凭我们这些妇女，能把工农村建设好吗？

辛玉红 为什么不能，指导员刚来的时候，这儿还是一片大草原，一户人家没有，她们拿着五把铁锹就闹起革命来了。现在咱们有这么多生产队，这么多户人家，为什么不能把工农村建设好？只要响应党的号召，准没错。

〔赵师傅匆匆进屋，听到辛玉红的最后一句话。

赵师傅 对！

辛玉红 赵师傅回来啦。

赵师傅 你也在这儿呢。

辛玉红 赵师傅，坐。

赵师傅 怎么跟我客气起来了。（对林彩英）怎么啦，又不舒坦了？

林彩英 谁不舒坦了，我不是好好的吗。（坐起）

赵师傅 好了就好。你们指导员跟我说，今天你们开大会。一会儿你就开会去吧。井上还忙着呢，我走了。

林彩英 我还有话跟你说呢。

赵师傅 啥事？说嘛！（见林彩英踌躇不语）玉红又不是外人，有啥话就说吧。（见辛玉红欲走）嗳，你别走呀。（对林彩英）你说嘛！

林彩英 ……

赵师傅 看你，刚有了点进步，你们指导员跟大伙表扬了你，怎么又躺下了？你们指导员为了你，操了多少心，受了多少累呀！

林彩英 哼，人家这是感动我！

赵师傅 你说什么？

辛玉红 你这话什么意思？你说清楚啊！

林彩英 好，我说。（对辛玉红）你还蒙在鼓里呢，人家当干部的有办法，把我们都动员去劳动了，她自己就不去！

辛玉红 你怎么知道指导员不去？

林彩英 她跟我们没亲没故的，干吗对我们这么好？一来就表扬表扬的，把我们表扬去劳动了，她就能在领导面前讨好！

赵师傅 你说了些啥呀！

辛玉红 你怎么谁的话都听啊！我告诉你，指导员五把铁锹还闹革命呢，为啥不跟我们一块去劳动？

林彩英 她现在是指导员了，是干部了。

辛玉红 干部怎么啦，干部更要带头呀！

林彩英 这是真的？

辛玉红 （从兜里掏出一张纸）你看，这是指导员叫我替她写的挑战书。（念）“我坚决响应党的号召，保证不缺勤，不怕苦，不怕累，做好一切工作。我还要向年轻的家属们挑战！”

〔林彩英望着辛玉红不知说什么好。

赵师傅 （对林彩英）你呀，唉，有些人的话可不能随便乱听哪。要听，得听党的话！咱们是什么人啊？不能在城里住了几年就把自己的苦根给忘了！不管在什么地方，都不能忘了咱们是劳动人呀！一个人要不劳动就会慢慢变的！你好好想想吧。

辛玉红 彩英，赵师傅的话说得可好啦，你可要听进去啊！

〔钟声起，有人嚷嚷：“开会了，开会了！”

辛玉红 哎呀，开大会了，我得走了。（急回自己家）

赵师傅 （对林彩英）还磨蹭什么，赶快跟着大伙走。玉红，你等等，彩英也去。

辛玉红 彩英，你去啦？（拉林彩英）走！

赵师傅 （推林彩英的背）快去吧，别掉队啦！

〔二道幕落。随着主题歌的乐声，家属生产队在风雪中施肥，活泼严肃，英姿焕发。

第四场

〔又是一间破旧的干打垒，门窗都透着风雪，这是家属们临时休息的地方。

〔二道幕启：屋外刮着大风，家属们收工回来，拿着铁锹、镐头、土筐、扁担上。每进来一个人，就带进一股风雪。有的搓手，有的跺脚，有的靠着火墙取暖。林彩英却独自待在一边，默不作声。

小　刘　这风真够劲儿的。

铁蛋妈　还能不够劲儿，吹了个透心凉。往地里撒肥，刮得我满脸都是，呸，呸，呸！挣这两个工分儿，也真不容易呀！还不如去修路哩，比这挣钱多。

辛玉红　咱们劳动是为了革命，不是为了挣钱。干什么活儿不都一样。修路也是把收入交到管委会，让管委会按工分统一分配呀。指导员年纪比咱们大，可她往地里送肥的时候，一路小跑，我怎么撵也撵不上。

铁蛋妈　你这个新上任的队长都撵不上，我们更撵不上了。谁能跟她比呀，人家是标兵、模范……

辛玉红　（看了铁蛋妈一眼，向大家）赶快吃饭去吧，吃完饭抓紧时间休息，晚上还要学习呢。

〔家属们陆续出外屋，林彩英仍坐在一边。

辛玉红 （对林彩英）彩英，快一点。（进左边里屋）

铁蛋妈 瞧她那神气劲儿，才当了几天队长，就咋呼起来了。

林彩英 人家能干吗。

铁蛋妈 咱要没有孩子，比她还强呢。有啥了不起的，凭什么选她当队长，我看你就比她强。

林彩英 你少说几句好不好。

铁蛋妈 你爱听不听，我又不是冲你说的。（边走边嘀咕）人家能说会道，指导员看中了，当上干部就变样啦。（进右边里屋）

〔家属们陆续地走出屋，林彩英叹了口气，没精打采地梳洗起来。辛玉红上。

辛玉红 彩英，你怎么还没收拾完，快一点，咱俩一块儿吃饭去。

林彩英 谁像你那么利手利脚的，我哪能跟你比？

辛玉红 行了行了，快洗洗手，擦把脸，吃完饭休息会儿就学习啦。

林彩英 我要像你那么利索，不早就当上队长了。

辛玉红 哎，你这是怎么啦？队长跟大伙还不都是一样。

林彩英 那怎么能一样，你现在是干部啦。

辛玉红 大伙选我当队长，是对我的信任。当干部怎么啦？不也跟大伙儿一样劳动，一样评工记分吗？（亲切地）好了好了，别闹了，快吃饭去吧。

林彩英 你去你的。（梳头）臭死了，还吃得下饭哩！

铁蛋妈 （刚从里屋出来，准备去吃饭）臭什么？指导员不是说过：“没有大粪臭，哪来的粮食香呀！”这样吃饭才够味哩！

林彩英 那你让我吃大粪去！这活儿明天我不干了。（气冲冲地进左边里屋）

辛玉红　铁蛋妈，你说话得考虑，不要随便乱说。

铁蛋妈　她不听你的，你冲我来啦。我乱说什么了！当了队长，你还不让人说话了。这话指导员能说，我为什么不能说？有什么了不起的，你也是个家属，当了两天干部，你不还是个家属吗！连话都不让人讲了，什么叫乱说：你说，你说！

辛玉红　我说的不是这个意思……

铁蛋妈　什么意思？什么意思？好，你今天不说清楚啰，明天我就不干了！（转身回里屋）

〔辛玉红极力克制自己的感情。王主任与郭德英边说边上。

王主任　……你们家属撒肥的质量不过硬哪，这都干的什么活儿，能跟职工比吗？还想跟职工打擂比武呢！春播这一仗要是打不好呀，一年都够呛，往后还得盖房子……

郭德英　（见辛玉红在抹泪）玉红，你怎么啦，怎么哭了？

辛玉红　指导员……

王主任　你们家属就会哭哭啼啼，眼泪就这么不金贵，有啥事你就说嘛。

郭德英　玉红，到底出了什么事？

辛玉红　铁蛋妈跟彩英都说，明天她们不干活了。

王主任　什么？不干了？你这队长怎么领导的？

辛玉红　（哭泣）……

王主任　哭，哭能解决问题吗？她们人呢？

辛玉红　在她们屋里。

王主任　铁蛋妈，彩英，你们都给我出来，出来！

〔铁蛋妈、林彩英先后从左右出屋。

王主任　你们说说，为什么不干了？啊？铁蛋妈，你先说。

铁蛋妈　谁说我不干了？我这就吃饭去，吃完了饭还要学习呢。（气

冲冲地走出屋外）

王主任 （对林彩英）你呢，为什么不干了？

林彩英 我爱干不干，你管我呢。

王主任 你那么自由啊？不劳动，不劳动你就回老家去，我们这儿没有不劳动的家属。

林彩英 回就回，谁稀罕你们这儿！

王主任 你走，你以为少一个就不行了！

林彩英 走就走。（倔强地转身进里屋）

郭德英 （对王主任）对家属，你怎么能这样讲话？

王主任 对家属怎么啦？对家属也不能老迁就呀。我早就跟你们说过，干工作要雷厉风行，要有个魄力。你看看你这个指导员，成天就是冷呀，热呀，送这，送那。再看看你这个队长，就会哭。哭，哭，窝窝囊囊的，能把工作干好吗？

郭德英 老王，你别这么火暴，事情还没弄清楚。

王主任 这不明摆着的事吗，一个想住高楼大厦，不肯劳动；一个是扯老婆舌头，吵架大王。

郭德英 这得慢慢帮助教育嘛。

王主任 好好好，你来帮助教育，你是她们的指导员，这事就交给你了，要彻底给我解决。（转身欲出屋）

郭德英 你上哪儿去？

王主任 到仓库看看种子去。

郭德英 你还没吃饭呢。

王主任 明天就要春播了！都火烧眉毛了，还顾得上吃饭？！（急匆匆地下）

郭德英 玉红，你这是怎么啦？

辛玉红 反正我工作没干好。

郭德英 到底怎么啦？你说说嘛。

辛玉红 这工作我干不了。

郭德英 有什么困难，说出来大家想办法解决嘛，嗯？

辛玉红 我叫彩英快点吃饭，彩英不高兴。铁蛋妈在一边讲了些不三不四的话，我批评了她，她就把我骂一顿，骂我当队长了……后来她们两个都说明天不干了。（擦眼泪）

郭德英 看你，哭啥呀，她们刚劳动几天，大伙的思想就能一个样啦？干工作哪能没困难？要顶得住才行啊，越困难，越要革命啊！咱们来想想，咱们工作有啥做得不够的地方……

辛玉红 还有啥不够的地方？

郭德英 我倒想起这么一件事：像彩英她们那些有孩子的妈妈，都得提前收工，好提前喂孩子。你说呢？

辛玉红 这事，我想都没想到。

郭德英 这不能怪你，你没经验，缺点在我身上。

〔林彩英提着大包小包从屋里出来。

郭德英 彩英，怎么你真要走呀？

林彩英 我走，我走，这鬼地方，我受不了这份儿气。

辛玉红 彩英，你别生我的气，对我有啥意见，你就说嘛。

郭德英 彩英，我们对你有啥照顾不到，有啥缺点，你提出来帮助我们改进。（把林彩英扶到桌边坐下）这两天干活累了吧？

林彩英 还能不累？腰酸腿疼的。

郭德英 乍一干活是累点，熬过这关就好了。

林彩英 累还是小事，这份儿气我受不了。

辛玉红 是呀，我们干工作没经验。

林彩英 人家干了好几年了，还能没经验？！

辛玉红 （明白了她的意思）咱们王主任就是这个脾气，说起话来不留情，心可是好心。

林彩英　不留情，不留情，人有脸，树有皮，这么刺人，谁受得了？！

郭德英　你的意见提得很好，我们一定把这意见告诉王主任。

〔家属们陆续上。

小　刘　指导员。队长，彩英，你们都没吃饭，我给你们打回来了。

林彩英　谁吃这苞米楂子高粱米。

家属甲　彩英，孩子给你接回来了，裤子干干的，小家伙在托儿所可高兴啦。

〔林彩英抱着孩子，提着包袱往门外走，家属们拦住她。

众　人　彩英你上哪儿去？

林彩英　回老家去。

众　人　（一边拦着林彩英一边说）怎么，要走？刚来了就走了？出了什么事啦？……

林彩英　你们怎么啦，让我走嘛！

郭德英　彩英，你一定要走，也行，明天大伙儿送你，赵师傅还在上班，明天让他给你买车票。今天先住下好不好？

林彩英　这鬼地方，我一分钟也待不了。

〔家属们纷纷议论，对林彩英的态度和讲话很不满意。

小　刘　你怎么这么说话？六〇年职工刚来的时候，哪有房子住，光是一片大草原啊！咱指导员五把铁锹闹革命的时候，也是啥都没有，她们那时候比咱们现在艰苦多了，再大的困难不都克服啦！

郭德英　咱们的条件算什么艰苦，那时候咱们的领导还住牛棚呢！

辛玉红　（紧接）彩英啊，将来咱们工农村建设好了，什么都有啊！到时候人人劳动，人人学习，人人革命，那该有多好呀！

林彩英　你再怎么说，也比不上城市住得好，我们住的是楼房，不出门啥都有，要想出门也方便。

众　人　（议论纷纷）学习二十多天了，她白学了！这是什么思想，还不是怕苦怕累。就是爱享受，不肯劳动。她的思想越来越不对头了……

辛玉红　（着急地）彩英，你怎么说出这样的话！

林彩英　怎么，我哪儿说错了？城里的楼房就是比这儿好，我就是吃不了这份儿苦，受不了这份儿累。我在城里住得好好的，干吗非让我到这儿来？！

小　张　（愤怒地）你这是什么话，城里的人不是照样劳动吗？我也是从城里来的，我们城市的青年还上山下乡呢！

众　人　（继续议论）刚来几天就吓跑了！她要走就让她走！没她我们就不建设工农村了？！什么思想？！……

郭德英　彩英呀，你住的楼房是好，可你想了没有，解放前，你住的是啥？老赵跟我说过，你的爹娘过去也是受苦人呀！

辛玉红　彩英跟我说过，她小时候也是吃不上穿不上的。

郭德英　是啊，我们穷人都是一样呀。（心酸地）我父亲就是个长工。拼死拼活地给地主干活，还是吃不上穿不上。我从小连鞋子也没有穿过，寒冬腊月给地主放牛，冻得受不了了，就把脚伸到牛粪里取暖。有一次饿慌了，去抓把狗食吃，被地主打昏在地上，我娘抱着我，只是哭，连话都不敢说一句。我婆家也是穷人，孩子他爹在玉门当钻工。那时候的工人还比不上牲口呢。玉门油矿四周都是铁丝网，像个监狱，进去了就甭想出来。工人们光着身子披着麻袋片，哪像个人呀。老娘去看儿子，老婆去看丈夫，一个个都只能隔着铁丝网掉泪……工人得了病就更苦了，推到一间大屋子里，熬一大锅草药，不管什么病全喝它，喝了就甭想活啦，没等咽气就被拖到万人坑去了。有一次，孩子他爹受了工伤，资本家不给治，把他开除了，工友们把他抬回家，我一看他满身是血，脸色蜡黄，把我吓得浑身发颤。那时候我正在月子里，孩子生下刚七天。我抱着孩子顶着风雪就去找资本家，求那些老爷发发慈悲别开除我们老王，孩子他爹要被开除了，我们全家都没法儿活命了。资本家理也不理，叫人把我拖出去。他们把我们娘儿俩推倒在雪地里，我爬也爬不起来呀……

〔家属们有所感动。有哭泣的声音。

小　刘　我爹给地主扛活累死了，我娘带我讨了几年饭也被拖累死了……（哭）

辛玉红　我六岁那年爹死了，家乡又闹水灾，一家人没吃没喝，眼看就要饿死，没办法，我娘就在我背上插了个草标，要去卖我。娘对我说："孩子，不是娘心狠，实在是没法儿活了！"我抱着我娘说："娘，娘，别卖我！别卖我！我长大了还养活你哪！"娘儿俩哭成一团，我娘才又把我带回家去了……指导员，你的苦，就是我爹娘的苦，我们要报这阶级仇呀！

郭德英　是啊，彩英，还有铁蛋妈，你们要明白，咱们来自五湖四海，可都是一条藤上的苦瓜呀：今天咱们解放了，翻身了，可不能忘记过去的苦啊！咱忘了过去的苦，咱就不想革命了，那地主资本家可就高兴了：帝国主义、修正主义就盼着这一天哪！青年人可要有个志气，要有个革命的志气呀！咱劳动就是革命，咱不好好劳动，能行吗？

〔林彩英忍不住失声痛哭。铁蛋妈心情沉重，有所悔悟。

〔暗转。夜深人静，众家属在灯下学习毛主席著作。《东方红》音乐渐起。

辛玉红 （念）"……我们这个队伍完全是为着解放人民的，是彻底地为人民的利益工作的。张思德同志就是我们这个队伍中的一个。"（抬头凝视前方。随着激昂的音乐，张思德在长征途中战斗的形象出现在她的眼前）张思德跟着毛主席经过多少战斗啊！在长征的路上他战斗得多英勇啊！到了陕北，他为了人民，为了革命，到深山里烧炭，他献出了自己年轻的生命……（在她跟前出现了张思德在火光中烧炭的形象）人为什么活着？！怎么才活得有意义？！指导员，今天我明白了好多事情：为什么张思德不怕苦，不怕累，为什么他能勇敢地把自己的生命献给党。我明白了人为什么活着。

林彩英 指导员，我错了。我要学习你五把铁锹闹革命的精神，我要好好劳动，好好革命！

郭德英 对，你能懂得这个就好了。我们要像张思德那样活着。干啥都是为了革命，为了革命咱啥也不怕，就是刀山火海也敢上呀！

〔《东方红》音乐响彻全场。

——幕徐徐落——

第五场

〔景与第四场同。

〔夏锄时节。

〔幕启：家属生产队收工了，家属们戴着草帽，扛着锄头，举着流动红旗，愉快地唱着歌走进屋子。屋里充满了欢乐的气氛。

小　刘　嘿，今天干得真带劲。

家属乙　怎么一点也不觉得累呀。

家属丙　修建队里有的职工总看不起咱们，这回咱们把流动红旗夺过来了，看他们还咋呼不咋呼了。把红旗搁在哪儿？

林彩英　就放在中间，等会儿王主任来了一眼就看见了。

家属甲　咱们王主任一开始比赛的时候那个神气劲儿，扯着嗓子问他们职工："咱们要超过家属，夺下红旗，有问题没有？""没有！"

〔众人笑。

家属乙　职工一开始干得可猛哩，后来咱们家属赶上去了，王主任就急了："你们怎么搞的，连家属都赶不上，像话吗？哎哟！"

小　刘　王主任干得腰疼了。

〔小刘学王主任扶腰，众笑。

林彩英 他们有的人不重视质量，连护根草都没锄掉，留在那儿就像……就像张飞的胡子一样。

〔众人笑。

家属甲 要是咱们队长在呀，他们就更不行了。

小 刘 对了，咱们的“心里红”在呀，他们就更不行了。

家属乙 咱们可不能骄傲呀。

小 刘 是啊，要不是苦练基本功，哪能这样啊。就说林彩英吧，她走路练，吃饭练，晚上睡着了也在比画哪。

家属丙 彩英今天干劲真大，唰唰地干得可麻利哩，两个职工怎么撵也没撵上她。质量也过得硬。

小 刘 彩英，说真的，你跟刚来的时候完全不一样了，可有了觉悟了。

林彩英 没有忆苦思甜，不学毛主席著作，哪会有这点觉悟啊。锄草的时候，我在想：咱这是在跟敌人打仗呀！

小 刘 对，除一棵草就是除掉一个敌人，咱们这也是干革命啊。

〔王主任上。说笑声突然中断。

王主任 你们指导员、队长呢？怎么不讲话啦？

〔有人忍不住地笑了一声。

王主任 笑什么？

林彩英 还不让人家笑啦。

王主任 得了红旗高兴了，是吧？可不能自满啊，要不断革命。

林彩英 那可不，我们还要找差距呢，要永远保持家属队的荣誉。

王主任 那好，我等你们的喜讯。

家属甲 王主任，修建队一开始干得可猛啦。

王主任 男同志嘛，胳膊粗力气壮的。

家属丙 那他们后来怎么变成老娘们儿了？

王主任 锄地这活儿你们女同志干着合适，你们腰杆软嘛。修建队是临时调上来的，锄地不习惯。再说我们男同志腰硬，弯起来不方便……哎哟！

〔王主任扶腰，众大笑。王主任也笑起来了。

王主任 说真的，你们春播那一仗打得好，夏锄也不错。好，好就是好嘛，（伸大拇指）该表扬就得表扬嘛。眼看就要盖房子啦，我教给你们技术，到了明年呀，你们兴许就能自己盖房子了！

小　刘 干吗等到明年，今年不行吗？盖房子怎么啦，盖房子咱们也要跟职工比比看。

〔众人围着王主任纷纷请战，要求任务。

王主任 好了，好了，该吃饭了。见了你们指导员让她快来。

家属乙 我们指导员到你们职工队学习去了！

〔众人笑着下。王主任看了一会儿流动红旗。郭德英上。

王主任 你上哪儿去了？

郭德英 上职工的地里学习去了。

王主任 流动红旗都让你们夺走了，还有啥好学的。

郭德英 职工返了工的活儿还是过硬的。老王，可得讲究质量呀，党委不是提出“爱苗如子，以草为敌”吗？不能一个劲儿地光催他们快呀。

王主任 谁催他们啦？

郭德英 你在地头上不是一个劲儿地嚷嚷“超过家属，超过家属”吗？

王主任 （笑）我那是宣传鼓动。

郭德英 宣传鼓动也不能光为了红旗呀。

王主任 好了，好了，不谈这个了。告诉你个事，指挥部刚来电话说，又要来一批家属。你想想办法再挤一挤，行不行？

郭德英 行是行啊……家属越来越多，房子越来越紧张，孩子也多了，还要办学校，这都要盖房子。工农村的新房子你打算什么时候盖？

王主任 这事我早就想过了。现在上这么多家属，房子问题是够呛。

郭德英 那你到底打算怎么办呢？

王主任 等锄完三遍草，挂了锄，我把修建队全抽下来盖房子。

郭德英 修建队就那么几个人，光靠他们什么时候才能把房子盖好？

王主任 今年是甭打算啰，你就想办法给我挤吧。

郭德英 挂了锄我们家属干什么活呀？

王主任 先打小工，和和泥，抬抬水什么的。今年让她们好好学习，争取明年让她们自己盖房子。（自信地）你看怎么样？

郭德英 我看不怎么样。

王主任 怎么啦？

郭德英 为啥要争取明年呢，争取今年不行吗？我们家属不是已经去学盖房子了？玉红不是去了吗？

王主任 （亲切而诚恳地）小虎他妈，盖房子不像种地，撒颗子就收粮食，盖房子是技术活，得一步一步慢慢来。

〔辛玉红奔上。

辛玉红 指导员，噢，王主任也在这儿。

郭德英 玉红回来了。快说说你都学了些啥？

辛玉红 嘿，干打垒可好啦，就地取材，挖了土往上一撂，一锤就行了。（喝水）这一天收获真大。他们一边打一边给我们讲，每边有多长，有多宽，怎么上土，怎么上草，怎么上油，怎么换板，怎么打锤，你看都记在这本上了。回来的时候我心里就琢磨了：一个组十二个人两天就能打好一栋房框。我们队的人要都去干，那房子问题不很快就解决了吗？

郭德英 （兴奋地）玉红啊，这可是个大名堂啊！

辛玉红 指导员，这回咱们要好好干一场。

王主任 （苦口婆心地）别把事情想得那么容易，房子是盖起来的，不是吹起来的。

辛玉红 （莫名其妙，问郭德英）这是怎么回事？

郭德英 你这个主任，怎么老给群众泼凉水！

王主任 我怎么泼凉水了？你们家属刚学了一天就能搞出大名堂？

辛玉红 我们家属为啥不能搞出大名堂？党号召我们要有雄心壮志嘛！

王主任 玉红，你别那么冲，你想想，你刚去学习了一天就能把全队的房子盖起来啊？

郭德英 我看你这思想呀，就是跟不上形势发展。

王主任 你别不懂装懂了，老娘们儿还转新词呢。

郭德英 你就是不相信我们家属的力量。

王主任 过去我信不过你们家属，现在我可不是那样了。我不是跟你说了吗，盖房子不比种地，这是个技术活儿。

辛玉红 王主任，我对你有意见。

王主任 你们呀，成天就是意见意见的，有意见你贴大字报嘛。我要是一天到晚跟着你们婆婆妈妈的，就甭想干活儿了。

辛玉红 有意见还不让提呀？

王主任 提嘛，提嘛，你们提得还少啦！

郭德英 那你倒是听了没有？

王主任 听意见也得有个分析，你们提什么，我就听什么呀？没有原则性还行啊。

辛玉红 指导员，你说……

郭德英　（劝止）玉红……老王，玉红刚才提的家属自己动手盖房子，我看这个想法很好，你可得好好考虑考虑。

王主任　小虎他妈，你别啰唆了。要是你们今年能把全队的房子盖起来，那……那毛驴就能爬电线杆了！（下）

郭德英　你说了些啥呀？

〔天上乌云密布，雷声隆隆。

辛玉红　指导员，他老瞧不起我们家属。

郭德英　你别着急，我给罗书记打个电话，他是得好好敲打敲打了。

〔郭德英下。辛玉红在屋里纳闷。屋外雷雨。几个家属跑着跳着进屋来。

众　人　哎呀，哎呀，这雨，这雨……

林彩英　哎呀，队长回来了，咱们的“心里红”回来了！队长，什么时候回来的？

辛玉红　刚回来。

小　刘　队长，你学习得怎么样了？

辛玉红　这次学习，我可算开了眼了。干打垒呀就是好。

众　人　咱们能不能盖？

辛玉红　只要用心学，咱们也能盖……

〔雷声大作。暴雨倾盆。

家属甲　看，看，这儿漏雨了！

家属乙　快拿脸盆来。

小　刘　哎哟，这儿也漏了！

〔家属们端着盆盆罐罐接雨水。

辛玉红　这不行，得上房顶去修一修。走。

〔家属们拿着铁锹下。

辛玉红　铁蛋妈，你别去了，你感冒刚好，别再着凉。

铁蛋妈 这鬼屋子，下起雨来像个漏勺，这怎么住啊。（站在门口告诉屋外的人）这边漏，这边漏。那边儿，那边还漏着哩！北墙根还漏着哩。

〔雨渐停，漏止。铁蛋妈擦桌，收拾房间。

〔辛玉红和家属们边议论边上，她们浑身被淋湿。

家属甲 ……十二个人两天就能打一栋房框？

家属乙 那么快呀！

辛玉红 要是咱们一挂锄就干起来，秋收前，咱们队的房子就全部解决了。

众　人 哎呀，那可太好了。

小　刘 这回呀，咱们要好好跟职工比试比试。盖房子咱也不会落在他们后头。

家属甲 王主任不是说咱们家属腰杆软吗！

林彩英 什么腰杆硬腰杆软的，他就是看不起家属。

辛玉红 只要干出名堂来，谁也会瞧得起咱们的。

小　刘 对，咱们争口气，一定要干出个样子来。队长，咱们写个决心书好不好？

辛玉红 好啊。

〔家属们忙着拿纸笔。

辛玉红 （提着笔）怎么写？大家说。

小　刘 我说：咱们家属干劲儿大，天不怕来地不怕！

众　人 好，好。写，写下来。

家属甲 我说：春播夏锄干得好。

林彩英 （紧接）流动红旗咱夺下！

众　人 好！带劲！队长，写，写上。

辛玉红 没啦？就这样？

众　人　还有，还有。想一想，想一想。

小　刘　……我有了：谁说妇女腰杆软？

众　人　这好，这句好。

辛玉红　（紧接）干打垒房子咱包下。

众　人　对！咱包了，咱包下了！

家属乙　……坚决……坚决……

辛玉红　坚决打好这一仗。

众　人　好！

小　刘　领导要重视群众的话！

众　人　对对。

林彩英　王主任可得重视重视咱们的意见哩。还有：轻视妇女要不得，吹胡子瞪眼咱不怕！

众　人　（笑）写上，写上。

辛玉红　（停笔思考）有意见可以提，决心书不要写吹胡子瞪眼的，（又想词）……咱们是在闹革命……

林彩英　对，大庆家属闹革命！

小　刘　谁要阻拦咱冲垮！

辛玉红　……（想了想，最后决然写上）

众　人　队长，念一遍，念一遍……

辛玉红　（念）“咱们家属干劲儿大，天不怕来地不怕，春播夏锄干得好，流动红旗咱夺下。谁说妇女腰杆软，干打垒房子咱包下！坚决打好这一仗，领导要重视群众的话。大庆家属闹革命，谁要阻拦咱冲垮！”

〔辛玉红念时，家属们情绪高涨。王主任、郭德英上。

众　人　好！真带劲！

王主任　你们这里是闹什么呢？

辛玉红 王主任，指导员，这是我们的决心书。

王主任 （接过决心书看）……好，你们什么也不怕。……啊，得了次红旗就不得了啦！……谁说妇女腰杆软？（看看家属们，咳嗽）……干打垒房子咱包下……噢，全包下啦！……要重视你们的话是不是？嗯……大庆家属闹革命，谁要阻拦咱冲垮！谁要阻拦咱——冲——垮！……

辛玉红 王主任，看我们的决心书行不行？

小　刘 王主任，什么时候让我们盖干打垒呀？

林彩英 王主任，这回咱可要跟职工比比看了。

王主任 （忍住气）这是谁写的？

辛玉红 我写的。

王主任 你不说我也知道。

众　人 这是我们大家的意见。

王主任 （竭力忍耐）这是决心书吗？嗯？我看这倒像张大字报，这集中表现了你们无组织无纪律！

辛玉红 这怎么能说无组织无纪律呢？！

郭德英 大伙的决心下得很对嘛。

王主任 你呀，你这个指导员老护着她们，你的脑瓜该冷一冷了。

〔众人愕然。

铁蛋妈 王主任，可没咱的事呀，我啥也没说……

王主任 你别打岔。

郭德英 大庆家属闹革命，想为社会主义建设出把力，这有什么不对！

众　人 （对郭德英）我们就是要出把力嘛。领导让玉红去学盖干打垒就是为了用嘛。房子这么漏，又要来新家属，我们要是等着职工给我们盖房子，得等多久啊！

王主任 （忍无可忍地）谁阻拦你们了？你们要冲垮谁？

〔家属们被吓愣了。罗书记上。

罗书记 嗬，你们这是开什么会呢？这么热闹。

众　人 老罗来了……

王主任 （递决心书）老罗，你看看！

郭德英 这是大伙的决心书。我们正讨论呢，有不同的意见。

罗书记 这是你们大伙的意见吗？

铁蛋妈 老罗，可没有咱的事呀。我啥也没说。

罗书记 你为啥不说呢？

铁蛋妈 我……

罗书记 （对众人）这是一件了不起的大事、好事呀！你们想自己动手盖干打垒，我双手拥护你们。

众　人 老罗同意了，批准了，太好了！

罗书记 （问辛玉红）这是你写的吧？

辛玉红 这是大伙儿的意见，我写的。

罗书记 （告诉郭德英）她呀，今年春天跟我同车来大庆的时候，就嚷嚷着要参加矿区建设。（对辛玉红）是吧？

辛玉红 我就是来劳动的嘛。

罗书记 你们李师傅不反对了？

辛玉红 不了，人家早不了。他说领导对他帮助可大哩。（对郭德英）有一次，老罗书记跟他谈了一夜的话，回来他感动得直掉泪。他说他再也不扯我后腿了。

林彩英 听说李师傅现在生产上闹革命可红火哩。

罗书记 小李在政治上进步很大。（问林彩英）哎，你那个丫头呢？

林彩英 在托儿所哪。

罗书记 好吗？

林彩英 好，可胖着哩。小脸蛋像个红苹果。

罗书记 你对托儿所的阿姨有意见吗?

林彩英 我谢谢都来不及哩。

罗书记 有啥好谢的?

林彩英 老罗，你不知道，我们托儿所的阿姨可好哩。有一回，我接孩子去晚了，没进托儿所的门就听见孩子哭，我心想我们丫头一定饿坏了。三脚两步就跨进门去，一看呀，眼泪都差点掉下来。

罗书记 怎么啦，孩子饿着啦?

林彩英 不是，张阿姨正抱着我们丫头喂奶呢！她自己的孩子，可坐在旁边直哭。我把她的孩子搂在怀里说，张阿姨，你光顾我的孩子，自己的孩子都不管啦?你猜她怎么说?她说，你们都不在孩子跟前，我看好一个孩子，就是解放一个妈妈呀。听了这话，我掉着泪说，张阿姨你真是毫不利己专门利人呀。张阿姨说，你说哪儿的话，我哪能跟白求恩比呀，我还差得远哪!

罗书记 （笑）那你现在还想住高楼大厦吗?

林彩英 谁还想那个。

辛玉红 人家脑子早开窍了。赵师傅对她帮助可大了。赵师傅还帮助我们家属生产队做了好些政治思想工作哩。

林彩英 老赵说：打井就是同美帝、老修打仗。井队上的每一个胜利就是对美帝、老修的打击，就是对世界革命的贡献。我们家属参加集体生产劳动也是一样，我们都要为东方无产阶级争口气。

〔罗书记与众大笑。

罗书记 （对家属甲）呃，你娘的病好了吗?

家属甲 好啦。指导员还偷偷给我们家寄钱了呢!

罗书记 你们有这么好的指导员给你们带头，还有啥事不能干好。大伙说说，还有些啥困难？

辛玉红 （征得了指导员的同意）眼前家属来得多，没房子住。这是个大问题。

罗书记 那好，咱们一起来动动脑筋。你们准备怎么干？心里有个谱了吗？

〔郭德英暗示辛玉红大胆提出建议。

辛玉红 我们是这么想的：一个组十二个人，两天可以打好一栋房框。我们队的家属全体动手，秋收以前，全队住房问题就解决了。

罗书记 这些我知道了，刚才你们王主任、指导员打电话告诉我了。你们还有啥具体的想法没有？

辛玉红 只要领导批准，我们就订计划。反正我们有决心，有信心。

罗书记 照我看啊，你们的胃口还不够大，要是咱们全油田的家属生产队都照你们这么干，那咱们全矿区的工农村，不就提前建成了吗，呃？怎么，你们不同意？

众　人 （明白过来，兴奋地）同意！

罗书记 你们知道吗，职工的革命干劲可不得了呀！现在井队上搞大名堂，创造世界先进水平。他们天不怕，地不怕，敢跟美帝、老修唱对台戏。你们有这个胆子没有啊？

众　人 有！

罗书记 敢不敢跟职工比一比？

众　人 敢！

罗书记 好！你们建设这个工农村准备起个什么名字呀？叫创业庄好不好？（对郭德英）创业可不容易啊。怎么，叫创业庄你们不同意？

众　人　（兴奋地）同意，同意。拥护……

罗书记　好，你们再跟大伙仔细合计合计，订个具体计划，咱们再来研究好不好？

众　人　好！

〔众人下。

罗书记　咱们三个人扯一扯吧。（冷场）我今天是不是犯主观了？没跟你们商量就这么做……

郭德英　不，你一点也没主观，你代表了我们大伙的意见。只要看看大伙的反应就知道了。

罗书记　老王，你说呢？

王主任　我没意见。

罗书记　没意见，事情不就妥啦。

郭德英　没意见，那你为什么对家属发那么大的脾气？你对家属到底怎么个看法？今天当着咱们总支书记，你好好摆一摆嘛。

罗书记　（见王主任不吭声）老王，有啥意见你就说嘛。咱们在一块这么多年了，还有啥话不能说？

郭德英　你别不吭声好不好，刚才那股横劲儿到哪儿去了？你有本事在家属面前要威风，你就应该把意见摆出来呀。

王主任　老娘们儿，你少啰唆。

罗书记　哎，你怎么能这么说话呢？

王主任　我跟她说不到一块去。

郭德英　是啊，我也觉得你跟我们家属越来越说不到一块了。你动不动就发火，把家属“熊”一顿。人家是来建设社会主义的，不是来受你的气的；开口闭口老娘们儿，老娘们儿。过去种地，你说家属干不了，后来我们不是干好啦？现在盖房子，你又信不过我们，要我们慢慢来，你这思想就是有问题。

王主任　我有啥问题？有啥问题你说，你都说出来嘛。我跟你们在一块儿工作，真倒了八辈子霉了，有理也说不清。

罗书记　你说说，你倒了啥霉了？

王主任　要不是你老罗一次又一次地跟我谈，我会放下刹把，到这儿来？现在井队上搞大名堂，创造世界先进水平，天天都在跟帝国主义、修正主义打仗。我可好，跑到娘儿们群里来了。她们明明不行嘛，偏偏逞能。你当干打垒这么好打的呀，搞不好就塌，一下雨就漏，年年都得维修，我伤透脑筋了！可她们呢，跟你胡搅蛮缠，一天到晚叽叽喳喳、啰啰唆唆、婆婆妈妈的，不信你到这儿来试试，看你受得了受不了。

郭德英　老罗，你听听，他都说了些啥！

罗书记　说出来好嘛。你还有啥困难，有啥意见，都说说。

王主任　没了。

罗书记　真没有了？

王主任　反正我心里想的我都说了，说得不对你就批评吧。

郭德英　对，老罗，你好好批评他一顿，叫他清醒点。他呀，做了一阵子工作不挨批评心里就没主心骨了。

王主任　你少说话。老罗，我要是有错你就批评吧！

罗书记　老王，我批评你啥呀？你干起工作来没二话，哪儿有困难就抢着上，不怕苦，不怕累，顾不上吃，顾不上睡，你哪儿想到过自己呀？大风大浪里，你站得稳，顶得住，不信鬼，不信邪，敢跟敌人斗。咱们这个大油田建设起来是不容易的，克服了多少困难，你可没少出力呀……

王主任　老罗，你说这个干啥？你别叫我坐不住了。

郭德英　老罗，你就狠狠地批评吧。干工作是应该的嘛，有啥好说的。他受得了批评，倒是从来没泄过气。你越批评他，他心里越敞亮。

王主任 受了批评就泄气还行，领导不爱护你他批评你干啥。谁像她们这些娘们儿，我批评她们，她们就哭鼻子。

罗书记 你的问题呀就出在“娘们儿”这两个字上。再艰苦的工作你老王也没叫过苦，可是跟家属在一块，你就觉得麻烦了是不是？看不起家属，把家属当成包袱，这是一种旧的习惯势力，咱们可要跟这种习惯势力做斗争啊。老王啊，领导不是说了吗，办企业有两种办法，一种是先搞地面建设，先盖高楼大厦，搞福利区，把家属养起来，啥事也不干，还要一大帮人来为她们服务；另一种，就是咱们的做法：打破老一套，打破洋框框，不盖高楼大厦，不搞福利区，建设分散的工农村，把家属组织起来参加集体生产劳动，家属又种地，又盖房子，又搞工业建设，还把服务行业也全包下来。家属一闹革命呀，就更促进了职工的革命化，企业的革命化，社会的革命化。嘿，我说了这么一大套，你们不是早听说了吗，那几次党委领导的报告，你们不也去听了吗？（对王主任）你不也听了吗，老王？

王主任 嗯。

郭德英 他听倒是听了，就是没听进去。他呀，干工作倒是没少出汗，可哪回听报告不打两个盹呀！

罗书记 哎，这又是一条好意见。老王啊，干工作不学习能行吗？咱们这个大油田是怎么拿下来的？咱们在科学技术上是怎么创造世界先进水平的？还不都是靠毛泽东思想吗？同志啊，不相信家属的力量，不支持家属闹革命，这可不是个小问题呀，你可要认清楚了。

郭德英 他脑子里就是看不起家属。你说有没有这种思想，有没有？

〔冷场。

罗书记 怎么没词啦？

郭德英 多一个家属为社会主义建设添砖加瓦，不多一分力量吗？家属要都为社会主义建设出力，力量不就更大了吗？

罗书记 老王啊，毛主席告诉我们：“中国的妇女是一种伟大的人力资源。必须发掘这种资源，为了建设一个伟大的社会主义国家而奋斗。”同志啊，咱们还要搞世界革命哩。连自己领导的家属都解放不了还能解放全人类吗？（王主任有所悟，不安地站了起来又坐下）你说干打垒容易漏，容易塌。这倒是实情，可咱们这脑瓜儿就是赶不上趟啊。党委领导为了解决这个问题，专门下去拜老乡李大爷做师傅。学了一手李大爷式的干打垒。这种房子冬暖夏凉，又结实，又快，又省钱。能住五十年。为了推广这种干打垒，领导叫我上来跟大伙一块商量，一块学习，一块干。咱们可得把这事干好才行啊。

郭德英 老罗，敢情你是来蹲点啊！

罗书记 是呀，咱们思想上要紧跟领导才行啊。（对王主任）老王啊，家属闹革命，越闹越红火，将来她们能自己领导自己了，我们就是想来，人家还说不定要不要哩。

王主任 要不要倒没啥，反正我决心改还不行吗？

郭德英 瞧瞧，认错就认错呗，还嘟囔啥？

王主任 去去去，人家老罗就是让人口服心服，哪像你这……

郭德英 “老娘们儿”是不是！……

〔三人笑。辛玉红等众家属上。

罗书记 你们都商量好了？

辛玉红 大家都同意这么干。保证干好。这是我们大伙研究的计划。

〔辛玉红把计划给罗书记，罗书记和王主任、郭德英一同阅读。

罗书记 好，好。大家还有什么意见？

众 人 没意见，赶快干吧。

罗书记 （对铁蛋妈）你也没意见吗？

铁蛋妈 （尴尬地）我……我……

罗书记 这么好的事，你还不同意啊？！

铁蛋妈 （有些明白似的）我……我，把我都闹糊涂了，我……我现在劳动也跟上了，我也不怕苦不怕累了，怎么（指自己的脑袋）还赶不上趟啊？

罗书记 你肯劳动了，这是好事，可为谁劳动，你还没闹清楚，要是闹清楚了，就赶上趟了。

郭德英 铁蛋妈比过去有进步了。

罗书记 有进步就好。一个人不怕有缺点，只要改正缺点，不断进步，就好嘛。要听党的话，跟大伙一块好好干。（对众人）我也来跟你们一块干，好不好？

辛玉红 真的吗？老罗，你真能来吗？

郭德英 老罗要到我们这儿来蹲点啦。

众 人 （雀跃）真的？太好了！太好了！

罗书记 刚才我跟你们王主任、指导员商量过了，我们完全拥护你们自己动手盖干打垒。

〔众人看着王主任。

王主任 过去我信不过你们家属，态度也不好，这是我不对，我改。往后我有啥缺点，你们尽管提。

郭德英 姐妹们，领导这么支持我们，我们有没有决心把干打垒打好？

众 人 有！

罗书记 好哇。别看这干打垒不起眼，可我觉得它呀，比高楼大厦好。咱们领导不都住的干打垒吗？在生产上咱们是高标准，可生活上要永远保持艰苦奋斗的光荣传统。家属组织起来参加集体生产劳动，搞农业，搞工业，还要打这干打垒，咱们要打出一支思想过硬、作风过硬、技术过硬的家属队伍来；咱们要打出家属的雄心壮志来；要打出自力更生，艰苦奋斗的样板来；打出一条用毛泽东思想建设矿区的道路来。（稍停）你们知道吗，你们这是刮了一场风暴啊！

〔远处雷声。

众　人 （不解地）风暴？我们还能刮风暴？

罗书记 能！你们是在刮一场家属闹革命的大风暴！

〔雷声大作。

〔二道幕落。家属生产队唱着号子打干打垒，意气风发，斗志昂扬。

〔干打垒号子：

大庆家属，干劲冲天，
你当英雄，我作模范。
集体劳动来生产，
勤俭建设大家园。
愚公能移山，
咱有啥不敢。
毛泽东思想作指南，
引导我们走向前。
刀山火海咱敢上，
天大困难吓不倒咱。
高举红旗向前走，

千斤重担敢承担。
打得美帝直发抖，
打得老修干瞪眼。
大家加油打，
齐心把国建。
干打垒精神万万岁，
革命传统代代传。
大庆家属闹革命，
妇女顶了半边天。
人人都来闹革命，
共产主义早实现！

第六场

〔一间崭新的干打垒。这是创业庄新建工农村的家属管理委员会。

〔二道幕启：广播声："喂，喂，创业庄庆丰收大会快要开始了，请入场的家属照规定的路线走，托儿所、食堂、缝纫组的家属请到主席台的前边来。拖拉机手训练班的家属学员们，请你们把左边的位置空出来留给修路队的家属，她们还在村口修路，修完路就要来参加大会……"

〔家属们陆续上场，有的捧着东西出去，有的拿着东西进来，人们都很兴奋，很愉快，很紧张。电话铃响，辛玉红接电话。

辛玉红 喂，是啊，创业庄管委会。我是辛玉红……噢，老罗呀，你怎么这么一会儿就到指挥部了？……呃，找主任呀，好咧。（对郭德英）主任，老罗找你。

郭德英 喂，是我呀。……老罗，那么快就到指挥部啦。……你什么时候回来呀？啊。呃，不慌，不慌，咳，不慌也得慌呀……从来没见过这么大的场面啊！……什么？啊，都照你安排的做了，没问题啦。啊，托儿所、食堂、缝纫组的家属都安排在主席台的前边了。什么？奖状啊？

辛玉红 （小声地紧接）快写完了，快写完了！

郭德英 （紧接）快写完了。你快点回来吧。什么？石油部首长、省委领导跟油田领导都来呀！啊？还有玉门、新疆、四川的代表！什么，还有劳动模范也来。哎呀，那我们得好好向他们学习呀。啊？他们要看看咱们家属民兵连打靶，还要跟我们家属在一块儿吃顿丰收饭。那我们拿什么招待他们呀？哎，哎，还是照样，好，好。那有啥，土豆、倭瓜、萝卜、白菜，不都是现成的吗？啊？老王呀，我们正找他呢，也不知他跑到哪去了，不着急不着急，你快点回来吧。好，好。

〔在屋内工作着的家属们，渐渐向郭德英围拢，郭德英放下话筒时，大家拥了上去。

众　人 哎呀，来那么多人呀，这咋办？

辛玉红 来那么多人，我今天不上台说话了。

郭德英 别慌，老罗叫咱们沉住气。（情不自禁地喘了一口气）

辛玉红 哎，快干吧。

小　张 主任，我们家属机耕队的铁牛都开来啦。

郭德英 你们把铁牛开到东边的空场上，按白线走，车上的红旗排成一行。告诉民兵连长，准备射击表演，要注意安全。

小　张 好咧。（下）

郭德英 彩英，你快到广播站去，请他们广播一下，让王主任快到管委会来一趟。

〔林彩英下。铁蛋妈急上，与辛玉红撞了个满怀，把辛玉红捧着的草帽撞得满天飞。大家忙着收捡草帽。

铁蛋妈 （对郭德英）我正找你呢，指导员。

小　刘 （纠正地）主任！

铁蛋妈 哎呀，我叫惯了，指导员在这儿哩。指导员主任，主任指导员……你看我，越急越说不上来了。

郭德英 看你忙得那样，有话快说吧。

铁蛋妈 哎，哎，嗯……要说个啥呀？……我想想……对了，今天到底多少人吃饭啊？开完大会就吃饭，准备不好不得要咱们的好看啊？

郭德英 别着急，别着急，我还给你个新任务：油田领导陪着石油部首长和省委领导，还有玉门、新疆、四川的劳动模范，今天都要到咱工农村来，还要跟咱们家属一块儿吃顿丰收饭哩！

铁蛋妈 那可好！哎呀，那该准备些啥呀？

郭德英 还是照样，大家吃什么，领导就吃什么。你准备六百人的，来得及吧？

铁蛋妈 （稍加考虑，坚决地）没问题，你放心好了，决不给咱创业庄丢脸。

众　人 哎呀，铁蛋妈真不简单呀，真有两下子呀，真能干呀！

铁蛋妈 咱们今天这顿丰收饭呀，除了咸盐，都是自己生产的。你们听，粮食是自己打的，菜是自己种的，猪是自己养的，面包是自己烤的，面条是自己轧的，豆腐是自己磨的，鸡蛋是自己下的。（见众人大笑）不，不，是自己喂的小鸡下的。

家属甲 铁蛋妈可真变了。

铁蛋妈 领导这么教育，大家这么帮助，我再不变还行吗！过去我老闹别扭，老生气，现在走对了道，心里别提多高兴了。

〔在大家一片赞扬声中，铁蛋妈唱着《我是一个炊事员》，高高兴兴地下。

〔广播声："王主任，王主任，请你赶快回管委会去，有事找你，有事找你！"

郭德英 哎，这个老王呀，也不知到哪去了。村口那段路不知修得

怎么样了，玉红，我得去看看。（转身，拿铁锹匆匆下）

〔广播声："学校的同学们注意了，你们得把前边的位置空出几行来，让给模范家属和家属标杆队。同学们注意啦，听口令：起立，向后转，向前十步走，（脚步声）立定，向后转，坐下。缝补厂、油毡纸厂的家属代表请你们到前面坐，请你们到前面坐。"

〔赵师傅、李师傅抬着大南瓜、玉米、土豆、大萝卜上，林彩英等随上。

赵师傅　（对辛玉红）指导员同志，送到展览室的这些样品，你看行吗？

李师傅　（对林彩英）队长同志，请你来验收一下！

辛玉红　赵师傅真是好样的，每次回来都帮助我们干好多活儿，赶快歇会儿吧。你跟彩英这一对，一会儿就要上台了。

赵师傅　指导员同志，你这话是对我说的还是对你们李师傅说的？一会儿你们这一对不也要上台领奖吗？

李师傅　老赵，咱们干干力气活还行，要咱一对对上台杵着，多不好意思。我要是上台，人家就会说啦：这就是那个扯他老婆后腿的人！

小　张　你现在进步了，谁还能那样说。

小　刘　你现在都当了模范工人了，多光荣呀。

〔众附和。

赵师傅　是啊，要都像他过去那样，把老婆关在家里，那不是把生产者都变成消费者啦。现在咱们家务劳动都社会化了，咱们男工女农，一块建设社会主义，一块学习，共同进步，这有多好。彩英你说对不对？

林彩英　对，我有时候就想，自己从前是哪样的一个人呢，怎么会有那样的思想，想起来真是又好笑，又害臊。现在我看的是全中国，想的是全世界，心里可敞亮了，党叫干啥我就敢干哪。

辛玉红　是啊，我们家属闹革命要闹到底，我们不光是要建设一个新矿区，我们还要建设一个新世界呢！

李师傅　我们有你们这样的家属呀，打心眼里感到光荣。

辛玉红　我们有你们这样的男家属，也打心眼里感到光荣。

〔众人笑。

小　刘　我说，你们这两个男家属，把东西给我们抬到展览室去吧。

赵师傅　老李呀，咱俩变成男家属咧。咱这个家属也不好当呀，（对家属们）你们看，这一穗苞米一尺二，一个土豆三斤半，一个南瓜六十八斤，一个萝卜三尺三，你们种的东西呀，要没有我们这号家属，别人还抬不动呢。

小　刘　抬完了好好歇歇吧。

李师傅　大家这么忙，我们哪儿歇得住呀。

辛玉红　那好，给你们个任务，抬完了东西把王主任给找回来。

赵师傅／李师傅　是！（抬起大筐下）

〔远处隐隐听见拉歌子的声音，广播声："参加创业庄庆丰收大会的家属同志们注意啦，大会很快就要开始了，请不要随便走动。"

〔小芬、小陈、小黄上。

小　芬　呃，同志，你们这儿是创业庄管委会吗？

林彩英　是呀。你们找谁？

小　陈　找老罗。

林彩英　老罗一会儿就来，你们是哪儿来的？

小　芬　我们是石油学院的学生。哎，我们好像在哪见过。

〔学生们交头接耳。

小　芬　这不是那个拿绿窗帘的吗？

林彩英　你们说什么？

小　黄　我们好像是一块儿坐火车来的。

林彩英　啊，对了，你们跟老罗坐在一块，还谈什么英雄英雄的……

小　陈　那时候我们不认识老罗，谈英雄的时候还不知道英雄就在我们的身边呢。

辛玉红　坐吧，老罗一会儿就来。这一年你们都在哪儿了？

小　芬　我们就在老罗领导的井队里实习。你们呢？

辛玉红　我们在劳动呗。

小　刘　（向学生们介绍）这是我们生产队的指导员，她叫辛玉红，我们都管她叫“心里红”。这是我们的队长。

学生们　啊！……

林彩英　这是我们家属科学家。她是我们创业庄农业科学研究站的站长。

学生们　啊，科学家！

小　刘　你们坐着吧。

小　黄　哎，你们创业庄的指导员不是全国有名的五把铁锹闹革命的“过得硬”吗？

林彩英　她现在是我们村管委会主任了。

小　陈　哎呀，这一年变化可真大。

辛玉红　你们见到王铁人了吗？

小　陈　见到了。我们受了很大教育。我们还见了好多英雄。咱们老罗，就是英雄。

〔广播声：“参加大会的同志们注意啦，大会就要开始了，请不要随便走动，请不要随便走动。”

〔家属们向屋外张望。

林彩英 来了，来了！

众　人 谁来了？谁来了？

林彩英 好多人哪，都是领导同志。

辛玉红 老罗跟咱们主任也一块往这儿来了，往这儿来了！

小　刘 他们都上展览室去了，哎，老罗跟主任到咱这儿来了……

〔罗书记、郭德英边谈边上。

罗书记 ……你这个主任呀，临开会了，还在那儿修公路呢。

小　芬 老罗！

罗书记 啊，你们也来了。（对林彩英、辛玉红）你们认识吗？

辛玉红 认出来了。

罗书记 （对学生们）你们不是要见见五把铁锹闹革命的“过得硬”吗？她就是。（对郭德英）他们是大学生，今年春天跟我同车来的。在我们井上实习，劳动得很好。现在他们要回学校了，我让他们到这儿来看看大庆家属是怎样闹革命的。（对学生们）怎么样，小伙子们，你们对英雄的看法有没有改变呀？你们看到的英雄不是三头六臂吧！

小　陈 不是，英雄是普普通通的人，可是他们不怕苦，不怕累，不怕死，为了革命能够献出自己的一切。

小　芬 过去我们认为英雄都是高不可攀的。这一年来，我们和英雄一块儿生活，我们看到的英雄，都是努力学习毛泽东思想的人，都是敢想、敢干、敢闯的人，但他们又都是那么平易近人，就说这位郭德英同志吧，她不就是这样的英雄吗？

罗书记 像这样的英雄，在家属里边不止一个呀。平时你们看见在大田种地的家属，在公路上修路的家属，在工地上盖干打垒的家属，在服务行业干活的家属，还有很多很多这样的人，她们在平凡的岗位上，同帝国主义、修正主义战斗，一心一意闹革命。在她们中间，有多少值得我们学习的英雄啊！你们看她，她现在是管委会的主任了，可还是跟大伙儿一样劳动，一样评工记分。

郭德英　我们这儿的家属干部都是这样。

罗书记　大伙儿说说，我们搞的这一套“工农结合，城乡结合”，到底是个啥呀？你们说说，大学生。

〔学生们互相望望。

罗书记　（对家属们）你们说说。

辛玉红　我看呀，我们这儿是初升的太阳！

罗书记　什么？你说什么？

辛玉红　人民公社呗！

罗书记　说得好，说得好！你们知道大庆家属干的是啥吗？她们在创业呀！她们在创家属闹革命的大业；她们在创人人劳动、人人学习、人人工作、人人革命的大业；她们在创消灭三个差别的大业！（听见远处歌声）你们听，这是学生们在唱歌。咱们人人都劳动，咱们的家庭都是革命的家庭，咱们的后代都是劳动者、革命者，帝国主义、修正主义想让咱们和平演变的幻想，永远不能实现。

〔广播声：“会场上的同志们注意啦，拉歌子的别拉了，大会马上开始了。”

罗书记　要开会了。呃，老王呢？

郭德英　（问辛玉红）王主任来了没有？

辛玉红　广播找了几次也没来。

〔王主任匆匆上。赵师傅、李师傅同上。

辛玉红　嗬，说着他，他就来了。王主任，你跑到哪儿去了？今天又是庆丰收，又是欢送你们男职工回工业前线，一会儿你还要上台讲话哩！

赵师傅／李师傅　要不是我们把他拖来，他还不肯走呢。

众　人　你到哪儿去了？

王主任　我接生去了。

众　人　什么，接生？

王主任　给咱那大白花儿接生啦，哎呀，一窝十四个崽。

众　人　十四个崽？

赵师傅　十四个小猪崽！

〔众人笑。

林彩英　你咋不说一声？

王主任　来不及啦，人都开会去了，可把饲养员急坏了，我不帮忙能行吗？呃，没误事吧？

辛玉红　快，快，欢送王主任回工业前线，戴花。

〔众人把王主任围了起来，给他披红戴花。

辛玉红　王主任，这回建设工农村，你可出了大力了。

王主任　我出了啥力，这都靠党的领导跟大伙的努力。

郭德英　咱们的工农村建设起来也真不容易呀，失败一次我们就学一次“愚公移山”，失败一次我们就学一次“愚公移山”，老罗带着我们七学“愚公移山”，才把工农村建设好。

罗书记　是啊，咱们就是用愚公移山的精神把土都打成石头了。你们说说，哪一栋干打垒没有咱们的汗水呀！要不就这么结实这么好了！

辛玉红　王主任，说真的，我们真舍不得你走啊。

王主任　我也不想走啊。

罗书记　老王啊，我不早跟你说过了吗，家属闹革命红火了，她们自己领导自己了，也就用不着我们了！

〔众人笑。

王主任 （向郭德英和大家）郭主任，同志们哪！我跟你们说句心里话吧，我是打心眼里服了你们啦！家属不是包袱，是建设社会主义的伟大力量！谁要看不起家属，我非跟他干一仗不行。家属顶住半边天啦，我走了也放心。你们好好干，咱们来个挑战行不行？

众　人 行！好呀！

郭德英 对，咱们都好好干。

〔广播声："创业庄的代表们，请上主席台来，大会马上开始了，大会马上开始了。"

〔不知谁喊了一声："戴花！"学生们都热情地给这三对人披红戴花。

〔二道幕落。

郭德英 哎呀，老罗，我心里直跳。

罗书记 沉住气，今天你可是第一个讲话。

郭德英 我讲个啥呀？

罗书记 你咋想的呀？

郭德英 我这么想：月亮离开太阳就不能发光，家属闹革命离开毛泽东思想就要迷失方向。咱们要永远读毛主席的书，听党的话。一心一意闹革命。现在我们做得还很不够，我们要闹出个共产主义的世界来！……

罗书记 你就这么说。走，开大会去！

〔广播声："创业庄庆丰收大会现在开始！"主题歌声大作。

〔人们兴高采烈地参加大会去了。

〔二道幕启：创业庄远景，一派丰收景象，一轮红日从东方升起，光芒万丈，气象万千。以郭德英为首的大庆家属们，戴着大红花，举着红旗，唱着主题歌走了出来。大幕在歌声中徐徐降落。主题歌声响彻全场。

——幕落·剧终——

（一九六五年十二月于大庆油田）

作品赏析

1964年2月，毛主席号召“工业学大庆”的指示下发到全国各地，中共中央宣传部也在第一时间组织了艺术家团队奔赴大庆油田体验生活，其中就有著名导演孙维世，党的领导和真实的群众生活极大地激发了孙维世的创作热情，她与工人及家属们共同生活，共同劳动，共同编创了这一部《初升的太阳》。

在全国工业学大庆、新人“五把铁锹闹革命”的大背景之下，职工家属们来到大庆，开启了新的斗争生活，面对与想象中的大都市截然不同的城市面貌，她们也展现出了不同的精神面貌，有如辛玉红这般的进步人物，一来便积极投身生产劳动，尽管丈夫李师傅认为她出去劳动影响家务料理和他自身的安全生产，她仍坚持要求加入工农村建设，实现自我价值。也有如林彩英这般思想保守落后的人物，面对并非理想中灯红酒绿的生活，她首先就产生了抗拒情绪，亲身体验艰苦的生活条件后，对劳动更加抵触，又偏听偏信，只贪图安逸而不考虑靠自己的双手建设美好生活，但在众人的帮助下，她也逐渐转变了思想，开始追求进步，成长为合格的时代新人。而最能体现剧作主旨精神的要属早已扎根大庆的郭德英，作为家属闹革命的带头人，她首先具备高度的政治觉悟和理想信念，面对新旧思想观念的冲突，她能有理有据地反驳王主任对家属的轻视，认为家属都闹革命，指导员也不用与之拔河，辩得王主任哑口无言。而作为指导员，她又能起到良好的指引作用，面对思想落后的家属，她总能循循善诱，将真理掰开揉碎，并且凡事亲力亲为，主动担当，不仅扭转了家属们的思想态度，也获得了大家的一致认可。

该剧以“大庆家属闹革命，毛主席教导记在心中”的主题歌贯穿始终。第一场发生在开往大庆的列车上，通过大家热火朝天地讨论油田的生产建设，引出当下对英雄王铁人的敬仰；又通过辛玉红和林彩英的话，揭示出本剧力图解决的重要矛盾，即生活与生产之间——理想中的现代化工业城市生活与现实中艰苦的生产劳动——看似不可调和的矛盾。在第二、三场中，这一矛盾经过指导员郭德英的思想工作，得到了初步的化解，但新的问题又出现——面对根深蒂固的旧思想，纠正对妇女的轻视，构建男女平等的观念，并非思想教育就能完成。但很显然，作者并非只是单纯地想要展示对话语权的要求，或者反映先进和落后的斗争，而且想要说明革命尚未完成，要进行更实际的劳动和斗争，仍需要团结和改造更多人。于是在第四、五场中，家属们展开了轰轰烈烈的“闹革命”行动，她们不仅戴着草帽、扛着锄头，夜以继日建设新农村，还和职工们进行了一场农田除草比赛，最终夺下流动红旗赢得胜利，真正用实际行动证明了自己的价值。

《初升的太阳》通过细腻丰富的人物形象、自身自发的斗争生活，多角度展现了新时代蓬勃的新人形象和精神面貌。作者没有着重刻画铁人王进喜和油田上的职工，而是以小见大，巧妙地将主要视角放置在了一群“闹革命”的职工家属身上，塑造了一批个性鲜明的女性形象。她们同样是构成大庆的不可或缺的一分子，不仅体现了熠熠生辉的大庆精神，也展现了能顶半边天的妇女力量。

《初升的太阳》一经上演，便引发巨大轰动，《人民日报》高度评价该剧——“是对毛泽东文艺思想伟大胜利的颂歌，再一次向人们宣告：我国工农兵群众登上革命文艺舞台成为文化主人的时代到来了”。人民是历史的创造者，该剧展现了大庆职工和家属艰苦奋斗、一往无前的作风和精神，书写了大庆油田的神话；也是在党的领导干部、专业戏剧工作者和工农群众共同努力下，在大庆完成的第一部话剧的创作和排演。

战船台

杜冶秋　王公序　刘世正

作者简介

杜冶秋：上海青年话剧团演员，话剧导演。

王公序：上海青年话剧团演员，剧作家，电视剧导演。

刘世正：编剧，1934年3月出生于河北，1957年毕业于上海戏剧学院，所著话剧以及影、视剧本皆有较大影响，代表作品有《女市长》《儿女们》《真情假意》以及电影《与魔鬼打交道的人》等，是上海剧坛有影响的多产剧作家。

剧情梗概

20世纪70年代初，在党的九大路线的指引下，在毛主席关于建立海上“铁路”的伟大指示下，造船战线打响了轰轰烈烈的造船工业第一仗。大江造船厂的工人干部雷海生提出要在小船台上建造万吨轮，全厂的工人群众都给予了热烈的支持和回应，但遭到了厂革会副主任赵平的反对。赵平思想保守，不相信小船台能造万吨轮；又担心原有计划无法完成，自己要承担责任；再加上厂内还有心怀叵测的反革命分子董逸文，利用赵平暗中破坏，万吨轮建造过程困难重重。但雷海生始终将广大群众和技术骨干团结在一起，不仅找到董逸文破坏生产的证据，揭露了他的反革命罪行，也严肃纠正了赵平的思想错误，将他引入革命的正道。在众人的努力下，大江造船厂的第一艘万吨轮“东方号”顺利下水，为海上“铁路”事业的实现添砖加瓦。

人　物

雷海生——“东方号”建造指挥部总指挥。

王大川——船台起重工。

沈玲娣——女装配工，班长。

张玉山——厂党委书记。

赵　平——厂革会副主任。

高维舟——“东方号”建造工程师。

周阿虎——吊车司机，班长。

老顾——装配工。

小何——艺徒。

小陶——女艺徒。

秦火云——远洋海员，雷海生的爱人。

秘书、电工、一干部、一司机等若干人。

董逸文——“东方号”建造指挥部副指挥。

李莉美——船厂职员，董逸文的老婆。

第一场

〔20世纪70年代第一春。厂休日。临江的工人新村，雷海生家。

〔室内无人。船台模型、图纸等物摆了一桌。

〔远处船厂吊车轰鸣，弧光闪耀，车来船往，一派跃进景象。

〔沈玲娣一阵旋风似的奔上。

沈玲娣 周阿虎，快！雷师傅在家里。

秦火云 （闻声自内室走出）玲娣！

沈玲娣 哟！火云姐，你回来啦！

秦火云 早上刚到。

〔周阿虎上，小何、小陶随后。

周阿虎 嫂子，好久没见了。

秦火云 快半年了吧！（热情地握手）

沈玲娣 这是我们班新来的艺徒……

小　何 我叫小何，我师父是王大川。

沈玲娣 （见小陶躲在门外）咦，小陶，进来呀！（指着秦火云）这就是咱们“东方号”建造总指挥雷师傅的爱人，秦火云同志，新中国的女海员，从国外远航归来……

秦火云 就怕人家把你当哑巴卖了。

沈玲娣 这是我的徒弟——小陶。

秦火云 嗬，船校红卫兵的头头，一转眼当上师父了！

沈玲娣 一转眼？四年了。哎，雷师傅呢？

秦火云 我进门，他出门，一早就走了。

沈玲娣 到哪儿去？

秦火云 局里来电话叫他去，说有要紧事。

周阿虎 党委老张在局里开会，是不是……

沈玲娣 （兴奋地）研究造万吨轮的事！

秦火云 造万吨轮！你们厂哪有万吨船台？

周阿虎 利用现有设备，改造小船台。

小　陶 是雷师傅提的倡议。

沈玲娣 昨天咱们大江厂召开七〇年抓革命、促生产誓师大会，雷师傅首先跳上讲台，抢到话筒，把小船台造大船的倡议一念，全厂炸开锅了。

小　何 可就是赵主任没表态。

周阿虎 厂革会副主任、全厂抓生产的第一把手，关键时刻搁浅啦！

小　陶 真泄气！

沈玲娣 雷师傅说得对，一定要大批判开路。火云姐，你回来得正是时候，帮我们一块儿给赵主任鼓鼓干劲，敲他几榔头。

小　陶 （对楼上）赵主任，赵主任……

〔赵平在楼上应声。少顷，走下楼来，进屋。

众 赵主任。

赵　平 海生回来了？（对沈玲娣、周阿虎）两位班长，厂休日还忙什么？

沈玲娣 刷大标语，为万吨轮早日上马，大造革命舆论。

周阿虎 乘九大东风，造出万吨轮，打击帝修反！

秦火云 老赵，有了这批生力军，你不愁任务完不成了吧！

赵 平 日子也不好过啊！我费了九牛二虎之力，好容易摆平了全年计划，生产刚走上轨道，昨天海生带着这批小将，一个倡议，冲得我稀里哗啦！

沈玲娣 赵主任，我们坚决要求万吨轮今年上马！

赵 平 （对秦火云）你瞧瞧，上压下挤压扁头，舆论都造到家门口来了。

秦火云 干革命，首先就要大造舆论嘛！

沈玲娣 赵主任，你要是再不表态，我们可要炮轰啦！（众人大笑）还要把大标语刷到你办公室里去。

赵 平 欢迎，刷到办公桌上也行。可有一条，不能光想着万吨轮，忘了全年的生产计划。

沈玲娣 忘不了，今年大小船舶连修带造九十九条。

周阿虎 九十九条拿在手，万吨巨轮扛上肩……

沈玲娣 你放心，我们保证完成任务。

小 何 还要超产呢！

沈玲娣 赵主任，雷师傅的倡议，你到底同意不同意？

赵 平 小将们，我何尝不希望早点上马！可是造万吨轮总得有万吨船台呀，好比小毛头睡小摇篮，大块头就得睡大铁床。我们厂就这么个小船台——独养儿子，硬要在上面压上个万吨轮，弄不好是要鸡飞蛋打的！

周阿虎 你的意思是说万吨轮排不上队。

赵 平 你这个吊车司机应该明白，起吊设备也不行啊！小伙子，还是把劲头放在九十九条上，万吨轮今年绝对排不上队！

众　（一怔）这……

沈玲娣　等雷师傅回来再说……

赵　平　老雷的倡议，脱离实际，局里也不会同意的。

〔传来汽笛声、马达声。

小　陶　雷师傅回来了！

周阿虎　雷师傅！是雷师傅！

沈玲娣　雷师傅！（众欢呼，拥出）

〔随着人声、欢呼声，沈玲娣等工人拥雷海生上。

雷海生　为打翻身仗大喊大叫，我赞成。老赵，小将在挑战了。

赵　平　这把火都是你这位火神爷点起来的。

沈玲娣　雷师傅，有什么好消息？

雷海生　阿虎！（示意）

〔周阿虎将一个木盒放在桌上。

〔雷海生走上前去打开盒盖，亮出一艘线形壮观的万吨轮模型。众喝彩。

沈玲娣　这条船……

雷海生　这就是咱们要造的万吨远洋巨轮——“东方号”！

〔众兴奋地抚摸着、赞美着。年轻人互相捶打着，无限自豪。

雷海生　同志们！毛主席号召我们建立海上“铁路”的战斗打响了！

〔众雀跃。

赵　平　海生，这是怎么回事？

雷海生　（对赵平）任务提前了！（对大家）同志们，任务提前了。阿虎，你马上把大川师傅他们找来！（对沈玲娣）你去请两位工程师，告诉他们，原定下星期的攻关会现在就开！

〔众工人下。秦火云入内室。

赵　平　海生，你这么心急火燎的干什么？

雷海生　早等风，晚等风，等来好风就张篷嘛！

赵　平　“东方号”真的要上马！（兴奋地）万吨船台批下来了？

雷海生　你先看看局里的文件。

赵　平　（看文件，一惊）这……

雷海生　九大以后，形势发展得很快，国际交往越来越多，海运任务很重。国家需要大量的船，可是，帝修反千方百计地卡我们，你要租船他抬价，你要买船他刁难。

赵　平　是啊，真叫人憋气。可是，我们厂条件差、底子薄……

雷海生　毛主席、党中央非常关心我们这条战线。上级要求我们尽快把造船工业搞上去，迅速改变靠租靠买的局面。全市的几艘万吨轮都要提前交货，年内就去加强我们的远洋船队，兄弟厂都表了决心。

赵　平　我们厂……

雷海生　形势发展得这样快，真是坐不住，会上老张叫我表态，我把老师傅们的倡议就提出来了。

赵　平　具体任务怎么落实的？

雷海生　我们的“东方号”也决不例外，力争“七一”下水！

赵　平　“七一”下水？船台，船台在哪儿？万吨船台！就是纸糊也来不及啊！

雷海生　就在小船台上造。建造这艘“东方号”不仅是生产仗，更是政治仗、志气仗。老赵，困难再大，有党的领导，群众的支持，我们也能冲上去，一定要冲上去！

赵　平　我心里没底啊！

雷海生　底在群众那里！马上开攻关会，找矛盾、想办法。请你来把关！

赵　平　把关？算了吧，我还是不参加的好。

雷海生　为什么？

赵　平　叫我跟着喊，“行，我支持。”我不愿意说假话。我要是说，“不行，要压垮的！”就成了对立面。何苦呢？

雷海生　老赵，你的领导艺术越来越“高明”了。

赵　平　你是新干部上任，日子长了你也会高明的。

〔雷海生一怔，略顿，走近赵平。秦火云走出，见气氛不对。

雷海生　你这种观点我不能同意，进了领导班子就该缩手缩脚？

赵　平　作为一个领导干部，对群众的热情，上级交的任务，要实事求是，不行就是不行，要顶得住，不然就会捅娄子、挨板子。

雷海生　嘴上讲实事求是，实际上该闯的不闯，能干的不干，对群众的热情泼冷水，那才真要挨板子。

赵　平　你怎么总是和我打不到一个点子上。

雷海生　我们应当急党所急，和群众打在一个点子上。

秦火云　你们俩是怎么啦？见面就叮当。

赵　平　（对秦火云）这次能多待些日子吗？

秦火云　也不长，海运很紧张，等船修好就走。

赵　平　（对雷海生）听见没有，还有修船任务！

秦火云　这次我们打算只借用你们厂的码头，自己动手修。

赵　平　自己动手？就凭你们船上那点设备？

秦火云　为了支持你们打翻身仗，多造新船，条件差我们能克服。不过，到时候得请你们去指导。

赵　平　这好办，派海生去。

雷海生　老赵，我可不去。到时候，人家逼着我表态，叫我跟着喊“行，支持”，我不能说假话；要是说“不行”，就成了对立面，何苦呢？

秦火云 什么！你……

赵 平 （不悦地）哎呀！他是绕着弯儿地向我开炮。

〔电话铃响，秦火云接电话。

秦火云 老赵，你的电话。

赵 平 （接电话）喂，我就是，什么，学习，哎呀！不行呀！晚上我……这样吧，你代我掌握一下吧。

〔雷海生拿过电话。

雷海生 喂，晚上的学习我们都参加，老赵亲自主持，他还要发言。（挂电话）

赵 平 你……

雷海生 学习还找人打替工？不认真学习马列主义、毛泽东思想，当心（指头部）“主机”出故障！

〔赵平无言对答，欲上楼。

雷海生 哎哎，别忙着走，师傅们马上就来了。

赵 平 反正班子我给你搭好了，任务是你和张玉山同志抢回来的，他是党委书记，等他回来决断吧！

雷海生 担子要我们一起挑，攻关会你一定得参加。

赵 平 随叫随到，行了吧。我的总指挥！（上楼）

秦火云 海生，看样子，你们俩矛盾还不小。

雷海生 不要紧，有矛盾、有斗争才有发展嘛！

秦火云 （看表）我要开会去了。顺便把孩子接回来。（拿小外套，发现扣子少了一粒）扣子掉了也不给缝上！

雷海生 噢，在这儿。（从口袋里摸出一粒扣子）

秦火云 你这个爸爸！（坐下缝扣子）海生，你们师兄弟俩打不到一个点子上怎么行？按说你们都是在船台上滚大的，对造船工人的心愿老赵他应该理解。

雷海生 当了多年的厂长，习惯了老一套，旧的东西捆住了他的手脚。

秦火云 老赵是有他的难处，大厂造大船好办，你们厂小……

雷海生 厂小志气应该大，革命要求我们不是具备了一切条件才上，而是在手中创造条件。如果大厂、小厂都抢挑重担，奋发图强，一往无前，我相信，苦战若干年，一定会改变我们造船工业的落后面貌。

秦火云 是啊，我们跑远洋的体会很深，我们海员多么渴望开着自己造的船远航亚、非、拉，为中国人民争气。

雷海生 是啊，一定要多造船，快造船，建立海上“铁路”。

〔门外王大川的声音：“海生啊！”

雷海生 大川师傅来了！

〔王大川、沈玲娣兴致勃勃地上。

王大川 海生，听玲娣讲你把“东方号”给咱们拿回来了！

雷海生 对，您来看！

〔王大川抚摸着船模，心情激动。

秦火云 大川师傅，造这样的船扬眉吐气啊！

王大川 是啊，盼了半辈子啦！

秦火云 你们谈吧，我去开会了。

王大川 （将船模轻轻放回原处）你忙，你忙。

雷海生 造这条船，船台是个难关，您是老行家……

王大川 造万吨轮，我也是新学徒。听说，老赵提议让董逸文当副指挥？

雷海生 嗯，是这么决定的。

〔王大川用力地敲了敲烟斗灰。

雷海生 怎么？您……

〔老顾、周阿虎争议着上。

老　顾　这样干法没见过。

周阿虎　小船台造万吨轮，本来就没见过嘛！

沈玲娣　两位工程师，请吧！

〔沈玲娣引高维舟、董逸文上。

董逸文　老雷，你真是抓得紧啊！

高维舟　（极兴奋地抚摸着“东方号”）没想到局里这么快就批准了我们的倡议。（对董逸文）绝不能辜负领导的信任。

雷海生　小船台造大船，困难不少，你们要多想想办法。

董逸文　主要看老高的，他是施工责任工程师。

高维舟　别这么说，你是赵主任亲自点的将，“东方号”建造副指挥，关键在领导嘛！

雷海生　老董，我想请大川师傅当我们的船台顾问。

董逸文　（略一犹疑）当顾问……好，我同意。大川师傅这儿坐，这儿坐，这是顾问席。

〔众笑。

王大川　（一边坐下）这儿就挺好。

雷海生　同志们，任务提前了，这可是一场硬仗，改造小船台的措施必须迅速跟上去。大伙先扯起来，我去请老赵。（上楼）

董逸文　（俨然以领导者自居）老雷向上级拍了胸脯，这可是将了我们一军啊，大家有什么高见都拿出来吧！

老　顾　喂！董副指挥，小船台造大船，这事儿得想周到，急不来。

周阿虎　老顾师傅，打翻身仗慢吞吞怎么行？你看人家对江船厂，今年两艘万吨轮同时上马。

老　顾　人家那是什么条件？万吨船台中间摆，百吨高吊两边排。咱们呢，能跟人家比呀！

沈玲娣 咱们跟人家比志气嘛。

董逸文 大川师傅，这回您这位船台行家可要拿出绝招来哟！

王大川 我先听听。

老　顾 这老家伙，任务提前了，你还留一手。

周阿虎 （对董逸文）你一肚子墨水，也不能光做裁判员。

董逸文 快别这么说。“文化大革命”打倒了老反革命分子温伯年，我们不干谁干。你放心，我这个人心直口快，有话是藏不住的。

高维舟 雷师傅的倡议，我认为有科学根据。数据我作了初步计算，船台承压力的问题完全可以解决……

〔雷海生下楼来。

王大川 就是长度差三十米。

雷海生 大川师傅牵的是牛鼻子，大家集中这个问题攻一攻。

老　顾 对，长度最要命，“东方号”那么老长的个，头躺不下，脚伸不直，硬碰硬差三十米，三十米呀！老赵说的不是没道理，缺个万吨船台硬是干瞪眼。

周阿虎 老顾师傅，干瞪眼可不行啊！

雷海生 造船工业翻身仗这团烈火，在咱们心里压了多少年，是“文化大革命”这股东风使它轰轰烈烈地烧起来了，咱们能甩着手干瞪眼？老顾师傅，依我说，有条件上，没有条件咱们创造条件上嘛！

沈玲娣 对，我们就是用几千双铁手也要托起“东方号”！

周阿虎 长度不够，能不能在前面接长？

王大川 那不行，船台前面是施工的通道。

老　顾 是啊，通道堵死了，运输怎么办？你能让卡车从船台上飞过去？

雷海生 大川师傅，谈谈您的想法。

王大川 （拿出小本子）海生啊，这一刀打哪儿开，得慎重，不能莽撞，我琢磨着……

董逸文 我插一句，对船台是要持慎重态度，但是我认为问题要这样看，造万吨轮敢上还是不敢上，这是对打翻身仗的态度问题，立场问题。

雷海生 老董，同志们摆困难、找矛盾很好嘛。

董逸文 我是说，只要大家有决心，那咱们就上嘛。

王大川 （不满地）董副指挥，咱们这个小船台，前面顶通道，后靠黄浦江，不想扎实了，怎么上？

〔赵平慢腾腾走下楼来，董逸文注意到他。

董逸文 在船台上打主意，当然是死路一条。

王大川 我不是这个意思。

董逸文 我懂你的意思。老赵一再指出，多大船台造多大船，不能蛮干，这是有道理的。所以我认为，最理想的办法是甩开船台，在船上找出路。

〔众一怔，赵平注意。

高维舟 你依据什么？

老　顾 （有兴趣地）有这样的办法当然好。

董逸文 老顾师傅，您赞成？

赵　平 你是说不动小船台？

董逸文 对！

雷海生 老董，咱们造船工人干活是榔头敲钢板，实打实，硬碰硬，来不得半点含糊。请你把观点说明确点。

赵　平 对，说明确点。

董逸文 我的观点已经很明确了，既然小船台托不起万吨轮，我们为什么不能把万吨轮化整为零呢？

周阿虎 化整为零？怎么个化法？

王大川 你那是造船还是拆船？

赵　平 （不满王大川的态度）各种想法都可以谈嘛。

董逸文 （得到赵平撑腰，更得意忘形）大川师傅，您是船台的行家，有丰富的经验，我要学习。可有时候经验也可能导致保守啊！

雷海生 老董！不要这样讲……

王大川 什么，保守？

董逸文 我是说您一直想着造大船，怎么真要造了，您又左一个不行，右一个反对呢？

王大川 我反对？咱们厂的温伯年才反对造大船。我反对！我反对邪门歪道！（把本子一摔）

董逸文 王大川同志，对领导有意见可以提，现在是在研究工作嘛。

王大川 你……

老　顾 你这个倔老头子，乱放炮！

雷海生 大川师傅，老董有老董的道理，可以听听嘛。老董，你说下去吧。

董逸文 既然船台顾问说我是邪门歪道，我还能说什么？

王大川 好好，我碍事，我走！这个顾问我当不了。（一怒而去，忽又返回，对雷海生）当心，翻船！（下）

〔沈玲娣、高维舟等追出门外。

雷海生 大川师傅，大川师傅……

〔静场。

董逸文 老雷，你看这事……改天谈吧。（下）

〔沈玲娣等走了回来。

赵　平 攻关、攻关，不欢而散。

雷海生 暴露了矛盾是好事嘛!

赵　平 造大船，八字还没有一撇，上上下下全乱套了。

雷海生 不，是上上下下都动起来了。老赵，打这场翻身仗，是不可能风平浪静的。

——幕　闭——

第二场

〔次日，清晨。江边，船台工具室内外。

〔夜班工人还在奋战，去接班的早班工人招呼过场，江面汽笛声此起彼伏。

〔室内，王大川面对船台模型琢磨着。少顷，将模型放到隐蔽处取工具等物走出。

王大川 （叫）小何，把缆绳拖过来！

〔小何不悦地走上。

小　何 师父，我对你有意见。

王大川 先干活儿去。

小　何 你不关心造大船，我就不跟你……

王大川 什么？你看不上我这师父，我还挺中意你这个徒弟呢。

小　何 大伙攻关你不参加……

王大川 别光咋咋呼呼的，多动动脑子。（指室内）把工具拿来！（朝远处一指）东边，东边。（下）

〔小何气鼓鼓地走进内室。

〔少顷，雷海生携行李走来。

雷海生 （走到窗前，喊）大川师傅……大川师傅！（无人应，他走

进室内，将行李卷放下，发现船台模型，认真看一张草图，惊喜）好啊，大川师傅……（复将草图放回，盖好）

〔小何自内室出。

小　何　雷师傅！

雷海生　小何，你师父呢？

小　何　师父，别提了！

雷海生　怎么？

小　何　人家说，你师父好，这样的师父打破铜锣没处找。可对打翻身仗偏偏不起劲！

雷海生　哦！真有这样的事儿？

小　何　我做梦都在喊，翻身！翻身！就盼着万吨轮早点上马。可他说："别光咋咋呼呼的，多动动脑子。"

雷海生　我同意你师父的观点。

小　何　你……

雷海生　你来看。（走到船模边上，揭开蒙布）这是什么？

小　何　船台模型……

雷海生　你师父摆弄这个干什么？！

小　何　（恍然）我师父？！

雷海生　你师父对党忠心耿耿，一心为革命，他会不关心翻身仗？

小　何　（内疚地）哎呀！我……我干活去！（高兴地奔出）

〔沈玲娣扛"'东方号'指挥部"木牌上。

沈玲娣　小何，你看。

小　何　这么快呀！

沈玲娣　说干就干嘛！

〔小何下，沈玲娣进屋。

沈玲娣　雷师傅，写好了。（指木牌）

雷海生　好。

沈玲娣　四楼的东西都搬下来吗？

雷海生　不用。指挥部搬这儿怎么样？

沈玲娣　好，房子虽说小了些，接触面可大哩。

雷海生　刚才你们班组讨论得怎么样？

沈玲娣　大伙出了不少好点子，措施越谈越具体了。可就是大川师傅没参加！

雷海生　知道了。你到潜作小组去一次，把潜水设备拿到这儿来。

〔沈玲娣点头出门，遇王大川。

沈玲娣　大川师傅……

王大川　嗯。

〔沈玲娣下。

〔王大川进屋，见到雷海生，两人对视无言。

雷海生　下夜班了？

王大川　不，上早班。

雷海生　船台的事还得请教您呀！

王大川　能人有的是！问我？（说罢走进内室）

〔雷海生整理了一下工具。

〔王大川携行李出。

雷海生　大川师傅，您这是……

王大川　指挥部的人马都要来了，我搬走。

雷海生　您是船台顾问，怎么能走呢？

王大川　我是反对造大船的！

雷海生　哪儿能。

王大川　老了，保守了！

雷海生　您是赌气，我知道，您比谁都急。（夺下行李，放进里屋，复出）昨天让您窝了火。

王大川 我是担心！姓董的把他老子洋奴买办那一套都学会了，忒滑！你要吃甜的他就给你端糖罐；你要喝酸的他就给你拎醋瓶。听那小子的，准翻船。

雷海生 您的心思我明白。可董逸文到底有什么想法，让他说出来，咱们听听也好嘛。再说他现在还是技术组的头头。

王大川 头头？过去和温伯年打得火热，一口一个温总，温老师，老家伙把全厂的技术大权都交给了他。现在削尖了脑袋……又缠上了老赵。整天“上啊，上啊！”他要我们上哪儿？

雷海生 您的话我记下了。大川师傅，咱们修船检查船板质量，光靠眼睛看还不行吧！

王大川 那是，年代久了，保护漆太厚，不能只看表面。

雷海生 对呀！铲掉保护漆，才能看清哪块烂了，哪块还能用。

王大川 你的意思是……

雷海生 这可是个细致活。

王大川 你是这样想的！……我就是瞅着他不顺眼，心里憋气。有他当副指挥我就不当顾问！

雷海生 您这样正好有人高兴。大川师傅，船行大海免不了沾上点海蛎子什么的，咱们能怕它腐蚀钢板就不出海了？有人就是希望咱们撒手不干。（从行李里取出斧子）您看！

王大川 这把斧子，是你保存着？

雷海生 一晃十年了，那年为了造大船的事，你我都受过气，他们从咱们手里夺走了这把斧子，为了这事您还抹过泪！

王大川 都是那伙卖国贼！

雷海生 卖国贼破坏、干扰，弄得咱们大江厂大车床车小螺丝，大吊车吊小驳子，后来，干脆造些用人抬下水的小划子！

王大川　这些事咱们工人是不会忘记的。

雷海生　现在苏美两霸争夺海上霸权，想要瓜分地球，我们应该有所准备，要把被耽误的时间抢回来，哪怕提前一小时也好，大川师傅，这个顾问您一定得当！这把斧子您一定要掌牢，等“东方号”一完工，您还得亲自砍缆送它下水啊！

王大川　海生，你想得深，看得远。咱们是不能憋气，要为毛主席争气！

雷海生　大川师傅……

王大川　（转身挂好斧子，见雷海生的行李）这是……

雷海生　（诚挚地）我从小学装配，这船台起重活不熟悉。从今天起，我就搬这儿来住，您就收我做个徒弟吧！

王大川　（感动）这……这儿冷。

雷海生　在您身边冻不着。碰到难题有个商量，我有什么差错您也随时提个醒。

〔王大川拥上，两人紧紧握手。

王大川　海生！（泪水夺眶而出，半晌说不出话来，掩饰地指船模）来，一块儿合计合计。董逸文说小船台是死路一条，不，咱们给它来个水路一条！

雷海生　听高维舟说，您在让他计算水中延长部分的承压力，是打算……

王大川　这个高维舟，叫他别吭声，别吭声……

雷海生　您干吗还瞒着呢？

王大川　还没把握嘛！万一有个闪失，别又像那一年，让人家钻了空子，三下两下就给敲了！

雷海生　您想得周到。

王大川　我琢磨着，咱们靠水吃水，向黄浦江要长度。

雷海生　利用水中延长部分。

〔张玉山上场。

王大川　对啊，咱们想到一块去了。（两人畅笑，发现张玉山上）书记来了。

张玉山　（进门）好啊，海生，这个顾问你选得准！

雷海生　上级有什么指示？

张玉山　对我们小船台造大船的创举，非常支持。都认为，像我们这种条件的厂都能造出万吨轮，那么，建立海上“铁路”的步伐，就可以大大加快。刚才研究了一下，决定让老赵分管“东方号”。

雷海生　好。

张玉山　上级要求我们尽快把方案搞出来。

雷海生　大川师傅想利用船台水中延长部分，解决船台长度问题。

张玉山　好，这是个路子，不过船台水中延长部分，潮涨潮落，长年冲刷，会不会掏空呢？

王大川　我就担心这个。

雷海生　这事我想过……

〔沈玲娣上。

沈玲娣　雷师傅，潜水设备准备好了。

张玉山　你打算……

雷海生　我下去探探。

王大川　这不行啊，船台下面水流急，漩涡多，尽是三角铁、废钢料，危险！

雷海生　要知道梨子的滋味，还得亲自尝一尝。玲娣，走！

张玉山　玲娣，让潜水组配合老雷行动！

王大川　这……

张玉山 拦也没用，走！（和王大川同下）

〔静场，风声，浪涛声阵阵。

〔董逸文抱资料和赵平边谈边上。

赵 平 你的想法已经比较具体了嘛。我看你的方案可取。

董逸文 一时还拿不出来。

赵 平 我们一起和海生谈谈。

〔秦火云及几个海员上。

赵 平 火云，你们船进厂了？

秦火云 对，在三号码头。

赵 平 有什么困难需要我们帮忙吗？

秦火云 谢谢，暂时没有。（下），

〔赵平、董逸文进屋。

赵 平 指挥部搬到这儿？

董逸文 是老雷坚持的。

赵 平 老雷坚持得对，新班子嘛，应该有别于过去。（发现船台模型）这是什么？（仔细看了看草图）动水中延长部分的脑筋？

董逸文 （接过，看）一点不错。

赵 平 简直是异想天开！（扔下草图，转身走了出去）老董！

〔董逸文跟出。

赵 平 “东方号”闹到今天这个地步，已经是骑虎难下了，既然党委明确我分管这条生产线，我就不能让他们这样七拼八凑地搞下去！

董逸文 这有什么办法呢？

赵 平 你那个确保船台的方案，赶快搞出来，如果切实可行，我马上向党委推荐。

董逸文 现在要听群众的嘛。

赵　平　不要有顾虑，当初我极力推荐你当副指挥，就是因为你有经验，技术过硬，才让你把关。

董逸文　不是我有顾虑，现在群众对雷师傅的设想极感兴趣，我要是贸然提出什么新的主意，那人家会说我跟雷师傅唱对台戏啊！

赵　平　这种顾虑根本没有必要，从生产出发嘛，不要三心二意了。你考虑一下，晚上我来找你。（下）

〔李莉美匆匆上。

李莉美　逸文。

董逸文　现在才来，怎么样？

李莉美　温伯年说……

〔董逸文制止，引她进屋。

李莉美　温伯年说，你搞的那个方案太愚蠢，他给你拎了拎。（拿出一个方案）

董逸文　（急看）“一切为了船台安全，切成几块，分而治之。”妙！口号提得当当响，又能投其所好，温总这个老滑头，妙，绝妙！

李莉美　温伯年说，这几天突然追问起他的现行活动来了。

董逸文　什么？你说什么？

李莉美　追问他“文化大革命”中的现行活动！（见董逸文吃惊）逸文，别跟他再来往了，好歹你还是个副指挥。

董逸文　副指挥？哼！现在是工人阶级领导一切，你以为姓雷的这个人容得了我？他一上任就死命抓阶级斗争，光是为了打温伯年这条落水狗？醉翁之意不在酒！

李莉美　你不过是跟他一起对运动发发牢骚。

董逸文　发牢骚？没有一句不上纲的。

李莉美　（倒吸一口凉气）啊！温伯年策划叛国投敌的事，真的和你……

董逸文　你嚷嚷什么？（拿出一张纸）这是下一次批斗温伯年的提纲，告诉他，顶住！我要是垮了台，他就永无翻身之日。

李莉美　那你更应该积极点，帮雷师傅他们出点好点子，给人个好印象。

董逸文　可姓雷的软硬不吃！

李莉美　那怎么办呢？

董逸文　他不吃，姓赵的吃！（指方案）有了温总的这一手，叫他们开工有日，完工无期，泡在黄浦江里开废品展览会，我看他姓雷的……

李莉美　你不想活了！

董逸文　我不想像现在这样活着！要不是“文化大革命”，我早就飞黄腾达了，现在……哼！在一个抡榔头的手下打杂。我失去的东西要他们加倍偿还！

李莉美　不不，这太可怕了。

董逸文　莉美，你放心，只要你把批斗提纲交给温伯年，批斗会上我斗他比谁都狠！（塞给李莉美）

李莉美　我不干，你这样把我也给毁了！

董逸文　嘘！你疯了！

〔高维舟上，找王大川。

高维舟　大川师傅！

董逸文　（佯装）莉美，我不是跟你说过了，一点伤风咳嗽算不了什么。时间到了，该上班了。

李莉美　你死我也不管。（下）

董逸文　莉美，莉美……（对高维舟）真没办法，她总是担心我的身体。

高维舟 大川师傅不在？

董逸文 我也正在找他，你看昨天那事……

高维舟 老董，你也太不了解他了，老师傅是最讲实际的，你看，他打算利用水中延长部分，这是我们根本想不到的出路。我计算了一下，完全可能。（递材料给董逸文看）

董逸文 （推开材料）不必了。利用水下，计算可要绝对准确。

高维舟 所以才请你过目嘛。

董逸文 老高，我们共事多年，说句知心话，咱们可要牢固树立工人阶级领导一切的思想，这样重大的问题多插手，人家会说我们知识分子固守世袭领地的。

高维舟 这是从何说起，我们和工人师傅相结合，真心实意，言行一致，怎么能说……

董逸文 我这个人心直口快，听到某些反映而不提醒，也是对同志不负责任。

〔张玉山、王大川、沈玲娣等上。

张玉山 （持对讲机）海生，注意，前面是漩涡区，你不能再往前了。

〔报话机传来雷海生的声音："没关系，能闯过去。"

高维舟 大川师傅，怎么……

王大川 海生下去探水了。

张玉山 海生，下面是废船排，要当心！

〔雷海生的声音："加大氧气。"

张玉山 （对沈玲娣）加大氧气。

沈玲娣 （向远处）老李，加大氧气！

张玉山 他已经闯过去了。

〔雷海生的声音："准备出水。"

张玉山　好。大川师傅，注意保险绳，准备，出水！

〔众紧张操作。

〔雷海生身穿潜水衣，从水下上来。

雷海生　同志们，水路通了！

众　太好了！

雷海生　老张，我们马上去"船研所"，拿到可靠数据。

张玉山　好，我们在厂里做好开工准备。

〔汽笛声响。

沈玲娣　汽艇到了。

雷海生　老高，上汽艇，解缆，开航！

〔初升的阳光照耀着雷海生等群像。

〔董逸文龟缩室内。

——幕　闭——

第三场

〔数天后，生产办公室外间。

〔室内外工人们相互争议着。

秘　书　（在打电话）……同志们，静一静。喂，“船研所”吗？我找大江厂的雷海生，厂里有事请他回来……什么，已经回来了，好。（挂电话）

〔周阿虎、老顾上。

周阿虎　老赵，老赵……

秘　书　老赵有事，你们一会儿再来吧。

周阿虎　请他出来一下，我们有意见。

秘　书　好。（进里屋）

老　顾　阿虎，我看老董的方案可以讨论讨论。

周阿虎　总指挥不在，又不和我们工人商量，老赵突然公布了这么个方案，这不是扰乱军心吗？！

〔群众中两种不同看法又争论起来。

〔赵平和秘书上，签文件，秘书下。

周阿虎　老赵，我……我有意见！

赵　平　刚才不是跟你们解释过了吗？

老　顾　阿虎啊，老董的方案我看可取。

周阿虎　可取在哪儿？

老　顾　化整为零，造好一段，下水一段，船台硬碰硬保险！

周阿虎　保险保险，啥也不干最保险！

赵　平　老董的办法比你们那个切合实际。

〔沈玲娣拎一捆方案上。

沈玲娣　赵主任，雷师傅到“船研所”搞试验还没回来，“东方号”的准备工作刚开始，突然发下这么个方案来，还要我们停工讨论，这是为什么？（将方案给赵平）

赵　平　你们两个先进班组，都不贯彻领导意图，全厂的生产还怎么搞？把这个拿回去！

沈玲娣　大伙辛辛苦苦攻出来的方案就这样作废了？！

赵　平　你们的积极性非常好！沈玲娣同志，你现在是班长了，搞生产得踏踏实实。

沈玲娣　怎么不踏实，我们跟雷师傅一块儿搞调查，提倡议，探水情，做试验，哪一步不是按照毛主席指示办事。试验正在进行，你做出这样的决定，我们工人不能同意。

周阿虎　对！雷师傅的整体建造方案是铆钉铆在钢板上，敲定了！

〔上班铃声响。

沈玲娣　上班了。

老　顾　（叫住大家）哎！老赵，到底是照老雷的方案做准备工作，还是讨论老董的方案？

沈玲娣　照雷师傅的方案办，马上开工！

〔众欲走。

赵　平　慢！“东方号”的准备工作先停下，集中精力讨论老董的方案，统一思想再干。（众议论纷纷）同志们！对领导有意见欢迎提出来，可是生产还要服从安排嘛！

沈玲娣 谁要停工谁负责！我们班不停！

周阿虎 我们班也不停！

〔双方对峙。雷海生上。高维舟随后。

赵 平 （发现雷海生）海生，你来得正是时候！

〔众七嘴八舌地汇报情况。

雷海生 大伙儿的意见我刚才在车间里听到了，既然老赵作了决定，那就先讨论老董的方案。

周阿虎 讨论老董的方案？

雷海生 有比较才有鉴别嘛，认真讨论一下有好处。

沈玲娣 咱们方案试验的结果……

雷海生 老高，你先到车间去，跟大伙儿说说。老张也在那儿，向他汇报一下。

高维舟 好，同志们，走！

沈玲娣 回车间。

〔众下。

雷海生 老赵，这回你怎么不怕上上下下都乱套啦？

赵 平 这回我心里有底！海生，这下我们总算打到一个点子上了，我还以为你回来准得跟我干一仗！

雷海生 你先别高兴，仗少不了还是要干的！

赵 平 哎呀，这些个小青年已经够难弄了，你还要来干仗？我的总指挥，还是帮我压压阵吧！

雷海生 你是叫我来运动群众？（大笑）老赵，我们的数据拿到手了，经过试验证明，有充分科学根据，切实可行。

赵 平 哦！归根结底还是大块头睡小摇篮，这总是条险路；老董这个方案就不同啦，那真是柳暗花明又一村哪！

雷海生　什么？“柳暗花明”，还“又一村”？

赵　平　他的方案符合我们厂的现有条件。

雷海生　当真那么有把握？

赵　平　我反复权衡了利弊，老董的方案最大特点是把“东方号”……

雷海生　大卸八块！

赵　平　不，是化整为零，分而治之。这办法稳妥得多了，它既能保证“东方号”“七一”下水，又有把握叫九十九条如期交货，更主要的是它能确保我们的“独养儿子”安然无恙。

雷海生　你对他的“化整为零”简直着迷了！

赵　平　我欣赏这个方案，哎！你倒是仔细看过没有？

雷海生　你派专人给我送来，还能不看，我们还和“船研所”的老师傅们认真研究了一番。

〔董逸文上。

董逸文　老赵！

赵　平　老董……（指指雷海生）

董逸文　雷师傅回来了？这么快就……

雷海生　你也不慢呀！

董逸文　形势所迫，我就来了个……

雷海生　突然袭击！（大笑）

董逸文　（一怔，强笑）老赵，你怎么能让大家停工讨论我的方案……

雷海生　我到“船研所”去的头一天晚上问起你，你还说不成熟。怎么两天一过，就搞出这么个完整的方案？

董逸文　哦，那是叫老赵逼出来的嘛。

赵　平　你看有点价值吧？

雷海生　很有价值！

董逸文 好，总指挥支持，那我就定心了。

雷海生 不过我还有个问题没想通……

董逸文 你看哪些地方还不够完善？（拿出本子，欲记）

雷海生 我想先了解一下这个方案的现实意义！

赵　平 （抢着说）这很明确，前提是确保船台安全，造好一段，下水一段，利用黄浦江运往对江老大哥厂，请他们拼装合龙。

董逸文 说句笑话，这也是受你们水路一条的启发，这倒是天然流水线啊！（大笑）

雷海生 分段什么时候造出来呢？

董逸文 快得很，两个月就可以完工。

赵　平 鼓鼓干劲，还可以大大提前。

雷海生 那就是说我们只管把分段推下黄浦江……

赵　平 交给老大哥厂去拼装。

董逸文 完全正确。

雷海生 那再彻底一点，分段也别造了，把钢板直接交给老大哥厂让他们造，我们大江厂干脆退船卸担子。对江船厂两艘万吨轮同时上马根本没有时间，我们等到哪一天呢？照你的方案，“东方号”被大卸八块，泡在黄浦江里，天长日久，分段要变形，钢板要生锈，“东方号”就会变成一堆废钢铁！更主要的是，如果造成这种局面，就是宣布翻身仗的失败！

董逸文 好好好，既然雷师傅不喜欢这个方案，又提到了政治高度，那……我就很难再坚持了，不过，技术上还是可以各抒己见的。

雷海生 那就把两个方案都交党委，作全面的讨论。

董逸文 老赵，有必要吗？

赵　平 有必要，很有必要！

董逸文 那，由领导决定吧。老赵，我是为船台的安全着想。（下）

〔沉默良久。

赵　平　我不同意你刚才这种做法，何必把什么生产技术问题都扯到政治上去呢？

雷海生　难道这不是一场两种思想、两条路线的斗争？老赵，你可不要因为合自己的味口就不作阶级分析。你想过没有，他这个方案是怎么出来的？

赵　平　（不以为意地）怎么出来的，我动员他拿出来的呀！

雷海生　这么厚一本完整的方案，有施工计划，有图纸，有措施，短时间内是搞不出来的。

赵　平　人家技术上过硬，也许早有积累呢！

雷海生　选择这个时机也是偶然的？

赵　平　你们的方案没有完全落实，正好他可以露一手，充其量不过是想一鸣惊人嘛！

雷海生　老赵，有的人表面上帮你划桨，骨子里让你触礁！

赵　平　你根据什么？

雷海生　最近有人反映，董逸文老婆到过温伯年家。

赵　平　（自信地）不可能，批斗会上老董对温伯年的斗争很坚决！

雷海生　你快成了他的辩护士了！

〔静场。

〔张玉山上。

张玉山　都在这儿啊……

雷海生　“船研所”计算的结果……

张玉山　我知道了。

〔赵平把方案递给张玉山。

赵　平　老张，两个方案都在这里。你是书记，你做个决定吧。

张玉山　搞“一言堂”！我可不干！（打电话）接党委，小严吗？我是张玉山，请你把各车间的记录尽快地整理一下，我在生产办公室。（挂上电话）车间里争论得很热烈……

〔老顾匆匆上。

老　顾　海生……这是怎么回事，老董突然把他那个方案从专栏上撕下来了。

赵　平　这个人，他这是干什么？

老　顾　他说，怕影响你和老雷的关系，情愿自己收回方案。

赵　平　（对海生）你看看……

张玉山　既然拿出来了，何必收回！两种方案已经是客观存在了嘛。

雷海生　（一直在思考）老顾师傅，车间里的讨论是不是还在进行？

老　顾　吵翻天啦！

雷海生　（对张玉山）我去一下。

〔老顾下。

张玉山　好，要让不同意见充分发表。

雷海生　（去而复返）老赵，我觉得今天老董的所作所为，很值得我们深思。（下）

赵　平　为了一艘“东方号”，厂里搞得乱糟糟的，这种局面应该结束啦！

张玉山　不能这样看吧，应该说，“东方号”使厂里发生了深刻的变化，到处热气腾腾。老赵，我可是烧惯了铆钉炉的，我看，咱们还是趁热打铁吧。

赵　平　老张，这样搞法，正常的生产秩序怎么保证？

张玉山　你是指什么样的正常秩序？把群众运动纳入自己固定的轨道，才算正常秩序？群众要革命，要前进，就得打破旧习惯、老框框，这正是“文化大革命”建立起来的革命秩序。

赵　平　现在压力这样大……

张玉山 有点压力好，要是都觉得小日子过得舒舒坦坦，那就糟了。毛主席建立海上“铁路”的伟大号召远远没有实现，我们应该主动承担这种压力！

赵 平 可是压力越重，越指挥不动。我说这样干，群众说不一定；我说此路不通，群众硬要大喊大叫往前冲！

张玉山 通过“文化大革命”，出现了多么生动活泼的政治局面。群众对我们领导执行什么路线，时时关心，处处把关，我们应该感到幸福嘛。如果舍不得和旧的一套决裂，那就可能走向反面。

赵 平 好吧，只要党委作出决议，就照海生的办法干。不过，作为个人意见，我保留。

张玉山 不同意见，允许保留，但是必须从路线上分清是非！

赵 平 我觉得，这样工作很困难，又要我抓“东方号”，又不能按我的办法做……

张玉山 怎么是你的办法，他的办法？我们都应当遵照党的方针、路线去做！

赵 平 我要求党委取消我分管“东方号”的决定。反正海生也是党委委员，成败如何，他直接向党委负责！

张玉山 赵平同志，我们在一起工作二十多年，今天你说出这样的话，真叫人担心。我们都是老同志了，是满腔热情地支持新生事物，还是穿上保险衣，躲进避风港，把重担子推给新干部呢？海生从一个普通工人，走上领导岗位的时间并不长，但是他那种为革命抢挑重担，和群众血肉相连，一心扑在翻身仗上的思想品质，难道不值得我们学习吗？

赵 平 我承认，他敢想敢闯，朝气蓬勃，但是搞大工业，毕竟缺乏经验。

张玉山 那更应当全力地支持他，帮助他。海生总是能从阶级斗争、路线斗争的高度洞察事物，这一点，恰恰是我们有些同志所缺少的。老赵，我们新党委应该是一个坚强的战斗集体，要是这部“主机”东一个汽缸漏油，西一个汽缸跑气，那这艘万吨轮就不能全速前进！

〔沈玲娣、周阿虎、高维舟及其他工人拥上。

沈玲娣 老张，大伙向党委表决心来了。

张玉山 好！欢迎。

高维舟 各车间经过热烈争论，认为老雷的方案，措施具体，又经过试验，切实可行。

沈玲娣 我们船体车间把方案讨论会开成了向修正主义路线开火的大批判会。

小　何 把老反革命温伯年也揪来了。（众笑）

沈玲娣 我们要求党委批准“东方号”尽快上马！

周阿虎 该起锚了，老张。

张玉山 老赵，是不是今天就召开党委扩大会，请各车间派代表参加。（对赵平）你看呢？

赵　平 我同意。

张玉山 走，我们一起下车间。大批判开路，迎接“东方号”上马！（与众议论着下，回头对赵）老赵，走啊！

〔赵平恋恋不舍地扔下董逸文的方案跟下。

——幕　闭——

第四场

〔两个月以后。船体车间露天工地。

〔庞大的船尾分段接近完工，沈玲娣班正在鏖战，焊花四溅，弧光闪耀，人来人往。一派热火朝天的劳动景象。

〔随着王大川的手势和哨音，吊车开了出来。周阿虎从扶梯上跳下。

周阿虎 沈玲娣，沈班长！

沈玲娣 （自船尾跳下）周阿虎，喊什么？

周阿虎 船头上船台了。

沈玲娣 好啊！又提前了。同志们，船头已经上船台了，我们一定要迎头赶上，准时把船尾吊上去大合龙，保证船台压力的平衡。

周阿虎 你们船尾什么时候可以起吊，吆喝一声，两部吊车都开过来了。

沈玲娣 知道了。同志们，加把劲儿，下面就看我们的了。（众呼应）

〔王大川带一个吊车司机上。

王大川 阿虎，来，再合计一下，你们两部吊车吊一个部件一定要密切配合。

周阿虎 放心，保证步调一致。

一司机 快慢随着您的手势走。

王大川 好!

周阿虎 （对电工甲）伙计，我这部吊车的马达你得抓紧检查，耽误起吊，船台出了问题你负责。

王大川 （对电工甲）师傅，抓紧点，不然，小老虎要吃人了。

电工甲 听他瞎咋呼，船台承压力老雷反复作过试验，一时半刻垮不了。

王大川 哎！师傅，船台这活儿你可不在行。那么大的船头上去了，压力集中在前面，时间久了，可要出大问题。

电工甲 这么严重?

周阿虎 师傅，来。（拉过一条长板凳，拍了拍）给你打个比方，这就好比船台，你就好比船头已经上去了，（拉电工甲坐在一端）我就好比船尾，这个大家伙。要是我老不上去，（站起，凳子一翘，电工险些摔倒）明白了?

〔雷海生、高维舟上。

雷海生 嗬，阿虎这个愣小子还粗中有细嘛!

周阿虎 （得意地）嘿嘿，（对电工甲）懂了利害，就请你快点吧。

电工甲 马上就好，误不了。

雷海生 要快，还得仔细，小小的马达，可是吊车的要害。

电工甲 放心吧，在我手里从来没有出过毛病。（去检查）

雷海生 不能大意啊!

王大川 （对雷海生）今天这么个大事，老赵怎么没来?

雷海生 他说忙，抽不出身。

王大川 这是借口!

雷海生 党委决定上马之后，他思想上还有疙瘩。

〔张玉山上。

张玉山 同志们，来来来，（举起一沓印刷品）这是最近一期《造船战报》，大伙来看看。

〔众争看。

张玉山 （招呼雷海生走到一边）董逸文这几天怎么样？

雷海生 批斗温伯年以后，态度有点反常。

张玉山 你的估计是对的，昨天批斗会上，温伯年开始对答如流。后来，我们一改变策略，他就慌了手脚！很可能有人给他通风报信。

沈玲娣 （看着战报，激动地）同志们，全国各大船厂的万吨轮都上马了，对江老大哥厂决心两艘万吨轮“七一”同时下水。

张玉山 翻身仗越打越红火啊。你们“东方号”这面大旗呼啦往前一冲，把全厂几条生产线都带上去了，九十九条的进度也大大提前了。

雷海生 “文化大革命”是生产力发展的强大动力！今年光咱们上海造的万吨轮比解放十七年来造的还要多，全国就更不用说了。（众欢呼）一句话，兄弟厂上去了，咱们怎么办？

沈玲娣 我们要发扬连续作战的作风。

小　陶 不建成海上“铁路”决不下战场！

老　顾 打好今天这关键一仗，赶超兄弟厂。

周阿虎 老顾师傅，你不干瞪眼啦？

老　顾 我揍你这个愣小子！

小　陶 赵主任来了。

〔赵平上。

雷海生 （迎上）老赵。

赵　平 都准备妥了？

雷海生 昨天做了试吊，今天大川师傅又在反复检查。大合龙这一仗对咱们"独养儿子"是关键性的考验，请你来把关。玲娣，抓紧扫尾工作。

沈玲娣 同志们，集中兵力，冲一下！

〔众下。

小　陶 老张，给你榔头。

张玉山 好，小师傅，又是咱们俩搭班，走！（和小陶下）

王大川 老赵，"东方号"上马两个月，你现场来得太少了。

赵　平 这里有老雷挂帅嘛。

王大川 不要当观潮派！（下）

〔雷海生、赵平相视而立，都好像有话要说，又不知从何说起。

雷海生 大川师傅说话，直来直去。咱们脑子里哪条焊缝有沙眼，总是看到就指出来。

赵　平 今天你叫我来，就是为了给我补沙眼？

雷海生 电焊工有句话：沙眼是隐患，不补准遭难！哈……老赵，我们从小跟的是一个师父，我人还没有榔头柄高，你就带着我一起干活。解放后，我们一起入党，一起战斗。我们都经受了"文化大革命"锻炼，应该奋发起来，敢字当头……

赵　平 你的闯劲我一向佩服。"文化大革命"初期，你在厂里贴出第一张大字报，不怕围攻，不怕威胁，跟走资派斗，路线觉悟比我高。"一月革命风暴"中你家里厂里一再帮助我，让我站出来积极投入运动，我感激你。现在你又要我跟你一起闯。可是我们的处境不同啊！

雷海生 我们都是党培养教育出来的干部，处境有什么不同？

赵　平 你是在路线斗争中杀出来的，我是烧出来的，犯不得错误了。

雷海生 （一怔）老赵，你怎么能这样看待“文化大革命”对我们的锻炼！我们一切工作、斗争的目的，都是为巩固无产阶级专政。杀出来的，烧出来的，都要继续革命！多少老干部在斗争中越炼越强，越烧越红！我们应该学习这种革命到底的精神。

〔一干部上。

一干部 老赵，局里来电话，问“东方号”大合龙的情况。

赵　平 海生，你去汇报吧。

雷海生 我这儿走不开，你去也一样。

赵　平 （对干部）请你叫一下老张。

〔赵平与干部分头下。

〔沈玲娣目送赵平去。

沈玲娣 雷师傅，“文化大革命”几年了，又结合进新的领导班子，老赵他怎么还是跟工人群众想不到一块？

雷海生 转变一个人的思想不那么容易啊！新班子新人马，也还有走什么路的问题。现在我们工程进展顺利，一旦出现波折，斗争就会更加尖锐。（和沈玲娣边说边下）

〔董逸文上，拿出旅行杯，喝水。

〔李莉美从另一方向上。

李莉美 逸文！

董逸文 叫你拿的东西呢？（李莉美递一小纸包）盐！

李莉美 你要盐干什么？

董逸文 喉咙疼，漱漱口。

李莉美 逸文，这两天你总是心神不定，我真担心……

董逸文 看昨天批斗会的架势，他们可能怀疑我了。

李莉美 啊！

董逸文 不是鱼死，就是网破，我叫他姓雷的自顾不暇。

李莉美 什么，逸文……

董逸文 滚！

〔李莉美下。

〔董逸文掏出旅行杯，放盐，扔掉纸，倒水，看四下无人，将盐水泼入吊车马达。

〔小陶从船尾上下来，董逸文一惊，赶紧拾起纸，放入裤兜。

〔小何、小陶等工人上。

小　陶 副指挥，检查一下，船尾完工了。

董逸文 请你找总指挥，今天是他值班。（下）

小　陶 小何，船尾一上去，咱们“东方号”就成形了，多带劲！

小　何 那有什么，等“东方号”一完工，下水的时候，才叫人高兴呢！这两天我师父又把那把斧子拿出来了。看了又看，擦了又擦！

小　陶 什么斧子？

小　何 砍缆的斧子。

小　陶 砍缆？

小　何 这个你还不懂，我也没见过，可我听说咱们的“东方号”下水的时候，只等总指挥一声命令，我师父站在船头上拿起他那把斧子，对准缆绳这么“咣”的一砍，咱们的万吨轮就“唰”的一下子飞向黄浦江啦！多带劲啊！

〔王大川上，听见。

王大川 （对小何）这小子，老嘎嘎地在吹什么？总指挥呢？

小　陶 （对内喊）雷——师——傅！

〔雷海生上。

王大川 海生，吊车检查好了，船尾可以上船台了。

〔沈玲娣上。

沈玲娣 扫尾工作全部完成！

雷海生 （吹哨）同志们，各就各位，船尾起吊啦！

〔王大川鸣笛指挥，吊车开动，船尾缓缓吊起，隐去。突然吊车马达冒出烟来，雷海生发现，高喊。

雷海生 大川师傅，停车！

小　陶 马达，马达起火了！

王大川 （紧急鸣笛）停车！

〔众拥向马达。

〔吊车拉响了警笛。

小　何 师父，不好，船尾要脱钩！船尾要脱钩了！

〔众欲拥下

雷海生 闪开！

〔只听哐的一声巨响，人们一愣，拥下。

〔静场。王大川难过地独自留下。

〔赵平急上。

赵　平 怎么回事？

沈玲娣 （奔上）大川师傅，吊车扭弯，船尾砸坏了！

〔众议论纷纷上。

周阿虎 （对电工甲）师傅，你是怎么搞的，跟你说马达要仔细检查……

电工甲 刚刚检查过，谁会想到……真是见鬼了！

老　顾 船尾太重，吊车吃不消！

王大川 不可能，昨天进行过试吊，今天事先又进行过检查，很正常。

赵　平 我早就讲过，搞这样大的工程，七拼八凑，大轰大嗡是不行的。

〔雷海生急上。

王大川 （十分难过）海生……吊车马达……

赵　平 现在吊车压弯了，船尾砸坏，上不去，船台压力不均，随时可能断裂。同志们，船台断裂，这意味着什么？

雷海生 老赵！你冷静一点！

赵　平 我冷静得很！……老高，高维舟在哪里？把所有的数据都给我拿来！（怒下。高维舟随下）

董逸文 这样严重的责任事故要追查，一追到底！

雷海生 老董，事故会查清楚的，现在还不到作结论的时候。（对众）同志们，天大的困难挡不住我们打翻身仗的决心，我们要尽快把船尾吊上船台！

众 对！

雷海生 大川师傅，看好现场！玲娣，抢修船尾！阿虎，抢修吊车！同志们！

众 总指挥，下命令吧！

雷海生 我们现在的任务是抢时间，保船台，让我们迎着大风大浪向前闯！

——**幕　闭**——

第五场

〔当天傍晚，指挥部外，人来人往。

〔乌云堆上来了，庞大的船体压在船台上，没有船尾。

〔指挥部内正热烈地讨论着。窗外也有人在注意倾听。

〔散会了，张玉山及各工种干部相继走出指挥部。

干　部　加固器材我们马上运到现场。

高维舟　我负责观察船台变化，一旦发现局部下沉迹象，立即加固。

张玉山　同志们，这一仗关系着翻身仗的全局，斗争需要我们全力以赴，抢先一分钟也是胜利！

〔众应声下。

张玉山　小丁，吊车天亮前能不能抢修好？

电　工　我们尽量想一切办法，把它抢修好。

张玉山　如果实在来不及，就用老雷的第二手准备，大川，你看这样行吗？

王大川　行，就怕再发生意外……

张玉山　是啊，情况是复杂的。

王大川　事故这个扣我解不开，昨天做过试吊，今天事前又做过检查，怎么突然会……

张玉山　海生正在排查线索，查原因。

〔雷海生上。

雷海生　老张，会散了？老赵呢？

张玉山　他还在复算你们的船台数据呢。

雷海生　我真为他担心！马达检查的结果，证明是有人破坏，这家伙还是个行家，他知道，在船台上捣鬼很难，就从吊车上下手，破坏起吊拖延时间，企图造成船台压力的不平衡。

王大川　真恶毒！

雷海生　我们翻身仗的锣鼓敲得越响，敌人心里就越不舒服。

张玉山　九大文件指出：失败的阶级还要挣扎……绝不能丧失警惕，斗争是不可避免的。

〔沈玲娣、小陶、周阿虎上。

沈玲娣　雷师傅，有个情况，好几个老师傅反映，在船尾起吊前董逸文拿着他那个旅行杯在吊车旁边东张西望，不知干什么！

周阿虎　可他在群众中散布说是责任事故！

沈玲娣　可能是有意转移目标！

雷海生　解放初，敌人搞破坏，就往马达里撒过铁屑，浇过盐水。

小　陶　啊，对了，我还看见他慌慌张张地从地上捡起一样东西，塞进口袋里去了。

雷海生　是什么东西？

小　陶　好像是个纸团。

周阿虎　这个坏蛋！要不要对他采取革命行动？

雷海生　先别惊动他。老张，今晚船尾大合龙不要让董逸文插手。

张玉山　大川师傅，你们要密切注意他的动向。

〔王大川等工人分头下。

雷海生　老张，疑点都集中在董逸文身上了。

张玉山　根据两个月的查实，董逸文的政治面貌越来越清楚了。解放后他那洋奴买办家庭破了产；“文化大革命”的胜利，又粉碎了他依靠技术垄断，向党夺权的野心。对今天工人阶级领导一切，无产阶级专政越来越巩固的局面，恨之入骨，这种人什么事情都干得出来的。

雷海生　他的破坏绝不是孤立的，这和社会上攻击“文化大革命”的反动思潮是联系在一起的。如果我们翻身仗失败，他们就会从政治上压我们，给“文化大革命”抹黑。

张玉山　对！老赵没有认识到这一点，至今还不理解这场翻身仗的意义，事故之后，他首先想到的是从工人的创举中查原因，对新生事物挑毛病，这种情绪危险啊！

雷海生　他这条船要开到哪儿去啊！

张玉山　就是用百吨高吊，也要把他吊过来！

〔广播声：各车间码头注意，接气象台通知，今晚半夜前后，有强台风袭击上海港，并有雷暴雨，请各部门做好防台防汛工作。

张玉山　看来这场暴风雨不小啊！

雷海生　我们有了准备。

张玉山　我到局里去汇报一下情况。赶回来参加大合龙。（下）

〔雷海生进屋，翻开九大文件阅读。少顷，王大川、高维舟、周阿虎上。

王大川　海生，情况不好，船台出现局部下沉！

雷海生　按预定方案加固。

高维舟　已经布置了。

雷海生　必须马上把船尾吊上去，才能彻底排除险情。

王大川　吊车抢修来不及啊！

周阿虎 最快也得明天早上！

雷海生 不行，不能等了。

高维舟 那怎么办？

雷海生 用水上浮吊。

王大川 浮吊在虎山湾修船呢。

雷海生 追回来！老高，你去找老赵，请他签字追回浮吊。

高维舟 好。（急下）

雷海生 大川师傅，今天风大雨猛，上百吨的船尾用浮吊合龙，一定要周密安排，做到万无一失。

王大川 你放心吧！

雷海生 我到现场去看看。

〔雷海生、王大川分头下。

〔赵平匆匆上。

赵　平 老雷！海生……

〔董逸文从船台上下来。

赵　平 老董！船台情况怎么样？

董逸文 船台局部下沉了！

赵　平 啊！怕有这一天，怕有这一天，果然……

董逸文 老赵，事关重大。（故作委屈）有些话我不能不说，老雷是新干部，缺乏领导经验，群众可以谅解，可是，你我不同啊！现在险情还在发展，要是船台断裂，万吨轮报废，大江厂停产关门，这就是政治问题啦！

赵　平 （越听越火）别说了！这种风已经吹出来了。（拿出匿名信）当初听我的哪会有今天！……现在又指责我……我去找党委……

董逸文 老张不在。时间，时间不等人，你要当机立断啊！

赵　平　（沉思）当机立断……

董逸文　现在就靠你来扭转局势啦！我看只要能够保住船台……

赵　平　看来船台和“东方号”是不能两全了……

董逸文　你的意思我明白，不过就怕老雷不同意。

赵　平　把利害关系跟他说说清楚，不能让他这样的新干部和船台一起毁掉。

董逸文　你一片好心，他未必听得进去，群众都听他的，不会听你的。

赵　平　（掏出信）不见得，这就是证明，事故之后，生产办公室收到这封群众来信，说我明哲保身，放弃原则，也批评他……

〔高维舟上。

高维舟　老赵，我正在找你……

赵　平　（欲火，克制）你们是怎么搞的，造成这种局面，怎么收拾，叫我怎么向上级交代！

高维舟　要不是马达出事故……

赵　平　根本原因是船台压不起嘛！我再三劝告，听了没有？没有！充耳不闻！

董逸文　老高啊，我们技术人员，不能违反科学规律，专扯顺风旗，把领导引向歧途！

高维舟　扯顺风旗，把领导引向歧途的人有，我扪心自问，还不会搞这种资产阶级的手段！

董逸文　为了某种个人目的，不惜拿人民生命财产当儿戏，这又是什么手段？

高维舟　把话说清楚，你指谁？

董逸文　我指事实！

高维舟　什么事实？

董逸文 压垮船台。“东方号”就要变成一堆废铁那是要受到法律制裁的！

高维舟 董逸文，你这样旁敲侧击，危言耸听，居心何在？

董逸文 高工程师……

赵　平 别吵了！现在要紧的是拿出根本办法来。

高维舟 指挥部决定尽快把船尾吊上去大合龙，确保压力平衡，根本排除险情。

赵　平 吊车毁了，拿什么吊？

高维舟 老雷打算用水上百吨浮吊。老赵，请你签字，让浮吊赶快回厂。（递上请调报告）

赵　平 什么，他还要出新花样？气象台挂上了八级风球，看见没有！上百吨的船尾，在暴风雨中东摇西晃，万一有个三长两短，浮吊、船台都要毁在你们手里，说不定还要出人命！

董逸文 那真要鸡飞蛋打，倾家荡产了！

赵　平 这次我下定决心了，不行就是不行，我不能再放弃原则。浮吊不能给你们！（扔掉请调报告）

高维舟 老赵，你口口声声保船台，可是你不给浮吊，不准船尾大合龙，船台怎么保法？

赵　平 在这样危急的情况下，保船台的唯一办法，只有把“东方号”立即推下水！

高维舟 就这样，没有船尾，半截子推下水？

赵　平 总比倾家荡产好！

高维舟 不，我是施工责任工程师，我对“东方号”负责到底！

赵　平 我要对全厂的生产负责！（拿出一封信）现在群众已经来信指责我了，把你们这种不顾人民生命财产、一味蛮干造成的恶果，统统怪到我赵平头上！对老雷不顾生产规律，造成今天的混乱局面，意见很大。高维舟同志，你在老雷身边，不但不提醒他，反而随声附和，推波助澜，指导思想是什么？你回技术组，“东方号”你不必过问了！

高维舟 你居然做出这样的决定！（怒下）

〔赵平拿起电话，又犹豫起来，放下。

董逸文 （急忙上前）看见了吧！老雷不同意，事情就很难办！

赵　平 （对董逸文）你马上做好下水的一切准备，老雷那里我去做工作！（下）

〔董逸文得意，欲下，见有人来，隐去。

〔雷海生上，打电话。

雷海生 生产办公室……老赵在吗？他回来请他马上到指挥部来，研究船尾大合龙的事。（挂电话）

〔秦火云上。

秦火云 海生！

雷海生 船修好了？

秦火云 今天就起航。

雷海生 等你下一个航次回来，参加我们“东方号”下水典礼。

〔秦火云欲言又止。

雷海生 怎么，不相信？

秦火云 我相信。海生，你们的船台……

雷海生 下沉现象已经控制住了，怎么，这股风也吹到你们那里了？

秦火云 是啊，你们轰轰烈烈打翻身仗，遇到一点波折，我们那儿就有人吹冷风，说什么，自己造船就是不行，还是买外国船可靠。

雷海生 （激动地）有些人就是不相信中国工人阶级的创造力，把外国资产阶级吹得神乎其神，这种人没有一点中国人民的志气。

秦火云 “文化大革命”中批臭的东西又泛上来了。

雷海生 不奇怪，路线问题不是一两次“文化大革命”就能彻底解决的。现在是造船的斗争，将来船造出来了，要不要开出去，能不能远航，还会有斗争的。

秦火云 我相信，你们一定能造出来，我们也一定要开出去，作为新中国的海员驾驶着自己造的船，远航亚、非、拉，心情是多么激动，多么自豪。

雷海生 这也是我们造船工人的心愿。

〔汽笛声。

秦火云 我要上船了。（递上一本《红旗》杂志）刚出版的……

雷海生 告诉海员同志们，造船工人说话是算数的，我们一定造出最好的船，让你们开着它顶着大西洋的狂风，冲破好望角的恶浪，远航五大洲、三大洋。

〔沈玲娣、小陶上。

沈玲娣 火云姐，要出发了？

秦火云 对！

小　陶 秦师傅，你们这次到哪儿？

秦火云 非洲。我走了！

雷海生 “七一”请你们来接船。

秦火云 一定！“七一”见。（下）

沈玲娣 雷师傅，董逸文的杯子搞到了。

雷海生 没有惊动他？

小　陶 没有。

雷海生 送去化验。

〔沈玲娣欲走。

雷海生 等一等，马上和组织组联系，抓紧做李莉美的工作。

小　陶 找他老婆？

沈玲娣 发挥党的政策的威力。（与小陶下）

〔雷海生拿藤帽欲上船台，电话铃响。

雷海生 （接电话）我就是，老赵，我正要找你，船台已经加固，我们打算……什么，什么……下水！老赵，你真的要把“东方号”半截子推下水……不行，这绝对不行！老赵，你听我说，老赵……（电话断了，雷海生激动万分，奔上船台，注视“东方号”，心如刀绞）

〔王大川上，见状，止步。

王大川 海生，出了什么事？

雷海生 大川师傅，老张不在家，这副担子，我们要挑起来！

王大川 多少分量，你说吧！

〔高维舟上，拿出几份材料。

高维舟 这是施工方案……这是船台数据……

雷海生 老高，你……

王大川 你不干了？

高维舟 是人家不让我干了。

王大川 （急躁地）怎么回事？谁不让你干了？浮吊呢？

高维舟 浮吊老赵不给。

王大川 他……这是干什么？

高维舟 他不准我们大合龙，要把“东方号”半截子推下水！

王大川 他真是鬼迷心窍！我找他说理去！

高维舟 去也没用，他说依着我们干下去，就要鸡飞蛋打，倾家荡产，有人甚至叫嚷着要受到法律制裁！

王大川 谁？

高维舟 就是那位副指挥，董逸文！

雷海生 好嘛，很会选择时机！老高，当初有人说大川师傅是老保守，老顽固，想把他从我们身边挤走。现在正当我们闯险滩，斗恶浪的时候，又要砍掉我们螺旋桨的车叶子，他想干什么？

〔老顾上。

老　顾 海生，老赵已经决定把“东方号”半截子推下水了，事到如今只有这条路了。

王大川 这点风浪，你就被吓得趴下了？

老　顾 现在厂里已经风言风语，说咱们是拿人民财产当儿戏！

雷海生 老顾师傅……

老　顾 船台，船台可是咱们的命根子！

雷海生 毛主席革命路线才是咱们的命根子，老顾师傅，这船台是咱们一车水泥一身汗浇出来的，谁最爱护它，谁想毁掉它，您不会不明白。自从造“东方号”以来，我们大江厂就从来没有平静过。现在又有人制造事故，放出流言蜚语，这是有意造成混乱！

老　顾 海生，千斤重担压在你身上，我担心这是有人要坑害你啊！

雷海生 老顾师傅，您的心情我懂。党和群众把我推上领导岗位，指望我为毛主席革命路线站好岗，把好关，担子再重，和老师傅们在一起，我心里就踏实。您放心，风浪再大，我也要挺直腰杆，干到底！为了建立海上“铁路”，就是把我当一根枕木，一块石子铺上去，我也心甘情愿。

〔沈玲娣、周阿虎等群众上。

周阿虎 雷师傅，老赵他真的要把“东方号”半截子推下水？

雷海生 他通知我了。

〔众震惊，一阵骚动。

沈玲娣 雷师傅，“东方号”不能这样下水！我们日日盼，夜夜盼，盼着“东方号”带着我们世世代代造船工人的心愿，高唱胜利的凯歌，飞向黄浦江，驶向大海，向毛主席、党中央报喜。可是这样下水，还叫什么万吨轮，我们怎么向毛主席汇报？

雷海生 这是对党、对人民犯罪！

周阿虎 走，找赵主任去！

沈玲娣 和他辩论！

周阿虎 搬开绊脚石，叫他靠边站！

雷海生 阿虎！不能叫老赵靠边站，要叫他往前站！眼前发生的事，不是老赵一个人和一艘“东方号”的问题，这是和修正主义做斗争的大是大非问题！不把路线搞对头，今天咱们把万吨轮造好了，明天也会有人把它毁掉！

周阿虎 现在怎么办？

雷海生 打响大批判的排炮，挖出敌人，教育同志，写一张革命的大字报！

众 对！

雷海生 （缓步有力地走下台阶）经过“文化大革命”锻炼的工人阶级决不允许开倒车！

——幕　闭——

第六场

〔紧接前场，夜。近船台处，船尾抢修工地。

〔雷声隆隆，乌云翻腾，暴风雨即将来临。

〔工人们紧张地进行着大合龙的准备工作。沈玲娣在焊接，船尾内外，弧光闪耀。

〔老顾上。

老　顾　玲娣，雷暴雨就要来了，快抓紧啊！

沈玲娣　快了，正在抢焊。

老　顾　风大起吊危险，得赶前一步。

沈玲娣　等阿虎把浮吊追回来，马上合龙。

〔高维舟急上。

高维舟　老雷怎么还没有回来？

老　顾　他上哪儿去了？

沈玲娣　到局里找老张汇报去了。船台情况怎么样？

高维舟　暂时没问题，就怕再耽搁。气象台通知，今晚风力还要继续增强。

老　顾　一定要抢在大风前面，把船尾吊上去。

〔小何气喘吁吁地上。

小　何　沈班长，不好啦！

众　什么事儿？

小　何　赵主任已经在指挥人清理下水滑道啦！

沈玲娣　他要亲自动手？

小　何　董逸文要我马上把“东方号”上的工具、设备全部吊下来，准备下水。

高维舟　不理睬他！

小　何　他还要我交出斧子，我把他顶回去了。（亮出斧子）

沈玲娣　顶得好，就是得刀对刀、枪对枪地干他一仗！我们先行动起来！

高维舟　好，我去观测船台。

小　何　我找师父，马上挂缆。

沈玲娣　老顾师傅，咱们一块来！

〔众分头下。静场。

〔王大川指挥吊电焊箱。董逸文上。

董逸文　大川师傅，往哪儿吊？

王大川　（看了他一眼）……

董逸文　马上要下水，你怎么还……（上前）

王大川　让开，当心脑袋！

董逸文　大川师傅，你是老工人，应该带头执行决定嘛！

王大川　该执行什么决定，我心里有数！（指挥吊车下）

〔赵平上。

赵　平　这里怎么样了？

董逸文　我是一个棋子也拨不动。

赵　平　都是老雷那张大字报！

董逸文　老雷在厂里威信很高，一呼百应，明天大字报还会铺天盖地地跟上来，那就更没法收拾了！

〔赵平烦躁地来回踱步。

董逸文 （激将）要不，由他们去胡闹，最多压垮船台，他们就死心了。

赵　平 胡说，那才是拿人民财产当儿戏！大字报是群众的意见，那封信也是群众的看法。

董逸文 那怎么办，船台还可能随时下沉。

赵　平 你抓紧，安上下水装置，这里由我负责处理。

〔董逸文得令而去。

〔沈玲娣上，把皮管接在氧气瓶上。

赵　平 玲娣，你们这是干什么？

沈玲娣 准备大合龙。

赵　平 沈班长，现在船台险情可能继续发展，再不下水，就保不住了。船台垮了，大小船舶到哪儿去造？大江厂只好停产关门，后果是严重的。希望你们顾全大局。

沈玲娣 我们工人正是为大局着想，才坚决不同意下水。

赵　平 现在下水，将来还可以设法拼装嘛！

沈玲娣 那质量怎么保证？

赵　平 质量可能差一点。

沈玲娣 差半点也不行！我们工人要对祖国的荣誉、人民的生命财产负责！

赵　平 玲娣同志，现在是新班子、新人马，你这样对待领导决定，很不对头咧！

沈玲娣 新班子、新人马也有走什么路的问题！

赵　平 （拿起报话机）下水各部门注意，我是赵平，我要亲自指挥下水，准备好了，立即向我汇报。

沈玲娣　（吹哨）大合龙人员马上集合！

〔众闻声赶来。

赵　平　玲娣同志！你想干什么？

沈玲娣　没有我们工人的同意，“东方号”谁也不准动！

〔董逸文带俩工人上。

董逸文　老赵，准备好了，可以砍缆了。

赵　平　同志们，现在情况非常危急，我们一定要保住船台，“东方号”半截子下水是迫不得已。我相信大家是通情达理的。（不顾群众反驳）老董，执行！

〔董逸文欲走，被王大川拦住。

王大川　站住，你敢！

董逸文　这，这是赵主任的命令，我……

王大川　你，你是想毁掉“东方号”。

董逸文　……

赵　平　下水是我决定的。

王大川　人家一煽风，你就急转舵！

赵　平　再不转舵，就要触礁，现在只有这条路了。

沈玲娣　总指挥不在，你不能作这个决定！

赵　平　这是命令，是厂革会生产办公室的命令，船排组立即砍缆！

〔雷海生呐喊：“等一等！”

雷海生　老赵，你走得太远了！这条船是我们厂几千名工人的心血，几十年的愿望，你这样扼杀新生事物，你……执行的是什么路线？

赵　平　路线？你说我是什么路线？我是保船台！

雷海生　不对，你这是穿新鞋走老路！

赵　平　海生同志，你作为一个新干部，在这种时候，火上浇油，煽动群众，给领导制造麻烦！到底想干什么？！

雷海生　保卫“文化大革命”的成果！群众的意见你听不进，大字报你不理睬？我看你是还没有烧透，还得要给你加把火！

赵　平　现在不是“文化大革命”初期了，你不要再搞那一套了。

沈玲娣　不能再搞那一套？！

雷海生　你这是对“文化大革命”的群众运动有抵触，这就是你一错再错的关键！

〔内声：“浮吊到了。”

〔周阿虎上。

周阿虎　浮吊到了！雷师傅，浮吊到了！

雷海生　同志们，船台要保，“东方号”也决不能半途而废，各就各位，准备大合龙！

〔众欲散。

赵　平　不行！我不能眼看着你们搞垮我的船台，我要对上级负责！下水，立即下水！大川师傅，请你马上砍缆！

王大川　我王大川不干这种灭志气的事！

赵　平　好，你不砍，我砍！把斧子拿来！

王大川　（怒不可遏，赵平从小何手中夺过斧子，王大川再从赵平手中夺回斧子）赵平，你不要晕头转向！

赵　平　大川，情况紧急……

众　赵主任……（王大川、赵平两人夺斧）

雷海生　把斧子给他！

〔赵平怔住。王大川不解，激动地托斧至雷海生跟前。

雷海生　（接斧，对赵平）你仔细看看这把斧子，它记下了我们大江厂的一部艰难的斗争历史。解放前，咱们举着它，和帝国主义、反动派斗过；解放后，我们用它送下了第一批战舰；在那不平凡的年代里，我们又用它送下了多少舰艇、船舶，粉碎了苏修叛徒集团的封锁、破坏。正当我们憋足了劲儿，要把造船工业搞上去的时候，那伙卖国贼说什么“造船不如买船，买船不如租船”，硬逼我们下马。当时，多少工人守着这小船台不肯回家，老师傅们流着泪说：“难道我们为祖国造大船还有罪？他们这样压我们工人，是为什么？”可是，走资派仗着窃取的权力，从我们手里夺走了这把斧子，当时那种局面，难道你忘了？！

王大川 当时你给那股风刮昏了头，说：“算了，别顶了，胳膊拧不过大腿。”可海生对我们说：“这股风刮不长，毛主席一定会让我们造大船的！”

赵 平 那股歪风，我是没顶住，可是今天……

雷海生 今天，经过“文化大革命”，我们听到了毛主席建立海上“铁路”的伟大指示，这把斧子才重新回到了我们工人手里，大伙在这小船台上表决心，造船工业要翻身，造船工业一定要翻身！不搞“文化大革命”，就没有这场轰轰烈烈的翻身仗。现在，我们的万吨轮造起来了，可是你——经过“文化大革命”锻炼，被我们工人选进领导班子的赵主任，又要从我们手里夺走这把斧子砍掉“东方号”，砍掉“文化大革命”的成果，你这是长谁的威风？灭谁的志气？代表哪个阶级的利益？斧子在这里，（一斧砍在枕木上）这一斧，你能砍得下去吗？

〔停顿。

王大川 赵平啊！赵平……运动初期大家为了把你从修正主义的岔路上拉回来，咱们工人费了多大劲儿，操了多少心，你……你今天竟然又要干出这样的事！

赵 平 （沉痛，但仍想不通）可是……我不这样做，群众也会批评我放弃原则……

雷海生　（拿出几封信）你是说这个？局党委也收到了这样的信件，用最恶毒的语言攻击翻身仗、攻击“文化大革命”的人绝不是什么群众！写这种反革命信件的人就在我们身边！

沈玲娣　（盯着董逸文）把这个坏蛋揪出来！

〔众人目光齐射董逸文。

〔董逸文惊恐万状，欲溜。

王大川　姓董的！

董逸文　（挣扎）你们把矛头对准我，是什么目的？

雷海生　我们的目的很明确，就是要排除干扰，打一场造船工业翻身仗，把舰艇船舶都搞上去，叫帝修反不敢任意来侵犯我们。至于你，干了些什么勾当，你的目的也很清楚吧！

董逸文　老赵，我可是一心为了保船台……

雷海生　董逸文！（拿出旅行杯）这个杯子是你的吧，你装盐干什么？制造吊车事故的是你吧？！给温伯年通风报信、策划叛国投敌的是你吧？！四处投寄匿名信、攻击“文化大革命”的也是你吧！连你老婆都不愿意为你殉葬，你还想顽抗吗？党的政策是“坦白从宽，抗拒从严”。（挥手示意将董逸文带下）

周阿虎　走！（押董逸文下）

〔赵平呆若木鸡，如梦初醒。

赵　平　海生，我……

雷海生　你欣赏的那个“又一村”，也是他和温伯年根据你的胃口炮制的！

赵　平　啊！我怎么会……

雷海生　（满腔热情地）老赵，船行大海丢掉了罗经就要偏航触礁；忘记了党的基本路线，就会把“三家村”错看成“又一村”！

赵　平　我总以为，九大以后，斗争会平静一个时期，没想到……

雷海生　斗争是不会停止的。“文化大革命”的洪流，就像大江的波涛，浩浩荡荡，势不可当！如果有人梦想阻挡这股革命洪流，他们终究要被一泻千里的大江所吞没。我们每个革命者一定要牢记“文化大革命”对我们的教育，把自己当成一滴水，汇入洪流，继续革命，永远奔腾向前！

赵　平　（无比沉痛）我这条丢掉了罗经的船是触礁了。

〔高维舟急上。

高维舟　老雷，浮吊已经靠上船台，必须马上大合龙，可是暴风雨已经来了。

〔雷电交加。

赵　平　海生，这怎么办？眼下这一关闯不过去船台断裂怎么得了！你快拿主意吧！

雷海生　老赵，我们一起指挥这场战斗！同志们，船尾大合龙就是胜利，上船台！

众　上船台！

——**暗　转**——

〔灯光复明。

〔船尾合龙口甲板上。

〔狂风暴雨，电闪雷鸣。船尾在半空中左右摇晃。

〔张玉山、赵平、王大川指挥大合龙，工人们紧张奋战，几经周折，但是风大雨猛，吊车无法配合，船尾合龙不上。

〔雷海生出现在晃动着的船尾上，当机立断，高举信号旗进行指挥。工人们密切配合，船尾大合龙成功了。

〔赵平扑上前去，和雷海生紧紧握手。雷海生将一把大榔头递给赵平。同时高声下令："定位，合龙！"两人抡起榔头，打在一个点子上。

〔焊花飞溅，锤声震天……

〔群众欢呼，大合龙成功了。

——幕 闭——

尾声

〔七月一日，清晨。“东方号”下水指挥台前。

〔朝霞似锦，彩旗飘扬。下水滑道前放着现代化的指挥仪表盘及几座不同颜色的电话机。昂扬的乐曲，喧腾的锣鼓，欢乐的人群，一派节日景象。

〔几个女工在结扎巨大的彩球。王大川指挥吊车，彩球冉冉升起。

张玉山 （走到话筒跟前）同志们，今天是党的生日，在这个大喜日子里，我们的“东方号”就要顺利下水了。这是无产阶级“文化大革命”的成果！我们衷心感谢各条战线的大力支持，热烈欢迎兄弟单位来我厂参观指导！向同志们学习，向同志们致敬！

沈玲娣 （奔上）老张，海员工人的代表上指挥台来啦！

〔秦火云率海员上。赵平、高维舟随后。

张玉山 火云同志，欢迎，欢迎，你来接船，真是太好了。老雷还向我们“保密”哩。

秦火云 感谢你们，为祖国的远洋船队造了这样好的船。

赵　平 （对沈玲娣）副指挥，请你带海员同志们上船看看。

沈玲娣　请同志们多提宝贵意见。

〔众上船。

赵　平　老张，局领导找你。

张玉山　什么事？

赵　平　向我们要人。

张玉山　要谁？

赵　平　海生。

高维舟　参加设计“053”。

王大川　哦！

张玉山　这可是打击帝修反的重要任务！你的意见怎么样？

王大川　去，得叫海生去，这活儿要紧。

赵　平　这回我得打个主动仗，要我们的人去设计，任务也得给我们。

〔雷海生兴奋地上。

雷海生　老赵。听说万吨船台批准了，年内就动工。

赵　平　有了万吨船台就好办了。

雷海生　和今后的战斗任务比起来，它还是小船台啊！

赵　平　对，继续发扬小船台造大船的精神，冲上去，一定要冲上去！

张玉山　思想变了，精神状态就两样了。

〔沈玲娣上。后随小何，托着斧子。

沈玲娣　雷师傅，时间到了。

雷海生　大川师傅，请您亲自把“东方号”送下水吧！

王大川　不，海生，今天这一斧该你来砍。

雷海生　我要是你啊，抢也抢不走。

张玉山　大川师傅，您就代表我们全厂砍这一斧吧。

王大川 （激动地接斧）……好！小何，来！

〔铃声大作，人声鼎沸。

雷海生 （拿报话机）各就各位！

〔油漆工，船排工过场。电话铃相继而响。

雷海生 （接电话）好，好。（对报话机）封江！（江面汽笛回应）注意，打沙箱！（传来阵阵打沙箱声）大川师傅，准备砍缆。（王大川举斧凝视，万籁俱寂。雷海生看表等待，传来海关《东方红》钟声，雷海生手中红旗一挥，高声命令）下水！

〔王大川一斧砍下，“东方号”稳稳下水，满江汽笛高歌庆贺，彩条、彩纸满台飞舞，天幕上出现“东方号”破浪前进的雄姿，人群欢腾跳跃。欢呼声在大江上空回荡……

——幕　闭——

作品赏析

20世纪70年代，随着党中央对文艺政策的调整，话剧万马齐喑的局面稍有改善；1974年两次文艺调演活动的举办，也为话剧提供了展示的舞台。上海话剧团演出的《战船台》在调演中大放异彩，引发了热烈反响，二七机车车辆工厂的工人们看了演出后倍感鼓舞，许多老师傅、青年工人和业余文艺骨干纷纷表示："这样的戏看了鼓干劲、长志气！"

在时人已经对戏剧舞台上仅有的八个样板戏倒背如流的情况下，全新的作品问世，无疑带给观众极大的新鲜感；而且，这部作品的主题内容、人物形象、整体风格都令人热血沸腾，有振奋人心的作用。这部作品的主题为阶级斗争和路线斗争，工人干部雷海生秉持艰苦奋斗、敢拼敢闯的革命精神，提出"小船台造万吨轮"的口号，团结青年技术人才和广大工人群众，求真务实、稳扎稳打，一步步让口号成为现实。他的身边围绕着一群积极的、热情的、朝气蓬勃的革命青年，代表了勇往直前的新生革命力量。而与之相对的，是走过错误路线、在修正主义中迷失自我的厂革会副主任赵平，他墨守成规，害怕承担责任，不相信新生事物，也不愿意自发革新，不进反退。于是，在他身边的就是如董逸文这样的反革命分子，利用赵平的错误思想，频频阻挠万吨轮的建造，还在万吨轮合龙之际搞破坏，不仅损害国家财产，还嫁祸他人倒打一耙。

作者极力渲染了两个立场鲜明的阵营不同的思想态度和行为处事，让矛盾冲突更加集中，使双方斗争更加明确，也使得最终双方船台对峙的高潮场面更加激动人心。面对成果可能被破坏的局面，雷海生沉着冷静，一面指挥大家找到下水失败的问题所在，一面发动群众调查判断，找到真正的幕后黑手。得知赵平仍执迷不悟、阻止万吨轮下水时，雷海生飞奔船台，与赵平展开一场激烈的辩论。为弥补语言感化力度的有限，作者还特别设计了“夺斧”这一动作。过去的走资派夺走工人的斧子，扼杀工人建造大船的希望；在“文化大革命”中，工人将斧子夺了回来，做自己命运的主人；如今，赵平又想将斧子夺走，破坏万吨轮下水——这就加深了阶级斗争和路线斗争的主题意义。雷海生严正指出赵平的错误根源来自对群众运动的怨气、对“文化大革命”的抵触，并揭露董逸文的反革命罪行时，赵平才如梦初醒。最终，董逸文等反革命分子受到应有惩罚，赵平迷途知返，焕发了革命的活力，在暴风骤雨中，协同雷海生助万吨轮成功合龙。而等待这一刻已久的观众也必定拍手称快、欢欣鼓舞。

戏内，《战船台》的主题是两条路线的激烈斗争；戏外，这部作品同样也被卷入“两条路线”的斗争旋涡中。由于特殊的时代背景，这部作品经过多次的审查修改，已逐渐背离了创作者“让死了的话剧尽快活过来”的初衷。从当下的角度审视这部作品，当然存在许多的问题，价值观上，是非判断上，肯定有很大不同，但我们将视角放至20世纪70年代，依然能够从这部反映时代精神的作品中看到不少闪光之处。